KB096003

연애시대

恋愛時代

연애시대

恋愛時代

노자와 히사시 지음

신유희 옮김

차례

1장

헤어졌지만 좋은 사람

1

인생에서 최초로 기억나는 때가 언제야?

나는 신생아 때. 정말이야. 거짓말 아니라니까!

오전 아홉 시, 아침 햇살이 무지개색 스테인드글라스로 쏟아져 들어와 제단 위에 내리쬐고, 갓 태어난 나는 아버지의 팔에 안겨 허공에 떠 있다. 하얀 성의(聖衣) 차림인 나이 지긋한 목사님이 솜처럼 부드러운 내 머리카락에 성수를 세 차례 뿌린다. 그때 오르간 소리를 덮을 만큼 나는 자지러지게 울고…….

거짓말 같지만 나는 성수가 찰랑거리던 금빛 쟁반의 반짝임도, 이마에 누른 성찬용 둥근 빵의 감촉도, 내 귓가에 속삭이던 목사님의 기도도 아주 또렷이 기억해낼 수 있다. 그것도 요즘 들어 자주 기억나는 게 신기하지만.

말하자면 개신교의 유아 세례식이었다.

나가사키에 살 때였다. 영화 〈대부〉를 텔레비전으로 보고 있었는데, 클라이맥스 장면이 나오자 나는 불현듯 몸속을 훑고 지나가는 듯한 기시감에 휩싸였다. 그래서 옆에서 같이 보고 있던 당시 중학생이던 여동생에게 소리쳤다.

"이거야! 바로 이게 내 세례식이야!"

알 파치노가 연기한 마이클 코를레오네가 조카의 대부로서 경건한 세례식에 참여하고 있는 동안 부하들이 반대파 조직의 갱들을 차례차례 살육하는 장면이 컷백(영화 속에서 다른 장면이 갑자기 나왔다가 원래 장면으로 돌아가는 기법)되는 그 유명한 장면 말이다.

인생 최초의 기억이야 어떻든 하나님과 예수님과 성령의 이름으로 26년 전, 나가사키의 작은 교회에서 한 여자의 인생이 막을 연 것만큼은 바뀔 수 없는 사실이다. 하지만 예수 그리스도가 인도한 나의 26년은 결코 평탄한 길은 아니었다.

평균적인 현대 여성에게 인생의 절정기라 할 수 있는 20대 초반, 2년이라는 세월을 마치 드라마 몇 편을 그러모아 달음박질한 느낌이었다. 결혼과 임신, 열 달하고 열흘이 지난 후 최악의 결말, 그리고 이혼.

정확히 말하면, 그 사람과 만난 1991년 가을부터 헤어져 혼자 살게 되기까지 총 5년간을 나, 에토 하루의 '암흑시대'라고 불러도 좋을 것이다.

그럴 일이야 없겠지만 훗날 자서전을 쓸 기회가 생긴다면, 아마이 5년간이 페이지를 대부분 차지할지도 모르겠다. 만일 그 자서전이 "그런 연유로 그 사람이 내 인생을 망쳐버린 것입니다"라는 문구로 끝이 난다면 나는 그 사람, 하야세 리이치로라는 존재를 평생

극복하지 못한 셈이 된다. 아, 상상만으로도 끔찍하다.

나는 지금부터 50년 이상을 하야세 리이치로라는 인간과는 무관하게 알찬 인생을 살아야만 한다, 반드시.

그래 맞아, 성묘 이야기를 빼놓을 수는 없겠지.

나와 리이치로의 아들 신노스케의 두 번째 기일이었다. 기일인 동시에 생일. 신노스케는 세상에 태어나 한번 울어보지도 못하고 내 자궁에서 꺼내진 아이였다. 사산이었다.

장소는 야나카 공원묘지, 중앙의 큰길에서 텐노지 파출소를 끼고 오른쪽으로 꺾으면 나오는 '갑 4호, 7측'이라는 표지가 걸린 묘지 한 구획.

묘비 앞에 멈춰 서 있던 리이치로는 경품으로 받은 캐러멜과 새빨간 사과를 놓고 가을 하늘에 한숨을 띄우듯 말했다.

"살아 있다면 두 살이겠구나……."

아마도 리이치로는 기일 때마다 부질없는 덧셈을 한 모양이다. 첫 기일 때도 똑같은 말을 중얼거렸으니까.

하지만 그의 눈가가 반짝인다 해도 그 눈물이 죽은 아들을 위한 거라고 받아들일 만큼 나는 무르지 않다. 리이치로의 눈동자는 항상 젖어 있다. 체액이 남아도는 거다. 그 촉촉한 눈빛에 넘어간 여자가 결혼 전이나 이혼 후 몇 명이나 있었을까.

신장 170센티미터. 중년에 접어들기 시작하는 서른넷의 나이인데도 군살 하나 없이 단단한 63킬로그램의 몸. 그는 내가 해준 음식을 꼬박꼬박 챙겨 먹으면서도 배가 나오지 않았던, 2년 전의 베스트 몸무게를 한결같이 유지하고 있다. 뭐, 그렇다고 내가 칭찬해준 적은 없다. 단순히 폭음이나 폭식을 해도 살이 찌지 않는 체질이니까. 턱에서부터 뺨에 이르는 사선이 좌우대칭으로 깔끔하게 떨어지는 얼굴. 이목구비도 아마추어가 만든 조각상처럼 도드라졌다. 눈초리가 약간 째진 탓에 어설프게 화장이라도 하면 샤라쿠(에도시대의 풍속화가)가 묘사한 가부키 배우처럼 유난히 튀어 보일 것 같다.

마 재킷에 버튼다운 셔츠. 기일답게 넥타이만큼은 검정 계열. 쌀쌀한 아침이라 모직 조끼를 안에 받쳐 입었다.

나 역시 베이지색 블라우스 위에 검정 스카프를 두툼히 두르고 있다. 리이치로는 기억조차 못 하는 눈치지만, 연애 시절 그가 다마가와 다카시마야 백화점에서 사준 짙은 감색 정장은 4년이 지났는데도 내 허리에 착 들어맞았다. 명색이 스포츠클럽 강사인데, 이 정도 몸매 관리야 식은 죽 먹기지.

하야세가의 묘라고 새겨져 있을 뿐인 묘비. 묘비명에는 신노스케의 이름과 리이치로의 요절하신 조부모님 이름이 새겨져 있었다. 나는 물통에 담긴 물을 떠 묘비를 닦았다. 그러자 금세 반들반들 윤이 나면서 가을 햇살이 따갑게 반사되었다. 국화꽃을 올리고 향을 피워 합장을 하니, 리이치로의 친구이자 의사인 가이에다 씨를 따라 들어간 영안실에서 처음 마주했던 아들의 얼굴이 선명하게 떠올랐다.

이목구비는 리이치로를 물려받은 듯했고, 동그스름한 턱만 나를 똑 빼닮았었다. 작디작은 몸을 숨바꼭질하듯 움츠린 신노스케는 내 배 속으로 되돌아오고 싶어 하는 것처럼 보였다. 하지만 내 배에는 신노스케가 다시 열 달 열흘 동안 숨바꼭질할 수 있는 공간이 없었다. 나는 내 육체와 양수로 아들을 지켜줄 수 없었다는 사실이 무엇보다 슬펐다.

향의 연기가 뒤쪽으로 흘렀는지 리이치로가 재채기를 했다. 신노스케가 장난을 치고 있는지도 모르겠다.

"이 근처에서 메밀국수라도 먹고 돌아갈까?"

리이치로는 말하기가 무섭게 물통을 들고 혼자 걷기 시작했다.

나는 다시 한번 묘비를 돌아보고 물과 캐러멜을 받은 신노스케에게 작별 인사를 했다.

또 올게, 신노스케.

리이치로는 묘지를 나온 후에도 뭔가에 골몰해 있더니 갑자기 말을 꺼냈다.

"네가 정했었나? 그 녀석 이름?"

"배 속에 있을 때 가이에다 씨가 성별을 가르쳐주었고, 당신이 시부야에서 점쟁이한테 물어봤잖아."

"그랬나?"

"술 취해 들어와서는, '이름, 신노스케!'라고 소리쳤으면서."

"하야세 신노스케······. 어쩐지 에도 말기의 소년 검객 같은 느낌이야."

"아카도 스즈노스케(소년 검객의 활약을 그린 동명의 만화 제목이자 주인공 이름)의 친구 같은 느낌이지."

우리는 양쪽으로 절이 늘어선 미사키자키를 내려가 다이토구에서 분쿄구로 접어든 후 시노바즈 거리를 건너 단고자카를 올라갔다.

서민 정서가 물씬 풍기는 가게. 격자 미닫이를 열자 고소한 참기름 냄새가 정겹게 흘러나왔다.

모자이크 문양이 들어간 등롱이 있는 안쪽 자리에 앉은 뒤, 리이치로는 차메밀을 나는 오리고기와 파를 얹은 메밀을 주문했다. 그리고 맥주 한 병을 시켜 둘이서 나눴다. 무심코 건배를 하고 단숨에 비운 쪽은 나였고 리이치로가 바로 빈 잔에 맥주를 따라주었다. 그러고 보니 연애 시절에도 결혼 후에도 항상 내 잔이 먼저 비었다.

센다기에서 자란 리이치로는 주문을 받으러 온 대학생처럼 보이는 아르바이트생에게 살갑게 말을 건넸다.

"아주머니 관절염은 좀 어때?"

그러자 안쪽 주방에서 앞치마 차림의 아저씨가 얼굴을 내밀며 말을 받았다.

"약으로 겨우 견디고 있어. 성묘 다녀온 거야? 기특하네 꼬마."

세월이 흘렀어도 리이치로는 여전히 꼬마로 불렸다.

아저씨는 나를 리이치로의 여자 친구쯤으로 여기는 눈치였다. 전처인데요, 라고 말할 수도 있었지만 가게 분위기를 흩트릴 것 같아 그만두었다.

"아버지는 건강하시니, 꼬마야?"

"시모다에서 매일 낚시만 하세요."

"멋있게 사시네. 부러운걸."

리이치로의 아버지는—거품경제 붕괴의 단초가 되었던 주센(일반인 대상의 주택 융자를 다루는 주택금융전문회사의 약칭)의 부실 사건 등으로 비난받기 훨씬 이전의—일본의 고도 성장시대를 지탱한 전직 관료로, 은퇴한 후에는 이즈의 시모다로 이사하여 노년을 보내고 계셨다.

"어머니는?"

"온천 마을의 게이샤를 상대로 샤미센(일본의 전통 현악기)을 가르쳐요."

"오랜만에 한번 들어보고 싶네, 교코 씨의 샤미센 소리."

리이치로의 어머니는 화류계 출신이다. 대장성(재경 및 금융을 담당하는 일본의 정부기관, 현 재무성) 관료와 무카이시마의 게이샤 사이에 어떤 로맨스가 펼쳐졌던 걸까.

메밀이 나오고 리이치로는 젓가락을 뜯는 내 손을 보며 무슨 새로운 발견이라도 한 듯 말했다.

"앗, 반지 꼈네, 약지에."

"오른손이잖아."

"그런가? 아, 젓가락 쥐는 쪽이구나."

왼손 약지에 반지를 낄 새로운 행운이 아직은 없었다. 나는 다 아는 사실을 지적당한 것처럼 리이치로를 흘겨보았다.

"예전부터 물어보려고 했는데, 너, 결혼반지는 어떻게 했어?"

"어떡하다니?"

"어떻게 처리했냐고."

"서랍 안에 넣어둔 채 잊고 있었는데, 없어져버렸어."

"거짓말. 히몬야 공원 연못에 던졌겠지. 내 이름을 원망스럽게 외치면서 냅다 던져버렸을 거야. 안 봐도 눈에 선하다."

"진짜 잃어버렸다니까. 쉽게 버리지도 못하고 처치 곤란한 물건이라 서랍 깊숙이 넣어두었는데, 어느샌가 없어졌더라구."

"흐음."

리이치로는 '좋았어, 다음에 써먹어 봐야지'라는 표정이었다.

하나님의 배려일지도 모르겠다. 히몬야 공원 연못에 던지지도 못하고 처치 곤란해하던 물건을 내 서랍 속 어둠에서 다른 어둠으로 살짝 옮겨놓은 것은.

"있지⋯⋯, 좀 있으면 11월 19일이야."

"뭐가?"

시치미 떼는 것 같지는 않았다. 정말로 잊어버린 눈치였다. 우리의 결혼기념일. 이혼하고도 그날이 가까워지면 왜 그런지 일이 손에 잡히지 않았다. 4년 전, 결혼식을 코앞에 두고 안절부절못하던 느낌을 몸은 아직도 기억하고 있는 걸까. 자리 배치를 정하는 일로 리이치로와 자주 다퉜는데.

"하지 말기로 해. 결혼기념일에 만나는 것만큼은."

"왜?"

"다 끝나버린 결혼을 어떤 얼굴로 축하해야 하는데?"

"작년에는 좋아하면서 레스토랑에 왔잖아."

"좋아한 적 없어."

"모양내고 왔잖아. 발찌 같은 것도 하고."

"당신이 외로워 보이는 목소리로 '같이 밥 먹자, 응?' 하니까 나온 거야."

"호텔 디너가 50퍼센트나 할인되잖아. 아깝지 않아?"

"당신 말이야⋯⋯."

나는 지금도 리이치로를 '당신'이라고 부른다. 이상한 건가? 물론 달콤한 '당신'은 아니고, 어미에 '말이야'가 반드시 붙는 설교 투의 당신이다.

"이혼한 부부가 결혼기념일에 같이 식사한다는 것에 위화감은 못 느껴?"

"못 느껴."

"그럼 좀 느껴줄래? 난 말이지, 디저트로 멜론이 나올 때쯤 우리 이런 식으로 자꾸 만나면 안 되는데, 부도덕한 짓인데, 라는 생각이 들거든."

"어차피 생각할 거면 디저트 나올 때쯤이 아니라 레스토랑에 오기 전에 생각하지 그래."

"그게 맛있거든, 고베산 비프스테이크."

"결혼기념일이 이상하면 이혼기념일에 만날까?"

그날은 밸런타인데이다.

"더 이상하잖아. 무엇보다 내가 왜 당신이랑 그 중요한 밸런타인데이를 같이 보내야 하는데? 농담이라도 그런 소리 말아줘."

결혼, 임신, 사산, 이혼까지 정확하게는 1년 3개월. 2년간의 결혼 생활이라고 말한 것은 실은 듣기 좋으라고 그러는 것이었다. 남들한테는 1992년에 결혼해서 1994년에 헤어졌다며, 2년간이라고 슬쩍 늘려서 말하는 나. 왠지 노력한 흔적이 엿보이잖아? 1년 3개월보다 2년이라고 말하는 편이. 내가 화제를 바꿨다.

"요전에 부탁한 책, 아직 안 왔어?"

"절판이래. 야에스 쪽 서점에 한 권 있다니까 도착하면 알려줄게. 아니면 보내줄까?"

"가지러 갈게. 시부야에 들를 일 있으니까."

바보 같으니. 꼭 나중에서야 깨닫지. 맙소사! 또 이 사람과 만날 구실이 생겼네.

그가 근무하는 시부야 분카도 서점에 스포츠 관련 전문 서적을 늘상 주문하게 된다. 절판이 돼도 아는 서점에 일일이 물어봐 주는 서점 직원은 거의 없으므로. 요긴하지 뭐야, 헤어진 전남편한테 이 정도의 이용 가치가 있는 것도 괜찮잖아?

솔직히 결혼기념일에 만나는 데 위화감을 느끼면서도, 우리는 종종 점심을 같이 먹거나 주말 밤이면 만나 술을 마시기도 했다. 낮에는 센터거리에 있는 던킨도너츠, 밤에는 사루가쿠초의 하나카고라는 작은 음식점으로, 장소는 늘 정해져 있었다. 하지만 그 외에는 결코 행동반경을 넓히지 않았다. 그러므로 확실히 선을 긋고 있는 이혼 부부의 모습으로 평가해주기를 바란다.

남녀 관계 같은 건 당연히 없다. 있을 리 없잖아!

리이치로의 무게며 살과 살이 맞닿는 밀착감이 그리웠던 적이 한 번도 없었다고 하면 거짓말일 것이다. 하지만 그리움은 이내 쓰라린 느낌으로 바뀌고 말았다. 우리의 유전자가 열매 맺지 못한 것에 대한 원통함. 신노스케라는 상실감으로…….

식사를 마치고, 자리가 나기를 기다리는 사람들이 있었기에 우리는 서둘러 일어나 가게를 나왔다. 합계 3600엔은 결혼기념일의 디너와 마찬가지로 각자 부담.

리이치로는 일 때문에 이다바시 쪽의 출판사에 간다고 해서 센다기역 앞에서 헤어지기로 했다.

"그럼 갈게."

"잘 가."

언제나처럼 무뚝뚝한 이별.

신노스케가 잠들어 있는 야나카 공원묘지를 벗어나 리이치로와 나는 같은 속도로 멀어져 갔다. 뒤돌아보니 그의 뒷모습이 먼지투성이 인파 속으로 사라지고 있다. 작년 기일에도 이런 풍경이었지.

가족은 깨져버렸다. 세 사람은 각각의 장소에서 살아가고 있다……. 이런 생각을 하자 목이 메었다.

2

웃기지 않아?

별로 자랑할 얘기도 아니지만, 실은 난 이혼한 지 2년이 지나도록 그녀에게 위자료를 지불하고 있다.

총 200만 엔을 20년간 나눠 지불하기로 한 것이다. 매달 1만 엔씩. 보너스가 나오는 달에는 5만 엔을 그녀의 보통예금 계좌로 자동이체하고 있다.

오해가 없도록 말해두는 건데, 이혼의 원인은 내가 부정한 짓을 저질러서가 아니다. 그녀와 보낸 1년 3개월의 결혼 생활 동안―그녀는 좋게 보이려고 2년이라고 말하는 모양이지만―난 한 번도 바람을 피운 적이 없다. 이 점만은 위자료를 매달 꼬박꼬박 지불하고 있다는 것 이상으로 자랑하고 싶다.

그럼 어째서 위자료라는 명목으로 돈을 보내는가 하면, 그런 명목밖에 없기 때문이다. 재산 분할이라고 하기에는 너무 거창하잖아. 일찍이 사랑하다 헤어진 여자를 위로하는 의미의 돈이라면 틀린 말도 아니고. 이혼하는 데 아무 잘못도 없는 남자로서—'웃기지 마, 잘못이 없었다니 잘도 그런 말을 하네'라는 그녀의 반론이 들리는 것 같지만—총 200만 엔을 지불한다는 것은 가히 파격적인 금액이라고, 대학 때 같은 서클이었던 변호사 친구가 말했지.

한마디로 남자로서의 체면 때문이었다. 체면, 이 글자를 한자로도 쓸 수 있는 남자는 나 정도가 아닐까? (체면이라는 뜻의 沽券은 일본에서도 실생활에서는 잘 쓰이지 않는 한자다) 알고 있다는 거다, 남자다움이 무엇인가를.

어쨌든 이혼으로 피해를 보는 쪽은 여성이니까. 세상의 관점으로는 말이다. 남자도 일류 기업에서는 이혼 경력이 커리어에 오점이 된다고도 하지만, 그런 경우 외에는 뭐 남자의 훈장이라는 견해도 있다. 영웅은 색을 좋아한다는 말이 있을 정도니까.

물론 200만 엔을 한 번에 떡하니 내놓는 것이 가장 폼나겠지만, 사실 그럴 만한 돈이 없었다. 아니, 솔직히 말하면, 내가 "위자료 지불할게"라는 말을 흘렸을 때 "됐어, 그런 돈 받을 이유 없어" 하고 말해주기를 기대했다. 안일하게 생각한 거였다. 명목이야 어떻든 200만 엔이라는 돈을 사양할 사람이 아니었다, 하루라는 여자는.

"아, 그래. 그럼 잘 받을게. 계좌로 넣어줘. 직접 받으면 정부 같으니까."

나는 그때 '너, 그런 설명도 되지 않는 돈을 잘도 받는구나'라고 핀잔을 주고 싶었다. 그러나 먼저 말을 꺼내놓고 번복할 수는 없지 않은가, 남자의 체면상.

"그럼 미안하지만, 매달 갚아나가는 식으로 하면 안 될까?"

결국 나는 한심한 말을 내뱉고 말았다. 그래서 보너스와 함께 지불하게 된 것이다.

하지만 잘 생각해보면, 그녀와 난 매달 두세 번은 만나고 있고, 그녀와 만날 때 먹고 마시는 건 각자 내는 데다, 데이트 비용으로 1년에 20만 엔은 쓰니까 부담일 건 없었다. 나도 어지간히 쪼잔하네.

어? 나 지금 '데이트'라고 했나?

압니다, 알아요. 나 역시 헤어진 아내와 만나는 걸 데이트라고 칭하는 게 어쩐지 석연치 않다고! 그렇지만 달리 어떤 말이 있는데? 알려줘 봐. 언어라는 건 어찌 이리 부족한지. 이런 때 절실히 느낀다.

내가 나쁜 거다. 이혼은 내 탓이다. 에토 하루의 인생에 상처를 내버린 건 내 속이 좁아터진 탓이다…….

우리가 이혼한 이유에 대해서는 뭐 차차 이야기하겠지만, 요컨대 나는 '도망치는 남자'라는 거다. 정작 중요한 때에 여자에게 전혀 의지가 되지 않는 남자. 문제의 핵심을 들여다보기를 꺼리고, 무슨 일이 일어나면 등 돌리고 귀를 막아버리는 남자.

그게 다 성격 형성 과정과 연관이 있지 싶다. 도시에서 자란 외동아이는 다루기가 어렵다는데.

'성미가 급하고 제멋대로임.'

초등학교 시절 생활통지표의 '주의란'에 담임이 종종 그렇게 써놓았다.

어릴 때 친구는 무척 많았다. 하지만 그 친구들이 나 몰래 자기들 끼리만 모여 놀았다는 사실을 나중에 알고 굉장히 충격을 받았다. 이렇게 말하면 알 수 있으려나? 동네 야구에서는 투수를 맡아야만 직성이 풀리고, 소년탐정단 놀이 때는 곧 죽어도 고바야시(에도가와 란포의 '괴도 20가면' 시리즈에 나오는 소년탐정단의 주인공) 소년만 하려 드는, 왜 있잖아, 그런 꼬마 녀석. 자기 중심으로 지구가 돌고 있다고 생각하는 녀석 말이다.

집으로 돌아가면, 당시 대장성 관료였던 아버지는 항상 책이 빼곡히 들어찬 서재에서 나라의 미래에 대해 골몰히 생각하고 계셨다. 대학교수도 아니면서, 후임 장관에게 제출할 거라며 종종 논문 같은 걸 쓰셨다. 아버지의 '관료충정론' 덕분에 대장성 행정이 어느 정도 변했는지는 모르지만, 나는 그런 아버지를 보면서 서재에 틀어박혀 일하는 남자의 모습을 동경하게 되었다. 어린 마음에 뭔가 가슴에 와닿았던 것이다.

하지만 내가 아버지의 삶을 그대로 답습했다면 아마도 자폐증에 가까운 문학 마니아밖에 되지 못했을 것이다. 그런 점에서 내 성격 형성의 절반은 엄마의 몫이 아닐까? 무코지마의 게이샤로 이름이 꽤 높으셨던 걸로 아는데.

날씬하고 멋진 여자냐고? 뭐, 지금이야 그 그림자도 찾아볼 수 없지만……. 십중팔구 접대 자리에서 아버지 눈에 들어 사귀게 된, 뭐 그런 것 아니겠어? 엄마가 꼬드겼는지도 모르고. 그쪽 일은 아무래도 상관없었다.

하고 싶은 말인즉 몽상가적 기질이랄지 현실도피벽의 기초를 만든 사람은 아버지지만 화류계 스타였던 어머니의 피를 물려받은 덕분에, 창백한 낯빛의 글쟁이가 되는 대신 세련된 사교성을 갖추게 된 게 아닌가 싶다.

그런데 사교적이지만 현실도피벽이 있는 남자는 실은 여자에게는 가장 요주의 인물이란 말이다.

오해가 있을까 봐 하는 말인데, 사교적이라고 해서 여자관계가 화려하고 연애에 정통하다는 뜻은 아니다. 내 입으로 말하기가 뭣하지만, 난 미남 축에 속한다. 하지만 성격상 여자랑 화려하게 놀지도 못한다. 꼭 중요한 순간에 아버지의 피가 고개를 들기 때문이다.

'이 여자애는 내 얼굴에 반한 건지도 몰라. 그러니 만나다 보면 경박한 나를 못 견디고 싫어하게 되겠지. 나는 상처받을 테고······.'

이런 식으로 계속해서 나쁜 쪽으로만 생각을 몰고 가는 버릇이 있었다. 어깨를 쭉 펴고 앉아 있으면 여자 쪽에서 먼저 다가오는데도 도무지 자신이 없었다.

처음 여자를 알게 된 건 스무 살 때였다. 늦은 편이겠지? 연극학과의 여자아이랑 에코다의 선술집에서 곤드레만드레 취한 후 그애 아파트에서 해버린 것이다. 그야말로 밤 한 시에 시작해서 아침 다섯 시까지 이어졌다. 하여튼 지금껏 만난 여자는 술집 여자와 하루를 포함해서 모두 다섯 명이다.

가령, 여자 친구가 생긴다, 그녀가 저녁을 지으러 와준다, 일주일에 사흘은 자고 간다, 우리 집 세면대에 스킨이라든지 화장품 병이 하나둘씩 놓이기 시작한다, 바닥에 떨어져 있는 머리핀이 눈에 들어오고, 내 공간이 그녀의 물건으로 야금야금 침략당하노라면 나는 당장이라도 이사를 가고 싶어진다. 그래서 한 여자와 1년을 넘긴 적이 없었다.

서른 살을 코앞에 두고 만난 여자가 바로 하루였다.

우리 서점에 스포츠 전문 서적을 사러 온 그녀, 지금도 또렷이 기억난다. 아주 촌스러운 꽃무늬 원피스에 양 팔뚝이 터질 것 같은 운동선수 타입의 여자였다. 사다리를 놓고 올라가지 않으면 꺼낼 수 없는 곳에 책이 꽂혀 있었기 때문에 내가 올라가서 꺼내주었다.

"이거 맞나요?"

내가 책을 내밀며 묻자 그녀가 고맙다고 말하며 미소를 지었다. 그 미소를 뭐라고 말하면 좋을까? 왜 있잖아, 종종 교육방송 같은 데서 나오는 거. 꽃이 피는 모습을 고속 촬영으로 보여주는 거 말이다. 터키행진곡에 맞추어 꽃잎이 활짝 피어나는 영상, 그런 미소였다. 말 그대로 전기가 찌리릿 통했다.

나는 언제든 이 여자를 위해 높은 곳에 손이 닿는 남자이고 싶다는 생각까지 들었다. 요컨대 첫눈에 반한 거였다.

또 한 권 주문하고 싶은 책이 있다기에 나는 얼른 주문 카드를 주고 이름과 주소와 전화번호를 적으라고 했다. 그리고 책이 들어오자마자 전화를 걸었다. 내일 가지러 오겠다는 소리에, 다음 날 나는 계산대에서 한 발도 움직이지 않았다.

뭐, 그런 일이 있고 나서 둘이 사귀기 시작했다. 그러나 하루와 교제가 깊어질수록 아니나 다를까 현실도피벽이 슬슬 고개를 들기 시작했다. 결혼이라든지 가정이라는 두 글자가 언뜻언뜻 등장할 무렵부터 나는 현실을 외면하고 싶었다. 시간에 철저한 내가 데이트 시간에 버젓이 늦게 나타나기 시작한 것이 징조라면 징조였다.

그렇지만 하루는 이런 나를 놓아주지 않았다. 다른 여자들과는 달랐다.

장기를 예로 들면, 막다른 곳까지 몰아붙이는 게 특기인 여자였다. 실제로 장기를 좋아하는지는 모른다. 그냥 예를 들자면 말이다. 세 수면 마무리 지을 수 있는 판을 다섯 수나 일곱 수에 걸쳐 조금씩 조금씩 목을 조르듯 궁지로 몰아넣었다. 이쪽에게는 도망칠 곳이 점점 없어지는 것을 알면서도 그런 상황을 만들어나갔다.

첫 단계는 자기 여동생을 인사시키는 거였다. 마침 나가사키에서 올라와 여대에 다니던 여동생은, 열여덟 살로 하루보다 3센티미터 정도 키가 크고 송곳니 쪽에 귀여운 덧니가 나 있었다. 궁지로 몰아붙이는 데는 여동생이 하루보다 한술 더 떴다. 그녀는 첫 만남부터 마치 보석감정사 같은 눈으로 나를 보았다. 이 남자가 언니의 애인으로 어울릴지 머릿속으로 하나하나 체크하는 듯한 말투였다. 부모님에 관한 것이라든지 수입이라든지 장래의 전망이라든지 연신 질문을 해댔다.

셋이서 시부야에 있는 샤부샤부 집에 가서 국산 쇠고기 샤샤부샤부를 질릴 때까지 시켜 먹었는데, 이 시즈카라는 여동생은 정말 잘 먹었다. 국물을 세 번씩이나 더 달라고 하는 여자는 드물지 않나? 아무튼 고기를 한 점 먹을 때마다 질문을 하나씩 던졌다. 나는 마치 샤부샤부 집에서 무슨 회사 입사 면접을 치르는 것만 같아 뭘 먹는지 알 수 없을 지경이었다.

장기판의 말을 예로 들면, 시즈카는 계마(桂馬, 일본 장기판에 쓰이는 말의 하나로, 일(日) 자, 목(目) 자와 같은 대각선 방향으로 두는 수다. 우리 장기판의 마(馬)에 해당한다)쯤 되려나? 뭔지 잘 알 수 없는 각도에서 공격해 들어와 순식간에 금장(金將, 전후좌우 한 칸과 대각선 앞으로 한 칸씩 움직일 수 있어 기습 공격이나 방어에 요긴한 말)으로 변신하는……

"만일 역에서부터 걸어서 15분 거리에 살고 있다고 가정해보세요. 전철도 버스도 모두 끊겼을 때 택시를 타실 건가요? 아니면 걸으실 건가요?"

대체 뭘 묻고 싶은 거야?

"아무래도 택시겠지."

내가 대답하자 시즈카는 옆에 앉은 하루를 보고 이렇게 말하는 거였다.

"낭비벽이 있을지도 몰라."

다음은 아버님이었다. 이번에는 장기판의 차(車)가 돌진해 오는 것 같은 느낌이었다. 나가사키에서 교회 목사로 일하고 계시는데, 일부러 나를 만나기 위해 도쿄까지 올라오셨다.

훌쩍 큰 키에 항상 신자들에게 시선을 맞춰서인지 약간 새우등인 데다 피아니스트처럼 부드러운 손으로 악수를 청하셨다. 입가에는 미소가 흘렀지만 눈은 웃고 있지 않았다. 이를테면 영국 배우 제러미 아이언스라고 할까. 그런 조용함으로 강압적인 위엄을 풍기는 분이셨다.

술을 못 드시는 분이라 아카사카의 코지코너에서 쇼트케이크를 먹으며 대화를 나눴다. 제러미 아이언스와 몰아붙이는 장기가 특기인 자매에게 둘러싸인 남자의 기분, 짐작할 수 있으려나? 도망갈 길이 완전히 막혀버린 거다.

더구나 아버님은 생글생글 웃으시면서 설교를 하셨다. 지금도 선명히 기억난다.

천지창조 이야기부터 시작하여, 하나님은 사람을 남자와 여자로 만드셨다, 그런 까닭에 부모를 떠나 아내와 맺어짐으로써 두 사람은 한 몸이 되었다, 두 사람은 이제 별개의 몸이 아니라 한 몸이다, 그러므로 하나님이 맺어주신 인연을 사람이 끊어서는 안 된다……

아직 결혼 약속도 하지 않은 시점에서 이혼을 막으려는 듯한 설교를 왜 들어야 하는지, 그때 나는 앞의 앞일까지 내다보고 계시는 듯한 느낌을 받았다. 그런데 이렇게 하루와 헤어진 지금에 와서 생각하면 당시 아버님은 선견지명이 있었던 셈이다.

"결혼하자."

그 말을 꺼낸 쪽은 분명 나였지만, 그렇게 말할 수밖에 없는 상황으로 몰아넣은 것은 하루였다.

결혼식은 아카사카 로열 호텔의 프린스룸이라는 중간 크기의 홀에서 치렀다. 하객은 100명 남짓이었고, 물론 교회 식이었다. 주례는 하루 아버님이 아는 목사님. 나는 식이 시작되기 직전까지 갈등했다.

"이래도 되는 걸까? 이것이 정말로 내가 바라던 걸까?"

대기실에서 혼자 다리까지 떨면서, 결혼식장의 담당자를 꽤 귀찮게 했던 것 같다.

"내 얘기 조금 들어주지 않을래요?"

나는 하루와의 만남부터 연애 시절까지의 일을 그에게 전부 말해버렸다. 이런 남녀가 결혼해서 정말 행복해질 수 있을지 제삼자가 판단해주었으면 하는 마음에서였다. 아카사카 로열 호텔의 연회 담당자는 찬찬히 들어주었다. 좋은 사람이었다. 나도 털어놓고 나니 한결 마음이 편해졌다.

"자, 신부가 기다리고 있어요."

연회 담당자는 전혀 사무적인 느낌이 아니라 웃는 얼굴로 이렇게 충고해주었던 것 같다.

"행복이 눈앞에 기다리고 있는데 무엇을 망설이십니까?"

그래서 나는 간신히 일어날 수 있었다.

그리고 1년 3개월의 결혼 생활.

이혼 서류를 앞에 두고 '우리, 각자의 인생을 다시 살아보자' 하는 듯한 느낌이었다.

그런데 지금 우리의 모습이 과연 각자의 인생이라고 말할 수 있는 걸까?

"잘 지내?"

"좋은 남자 찾았어?"

만나면 늘 그런 식의 인사를 했다. 센터거리 던킨도너츠 안쪽의 2인용 테이블 석에 앉아 바나나머핀을 앞에 놓고 서로 근황을 보고하는 관계. 물론 용건은 그녀가 부탁한 책이 들어왔으니 전달해준다는 거였지만 무의식중에 서로가 만날 구실을 찾았다.

퇴근하고 사루가쿠초의 하나카고에서 만나면 하루도 나도 술이 들어가니 밉살스러운 말로 티격태격했다.

"뭐야, 그 색깔하곤. 대체 누가 골라줬어?"

하루에게 넥타이를 트집 잡히거나 무가 들어 있는 접시를 젓가락으로 끌어당기다가 핀잔을 듣는 일들은 어느새 내 삶에 활력이 되었다.

나도 가만히 듣고만 있지는 않으니까 다른 손님에게 폐가 되지 않을 정도의 말싸움이 되지만 어쨌든 내게는 그녀의 가시 돋친 말들이 각성제라고 할 수 있었다.

하루와 갈라선 후 친구 가이에다에게 여자를 몇 명 소개받았지만, 다시 한번 데이트하고 싶을 만한 상대는 없었다. 치고 빠지는 호흡이 맞지 않으면 영 대화하는 맛이 나지 않았다. 하루라면 이런 때 "잠깐, 잠깐" 하면서 치고 들어올 듯싶은데 세상 여자들은 그렇지 않았다.

"그래요? 하야세 씨는 술 취했을 때 역 앞의 자전거를 그냥 가져와요?"

이렇게 그저 감탄할 게 아니라 나를 혼내야지.

"그건 도둑질이잖아, 얼른 자수해요"

나는 이러쿵저러쿵 설교해주기를 바란다, 하루처럼.

그렇다고 해서 하루와 다시 합치고 싶다는 것은 아니다. 같은 일이 되풀이될 게 뻔하니까.

복싱을 예로 들면 우리는 접근전을 벌여야 한다. 피차 풋워크를 살리면서 조금 떨어져 코끝에 닿을락 말락 하게 잽을 반복하고, 시간이 되면 각자 홍 코너와 청 코너로 돌아가는, 그런 남자와 여자여야 한다.

아침 9시 5분에 출발하는 직행 전철이 도립대학 부근에 접어들 무렵, 나는 전철 안의 혼잡을 피하려고 우측 창가에 선다.

그러면 선로 변을 따라 벽돌로 지은 스포츠클럽 건물이 차츰 눈에 들어오는데, 바로 하루의 직장이다. 자전거 보관소를 자세히 보면 히몬야 다이에마트에서 산 하루의 빨간색 MTB를 찾아낼 수 있다.

그녀는 항상 출근 시간 5분 전에는 직장에 도착해 있고, 나는 차창에 기대어 "대단해, 대단해"라고 중얼거리며 그날 하루를 상쾌한 기분으로 맞이한다. 자전거가 보이지 않을 때는 서점에 도착하는 대로 하루의 아파트에 전화를 건다. 그러면 아니나 다를까 감기로 몸져 누워 있다.

그녀의 감기는 레몬 두 개를 짜 넣은 뜨거운 레몬차를 마시면 낫는다.

"냉장고에 없으면 점심시간에 사다 줄까?"

내 제안에 그녀는 됐다며 거절한다. 나는 이혼하고 나서 지금까지 그녀의 아파트에 발을 들여놓은 적이 없다. 그것이 우리의 절도고 묵계다. 비록 외롭다 해도.

내가 근무하는 시부야 분카도 서점은 도겐자카의 프라임 빌딩 쪽 지하에 자리한 중간 규모급 서점이다. 직위는 점장. 파트타임으로 일하는 아주머니들만 나보다 나이가 많고, 나머지 일곱 명의 부하 직원은 20대 후반의 남자 세 명과 여자 네 명. 도쿄 시내에만 지점이 네 개나 되는 체인점이라서 신년 초에 직원 교체도 이루어지고 직원에 대한 근무 평가도 엄격한 편이었다.

구매력이 매출에 반영되는 서점의 특성상 경쟁에서 살아남으려면, 눈여겨본 한 권의 책이 다른 서점에 깔리기 전에 일정량을 확보해두어야 했다. 귀에 빨간 펜을 꽂고 손에는 신간 정보를 들고, 무수한 신간 속에서 베스트셀러가 될 물건을 찾아내고자 출판사에 전화를 해댄다. 그야말로 갬블러, 경마 예상가라고 할 수 있다.

직원들은 여덟 시 반에 출근해 청소며 당일 발매된 잡지를 진열하기 시작한다. 열 시에 매장 문을 열면 시차출근하는 샐러리맨이 줄줄이 들어온다. 손님의 동향을 관찰하고 잘 나갈 것 같은 책의 진열 위치가 잘못되지는 않았는지 확인한다. 기대한 대로 손님이 그 책을 들고 계산대로 오면 나는 마치 3점 슛을 넣은 것 같은 기분에 젖는다.

'점장의 추천 베스트셀러'라는 생동감 있고 컬러풀한 멘트도 쌓아둔 신간의 중심에 꽂아 눈에 띄도록 한다. 요즘 고심한 것은 뭐니 뭐니 해도 마이클 코넬리의 신작이다. 제임스 엘로이의 모친이 참살당한 사건을 소재로 한 소설(마이클 코넬리가 1995년에 발표한 《라스트 코요테》)이라서 엘로이의 LA 4부작뿐만 아니라 엘리자베스 쇼트 사건의 논픽션(제임스 엘로이의 《내 어둠의 근원》)과 함께 나열하는 센스도 잊지 않았다.

"하야세 씨 아니세요?"

뒤에서 손님이 말을 걸어왔다. 나는 서가 아래 재고 가운데서 늘 그렇듯 평은 별로여도 잘 팔리는 스펜서 시리즈(로버트 B. 파커의 사립탐정 스펜서를 주인공으로 한 소설)의 신작을 보충하는 중이었다. 그래서 돌아보지도 않고 대답했다.

"예, 그런데요."

사실 책을 찾는 손님과는 딱히 얼굴을 마주할 필요도 없었고, 해당하는 책이 있는 서가 쪽으로 재빨리 안내해주면 되었다. '책은 자기 다리로 찾으시지'라는 마음에 무뚝뚝해질 때도 많았다. 그런데 이름까지 부르는 사람은 흔치 않았기에 고개를 들고 쳐다보았다.

젤을 바른 짧은 머리가 반짝거렸다. 유급휴가를 잔뜩 사용하고 이제 막 귀국한 듯한 까무잡잡한 얼굴에 넥타이 브랜드는 아르마니였지만 코트는 국산, 양복 자체도 고나카(신사복 전문 체인점) 분위기. 우리 매장의 주요 고객층인 샐러리맨풍이었다.

"네, 무슨 일이시죠?"

일어서서 보니 신장은 나와 엇비슷했다. 그가 나를 유심히 쳐다보았다. 콧김을 내뿜으며 달리는 경주마 서러브레드종 같은 갸름한 얼굴이었다. 마주하자 무더운 열기 같은 것이 느껴졌다. 어디서 봤더라…….

"잊으셨어요? 나가토미입니다. 나가토미 쇼헤이예요."

"나가토미 씨……."

흐릿한 기억의 영상, 나는 눈앞의 남자와 이으려 했지만 초점이 맞지 않았다.

'힌트 하나면 알 것 같은데.'

"아카사카 로열 호텔에서 결혼식 올리셨죠? 그때 그 나가토미입니다."

그제야 초점이 맞았다. 나와 하루의 결혼식을 담당했던 남자였다. 결혼식 직전 대기실에서 미래를 향한 첫발을 내딛지 못하고 망설이던 나를 위해 내 얘기를 끈기 있게 들어준 남자.

"이쪽 서점에서 근무하고 계셨어요? 한 달에 몇 번은 오는데, 전혀 몰랐네."

"그때는 고마웠습니다. 미안해요, 기억을 못 해서. 그렇게 신세를 져놓고."

"아뇨, 아뇨. 아무래도 긴장되는 상황이었으니까요."

나는 비참했다. 꼴사납고 소심하고 남자의 서열에도 올려놓을 수 없을 만큼 못난 신랑이었다. 연회 담당이었던 그에게 등을 떠밀려 간신히 식장으로 발을 내디뎠던 남자.

하지만 하루와 파국을 맞은 지금에 와서는 딱히 은인이라고 할 수도 없었다.

"하루 씨는 잘 지내시나요?"

"잘 지냅니다."

"자녀분은?"

"하나……."

그 순간 나는 말을 잇지 못했다. 그저 생길 뻔했다고 에둘러 말했다. 그 말을 선뜻 이해하지 못하는 나가토미에게 나는 툭 터놓고 말했다.

"하루와 헤어졌습니다. 정말이지, 그때 그렇게 신세를 져놓고 결국 이렇게 돼버려서. 하하, 면목이 없네요."

"그러셨군요……."

나가토미는 마치 집안사람의 불행인 양 말끝을 흐렸다. '아카사카 로열 호텔에서 결혼한 커플은 반드시 행복해진다'라고 자신이라도 했던 걸까? 당연히 결혼식 이후의 신혼 생활까지 추적 조사하지는 않을 테니까, 결혼식에서는 프로라 해도 실제 결혼 생활의 행불행에는 어둡겠지.

"그때 나가토미 씨의 조언을 뿌리치고 식장에서 도망쳤더라면 오히려 나았을지도 모르겠네요."

내가 우스갯소리처럼 말했다.

결혼 직전에 깨지는 편이 1년 3개월 후에 헤어지는 것보다 덜 상처받는다는 보장은 없지만, 농담 삼아 말해두지 않으면 어쩐지 이 화제를 매듭짓지 못할 것 같은 예감이 들었기 때문이다.

"하루는 잘 지냅니다. 헤어졌어도 자주 만나요. 무슨 책을 찾으시던 것 아니에요?"

"미야모토 테루의, 그게 제목이 길어서…… 표지가 바닷가 등대 그림인데……."

"《이곳에서 땅이 끝나고 바다가 시작된다》 말인가요?"

고단샤 문고가 있는 서가로 안내해주었다. 그런데 상, 하 두 권을 건네받은 나가토미가 마음이 딴 데 가 있는 듯한 얼굴로 불쑥 중얼거렸다. 내 얼굴을 제대로 보지 못하겠는지 겸연쩍은 웃음까지 섞어서 말이다.

"하루 씨, 한번 만나보고 싶은데……."

아주 미약하지만 절실한 여운이 느껴져서 나는 제대로 생각도 하지 않은 채 거의 반사적으로 대답했다.

"좋아요. 언제든 소개해드리죠."

어째서 이렇듯 경솔하게 떠맡았을까? 이혼이 내 인생에도 하루의 인생에도 어두운 그림자 같은 것은 드리우지 못했다는 것을 내심 과시하고 싶었던 걸까?

　허세만으로 결혼을 얘기하려 드는 나니까, 이런 식으로 내가 내 목을 조르는 것이나 다름없는 말을 뱉고 만다. 아무튼 바보라니까. 혼 좀 내줘, 이런 나를.

　3

　간나나 바로 앞, 메구로 거리와 도큐선 선로 사이쯤에 내가 근무하는 스포츠클럽이 있다.

　거대한 골프 연습장에 인접한 산뜻한 3층짜리 클럽하우스는 달리는 전철 안에서 봐도 시선을 끌기에 충분하다. 건강 애호가들의 본거지와도 같은 벽돌 건물은 웨이트 트레이닝을 위한 헬스클럽과 수영장이 대부분의 공간을 차지한다. 날마다 우리 클럽은 건강해지고 싶은 욕망에 굶주린 사람들을 집어삼키고, 사람들은 지방이 연소되어 땀으로 변한 것을 샤워로 씻어내린다.

　이래 봬도 나는 헬스클럽과 수영장의 젊은 강사들을 총괄하는 '주임'이라는 직책을 맡고 있다. 덕분에 최근 5년간 무릎 길이의 스웨트 팬츠와 클럽 로고가 새겨진 트레이닝셔츠, 또는 수영복 차림으로 늘 시간에 쫓기듯 이 층 저 층 활보하고 있다. 휴가래야 출산 전후 2주일이 전부였다.

　나가사키에서의 고교 시절, 지역대회에서 100미터 자유형 부문 6위에 입상한 경력도 있고 하여, 열여덟 살에 고향을 떠나 도쿄의 주쿄 여자체육전문대학에 진학했지만, 바르셀로나 올림픽을 목표로 삼을 정도의 성과는 내지 못했다. 아마도 지역대회에서 6위에 입상한 열일곱 시절이 수영 선수로서의 전성기였는지도 모르겠다.

대학 은사님의 소개로 학생 때부터 이곳에서 아르바이트를 했는데 졸업하던 해에 스포츠지도자 자격증을 따면서 자연스레 취직으로 연결된 것이다.

우리 스포츠클럽에서는 철저한 개인별 지도로 고객의 체형을 다듬어준다. 새로 회원이 들어오면 나는 상대가 남자든 여자든 우선 옆구리 살부터 잡아본다. 내 손가락에 잡힌 지방의 감촉을 고려해 그 사람에게 적합한 트레이닝 방식을 설계해주려는 거다. 초면에 느닷없이 옆구리 살을 잡힌 회원 중에는 "왜 이러세요, 선생님" 하면서 간지럽다는 듯이 몸을 배배 꼬는 사람도 있지만 나는 개의치 않고 보드에 선택 종목 세트와 반복 횟수를 기입한다.

미국의 웨이트 트레이닝 클럽 수가 인구 약 1만 명당 한 곳인 데 비해 일본은 고작 10만 명당 한 곳이라는데. 그나마 다이어트 붐 덕에 일본에서도 웨이트 트레이닝에 대한 인식이 일반 대중에게 널리 확산되었다고는 하지만, 날마다 규칙적으로 트레이닝하는 사람은 아직까지 소수에 불과하다.

이는 일본인들이 아직도 체력 단련을 정신력과 연결 짓기 때문이다. 집단으로 동일 프로그램을 소화하고, 충분한 휴식도 없이 철저하게 몸을 괴롭히는 운동부 스타일에 길들여지다 보니 개인의 능력에 맞춘 합리적인 트레이닝은 영 어색한 것이다. 바벨을 들어 올리는 옆 사람에게 경쟁의식을 느껴 무리하게 중량을 올리는 어리석은 사람이 우리 클럽에도 있으니까.

나는 신규회원과의 첫 면담 때 개인적인 웨이트 트레이닝의 즐거움을 이해시키기 위해 항상 두 가지를 이야기한다.

하나는 우리 몸의 메커니즘은 알면 알수록 흥미로운 세계라는 점이다. 제아무리 우수한 컴퓨터를 이용한다 해도 인간의 움직임을 로봇으로 재현하는 일은 불가능하니까. 걷고 있을 때 인간의 허리 위치는 불과 5센티미터 정도만 오르내린다고 한다. 별것 아닌 것 같은 인체의 움직임에는 사실 여러 개의 복잡한 제어 기능이 작용하고 있는 셈이다.

다른 하나는 트레이닝에 관련된 일반적인 오해에 대해 말한다. 복부의 지방을 빼려면 복근 운동이 최고라고 여기는 사람이 많은데, 유감스럽게도 그것은 잘못된 상식이다. 복근 운동의 목적과 효과는 복근의 강화 및 단련에 있을 뿐 지방을 제거하려면 지방을 연소시켜 에너지로 소비하는 수밖에 없다. 최대 심장박동 수의 60퍼센트 정도까지 끌어올린 상태에서 최저 20분간 연속 운동을 하는, 이른바 유산소 운동에 의해 지방은 비로소 연소되기 시작한다.

나는 그들에게 트레이닝 목적에 대해서도 물어본다. 다이어트가 목적인 사람과 보디빌딩을 위해 기초 단련을 하는 사람은 메뉴를 구성하는 방법부터가 근본적으로 달라야 하기 때문이다.

퇴근길에 적당히 운동하고 싶다는 사람은 조금 여유 있게 스케줄을 짜서 헬스클럽과 수영장을 번갈아 이용하도록 한다.

여동생이 다니는 대학의 교수 중에 기타지마라는 사람이 있는데, 지난달에 동생 소개로 클럽에 가입한 이후 일주일에 두 번 정도 나오고 있다.

40대 중반이지만 새치 하나 없이 머리가 새카만 데다 완고해 보이는 광대뼈 탓에 표정이 딱딱하기는 해도 웃으면 소년 같은 수줍음이 눈 밑을 발그스름하게 물들여 귀엽다.

슈토 여자대학에서 사회학을 가르치는 조교수. 회원을 편애하지 않는 것이 내 신조인데도 기타지마 선생에게는 팔을 걷어붙이게 된다. 동생의 학점을 위해서가 아니다. 애처로울 만큼 수영을 못한다, 이 사람이. 그래서 자연스레 개인 교습이 되었다.

나이 들어 허릿살이 붙은 것을 감안하면 신장 175센티미터의 몸은 의외로 균형이 잡혀 있었다. 그러나 일단 육지에서 물속으로 들어가면 몸의 움직임은 망가진 양철 인형처럼 제각각 놀았다.

어릴 때 강에서 익사할 뻔했다는, 말하자면 트라우마가 있어서 마흔다섯인 나이에도 완전히 맥주병이었다. 대학에서는 팬클럽이 생길 정도로 인기가 많은 조교수라는데, 수면에서 턱을 쳐들고 삶은 문어 같은 입으로 숨 쉬는 모습을 여대생들이 본다면 뭐라고 할까. 눈이 휘둥그레져 '환멸'이라고 내뱉겠지.

요전에도 보다 못해 트레이닝복을 벗어던지고 풀에 뛰어들어, 허리에 스위밍 헬퍼를 단 채 헛발질하고 있는 기타지마 선생을 옆에서 붙잡아주었다. 거의 익사 직전이었다.

"교수님, 교수님."

내가 소리치면서 일으켜 세우자 기타지마 선생은 간신히 물에 얼굴을 담글 수 있게 된 어린애처럼 연신 얼굴의 물기를 닦아냈다.

"턱을 끌어당기고 눈은 치켜뜨듯 앞을 보세요. 혹시 도중에 숨쉬기가 힘들어지면 양팔을 옆으로 이렇게 벌리고……."

내가 말하며 선생의 양팔을 벌리자 그 상태로 뻣뻣하게 굳어버린다.

"손바닥으로 물을 밀어내듯이 하면서 얼굴을 드는 겁니다. 호흡이 가능해지면 머리를 양쪽 어깨로 감싸면서 발차기를 계속 하세요. 좋아요, 팔꿈치를 구부려 몸을 세우면 안 됩니다."

"수고스럽게 해서 죄송합니다. 발이 닿지 않으면 당황해서요. 수영을 시작한 이후로 다섯 살 때 꿈을 종종 꿉니다. 정신을 잃을 만큼 물을 먹고 괴로워했던 기억이 선명하게 되살아나곤 하죠."

"그렇게까지 괴로우시다면 무리해서 나오실 필요 없어요. 수영을 못 해도 인간은 살아갈 수 있으니까요."

나는 그를 분발시키려고 냉정하게 말했다.

"그렇게 차갑게 말씀 마시고 제발 가르쳐주세요. 에토 선생님과 나란히 쓱쓱 헤엄을 친다면 얼마나 근사할까, 하는 마음에 종종 꿈도 꿉니다."

"물에 빠지는 꿈이 아니고요?"

"그러니까 고향 시만토 강에 빠진 저를 반짝반짝 빛이 나는 비늘을 가진 인어가 나타나 구해주는 꿈입니다. 그 인어, 자세히 보니까 에토 선생님이 아니겠어요?"

사회학과 조교수치고는 꿈이 조금 유치하지 않아?

여자한테 심하게 데인 남자는 강인한 여자에게 구원받는 꿈을 자주 꾼다고, 어떤 책에 쓰여 있었는데.

기타지마 선생은 부인과 별거 중인 모양이었다. 소문에 따르면,

일개 사립대학 강사에 불과했던 기타지마 선생이 재력가의 딸을 신부로 맞아 부인 주머니에서 나온 돈으로 각종 연구비를 충당했고, 그 덕분에 '가족사회학'이라는 분야의 선구자적인 존재가 되어 조교수로 승격되었단다. 그렇듯 부인의 재력이 막대한 공을 세우긴 했어도, 돈으로 부부간의 정은 살 수 없었던 걸까. 아이가 없는 부부 관계는 분명 깨지는 것도 빨랐으리라. 그 점에 있어서는 나도 남의 말할 처지는 아니지만.

기타지마 선생은 물에서 나오자 위엄을 되찾은 양 두 다리로 바닥을 딛고 서서 말했다.

"에토 선생님, 언제 시간 나실 때 카페테리아에서라도 좋으니, 차라도 한잔⋯⋯."

"무슨 하실 말씀이라도?"

남자들한테서 이런 유의 데이트 신청을 받는 게 한두 번이 아니다. 체육관 옆, 풀이 내려다보이는 3층 카페테리아에서 한 잔에 300엔 하는 커피를 마시는 걸로 끝나면 좋으련만, 다음 코스는 중년 남자들의 영역인 밤의 사교장으로 가는 게 정해져 있다.

"아뇨. 시즈카 양의 취직에 관해 조언이라도⋯⋯."

슬슬 동생 얘기가 나올 시기라고 짐작은 했다. 눈 밑이 발그스름해져서 말을 하기에, 동생 얘기는 핑계임을 금세 눈치챘다. 이 사람은 거짓말을 못 하는 사람이다. 밤의 사교장에 대한 경계심이 완전히 사라지지는 않았지만, 기타지마 선생이라면 30분 정도 커피 타임을 갖는 것도 괜찮을 듯싶었다.

"걱정해주셔서 고맙습니다만, 동생의 취직 문제는 본인에게 직접 말씀해주시지요. 제 능력 밖이거든요."

여동생이 감당할 수 없을 만큼 반항적이란 의미는 아니었다. 단지 내 말이 설득력이 없을 뿐이었다. 시즈카 눈에는, 나란 여자가 불과 1년 3개월 만에 인생의 쓴맛을 본 사람치고는 전혀 경험이 없는 철부지처럼 보이는 모양이었다. 이혼 후에도 확실하게 돌아서지 못하고 여전히 리이치로와 만나고 다니는 언니를 냉소 반 재미 반으로 지켜보고 있었다. 그러니까 오히려 내가 동생한테 설교를 듣는 입장이었다. 여동생은 경험이 없는데도 내 현재 상태를 정확히 짚어냈다. 그 말 중에 아직까지도 가슴 한구석에 눌어붙은 말은 "형부랑 언니는 어떤 관계가 되든 평생 보게 될 거야"라는 말이었다.

기분이 좋으면서도 한편으로는 등골이 오싹한 말이었다.

"동생 이야기만 아니면 언제든 좋아요."

거절당한 줄 알고 시무룩해 있던 기타지마 선생은 언제 그랬냐는 듯 금세 웃었다. 그는 아이처럼 볼을 실룩거리며 웃었다.

"그럼 수영의 유체역학에 대해서 강의 부탁드립니다. 몸보다는 머리로 이해하는 쪽에 자신이 있거든요."

"알겠습니다. 유체역학에 대해 알고 싶단 말씀이시죠? 저도 부지런히 예습해 와야겠네요."

내가 미소를 건네자 기타지마 선생은 깡충깡충 뛰는 듯한 발걸음으로 소독탱크 쪽을 향해 사라졌다.

이런, 이런.

나는 쉴 틈이 없었다. 다음 수업은 부모와 자녀가 함께 수영하는 클래스였다. 먼저 코스를 정비해야 했다. 모교에서 추천한 아르바이트생 몇 명을 보조 강사로 고용하고 있지만, 우리 클럽의 인력 부족 현상은 어제오늘 일이 아니어서 주임인 나도 풀 바닥에 발판을 설치하거나 스포이트와 시험관을 들고 수질 검사를 해야 할 정도로 바빴다.

부모 자녀 클래스는 내가 제안한 새로운 커리큘럼이었다. 엄마나 아빠와 경쟁함으로써 아이의 수영 실력을 키우고 싶다는 회원들의 앙케트를 읽고 나는 '바로 이거야!' 하면서 곧바로 부장님에게 기획안을 제출했다. 그 결과, 목요일 오후 네 시 이후와 일요일 아침에 한 시간을 확보했다.

특히 30대 엄마와 초등학교 저학년 자녀 팀이 많았다. 어떤 수업인지 참관하고 싶어 하는 사람들을 위해, 회원이 아닌 가족들 중 체험 희망자를 모집했는데 꽤 성황을 이뤘다. 3개월 정도 지난 지금, 부모 자녀 간 수영 대회를 열면 어떻겠냐는 의견이 나올 정도였다.

그렇지 참, 바로 그 부모 자녀 클래스에서 생각지도 못한 사람을 만났다.

한 어머니. 누군가 나를 뚫어져라 쳐다보는 느낌이 들어서 돌아보는 순간, 그녀와 시선이 딱 마주쳤다. 회원이 아니라 체험 수업을 하러 온 학부모였다. 옆에는 유치원생쯤 되어 보이는 여자애가 있었고.

"하루?"

그녀가 머뭇거리며 나한테 말을 걸었다.

색상은 수수했지만 가슴이 깊이 파인, 멋진 몸매를 과시하는 수영복. 샤워를 마치고 풀장 가로 걸어 나오는 행동거지를 보면 뭇 남성의 시선을 받는 직업에 종사하는 게 분명했다. 어린 여자아이가 옆에 없었다면 그 누구도 유부녀라고 생각지 못했을 것이다. 나와 같은 세대. 자칫하면 이중턱이 생길 것 같은 포동포동한 볼이지만, 바로 전 단계에서 컨트롤하고 있었다. 그녀는 집안일에 쫓겨 윤기를 잃어가는 같은 세대의 엄마들로부터 반감을 사기에 충분한 섹시함을 몸 구석구석에서 오로라처럼 발산하고 있었다.

"에토 집안의 하루 맞죠?"

"네, 그런데요……."

"아버님이 나가사키의 목사님."

"네……."

아무리 봐도 기억나지 않았는데, 같이 있는 여자아이의 얼굴을 보자 섬광처럼 떠올랐다. 이는 분명 아이 엄마의 20년 전 얼굴. 확실히 낯이 익은 얼굴이었다.

"가스미?"

"그래!"

그녀의 표정이 환해졌다. 반짝이는 눈동자와 윤기 나는 볼, 하얀 치아가 눈부셨다.

"정말 반갑다! 어쩜, 이런 우연이 다 있니. 여기서 일하는 거야? 너무 놀랍다, 얘. 그때나 지금이나 변함이 없구나. 맞아, 맞아! 그때도 늘 이런 색 수영복을 입고 수영했어!"

금방이라도 나를 부둥켜안을 기세였다. 뒤에 남겨진 딸은 치뜬 눈으로 올려다보면서 나와 엄마를 비교하고 있었다. 어른들의 세계를 경계하는 듯한 눈빛. 엄마처럼 멋진 몸매를 가지려면 앞으로

10년은 더 걸리겠지만, 단지 남자를 매료시킨다고 해서 여자의 삶이 행복해지지는 않는다는 것을 어린 나이에도 깨우친 듯 조숙해 보였다. 하지만 붙임성은 없어 보였다. 하긴, 불꽃놀이처럼 화려한 가스미와 함께라면 좋은 콤비일지도 모르겠다.

오가사와라 가스미, 초등학교 동창생이었다. 구라바엔 공원 인근의 다카다이 공립 초등학교를 다닐 때 4년간 같은 반이었다.

가스미네 집안은 일련종(불교의 한 종파)인데도 가스미는 루터파 교회인 우리 집에서 열리는 일요 예배에 꼬박꼬박 참석했다. 크리스마스 연극이 목적이었다. 언제나 주인공 역을 도맡았으니까. 지금이야 나랑 별반 키 차이가 나지 않지만 그때는 내가 올려다볼 정도로 키가 컸다. 조숙했다. 초경이 나보다 2년은 빨랐으니까. 소꿉놀이에서는 그녀가 항상 엄마 역할을 했고, 나는 큰딸, 여동생인 시즈카는 둘째 딸 역할을 했다.

"하루야, 빨래 좀 도와줘. 시즈카는 그릇을 정돈하고."

나는 철들 무렵 이미 엄마를 여의었기 때문에 가스미와 소꿉놀이를 하면서 엄마가 계신 가정을 느꼈던 것 같다.

중학교에 들어갈 무렵, 가스미는 아버지의 직장 문제로 갑자기 이사를 가버렸다. 미쓰비시 중공업에 간부로 계셨는데, 조선업계에 불황이 불어닥쳐 관련 회사로 이직을 했다는 소문이 돌았다. 가스미와는 초등학교 5학년에 올라가면서 반이 갈려 자주 만나지는 못했지만, 이사 간다는 말도 없이 어느 날 집이 비어 있어 조금 충격을 받았다. '여자들의 우정이 고작 이 정도인가'라는 생각도 들었다.

"벌써 10년이 넘었지? 언제 도쿄에 온 거니? 나가사키에 내려가

기도 하니? 나는 열여덟 살에 올라왔는데, 이런저런 일 많았지."

대답할 틈도 주지 않고 저 혼자 말하는 건 예나 지금이나 변함이 없었다. 성급. 저돌적. 급진파. 그녀에게는 다 맞아떨어졌다. 인생도 마찬가지인 모양이다. 딸아이 나이를 보더라도 스무 살쯤에 낳지 않았을까?

"하루, 결혼은?"

"뭐…… 한 번."

이런 식의 대답이 가장 손쉽다는 것을 최근에야 배웠다. 한 번 결혼을 했다는 말에는 한 번 했지만 실패했다는 의미가 포함되니까. 이런 의미에서 말이란 건 참 편리하기도 했다.

"그럼 돌아온 싱글이구나. 나도! 나도! 이야, 어쩐지 반갑다, 얘."

서로의 상처를 핥아줄 상대가 늘었다는 기쁨의 표현인가?

"이 근처에 사니?"

나에게도 드디어 질문할 시간이 주어졌다.

"오오카야마. 넌?"

"여기서 걸어서 15분 거리, 히몬야 공원 근처야."

"그렇구나……. 그동안 너한테도 일이 많았나보네. 내 딸이야. 닮았지? 요 도톰한 입술이라든지."

여자아이는 '또 시작이군'이라는 표정으로 엄마를 올려다보았다. 엄마를 닮았다는 말에 뚱한 표정을 지었다. 얼굴만 닮았다면 참을 수 있지만 성격까지 닮았다는 말만은 제발 참아달라는 듯한 표정이었다. 자신의 입술을 가리키자 피하는 모습을 보였다.

"아야라고 해. 한자로는 색채의 '채(彩)' 자를 쓰지. 아야, 인사 안

하니?"

"안녕하세요."

아이가 눈을 치뜨며 인사했다.

"안녕."

나는 눈높이를 맞추며 아이를 바라보았다. 치켜뜬 눈을 내리니까 그 나이 때 어린아이의 순진무구함이 눈동자에 가득 배어 있었다. 아야라는 이름의 '채' 자는 의외로 아이의 미래를 점치고 있는지도 모른다. 이 아이에게는 얼굴에 번지는 미소를 어서 빨리 보고 싶게 만드는 뭔가가 있었다.

"아야, 우선 체험 수업을 해보고 재미있으면 엄마하고 같이 수영하러 오렴."

아야는 고개만 끄덕였다. 낯을 가린다기보다 값을 매기는 듯한 눈빛이었다.

가스미는 내 손을 살짝 쥐고 흔들면서 말을 붙였다.

"얘, 얘, 언제 천천히 얘기하고 싶다. 다음에 시간 되면 놀러 와. 스물여섯 살의 돌아온 싱글을 둘이나 내버려 두다니, 세상 남자들 알다가도 모르겠다, 얘."

이혼에 관련된 단어가 나올 때만 목소리를 낮추며 이야기했다. 역시 이혼 경력이 있는 여자로서 사회의 차가운 바람을 맞은 거겠지. 개방적으로 보여도 그 부분에는 세심하게 신경 썼다.

주변의 엄마들이 멀찌감치 둘러서서 우리 두 사람의 소란을 지켜보고 있어 난처해하던 차에, 오가사와라 가스미가 나중에 보자며 선선히 물러나 주었다. 하지만 곧바로 목소리를 낮추어 이렇게 말했다.

"저기 있잖아, 클럽 회원 중에 괜찮은 남자 없니?"

헤어질 무렵에 슬그머니 그런 질문을 하는 여자가 내 주변에는 좀처럼 없다. 경멸하는 게 아니라 오히려 존경스러울 지경이다.

좋은 남자 있으면 소개해줘.

가스미의 말을 번역하면 이런 의미가 된다. 타입은 다르지만 인생 경험이 전혀 몸에 배지 않은 여자가 나 말고도 또 있다는 얘기인가. 나야 솔직히 말해 1년 3개월 만에 질려버렸지만 가스미라는 여자는 아무리 뼈아픈 실패를 경험한다 해도, 인생의 급진파로서 여전히 결혼에 대한 꿈을 보석처럼 가슴에 품고 사는 모양이다.

그런데 가스미의 그런 바람을 위해 내가 발 벗고 나서게 될 줄이야. 그때는 꿈에도 생각지 못했다.

4

꿈에도 생각지 못했던 그 사건의 발단에 대해 말해주지.

그날 밤은 사루가쿠초의 하나카고에서 시즈카를 위해 조촐한 생일 파티를 열어주기로 했다. 나는 오후 여덟 시에 마지막 강습을 끝내고 서둘러 메구로 거리로 나와 택시를 잡아탔다. 어차피 늘 보던 얼굴이니 공들여 화장할 필요까지는 없었지만, 그 사람이랑 그 사람 친구인 가이에다 씨한테 '요즘 여자로서 주가가 떨어졌어'라는 소리라도 들으면 기분이 나쁠 것 같아 택시 안에서 입술과 눈언저리 정도는 꼼꼼히 체크했다.

그 작은 음식점은 힐 사이드 테라스에서 조금 더 들어간 곳에 위치해 있었다.

가게 입구에 늘어뜨려 놓은 포렴은 철따라 계절 꽃을 곁들인 문양으로 바뀌었고, 열다섯 명쯤 앉으면 꽉 차는 카운터와 안쪽에 네 명 정도 앉을 수 있는 방이 전부일 정도로 가게는 아담했다. 카운터의 손님이 몸을 쭉 펴고 보면, 큰 접시에 요리가 항상 여덟 가지 정도 놓여 있었고, 먹고 싶은 것을 말하면 예쁘게 담아주었다.

눈빛이 예사롭지 않은 짧은 머리의 과묵한 요리사와 뒤치다꺼리를 잘하는 고향 친척 같은 여주인. 여주인이 다섯 살 정도 연상인 것처럼 보였다. 자세히 물어보지는 않았지만 두 사람이 부부인 것은 틀림없었다. 그런데 어쩐지 사연이 있어 보였다.

교토에서 눈이 맞아 도망쳐 온 유명 음식점 외동딸과 고용인이 아닐까. 우리의 상상이 맞는지 어떤지 확인한 적은 없지만.

젖어 있는 납작한 돌길을 네 발짝 정도 걸어가 포렴을 젖히고 종소리 나는 미닫이를 열자 카운터 쪽에서 세 사람이 여느 때와 같은 순서로 앉아 술을 마시고 있었다. 시즈카를 사이에 두고 양옆에 리이치로와 가이에다 씨. 내 자리는 가이에다 씨 옆이 될 터이므로 자연히 리이치로와는 거리가 생길 것이다.

"있었네?"

내가 리이치로를 보며 입을 열자마자 그가 얼른 대답했다.

"있었지, 그야."

"뭔가 구실 만들어서 날 만나러 오지 마."

"시즈카 만나러 온 거야."

리이치로가 크게 낙담하는 눈치를 보이자 가이에다 씨가 얼른 중재에 나섰고, 자리는 금세 여느 때처럼 되었다.

내 잔에 맥주를 따르고 "생일 축하해!"라며 시즈카를 중심으로 다시 건배.

시즈카는 스물두 살이 되었다. 나와 네 살 차이지만 학년으로는 3년 차이가 났다. 재원이 많기로 유명한 슈토 여자대학 4학년이지만, 아무짝에도 쓸모없는 문과대에 다니고 있었다. 뭐, 그래도 나와 달리 머리가 좋은 것은 분명했다.

대졸 여성의 취업난은 여전히 심각해서 10월이 되도록 시즈카에게는 어느 한 곳 오라는 데가 없었다. 그래도 본인은 초조해하는 기색 없이 당분간 아르바이트를 뛰면서 먹고살 작정을 하는 눈치였다. 대형 출판사에 들어가기를 원해, 그쪽과 관련이 깊은 리이치로가 나서서 애를 써준 모양인데, 역시 문이 좁았나 보다.

키는 나보다 조금 크지만 얼굴 생김은 죄다 나를 축소해놓은 듯한 느낌. 조그마한 얼굴이 부러워 죽을 지경이다. 동그랗지만 쌍꺼풀이 또렷한 눈과 교만한 인상이 되기 직전의 오뚝한 코, 꼭 다문 입술은 일단 분노의 말들을 기관총같이 퍼붓기 시작하면 나도 무서울 정도다.

오늘은 면 소재의 회색 원피스 차림이라 언뜻 보면 수수해 보이지만 가슴 언저리를 장식한 진홍색 장미가 시즈카의 남다른 센스를 말해주고 있었다. 나가사키 사투리를 쓰지 않게 된 것도 꽃무늬 원피스를 졸업한 것도 나보다 빨랐다.

"당신이 오기 전에 시즈카한테 듣고 있었어. 사랑스러운 자매의 초등학교 시절 이야기를."

"초등학교 시절?"

"왜 있잖아, 언니가 남자애한테 러브레터 받았던 일."

나는 소스를 끼얹은 다진 새우완자를 한 입 먹으면서 당시 교정 뒤편으로 나를 끌고 갔던 동생의 모습을 떠올렸다. 주위를 둘러보고 아무도 없는 것을 확인한 후 내 귀에 대고 소곤소곤 이야기하던 동생은 마치 여자 첩보원 같았다.

"몇 학년 몇 반 누구한테서 이런 편지가 왔다고 알려준 이틀 후에는 시즈카가 그 아이에 대한 정보를 수집해서 알려줬어. 아주 정확한 정보였지. 어느 때는 종이에 항목별로 나열해서 적어줬어. 그 아이의 좋은 소문과 나쁜 소문을 표로 만들어서."

"우와, 정말 굉장하네."

가이에다 씨가 감탄했다. 리이치로도 웃고 있었다.

"왜냐하면 언니는 옛날부터 남자 보는 눈이 없었거든."

시즈카의 그 말에 리이치로가 뜨끔하는 눈치였다.

"언니, 그 남자애는 관두는 게 좋겠어. 3반의 다른 여자애한테도 편지 보냈대. 믿을 만한 소식통을 통해 차곡차곡 소문을 모았는데, 아니나 다를까, 여기저기 찔러보면 한둘은 걸리겠지 하는 식으로 여자애들을 꼬시는 녀석이었어."

"그런 똑똑한 여동생을 두었으면서 지금 이 꼴은 뭐지?"

가이에다 씨가 옆의 리이치로를 쿡 찌르며 묻자 시즈카가 절묘한 타이밍으로 대답했다.

"그때만큼은 못 알아챘어요."

리이치로는 젓가락을 멈추고 우리 자매를 번갈아 바라보았다. 반박할 말이 생각나지 않는 눈치였다. 꼴좋게 됐군.

맥주에서 차가운 청주로 바꾸었다. 니가타에서 맛있는 다이긴조가 새로 들어온 모양이었다. 나도 같은 것으로 시켰다. 우리 자매는 술이라면 사족을 못 썼다.

가이에다 씨는 내가 임신했을 당시 담당 의사이기도 했다. 대학병원 산부인과 의사. 외과니 내과니 파벌 경쟁 따위에는 관심이 없고 오로지 엄숙한 생명 탄생의 현장에 입회하며 늘 여성의 육체를 상대하는 탓인지, 여성에 대해 과도한 꿈 따위는 품지 않는 시니컬한 사람이었다. 산부인과 의사답게 면도 후 잔털 하나 남아 있지 않은 청결한 뺨. 가느스름한 눈에 초롱초롱한 눈동자가 숨겨져 있지만, 웃으면 친근한 여덟 팔(八)자가 되었다. 대학 시절 미식축구로 단련된 몸이라는데, 오랫동안 사용하지 않은 근육이 처지기 시작했다. 우리 클럽에 나오라고 여러 번 권했지만 좀처럼 시간이 나지 않는 모양이었다. 만삭의 배를 움켜쥔 임산부들이 가이에다 씨 뒤로 줄을 서서 기다린단다.

서른네 살의 독신. 리이치로와는 초등학교 때부터 소꿉친구였다. 김 도매상을 하는 집안의 외아들로, 화류계에 정통한 아버지 손에 이끌려 다니면서 매번 술자리에서 '영계'로 불리는 등 유아기 때부터 기녀들의 귀여움을 독차지했다. 리이치로의 어머니가 화류계 출신이기도 해서 두 사람은 뭔가 잘 통했던 모양이다. 가이에다 씨는 교실에서 도도이쓰(에도시대의 속요)를 부를 정도의 아이였다니까.

후카가와에서 귀에 못이 박히도록 들었던 남녀 간의 애정 노래를 칠판 앞에 서서 낭랑하게 불러 선생님과 급우들의 넋을 빼놓는 모습을 보면서 리이치로는 '이 녀석과는 평생 친구로 지낼 수 있을 것 같다'라는 생각이 들었다고.

나와 리이치로는 신혼 시절부터 헤어지기 직전까지 제각기 가이에다 씨를 불러내어 이런저런 가정사를 이야기하곤 했다. 우리의 상담에 응하는 게 가이에다 씨에게는 일종의 오락거리였던 것 같다. 진지한 얼굴로 들어주기는 하는데, 속으로는 친구 부부의 싸움 이야기를 듣는 게 재미있어 죽겠다는 타입이었다. 그래도 리이치로가 없는 자리에서 리이치로를 험담하는 사람은 절대로 아니었다. 좋은 사람이다.

"조금만 더 노력해보는 게 어떨까?"

가이에다 씨가 이렇게 말해주면 적어도 하루 이틀 정도는 참을 수 있었다. 대화도 없어지고 나란히 놓인 이부자리에서 등을 맞대고 자는 부부 생활일지라도.

"그러고 보니 시즈카는 나가시마 시게오가 은퇴하던 날 태어났구나."

내가 남은 맥주를 비우며 생각에 잠겨 있는 사이 화제는 생년월일로 바뀌어 있었다.

1974년 10월 14일.

"거인군단은 영원히 사라지지 않습니다."

이 말을 남기고 그라운드를 떠난 나가시마 시게오 선수. 현 요미우리 자이언츠 감독.

"그럼, 내가 태어난 날 무슨 일이 있었는지 알아?"

리이치로가 갑자기 끼어들었다. 무슨 말이 하고 싶은지 나는 알고 있었다. 리이치로가 자랑스럽게 말했다.

"쿠바 위기가 발발한 날이지. 일본 시간으로 1962년 10월 23일. 전 세계가 핵전쟁의 위협에 떨고 있던 날, 이 몸이 세상에 태어났어. 어쩐지 내 일생을 암시하는 것 같지 않아?"

"어떤 식으로?"

시즈카가 물었다.

"비장함이 감돈다는 의미에서."

"어디 그런 게 감도는데?"

이번에는 가이에다 씨가 물었다. 그러자 리이치로가 나를 가리키며 말했다.

"그럼, 하루가 태어난 날 무슨 일이 있었는지 알아?"

"알아요, 오사카 만국박람회가 열리던 날."

시즈카가 대답했다. 상대하지 않는 게 좋아. 리이치로한테 먹이만 던져주는 꼴이라니까.

"그렇지! 1970년 3월 14일. 일본에서 전 국민이 축제 분위기에 들떠 있을 때 하루가 태어난 거야. 역시 암시하고 있잖아? 하루의 일생을."

"뭘 암시한다는 거야?"

도저히 그냥 넘어갈 수가 없어서 두 사람을 사이에 두고 내가 반문했다.

"그렇게 노려보지 마. 별 뜻 없으니까. 하하하, 웃고 넘어가면 될 얘기잖아."

"당신은 핵전쟁이 터질 뻔한 날, 나는 만국박람회가 개최되던 날, 그래서 그게 어쨌다는 거야. 당신은 비통함, 나는 경박함, 그런 말이라도 하고 싶은 거야? 그 반대가 아닐까?"

"몰아붙이지 말라고. 도무지 농담이 안 통하는 여자라니까."

"그런 덜떨어진 농담 하지 마. 나중에 생각나면 괜히 더 신경 쓰인다고."

"시즈카, 그래서 취직은 어떻게 할 거야?"

가이에다 씨가 분위기를 감지했는지 화제를 바꿨다.

"이젠 거의 절망 상태예요. 포기하고 싶은 심정이에요."

"그럼 나한테 시집올래?"

"음……."

가이에다 씨가 떠보듯 말하자 시즈카는 일단 생각하는 척했다.

"그만둬, 그것만은."

내가 가차 없이 말했다.

"어째서?"

가이에다 씨가 다소 진지한 얼굴로 나오자 리이치로가 대신 대답했다.

"내 친구이기 때문이지."

"그럼 그렇지, 내 탓은 아니었군."

가이에다 씨는 안심하는 얼굴이었다.

"그래, 내 탓이다."

이렇게 말하는 리이치로. 그럼, 당신 탓이지. 당연한 것 아냐?

"너도 말이야, 크리스천이라면 성선설에 입각해서 사람을 좀 보라고. 내 친구들이 죄다 나처럼 여자를 불행하게 만들 거라고 생각하지? 그런 유의 사고방식은 좋지 않아. 제러미 아이언스 아버님 곁으로 돌아가서 마음을 좀 정화시키고 오지 그래? 물론 네 입장에서는 자기 몸의 은밀한 곳까지 보여준 남자를 제부로 맞자니 생리적으로 저항감은 들겠지만."

가이에다 씨에게 내 담당 의사가 되어달라고 부탁한 사람은 리이치로였다. 그러면서 이렇게 못을 박았단다.

"너라면 하루의 몸을 보여줄 수 있어. 다만, 형태라든지 색이라든지 그런 소린 입 밖에 내지 마."

이때 시즈카가 끼어들면서 말했다.

"걱정 말아. 나 말이야, 애인은 언니나 형부가 모르는 세계에서 데려올 거니까……. 자, 밥이나 먹죠. 어차피 2차는 노래방이겠지?"

멋진 마무리였다.

장소를 옮겨 우리는 시부야 백화점의 가라오케 바에서 마이크를 독점했다. 중소기업 사장님 같은 분위기의 아저씨 세 명이 맞은편 자리에 앉아 있었지만, 개의치 않고 계속해서 노래를 입력했다.

넷이 돌아가면서 한 차례씩 애창곡을 불러 분위기를 띄운 후, 나와 리이치로는 호흡을 맞추는 기세로 각자 마이크를 잡았다. 듀엣곡이라면 뭐니 뭐니 해도 〈헤어졌지만 좋은 사람〉(1979년 남녀 듀엣 로스 인디오스 & 실비아가 불러 엄청난 히트를 기록한 곡) 아닌가. 우선 리이치로 파트.

헤어진 사람과 만났지
헤어진 시부야에서 만났지
헤어진 날처럼 비가 내리는 밤이었지

다음은 내 파트

우산도 없이 하라주쿠
옛일을 추억하며 아카사카
연인 사이로 돌아가 술잔을 기울였지

나도 리이치로도 추억의 감성 가요에 빠져들었다. 그리고 2절로
들어가기 전 간주 부분에서 리이치로는 생전 처음 보는 아저씨들
에게 "저기, 제 말 좀 들어보세요! 저희 이혼한 부부거든요?"라며
호응을 유도했다. 아저씨들이 생각대로 호응해주자, 내가 타이밍을
놓치지 않고 "헤어졌어도 여전히 좋은 사람이에요!"라며 마이크 줄
로 리이치로의 목을 졸라맸다. 이미 가게 안은 폭소의 도가니가 되
어 있었다. 대체 이 짓을, 그것도 생판 낯선 사람들 앞에서 몇 번을
해왔는지……

시즈카와 가이에다 씨 쪽을 보니, 피스타치오를 깨면서 이렇게
말하고 싶어 하는 듯한 표정이었다.

"전혀 진전이 없군, 저 두 사람."

아무리 헤어진 부부지만 이 정도 즐긴다고 설마 벌이야 받겠어?

5

오늘도 마이크를 한번 잡으면 놓지 않는 남자가 돼버렸다. 정신을 차려 보니 어느새 막차 시간은 지나가 버렸다. 겨우 잡은 택시에는 고엔지 방향의 가이에다와 히가시나카노로 가는 시즈카를 태워보내고, 나와 하루는 도로에 남겨졌다. 다음 택시가 좀처럼 안 잡혀서 심야 영업하는 카페에라도 들어갈 생각이었다.

센터거리의 던킨도너츠 간판에 불이 켜져 있었다.

"우와! 이 시간까지 장사를 하네."

"들어갈까?"

시부야에서 밤 늦게까지 놀던 애들을 겨냥해서 술도 깰 겸 들렀다 가라고 열어놓은 거겠지.

하루는 내일 아침에 먹으려는지, 더블초코와 플레인머핀을 세 개씩 봉투에 담았다.

우리 둘 다 모두 가라오케 바에서 오늘 하루치 에너지를 다 써서 없앤 얼굴이었다.

두 손으로 컵을 쥔 채 연한 커피를 홀짝이고 있는 눈앞의 하루를, 나도 모르게 빤히 쳐다보게 되었다. 노래를 너무 많이 부른 탓에 목이 칼칼했는지 몇 번이나 헛기침을 했다. 놀고 난 후 하루는 피로가 한꺼번에 밀려오는지 한쪽 눈이 충혈되고 눈가의 잔주름도 도드라져 보였다. 처음 만났을 무렵의 하루를 찬찬히 떠올렸다.

말했었지? 사다리 위의 나를 올려다봤을 때의 미소. 역시 그때와 비교하면 나이 들면서 젊음도 조금 닳은 느낌이었다.

"뭘 그렇게 봐?"

시선을 알아차리고 하루가 갑자기 노려봤다.

"꽃다운 여자도 이렇게 늙어가는구나, 하고 감개무량해서."

"이제 겨우 스물여섯 살 먹은 여자한테 그게 할 소리야?"

"조금 전에 산 도넛, 내일 혼자 먹을 거야?"

"아침은 제대로 먹고 가급적 저녁은 안 먹으려고 해."

"믿을 수 없어. 아까도 밥하고 된장국을 2인분이나 먹었잖아."

하나카고에서 모일 때면 두 자매의 식욕에 놀라 눈이 휘둥그레지는 때가 있었다.

"식욕이 더 당기더라고, 평소에 참아서 그런지."

우리 둘 다 말하는 것조차 귀찮아져서 다시 말없이 커피를 홀짝였다.

가이에다 말에 따르면, 우리 두 사람은 이혼했어도 각각 '남편 떼어내기', '부인 떼어내기'가 안 된단다.

예를 들어 내가 젊은 여자랑 바람을 피웠다든지, 폭력 남편이었다든지, 하루의 금전 감각이 제로라든지, 뭐든 명쾌한 이혼 사유가 있는 게 아니었다는 사실이 언제까지고 〈헤어졌지만 좋은 사람〉을 듀엣으로 열창하게 만드는 원인이란다.

가이에다는 내 마음을 들여다보듯이 이렇게 말했다.

"더구나 너는 기꺼운 마음으로 하루 씨한테 위자료를 지불하고 있잖아. 매달 1만 엔씩, 보너스 탈 때는 5만 엔, 그렇게 돈을 지불하는 한 하루 씨와의 인연이 끊어지지 않을 것이라는 안도감이 너한테 있는 거야."

"어쩔 수 없잖아……."

혼자 중얼거리자, 커피를 마시던 하루가 뜬금없다는 듯이 '뭘 어쩔 수 없다는 거야?'라는 표정을 지었다.

"어쩔 수 없잖아, 너에 관한 거라면 뭐든지 알고 있으니까. 그렇게까지 자랑할 수 있는 여자는 너밖에 없다고."

내가 술이 덜 깼나?

"뭐든지 알고 있다니, 무슨 소리야, 그게?"

"그러니까 예를 들면 신체 어느 부위에 점이 있다든지."

"한 시가 다 됐어. 이런 야심한 시간에 이상한 소리 말아 줘."

"그럼 못 들은 걸로 해."

"뭐든지 알고 있으니까 어쨌다는 거야. 말해봐."

"혼자 하는 말이야. 잊어줘."

"그럼, 묻겠는데."

하루가 내 앞으로 다가앉았다. 막다른 골목으로 나를 몰아넣을 때의 얼굴이었다.

"오른쪽 견갑골, 이 부근…… 뭐가 있지?"

손을 뒤로 뻗어서 자신의 그 부위를 가리켰다.

"그곳엔 아마……."

방 안의 옅은 조명 아래 희미하게 눈에 들어오는 하루의 하얀 등을 웃으며 떠올리고 있으려니, 하루가 채근했다.

"능글맞게 웃지 말고 얼른 대답해봐."

오른쪽 견갑골…… 거기 톡 하나 나 있는 검은 그것을 표지로 삼은 적도 있는데.

"그러니까 점이잖아, 제법 큰."

"틀렸네요."

모를 줄 알았다는 듯 기고만장하여 소리쳤다.

"화상 자국이지요, 이 정도 크기의. 담뱃불에 덴 거야, 고등학교 시절에."

"오, 왕년에 좀 놀았나 보네?"

"수영부 선배한테 당한 적이 있어, 딱 한 번……. 그것 봐, 당신이 모르는 일이 아직 많잖아. 나에 대해 당신이 알고 있는 건 극히 일부분이라고. 당신이 알고 있는 나란 여자는 진정한 내가 아닐지도 모른다고!"

"알았어, 그만 됐다고."

점점 속사포처럼 되어가는 하루의 말이 성가시게 느껴졌다.

"자랑스럽게 말하지 마. 지금도 내 여자라는 식으로 말하지 마."

"그런 뜻이 아니라니까."

"사귄 남자 수만큼 여자는 다른 자신을 발견하는 법이야."

"그럼 내가 알고 있는 너는 일곱 번째의 너라는 거야?"

흐흥, 코웃음을 쳐줬다. 사귀기 시작할 무렵, 하루는 묻지도 않은 말을 했다. 당신은 일곱 번째 남자라고. 믿어져? 친절하게도 사귀었던 여섯 남자의 이름까지 알려주더군. '나는 연애 경험이 많은 여자예요'라는 말이 하고 싶었겠지. 그렇게까지 내보이지 않으면 다음 연애로 넘어갈 수 없다는 것도, 여자로서는 참으로 손해 보는 성격이다. 속이면 되는 거다, 남자를. 그런데 남자를 못 속인다, 이 여자는. 더군다나 나 같은 남자를 말이다.

"그러니까 나 같은 건 빨리 잊어버려."

하루도 아직 술이 덜 깬 모양이었다. 음울한 목소리로 들이대는 듯한 말투에 나도 불끈 화가 치밀었다.

"이봐 잠깐, 애원하는 옛 애인을 뿌리치는 듯한 말투는 좀 삼가지 그래."

"헤어진 남녀가 밤 한 시가 넘은 이 시간에, 어째서 이런 이야기를 주고받아야 하는데?"

"네가 공연히 과민 반응을 보여서 사랑싸움하는 꼴이 됐잖아. 술 취해 돌아가는 길에 들른 도넛 가게에서, 너와 사귀던 때를 떠올리며 잠시 생각에 잠겼을 뿐이야. 그 어떤 여자보다도 오랜 시간 함께한 건 사실이니까."

"잊어버려."

"잊었어."

"나 같은 건."

"너 같은 건."

"이제 그만 만나."

"너나 나나 지금까지 그 소리 몇 번이나 한지 알아? 그렇지만 무슨 이유에선지 자꾸 만나게 되잖아. 무리해서 일부러 안 만난다면 그게 더 피곤해. 당분간은 이런 관계가 지속되겠지. 다음 단계로 넘어가기 위한 유예기간이야, 지금은. 남녀 사이에는 그런 애매한 시기도 때로는 필요해."

"언제까지 계속되는 건데?"

"그러니까 향후 반년이든 1년이든."

"반년인지 1년인지 확실히 해."

여자한테는 큰 차이인 모양이었다.

"그러니까…… 우리 중 누군가가 애인을 찾아서 결혼하는 그날이 경사스럽게 유예기간을 끝내는 날이지."

"그럼 빨리 애인 찾아서 결혼해."

"나한테 이래라저래라 하지 마."

"얼른 누군가와 재혼해서 별 볼 일 없는 남자나 돼버려."

하루의 언성이 높아지기 시작하자 주변에 졸린 듯이 앉아 있던 젊은 애들이, '오, 뭔가 재미있는 일이 일어나려나 봐!'라는 얼굴로 우리 쪽을 힐끔힐끔 쳐다보았다.

"별 볼 일 없는 남자는 안 될 거야. 재혼하면 훨씬 명랑하고 재미있는 남자가 될 거라고."

"정말이지 눈에 거슬린다니까."

"너야말로 눈에 거슬려. 내 인생에 금붕어 똥처럼 들러붙지 마."

"방금 뭐라고 했어? 그냥 넘어갈 수가 없네."

하루가 삿대질을 하며 덤볐다.

"그렇게 손가락으로 찔러대지 마. 알잖아, 나 뾰족한 데 공포증 있는 거."

실제로 나는 뾰족한 물체에 두려움을 느꼈다.

"내가 마치 자기 발목을 붙들고 늘어지는 것처럼 말했잖아. 게다가 똥이라니, 뭐야 똥이. 스물여섯 살 먹은 아직 앞날이 창창한 여자에게 똥이 웬 말이냐고!"

"내가 잘못했어. 너는 똥이 아니라 다듬으면 다듬을수록 빛나는 다이아몬드 원석이야. 이제 됐지?"

"알면 됐어."

비꼬는 것도 모르는 여자라니까.

어쨌든 내가 꼬리를 내리고 사과하는 수밖에 없었다. 자칫하다가는 하루의 분노가 걷잡을 수 없이 폭발해버리니까.

하루는 식어버린 커피를 홀짝 마시며 혀끝에 남아 있는 분노도 함께 삼켜버리려는 것 같았는데, 그날 밤은 좀처럼 물러서지 않았다. 묘하게 끈덕진 눈빛으로 나를 노려보았다.

"주변에 괜찮다 싶은 여자, 없어?"

은근히 사람을 바보 취급하는 듯한 말투가 내 비위를 건드렸다.

"거 참 집요하네. 나의 화려한 독신 생활에 훼방 놓지 말아줄래?"

"있어, 없어?"

"상관없잖아, 너하곤."

"있어, 없어? 서점 여직원이라든지 가이에다 씨한테 소개받은 간호사라든지."

"너야말로 괜찮은 남자 없어? 새로 온 근육질의 강사라든지."

나도 목소리를 높였다. 주변에 있던 젊은 애들의 모든 이목이 집중되었다.

"없어!"

"재지 마."

"아무 남자나 안 만난다는 말이야. 당신하고 실패한 덕에 남자 보는 눈이 높아졌다고. 겉으로만 잘해주는 남자한텐 이제 안 속아."

"삿대질하지 말라니까."

손가락을 돌려가면서 들이댄다. 심술궂기는…….

"없을 거야. 너의 그 좁은 행동반경 안에는 괜찮은 남자가 있을 리가 없지. 불쌍한 여자구나. 진흙 냄새 나는 연못의 물고기밖에 모르니까. 강으로 나가 봐. 바다를 목표로 삼아보라고."

"넌 그런 말 할 자격 없어!"

흥분하면 호칭이 '당신'에서 '너'로 바뀐다.

"그럼 내가 소개해주지."

아, 어쩌다 일이 이렇게 돼버렸는지. 나의 이 한마디가 모든 문제의 시작이었다.

"소개? 당신이? 나야말로 당신한테 소개해줄게. 어떤 타입의 여자가 좋아? 말해봐."

"너한테 소개받기 싫어."

"아니, 내가 꼭 소개해줄 거야. 결심했어! 당신 기분 같은 건 알고 싶지도 않아. 당신을 내 손으로 행복하게 만들고 말 거야. 기억해두라고."

하루의 엔진에 불이 붙기 시작했다.

"너야말로 각오하는 게 좋을 거야. 웨딩드레스 입은 네 모습을 보기 전까지는 가차 없을 테니까. 이혼한 여자가 뭘 이것저것 따져. 내가 봐서 괜찮은 남자하고 맺어주면 되는 거지!"

대체 무슨 사랑싸움이 저럴까 싶었겠지. 주변에 있던 젊은 애들도 도넛 가게의 점원도 들으면 들을수록 도무지 모르겠다는 표정을 하고 있었다.

우리는 각자 택시를 잡아타고 집으로 돌아갔다. 평소 같으면 히몬야를 거쳐서 무사시코스기로 가지만 그날은 같은 차를 타고 갈 기분이 아니었다.

하루에게 어울리는 남자.

도로 공사로 인해 심야에 길이 막히는 나카하라 거리에서 머릿속으로 한 명, 두 명 떠올려보았지만…….

다음 날이었던가, 가이에다에게 의논해보았다.

"네가 아는 사람 중에 그런 남자 없어?"

일부러 이케지리오하시에 있는 녀석의 병원까지 찾아갔다. 246번 국도에서 한 블록 들어간 곳에 자리한, 조사이 대학 부속병원. 하루가 출산 때문에 입원한 병원이기도 하다.

가이에다 녀석, 병원 식당에서 유부국수를 먹다 말고 자신을 계속해서 가리켰다.

나는 일부러 무시했다.

"없을까? 눈만 높아진 하루를 반하게 만들 남자……."

가이에다가 내 어깨를 찌르며 "나, 나" 하는 바람에 어쩔 수 없이 상대해줬다.

"너도 한번 생각해봤는데."

"나의 어디가 문젠데?"

"음, 하루는 너한테 자기 몸 구석구석까지 보였기 때문에 싫어할 거야. 하루 입장에서 생각해보면."

"너라면 하루의 몸을 맡길 수 있다며 부탁한 건 너잖아."

"결과도 최악이었고."

가이에다를 책망하는 게 아니었다. 이 녀석은 최선을 다했다. 그건 신노스케의 운명이었다.

가이에다가 농담은 이쯤에서라는 얼굴로 쓴웃음을 지으며 내게
말했다.

"쓸데없는 고집 그만 부리지 그래."

무슨 말이 하고 싶은지 잘 알고 있었다.

"아직 사랑하고 있잖아. '너한테 소개하고 싶은 남자는 나 자신이
야.' 사실은 이렇게 말하고 싶은 거잖아?"

"자식, 별소리를 다 하네."

"하루 씨한테 말해. 다시 시작하고 싶다고."

"무슨 낯으로."

"몇 년 전에 한 번 말했던 상대잖아, 결혼하자고."

"한 번 말했던 상대라서 더 골치 아파."

"뭐가 무서워서 그래? 하루 씨에게 또 상처 줄까 봐 두려워?"

먹다 만 돈가스덮밥이 반쯤 남아 있었지만 더 이상 손이 가지 않
았다. 어쩌다 이야기가 이렇게 흘러버렸을까.

"그 여자를 행복하게 해줄 수 있는 건 하루와 과거에 아무 일도
없었던 깨끗한 남자뿐이야."

"어째서?"

"설령 우리가 다시 합친다 해도 행복한 시절이 찾아올 것 같지는
않아. 우리가 가장 행복했던 때는 하루가 신노스케를 임신하고 불
러오는 하루의 배에 귀를 대고 세 식구의 미래를 꿈꿀 수 있었던 몇
달간이었어. 우리는 앞으로도 틈만 나면 그때를 추억하게 될 거야.
하루에 대해 새롭게 발견할 만한 일도 더 이상 없고. 내가 모르는

게 아직도 많다고 하루는 말하지만, 어디에 점이 있고 어디에 화상 자국이 있고 뭣 때문에 기뻐하고 뭣 때문에 슬퍼하는지 나는 이미 다 알고 있는걸."

"다시 아이를 가지면 되지. 엄마로서의 하루 씨는 네가 본 적이 없잖아. 이번에야말로 내가 건강한 아이를 받아줄게."

"그런 뜻이 아니야, 가이에다. 새롭게 얻는 것보다 잃어버린 쪽이 항상 크게 느껴지는 법이야. 영원히 그럴 거야. 그래서 인간은 까다로운 존재인가 봐. 둘이 함께 살아가는 기쁨이란 앨범을 넘기는 일이 아니야. 둘이서 옛이야기를 하는 게 아니라고. 즐거운 일이 앞으로도 많이 일어날 거라고 꿈꾸는 일이야. 그래서…… 필요한 거야, 하얀 캔버스 같은 인생이. 그것을 가져다줄 깨끗한 남자가."

가이에다는 무슨 말인가 하려다 잠시 침묵했다.

"없을까, 그런 남자."

나는 혼잣말로 중얼거렸다.

"다시 한번 서로에게 반할 수는 없을까……."

가이에다가 불쑥 중얼거린 그 말이 귓가를 계속 맴돌았다.

6

매주 금요일 아니면 토요일 저녁, 동생 시즈카는 내가 사는 아파트에 와서 자고 갔다.

여대 기숙사인 만큼 외박 문제에 철저하기 때문에 내 쪽에서 먼저 연락하지 않으면 허가가 나지 않았다. 물론 그처럼 관리가 엄격하기 때문에 아버지나 나나 안심하고 시즈카를 맡겼지만.

그날도 시즈카는 스포츠클럽의 마지막 수영 수업이 끝날 시간에 맞춰 와서 히몬야 다이에마트에 들러 함께 장을 봤다. 금요일 한정 세일을 한다기에 오징어와 문어를 샀다. 짬뽕 재료다. 보리소주 큰 병도 잊지 않고 챙겼다.

히몬야 공원 옆 3층짜리 아파트. 방 하나에 거실 겸 주방이 있고 월세 14만 엔. 월급에서 월세를 제하면 생활비는 10만 엔 남짓. 돈이 모일 틈이 없다.

그날 저녁은 시즈카가 짬뽕을 만들 차례였다. 자매끼리의 오붓한 식사 자리였지만 테이블 커버를 새것으로 바꿔 깔고 꽃도 꽂아 장식했다. 거베라 꽃을 싸게 팔기에 사온 것이다.

저녁이 되자 약간 쌀쌀했다. 공원 숲에서 금목서의 향기로운 냄새가 바람을 타고 흘러들어왔지만 창문을 닫기로 했다.

"아버지는 별 탈 없이 라디오 진행하고 계시려나."

나는 최근 2년간 나가사키에 내려간 적이 없어서 아버지와는 전화를 통해 목소리를 듣는 게 전부였다. 방학 때마다 집에 내려가는 시즈카와 비교하면 불효자식인 셈이었다.

"현청에서 근무하는 다카다가 일전에 녹음테이프를 보내줬어, 나가사키FM의 그 프로그램. 아빠, 여전히 제트기류 같은 목소리로 젊은 새댁들의 불륜 고백에 대해 설교하시더라. 다음에 올 때 가져다줄게."

목소리는 조 다쿠야(독특한 음색으로 유명한 일본의 엔카 가수), 풍모는 제러미 아이언스라고 리이치로는 말하지만.

아버지는 루터파 교단, 나가사키 지부, 미나미야마노테 교회의 목사였다. 나가사키는 전통적으로 가톨릭 교회가 많은 지역이지만 제2차 세계대전이 끝나고 얼마 안 되어 미나미야마노테에 세워진 30평 정도 규모의 개신교 교회에 할아버지가 목사로 부임하게 되었다. 나는 어릴 적부터 주일학교와 기부금 모집에 동원되었다. 교회의 가장 큰 수입원인 결혼식이 있는 날에는 엄마가 오르간을 연주하고 나는 신부의 들러리 역을 맡기도 했다.

엄마가 돌아가신 것은 내가 다섯 살, 시즈카가 한 살 되던 해였다. 항구에 밀려 올라온 중국인 밀항자들을 위해 밥을 지어 먹이려고 엄마는 말을 타고 식료품을 운반했다. 항구에서 식료품이 도착하기를 기다리고 있던 아버지는 짐을 실은 말이 혼자 오는 것을 보고 사색이 되어 산길로 달려갔다. 엄마는 무슨 사고 때문이었는지 몰라도 10미터 낭떠러지 아래로 굴러떨어져 있었다. 구급대원이 오는 사이 엄마는 아버지의 기도 속에서 숨을 거두었다. 나는 엄마를 떨어뜨린 말을 향해 울면서 주먹을 휘둘렀던 기억이 난다.

엄마가 돌아가신 후 아버지는 다른 사람이 되었다. 가난한 사람, 아픈 사람을 구제하는 일에 상업적인 색채가 짙어진 것이다. 지역 잡지에 '실연한 여성들이 찾는 절보다 더 용한 교회'라는 기사가 실리자 참회실 앞에 긴 줄이 생겨났다. 아버지가 잡지사에 그런 기사를 실어달라고 부탁했을 것이라고 나는 확신한다.

아버지가 맡아서 하는 결혼식도 점점 화려해지기 시작했다. 물론 크리스천 이외의 커플도 받아주고, 연출에 따라 가격도 3단계로 나

뉘었다. 우리 집은 경제적으로 윤택했겠지만 딱히 돈벌이가 안 되는 주일예배는 뒷전으로 밀렸다.

내가 고등학교를 졸업할 무렵부터 아버지는 나가사키FM에서 매주 토요일 오후 열 시 반부터 30분간 방송되는 인생 상담 프로그램의 진행자로 활약하게 되었다. 그간 방송된 Q&A를 토대로 대필가를 고용하여 책도 세 권이나 출판했다. 상담자는 대부분 사랑 때문에 고민하는 20대 여성과 30대 주부층.

그와 같은 아버지의 폭넓은 선교 활동에 나는 왠지 위화감이 들기 시작했다. 아버지에 의지하여 전화하는 서민들의 고민을 상업적으로 이용하고 있다는 느낌이 들어서였다. 그것이 고등학교를 졸업한 후 집을 떠나 도쿄의 전문대학에 다니게 된 원인 중 하나일지도 모르겠다.

동생은 나와 달랐다. 아버지의 목사로서의 자세에 이의를 제기한 적이 없었다. 대신 뭘 좀 안다는 듯이 이렇게 말했다.

"나름대로 구원받는 사람이 있으니까 괜찮지 않아?"

일찍이 내게 러브레터를 보낸 동급생에 관한 정보 수집을 자처한 동생은 어릴 때부터 남녀 간의 문제에 정통했다. 집안이 교회라는 금욕적인 환경인데도 어떻게 그런 일이 가능했는가 하면, 동생은 당시 참회실 옆에 있는 창고 방에서, 아버지와 신자 간의 대화 내용을 몰래 엿듣는 걸 즐겼다.

불륜에 대한 용서를 구하기 위해 찾아온 이웃 주부, 친한 친구의 남자 친구와 잠자리를 한 여성의 고백, 사위에게 연모의 정을 불태우게 된 장모의 고뇌 등. 이런 이야기를 날이면 날마다 벽 너머로 주워들으면서 조숙해지지 않는다면 오히려 그게 더 이상할 것이다.

시즈카가 연애 상담을 부탁하기에는 내 경험이 아무래도 부족하게 느껴졌겠지. 본인의 단편적인 이야기로 추측해보면, 나가사키에서 고등학교를 졸업할 무렵에 사귀었던 나가사키대학 의과대 신입생과 이별 선물을 남기듯 첫 경험은 했지만, 상경한 이후로 남자를 깊이 사귄 적은 없는 것 같았다. 나와 마찬가지로 성에 관해서는 늦되는 모양이었다.

그것은 우리가 다닌 고등학교의 교풍에도 원인이 있었다. 교칙이 엄격한 공립학교로, 아버지와 단둘이 거리를 걸어도 안 된다고 생활지도를 받을 정도였으니까. 졸업하기 전까지 카페 같은 데는 들어간 적도 없었다. 여름 캠프파이어 때 남녀 학생이 어울려 포크댄스를 춘 이후, 귀갓길을 '요주의'로 판단한 선생님들이 어둑어둑한 길을 쌍쌍이 걸어가는 학생들이 없는지 언덕길 한편에 서서 계속 감시했다. 남학생들 중에 그러한 억압을 뚫고 여학생의 손목을 덥석 잡아 데려갈 만큼 박력 있는 위인도 없었다. 규슈 남자나 나가사키 남자나 솔직히 강건한 이미지와는 거리가 머니까. 우리 반만 해도 미지근한 탕 속에 아무 생각 없이 들어앉아 있는 듯한 얼굴들뿐이었다.

나와 동생은 각자 수영부와 신문부 동급생들과 일요일에 만나, 하마마치의 아케이드에서 아이스크림을 먹고 100엔 균일 요금으로 운행하는 전차를 타고 나가 이나사야마에서 케이블카를 타고 놀다 저녁이 되면 신치에서 짬뽕이나 접시우동을 먹고 헤어지는 건전한 그룹 교제를 했다.

생각해보면, 어른이 된 이후에도 그때와 비슷하게 놀고 있었다. 리이치로며 가이에다 씨와 넷이서 노는 것이 그 시절의 그룹 교제와 별다를 게 없었다.

"네 친구들 중에 어차피 취직도 어려운데 그냥 평생직장이나 잡아볼까 생각하는 여자는 없니?"

"평생직장이라면, 결혼?"

"그래, 중매 상대를 찾고 있거든."

"누구?"

일부러 대답하지 않았다.

"형부?"

역시 시즈카는 눈치가 빨랐다.

"언제부터 언니가 중매업에 나서게 됐어?"

이런 표현도 스물두 살답지 않았다.

"눈에는 눈, 이에는 이라고 서로 맞선 상대를 찾아주기로 했어."

"그거 누가 먼저 꺼낸 얘기야?"

"아마…… 그 인간이었을걸?"

"자기 목을 자기가 조르는 격이군. 형부도 참."

"내가 누군가와 결혼하면 위자료를 안 줘도 되니까. 뭐 그런 속셈이겠지."

"하지만 그건 형부 스스로 그러겠다고 한 거잖아. 더구나 기꺼운 마음으로 내주는 것 같은데 뭘."

"그런 돈을 군말 없이 지불하는 자신의 어리석음을 이제야 깨달은 거지. 성장한 거야, 이혼하고 나서 조금은."

"그래서 언니도 형부한테 소개해주려고?"

"응, 지금 급히 찾고 있어."

"대체 뭐 하는 짓들이야, 두 사람 다."

삶은 면을 그릇 두 개에 나눠 담고 시즈카가 건더기를 잔뜩 넣은 국물을 뿌렸다.

"맛있겠다!"

"이게 바로 신치에서 먹던 짬뽕이야."

식욕을 채우고 소주 타임이 시작되기 전까지 리이치로 이야기는 꺼내지 않았다.

다 잊어갈 때쯤 시즈카는 또 한 번 나한테 핀잔을 주었다.

"대체 뭐 하는 짓들이야, 두 사람 다."

소주에 레몬탄산수를 섞어 마시면서 지난번에 도넛 가게에서 있었던 일을 전부 이야기해주었다. 그날 밤만 시즈카한테 '대체 뭐 하는 짓들이야, 두 사람 다'라는 소리를 다섯 번은 들은 것 같다.

두 시를 넘겼을 무렵, 침대 옆에 깔아둔 이불 위로 시즈카가 먼저 쓰러졌다. 평소 같으면 창밖이 훤해질 때까지 밤을 새가며 마시지만 좀처럼 취직이 안 되어 스트레스가 쌓였는지, 철의 심장을 가진 시즈카도 휴식이 필요했던 모양이다.

나는 병에 남아 있던 한 잔 분량의 소주를 잔에 따르고 백열전구 하나만 켜놓은 채 전기스토브 앞에 주저앉았다. 올해 들어 첫 한랭전선이 간토 상공까지 남하했다지. 일기예보대로 밤이 깊어갈수록 기온이 크게 떨어졌다. 전열선이 점차 열을 띠면서 방 안을 불그스름하게 비추었다.

침대와 책상과 책장. 옷가지를 붙박이장에 다 넣고도 공간이 남았다. 리이치로와 헤어져 내 짐만 들고 이 집으로 이사 왔을 때 1년 3개월이라는 결혼 생활 동안 늘어난 짐이 거의 없다는 사실을 깨닫고 망연자실했다. 얻은 것보다 잃은 게 더 많다는 것을 배운 거였다.

책장에 착실하게 늘어가는 것은 스포츠 관련 서적뿐이었다. 이혼 후 한때 스포츠클럽 일이 끝나면 공부에 몰두하고, 근육의 가중 부하 및 풀 안에서의 유체역학에 대해 탐닉하듯 책을 읽었다. 무언가를 잊고 싶은 일념이었는지도 몰랐다.

그래도 웬만한 서점에 없는 책은 역시 리이치로에게 부탁했다. 처음 만났을 때처럼 나는 몇 차례나 그에게 책을 건네받았다.

5년 전 시부야 분카도 서점에 들러 책을 주문하지 않았다면 나와 리이치로의 인생이 겹치는 일도 없지 않았을까? 시부야 세이부 백화점 앞의 타이세이도나 문화회관의 산세이도까지 발을 옮겼다면 리이치로는 그저 스쳐 지나가는 존재에 불과했겠지.

그는 접이식 사다리를 밟고 올라가, 높은 곳에 있는 책을 쓱 빼내 주었다. 나는 고마움을 표하며 받아들었다. 처음 보는 사람에게 던진 미소치고는 너무 해맑았는지도 모른다. 얼굴에서 빛이 난 건 나름대로 이유가 있었다. 어쩐지 향수 같은 느낌이 내 마음속을 파고들었기 때문이다.

주문하고 싶은 책이 또 한 권 있어서 주문란에 이름과 주소와 전화번호를 적어 넣었다. 일주일 후, 책이 들어왔다는 그의 연락을 받고 찾으러 갔는데, 그가 계산대 앞에 우뚝 서 있었다.

그 자리에 서서 내가 오기만을 줄곧 기다렸다는 듯이 약간 경직된 자세로 어색한 웃음을 띠며 나를 맞이했다.

2000엔을 지불하고 책에 커버를 씌워 서점 밖으로 나왔을 때 책 사이에 꽂혀 있는 쪽지를 발견했다.

'실례가 안 된다면 다음에 차라도 한잔 같이 하고 싶습니다.'

나는 서점으로 되돌아가 마침 안쪽 서가를 정리하고 있던 리이치로에게 쪽지를 불쑥 내밀었다.

"이러시면 곤란해요."

당황스러워하는 리이치로의 모습은 안쓰러울 정도였다. 선생님한테 야단맞는 아이처럼 몸을 움츠리며 사죄했다.

"죄송합니다."

한껏 용기 내어 실행에 옮긴 행동에 대한 최악의 결과라고 리이치로가 생각하는 그 순간 내 입에서는 이런 말이 튀어나왔다.

"이름 적는 걸 잊으셨잖아요."

"아……, 네."

리이치로는 와이셔츠 윗주머니에서 볼펜을 꺼내 황급히 이름을 적어 넣었다.

"혹시 모르니까, 전화번호도."

오해는 마시길. 평소의 나는 이런 적극적인 성격과는 거리가 먼 여자니까.

가정환경은 루터파 교회에 교칙이 엄한 공립 고등학교를 나와 본격적인 남녀 교제 같은 것은 꿈도 못 꾼 채 도쿄의 전문대학에 입학한 스물한 살. 난 그때까지만 해도 남자를 잘 몰랐다.

우리는 바로 그 주, 서점 정기 휴일에 맞춰 첫 데이트를 했고 히비야의 극장가에서 〈못말리는 비행사〉를 보았다.

팝콘이 입안에서 튀어나올 정도로 한껏 웃은 후 히비야 산테 지하에서 리이치로가 새우 코스 요리를 사주었다. 처음으로 식사를 같이 한 날부터 "대체 젓가락질이 그게 뭐예요?"라는 식의 설교가 가능한 남자였다.

새우를 집을 때 젓가락이 X자 모양이 되는 거였다. 전반적인 식습관으로 보아 가정교육에 문제가 있는 것 같지는 않았지만, 스물아홉 살이나 먹은 남자가 그런 식으로밖에 젓가락질을 못 한다는 것은 심해도 너무 심했다.

데이트는 계속되었고 제법 빨리 가까워졌다.

하야세 리이치로라는 남자는 겉보기에는 미남인데 정작 중요한 순간에 여자를 대하는 게 서툴렀다.

함께 있다 보면 밤이 깊어지는데 그러면 그는 점점 불안해하며 조금 더 마시다 가고 싶은데도 늦었으니까 그만 돌아가자고 말하는 남자였다.

뭐라고 표현하면 좋을까? 여자의 마음을 잘못 넘겨짚고, 안전한 남자로 보여야 한다며 필요 이상으로 자기 자신을 규제한다고나 할까? 여자에게 손 한 번 안 대본 순정파도 아니면서, 구슬리기 직전에 자신감이 흔들리는 듯한 구석이 있었다.

결국 내 쪽에서 조바심이 난 나머지, 저녁을 먹고 돌아가던 어느 날 밤 마루야마초의 호텔촌에 접어들었을 때 내가 손가락으로 가리켰다.

"그냥 들어가죠, 저기!"

여자가 먼저 그런 소릴 꺼낼 정도니, 말 다 했지 뭐.

그렇듯 나한테 끌려 들어가는 꼴이었지만, 그날 밤 리이치로는 그럭저럭 체면치레는 했다. 관계가 끝난 후 더블 침대에 나란히 누워 천장을 멍하니 바라보고 있는 그의 얼굴에 점차 만족스러운 웃음이 떠오르는 것을 나는 곁눈질로 보았다. 은근한 충족감을 음미하며 무척 행복한 표정을 짓고 있었다.

내게 첫 경험이란 사실을 리이치로는 눈치채지 못한 것 같았다.

제멋대로 남자로서의 성취감을 느끼는 타입이었기에 '난 연애 경험이 많은 여자야'라는 이미지를 간단히 심어줄 수 있었다.

첫날밤 이후 며칠쯤 지나, 선술집에서 반 농담으로 "당신이 일곱 번째 남자야"라고 말했을 때 그는 마시던 주하이를 뿜어낼 뻔했으나 이내 정색했다. 당황한 그의 모습이 너무 웃겨서 나는 친절하게도 과거 여섯 남자의 이름까지 손가락으로 꼽아가며 알려주었다. 이름은 친척 아저씨들한테서 빌렸다. 일곱 번째라는 것은 새빨간 거짓말이었다. 당신이 첫 남자라는 말은 차마 할 수 없었던 것이다.

도대체 왜 그런 거짓말이 필요했을까?

얕잡아 보이지 않으려고 그랬다면 귀엽게 들릴지 모르지만, 결국 쓸데없는 거짓말로 교제 범위를 좁힌 셈이었다. 사랑하면서 상대보다 우위에 서기를 바라는 이상한 경쟁 의식이 있었다. 그런 방식이 아니고는 사랑에 뛰어들 수 없었던 스물한 살의 나는 구제 불능의 어린애였다. 하지만 한번 내뱉은 말을 주워 담는 것은 스물한 살 때나 스물여섯 살인 지금이나 역시 불가능한 일이었다.

나는 거짓말은 많이 했어도 도덕적인 면에서는 지극히 보수적인 여자였다. 한 남자를 사랑하면 결혼까지 가는 게 극히 자연스러운 일이라고 생각했으니까. 하지만 리이치로는 내 동생과 아버지를 차례차례 소개한 일을 나의 포위망이라고 받아들인 모양이었다.

여하튼 나는 스물한 살에서 스물두 살에 걸친 1년간을 약혼과 결혼 준비로 소비했다. 그렇지만 성급했다는 생각은 하지 않았다. 리이치로와 노후까지 함께하는 인생을 어렴풋이나마 수채화처럼 머릿속에 그릴 수 있었으니까.

아카사카 로열 호텔에서 100명 남짓한 하객을 모신 가운데 피로연을 마치고 시드니와 케언스로 신혼여행을 다녀온 후 무사시코스기에서 신혼 생활을 시작했다.

우리는 같은 시간에 도큐 도요코선을 타고 가다, 내가 도립대학 앞에서 "그럼 잘 다녀와"라고 인사하며 먼저 내리고 저녁때까지 일을 했다. 그리고 시부야로 가서 분카도 서점이 끝나는 시간까지 던킨도너츠에 앉아 시간을 때우고 있노라면 그가 스텝을 밟는 듯한 걸음걸이로 가게의 자동문을 열고 들어왔다. 일주일에 두 번은 그런 식으로 부부 데이트를 즐겼다.

그런데 임신 사실을 알고 내가 입덧으로 고생하게 된 무렵부터 그의 본성이 드러나기 시작했다.

식사는커녕 물조차 못 넘기고 누워 있으면 그는 세숫대야를 머리맡에 두고 "토할 것 같으면 이거 사용해"라는 말만 남긴 채 외출했다. 그날은 서점 휴일이었다. 입덧으로 정신이 불안정한 여자와 하루 종일 얼굴을 마주하는 것은 질색이라는 표정으로, 일이 있다는 핑계를 대고 도망치듯 집을 빠져나갔다.

하야세 리이치로가 약삭빠른 남자라는 것을 그때 처음으로 깨달 았다. 저녁때까지 천장만 올려다보며 혼자 누워 있자니 피해망상이 걷잡을 수 없이 부풀어 올랐다.

우선 젊은 여자와 결혼해서 달콤한 신혼 생활을 즐기고, 그러다 조금 더 매력적인 여자가 나타나면 갈아치우면 된다고, 그런 식으 로 결혼 생활을 생각하는 건 아닐까. 이런 의심이 점점 커져갔다.

달리 비교 대상이 없었기에 나는 리이치로만을 상대로 남자라는 정체를 생각하는 수밖에 없었다.

그 사람은 그 사람대로 다툴 일이 생기면, 나의 설교 투나 완벽주 의 때문에 숨이 막힐 지경이라고 쏘아붙였다. 욕실에 걸려 있는 타 월 두 장의 길이가 똑같지 않으면 직성이 풀리지 않는 나의 성격을 완벽주의라며 부풀려 말했다. 설교 투인 점은 인정한다. 하지만 첫 데이트 때부터 젓가락질에 대한 설교가 가능한 남자였기 때문에 좋아한 거였다.

연애 시절에는 느끼지 못했던 서로의 단점이 점차 눈에 들어왔 다. 결혼 생활이란 그런 거다.

임신 안정기에 접어들어 배가 점점 불러오고 가슴도 커져갈 즈 음, 그때가 우리 부부에게는 가장 행복한 시절이었다. 피크닉 바구 니를 자전거 앞에 싣고, 나와 리이치로는 다마강 하류까지 햇볕을 쐬러 나갔다. 불룩한 내 배가 방해되어, 자전거를 운전하는 그와 등 을 맞댄 채 뒤돌아 앉아서 갔다.

비닐 돗자리를 펴고 나는 배 속의 아이에게 주는 양 주먹밥과 소시지를 먹었다. 왕성한 식욕. 리이치로는 드러누워 내 배에 귀를 붙이고, 양수 속에서 이리저리 움직이는 신노스케를 어렴풋이 느끼고 있었다. 담당 의사인 가이에다 씨가 사내아이라고 알려줬을 무렵, 일찌감치 신노스케라는 이름도 지어놓았다.

"신노스케, 그렇게 좁은 데서 헤엄치고 있는 거니?"

"신노스케, 내 말이 들리니? 그럼 한 번 더 발길질해서 신호를 보내보렴."

"신노스케, 우렁차게 울면서 세상 밖으로 뛰쳐나와야 한다!"

그러나 신노스케는 울음소리 한 번 내지 못하고 내 몸 안에서 죽어나갔다.

마취에서 깨어나고도 미처 현실을 받아들일 준비가 안 된 내게 리이치로는 한마디를 건넸다.

"괜찮아?"

억양 하나 없이 석고조각 같은 표정이었다.

"아이는 놓쳤어."

그는 내게 고백하듯 말한 후 병실을 나가버렸다. 서점에 일이 있다는 이유로. 정말 너무하지 않아? 시즈카가 황급히 달려올 때까지 나는 병실에서 혼자 울고 있었다.

일로 슬픔을 달래려 했던 마음은 이해하지만, 그럼 혼자 남겨진 나는 대체 어떻게 하라고? 어째서 계속 옆에 있어 주지 않은 거야? 이성을 잃은 내 모습이 보기 싫어서?

다음 날 아침, 나는 시즈카의 도움을 받아 휠체어에 앉은 채 가이에다 씨의 안내를 받으며 영안실의 신노스케와 대면했다. 꼬박 30분간 목소리가 갈라질 때까지 울고 나서야 겨우 진정이 되었다.

서점 일을 마치고 병실로 돌아온 리이치로 역시 너무 울어서 얼굴이 퉁퉁 부어 있었다.

"열 달 동안…… 고생 많았어."

분명 내가 듣고 싶었던 위로의 말이었다. 하지만 조금 더 일찍 말해주기를 원했다. 슬픔과 공포가 나를 덮치려 할 때 나를 꼭 끌어안으며 그 말을 해주기를 바랐다.

내가 퇴원해 집으로 돌아오고 다시 스포츠클럽에 출근하게 되면서 생활은 원만하게 예전의 페이스를 되찾는 듯싶었다.

하지만 뭔가가 달랐다.

던킨도너츠에서 책을 읽으며 퇴근해 나오는 리이치로를 기다릴 때도 그다지 기대가 되지 않았다. 자동문을 열고 들어오는 그의 발걸음도 예전처럼 경쾌하지 않았다.

내가 만든 음식을 리이치로는 "맛있다, 맛있어"라는 말을 연발하며 먹어주지만, 나는 그의 젓가락질에 대해 더 이상 잔소리도 안 하게 되었고, 욕실의 타월 길이가 어떻든 상관하지 않았다.

내 사산의 상처가 아물기를 기다리던 리이치로는 어느 날 밤 머뭇머뭇 나를 끌어안았다. 나는 응했지만 어서 끝내주기를 바랐다. 옷장 위에 놓인 신노스케의 위패가 작은 전구의 빛을 받으며 빛나고 있었기에, 나는 그의 품에서 울고 말았다.

별것 아닌 일로 크게 싸우기도 했다.

지난밤부터 부엌에 산더미처럼 쌓여 있는 그릇들을 리이치로는 다음 날 아침 미간을 찌푸리며 보고 있었다. 언제부터 이런 칠칠치 못한 여자가 되었냐며 화를 냈고, 순간적으로 화가 끓어오른 나는 그럼 당신이 씻으라고 쏘아붙였다.

4개월이 지났을 무렵, 테이블 위에 이혼 서류가 놓여 있었다. 계기는 여느 때와 마찬가지로 '눈에는 눈, 이에는 이'라는 식의 싸움이었다. 내가 헤어지자는 말을 꺼내자 리이치로가 이혼 서류를 받아 온 것이다.

당시에는 그다지 실감이 나지 않았지만 역시 사산이라는 사건이 결혼 생활에 어두운 그림자를 드리웠던 모양이다. 우리는 잃은 것의 크기와 어떻게 타협해야 할지 몰랐다.

'함께 즐겁게 살자'는 슬로건으로 시작한 결혼 생활이었기에 짙은 그림자와 상실의 무게에 어떻게 대처해야 할지 몰라 넉 달간이나 방황했다.

리이치로는 서류에 사인한 후 회상하듯 말했다.

"짧은 시간이었지만, 즐거웠지?"

그건 이미 과거의 일이 되어버렸다. 어두운 터널을 빠져나왔다는 안도의 미소가 그의 얼굴에 어렴풋이 스쳐 지나갔다. 나 역시 그런 미소를 띠며 시인했다.

"그래, 즐거웠지."

서명을 '에토 하루'로 해야 할지 '하야세 하루'로 해야 할지 잠깐 망설이다 그에게 물었다(일본은 결혼을 하면 여성의 성을 남편을 따라 바꾸는 편이다).

도망치고 싶어 하는 그를 이제 그만 놓아주자는 너그러움도 한몫하고 있었다. 나도 겨우 스물네 살이었다. 어두운 그림자도 상실감도 전부 잊고 새로운 인생을 시작하고 싶었다. 이혼 서류는 그러기 위해 꼭 필요했다.

그리고 그가 위자료 얘기를 꺼냈다. 분위기상 그냥 한 말인지도 모르지만 나는 사양하지 않았다. 그가 "그런 돈, 받을 수 없어"라는 대답을 기대하는 눈치였기에 오히려 허를 찔렀다.

리이치로는 그다음 달부터 꼬박꼬박 통장으로 돈을 넣었다. 1만 엔, 1만 엔, 때로는 5만 엔……. 그 숫자의 나열이 곧 나와 리이치로가 아직 관계를 끊지 못하고 있다는 증거이기도 했다.

위자료 지불이 완료되는 것은 20년 후. 리이치로가 50대 중반, 내가 40대 중반. 그때까지 두 사람이 뭔가 정체를 알 수 없는 인연의 고리로 이어져 있겠거니 생각하면 아찔해질 때도 있었다.

리이치로도 그 때문에 내게 남자를 소개해 주겠다고 선수를 친 거다.

내가 그 남자와 결혼하면 위자료를 지불하지 않아도 되니까. 의무감에서 시작한 일은 아니지만, 우리의 우유부단한 관계를 단칼에 잘라내기 위해서라면 그것도 한 가지 방법이 아닐까.

남아 있던 술을 다 비우자 어질어질한 술기운이 이마 쪽을 어슬렁거리기 시작했다. 나는 전기스토브를 끄고 침대 속으로 기어들어 갔다.

시즈카의 곤한 숨소리에 보조를 맞추듯 나도 어둠 속 거미집으로 빨려들어 가듯 잠이 들었다.

꿈 같은 것은 전혀 꾸지 않았다.

7

　토요일 오후, 스포츠클럽으로 가이에다 씨가 전화를 걸어와 하나 카고에서 만나기로 했다. 시즈카와 리이치로를 빼고 단둘이서 할 얘기가 있다는 것이다.

　"들었어요, 리이치로한테. 서로 맞선 상대를 소개하기로 했다고?"

　시즈카가 '대체 뭐 하는 짓들이야, 두 사람 다'라고 했을 때와 똑같은 어조였다.

　"그 녀석, 말만 그러는지도 몰라."

　"아니, 리이치로는 제법 진지해요."

　숯불에 석쇠구이를 한 표고버섯을 양념장에 찍어 먹었다. 살짝 익히는 쪽이 본래의 맛을 느낄 수 있어서 좋았다.

　"방법은 삐뚤어졌지만 하루 씨를 자기 손으로 행복하게 만들어 주고 싶어 하는 것은 확실해요. 제 손으로 좋은 남자를 찾고 말겠다며 벼르고 있던데."

　"누군가 있어 보여요?"

　인물 선별이 끝났다면 어떤 타입인지 알아두고 싶었다. 나도 마음의 준비란 것을 해야 하니까.

　"나도 입후보했었는데."

　"거절당했죠?"

　"순백의 미래를 가져다줄 깨끗한 남자가 아니면 안 된대요."

　"친한 친구를 소개하자니 자신이 너무 능력 없어 보일 거라고 생각했겠죠."

"뭔가 보여주지 않으면 직성이 안 풀리는지."

"한심해, 정말 한심해."

말하면서 표고버섯을 한 번에 두 개나 입에 넣었다. 나는 마음이 불편하면 입안에 먹을거리를 꾸역꾸역 집어넣는 버릇이 있었다.

"다시 시작할 수는 없는 거예요? 리이치로랑?"

그것이 바로 그날 밤 가이에다 씨의 용건인가 보았다.

"무리라는 거, 지금까지의 우리를 보면 모르겠어요?"

"그때그때 감정이나, 눈에는 눈, 이에는 이라는 식으로 자신들이 얼마나 성급하게 일을 벌이고 후회하게 될지, 적어도 하루 씨만은 냉정하게 생각해봐요."

더 이상 입에 넣을 버섯도 없었다.

"다시 시작하고 싶다고, 하루 씨가 먼저 말을 꺼내면 어떨까요? 그 녀석은 그럴 위인이 못 돼요. 자존심 강한 남자라는 생물을 속으로 비웃어도 좋으니, 여자인 하루 씨가 굽혀줬으면 좋겠는데."

"하지만 가이에다 씨, 어떻게 하면 그 사람한테 다시 반할 수 있을까요?"

나는 제철 음식에 미련을 버리지 못한 채 젓가락을 내려놓으며 속내를 꺼내 보였다. 그 말에 가이에다 씨는 한숨만 내쉬었다.

"스물한 살에 처음 그를 만났을 때, 먼저 다가온 건 그 사람이었지만…… 난 상당히 가슴 설레었어요. 하지만 요염하게 웃음을 흘린다든지 하는 것은 성격상 불가능했죠. 마음속으로는 항상 너무 좋아서 어쩔 줄 몰랐어요. 그래서 그가 빠져나갈 만한 길을 모두 막

앉어요. 그 사람한테 결혼하자는 말을 들으려고 정말 노력했어요. 혼신을 다해 노력했다고요."

찬 정종으로 목을 축였다.

"하지만 실패했잖아요. 실패한 상대와 다시 시작하려면 그때를 능가할 무언가가 필요해요. 그 사람하고 다시 한번 살아도 괜찮을까, 그 사람하고 말다툼하면서 하루가 저물어도 즐거울 거야, 하는 생각만으로는 다시 시작할 수 없다고요. 하야세 리이치로가 실은 이런 사람이었구나. 그런데 왜 몰랐지? 이런 식의 새로운 발견이 없으면 안 될 것 같아요."

그때 가이에다 씨는 무슨 말인가 하려고 했다. 최고의 설득 재료가 있다는 듯이 입을 벌렸으나 생각을 고쳐먹은 듯 하려던 말을 삼켰다.

"하루 씨는 누군가 점찍어둔 사람 있어요? 리이치로한테 어울릴 만한 여자."

"리스트 작성 중이에요."

떠오르는 사람은 없었지만 가이에다 씨를 통해 리이치로의 귀에 들어갈 거라면, 살짝 애타게 만들고 싶었다.

집에 들어온 시각은 마침 열 시 삼십 분이었다.

토요일 그 시간이면 나가사키에 계신 아버지가 라디오에 출연한다. 물론 도쿄에서는 들을 수 없다.

나는 충동적으로 수화기를 들었다. 이렇게 충동적으로 수화기를 드는 것은 오늘로 세 번째였다. 첫 번째는 이혼한 직후 혼자 방 안에서 걷잡을 수 없는 고독감에 휩싸여 있었을 때였고, 두 번째는 신노스케의 첫 기일 때였다. 리이치로와 묘지에서 헤어진 후 갑자기 감정이 복받쳐 눈물을 흘린 밤이었다.

번호는 외우고 있었다. 프로그램의 여성 스태프에게 전화가 연결되자 고음의 목소리가 들려왔다.

"네, 나가사키FM 〈심야의 마음에〉 시간입니다."

"저…… 상담하고 싶은 게 있는데요."

"두 분이 대기 중이시니까 끊지 말고 기다려주십시오."

프로그램을 들을 수 없으니까 그쪽 방송의 진행 상태는 알 수 없었지만 통화 대기음을 들으며 한참이나 기다린 끝에 드디어 내 차례가 되었다.

"그럼, 다음 분."

아버지의 목소리였다. 제트기류가 먼 하늘 저편에서 불어오는 것 같은 낭랑한 울림. 약간 가식적인 면이, 엄마가 돌아가신 후부터 나타난 아버지의 변화였다.

"성함을 말씀해주시죠."

"A양이라고…… 불러주세요."

입 끝을 양옆에서 잡아당기는 듯한 느낌으로 목소리를 변조했다. 그 정도 변조로 과연 속으셨을까.

"앞에 분들이 A양, B양이었으니 C양이라 불러도 될까요?"

"네."

"직업은?"

"야간 업소에서 일해요."

"그럼 마음 편히 고민을 말씀해보세요."

"헤어졌는데도…… 제가 아직 그 사람을 좋아하나 봐요. 서로 좋은 꼴 안 좋은 꼴 다 봤는데 틈만 나면 만나게 돼요."

네 살 정도 어린 말투를 사용했다. 긴시초의 나이트클럽 같은 데서 일하는 여자의 이미지를 흉내 낸 것이다. '투나이트'라는 텔레비전 프로그램에 나와 이런 말투로 이야기하는 것을 봤다. 어쨌든 주제만 전달하면 되는 거지, 뭐.

"근데 다시 합치려 해도 두려운 거 있죠. 이런 우리들이지만요, 그때처럼 서로 사랑하는 마음으로 다시 시작할 수 있을까요?"

"그 사람과 결혼하셨던 겁니까?"

중요한 부분이기 때문에 정체가 탄로 나지 않게끔 대답했다.

"그러니까 호적에는 올렸었는데."

"이혼한 지 얼마나 되셨나요?"

"2년쯤?"

"얼마나 자주 만나죠?"

"2주에 한 번 정도?"

"C양."

"네."

그런 식으로 새삼스럽게 이름을 부른다는 건 아버지가 계시를 내릴 준비가 되었다는 의미였다.

"같은 상대라면 두 번째 사랑 같은 건 필요 없답니다, C양."

허를 찔렸다. 무슨 의미인지 빨리 다음 이야기를 듣고 싶었다.

"그게 무슨 뜻이죠?"

나도 모르게 평소의 내 목소리가 튀어나와 황급히 고쳐 물었다.

"음, 그게 무슨 뜻이에요?"

"그를 위해 엄마가 되어보십시오. 자애로움이 넘치는 어머니가 되어주는 겁니다."

엄마?

당신 품속에서 숨을 거둔 우리 엄마와 같은 어머니상을 말하는 거냐고 묻고 싶었다.

"당신에게 주님의 은총이 가득하길……. 그럼, 다음 분."

거기서 전화가 끊겼다. 아버지는 친절하면서도 정중했지만 정작 계시의 의미를 가르쳐주지는 않았다. 아버지의 이런 냉정함이 프로그램을 10년 가까이 끌어가고 있는 인기의 비결이라며, 언젠가 시즈카가 말한 적이 있었다.

나는 멍하니 수화기를 내려놓고 침대에 걸터앉아 '엄마'의 의미에 대해 생각하기 시작했다.

그리고 생각에 생각을 거듭한 끝에, 이튿날 일요일 점심때가 조금 지나 시부야로 나갔다. 던킨도너츠 안에 있는 전화로 연락해 그를 불러냈다.

"늘 만나던 곳에 있는데, 조금 나와봐. 할 얘기가 있어."

리이치로는 한 시간 정도 기다려달라고 했다. 그 정도라면 괜찮았다. 토요일과 일요일 이틀을 소비하면서 내린 결정이었다.

'하루 씨가 먼저 말을 꺼내면 어떨까요? 그 녀석은 그럴 위인이 못 돼요.'

'엄마가 되어보십시오.'

가이에다 씨의 말과 아버지의 말을 번갈아 곱씹으며 쥐어짜낸 해답이었다. 문제는 표현 방식이었다.

"다시 한번 우리가 처한 상황을 돌아보자."

"이를테면 나와 다시 시작하고 싶다, 뭐 그 뜻인가?"

나의 말에 리이치로가 실실 웃으면서 얕보듯 받아치기라도 한다면 나도 홧김에 터무니없는 소리 말라고 부정할 것이다. 그럼 결국 원점으로 돌아갈 게 뻔했다.

나는 한 시간 내내 안절부절못했다.

그가 스텝을 밟는 듯한 발걸음으로 자동문을 열고 나타나더니, 우선 카운터에서 아이스티와 미트파이를 주문한 후 돈을 지불하고 음식을 받아왔다.

그 시간이 나에게는 오늘따라 무척 길게 느껴졌다.

"뭐야, 할 얘기라는 게?"

그는 바로 맞은편에 앉으며 말했다.

"일하는 중에 불러내서 미안해."

"괜찮아. 나도 마침 너한테 용건이 있었으니까."

"용건이라니?"

"됐으니까 먼저 말해."

"내가 말을 전부 마칠 때까지 훼방 놓지 않겠다고 약속해."

"알았어. 그러니까 뭔데."

미트파이를 덥석 물었다. 그는 세 살짜리 어린애처럼 질질 흘리면서 먹었다.

"나 말이야……."

용기를 쥐어짰다. 웃기만 해봐라, 확 죽여버릴 테다. 말도 꺼내기 전에 얼굴부터 빨개졌는지도 모른다.

"나 말이야, 당신 엄마라면 될 수 있을 것도 같아."

우물우물 미트파이 씹는 소리가 멎었다.

"내 엄마?"

"그러니까 내 말은……."

내가 급히 설명을 덧붙이려는 순간, 리이치로가 가게 입구 쪽을 보며 손을 흔들었다.

"아, 여기야, 여기!"

가게에 들어선 넥타이를 맨 남자가 우리를 보고 환한 표정을 지었다. 땀에 흠뻑 젖은 남자는 자신의 체감온도를 주변에 흩뿌리듯 후텁지근한 기세로 우리를 향해 걸어왔다. 그러는 바람에 내가 하려던 중요한 이야기는 흔적도 없이 사라졌다.

"기억나?"

리이치로가 내게 물었다. 이 남자를 기억하고 있냐는 뜻이라면, 나는 고개를 흔드는 수밖에.

"그럴 거야. 얼마 전 우리 서점에서 우연히 만났는데 널 꼭 만나고 싶다기에 조금 전에 불렀어. 네 전화를 받고 바로 아카사카 로열 호텔에 전화했지."

"나가토미입니다, 나가토미 쇼헤이."

옆 테이블에서 의자를 하나 가져오더니 나가토미라는 낯선 남자가 내 옆에 앉았다. 이마에는 구슬땀이……. 아마도 뛰어온 모양이었다.

"죄송하지만 기억이 잘……. 누구신지……."

"당신의 웨딩드레스 입은 모습이 지금까지도 눈에 선한 남자입니다."

열정을 주체하지 못하는 듯한 목소리에, 말 한 마디 한 마디가 너무 진지했다.

나는 리이치로를 봤다. 팔짱을 낀 채 웃음을 참고 있었다. 내가 받은 충격을 즐기고 있는 표정이었다.

"우리 결혼식 할 때 도와주신 호텔 연회 담당자야. 우리가 신세졌었잖아."

'설마…….'

모든 게 이해됐다. 알아? 선수를 친 거였다. 늦었다. 모든 게 너무 늦어버렸다. 여기까지 힘들게 끌고 온 중요한 결심이 산산조각 나고 말았다.

이윽고 얼빠진 표정으로 앉아 있는 내게 리이치로가 물었다.

"아까…… 이상한 소리 했었지? 내 엄마라니, 그게 무슨 소리야?"

그는 시간의 흐름을 되돌리듯이 팔짱을 풀면서 말했다.

"아, 죄송합니다, 이야기 나누시는 중에 나타나서."

나가토미라는 남자가 미안해했다.

"할 얘기란 게 뭐야? 궁금하니까 그 얘기부터 해봐."

"제가 자리를 피해드릴까요?"

"글쎄요, 조금 집안 얘기 같은 거라……."

"아니에요, 이제 됐어요."

나는 과감하게 잘라 말했다.

그때 내 안에서 조개껍데기가 단단히 닫히는 소리가 났다. 꼬박 이틀을 소비하여 힘들게 연 그것이 이제 두 번 다시 열리는 일은 없으리라.

'좋아, 이렇게 된 이상 흐름에 몸을 맡기자.'

"그럼, 다시 인사드릴게요……."

나는 나가토미라는 남자를 바라보았다. 자기소개치고는 다소 노여움 섞인 눈빛이었는지도 모르겠다.

"처음 뵙겠습니다, 에토 하루입니다. 이혼 경력 있습니다."

마지막 멘트는 자학이 아니었다. 리이치로에게 일격을 날리고 싶었을 뿐이다.

2장

어쩌면 PART Ⅱ

1

　그날은 월급날인 데다 마침 하나카고에서 송이버섯밥을 팔기 시작했다기에 가이에다와 시즈카에게 한턱내기로 했다. 자랑하고 싶은 일도 있었고.

　"들어봐, 하루한테 남자를 소개해줬어."

　"들었어."

　"들었어요."

　하루한테 보고받은 시즈카가 가이에다한테 보고한 거로군.

　"그래, 하루가 뭐라는데? 나가토미란 사람, 마음에 들어해?"

　"인상이 나쁘진 않았나 봐요. 조금 덥게 느껴지는 남자란 말은 했지만."

　"배부른 소리 하네. 자기가 대단할 줄 아나 본데, 한 번 결혼에 실패한 여자라고."

　"실패하게 만든 게 누군데요."

시즈카의 말을 무시하고 나는 계속 말을 이었다.

"결혼식을 도와주면서 신부한테 반해, 4년이 지나도록 그 모습을 가슴속에 간직해온 남자란 말씀이지. 정말 감동적이지 않아? 내가 자신 있게 추천하는 역대 최강의 남자라고."

"그런 일 하니까 즐거워요, 형부?"

시즈카는 기가 막힌다는 표정이었다. 그런 눈으로 나를 보지 말아 줘. 나의 이 넓은 도량을 칭찬해줄 수는 없냐고.

"아카사카 로열 호텔의 연회 담당자라며?"

피로연에 참석했던 가이에다는 생각해내려고 무척 애를 썼다. 시즈카가 먼저 기억해냈다.

"그러고 보니 있었다, 있었어! 웨딩 케이크 커팅 때랑 드레스 갈아입을 때, 두 사람의 도우미로 일했던 턱시도 입은 남자. 비교적 괜찮은 남자였어. 그럼 두 사람의 결혼식을 도와주면서 그 사람이 언니한테 뜨거운 눈길을 보냈다는 얘긴가?"

"그런데 너하고는 어떤 관계야? 여자를 소개해줄 만큼 친했어?"

"식 올리기 전에 말동무가 되어주었어. 전에 말했잖아. 턱시도로 갈아입은 순간부터 결혼에 대해 갈등하기 시작했다고……. 우리가 정말 부부가 되어도 괜찮은지 제삼자의 판단을 듣고 싶어서 두 사람이 서로 가까워지게 된 이야기부터 시작해서 어떻게 내가 그녀의 포위망에 걸려 지금에 이르게 되었는지 모조리 들려줬어."

"연회 담당자라고는 하지만 생판 남한테 그런 이야기를 잘도 했네요."

"주위에 나가토미 말고는 아무도 없었으니까."

누구라도 상관없었다. 결정적인 순간에 고개를 쳐든 나쁜 버릇, 현실도피벽을 누군가에게 제어받고 싶었다.

신랑 대기실은 1층이었다. 복도에는 친척들이 가득 모여 있었고, 창문을 열면 바로 주차장이었다. 도망쳐버릴까 진지하게 고민해보 았지만, 결혼식 날 신부한테 버림받은 신랑도 아니고, 신랑한테 버림받은 여자를 과연 세상 사람들이 어떤 눈으로 바라볼지, 하루의 앞날을 생각하니 가여운 마음이 들어 내 충동에 뚜껑을 덮기로 했다. 무엇보다 결혼을 망설이는 내 자신을 되돌아보니 대체 하루의 어떤 면이 마음에 들지 않아 도망치려 하는지 나도 잘 모르겠기에.

"나가토미는 계속 그러는 거야. '참 귀여운 여성이잖습니까? 남자한테 부단히 외통수를 걸고 갖은 방법을 총동원하여 결국 좋아하는 남자를 쟁취하다니, 제 이상형인걸요.' 아직 하루를 본 적도 없으면서. 지금 생각하면 너무 무책임한 말이지만 나, 중간중간 '그렇죠? 그렇게 생각하죠?'라고 되물으며 스스로를 안심시켰어."

"참으로 한심한 새신랑이네. 내 결혼 상대가 형부 같은 사람이면 어쩐담."

"이를테면 도우미였던 그는, 그렇게 설득하는 사이에 아직 본 적도 없는 신부에 대한 이런저런 상상을 부풀리다가……."

"피로연 자리에서 언니를 만났을 때 상상을 뛰어넘는 강한 인상을 받은 거네요. 그렇다면 단순히 첫눈에 반한 것도 아니네."

"하루 씨, 그날 굉장히 아름다웠으니까."

나도 기억한다. 그때까지 대기실에서 망설이고 있던 일이 어이없게 느껴질 만큼 새하얀 드레스로 몸을 감싼 하루는 인류가 낳은 최고로 아름다운 여신 같았다.

신랑 신부 입장에서부터 양가 부모님께 꽃다발을 증정할 때까지 우리 옆에서 도와주었던 나가토미는 어떤 심정으로 하루를 바라보았을까? 그리고 무사히 피로연을 끝낸 우리를 어떤 얼굴로 배웅했을까……

4년 남짓한 기간 동안 웨딩드레스를 입은 하루의 모습이 눈에서 떠나지 않았다고 그는 말했다. 셀 수 없이 많은 신부를 보아온 결혼식의 프로가 그렇게까지 말하는 것을 보면 하루에게 엄청난 매력이 있는지도 모른다.

나가토미의 눈에 비친 에토 하루는 어떤 여자였을까? 나야말로 자세히 들어보고 싶은 기분이었다.

"아무래도 나가토미란 사람 굉장히 정열적인 남자 같네."

나도 안다고.

"여자로서 자신의 가장 아름다운 순간을 기억해주는 남자를 마다할 이유야 없죠."

시즈카가 여자의 마음을 가르쳐주었다. 나야 그저 웃어넘길 수밖에. 이미 게임의 주사위는 던져졌으니까.

"잘된 거잖아, 하루한테 그 정도로 한눈에 반해버렸으니. 소개한 나로서는 바라던 바야. 이번에는 내가 두 사람의 도우미가 되어 배웅해주고 싶은 기분이라고. 나가토미한테 끌려가는 하루의 여성 심리란 것도 자세히 관찰해주겠어."

시즈카와 가이에다는 서둘러 송이버섯밥을 주문했다.

모두 내 말을 무시하는군. 못 들은 척하는 거야. 나는 감상을 듣고 싶었는데. 이를테면 헤어진 남편의 귀감이라든지, 일본 남아의 용기라는 걸 본 느낌이라든지, 그런 식으로 칭찬해줘도 나쁠 것 없잖아. 안 그래?

2

나가토미 씨라고, 리이치로가 소개해준 문제의 그 결혼식 연회 담당자. 그가 곧바로 우리 스포츠클럽에 회원 등록을 하러 왔다.

역시 예상대로 거기서부터 공략해 들어오는가 싶다.

우선 클럽하우스 면담실에서 신규회원을 위한 차트를 작성해나갔다.

키와 몸무게를 재고 심박수, 혈압 등을 측정한 후에 짧은 트레이닝 팬츠로 갈아입은 나가토미 씨와 마주했다. 나는 평소 하던 대로 예비 신규회원에 대한 기습 공격에 나섰다.

"잠시 실례하겠습니다."

그리고 손을 뻗어 나가토미 씨의 옆구리살을 쥐었다.

"아하하, 하루 씨! 뭐 하시는 겁니까. 거긴 저의 취약 부위란 말입니다."

그는 몸을 배배 꼬며 호들갑스럽게 웃었다.

워낙 이런 남성들한테 익숙했기 때문에 나는 어디까지나 사무적으로 무표정하게 물었다.

"체중 조절은 그다지 필요할 것 같지 않은데, 어떤 트레이닝을 원하시죠?"

"하루 씨가 가르치는 반으로 부탁드립니다. 저를 훈련시켜주십시오. 어떻게든 저를 다듬어주세요."

"지금보다 다부진 몸을 만들고 싶다거나, 장차 보디빌딩 쪽으로 나가고 싶다거나, 적당한 운동만으로도 괜찮다거나, 그런 부분을 말씀해주셨으면 해요."

"하루 씨가 마초 맨을 좋아하신다면 저는 어떤 특훈이라도 견뎌낼 자신이 있습니다."

팔에 알통을 만들며 벌게진 얼굴로 날카롭게 곁눈질하듯 나를 보았다. 아마도 아널드 슈워제네거를 흉내 내는 듯.

"저기요, 나가토미 씨……."

"농담입니다."

나가토미 씨는 공연한 힘을 빼고 내게 미소를 지어 보였다.

"낮에 두 시간씩 텅텅 비는 때도 있으니까 적당한 운동으로 건강관리를 하겠습니다. 다양한 방법을 알려주세요."

본인의 희망란에 지금 한 말을 적어 넣었다.

"학생 시절에 무슨 운동이라도 하셨나요?"

"고등학교 때 야구를 했습니다. 정규 팀이기는 하나 3회전에 진출하는 게 고작인 학교였습니다. 포지션이 뭐였는지 아세요?"

"글쎄요."

"3루수였어요. 3루로 날아오는 타구는 강력한 땅볼이나 툭 떨어지는 뜬 볼이나, 뭐 그런 공이죠. 강한 타구일 때는 본능적으로 반응하지 않으면 잡아낼 수가 없어요. 그런데 저란 남자는 공이 날아오

는 불과 영 점 몇 초 사이에 이 타구를 놓쳤을 경우 우리 편이 입을
손상이라든지, 팀 동료들의 차가운 시선이라든지, 상대 팀의 야유라
든지 온갖 상상으로 본래의 실력을 발휘 못 하는 타입이었습니다."

언제 거기까지 물어봤냐고. 누가 좀 말려주었으면 싶었다.

"하루 씨가 어떤 스포츠를 했었는지 맞춰볼까요?"

"저에 관한 건 됐습니다."

"나가사키 고등학교의 수영 선수, 지역대회 6위 입상!"

"리이치로한테 들으셨군요?"

"아뇨, 결혼식 때 주례 선생님이 약력을 소개하셨잖습니까. 피로
연 다음 단계를 점검하면서 귀담아들었거든요. 기모노 예법 교실도
다니셨죠? 보고 싶네요, 기모노 입은 모습. 피로연 때 입은 기모노,
색이 다소 수수했다고 생각하지 않으세요?"

"저기요 나가토미 씨, 지금은 그런 이야기를 할 때가 아니니 하던
이야기나 계속하죠."

"네."

"일주일에 어느 정도 트레이닝을 받으실래요?"

"시간 나는 대로 오겠습니다."

"그럼 자유회원으로 해둘게요. 헬스클럽 사용은 자유지만 수영
은 시간이 정해져 있습니다."

"지금 당장 수영해도 괜찮을까요?"

"상관은 없지만……."

어쩐지 그의 페이스에 말려든 느낌이었지만 나는 나가토미 씨를
풀장으로 안내했다.

자유 수영반이 시작되었기에 나도 수영복으로 갈아입었다. 나를 지켜보던 나가토미 씨는 내가 있는 곳까지 심장 소리가 들릴 것 같은 표정을 해가지고는 쑥스러움을 감추려는지 준비운동도 하지 않고 물속으로 뛰어들었다.

나는 나가토미 씨에게는 신경을 쓰지 않는 척하며, 킥판을 가지고 물속에 들어가 있는 기타지마 씨를 성심성의껏 지도하기로 했다. 킥판의 앞쪽 끝을 양팔로 끌어안듯 잡게 하고, 내가 앞에 서서 보조하는 방식이었다.

"봐요, 다리가 구부러졌잖아요. 물보라만 심할 뿐 조금도 앞으로 안 나가잖아요!"

나는 옆에 서서 기타지마 씨의 대퇴부를 밑에서부터 가볍게 들어 올리듯이 받쳐주었다.

"선생님, 앗! 안 되겠어요, 가라앉겠어요. 앗! 돌 것 같아, 돈다!"

기타지마 씨는 비명과 같은 소리를 지르며 무작정 패닉 상태가 돼버렸다.

"돌다니 무슨 말이에요? 킥판을 제대로 잡고는 있는 거예요?"

빙글빙글 전복되듯이 기타지마 씨가 물속에서 돌았다. 어푸어푸거리며 간신히 일어섰지만, 어딘가에 납덩어리가 들어 있지 않나 의심스러울 정도로 물속에 있는 기타지마 씨의 몸은 정말 희한한 움직임을 보였다. 킥판은 아직 이르다는 생각에 당분간은 벽을 잡고 발차기를 하는 연습을 시켜야겠다고 마음먹었다.

"수고를 끼쳐서 죄송합니다……."

"조급해하지 말자고요."

그러자 바로 옆 레인에서 자유형으로 헤엄치던 남성이 엄청난 물보라를 기타지마 씨에게 끼얹었다. 나가토미 씨였다. 계속해서 맹렬한 기세로 헤엄치며 사라져갔다. 정열이 남아도는 듯한 느낌.

"조금 전에 뭔가 열심히 이야기하시던데요."

기타지마 씨가 코스 저편으로 사라져가는 나가토미 씨를 턱으로 가리키며 말했다.

"신규회원 면담이었어요."

"선생님한테 지나치게 친근한 척 말을 하기에 신경이 쓰이더라고요. 아는 사람인가요?"

이 시간대 수업에서는 나가토미 씨와 같은 청년을 거의 볼 수 없기 때문에 확실히 눈에 띄었다.

"친구 소개로요."

여기서 친구란 리이치로를 일컫는 말이었다.

나가토미 씨가 비스듬히 돌아 턴을 한 후 곧장 이쪽으로 돌진해왔다. 여유 있게 수영하고 있던 일반회원들이, 혼자 뭘 저리도 열심히 하나 싶어 쳐다보았다.

저녁 수업을 마치고 밤 아홉 시에 시작되는 마지막 수업 때까지 시간이 조금 있어서, 시부야에 있는 사쿠라야(전자상가)에 수리를 맡긴 다이버 워치를 찾으러 갈 생각이었다.

"하루 씨!"

누군가 나를 부르기에 뒤돌아보니, 머리가 아직 덜 마른 나가토미 씨가 가방을 들고 달려왔다.

"도립대학 방면으로 가시나요?"

"네······."

"저도 곧 호텔로 돌아가야 돼서."

역까지 어둑어둑한 길을 나란히 걷게 되었다.

오히려 좋은 기회라고 생각했다. 나가토미 씨에게 솔직한 마음을 털어놓는 편이 좋을 것 같았다.

"리이치로한테 들었어요. 결혼식 전에 폐를 끼쳤다면서요?"

"그렇게까지 결혼을 망설이는 새신랑도 드물었죠."

"그렇게 망설일 바에는 결혼 같은 거 그만두라고 하셨어야 했어요. 그런 무례한 경우가 어디 있어요? 남자가 결혼식 직전에 결혼을 망설이다니, 여자 쪽에 무슨 큰 문제라도 있는 것 같잖아요."

"저도 처음에는 그렇게 생각했죠. 그런데 하야세 씨의 이야기를 듣는 동안 하루라는 여성에게 점점 흥미가 생기기 시작했어요. 저도 피로연 준비 때문에 바쁜 데다 새신랑이 붙잡고 안 놔줘서 난처했지만 어느새 이야기에 빠져들고 말았습니다."

메구로 거리를 오가는 자동차에 붉은 기운을 더해가는 석양이 난반사되었다. 비록 배기가스로 뒤덮인 도심이기는 해도 하루 중 가장 아름다운 시간대였다.

"하야세 씨가 마음을 다잡고 방을 나서자 저도 양가 대기실까지 함께 갔습니다. 친척분들에게 둘러싸인 하루 씨가 대기실 한가운데에 앉아 있었죠. 지금처럼 석양이 뒤쪽 창으로 비쳐들었어요. 기억나세요?"

그래 맞아. 저녁 여섯 시부터 시작되는 결혼식이었다. 나의 새하얀 드레스가 석양빛에 타올랐었지.

"저는 숨이 멎는 줄 알았습니다. 하야세 씨의 이야기만 듣고 상상한 신부의 모습을 훨씬 능가했기 때문이죠. 자랑은 아니지만 저만큼 웨딩드레스 입은 여성의 모습을 많이 본 남자는 아마 없을 겁니다. 드레스로 돋보이는 여자들을 질릴 정도로 보아왔지만 당신은 가히 압도적이었어요."

그런 소리를 얼굴을 마주하고 직접 듣자니 쑥스러웠다.

"방에서 무슨 말을 했는지 모르겠지만 어차피 제 험담을 하면서 우울함을 해소했겠죠?"

"그게 아닙니다. 그렇지 않았어요. 하야세 씨는 당신을⋯⋯."

말을 하다 말고 나가토미 씨는 입을 다물었다. 그 이상의 것은 자신의 가슴속에만 담아두고 싶었던 걸까? 나 역시 캐물을 생각은 없었다. 어차피 깨진 부부의 4년 전 일을 회상한들 무엇하리.

"어쨌든 저는 피로연 내내 마음속으로 울었습니다. 하야세 씨 대신 신랑 자리에 앉을 수 있다면 얼마나 행복할까⋯⋯. 온통 그 생각뿐이어서 실수도 많았죠."

그러고 보니 우리를 케이크 커팅 자리로 안내할 때 나가토미 씨가 나이프를 잃어버려서 사회자의 실소를 자아냈었다. 드레스를 갈아입으러 퇴장할 때도 출구 코스를 착각해서 멀리 돌아가게도 만들었고. 빈말이라도 유능한 도우미라고는 할 수 없었다. 하지만 그게 내 탓이라는데 어떤 표정을 지어야 한담.

"나가토미 씨한테 꼭 하고 싶은 말이 있어서 어젯밤 내내 생각했어요. 리이치로가 어떤 생각으로 당신을 저한테 소개했는지 물론 잘 알고 있습니다만⋯⋯."

미리 생각해온 대사였다.

"우리…… 그러니까 저하고 리이치로의 역사를 알고 있는 사람에게는 저, 마음을 열 수 없을 것 같아요."

"왜죠?"

"저의 오점을 이미 알고 있는 거잖아요."

"오점은 아니죠. 하야세 씨와 사랑했던 것도, 하야세 씨와 결혼했던 것도."

제법 감동적인 말을 건넸다.

"어떻게 말해야 좋을지…… 전 아직 스물여섯 살이고, 요즘 결혼 적령기는 스물일곱 살이라고들 하니까 앞으로 더 다양한 사랑을 할 수 있을 거예요."

"맞습니다. 자신감을 가지세요."

"하지만 이왕 새로운 사랑을 한다면 새로운 만남으로, 서로에 대해 모르는 게 너무 많아서 저를 새하얀 캔버스로 생각해주는 사람과 사귀고 싶어요."

"제가 당신에 대해 알고 있는 것이 방해가 된다는 말씀인가요?"

"나가토미 씨가 알고 있는 저는 리이치로의 필터를 통과한 거잖아요. 그래서 전 싫어요."

"그럼 기억을 지우겠습니다. 어딘가에 머리를 부딪쳐 기억상실이 되겠습니다. 그래도 클럽에 가입한 것만은 기억하고 있을 테니까, 풀에서 날렵하게 헤엄치는 하루 씨를 만나 다시 한번 첫눈에 반하겠습니다. 저를 떨쳐버리는 듯한 말씀은 하지 말아주세요."

어디까지가 진심이고 어디까지가 농담인지 알 수 없는 진지함에 나는 결국 풋, 하고 웃음을 터뜨리고 말았다.

간나나 교차로를 건넜을 무렵부터 메구로 거리 앞으로 지려고
하는 태양이 온 얼굴을 내리쬐듯 비추고 있었다.

사쿠라야에서 수리가 끝난 시계를 되찾고 역 건물로 돌아가려
했으나 발길이 그만 도겐자카 방면으로 향하고 말았다.

시부야 분카도 서점은 이제 막 폐점하여 계산대는 잠겨 있었고
직원이 내일을 위해 방금 들어온 신간을 쌓고 있었다.

"아직 괜찮을까?"

입구 근처에서 방송강좌 교재를 진열하고 있던 리이치로에게 말
을 걸었다.

돌아본 그의 손에 책장에서 빼낸 《앙앙》과 책값을 얹어주었다.

"무슨 할 얘기라도 있는 거야?"

"오늘 나가토미 씨가 클럽에 와서 회원가입을 했어."

"속공이군."

리이치로는 정말 아무렇지 않은 듯 웃는 얼굴로 말했다.

"한번 마음먹으면 세차게 밀어붙이는 남자지만 본성은 착한 녀
석이야. 그러니까 남자 마음 가지고 놀지 말고."

"확실하게 말해줬어. 나를 새하얀 캔버스로 봐주지 않는 남자는
싫다고."

"이미 한 번 결혼했던 여자가 어떻게 새하얘진다는 거야?"

"그런 의미가 아니라 당신 입으로 나에 대한 잘못된 선입견을 안
겨준 사람이잖아. 그래서 싫어. 그런데 결혼식 전에 대체 무슨 얘길

한 거야? 나가토미 씨는 말 안 해주던걸."

"잊었어."

"결혼 전 당신한테 나는 어떤 여자였을까?"

"그런 걸 새삼 물어서 뭘 어쩌려고."

"알려줘도 상관없잖아."

내 스스로도 제어할 수 없을 만큼 절실한 울림이 단어 사이로 새어 나와 내심 당황했다.

리이치로는 교재를 마구 쌓아 올리며 말했다.

"그러니까…… 내가 지금부터 결혼할 상대는 연애 경험이 많은 여자고 남자 경험도 의외로 많은데 순정파인 내가 첫날밤을 무사히 치를 수 있을까요…… 하며 우는 소리를 늘어놓았지."

"완벽했잖아, 첫날밤을 치르기 전부터."

예수님께서는 눈감아주셨다. 우리에게는 남들만큼의 혼전 관계가 있었다.

"난 말이야, 여자의 과거에 약한 남자라고. 항상 비교당하지는 않을까, 그런 생각을 하게 돼. 그래서 일곱 번째라고 들은 후부터 너를 만날 때는 스스로 용기를 불어넣느라 힘들었어. 그런 남자 마음도 모르고 너는 손가락을 꼽아가며 그동안 사귄 여섯 명의 이름까지 말해주었지."

말이 떨어지기 무섭게 나는 그 자리에서 재현해 보였다.

"다카시, 준이치, 데루오, 마사오, 요우스케, 데쓰야…… 그리고 당신."

"어? 데루오가 준이치보다 먼저 아니었어?"

별 걸 다 기억하고 있었다.

"어찌 됐건 상관없잖아."

"그럼 안 되지. 데루오에 대한 예의가 아니잖아."

그는 일반 잡지 서가로 자리를 옮겨 정돈하기 시작했다.

그만 클럽에 돌아가야 할 시간이 되어 마무리 지으려고 말했다.

"당신한테도 좋은 사람 소개해줄게."

"그래야지, 너만 행복해지면 안 되잖아."

"어떤 타입이 좋은지 일단 말해봐."

"가정적인 여자가 좋지."

이 사람, 나를 비꼬듯이 말하는 거다.

'이봐요, 난 거의 완벽하게 가사 전반을 소화해낸 여자였어. 대체 뭐가 불만이었다는 거야?'라고 따져 물으려는 나의 낌새를 알아챘는지, 그는 애써 웃으며 덧붙였다.

"하루처럼."

"나처럼 가정적인 여자란 말이지? 네에, 잘 알겠습니다. 그런데 희망 사항이 조금 과한 것 아냐?"

괜히 분한 마음에 툭 말을 던진 뒤 《앙앙》 잡지를 말아 쥐고서 '그럼, 이만!'이라는 동작을 취해 보이며 분카도 서점을 나왔다.

그 주 토요일, 시즈카가 다시 집으로 왔다.

기숙사에서 같이 생활하는 친구한테 배웠다며 칵테일 만드는 솜씨를 내 앞에서 뽐냈다. 그 친구는 취직난의 여파로 고향에 내려가 집안일을 돕기로 한 모양이었다. 남은 일은 졸업식뿐이었기에, 기숙사를 비우면서 시즈카에게 칵테일 도구를 전부 넘겨주었단다.

조니워커나 럼 같은 주류는 나한테 사라고 하고, 레시피를 보면서 둘이 교대로 셰이커를 흔들었다. 즐거웠다. 하지만 그날 밤 칵테일을 이것저것 섞어 마시는 바람에 고약하게 취하고 말았다.

"언니, 언니, 어쩜 나가토미 씨가 찍혀 있을지도 몰라. 결혼식 피로연 앨범 한번 보자."

시즈카의 제안에 나는 마지못해 장롱 안쪽에서 앨범을 끄집어냈다. 이혼한 부부들은 보통 그런 앨범을 어떻게 처분할까? 우리 경우는 내가 가져오게 되었지만.

반지 정도야 서랍 속에 넣어두면 어느샌가 사라져버린다 해도 두께가 5센티미터나 되는 앨범은 그리 간단히 사라져주지 않았다.

나가토미 씨가 찍힌 사진은 좀처럼 나오지 않았다. 턱시도와 웨딩드레스 차림의 우리 두 사람을 찍은 사진만이 영광의 한 시절인 양 화려하게 페이지를 장식하고 있을 뿐이었다.

"언니도 형부도 정말로 기뻐하는 것 같아."

그야 결혼식인데 당연하지.

리이치로는 결혼식 직전까지 나가토미 씨를 붙들고 우물쭈물 망설였던 주제에 피로연 자리에서는 인생의 절정인 양 해맑게 웃고 있었다.

"아, 어째서 사랑은 식는 걸까?"

시즈카는 세계 7대 불가사의 중 하나라는 듯이 말했다.

그래, 사랑이 식는 법은 버뮤다 삼각지대보다 더 기적적이어서 본인들이 마음만 먹으면 언제든 흔적도 없이 지울 수 있으니까.

하지만 나와 리이치로는 그 시절의 잔재를 질질 끌면서 지금까지 왔다. '식었다. 사라졌다. 잊었다.' 이렇듯 과거형으로 딱 잘라 말할 수 있다면 얼마나 편할까? 딱 잘라 말할 수 없기 때문에 인간은 불가사의하다.

따라서 시즈카는 이렇게 말했어야 했다. '어째서 인간은 식어버린 사랑에 연연해하며 살아가는 걸까?'라고.

나는 그때 불현듯 이혼 직후에 읽었던 수필집의 한 구절이 생각났다.

"어떤 책에 쓰여 있었어. 이혼은《아기돼지 삼형제》의 집짓기와 같다고."

"늑대가 덮친다는 이야기 말이지?"

"맞아. 요컨대, 이혼하고 나서 가장 먼저 해야 할 일은 남편과 함께한 그때까지의 집을 부수고 새롭게 자신의 집을 짓는 것이다. 세상의 모진 풍파와 때로는 늑대의 그림자까지 어른거리는 불안한 생활 속에서 볏단 집을 지을 것인가, 나무 집을 지을 것인가, 아니면 벽돌을 한 장 한 장 쌓아 올릴 것인가……."

"언니는 어떤 집을 선택했어?"

아직 재료도 못 고른 상황이지. 가령 벽돌을 잔뜩 사들여놓는다 해도 리이치로가 어느샌가 넉살 좋게 나타나서 미장일을 거들어버릴 것 같은 기분이 들었다. 나한테 나가토미 씨를 소개한 일이 그 시작일지도 몰랐다.

"아! 있다, 있다! 이 사람이지?"

시즈카가 사진 한 장을 가리켰다. 케이크 커팅, 두 사람이 나란히 서서 높이 3미터짜리 케이크에 나이프를 찔러 넣고 있었다.

"다음은 부부 최초의 공동 작업입니다."

사회자의 말에 이어, 우리 옆에서 나가토미 씨가 주의를 주고 있는 듯한 사진.

"카메라 앞에서도 그 모습 그대로."

세 장의 연속 사진 가운데 마지막 세 장째에 이르자 나가토미 씨의 시선이 내 옆모습을 향하고 있었다.

애절해 보이는 그 눈빛이, 남의 신부에게 첫눈에 반해버린 남자의 비애를 말해준다고나 할까? 친지와 친구들의 카메라 플래시 세례를 받으며 기뻐 어쩔 줄 몰라 하는 나와 리이치로는 바로 옆에 복잡한 심경을 참아내고 있는 남성이 있다는 사실은 전혀 모르고 있었다.

나를 향한 나가토미 씨의 마음이 그로부터 4년이 지나도록 고스란히 간직되어 있었단 말인가…….

사랑이 식는 것보다 또는 식어버린 사랑에 연연해하는 인간보다 불가사의한 인간세계의 기적이라고 생각지 않아?

3

세계 여자 프로레슬링 도장은 하네다 뒷골목으로 일컬어지는 운하를 낀 거리 안의 어느 백화점 물류 창고와 인접해 있었다.

언뜻 보면 조립식 창고 건물 같았다. 그러나 가까이 다가가면 젊은 여성들의 괴성과 함께 선배가 후배를 호통치는 듯한 소리, 신인 선수가 보디슬램을 당해 매트에 내동댕이쳐지는 딱한 소리들이 울려 퍼졌다.

세계 여자 프로레슬링은 업계의 원조로 일컬어지는 극동 여자 프로레슬링에서 떨어져 나와 생긴 단체이다. 창립 초기에는 25세 정년제를 시행하는 극동 여자 프로레슬링에서 퇴출당한 베테랑 선수만을 모아 체재를 정비했으나 점차 신인 발굴에도 힘을 쓰게 되었다. 한동안 어린 여자애들이 대부분의 팬이었던 여자 프로레슬링계에 남성 극성팬들을 불러들인 신흥 단체 중 하나였다. 여자에게도 '난폭한 영혼'이 존재하므로.

나라고 없겠는가. 육체를 혹사하는 투쟁으로 내 자신을 해방시켜주고 싶은 때가.

상대 레슬러와의 호흡을 계산하며 링에 올라 화려한 기술을 펼쳐 보일 때면, 관전하고 있는 나도 피가 끓어올랐다.

세계 여자 프로레슬링에 내 친구가 있다. 들어본 적 있으려나, 고독의 '힐 레슬러'(악역을 담당하는 레슬러)로 유명한 '갓뎀 아라마키'. 본명은 아라마키 사유리. 무릎을 다쳤을 때 재활 훈련차 우리 스포츠클럽에 나왔는데 그날부터 알고 지내는 사이가 되었다. 그녀는 가끔 링 사이드의 좋은 좌석을 잡아주고는 했다.

나와 리이치로, 시즈카, 가이에다 씨 이렇게 넷이서 두 번 정도 구경을 갔다. 그때마다 사유리는 우리에게 제공하는 서비스인지 상대 레슬러를 링에서 끌어내려 우리 옆에서 화려한 장외 난투극을 벌이고는 했다. 그런 장면을 가까이에서 보면 더욱 흥분되었다.

도장이 가까워지자 운하의 비린내가 바람을 타고 날아왔다.

요코하마 체육관에서 열리는 타이틀 매치를 대비하여 훈련 중인 사유리를 위해 간식거리를 싸 들고 진지 안으로 위문을 간 셈이다.

같이 간 사람이 있었다. 나가토미 씨. 점심때 한 쌍의 결혼식 도우미 역을 끝내고 약속 장소로 달려왔다. 사흘 전부터 식사 한번 같이 하자는 얘기를 했다.

"식사만 하는 거예요. 다른 꿍꿍이는 없습니다. 더구나 제가 근무하는 호텔 레스토랑이니까 엉뚱한 짓은 못 해요."

"그럼 식사만."

이마에 땀이 배도록 간곡하게 말하기에 나는 안된 마음에 허락하고 말았다. 그리고 세계 여자 프로레슬링 도장에 같이 가기로 했다.

프로레슬러 친구가 있으니 허튼수작 부리면 큰코다친다고 못 박아두고 싶었던 걸까? 사유리한테는 미안하지만 그녀를 호신용으로 이용하고 말았다.

문을 열어놓은 도장을 들여다보자 땀내가 진동했다. 신인들은 링 아래에서 앉았다 일어나는 동작을 반복하며 기합을 받고 있었다. 죽도를 든 레슬러가 감독하고 있었고, 링에서는 중견급 레슬러가 신인에게 던지기 기술을 반복하여 구사하는 등 실전 연습이 이루어지고 있었다. 가을이 깊어졌다고는 하나 바람도 제대로 통하지 않는 도장 안은 흡사 한증막처럼 후텁지근했다.

사람들이 나를 알아보고 인사를 건넸다.

"어서 오세요."

사유리뿐 아니라 다른 레슬러 몇 명도 우리 클럽의 풀장을 이용했다. 가끔 간식거리를 싸 들고 도장을 찾는 나를 한 식구로 대했다.

그러나 겁에 질린 얼굴로 내 뒤를 따라 들어오는 나가토미 씨에게는 모두 날카로운 시선을 던졌다. 금남 구역은 아니지만 트레이닝장에 섞여 들어온 남성이 익숙지는 않았겠지. 나의 새 남자친구인 줄 착각하여 관찰의 눈으로 바라봤는지도 모르겠다.

사유리는 링 저쪽 구석에서 바벨을 백프레스로 들어 올리는 중이었고, 붉은 티셔츠가 땀에 젖어 검게 보였다. 나는 그녀가 마칠 때까지 한쪽 옆에 서서 기다리려고 했으나 엉겁결에 트레이너처럼 주의를 주고 말았다.

"끝까지 들어 올렸을 때 숨을 내뱉고, 내릴 때 들이마셔. 숨쉬기를 잘못하면 폐에 부담이 가니까."

목표량을 끝내고 바벨을 내려놓은 사유리는 큼직한 타월로 얼굴의 땀을 쓱쓱 닦고 나서 우리 앞에 섰다.

신장 162센티미터, 몸무게 62킬로그램. 평소 모습을 보면 살집이 좀 좋은 여자로밖에 보이지 않는다.

여자 프로레슬링 경기를 처음 구경 간 사람들은 시합 전, 출전하는 선수들이 같은 트레이닝복 차림으로 모두 나와 인사할 때 '저런 귀여운 몸으로 격투기가 가능할까?'라는 생각을 분명히 할 거다. 그러나 본격적인 선수 입장 테마 음악이 흐르는 가운데 스포트라이트를 받으며 통로를 걸어 나와 링에 오르고, 장내 아나운서의 소개에 이어 가운을 벗어던지며 무대의상을 입은 육체를 드러낼 때 그녀들은 한층 찬란하게 빛이 났다.

아키타 출신답게 새로 생긴 상처들을 제외하면 사유리의 피부는 백옥 같았다(하얀 피부의 미인을 가리키는 '아키타 미인'이라는 말이 있다).
여자 표범처럼 휘날리는 갈색 블리치를 넣은 긴 머리는 뒤로 도톰
하게 묶고 있었다. 팬들과의 미팅 때도 좀처럼 웃는 얼굴을 보이지
않는다고 알려져 있었지만, 평소에도 예외는 아니어서 두 달 만에
만난 나한테조차 미소 한 번 건네지 않았다.

단체 창립 멤버였던 사유리는 사장에게 '냉혹하기 짝이 없는 힐
레슬러'라는 이미지 컬러를 부여받았을 때부터 철저히 그렇게 살
아왔다. 때문에 웃음을 잃어버린 것은 직업병이라 해야 할지도 몰
랐다.

쌍꺼풀 진 큰 눈, 굵직하고 높은 콧날, 언제나 불만스러운 듯 오므
린 입술. 그런 이목구비가 화장과 조명으로 빛날 때 사유리는 관객
들이 바라는 힐로서의 역할을 다해 인기 아이돌 레슬러의 무대의
상을 피로 물들인다.

"이거 찹쌀떡하고 쑥떡이야. 사무실 사람들 것도 있어."

내 말에 이어 나가토미 씨가 들고 있던 봉지 두 개를 내밀자 그녀
는 고맙다는 말을 하며 받아들고 신인을 턱으로 불렀다. 사유리한
테 봉지를 건네받은 신인은 나한테 "잘 먹겠습니다" 하고 예의 바
르게 인사한 뒤 도장 안쪽에 있는 사무실로 달려갔다. 그 모습을 보
니, 역시 운동계의 프로라는 느낌이 들었다.

"소개할게, 이쪽은 나가토미 씨."

"처음 뵙겠습니다."

나가토미 씨가 조금 전의 신인에게 지지 않을 만큼 몸을 한껏 숙
이고 인사하는 바람에 나는 웃음이 나왔다.

"안녕하세요."

사유리는 나와의 관계를 살피는 눈빛이었다.

"리이치로한테 소개받은 맞선 상대라고나…… 할까."

그렇게 말해도 되는 거였는지, 공연히 남자의 자존심을 건드린 것은 아닌지…….

나가토미 씨가 잘 부탁드린다는 말을 하는 것을 보니 실례가 되지는 않은 모양이었다.

사유리는 놀라움을 의미하는 2초간의 무표정에 이어, 흠, 하고 콧소리를 냈다.

"죽어야만 고쳐지려나, 그 녀석의 한심함은."

리이치로를 두고 하는 말이었다.

목 안에 미국 너구리라도 키우는 양 굵직한 목소리를 토해낸 그녀는 스포츠 음료로 입을 헹궈 옆에 놓인 양동이에 뱉었다.

"나도 리이치로에게 여자를 소개해줘야 해."

"대체 무슨 짓이야, 너희들."

"누구 없을까? 어렵네."

나는 아양을 떨 듯 사유리의 표정을 살폈다.

사유리는 즉시 나의 방문 목적을 깨달은 듯 서둘러 못을 박았다.

"이상한 소리 하면, 알지?"

"그 사람하고 사귀어볼 생각 없어?"

거절해도 어쩔 수 없지만 부탁해보았다. '가정적인 여자'라는 그의 희망 사항을 듣는 순간 가장 먼저 떠오른 이름이 사유리였다.

언젠가 우리 집에 놀러 와서 음식을 만들어준 적이 있었는데, 사유리는 냉장고에 남아 있던 재료만으로 한 접시당 5분도 안 걸려 줄줄이 요리를 해냈다. 그중에서도 두부튀김과 마늘종볶음은 일품이었다. "느낌이 대조적인 두 개의 소재가 굴소스 안에 멋지게 살아 있다"라고 감상을 말했을 때 난 처음으로 사유리의 볼에 떠오르는 미소를 보았다. 큼직한 이목구비에 천사와 같은 윤곽이 드리워진 순간이었다.

리이치로로서는 질색하는 여자이기는 하지만.

언젠가 시합 후에 선수 대기실로 가서 리이치로를 인사시켰을 때 "네 녀석이 하루를 불행하게 만든 남자야?"라며 사유리가 위협했던 일을 리이치로는 아직껏 마음속에 담아두고 있는 눈치다. 하나카고에 모두 모여 술자리를 가질 때면 사유리에게 놀림당하는 것은 항상 리이치로였다.

리이치로도 상대가 아무리 여자 프로레슬러라고는 하나, 듣고만 있자니 남자로서의 자존심이 상했는지 받아쳤다.

"결혼은 링에서 폴승(상대의 두 어깨를 3초간 바닥에 닿게 하면 승리하는 레슬링 규칙. 점수와 관계없이 승부가 한 번에 결정된다)을 거두는 것보다 어려운 거야. 억울하면 한번 해보든가."

사유리가 살기를 확 드러내며 자리에서 일어서자 리이치로가 다급하게 농담이라고 실실 웃으며 무마했다. 사유리에게 리이치로는 마치 장난감 같았다.

견원지간 같은 두 사람이기에 내가 수를 쓴들 쉽게 남녀 관계로 발전할 것 같지는 않지만.

그래도 나는 최소한 사유리에게 신물 나게 지겨운 남자를 맞선 상대로 추천한 것은 아니었다. 반년 전인가? 사유리가 우리 클럽에서 재활 훈련을 하고 있을 때 라커 룸에 소지품을 빠뜨리고 간 적이 있었다. 표지가 빨간 가죽으로 된 수첩이었는데, 누구 것인가 싶어 펼쳐보았더니 좌우 일정표에 일주일 간격으로 전국 방방곡곡의 체육관과 홀의 이름이 적혀 있어서 곧바로 사유리 것임을 알았다.

그런데 수첩의 사이드포켓 안에서 사진 한 장을 발견했다. 하나카고에서 찍은 스냅사진이었다. 나와 리이치로, 시즈카와 가이에다 씨가 시합 직후의 사유리를 에워싸는 구도로 가게 주인아주머니가 찍어준 사진인데, 사유리는 마침 리이치로와 나란히 서게 되었다.

수첩에 들어 있던 사진은 주변의 우리들을 잘라내고 사유리와 리이치로 둘만 남겨놓은 모습이었다. 사진 속의 사유리는 흔치 않게 웃는 얼굴을 하고 있었다. 리이치로도 사진 찍을 때만큼은 눈치 빠르게 웃는 표정을 짓는 남자여서, 모르는 사람이 보면 잘 어울리는 한 쌍이라고 여기기에 충분한 사진이었다.

나는 사유리의 마음을 처음으로 들여다본 기분이었다. 가슴을 찌르는 듯한 무언가를 느끼지 못했다면 거짓말이겠지만, 사유리의 아련한 마음에 리이치로가 무슨 형태로든 응답해주어야 할 것 같다는 생각이 들었다.

사유리도 행복해졌으면 좋겠다는 게 내 바람이었다.

중학교 시절, 이유 없이 집단 괴롭힘을 당한 사유리는 그 일이 계기가 되어 고등학교에 올라갈 무렵 일주일에 한 번씩 500엔을 내고 극동 여자 프로레슬링의 연습생이 되었다고 한다.

그러는 사이 어느덧 자신을 괴롭히던 아이들에 대한 복수심도

다 사라지고 정신없이 놀이에 열중하는 아이처럼 시합을 즐기는 레슬러가 되었다. 극동 여자 선수 시절, 사유리가 선보인 드롭킥은 높이, 각도, 파괴력 모든 면에서 예술의 경지에 달했다고 그 분야의 기자들이 입을 모아 기사화했을 정도다. 사유리는 놀랍게도 발돋움을 한 뒤 공중에서 킥할 위치를 조절한다. 그게 얼마나 대단한 일인지 모를 것이다.

여자 프로레슬링의 커다란 매력은 평범한 여자아이가 투쟁심을 불태우며 한 사람의 성인 여성으로 변화해가는 모습을 현재진행형으로 지켜볼 수 있는 점이라고 흔히들 말한다. 하지만 링의 예술가라는 찬사까지 듣게 된 사유리도 '완성을 목표로 노력하는 자세가 공감을 불러일으키는 것이므로 완성하고 나면 끝'이라는 여자 프로레슬링계의 지배적인 사고방식 때문에 괴로워했다.

나도 그녀에게 상담 요청을 받은 적이 있었다. 마시지도 못하는 술을 들이켜며 사유리는 푸념을 늘어놓았다.

"사장이 그러는 거야. 소녀의 한결같음과 위태로움이 사라지면 관객은 외면하고 만다고. 여자 프로레슬링에 성숙한 여인은 필요 없다고……."

분명 극동 측 사장이 그렇게 공언한 것을 나도 프로레슬링 잡지에서 읽은 적이 있었다.

"여자의 행복은 역시 결혼에 있다. 15, 16세에 여자 프로레슬링 세계에 입문하면 돈은 모으지만 가사일을 익힐 여유가 없다. 25세에 그만두면 그때부터 1, 2년 신부 수업을 받아도 혼기를 놓치지 않고 결혼할 수 있다. 소중한 딸들을 맡고 있는 입장이므로 25세가 되면 새로운 인생으로 내보내주는 것이 우리들의 의무이다."

사유리는 여기에 반발하는 형태로, 세계 여자 프로레슬링 출범에 참여했다.

하지만 나는 내심 극동 측 사장의 의견에 찬성했다. 나는 재활 훈련 트레이너로서 사유리의 몸 상태를 잘 알고 있었다. 그녀의 몸은 이미 만신창이가 되어 있었다.

무릎관절은 시합 중 여러 차례 빠진 모양이어서 상대 선수가 고통을 눈치채지 못하게끔 링 주위를 돌면서 스스로 관절을 집어넣기도 한다.

내장에 작은 종양이 생겼을 때는 입원을 사흘씩이나 미루면서 링 위에 섰다. 그 때문에 가볍게 끝났을 수술이 몇 시간에 걸친 대수술이 되어 회복되기까지 한 달이 걸린 적도 있었다.

여자 프로레슬러란 직업은 겉으로 화려해 보여도 뒤에 드리운 그림자가 무척 컸다. 몸이 밑천인 장사인데도 때때로 부상으로 인한 결장조차 허용되지 않았다. 정체를 알 수 없는 '붐'이며 '인기'라고 하는 괴물, 그리고 융통성 없는 흥행 행태와도 맞서 싸워야만 하는 직업이었다.

가능하면 시기를 보아 사유리에게 프로레슬링 인생에 종지부를 찍게 하고픈 또 하나의 이유가 있었다. 사유리의 성격이었다.

세계 여자 프로레슬링의 흥행으로 이어지는 사유리의 힐 레슬러 연기는 확고한 인기에 뒷받침되고 있었다. '악의 꽃'이라는 점에 남성 팬들은 매료당하고 상대의 약점을 파고들어 철저하게 괴롭히는 싸움 방식에 사람들은 야유를 보내면서도 뜨거운 지지를 아끼지 않았다.

그러나 당사자인 사유리는 사생활로 돌아와도 힐 레슬러 이미지에서 빠져나오지 못했다. 억지로라도 웃음을 잊고 사생활까지 다 바쳐 철저히 악역에 몰두하지 않으면 링 위에서도 난폭해질 수 없다고 말하는 가여울 정도로 서툰 레슬러였던 것이다.

그러나 나는 그녀의 해맑은 웃음을 알고 있었다. 손수 만든 음식을 '맛있다'고 칭찬해줄 때 한없는 기쁨을 느끼는 마음이 사유리의 두터운 가슴속에 있었다.

그렇기 때문에 사유리가 리이치로를 새로운 인생 파트너로 선택해준다면 나는 가슴 한 곳을 찌르는 가시 정도는 참아내며 진심으로 두 사람을 축복해줄 수 있었다.

"헤어진 너희 부부의 쓸데없는 자존심 싸움에 나까지 끌어들이지는 마."

"역시 그렇게 보이나……."

"훤히 들여다보여. 댁도 알고 있죠?"

사유리는 나가토미 씨에게도 동의를 유도했다.

"그런 남자한테 선 자리를 소개받고 아무렇지도 않아요?"

나가토미 씨는 순간 무척 당황해하는 기색이었으나 묘하게 자신 있다는 듯이 말했다.

"계기야 어떻든 중요한 건 결과입니다."

소개해준 리이치로의 의도가 어떻든 간에 에토 하루의 마음을 언젠가는 사로잡겠노라고, 도장의 열기에 취했는지 나가토미 씨의 마음이 포효하고 있었다.

사유리가 흥 하며 코웃음을 치고 나서 덤벨을 양팔로 들어 올렸다 내리는 어깨 운동을 시작하자, 어느새 직업의식이 발동한 내가 거들고 있었다.

"삼각근에 의식을 집중하고."

금세 이마에 땀방울이 맺히기 시작한 사유리가 말했다.

"이번 시합 때 리이치로도 데려와. 내가 설교해줄 테니."

"그거, 어떤 설교인가요?"

나가토미 씨가 불안해진 모양이었다.

사유리는 무시하고 트레이닝을 계속했다. 두 번 다시 나가토미 씨 쪽을 돌아보지는 않았지만 이렇게 대답했다.

"댁도 오고 싶으면 와요. 하루 옆자리에 앉게 커플 티켓 마련해줄 테니."

"아, 고맙습니다……."

의외로 상냥한 반응에 나가토미 씨는 당황한 눈치였다.

"티켓은 돈 주고 살게."

나는 세계 여자 프로레슬링의 재정 상태를 알고 있었으므로 사유리에게 폐를 끼치고 싶지 않았다. 리이치로 몫도 티켓링크에서 살 생각이었다.

링 위의 스파링을 지켜보던 간판 레슬러가 "몰아붙이는 게 어설프잖아!"라며 죽도로 마룻바닥을 내리치자 나가토미 씨는 자신에게 하는 말인가 싶어 흠칫 놀라 돌아보았다. 그 모습을 보니 나도 모르게 웃음이 터졌다.

휴식 시간이 되면 나이순으로 둘러앉아 내가 가져온 찹쌀떡과

쑥떡을 웃으면서 먹겠거니 상상하면서 나와 나가토미 씨는 도장을 나왔다.

4

하네다 뒷골목에서 도심으로 돌아온 그날 밤, 우리는 아카사카 로열 호텔 내에 있는 레스토랑에서 식사를 함께 했다.

"실은 이 레스토랑, 그때 이후 매년 왔어요."

내가 전채 요리로 나온 연어를 입안에 널름 밀어 넣으며 말했다.

"그때 이후라면?"

"왜, 여기서 식을 올린 커플에게는 여러 가지 특혜가 주어지잖아요. 매년 결혼기념일마다 디너를 반값에 즐길 수 있는 서비스가 있어서 해마다 이용하고 있었어요."

"헤어진 후에도 결혼기념일에 함께 식사를 했단 말씀입니까?"

"이상하죠? 저도 잘 알아요. 헤어지고 나서 첫 번째 결혼기념일이 작년 11월 19일이었는데, 역시 허전했는지 전날 밤 그 사람한테 전화를 하고 말았어요. 주문하고 싶은 책이 있다는 핑계로. 그랬더니 그가 이렇게 말하는 거예요. '올해도 디너 50퍼센트 할인권이 도착했는데 사용하려고. 이걸로 다른 여자 꼬셔도 될까?' 나는 그만 열을 받아서 '무슨 소리야, 반은 내 몫이잖아!'라며 권리를 주장해 버렸죠."

생전 처음 발찌란 걸 하고 그가 기다리고 있을 1층 바에 들어간 것도, 당신과 헤어지고 나서 이렇게 멋진 여자가 되었다는 것을 보여주고 싶은 마음에서였다. 보나마나 "뭘, 그런 걸 다 했냐"라며 면박을 줄 거라 생각했는데 "잘 어울린다, 그거"라고 솔직하게 칭찬해줘서 당황했다. 그게 이혼 후 첫 번째 맞은 결혼기념일이었다. 두 번째 그날이 얼마 남지 않았는데, 이번에야말로 커플 디너 티켓을 그가 제대로 썼으면 좋겠다.

리이치로는 누구를 동반하려나? 사유리와 둘이서 촛불을 사이에 두고 식사하는 모습을 상상하며 자문자답해보았다. 두 사람이 그런 관계가 된다면, 나는 진심으로 기뻐할 수 있을까…….

"요즘 들어 생각하는 건데, 하루 씨와 하야세 씨는 서로 고집 피우다가 신세 망치는 타입인 것 같아요."

"그런 소리 종종 들어요."

"그랬군요. 두 분의 추억의 장소라. 다른 곳으로 갈 걸 그랬나."

매년 그 자리에 앉아 있던 리이치로의 모습이 눈앞의 나가토미 씨와 자꾸 오버랩되는 바람에 적잖이 당황했다.

나중에 시즈카한테 들은 바에 따르면, 내가 나가토미 씨와 디저트로 멜론을 떠먹고 있을 즈음 리이치로는 하나카고에서 난리를 친 모양이었다.

설마 내가 결혼기념일 때마다 가던 아카사카 로열 호텔에서 데이트하고 있을 줄은 상상도 못 했겠지만, 시즈카에게 "오늘 밤에 언니, 나가토미 씨하고 식사한다나 봐요"라는 말을 들었을 때 리이치로는 "그거 축하할 일이네. 아침에 돌아오길 빌어야겠는걸" 하면서 갑자기 술 마시는 속도가 빨라졌다고 한다.

이런 말도 한 모양이다.

"맞선 상대를 소개해주고 그 커플이 결혼에 골인하게 되면 주선 자로서 주례를 서는 게 도리인가?"

"당사자들이 굳이 원한다면 몰라도 보통은 나가토미 씨네 회사 상사가 맡는 것 아닌가요? 도대체 신부의 전남편이 주례를 서는 경우가 어디 있어요? 게다가 형부는 부인도 없고. 주례란 역시 부부 금슬이 좋은 분이 서는 거잖아요."

나중에 그 얘기를 들은 나는 그 인간에게 상식이란 걸 가르쳐준 동생에게 고마움을 표했다.

리이치로는 홧김에 그랬는지 가게 전화로 가이에다 씨에게 연락해 당장 오라고 명령했단다. 주변에 친구가 한 사람이라도 더 있어야만 견딜 수 있을 것 같은 외로운 밤이었던 모양이다. 가이에다 씨는 제왕절개수술 중이었다고 한다. 귀찮기 짝이 없는 노릇이었으리라.

시즈카는 설령 형부 처제 간의 연이 있다고는 해도 자업자득으로 망가진 남자의 뒤치다꺼리는 하고 싶지 않아서 열한 시가 지나 혼자 돌아간 모양이다. 그런 면에서 그 애는 상당히 냉정하다.

나는 그때쯤 아카사카 로열 호텔 신관으로 자리를 옮겨 꼭대기 층 전망 라운지에서 술을 마시고 있었다.

창가 자리는 커플들로 들어차 있어서 바 중앙부에 있는 카운터 석에 앉아, 나는 고상한 척 와인을, 나가토미 씨는 시바스 리갈에 소다수를 섞어 마셨다.

그 바에도 추억이 있었다. 나가토미 씨한테 이야기해주었다.

"결혼식 날 2차 모임이 끝나고 이 호텔에 묵었는데, 그 사람 피곤했는지 방에 도착하자마자 먼저 잠이 들어버렸어요."

"저까지 끌어들이며 그렇게 고민하면서 올린 결혼식이니 많이 피곤했겠죠."

"어쩔 수 없이 그를 방에 남겨두고 여기서 혼자 술을 마셨죠."

"첫날밤에 신부 혼자 바에서…… 가여워라."

"너무 심했죠?"

"그런 줄 알았으면 그날 밤 안으로 작업 들어가는 건데."

나가토미 씨는 우리의 결혼 피로연이 끝난 후 호텔 근처 술집에서 마셨다고 한다. 자아도취는 아니지만 아마도 나가토미 씨는 웨딩드레스 입은 내 모습을 떠올리며, 지금쯤 두 사람은 방에서…… 라고 상상하다 잔뜩 취하고 싶어졌을 것이다.

나는 결혼식 날 밤, 새벽 한 시 폐점 시간까지 술을 마셨다. 리이치로가 결혼식 직전까지 미래를 불안하게 여겼던 것처럼 나도 혼자서 생각하고 싶은 일들이 아주 많았던 것이다.

결혼식 직전에는 드레스도 갖춰 입어야 하고 이런저런 준비에 쫓겨 폭풍처럼 시간이 흘러가 버렸지만, 결혼식과 피로연을 순조롭게 마치고 2차 모임에서 한바탕 법석을 떨고, 호텔 방에 돌아와 그가 침대에 나자빠지고 정적이 찾아오자, 나는 그날 들어 처음 나 자신과 마주할 수 있었다.

입을 반쯤 벌리고 아이처럼 쌔근쌔근 숨소리를 내며 자고 있는 그를 '이제부터 이 사람과 쭉 함께하겠지'라는 생각에 가까이에서 찬찬히 살펴보았다. 볼을 꼬집어보고 코를 잡아보면서, '이 사람이 내 남편이구나. 이 뺨도, 이 코도, 이 입술도……'라며 손끝으로 확인하기도 했는데.

그리고 열쇠를 가지고 방을 나와 전망 좋은 라운지로 나왔다. 결혼식을 마친 신부 혼자 밤늦게 바에 앉아 있는 그림도 그리 나쁘지 않다는, 어쩐지 나르시시즘 비슷한 기분도 작용했는지 모른다.

카운터석에 앉아 독한 술을 혼자 홀짝거리고 있으려니 비로소 내일부터 한 남자의 아내가 된다는 사실이 실감 났다. 평범한 사람이 어느 날 갑자기 영화의 주연으로 발탁된 것 같은 압박감도 있었고, 어제까지의 나는 더 이상 존재하지 않는다는 섭섭함에 명치 부위가 조여드는 느낌도 받았다.

행복해질 수 있을까. 행복이란 무엇일까. 스물두 살 신부가 생각하는 행복이라야 뻔하지 않겠냐고? 하지만 그날 밤 나는 그 바에 앉아 열심히 생각했다.

이윽고 새벽 한 시경에 도달한 결론은 너무나 단순해서, 그때까지 혼자 '행복론'을 전개하고 앉아 있었던 내 자신이 갑자기 한심하게 느껴졌다. 결국 '리이치로를 믿을 수밖에 없다'라는 결론에 이른 것이다.

하야세 리이치로한테 나를 맡기는 수밖에 없다. 지금 나는 무력하다. 결혼은 경마나 경륜과 같은 도박이다. 나는 딱 한 번 슬롯머신을 해봤을 뿐 도박에는 무지한 사람이지만, '하야세 리이치로에게 2000점!'을 거는 인생을 즐겨야 한다. 지고 싶지는 않지만, 이기려는 생각도 해서는 안 된다. 본전이면 충분하다. 본전이면 나도 리이치로도 행복해질 수 있다…….

그런 사고 회로를 거친 끝에 나온 결론이었던 것 같다.

그리고 우리는 1년 3개월 후, 서로에게 할당된 점수를 다 써버리고 함께 쓰러져버린 셈이었다.

말하자면 이혼 서류는 잃은 점수를 탕감해주는 청산서라고 할까.

기억과 함께 치밀어 오른 괴로움을 와인과 함께 삼켜버리고 나가토미 씨에게 말했다.

"사랑의 중고품 같은 저라도 정말 괜찮겠어요?"

내 자신을 비하한 것은 아니었다. 그렇다고 흠집 난 물건인데 받아줄 수 있겠냐고 눈치를 살핀 것도 아니었다.

앞으로 교제해나가는 동안 그 문제로 불이익을 감수해야 한다면 이쯤에서 스스로 물러나고 싶었다. 눈앞에서 좋아한다는 고백을 받은 여자의 겁먹은 보호 본능일 뿐이었다.

"당신은 중고품도 흠집 난 물건도 아닙니다."

나가토미 씨는 약간 화가 난 기색으로 말했다. 하지만 나는 그 한마디로 마음의 안개를 걷어낼 만큼 남자란 존재를 믿지는 않았다. 말뿐인 다정함에는 넘어가지 않는다고 보호 본능이 말하고 있었다.

이상한 광경을 본 것은 바로 그때였다.

카운터 자리에는 우리가 앉은 데서 다섯 자리 정도 떨어진 곳에 또 한 커플이 있었다. 여성은 나와 비슷한 또래로 유명 브랜드의 원피스 차림에, 액세서리도 골드 계열로 통일했다. 키가 약간 작은 모델풍의 느낌. 반면 남성 쪽은 복장 면에서 여자와 조화를 이루지 못했다. 리바이스 청바지에 버튼다운 셔츠 자락을 늘어뜨리고 허리춤에는 맹장처럼 매달린 열쇠고리 뭉치. 지저분한 농구화가 가늘게 떨리고 있었다. 카운터 전체가 아까부터 미미하게 흔들린다 싶었더니 바로 그 남자가 다리를 떨고 있었기 때문이다. 한때 유행한 기무라 다쿠야풍의 긴 머리가 땀으로 인해 이마에 들러붙어 있었다.

그런데 별안간 남자의 오른손이 번쩍이더니 마시던 술을 여자의 얼굴에 끼얹는 것이었다. 여자는 순간 비명을 질렀지만 그 시간에는 주변에 다른 손님들이 없었기 때문에 주목을 받지는 않았다. 바로 앞의 바텐더만 숨을 죽이고 있었다.

"사람 갖고 놀지 마!"

남자는 이 말을 내뱉더니 자리를 박차고 일어나 사라졌다.

남겨진 여자는 바텐더에게 물수건을 건네받아 젖은 얼굴과 가슴께를 닦고 묵묵히 뒷수습을 했다. 나와 나가토미 씨는 그 광경을 어쩔 수 없이 보고 말았다.

남자의 분노를 대수롭지 않게 받아들인 여자의 표정. 핏기를 잃은 얼굴이었지만 결정적인 이별 의식을 이제야 마쳤다는 듯이 후련해하는 표정이었다.

여자가 우리 쪽을 봤다. 나는 시선을 돌렸으나 나가토미 씨는 가볍게 인사하며 말을 걸었다.

"괜찮으세요?"

"네……. 죄송합니다, 소란을 피워서."

그 여자에게는 정중함과 무책임함이 공존하고 있었다. 약간 취해 있었는지도 모른다.

"오늘 낮에 식을 올리신 분이죠?"

"네?"

나가토미 씨의 물음에 여자가 반문했다. 그제야 자신들의 결혼식을 도와주었던 사람이라는 것을 알아차린 기색이었다. 그녀의 얼굴이 점점 붉어졌다.

"오늘 수고 많으셨습니다."

"별말씀을……."

나가토미 씨도 어떤 얼굴로 대해야 좋을지 난감했던 모양이다. 옆에 앉은 내 눈치를 보았다. 그대로 여자를 무시하고 나와 단둘이 대화를 즐기고 싶은 마음이야 굴뚝같겠지만 도저히 모른 척할 수 없었을 테지.

나는 핸드백에서 손수건을 꺼내 그녀 쪽으로 내밀었다.

"괜찮으시면 이거라도……."

"고맙습니다. 이제 괜찮아요."

여자는 자신의 술잔을 바라보고 있었다. 언뜻 보기에는 약한 술 같았다. 이젠 마음 편히 취할 수 있을 거라 생각했는지 바텐더에게 주문했다.

"버번위스키, 얼음 넣어서 주세요."

"방금 그 사람, 신랑은 아니시죠?"

나가토미 씨가 용기를 내어 궁금한 점을 물었다. 그러나 곧바로 사과했다.

"죄송합니다, 주제넘은 질문을 해서."

"피곤해서 방에서 자고 있어요. 결혼식 준비며 일을 도맡아 하는 바람에 고단했는지, 2차 때 마신 술에 바로 반응한 것 같아요."

신랑은 그녀를 위해 최선을 다한 모양이다. 결혼식 준비에 적극적이지 않았던 그녀는 결혼 자체에 마음이 없었던 걸까?

"방금 그 남자…… 옛 애인이에요. 언제부턴가 사이가 멀어져 자연스레 끝났다고 생각한 애인. 결혼한다는 사실도 어제 밝혔을 정도로……."

여자는 누구라도 좋으니 붙들고 이야기하고 싶었던 것 같았다. 자신의 결혼식에서 애써준 사람이니 마음을 열었는지도 모른다. 일찍이 리이치로가 그랬듯이.

"결혼식 전에 만나고 싶다는 연락이 왔지만 저는 그것만은 할 수가 없었어요. 만나면 어떻게 될지 자신이 없었거든요. 지금의 남편을 배신하고 싶지도 않았고요."

옛 애인을 잊기 위한 결혼이었다 해도 결코 자포자기 심정으로 선택한 상대는 아닌 것 같아 조금 안심이 됐다.

"결혼식 이후라면 만나도 상관없다고 말했어요. 몇 시가 될지 모르지만, 위에 있는 바에서 기다려달라고 부탁했는데."

나는 조금 전 남자의 기분을 상상해보았다. 남편과의 첫날밤을 보내고 오는 옛 애인……. 기다리는 입장의 남자는 그야말로 가슴이 쥐어뜯기는 심정이었겠지.

"그런데 남편이 피곤해서 일찍 잠이 드는 바람에 생각보다 빨리 이곳에 올 수 있었어요. 그래서 조금 전에 겨우 헤어지자는 말이 나온 거죠."

여자는 그렇게 말하고, 흐린 날씨에 잠깐잠깐 비치는 맑은 하늘처럼 웃어 보였다. 과거와 매듭을 짓게 되어 다행이라는 느낌으로. 그러나 이내 표정이 어두워졌다.

"저, 잘 해낼 수 있을까요……."

나도 4년 전 같은 자리에 앉아 그 말을 가슴속으로 중얼거렸지. 내 경우야 막연한 불안이었지만 그녀의 불안에는 위기감 같은 것이 넘쳐흘렀다.

"저, 굉장히 무리해서 여기까지 오게 됐어요. 조금 전 그 사람한테 노예 취급받는 사흘간과 지금의 남편에게 세계 최고의 여자로 대접받는 사흘간이 있다면, 일주일 중 남은 하루는 과연 어느 쪽을 선택해야 좋을지 고민했어요. 저를 노예 취급하는 남자지만 좋아했기에……."

그런 걸 세상 사람들은 '양다리'라고 하지. 그렇더라도 두 남자를 위해 일주일을 둘로 쪼개는 짓, 나로서는 불가능한 일이었다. 그래서 끼어들었다. 확인하고 싶어 참을 수가 없었던 것이다.

"선택한 남성이 잘못된 건 아니겠죠?"

"네…… 정말 좋은 사람이에요, 저에겐 과분할 정도로."

"그럼 괜찮을 거예요, 분명."

"하지만 지금의 남편은 언젠가 눈치채고 말 거예요."

"뭘요?"

"결혼은 제가 옛 애인을 잊기 위해 선택한 일이라는 걸. 헤어지자는 말에 내 얼굴에 술을 끼얹었었어도 잊지 못할 남자가 있다는 걸."

조금 전까지 표정에 있었던 후련함이 사라졌다. 저 여자 위태로운걸. 오늘 밤 안에 방으로 돌아갈 수 있을지 걱정되었다.

"좋은 사람이라서 상처 주고 싶지 않아요. 어차피 실망할 거라면 나중에 실망하는 건 너무 안됐으니까. 그럴 바에는 지금 모든 걸 백지로 돌리는 편이 그 사람한테도…….”

그건 너무 무책임하다는 생각이 들었다. 말인즉슨 방금 나간 그
남자를 쫓아가고 싶다는 거였다. 모든 걸 백지로 돌리는 게 결혼 상
대에 대한 배려라고 스스로를 타이르고 있었다. 내가 나쁘게만 보
는 건지 몰라도.

어떻게든 안 되는 걸까. 결혼 상대에 대한 애정이 아무리 가늘고
미덥지 못한 실일지라도 그것들을 끌어모아 남편에게 돌아가기를
나는 바랐다. 폭력으로 여자를 얽어매는 그런 남자는 결단코 버려
야 한다.

“저기…… 제가 몇 말씀 드려도 괜찮을까요?”

한동안 침묵하고 있던 나가토미 씨가 입을 열었다.

“이런 말 한다고 참고가 될지 모르겠습니다만…… 예전에 제가
담당했던 분 중에 이런 커플이 있었습니다.”

수많은 결혼식을 맡아 진행해온 사람답게 실례를 들어 용기를
북돋우려 했다.

“남자의 말에 따르면, 여자 쪽은 한 손으로 꼽을 수 없을 만큼 남
자 경험이 많았습니다.”

어디선가 들어 본 이야기 같았다.

“여자는 그와의 사랑이 무르익기 시작할 무렵 스스로 그 일을 밝
혔답니다. 악취미가 아니라 일부러 악한 척한 거죠. 좋아하는 사람
한테 일부러 못되게 구는 어린애 같은 성격이었던 겁니다.”

난 갑자기 안절부절못하게 되었다. 그건 다름 아닌 내 이야기였
으니까.

바텐더가 독한 술을 카운터에 올려놓았으나 여자는 잔에 손도 대지 않고 나가토미 씨의 이야기를 들으려고 했다. 술기운을 빌려 현실에서 도피하기보다는 시작된 이야기를 통해 구원받으려는 눈빛이었다.

"남자는 사실, 그녀의 거짓말을 이전부터 눈치채고 있었습니다. 연애 경험이 많은 여자란 말이 순전히 거짓말인 것을 알고 있었죠. 그런 거짓말로 자신을 포장하지 않으면 좋아하는 남자와 사귈 수 없는 못난 성격의 그녀가 너무나 사랑스러웠던 겁니다."

나는 경직된 채 그 이야기를 듣고 있었다. 지금껏 알지 못했던 리이치로의 일면, 가슴이 두근거렸다.

"당신과 마찬가지로 긴장이 풀려 잠이 든 그를 방에 남겨두고, 그녀도 이곳에 와서 술을 마시며 나름대로 고민하고 행복을 붙잡겠다고 결심했습니다. 연애 경험이 많은 여자라는 거짓말은 그대로 남겨두고 내일부터 시작될 새로운 생활에 정면으로 맞선 겁니다. 끝까지 속이면 된다고 생각한 거죠. 신혼여행이 끝나고 결혼 생활이 시작되었습니다. 사회에 대해서도 남자에 대해서도 잘 아는, 마치 세상 물정 밝은 누나처럼 행동하는 그녀를 그는 항상 웃는 얼굴로 바라봤죠. 두 사람은 너무나 행복했습니다."

결혼 후의 이야기는 나가토미 씨의 상상이었다. 하지만 틀리지 않았다. 남편에 대한 설교가 취미인 내게, 리이치로는 언제나 별 반응을 보이지 않았다.

"잔소리꾼 아내와 흐리멍덩한 남편으로 균형이 잡혀 있었죠. 아시겠습니까? 당신의 결혼 상대는 당신이 불안해하는 것처럼 언젠가는 당신의 거짓말을 눈치채겠지요. 당신의 마음속에 다른 남자가 자리하고 있다는 것도. 당신은 남편을 끝까지 속일 수는 없어요. 제가 단언합니다. 왜냐하면 좋아하는 여자의 거짓말은 금세 알 수 있거든요, 지금 예로 든 남자처럼……. 그렇지만 틀림없이 남편은 당신의 거짓말을 거짓말로서 받아들일 겁니다. 당신이 결혼식 전에 옛 애인을 만났다면 그 사람과 도망쳤을지도 모를 여자라 해도 당신을 헤픈 여자라며 경멸하지는 않을 겁니다. 왜인지 아세요? 다른 누구도 아닌 당신이, 지금 방에서 잠들어 있는 그 사람을 누구보다 소중히 여기고 있기 때문입니다. 그는 자신을 갖고 말할 수 있는 겁니다. 나는 그녀에게 사랑받고 있다고. 자기 아내에게 사랑받고 있다고 당당히 말할 수 있는 남자는 약간의 거짓말쯤 대수롭지 않게 넘길 수 있습니다. 그거 아세요? 남자들은 그런 때 믿기 어려울 정도로 너그러워진다는 것을……."

나가토미 씨는 남아 있던 술을 마저 비우고 이야기를 매듭지었다. 더 이상의 할 말은 없었다.

여자는 마지막까지 나가토미 씨를 응시하며 듣고 있었다. 이해력을 총동원하여 지금의 이야기를 마음속에 담아두려 했다. 그녀의 눈초리에서 아름답게 빛나는 무언가를 보았을 때 나는 안심할 수 있었다. 여자가 망설이는 기색으로 물었다. 묻기가 조금 두렵다는 듯이.

"저기……, 마지막으로 여쭤봐도 될까요? 그 커플은 지금도 행복하게 잘 살고 있나요?"

나가토미 씨가 말문이 막혀 뭐라 대답해야 좋을지 난처해하는 기색이 역력했기에 대신 내가 대답해주기로 했다.

"유감스럽게도 헤어진 모양이에요."

거짓말을 할 걸 그랬나? 이제 막 여자의 마음속에 싹트기 시작한 용기가 사그라드는 것은 아닐까 싶어 불안해졌다.

그러자 여자가 의자에서 일어났다. 곧게 서니 의외로 키가 큰 여자였다.

"방으로 돌아갈게요. 저, 노력해보겠어요."

실패했다는 얘기가 오히려 용기를 주었는지도 모른다. 나와 나가토미 씨에게 일일이 인사하고 카운터를 떠났다. 계산대에서 내미는 전표에 방 번호로 사인했다. 그녀가 마신 술값과 옛 애인이 마신 화풀이 술값이 청구되었다.

내일 아침, 명세서를 본 남편이 어젯밤 혼자서 이렇게 많이 마셨냐고 묻는다면 그녀는 과연 어떤 대답을 할까?

"그래요. 바에서 혼자 행복에 대해서 생각했죠."

"그래서, 결론은?"

"당신에게 걸어보기로 했어요."

이런 식으로 대답해주려나.

나는 이름도 모르는 여자의 행복을 빌어주었다.

"미안합니다, 하루 씨 이야기를 예로 들어서……."

나가토미 씨가 나에게 미안하다는 표정을 지었다.

"그 사람 결혼식 전에 그런 소리까지 했군요. 너무하네."

화를 내지는 않았다. 손바닥 위에서 논 사람은 오히려 나였다는 사실을 처음으로 깨닫고 조금 놀랐을 뿐이었다.

나가토미 씨는 4년 전 리이치로 때도 지금처럼 온갖 말을 동원하여 용기를 북돋웠을까?

이제 결혼 생활을 앞두고 혼자 고민하는 사람들을 보면 그냥 내버려두지는 못할 것 같다는 생각이 들었다. 결혼식 도우미뿐만 아니라 미래에 대한 조언자 역할까지 하고 싶어질지도……. 훌륭한 결혼식 도우미라는 생각이 들었다.

바의 영업이 끝나서 엘리베이터를 타고 별관 로비로 내려오자 나가토미 씨가 "잠깐만 기다려주세요"라며 나를 남겨둔 채 사무실로 들어갔다.

곧바로 돌아온 그는 열쇠 하나를 들고 있었다.

"기왕 그때 일을 떠올렸으니 이참에 전부 끄집어내 볼까요?"

그는 장난기 어린 미소를 지으며 나를 데려갔다.

별관 3층 프린스룸. 나와 리이치로가 피로연을 한 장소였다.

나가토미 씨는 양 여닫이문을 열고 들어가서 전기 스위치를 눌렀다.

텅 빈 느낌. 다음 날 있을 피로연을 위해 둥근 테이블과 의자만이 배치되어 있었다. 정적이 감돌았다. 나는 무언가에 이끌리듯 한 발, 두 발 카펫을 밟으며 안으로 들어갔다. 일찍이 내가 신부 의상을 입고 앉아 있던 무대에는 스산하게 긴 테이블만이 가로놓여 있었다.

"이 부근에 케이크가 있었죠."

나가토미 씨가 무대 옆쪽을 가리키자 생각이 났다. 눈 덮인 산처럼 높다랗게 솟아 있던 케이크.

"바로 옆에 제가 있었죠……. 당신은 단 한 번도 저에게 눈길을 주지 않았어요. 옆의 남자만을 바라보고 있었죠."

나가토미 씨는 다소 숙연하게 회상하듯 말했다.

그날의 박수 소리가 들리는 것만 같았다. 그때의 벅찬 감동을 떠올렸다. 눈시울이 뜨거워지면서 촉촉해지기 시작했다. 어찌해야 좋을지 몰랐다. 눈물을 흘리고 싶지는 않았으니까.

"이건 일생에 단 한 번뿐이라고, 당시에는 믿어 의심치 않았는데……."

바보 같은 나, 라고 덧붙여도 좋았으려나. 그로써 어떻게든 눈물은 막았다.

나가토미 씨가 한숨 섞인 목소리로 말했다.

"하루 씨는 어쩌면 그때와 다르지 않은 인생을 살고 있는지도 모릅니다."

그러고는 금세 '말하는 게 아니었는데'라는 후회를 내비쳤다. 결국 나는 리이치로와의 추억을 소중히 여겨 두 번 다시 누구와도 결혼하지 않는다는 의미인가?

그래서 내가 반론했다.

"말도 안 돼요."

나는 그 당시의 박수 소리며 벅찬 감동을 모조리 뇌리에서 지우며 말했다.

"그와 함께한 몇 년간이 어째서 저의 일생을 좌우해야 하죠? 여자의 인생에서 결혼이 전부는 아니지만, 그런 대사는 제대로 부부생활을 누린 다음에 하고 싶네요."

"맞습니다. 그래야죠."

"결혼 그거 별거 아니었네, 라고 늙은 남편이랑 툇마루에서 햇볕을 쬐며 말하는 거예요. 남편은 그저 웃을 뿐이죠. 평생 저를 자기 손바닥 위에서 가지고 놀던 사람이겠죠. 그때 이야깃거리가 되는 결혼은 리이치로와 보낸 1년 3개월이 아니라 늙은 남편과 함께해 온 수십 년의 세월이라고요."

나는 아무도 없는 피로연장에서 한껏 기지개를 켰다. 몸의 뭉친 근육이 풀리면서 왠지 소리치고 싶어졌다.

"그런 일생이라면 좋겠다!"

홀 전체에 울려 퍼질 만큼 큰 소리였다.

5

여느 때와 마찬가지로 전철 차창 너머 스포츠클럽 자전거 보관소에 세워진 하루의 빨간 산악자전거를 발견한 나는 거의 충동적으로 가쿠게이다이가쿠역에서 전철을 내렸다.

전철 안이나 역이나 한산하다 싶었더니 마침 일요일이었다.

지난밤 숙취로 인해 입에서 술 냄새가 날까 봐, 담배 가게에서 페퍼민트 껌을 사서 두 개를 한꺼번에 입안에 밀어 넣었다. 하루한테 "나하고 나가토미 씨가 어떤 밤을 보내고 있을지 하도 신경 쓰여서 밤새 술로 지새운 거 다 알아"라는 말을 듣고 싶지는 않았던 것이다.

클럽 건물에 도착하여 문을 열고 들어갔다. 유리 벽 너머 풀장이 내려다보이는 로비에 이르자, 휴일 아침부터 애들을 데리고 나온 부모들이 눈에 띄었다. 똑같은 수영복으로 맞춰 입은 30대가량의 엄마와 초등학교 저학년쯤 되어 보이는 아이가 서성거리고 있었다.

만일 여자 혼자였다면 풍만하고 성숙한 여인으로 느껴졌을 텐데 아이와 둘이 나란히 있는 모습에 갑자기 섹시한 느낌이 사라지는 걸 보면 남자의 시각이란 참으로 불가사의했다.

하루가 보였다.

로고가 들어간 트레이닝셔츠와 반바지 차림. 자판기 커피를 홀짝이며 가족 수업 회원들에게 연신 인사를 하면서 사무실 쪽으로 걸어오고 있었다. 나를 발견한 그녀는 걸음을 멈추며 소리쳤다.

"어? 뭐야."

"근처에 볼일이 있어서."

"당신 말이야, 행실 좀 바르게 할 수 없어?"

곧바로 설교조다.

"시즈카한테 다 들었어. 하나카고에서 소란 피웠다며? 월급날 전이면 늘 외상을 주는 소중한 가게니까 행실 똑바로 하라고."

"축하해. 집에는 아침에 들어갔나 보지?"

축복한다는 뜻으로 웃으며 말해줬다.

"한심하기는. 그딴 소리 하려고 출근하다 말고 온 거야?"

내 속을 훤히 들여다보고 있었다.

"날이 바뀌기 전에 집까지 고이 모셔다 줬지요. 나가토미 씨는 사람이 정말 신사적이더라고요."

"아, 그렇습니까?"

"당신 말이야, 우리 클럽에 얼굴 들이미는 것 좀 자중해줄래? 저 사람이 에토 주임 전남편이라는 둥 젊은 강사들이 쉬는 시간마다 소곤거리는 소리 듣기 싫거든."

"가슴 쫙 펴고, 내가 저 남자를 차버렸다고 말하면 되잖아?"

"용건이 뭐야? 내가 나가토미 씨하고 어젯밤 잤는지 어쨌는지 중매인으로서 조사하러 온 거야?"

"그런 일이 있었다면 내 나름대로 준비할 것도 있고 해서."

"준비라니?"

"두 사람 주례 서려고."

"어젯밤에도 시즈카 상대로 그런 소릴 했다며?"

"사양할 것 없어."

"저기 말이야, 주례는 부부 금슬이 좋은 사람이 맡는 거거든?"

"내가 먼저 결혼할 거니까."

"누구랑? 내가 소개하는 가정적인 여자랑?"

아뿔싸. 어느새 그녀의 얼굴에 요사스러운 미소가 깃들었다.

"이만 가볼게."

어쩐지 스스로 무덤을 판 것 같은 기분이 들어 발길을 돌리는데, 하루가 내 어깨를 꽉 움켜잡았다. 이토록 강하게 그녀의 손길을 느껴본 것이 얼마 만이더라.

"잠깐만, 아직 가지 마."

하루는 좋은 생각이 떠올랐다는 듯 빙긋이 웃으며 나를 붙잡고, 시선은 내 뒤의 무언가를 쫓았다.

"마침 잘 왔어. 당신한테 소개할게."

말이 떨어지기 무섭게 하루가 그쪽을 향해 소리쳤다.

"가스미!"

뒤를 돌아보니 진분홍색 수영복으로 맞춰 입은 모녀가 수영 모자를 쓰다 말고 손짓하는 하루를 쳐다보았다.

"왜 그래?"

나는 젊은 엄마가 우리 쪽으로 걸어오는 순간, 그녀의 가슴골에 빨려 들어가는 눈길을 다른 데로 돌리느라 애를 먹었다. 눈길을 돌린 끝에는 치뜬 눈으로 나를 올려다보는 딸아이가 있었다.

"가스미, 소개할게. 이쪽은 하야세 리이치로 씨야. 내 호적을 더럽힌 남자지."

그렇게까지 말할 필요가 뭐 있어.

"이쪽은 내 고향 친구인 오가사와라 가스미, 그리고 딸 아야."

"아, 처음 뵙겠습니다."

나는 뒤로 물러날 듯 엉거주춤한 자세로 인사했다. 다가오면 뒷걸음질 쳐질 정도로 상당히 관능적이었다. 최근 들어 여자와 거의 인연이 없어서인지 어질어질한 기운마저 감돌았다.

나, 그때 분명히 들었다. 그 애 엄마가 나를 지그시 바라보면서 입맛을 다시는 듯한 말투로 이렇게 중얼거리는 걸.

"내 타입……."

처음 보는 남자한테 그런 말을 흘리는 여자, 어떻게 생각해?

"아, 그렇습니까?"

그런 상황에서도 나는 간사스럽게 웃어넘겼다. 딸한테도 일단 미소를 건넸다. 그랬는데, 귀염성도 없지. 글쎄 이 아야라는 아이가 나를 홱 외면하더니 자기 엄마를 올려다보며 '엄마의 안 좋은 버릇이 또 시작됐군'하는 듯한 표정이라니.

여하튼 다양한 체격의 여자들에게 둘러싸여 도망칠 곳을 잃은 양 하루를 쳐다보니 하루는 만족스러운 듯 웃으며 말하는 거였다.

"당신이 찾던 가정적인 여자야."

다음 날이었던가. 나는 늘 만나던 도넛 가게로 하루를 불러내어 불만을 털어놓았다.

"뭐야, 어제 그 여자. 애 딸린 여자잖아."

"가정적인 여자가 좋다며? 아이가 있으면 바로 가정이 꾸려지는 셈이고."

"내가 말하는 가정적이란 건 그런 의미가 아니잖아!"

"그거 아니었어?"

시침 뚝 떼고 말하는 게 아닌가.

"일부러 괴롭히려는 거지? 이제 확실히 알았어."

"사귀어보면 알 거야. 가스미는 소꿉놀이 때면 언제나 엄마 역이었어. 난 어렸을 때 엄마가 일찍 돌아가셔서, 엄마의 다정함이라든지 포근함 같은 걸 가스미를 통해 배운 거나 다름없거든."

"나보고 소꿉놀이를 하란 소리야? 아니면 병원놀이라도 할까? 놀이로 끝날 일이 아니잖아. 날 보자마자 '내 타입'이라고 중얼거리며 눈을 반짝이던데……."

"그러고 보니 생각난다. 초등학생 때부터 이 애다 싶은 남자애한테는 엄청난 기세로 밀어붙였어. 라면 가겟집 마코토 같은 경우는 가스미의 육탄 공세를 이기지 못하고 함께 나카지마강에 굴러떨어졌지."

"그건 일종의 강간이라고."

나는 우울해지기 시작했다.

하루는 지갑에서 티켓 두 장을 꺼내 내 앞에 내려놓았다.

"사유리 시합에 둘이 보러 와. 사유리도 당신을 보고 싶어 하니까."

여자 프로레슬러 아라마키 사유리를 말하는 거였다. 어째서 내 주위에 있는 여자들은 하나같이 개성이 철철 넘친담. 평범한 여자가 좋다고, 평범한 여자가.

"그 여자, 만날 때마다 헤드록 걸잖아. 당신 말이야, 좀 제대로 된 친구 없어?"

"한 장에 만 엔이나 주고 샀으니까, 받아."

일단 받았다. 그런데 하필이면 링 사이드 자리였다. 시합 중에 사유리가 날 발견한다면 일부러 내 옆에서 장외 난투극을 벌일 게 뻔했다.

"그건 그렇고, 당신은 나가토미하고 어때?"

함께 밤을 보내지 않았다는 것은 믿어줬다. 그렇게 되는 게 시간 문제라 해도, 소개한 사람으로서 교제 과정을 수시로 보고받아야 할 필요가 있지 않을까.

"다음번에 나가토미 씨한테 시즈카를 인사시키려고. 시즈카가 남자 보는 눈 하나는 확실하잖아."

"나랑 결혼하는 거 처음에는 반대했었지."

"맞아. 말릴 때 들었어야 했는데."

시침 뚝 떼고 사람 속 뒤집는 데는 천부적인 소질이 있었다.

요컨대 시즈카가 나가토미를 '언니한테 잘 어울리는 남자'라고 인정하면 하루는 거리낌 없이 그와 사귈 수 있단 말인가? 주체성이라고는 찾아볼 수 없는 여자군. 결혼에 한 번 실패하면, 여자란 이렇듯 자신감이고 뭐고 헌신짝처럼 버리고 남의 힘에 의존하는 모양이지?

"그러니까 뭐야, 시즈카가 반대하면 그 말에 따라 얌전하게 나가 토미와의 교제를 그만두겠다는 건가?"

"굳이 가족들의 반대를 무릅쓰면서까지 결혼 못 해서 안달 난 것도 아니고."

그 말에 곧바로 행동에 옮기기로 결심했다. 나란 사람은 꿍꿍이가 생기면 행동이 빨라진다. 나는 시계를 들여다보며 들으란 듯이 중얼거렸다.

"아, 벌써 일하러 갈 시간이군. 그럼, 이만."

쟁반 정리는 하루에게 맡긴 채 가게를 나와, 그 길로 한조몬선을 타러 갔다.

아카사카미쓰케에서 마루노우치선으로 갈아타고 오차노미즈까지 갔다.

업무 시간 중이었기에 역에 있는 공중전화를 이용해 일단 서점에 전화를 걸었다.

"아, 마쓰이? 오후쯤에 시미즈 다쓰오의 신간 20권이 추가로 들어올 테니 다카무라 가오루 옆에 쌓아둬. 난 두 시간 후에나 들어갈 것 같으니까, 그럼 나머지 일 부탁할게."

오차노미즈에 시즈카가 다니는 슈토 여자대학이 있었다.

학교 안으로 들어가려 하자 교문에서 수위가 물었다.

"어떻게 오셨나요?"

"학부형 되는 사람입니다. 아버지가 아니라 오빠죠."

여자대학이란 기분 탓인지 몰라도 여기저기 달콤하고 좋은 냄새가 감돌았다. 최근 들어 제대로 된 여자를 못 봐서 그런지, 오가는 여대생 모두 상큼한 미인으로 보였다.

'지금이 인생의 꽃입니다요, 숙녀 여러분. 행여 헤어진 전남편에게 소꿉친구를 소개하는 일이 생기는 날에는 인생 끝장인 거죠.'

나는 지나치는 어린 여대생들에게 이런 말을 해주고 싶었다.

정면에 위엄 있어 보이는 강당이 우뚝 솟아 있고, 마침 수업을 마친 학생들이 몰려나왔다. 지나가는 여학생을 잡고 "4학년의 에토 시즈카가 어떤 수업 듣는지 아세요?"라고 물었더니, 바로 이 수업을 듣는다고 했다.

출구에서 기다리고 있으니, 하늘색 블라우스에 주홍빛 카디건을 걸친 시즈카가 친구 둘과 함께 강사를 에워싸며 걸어 나왔다.

"어? 형부가 어쩐 일이에요?"

"잠깐 할 얘기가 있어서."

"나한테? 아, 마침 잘됐다."

시즈카는 중년의 교수를 인사시켰다.

"교수님, 소개해드릴게요. 처음 보시죠? 하야세 리이치로 씨, 옛날 제 형부였어요. 우리 언니 호적을 더럽힌 사람이지요."

어쩜 자매가 짠 것처럼 똑같은 소리를……

"이쪽은 기타지마 교수님."

시즈카의 은사로, 하루네 클럽에서 수영을 배운다는 맥주병 선생이 바로 이 사람이구나. 마 재킷과 페이즐리 문양 넥타이, 하의는 청바지. 젊어 보이려 애쓴 티가 났다. 여학생들 사이에서 꽤 인기가 있을 것처럼 보였다.

"잘 부탁드립니다, 기타지마입니다."

말은 그렇게 했지만 기분 탓이었는지 그의 눈빛엔 냉랭한 적개심 같은 것이 어려 있었다.

"그럼 교수님, 다음 주에는 논문 초고가 완성되니 첨삭 잘 부탁드려요."

"제출 기한까지 며칠 안 남았으니 가능한 한 빨리 가져와."

시즈카는 기타지마 교수와 헤어지고 나를 학생 식당으로 안내했다. 학생과 건물로 향하던 기타지마 교수는 학생들에게 둘러싸여 질문 공세를 받는 가운데 가끔씩 내 쪽을 힐끔거렸다.

저 눈빛, 적개심이 틀림없었다.

벽면이 유리로 되어 햇살이 눈부시게 쏟아져 들어오는 깔끔한 학생 식당에 앉아서 시즈카가 커피를 가져오는 사이에 테이블 위에 놓인 책을 펼쳐보았다. 기타지마 카즈 저, 《가족사회학》.

"여기요……. 설탕 빼고 프림만, 맞죠?"

"고마워. 어려운 공부하네."

"사회학만큼 살아 있는 학문이 없죠. 굉장히 재미있어요."

사회는 살아 있다. 살아 있는 사회는 인간과 인간의 관계, 집단과 집단의 관계로 성립되어 있으므로 당연히 획일적일 수 없고 다양한 알력과 충돌과 결함이 생긴다. 사회학이란 이렇듯 복잡하게 얽힌 사회문제라는 실타래를 풀어내기 위한 지적인 무기다.

"모두가 상식이라고 믿고 있는 것에서 재빨리 빠져나와 다른 견해를 제시하는 거죠. 즉 상식 파괴의 학문이라고 할 수 있어요."

"요컨대 괴이함을 자랑한다는 거잖아. 학자가 살아 있는 사회를 교란시키려는 것 아닌가?"

"한 치 앞을 모르는 시대니만큼 사회학의 탈상식적 사고방식이 더 중요한 거죠. 형부도 이참에 공부해보는 게 어때요?"

"가족이란 단어가 앞에 붙으면 대체 어떤 학문이 되는 건데?"

나는 기타지마 교수의 저서를 톡톡 두드리며 말했다.

"예를 들어 형부가 생각하는 가족 모델은 어떤 거예요?"

"그러니까…… 부부가 있고, 아이가 있고, 부모와 아이가 깊은 사랑으로 맺어져 있고, 남편은 밖에서 열심히 일하고, 아내는 가정에서 가사 노동을 하지. 옛날부터 그래왔잖아."

시즈카가 히죽 웃었다.

"실은 그렇지 않아요. 산업화 초기에는 오히려 여자와 아이가 공장에서 일을 했어요."

"그럼 뭐야, 남자는 전부 아내가 벌어오는 돈으로 먹고살았단 얘기야?"

"산업화가 진행됨에 따라 효율성이 좋은 노동자로서 성인 남성들을 동원하게 되자, 여자와 아이가 가정으로 돌아가게 된 거죠. 결국 흔히 일반적인 모델로 여기는 현대의 가족 형태는 인류 탄생 때부터 있었던 절대적이고 보편적인 것이 아니라, 근대화라는 커다란 사회 변동에 의해 생겨난 하나의 형태에 불과해요."

조금 더 쉽게 설명해주었으면 싶었으나 어쨌든 이해는 했다.

"그럼 사회의 움직임에 따라 여자가 밖에서 일하고 남자가 집에서 아이를 돌보는 게 상식이 될 수도 있다는 얘긴가?"

"프러포즈는 여자가 하는 게 당연하고, 결혼이나 가정도 여자가 주도권을 잡게 될 날이 곧 올지 모르죠."

"이미 그렇게 하고 있잖아, 일부 지역에서는."

"요 주변에서는 말이죠."

시즈카는 내 주변을 빙 돌아 가리켰다.

"나는 확실하게 말했어, 결혼해달라고. 확실하게 주도권을 잡았다고."

"강요에 못 이겨 했으면서."

"여동생이랑 장인한테 에워싸인 채 말이지."

"그건 그렇고, 할 얘기가 뭐예요?"

드디어 본론에 이르렀다. 물어보고 싶은 일이 두 가지 있었다.

"어제 하루한테 여자를 소개받았거든. 알지도 모르겠네, 오가사와라 가스미라고, 애 딸린 이혼녀."

"아, 결국 언니가 그쪽을 택했구나."

"그쪽이라니, 여기저기 후보가 있었단 말이야?"

"만만치 않은 여자들뿐이지만."

이를테면 아라마키 사유리 같은 사람일 테지.

"가스미 언니, 어릴 때 우리 집에 자주 놀러 왔었죠. 언니하고 둘이서 시집가는 꿈이라든지 그런 얘기를 곧잘 했던 것 같은데. 아빠 몰래 교회에서 결혼식 놀이도 한 걸요."

"하루한테도 그런 귀여운 시절이 있었구나. 교환 일기에 서로의 이상형 같은 것도 적어가며 놀았겠군."

상상하니 저절로 미소가 떠올랐다.

"백마 탄 왕자를 좋아했죠. 〈리본의 기사〉라든지 〈베르사유의 장미〉에 나오는."

"헉."

웃음이 나왔다. 백마 탄 왕자를 완력으로 끌어내린 꼴이잖아, 내 경우엔.

"대체 어떤 여자야, 오가사와라 가스미?"

"잘나가는 직업을 가진 남편과 이혼했다죠."

"뭐 하던 여잔데?"

"F1 레이싱 퀸인지 하는 모델이었대요."

역시 그랬군. 그 언행의 유래를 알 것 같았다. 수영복 차림으로 걸을 때 발끝이 완벽하게 일직선이었지. 뭇 남성들의 시선에 정통한 듯한 걸음걸이.

"그런 일이라면 굳이 날 찾아올 게 아니라 언니한테 직접 물어보면 되잖아요."

"거 뭐냐…… 나가토미 소개받기로 했다며?"

내가 생각해도 영 어색한 화제 전환이었다. 시즈카는 '뭐야 진짜 목적은 그거였군' 하며 깨달은 듯이 씩 웃었다.

"형부, 그 얘기 듣고 몸이 달았구나?"

"이것 봐 처제, 나가토미는 내가 소개해준 사람이라고."

재차 확인시키듯이 내가 자랑스럽게 말했다.

"그렇지 않아도 수도 없이 들었어요."

"그러니까 말이야, 나는 하루와 나가토미가 결혼에 골인하기를 꿈속에서도 비는 사람이라고."

시즈카가 거짓말 좀 작작하시지, 라는 눈빛을 보냈다.

"하지만 말이야, 시즈카는 하루의 여동생으로서 나가토미에 대해 특히 냉정한 평가를 내려야 할 필요가 있어."

"왜죠?"

"처제의 말 한마디에 소중한 언니의 일생이 결정되니까. 경솔하게 교제에 찬성해버리면 안 된다는 거지."

"좀 더 알기 쉽게 설명해봐요."

"싫어. 스스로 생각해봐."

설명하면 모든 게 들통날 게 뻔했다.

"요약하자면, 형부는 언니가 결혼하는 게 싫다는 거잖아. 그게 뭐예요, 모순이잖아. 자기가 소개해줘 놓고서."

정곡을 찔렀다. 나는 대범한 미소를 띠며, 처제가 뭘 모르나 본데, 라고 깨우쳐주는 듯한 눈빛으로 장황하게 늘어놓았다.

"있잖아, 처제. 하루는 지금 자기 인생의 결정권을 남한테 맡기려는 거야. 그렇게 주체성 없이 남의 힘을 빌려서 중요한 결혼을 결정해도 된다고 생각해?"

시즈카는 턱을 괸 채 내 연설을 경청하겠다는 표정을 지었다.

"주변에서 일부러 교제를 반대함으로써 본인의 의사를 끌어내야 하는 거야. 주변 사람들이 심하게 반대해도 교제를 계속한다면 그 사랑은 진실한 것이지. 그렇다면 나도 하루를 달리 볼 거야. 하지만 처제가 반대한다고 해서 바로 그만두겠다고 생각한다면 어차피 처음부터 대수롭지 않은 인연이었던 거야. 일찌감치 깨닫고 상처를 덜 받게 되는 거지."

"일부러 사랑의 장애물을 만들어 당사자를 시험한다?"

"그렇지."

"이를테면 새끼를 절벽에서 밀어 떨어뜨리는 어미 사자의 심정이란 말이죠?"

내 뜻을 정확히 이해한 것 같아 나는 크게 고개를 끄덕였다.

"말은 잘하시네."

시즈카가 한껏 코웃음을 쳤다.

"서로의 감정이 무르익지 않은 지금 상태라면 주변에서 살짝 반대만 해도 교제를 그만둘 거라 짐작하고 하는 소리죠? 나를 이용하려 들다니, 너무 뻔한 수법이에요. 형부, 부끄럽지도 않아요?"

"내 마음을 몰라주다니 슬프군."

"슬프면 우시든가."

"처제만은 나를 이해해줄 거라고 생각했는데……."

맥없이 어깨를 떨구고 과장되게 한숨을 내쉬었다. 시즈카는 '모순투성이 남자'라며 나를 상대도 하지 않았다.

띠동갑인 어린 처제에게 경멸을 당하다니, 시간이 지날수록 충격으로 다가왔다.

돌아가는 마루노우치선 안에서 나는 무척 상심해 있었다.

서점에 돌아오자 나를 재차 자기혐오에 빠뜨리고 말 것 같은 인간이 기다리고 있었다.

나가토미였다. 나를 기다리는 동안 그 자리에 서서 《빅 투모로》

(일본의 남성잡지)를 읽으며 시간을 때운 모양이었다.

　나를 보자마자 동면 중이던 개구리가 봄볕을 만난 양 기쁨이 가득한 얼굴로 다가왔다. 나는 "왔어요?"라고 말을 걸기는 했으나, 일부러 바쁜 척했다.

　"이번 주 토요일에 하루 씨가 여동생을 소개해준다네요."

　"그렇다면서요."

　"덕분에 교제가 한 걸음씩 착실하게 진행되고 있습니다."

　"잘됐네요."

　"여동생 앞에서 결혼을 전제로 한 교제를 허락받으려고 하는데, 괜찮으시겠어요, 하야세 씨?"

　"내가 나서서 추진한 혼담인데요, 나도 기쁘죠."

　"정말이세요?"

　나는 긍정을 의미하는 최대한의 웃음을 지어 보였다.

　"동생 마음에 들겠는데요, 뭐. 하지만 조심하는 게 좋을 겁니다. 시즈카라는 동생, 좀 못된 구석이 있거든요. '우리 언니 잘 부탁드려요' 한다고 해서 마냥 좋아하면 안 돼요. 깊이 생각해서 속내를 읽어내지 않으면 본심을 알 수 없어요. 좌우간 언니의 행복을 방해하는 게 취미라서. 나도 당시에는 엄청나게 당했으니까……."

　새빨간 거짓말을 잘도 지껄이는구나. 난 천하의 몹쓸 놈인지도 모른다.

　"충고 고맙습니다. 명심할게요. 성공을 빌어주세요."

　"그래요."

　나가토미는 열기를 흩뿌리며 매장을 나갔다. 이왕이면 서서 읽던

《빅 투모로》도 사가기를 바랐건만.

이야기는 아직 끝나지 않았다.

나가토미와 교대라도 하듯이 또 한 쌍의 손님이 내 시야에 들어왔다.

엄마와 딸.

오가사와라 가스미와 아야였다. 나는 한숨이 절로 나왔다.

모녀의 등장이 우연이 아니란 사실은 들어오자마자 던지는 미소를 보고도 알 수 있었다. 물론 미소를 던진 쪽은 아이 엄마였다. 딸아이는 원래 그런지 시종일관 뚱한 표정이었다. 원색의 트레이닝셔츠에 쫄바지, 무슨 발광 물체라도 되는 것 같은 모녀의 커플 룩이었다.

나는 가볍게 목례를 했다.

"어제는 반가웠어요."

가스미는 떨어져 인사한 후, 딸의 손을 잡아끌고 매장 안쪽으로 들어갔다. 나도 모르게 눈으로 그들을 뒤쫓았다.

아동 도서 코너였다.

"어떤 게 맘에 드니? 이건 어때? 한번 읽어볼래?"

가스미는 연신 딸의 비위를 맞추느라 애썼다. 아야는 책 같은 것은 읽고 싶지도 않은데, 억지로 끌려왔다는 표정이었다.

하루한테 내 근무처를 알아내, 딸을 억지로 끌고 곧장 달려온 게 분명했다.

마침 카운터를 지키던 마쓰이에게 나이 드신 손님이 책을 찾아 달라고 부탁해서 내가 카운터를 맡게 되었는데, 가스미가 "지난번엔 반가웠어요"라며 미로 찾기 책을 내밀었다. '미로에 남자를 던져

넣고 즐거워하는 건 당신들 여자잖아?'라며 따져 묻고 싶은 심정으로 나는 계산을 했다.

"1000엔입니다."

가스미가 내민 지폐를 받아든 순간, 손안에 이물감이 느껴져서 뭔가 하고 내려다보았다. 1000엔짜리 지폐와 함께 종이쪽지가 있었다. 뭐겠어? 8자리 숫자가 적혀 있었지, 전화번호.

"저, 이게 무슨 뜻……."

그녀는 되묻는 나를 무시한 채, 나한테서 책을 건네받았다기보다는 거의 빼앗다시피 하여 딸아이 손을 잡아끌고 황급히 매장을 나갔다.

전화번호가 적힌 쪽지를 어떻게 할까 고민하다가 하는 수 없이 상의 위주머니에 넣었다.

버렸어야 했나? 하지만 이건 여자의 호의잖아. 호의는 무시 못 하는 성격이라고, 나란 남자는.

그날 밤, 가이에다를 하나카고로 불러내어 상담했다.

"어쩐지 섬뜩하지 않아? 이것만 달랑 전해주는 거야. 전해줬다기보다 내 손에 쑤셔 넣었다고 할 수 있지."

"그러니까 전화해달라는 의미잖아."

"귀엽게 말하면 그렇지."

"그럼 전화해줘. 여자한테 전화번호까지 받고 가만 있는 건 실례잖아."

"언제부터 그런 예절이 생겼냐."

"소개한 하루 씨 체면도 있잖아."

가이에다는 진지한 표정으로 말은 하지만, 단지 내가 여자한테 전화하는 걸 보고 싶은 거였다. 그 증거가 바로 능글맞은 표정으로 건네는 휴대폰이었다.

"무슨 말을 하냐."

"하루 씨한테 프로레슬링 티켓 받았잖아. 같이 가자고 해."

"내가 말했지? 애 하나 낳은 엄마치고는 몸매가 끝내준다고."

"잘됐네."

"나, 꽤 오랫동안 여자와는 담을 쌓고 살아서 이성을 지킬 자신도 없고."

"그렇다면 본능이 시키는 대로 짐승이 되면 되는 거야."

"그랬다가는 그 여자들의 덫에 걸려드는 꼴이 되잖아."

"여자 프로레슬링 경기를 보러 갔다 오는 길에 남자랑 여자가 그렇고 그렇게 된다고?"

가이에다도 3초 정도 더 생각하더니 다시 중얼거렸다.

"그렇게 될지도 모르겠군."

링 위에서 고함치며 맞서 싸우는 여자 프로레슬러는 왠지 모르게 원시적인 에너지를 불러일으켰다. 좋은 경기를 볼 때면 나도 강인한 여성에게 저런 식으로 제압당해보고 싶은 욕망이 불끈불끈 솟아올랐다.

다소 겁이 나는 심정으로 휴대폰 번호를 눌렀다. 가이에다가 재미있어하며 귀를 갖다 들이댔다. 통화 버튼을 누르자 벨이 한 번 울리기도 전에 들뜬 목소리가 튀어나왔다.

"네, 오가사와라입니다!"

나는 화들짝 놀랐지만 짐짓 목소리를 깔았다.

"아, 하야세입니다. 낮에는 만나서 반가웠습니다."

"저야말로!"

전화기 앞에서 내 전화를 내내 기다렸다는 듯한 말투였다.

"미로 찾기, 아야 양이 재미있어하던가요?"

일단 일상적인 이야기부터 시작했다.

"네에, 첫 페이지부터 어려워하더니, 깊숙이 들어가서는 좀처럼 빠져나오지 못하네요."

"조급해하면 할수록 길을 잃기 십상이죠."

"길을 잃으면 다시 출발 지점으로 돌아가라고 아야한테 일러주지만."

어때? 이혼 경험 있는 남자와 여자의 대화. 심오하잖아?

"저기, 전화를 드린 건 다름이 아니라……."

"네!"

기대하고 있었다. 데이트 신청을 기다리고 있었다.

"저한테 스포츠 관람 티켓이 있는데……. 아, 스포츠라 해도 여자 프로레슬링인데, 마침 두 장이 있어서……."

"네!"

"혹시 괜찮으시면 같이 갈까 하고."

"여자 프로레슬링, 저도 꼭 한 번 보고 싶었어요!"

진심이냐고 묻고 싶었다.

날짜와 시간을 말하고 체육관 앞에서 만나기로 약속했다. 전화를 끊고 나니 어쩐지 한 시간가량 통화한 것 같은 피로감이 밀려왔다.

"이것으로 도리는 다한 거지?"

가이에다에게 휴대폰을 돌려주고 에비스 맥주를 비웠다.

그랬는데, 가이에다 녀석 하는 말이라니.

"너 말이야, 가로등 불빛에 빨려 들어가는 나방 같아."

부추긴 사람이 누군데, 그런 소릴 하냐고!

뭐, 틀린 말은 아니었다. 아무리 하루가 소개해준 여자라 해도, 아무리 티켓을 두 장 받았다 해도 내가 싫으면 딱 잘라 거절하면 그만이었다. 그만큼 나한테는 굳은 의지가 없다는 얘기였다. 호의를 무시할 수 없었다기보다 내 자신을 다소 난폭하게 바꿔보고 싶은 욕구가 잠재되어 있었는지도 몰랐다.

나는 예측 불가능한 내일을 향해 발을 내디뎌보고 싶었다. 자멸 충동과 종이 한 장 차이인지도 모르지만.

6

들어보라고. 사건의 전말은 이랬다.

간나이역에서부터 걸어서 5분, 요코하마 체육관은 당일 티켓을 사려는 젊은이들로 장사진을 이루고 있었다.

뷰티 페어나 크래시 걸즈가 한창 이름을 날리던 무렵만 해도 여자 프로레슬링의 인기를 떠받치고 있던 것은 대부분 여중생들이었다. 그러나 지금은 대학생을 중심으로 한 남성 팬들이 경기장을 가득 메우게 되었다고 해도 과언이 아니다. 물론 개성파 레슬러들을 두루 갖추고 질 높은 시합을 선보이는 세계 여자 프로레슬링 같은 신흥 단체의 공적이라고도 할 수 있지만, 남성의 약체화라는 시대적인 흐름도 관계가 있는 것 같다.

요즘 남자들은 강인한 여자를 동경한다. 연상녀 연하남 커플이 유행하는 것도 그 때문인지 몰랐다. 여하튼 약속 시간에 맞춰 갔더니, 오가사와라 가스미는 이미 입구에 와 있었다. 일류 기업의 청초한 여비서 같은 복장으로 말이다. 아무래도 여자 프로레슬링을 관람하기 위한 패션은 아니었다. 분홍 셔츠에 다홍색 스웨터를 걸쳐 입은 나하고는 어울리지 않았지만 정작 본인은 신경 쓰지 않는 눈치였다. 내가 먼저 알아보고 손을 흔들자 오가사와라 가스미의 얼굴이 환해지더니, 귀찮을 정도로 몇 번씩이나 손을 흔들었다.

"많이 기다리셨나요?"

"약속 시간 10분 전에 도착해 있으라고 부모님이 늘 말씀하셨죠. 집안이 조금 엄했거든요."

초장부터 연기를 해댄다. 방심하지 마, 리이치로! 내 안의 경고등이 깜박였다.

개장 시간이 되어 우리도 대열에 떠밀려 체육관 안으로 들어갔다. 레슬러들의 캐릭터 상품 판매점을 지나 링 사이드 자리로 들어가려는데, 남성의 약체화 현상을 이끌고 있는 청년들이 60퍼센트, 기존의 소녀 팬이 40퍼센트 비율로 객석을 차지하고 있었다.

수용 인원 5000명인 경기장이 점차 메워져 갔다. 주최 측 담당자가 링 사이드 쪽 손님들에게 종이테이프를 나눠주며, 메인 이벤트 때 던져달라고 부탁했다. 우리도 한 개씩 받아들었다. 아예 테이프

심째로 던져서 사유리의 머리를 맞춰버릴까 생각했다.

"아야는요?"

"베이비시터한테 맡기고 왔어요. 밤 열한 시가 지나면 심야 요금이 붙지만, 오늘은 큰맘 먹고 나왔죠, 뭐."

대체 오늘 밤 몇 시나 돼야 보내주려는지 나는 내심 불안해지기 시작했다.

"하야세 씨는 여자 프로레슬링 좋아하시나 봐요?"

"레슬러 중에 아는 사람이 있어서요. 여기, 이 사람."

입구에서 받은 전단지에는 송곳니를 드러내고 있는 사유리의 사진도 인쇄되어 있었다.

"왠지, 세 보인다."

"인기 많은 힐 레슬러입니다."

"힐이라뇨?"

"악역이라는 의미죠."

"하야세 씨의 여자 친구였던 건 아니고요?"

어떻게 그런 발상을.

"그럴 리가요! 마주치기만 하면 저를 못 잡아먹어서 안달인걸요. 오늘도 사실은 우울합니다. 경기 도중에 눈이라도 마주치면 끝장이에요. 상대 선수를 장외로 끌고 나와 난투극을 벌이면서 저를 끌어들일 게 뻔해요. 마음의 준비를 하시는 게 좋을 겁니다. 제 옆에 있으면 의자가 날아올 테니까."

"꺅! 무섭겠다."

가슴 앞에 두 주먹을 모으고 몸을 움츠렸다. 귀엽네. 인정한다고.

하지만 그 동작 뒤에 감춰진 본성이 보이지 않으면 도저히 안심이 안 돼, 나는.

그때 반대쪽 링 사이드에서 누군가 계속 손을 흔들고 있는 느낌이 들었다.

"시즈카."

순간 어안이 벙벙했다. 발돋움을 해가며 이쪽으로 신호를 보내는 시즈카 외에 하루와 나가토미도 객석에 앉아 있었다. 셋이 나란히 이쪽을 향해 손을 흔들고 있는 거였다. 나란히 앉아 있는 우리를 보고 웃으면서 뭔가 이야기하고 있었다. 우리 둘이 나란히 앉아 있는 모습이 그렇게 우습냐?

하루가 나가토미를 시즈카에게 인사시킨 모양이었다. 그 김에 여기 올 예정이었겠지.

가스미도 "와!" 하고 반가워하며 건너편의 세 사람에게 손을 흔들어 답하더니 "하루 옆에 앉은 사람 누구예요?"라고 흥미진진하게 물었다.

"제가 소개한 맞선 상대자입니다."

"잘 어울린다."

가스미는 진심을 담아 이야기했다.

"그렇죠?"

나도 목덜미를 긁적이며 맞장구쳤다.

"저 애는 시즈카죠? 많이 컸네."

십수 년만의 재회일 테지. 시즈카가 자리에서 일어섰다. 하루가 방해하지 말라고 말한 모양이지만, 시즈카는 '가서 좀 놀려주고 올게'라는 표정으로 이쪽을 향해 다가왔다.

"시즈카!"

"가스미 언니, 오랜만이에요!"

팔을 부여잡고 폴짝폴짝 뛰는 게 영락없는 소꿉동무와의 재회였다. 두 사람의 감격이 어느 정도 가라앉았을 때 내가 물어보았다.

"어때? 나가토미를 만나본 느낌이?"

"뭐, 그럭저럭."

"말주변 없고 후텁지근한 남자지?"

"농담 잘하고 시원시원한 청년이에요."

언니를 닮아서 말도 참 얄밉게 했다.

"야마시타 공원에서 차를 마셨는데, 주변에 온통 커플뿐이어서 왠지 조금 불편하더라고요. 뭐, 오늘은 일단, 언니한테 잘 어울리는 남자 정도로 해두죠."

어쩐지 내 표정 변화를 즐기는 듯한 말투였기에 나도 질세라 이렇게 말하고 말았다.

"우리도 잘 어울리지?"

그러자 가스미가 '드디어 바라던 말을 들었어!'라는 느낌으로 나에게 팔짱을 끼더니 시즈카에게 동의를 구했다.

"잘 어울리지 않니?"

"정말 잘 어울려요. 저쪽에서 보고 있으면 꼭 신혼부부 같아요."

나는 '됐으니까 그만 가봐'라는 말이 목구멍까지 올라왔다. 땡! 땡! 땡! 종소리와 함께 주변이 어두워지고 톱라이트가 빨강, 파랑, 초록으로 깜박이는가 싶더니 링이 불시에 확 밝아졌다. 시즈카는 객석 사이를 비집고 달려가며 소리쳤다.

"아, 시작한다. 그럼 이따 봐요."

'나중에 만나 뭘 어쩌자고. 끝나고 나서 저쪽 커플하고 더블데이트라도 하자는 거야? 그래, 너는 이를테면, 두 커플의 사랑을 판정하는 역이냐?'

나는 독설을 퍼부어주고 싶었다.

장내 아나운서가 오늘 출전하는 선수들을 소개하기 시작했다. 모두 같은 트레이닝복 차림인 20명 정도가 호명되어 링에 오르고, 원을 지어 서서 관객들에게 인사했다. 사유리는 불타오르는 듯한 헤어스타일과 화장을 하고 나왔지만 터질 듯 탄탄한 육체는 아직 트레이닝복 속에 감춰져 있었다.

그때 이미 눈이 마주치고 말았다. 사유리는 나와 내 옆에 있는 가스미를 슬쩍 쳐다보고, 관객석을 향해 가슴을 쫙 폈다. 좋지 않은 예감이 등줄기를 타고 내렸다.

시합은 젊은 레슬러의 싱글 매치로 시작되어, 휴식 시간을 끼고 다른 단체 소속 선수와의 태그 매치가 이루어지다가, 드디어 오늘의 메인 이벤트인 갓뎀 아라마키와 순백의 아이돌 레슬러 간의 타이틀 매치가 시작되었다. 사유리는 브루스 스프링스틴의 촌티 나는 록 음악이 깔리는 가운데 링 위에 올랐다.

가운을 벗자 표범 무늬 복장이 드러났다.

"죽어라, 갓뎀!"

"한번 당해봐라!"

그것이 힐 레슬러의 인기를 대변하는 말들이었다. 장내 아나운

서가 이름을 드높이 외치는 것과 동시에 여기저기서 종이테이프가 날아들었다. 사방팔방에서 폭포처럼 테이프가 내려왔다. 나도 던졌는데, 고작 로프를 맞히는 게 다였다. 반대편을 보자 하루가 일어서서 두 개를 동시에 던지고 있었다. 옆에 앉은 나가토미도 야구 좀 해본 폼으로 즐거운 듯이 던지고 있었다.

60분 단판 승부의 시합이 시작되었다.

이거 큰일 났다. 시작부터 시합이 과격할 대로 과격해졌다. 아이돌 레슬러는 팬들의 절규 속에 링 밖으로 끌려 내려오고, 느닷없이 이쪽을 향해 온다. 의자가 빽빽이 늘어서 있어서 순간적으로 피하는 건 불가능했다. 옆에 앉은 가스미는 "꺅! 살려줘요!"라며 나한테 매달리지를 않나.

링 사이드에 대기하고 있던 젊은 레슬러가 "위험하니까 물러서요"라며 주의를 줬지만 이미 때는 늦었다. 사유리가 머리채를 잡아 내던진 아이돌 레슬러가 내 옆으로 와서 고꾸라졌다.

가스미는 직전에 도망쳐서 무사했지만, 난 한데 얽혀 자빠지고 말았다. 아이돌이라고는 해도 단련된 근육인지라 울퉁불퉁 튀어나온 어깨가 내 배를 파고든 순간 나는 윽! 외마디와 함께 한동안 숨조차 제대로 쉴 수 없었다.

"괜찮아요, 하야세 씨?"

가스미가 부축하며 일으켜주었다.

"뭐, 별거 아닙니다."

허세를 부리며 의자에 앉았지만 뒷머리도 어디에 부딪혔는지 눈앞이 어질어질했다. 반대편을 보니 하루와 나가토미와 시즈카가

'괜찮을까?' 하고 걱정스러운 듯 이쪽을 보고 있었다. 그러나 눈은 웃고 있었다.

링으로 눈을 돌리자, 큰 기술을 주고받으며 사유리와 아이돌 레슬러가 50 대 50으로 팽팽히 맞서고 있었다.

12분 35초, 사유리가 자신의 장기인 문설트 프레스로 폴승을 거뒀다. 발을 쿵쿵 구르는 야유의 물결 속에서 사유리가 장내 아나운서의 마이크를 빼앗더니 눈을 부라리며, 객석을 향해 굵직한 목소리로 고함쳤다.

"뭐야! 바보 같은 놈들. 불만 있냐, 이놈들! 두들겨 패줄 테다, 네놈들!"

그러고는 벨트를 높이 들어 올렸다. 나를 향해 과시하기에 하는 수 없이 나는 박수를 쳐주었다.

시합 후 우리 다섯 명은 로비에 모여 다 같이 대기실로 갔다.

하루는 간식으로 쿠키를 준비해왔다. 대기실 안은 금남 구역이었으므로 나와 나가토미는 복도에서 기다렸다. 땀 냄새 나는 여자들이 활보하는 복도에서 벽에 바싹 달라붙어 서 있자니, 화장을 지우고 가운을 걸친 사유리가 방금 샤워를 마치고 나온 듯한 얼굴로 피로회복제를 마시면서 나타났다.

"뭐야, 너도 있었어?"

나를 보자마자 시치미를 뚝 떼고 말했다.

"나를 겨냥해서 장외 난투극 벌인 거잖아. 뭐, 처음부터 이렇게 될 거라 예상은 했지만."

사유리는 무슨 소리냐며 영문을 모르겠다는 표정이었다. 하루와 시즈카가 깔깔대며 웃었다.

하루가 사유리에게 소개했다.

"이쪽은 오가사와라 가스미, 내 고향 친구."

"처음 뵙겠습니다."

가스미는 눈을 반짝이며 사유리에게 인사했다.

사유리는 대충 목례로 답하고 나를 향해 말했다.

"잘 어울리네, 두 사람."

"엄청난 박력이었어요. 정말 가슴이 다 철렁했다니까요!"

가스미는 흥분 상태였다.

"역시 가까이서 보니 다르던걸요!"

나가토미도 목소리를 높였다.

"내 동생은 알지?"

"전에 한 번 왔었지?"

사유리가 가볍게 웃어 보였다. 이 정도의 웃음도 보기는 흔치 않았다.

"1차 방어전 때였어요. 오늘도 최고였어요. 저 지금이라도 입문하고 싶어졌다니까요."

시즈카 녀석, 눈치 하나는 빨라 가지고.

나는 '그래, 취직난이겠다, 너는 성격만으로도 충분히 악역 레슬러 감이지'라고 말해주고 싶었다.

"관둬, 평생직장을 잡는 편이 낫지."

사유리가 드물게 상식적인 소리를 했다. 그런데 가스미가 반응을 보였다.

"그렇죠. 역시 여자는 평생직장을 잡아야 해요."

한 번 실패했으면서 질리지도 않는 모양이었다.

"너처럼 진득하지 못한 남자는 말이야, 일찌감치 여자한테 누워 메치기 기술이나 당해서 정착하는 게 나아."

사유리는 또다시 나를 안줏거리로 삼았다.

"날 좀 내버려두시지."

그러자 가스미가 한 옥타브 높은 소리로 말했다.

"다음엔 그런 기술 좀 저에게 가르쳐주세요!"

데리고 가는 게 아니었는데, 정말 후회막급이었다.

7

그날 밤의 일, 마저 듣고 싶어?

우리 다섯 명은 요코하마 스타디움을 빠져나와 중화거리에서 식사를 하기로 했다.

의외로 이른 시간에 가게들이 문을 닫고 있는 와중에 현란한 일루미네이션이 빛나는 북문 근처, 타이완 레스토랑에 불이 켜져 있었다.

빨간 둥근 테이블을 에워싸고 나와 나가토미 씨, 리이치로와 가스미, 두 커플 사이에 심사위원 같은 얼굴을 하고 시즈카가 앉게 되었다.

"자, 각자의 앞날을 축복하며!"

부탁하지도 않았는데 시즈카가 건배를 선창했다. 나가토미 씨와 가스미의 건배 소리가 유달리 높았다. 두 사람은 그날 밤 처음 본 사이인데도, 나와 리이치로가 소개하는 걸 깜박 잊고 있자, 스타디움을 빠져나오는 길에 둘이 알아서 자기소개를 했다. '서로 잘해보자고요'라는 식의 전우 의식이 두 사람을 급격히 통하게 만든 걸까.

당신들 두 사람이 더 잘 어울리는 것 같지 않아? 나는 훼방놓고 싶은 마음이 굴뚝같았지만 일이 더 복잡해질 것 같아 그만두었다.

주문한 음식이 테이블 가득 차려지고, 몹시 시장했던 우리들의 젓가락이 이 접시 저 접시로 쉴 새 없이 움직이기 시작했다. 한동안 연애 이야기는 제쳐두고 식사하는 데만 집중했다. 이상하게도 여자 프로레슬링을 관전하고 돌아올 때면 늘 운동선수처럼 식욕이 왕성해졌다.

"이렇게 되면, 두 커플이 같이 결혼식을 올리는 건가요?"

가장 술이 약한 나가토미 씨가 술김에 말을 꺼냈다. 아직까지는 농담조로 한 말이었기에 나도 리이치로도 웃으면서 듣고 있었다.

"아……, 아무리 그래도 제가 좀 성급했죠?"

이제 와서 취소해봤자 이미 늦었다고요. 결혼이라는 두 글자가 우리들의 테이블 위를 선회하기 시작했다.

그러자 가스미가 나가토미 씨에게 악수를 청했다.

"서로 잘해보자고요."

"같은 목적을 가진 사람이 있어서 기쁘네요."

나가토미 씨도 손을 내밀어 나와 리이치로 앞에서 동맹 관계를 맺었다.

가스미의 기세도 멈출 줄을 몰랐다. 아무렴, 누워 메치기 기술을 선언한 여잔데.

"두 커플이 동시에 한다면 어떤 결혼식이 될까? 상상이 안 되네?"

'그럼 상상하지 마.'

나는 이렇게 말하고 싶었지만 꾹 참았다.

"일류 호텔에서 100명 이상 모이는 스타일……. 그런 결혼식이라면 우리들 이미 한 번 해봤으니까, 이번에는 형식 다 생략하고 재미있게 해요!"

"신분, 지위 따지지 말고 자유로운 파티 형식으로 갑시다."

나가토미 씨도 한몫 거들었다.

나와 리이치로가 동석하는 결혼식이라니, 설마 진심으로 하는 소리야?

억지로 상상하는 것만으로도 등골이 오싹했다.

"우리, 전부 두 번째이기도 하고."

가스미가 커다란 스프링롤을 베어먹으며 말했다.

"저기, 저는 처음인데요."

"어머, 그래요?"

나가토미 씨가 미혼자라는 걸 알게 되자, 가스미는 자신이 마치 인생 선배라도 되는 듯한 얼굴을 했다.

"나가토미 씨 올해 몇이세요?"

"스물여덟입니다."

"젊네, 나가토미."

벌써 '씨' 자 생략이다. 나는 가스미에게 '너보다 두 살이나 위거든?' 하고 말해주고 싶었다.

"스물여덟이면 아직 서두를 것 없잖아요?"

"서두르지 않는데요."

"남자의 진가는 서른이 넘어야 나타나지. 안 그래요, 하야세 씨?"

"뭐, 그렇죠."

리이치로는 그다지 대화에 깊이 관여하고 싶지 않은 눈치였다. 그러자 가스미가 실감 나게 말했다.

"서른이 넘지 않으면 남잔 씹는 맛이 없거든."

"그게 뭐죠, 씹는 맛이라니?"

나가토미 씨의 물음.

"몰라요?"

"씹혀본 적이 별로 없어서."

이상한 방향으로 이야기가 흐르고 있었다. 리이치로는 소힘줄볶음 요리가 좀처럼 씹히지 않아 고생하고 있었다.

"여자가 씹으면 씹을수록 남자는 성장하죠."

"대충 알 것 같네요."

그제야 납득한 듯한 표정의 나가토미 씨. 정말 이해했을까?

"남자의 성장에 대해서는 하루한테 물어보자!"

괜한 사람 건드리지 말라고 말해주고 싶었다.

가스미는 사오싱주(중국 사오싱 지방의 찹쌀로 빚은 황주) 빈 병을 흔들며 "한 병 더!"라고 종업원에게 주문했다. 빨갛게 충혈된 눈이 이미 초점을 잃고 있었다.

"하야세 씨가 하루랑 사귀기 시작한 때가 스물아홉. 결혼한 건 막 서른에 접어들었을 때였고, 헤어진 때가 서른두울……."

리이치로의 프로필을 줄줄 꿰고 있었다. 공부 좀 한 모양이군.

"어땠어? 하야세 씨는?"

가스미가 붉어진 얼굴을 내게 들이댔다.

"어땠냐니?"

"어쩐지, 내 얘기가 화제에 오른 것 같은데……."

리이치로가 끼어들었다.

"하야세 씨도 서른을 경계로 남자로서의 성장을 보였겠지?"

"제가 자리를 비울까요?"

리이치로가 반쯤 몸을 일으켰다. 시즈카가 리이치로를 의자에 눌러 앉히다시피 하며 타이르듯 말했다.

"들어둬요, 형부."

모두 내 대답만을 기다리고 있기에 하는 수 없이 입을 열었다.

"아내란 위치가 반드시 남편의 성장을 확인할 수 있는 자리는 아닌 것 같아."

"그게 바로 정답이야."

가스미도 느낀 게 있는 모양이었다.

"어쩐지 깊이가 있네요, 그 말."

나가토미 씨도 감탄했다.

"우리는 흔히 신혼 시절이라고 일컬어지는 1년을 갓 넘기고 깨졌기 때문에 성장의 현장을 지켜보지 못했다고 하는 게 옳을지도."

가스미도 자신을 돌아보았다.

"나도 그랬어. 남자든 여자든 여간해서는 성장하지 않아. 한 사람 한 사람은 성인이어도, 같이 있으면 왜 그런지 어린애 같아져."

가스미의 말에 내가 생각에 잠긴 채 대꾸했다.

"상대방의 어린애 같은 면을 피차 알게 되면서 내 자신도, 상대방도 환멸을 느끼게 되지."

"그럼 하루는 하야세 씨의 어떤 면이 어린애 같았어?"

"이 자리는 하야세 리이치로 연구 모임인가?"

리이치로가 농담으로 모면하려 했지만 이야기는 이미 진지한 단계로 접어들고 있었다.

"무슨 일만 생기면 도망치는 데 선수라고나 할까?"

"내가 어릴 때부터 달리기는 항상 1등이었지. 거짓말 조금 보태서 인간 탄환이라고 불렸을 정도니까."

어느 누구도 웃지 않았다.

"하야세 씨가 어떤 일에서 달아났는데?"

가스미는 리이치로의 일이라면 빠짐없이 들어두고 싶다는 표정이었다. 내가 대답했다.

"둘이서 일치단결해 어려운 일에 맞서나가야 할 때가 되면 갑자기 귀찮아지는 거지."

"내 마음을 전부 아는 것처럼 말하지 마. 나는 당신이 말하는 것만큼……."

"예를 들면 어떤 때?"

가스미가 리이치로를 가로막듯이 물었다.

"내가 입덧으로 고생하고 있을 때라든지."

질의응답을 하는 사이 어느덧 눈앞의 리이치로를 도마 위에 올려놓고 씹는 분위기가 되었다.

"남자들은 잘 모르니까요, 임신 중인 여자의 복잡한 신체 변화에 대해서."

나가토미 씨가 다소 리이치로의 편을 들어주었지만 흐름을 바꾸지는 못했다.

리이치로는 항변하는 것을 포기한 듯 모두와 눈도 마주치지 않고 열심히 음식을 입에 넣고 있었다.

"요약하자면."

시즈카가 끼어들었다.

시즈카 특유의 '요약하자면'이다. 나는 이상한 방향으로 요약하지 말아야 할 텐데, 라는 걱정이 앞섰다.

"요약하자면 중요할 때 의지가 전혀 안 되는 남자란 거죠."

리이치로는 사례가 들리고 "너무해"라며 자이쓰 이치로(일본 배우) 흉내를 냈다. 그래도 누구 한 사람 웃지 않았다.

리이치로는 헛기침을 하고 진지한 얼굴로 젓가락을 내려놓더니 남은 사오싱주를 꿀꺽 삼키고 나서 내 쪽으로 몸을 기울였다.

아직 화가 나지는 않았지만, 나를 주시하는 눈빛에 그때까지 없던 날카로움이 있었다.

"그럼 나도 한마디 하겠는데……."

나에게 예고하고 나서 가스미와 나가토미 씨한테 자세히 들려주겠다는 듯이 역습에 나섰다.

"하루는 말이지, 운동선수 타입으로 시원시원한 성격처럼 보이지만 실은 질투심이 장난 아니라고."

"내가 언제?"

나는 나도 모르게 웃으며 반문했다.

"그날 하루 동안의 내 행동을 전부 파악하지 않으면 직성이 안 풀렸거든. 지금 이 시간까지 어디서 마시다 온 거냐고 묻겠지? 내가 가이에다와 한잔하고 왔다고 대답할 거 아냐. 나야 그걸로 이야기가 끝난 줄 알지. 그런데 다음 날 일이 있어서 가이에다한테 전화를 했더니, 그 녀석이 그러는 거야. 조금 전에 하루 씨한테 전화가 와서, 어젯밤 정말 함께 있었는지 물었다고…… 일일이 확인 작업 좀 안 하면 안 돼?"

"오차즈케 준비해두었었잖아!"

"오차즈케?"

허를 찔린 듯한 리이치로에게 나는 애써 조용히 말을 이었다.

"새 밥그릇, 젓가락 받침대에 젓가락, 단무지하고 야채절임도 잘게 다져서 준비해뒀다고. 기억도 안 나지? 밤늦게 들어올 남편을 위해 만반의 준비를 해놓고 '오차즈케라도 어때요?'라며 새색시처럼 말해주고 싶었어. 신혼 시절이었으니까. 나도 그 정도는 한다고. 그랬는데 당신은 들어오자마자 테이블 위는 쳐다보지도 않고 한다는 말이, '잘래' 아니었어? 스물두 살 새댁은 오차즈케까지 준비하고 기다린 마음이 배신당한 것만 같았다고. 아직 아내로서는 초보자였으니까. 이 시간까지 뭐 한 거야? 누구랑 있었던 거야? 어디서 마셨어? 쉴 새 없이 묻고 확인하지 않으면 마음이 안 놓이는 걸 어떡해. 당신은 나를 숨 막히는 여자라지만 생각해봐? 한방의 공기를 둘이 나눠 마시는 거라고. 조금은 숨이 막히는 게 당연하지. 부부 생활이란 게 그런 거 아냐? 욕실 타월을 쓰고 팽개쳐두는 거며, 바지 좀 아무 데다 벗어놓기로서니, 뭐 그리 기분 나빠하냐고 당신은 말하지만, 내가 불만을 말해도 그 자리에서는 그냥 실실 웃기만 했잖아. 그러면서 속으로는 '거참, 말 많은 여자네'라는 생각을 담아두고 있을 줄이야 나는 꿈에도 몰랐네. 마누라를 손바닥 안에서 가지고 놀 생각이었으면 끝까지 그럴 것이지 왜 그만뒀어?"

"기껏해야 타월이니 바지 같은 걸로 싸우고 싶지 않았거든."

"싸우면 좀 어때! 남자랑 여자가 어린애 같아지는 것이 부부라면 우리는 좀 더 싸웠어야 했어, 애들처럼!"

이성을 차리고 보니 모두 침묵하고 있었다. 나도 내가 너무 흥분했었음을 비로소 깨달았다. 이 분위기 어쩌면 좋을까, 당황스러웠다. 리이치로도 그런 분위기 속에서 멋쩍은 듯 웃고 있었다. 나도 어색하게 웃는 수밖에 없었다.

"뭐 하는 거야, 우리. 이미 끝난 일인데."

"그러게. 이제 와서 부부 싸움 같은 걸 하다니."

나도 얼른 동조한 뒤 그 이야기는 끝내기로 했다.

"이야, 공부됐는걸."

시즈카가 무거운 분위기를 웃음으로 띄워보려 했지만 그다지 효과는 없었다.

나가토미 씨가 "방금 얘기, 아까 본 사유리 씨의 시합에 견줄 만한 싸움이었네요"라고 농담했기 때문에 긴장감도 차츰 풀어졌다.

그때였다. 가만히 고개 숙인 채 듣고 있던 가스미가 내게 불쑥 말했다.

"오차즈케 이야기……."

"응?"

"그 얘기, 지금 처음 한 거야, 하야세 씨한테?"

"응……."

가스미는 희미한 목소리로 탄식했다.

"늦었어. 그렇다면 너무 늦었다고."

이 한마디가 그 어떤 말보다 가슴에 사무쳤다.

시즈카는 요코하마에 사는 친구 집에서 잔다며, 우리 두 커플을 남겨두고 요코하마의 밤 속으로 사라졌다. 물론 여자 친구였다. 기숙사에서 외출 허가를 받은 모양이었다.

우리는 택시를 두 대 잡았다. 나가토미 씨가 나를 데려다준다기에 리이치로는 가스미를 바래다주기로 했다. 가스미는 이기지도 못하는 술을 마신 결과가 나타나고 있었다. 비틀거리는 그녀를 택시 안으로 거의 밀어 넣다시피 했다.

"자, 그럼, 아야한테 확실하게 데려다주라고."

내 부탁에 리이치로가 간단히 대꾸했다.

"알고 있어."

그는 뒷좌석에 축 늘어져 있는 가스미를 일으켜 세우고 택시 안에 올라탔다. '아이고 맙소사!'라는 소리가 들려오는 것만 같았다.

두 사람을 태운 택시가 달리기 시작했지만, 사라져가는 자동차 뒷유리 너머, 기대어오는 가스미를 위해 어깨를 빌려주고 있는 리이치로의 모습이 보였다. 도쿄까지 가는 얼마 동안 그들이 탄 택시를 뒤따라가는 꼴이 되었다.

"어렵네요, 남편과 아내란……."

나가토미 씨의 감상이었다.

"원래는 단순한데 어렵게 만들어버리는 거예요, 부부라는 게."

내가 확 내던지듯이 말했다.

"하지만 진짜 원인은 좀 다른 데 있는 거죠?"

헤어진 이유. 타이완 레스토랑에서의 언쟁이 그 핵심으로까지 발전하지 않아서 다행이었다.

"글쎄요."

"묻지 않겠습니다. 하지만 상상은 갑니다."

"아이 때문이에요."

어차피 리이치로한테 들을 얘기였기에 숨길 필요가 없었다.

"아이를 사산하던 날, 그 사람이 병실에 쭉 같이 있어 주었더라면 어떻게 됐을지……. 계속 부부로 살고 있었을지도 모르고, 역시 지금처럼 깨졌을지도 모르고. 잘 모르겠어요."

헤어진 부부한테 '만일'은 통용되지 않으며 의미도 없었다. 나가토미 씨는 약속대로 그 이상은 캐묻지 않았다.

리이치로와 가스미가 탄 택시가 황색 신호를 곧장 빠져나가고 우리는 남겨졌다. 앞차가 점점 멀어지자 나는 다소 안심이 되었다. 두 대가 붙어서 메구로까지 가는 게 괜히 싫었다.

시야에서 사라질 때까지 리이치로는 줄곧 가스미에게 어깨를 빌려주고 있었다.

술에 강한 나는 저렇게까지 취해 망가진 적이 없었는데. 워낙 리이치로 앞에서 약한 모습을 보인 적이 없었지. 그렇기 때문에 리이치로의 어깨를 베개 삼는 것이 얼마만큼 편안한지도 몰랐다.

생각해보니 그것도 참 쓸쓸한 일이었다.

8

그날 밤 이야기는 아직 끝나지 않았다.

다이산쿄하마를 내려가 메구로의 오오카야마에 도착할 때까지 가스미는 내 어깨에 이마를 붙인 채 잠들어 있었다. 반쯤 벌어진 입술에서 침이 흘러내릴 것 같아 손수건으로 살짝 닦아주었다.

잘하는 짓이다, 리이치로.

사유리의 장외 난투극에 휘말리지를 않나, 가스미한테는 누워 메치기 기술을 예고당하지를 않나, 하루와는 다 지난 일로 얽히지를 않나, 정말 험난한 하루였다. 하루 종일 여자에게 시달리는 액운 낀 날이었는지도.

오차즈케에 담긴 아내의 사랑을 왜 몰라주었냐고?

바지며 타월 같은 자질구레한 일로 어째서 애들처럼 싸우지 못했냐고?

요컨대 자신이 상상한 범위 내의 남편이 아니면 참을 수 없다는 거잖아.

야마모토 유조(1887~1974, 극작가 겸 소설가)가 어떤 소설에서, 부부에 대해 이렇게 정의 내린 적이 있었다.

"오른쪽 신은 왼발에는 맞지 않는다. 하지만 양쪽이 아니면 한 켤레라고는 하지 않는다."

아무리 이해하기 힘든 상대일지라도 생활 속에서 단 한 가지라도 서로 통하는 부분이 있는 게 바로 부부였다. 취미여도 좋고, 섹스여도 좋고, 공감할 수 있는 희로애락이어도 좋다.

아이…… 만일 신노스케가 태어났다면 우리는 아이를 거울삼아 좀 더 잘 통했을지도 모른다. 그 점은 인정한다.

우리 부부를 있는 그대로 비춰내는 거울을 달리 찾아내지 못한 채 피차 서둘러서 게임을 종료해버린 것이다.

우리가 비록 지쳐 있었지만 여력을 남겨둔 게 아닐까? 진정한 이혼이란 에너지를 전부 소모하여 기진맥진해져야 하는 것이다. 다시 말해 나와 하루는 일단 종이쪽지상으로는 결말이 지어졌지만, 앞으로도 계속해서 아웅다웅 싸움을 벌여야 할지도 몰랐다.

그걸 어떻게 감당할지. 함께 살기를 포기한 남자와 여자가 접근전을 벌이는 것만큼 골치 아픈 일이 또 어디 있겠는가.

무엇보다 부부 싸움이란 헤어지고 나서 하는 건 아닐 터. 부부 싸움이란 지나치게 행복을 추구한 나머지 표출되는 과도한 애정 표현이 아닌가. 진정한 이별을 위해, 그런 부부 싸움을 이혼하고도 계속해야 한단 말인가?

한숨이 나왔다.

택시 기사가 어디쯤이냐고 묻기에, 가스미를 흔들어 깨웠다.

"다 왔다는데, 집이 어디쯤이에요?"

가스미는 반쯤 눈을 감고 띄엄띄엄 대답했다.

"오오카야마, 공원, 뒤……."

그러고는 마른침을 삼키면서 속이 좋지 않은지 얼굴을 찡그렸다.

"토할 것 같아요?"

"그냥…… 참을래요."

벽돌색 맨션 앞에 택시가 멈춰 섰다. 이혼하고 변변한 수입도 없이 혼자 애를 데리고 생활하는 사람치고는 꽤 고급 맨션에 살고 있었다.

운전기사에게 잠시만 기다려달라고 부탁하고, 가스미를 끌어안다시피 하여 차에서 내렸을 때 2층 현관문이 열리더니 작은 그림자가 바깥쪽 복도를 달려왔다. 딸 아야였다. 엄마의 귀가를 창가에서 기다리다 엄마가 탄 것 같은 택시를 보자마자 뛰쳐나온 것이다.

아야는 나한테서 엄마를 떼어내듯 데려갔다. 가스미가 아야의 자그마한 몸을 내리눌러도 마치 모녀 가정의 기둥인 양 딸아이는 그럭저럭 엄마를 지탱했다.

"오늘 아주 즐거웠어요. 고마워요."

가스미는 다 늘어난 고무 같은 목소리로 내게 말했다.

"그다지 많이 권한 것도 아닌데……. 미안해. 혼자서 기다린 거니? 베이비시터 언니는?"

그러고는 자신의 몸을 힘껏 지탱하고 있는 아야에게 사과했다.

"가라고 했어."

오기 어린 눈빛이 나를 올려다봤다.

"엄마를 왜 이리로 데려왔어요?"

나는 순간 무슨 의미인지 몰랐다.

"보다시피, 이렇게 취했고, 무사히 집에 데려다주지 않으면 안 될 것 같아서."

"왜 호텔 같은 데로 안 데리고 갔어요?"

여섯 살짜리 입에서 그런 말이 나오다니, 나는 말문이 막혔다. 가스미는 반쯤 잠에 취해 딸아이의 말을 흘려들은 모양이었다.

"엄마는 내가 아침 먹을 때쯤 들어왔는데."

그것을 가리켜 가스미의 남자 사냥이라고는 말할 수 없을 것 같았다. 남자가 볼 때 비집고 들어갈 틈이 너무나 많은 여자였다.

"하지만 나는 엄마를 용서해."

아야는 울기 일보 직전의 얼굴을 하고 있었다. 내가 밤이 가기 전에 엄마를 돌려보내기는 했지만 나를 간단히 믿지는 않았다.

"왜냐하면…… 엄마는 너무 외로우니까."

쏘아붙이듯이 말하고는 발길을 돌려 엄마의 몸을 큰 짐처럼 지탱했다. 아이는 맨션 입구로 낑낑거리고 걸어가며 소리쳤다.

"엄마, 좀 걸어봐, 다 왔으니까."

나는 택시 기사가 어서 타라고 채근할 때까지 그 자리에 멍하니 서 있었다.

엄마와 딸은 간신히 집으로 들어간 모양이었으나 화장실에서 토하려는 엄마의 등을 쓸어내리고 있을 아야의 모습이 눈에 선했다.

그러고 나서 이틀간은 평온했다.

액운이 낀 날 함께했던 여자들 중 누구와도 마주치지 않았다.

아침 아홉 시 오분, 도큐 도요코선을 타고 스포츠클럽 자전거 보관소에 세워진 하루의 산악자전거를 확인하고, 직장에 도착하여 그 날 발매되는 잡지 꾸러미를 풀어 책장에 진열하고, 출판사에 도서 추가 주문을 내고, 여직원의 손님 응대 태도에 대해 잔소리하고, 여행 가이드북을 펼쳐놓은 채 저렴한 온천 여관을 찾아 메모를 하고 있는 손님에게 "죄송하지만 손님, 여긴 도서관이 아니라서"라며 정 중한 태도로 주의를 주고, 저녁 여덟 시에 서점 문을 닫고, 열 시에 는 무사시코스기의 아파트에 도착하는…… 그런 이틀간이었다.

냉동 치킨 너깃을 안주 삼아 혼자 맥주를 마시고, 출판사에서 받 은 다음 달 신간 가쇄본(출간 직전 단계에서 최종 점검을 위해 만드는 시험 인쇄본)을 읽기도 하면서.

《매디슨 카운티의 다리》가 출판에 앞서 눈썰미 좋은 서점 점장에 게 신간 가쇄본을 읽혀 그 평판 덕으로 베스트셀러가 된 이후, 업계 에 미리 가쇄본을 배포하는 것을 가리켜 매디슨 방식이라 부르게 되었다. 그러나 이 방식이 대중화되면서 기대에 못 미치는 작품도 많아졌고, "이번 신작은 최고입니다"라는 출판사 영업 사원의 말도 요즘에는 반신반의하게 되었다.

메리 히긴스 클라크의 신작 가쇄본도 읽어봤지만 역시 아니었다. 그 작가는 초기의 세 작품으로 서스펜스 작가로서의 생명을 다했 다. 더 이상 속지 않을 테다.

그런 느낌의, 어쩐지 기분 나쁠 정도로 평온한 나날이었다.

하루와 함께 생활하던 무렵부터 시작하여 벌써 4년 넘게 살고 있 는 아파트. 방 두 개에 거실 겸 주방이 딸려 있고 월세 13만 엔. 6미 터 공용 도로를 경계로 똑같은 4층 아파트가 바로 맞은편에 서 있었다. 역까지는 걸어서 10분, 베르디 가와사키(일본의 프로 축구단, 현재는 도쿄 베르디)의 홈경기가 있을 때는 아래쪽 길을 녹색 서포터 집단이 줄지어 행진하기도 한다. 역에서 도도로키 경기장으로 가는 지름길이기 때문이다.

그런데 아내가 없으니 역시 집 안이 엉망이었다. 꼼꼼하게 청소기를 돌렸는데도 마루 구석에 먼지가 쌓였다. 저게 대체 어디서 솟아난 거지?

부엌 싱크대도 종종 막혔다. 배수구의 때를 벗겨내야 하는데 하수구 괴물이 얼굴을 내밀 것 같아 무서워서 들여다보지 못하기 때문이다. 욕조의 곰팡이 제거도, 눈에 곰팡이들이 각인될까 봐 질색이다. 이불도 슬슬 말릴 때가 된 것 같은데…….

식탁에는 읽어야 할 책들이 산더미처럼 쌓여 있어 식사할 공간도 거의 없었다. 서재로 쓰고 있는 세 평짜리 방도 책장 밖으로 넘쳐나는 서적이며 잡지로 발 디딜 틈이 없었다.

그날도 새벽 두 시가 지나 있었지만, 다음 날은 서점 정기 휴일인데다 비디오 가게에서 빌려다 놓고 안 본 〈죽음의 백색 테러단〉이 있어 보기로 했다. 로런스 블록의 팬들은 실소를 금할 수 없는 작품(로런스 블록의 소설 《800만 가지 죽는 방법》을 영화화했다)이라고 말하지만, 나는 비교적 마음에 들었다. 영화관에서 이미 한 번 본 것이다. 무명 시절의 앤디 가르시아가 응집된 악역 연기를 선보이는 작품이었다. 제프 브리지스의 알코올중독 연기와 앤디 가르시아를 보는 것만으로도 가치가 있었다.

비디오를 보다가 소파에서 잠이 들어버렸고 눈을 뜨니 아침 열

시였다. 비디오테이프는 자동으로 되감겨져 있었고, 텔레비전에서는 〈어떻게 됐어?〉가 흘러나오고 있었다. 오쿠라 씨는 여왕처럼 거드름을 피우는 주부의 고백에 호통을 치고, 방송국 아나운서는 오늘도 병아리 인형 같은 얼굴을 하고 멍하니 앉아 있었다.

세상은 평화로웠다. 남쪽 창문을 열기 전까지는.

10월도 거의 끝나갈 즈음, 도도로키 경기장에서 불어오는 청량한 공기가, 물들기 시작한 은행의 향을 전해주었다. 휴일만큼은 조금 쌀쌀해도 티셔츠 한 장 차림으로 가을바람을 쐬고 세계 평화를 음미하면서 한껏 기지개를 켜고 싶었다.

그래서 베란다에 나가 맑고 파란 하늘을 향해 두 손을 쳐들며 아! 하고 소리를 높였다.

그런데 6미터 공용 도로 건너 맞은편 신축 아파트 창문에서 누군가의 쫙 펼쳐진 손바닥이 공중에서 팔락팔락 춤을 추고 있었다.

나를 향해 두 손을 흔들고 있던 것은…… 어떻게 이런 일이! 누구일 것 같아?

오가사와라 가스미였다.

나는 눈을 의심했다.

아랫길에는 4톤짜리 이삿짐 트럭이 세워져 있고 젊은 직원 둘이 짐을 나르고 있었다. 자신의 장난감을 양손 가득 안은 아야가 나를 올려다보고, 눈이 마주치자 홱 외면하고 새집으로 들어가 버렸다. 다시 한번 정면으로 눈을 돌리자 가스미가 말을 걸었다.

"좋은 아침! 오늘은 서점 휴일인가 봐요!"

나는 상기된 목소리로 물어봤다.

"어떻게 된 일이에요? 이게 다 뭐죠? 어째서 거기 있는 겁니까?"

가스미는 질문 한번 잘했다는 듯이 몸을 배배 꼬며 대답했다.

"마침 이 집이 비어 있어서요!"

타이완 레스토랑 이후 이틀간 아무런 소식도 없기에 '요코하마에서 집까지 데려다준 감사 표시로 전화 한 통 정도는 해야 하는 것 아냐?'라는 생각이 들기 시작했을 즈음, 느닷없이 맞은편으로 가스미가 이사를 온 것이다.

이것이 바로 오가사와라 식의 누워 메치기 기술이란 말인가?

3장

가만히 잠들렴

1

응? 그 뒷이야기는 없냐고?

물론 있지요.

그날 서점은 휴무일이었지만 오후쯤 되어 일이 있는 척하고 가스미의 인력권 밖으로 탈출하는 데 성공했다. 그리고 곧바로 스포츠클럽으로 달려갔다. 하루에게 불평을 털어놓으려고. 요코하마의 타이완 레스토랑 이후 처음이라, 평소 같으면 어떤 얼굴로 대해야 할지 고민했을 테지만, 사태가 사태이니만큼 시시콜콜한 감정 따위는 다 날아가버렸다.

로비의 유리 벽 너머로 풀에서 일반회원을 지도하고 있는 수영복 차림의 하루가 보였다. 시즈카의 대학교수인 기타지마 씨가 하루의 손을 붙들고 발차기 연습 중이었다. 한심하긴, 저게 마흔 넘은 남자의 모습이란 말인가?

나는 크게 손을 흔들어 신호를 보냈다. 하루는 그제야 알아차리고, 무슨 일이야? 하는 표정을 짓는다. 클럽에는 가급적 오지 말아 달라고 한 게 바로 얼마 전이었던가?

어쩔 수가 없다는 듯한 표정을 내게 던지고, 체육대학을 졸업한 후배 강사에게 기타지마 씨를 맡긴 후 풀에서 나와, 대충 말리다 만 머리에, 트레이닝복으로 갈아입은 하루가 로비로 왔다.

"전화하고 오란 말이야. 밖에서 만나면 되잖아."

"저 선생, 여름쯤 시작해서 아직도 저 모양이야?"

"이제 겨우 물에 얼굴을 담글 수 있게 됐어."

내려다보이는 풀에서 기타지마 씨가 또 호흡을 잘못하여 허우적거리고 있었다. 심리적인 문제로 물이 무섭다면 수영보다 먼저 정신과 상담을 받아야 하지 않을까.

"오늘 쉬는 날 아니야?"

"억지로 일을 찾아서 집을 나왔어."

"무슨 일 있어?"

"듣고 놀라지 마."

"가스미가 이사 왔지?"

"어떻게 알았어?"

이제 알았다. 누워 메치는 기술을 걸기에 앞서, 가스미는 우선 하루의 승낙을 받은 것이다.

"언제 안 거야, 이사하는 거?"

"어젯밤."

"그럼 나한테 알렸어야지!"

"가스미가 기습 공격하는 걸 내심 즐기는 것 같아서……."

내가 클럽으로 뛰어 들어왔을 때 이미 용건을 알고 있었다는 얘기다. 사람이 못됐다. 다 알면서 천연덕스럽게 "무슨 일 있어?"라는 말이 지금 나오냐고.

"그러니까 단단히 각오해두랬잖아. 라면집 마코토한테 달려들어서 함께 제방에서 굴러떨어졌던 여자라니까."

카페테리아로 옮겨 차분하게 이야기하기로 했다.

"이사하는 거 도와줬어?"

"내가 왜 그렇게까지 해야 하는데?"

"땀 꽤나 흘리고 온 얼굴인데?"

"피아노를 베란다 창으로 넣으려고 하는데 일손이 부족한 것 같아서……."

"밧줄 당겨줬구만?"

"아야까지 나서서 땀 흘리고 있는데 못 본 척할 수 없잖아."

"괜찮은 면도 있네?"

"나중에 모녀가 나란히 이사 인사차 소면을 가져왔더라. 건조 면이 4인분 정도 상자에 들어 있는 거. 나한테 주면서, 이 면은 삶는 법이 까다로워서 남자 혼자 사는 집에는 적합하지 않겠다고 딸을 향해 말하는 거야. 결국 삶아 먹고 싶을 때 자기를 불러달라는 의미잖아."

"그래도 받았을 거 아냐?"

"그럼 어떻게 거절할 수 있겠어? 엄마 호의니까 받아두세요, 라는 눈빛으로 딸이 지켜보고 있는데."

"애가 점점 당신을 따르는 모양이네."

"그 애 말이야, 자기 엄마의 누워 메치기 공격을 어떤 생각으로 보고 있을까? 전혀 감이 안 잡혀."

"엄마를 행복하게 해준다면 이런 남자라도 참아야지, 라는 생각을 하겠지."

"이런 남자라니? 어떤 남자?"

"이런 남자!"

그녀가 나를 향해 손가락질했다. 이런!

"하지 말랬잖아, 뾰족한 데 공포증 있다니까! 도망갈 틈 없이 몰아붙이면 맥없이 무너지는 타입이란 거 당신이 가장 잘 알잖아. 나도 몰라. 이대로라면 시간문제라고."

예고해두었다. '그래도 되겠어?'라고 확인시켜주고 싶은 마음에.

"아야 보는 데서는 건전한 남녀 교제를 명심하라고."

"내가 술 취한 가스미를 바래다줬더니, 어째서 호텔로 데리고 들어가지 않았냐며 이상하다는 듯이 말하는 아이야."

"지난번에 돌아가는 택시 안에서 생각했는데…… 당신이랑 가스미 결혼식에는 내가 주례를 맡아줄게."

"쓸데없는 생각도 다 한다. 대체 어떤 여자가 전남편한테 '그대는 사랑을 맹세하느뇨?'라고 하냐고. 구경거리로 치자면 재미는 있겠지만."

"내 역할이 아닐까 싶어서. 당신과의 결혼 생활에 실패한 사람으로서 새로운 반려자에게 충고해주는 거지."

제법 진지한 얼굴로 말했다.

"내가 하나님과 당신 사이에서 중재 역할을 해줄게. '첫 실패는 인생의 양식. 긴 안목으로 이 남성을 지켜봐주십시오. 자비의 마음을 베풀어주시길……' 하고 내가 빌어줄게. 알았지?"

두 커플이 동시에 결혼식을 올린다는 발상보다는 조금 나을지 모르겠네.

들어봐. 드디어 그날 밤 날아왔어, 모녀 폭탄이.

이참에 '오가사와라 폭격기'라고 이름 붙여줄까.

냄비 하나 들고 밀어닥친다는 말도 있듯이, 정말로 냄비를 들고 왔다. 어묵탕을 조금 나눠 먹으려고 가져왔다지만, 처음부터 나한테 먹일 요량으로 끓인 거다. 아니면 무슨 양이 그렇게 많겠어, 남자도 없는 집인데.

딸한테는 고추냉이 소스와 니혼슈(일본식 청주) 병을 들린 채 우리집 벨을 눌렀다.

"나눠 먹으려고요!"

그녀가 나를 보자마자 고개를 30도 정도 오른쪽으로 기울이고, 목소리도 만화 주인공처럼 귀엽게 꾸며 말했다. 또 내가 들어오란 말도 하기 전에 성큼성큼 들어와서는 감탄하듯 말했다.

"어머, 의외로 깨끗하네요?"

사실 언젠가는 이런 식으로 밀어닥치지 않을까 예상했기에, 급히 청소만은 해뒀다. 그렇게까지 예측하고 행동할 필요는 없지 않을까 하는 생각도 했지만, 자칫 지저분한 방을 보이면 두 사람이 청소까지 해주겠다고 나설까 봐 겁이 났던 것이다. 이런 때는 절대 틈을 보이면 안 된다.

"탁상용 버너 있어요?"

물론 있지. 가스도 충분히 남아 있고. 겨울 같은 때 혼자서 물두부해 먹는 게 작은 즐거움인걸.

냄비를 얹고 끓이기 시작하면서 비로소 냄비 속을 들여다보았는데, 나도 모르게 "이게, 어묵?"이냐고 되묻고 말았다. 세상에 이런 종류의 어묵이 다 있었나 싶을 만큼 신기한 것들이 냄비 속에 가득 차 있었다. 새우 배에 유부를 말은 것이라든지 리본 모양의 색색 가지 곤약들, 핼러윈 시즌에 맞춰 익살스런 얼굴을 한 삶은 달걀도 있었다.

나를 기쁘게 해주려고 모녀 둘이 오밀조밀하게 눈과 코 모양으로 달걀을 도려내어 만든 걸까? 배가 고파서 먹고 싶다기보다 너무나 신기해서 입에 넣어보고 싶은 생각이 들었다.

"뻔뻔한 여자라고 생각했죠?"

일단 얌전하게 말을 꺼냈다.

"흔한 일 아닌가요? 느닷없이 눈앞으로 이사 와서, 그날 밤 함께 어묵을 집어 먹는 거."

그렇게까지 말하니까 역시 비아냥거림이란 걸 알았는지, 시선을 떨군 채 냄비 속을 정돈했다. 달걀 얼굴이 반듯하게 위를 향하도록.

"죄송하지만, 아야한테 텔레비전 좀 보여줘도 될까요?"

조심스럽게 말하기에 "그래, 자 여기 리모컨" 하며 아야한테 리모컨을 건네주었다.

만화영화 〈드래곤볼〉이 막 시작하려는 참이었다.

어묵을 종류별로 한 개씩 전부 맛보았다. 3인 가족은 이런 분위기에서 저녁을 먹겠거니, 하고 유사 체험을 한 셈이었다.

"이혼하게 된 계기라든지, 저…… 아직 제 입으로 하야세 씨한테 얘기한 적 없죠?"

하루나 시즈카를 통해 어느 정도는 들었지만, 리본 모양 곤약을 젓가락 끝으로 팅팅 건드리면서 가스미는 이야기하기 시작했다.

"F3000 이벤트에서 하이레그 컷 보디슈트를 입고 서 있던 저에게 그 사람이 말을 걸어온 게 첫 만남이었어요. 인테리어 디자이너였는데, 아이를 무기 삼아 쟁취한 것이나 다름없는 남자였죠."

그런 이야기, 아야가 들으면 어쩌려고! 바로 옆에 있는데.

"밖에서는 온화한 신사로 통하던 사람이었죠. 하지만 겉으로만 좋아 보일 뿐 집 안에서는 자주 폭력을 휘둘렀어요."

"괜찮아요?"

아무리 헤어졌다고는 해도 친아빠인데 아야한테 그런 이야기를 들려주는 건 조금 가혹하잖아.

"괜찮아요, 만화에 푹 빠져 있으니까."

확실히, 입안의 어묵을 씹는 것도 잊은 채 〈드래곤볼〉 주인공들의 활약에 정신이 팔려 있지만, 자신과 관련된 일이므로 어른들의 이야기를 빤히 듣고 있지 않을까?

가스미는 미지근한 니혼슈를 잔에 따라 마셨다. 술기운을 빌리지 않으면 말하기 힘든 줄은 알지만, 또 지난번처럼 몸을 못 가눌 정도로 취할까 봐 불안했다.

"전 견디다 못해 아야 손을 이끌고 집을 나왔어요. 그런 태도는 용서할 수 없다고 그 사람은 말했죠. 자신의 주먹이 내 얼굴에 얼마나 많은 멍 자국을 만들었는지 깨끗이 잊어버린 거죠. 남자의 자존심이었는지 서명한 이혼 서류를 들이밀더군요. 저도 이제야 인연을 끊을 수 있겠다 싶어서 다음 날 바로 구청에 들고 갔지만…….

미지근한 술이 떨어지자 찬 것으로 마시기 시작했다. 빨리 취해서 모조리 토해내고 싶다는 얼굴이었다.

"문제는 아야의 양육비였어요."

"한 푼도…… 안 주던가요?"

"그 반대. 매달 50만 엔씩."

굉장하다, 액수가.

"내가 일을 안 해도 될 정도의 돈으로 지금까지도 그 사람은 저를 속박하고 있어요. 저는 목줄이 채워진 채 사육당하고 있는 거예요."

"그까짓 돈 거절하면 되잖아요."

"하지만 아야를 위한 돈인걸요. 많으면 많을수록 아야의 장래를 위해 저금할 수도 있고. 저금은 저금이라 치고, 일을 해야겠다 생각하면서도…… 그게 바로 인간의 나약함이더라고요. 가장이 됐으니까, 이제부터 혼자 힘으로 아이를 키워야 한다고 단단히 마음먹고 있는데, 매달 50만 엔씩 들어오잖아요. 악착 떨 필요가 뭐 있어, 아는 사람이 운영하는 바에 일주일에 두 번 정도 간간이 나가 일하면 되겠다는 생각이 드는 거죠……."

거기서 일단 이야기를 멈추고 한참 끓은 어묵탕의 불을 끄고 나서 말을 이었다.

"뚜껑 덮어놓을 테니까, 내일 드세요."

혼자서는 다 못 먹을 만큼 남아 있었는데. 이튿날 아침에도 모녀가 나란히 먹으러 오는 건 아닐까. 나는 사실 겁이 났다.

가스미는 "휴우!" 하고 한숨을 토하더니, 천장을 올려다보고 발그레한 얼굴로 소리 없이 웃었다.

"그런데 이 상황에서 탈출할 만한 좋은 방법이 떠올랐어요."

"어떤 방법?"

나를 조준하는 듯한 눈이었다.

"방법은…… 연애."

묻지 말 것을…….

"사랑을 하면요, 상대 남성의 호감을 사기 위해 스스로를 다듬어야 하잖아요. 헤어진 남편에게 의존하는 생활에서 하루빨리 자립하여 멋진 여자가 되어야겠다고 생각하겠죠. 그러는 가운데 자신을 바꿀 수 있을 것 같아요."

흠, 흠, 하고 고개를 끄덕이며 듣고 있었지만, 점점 바늘방석에 앉은 듯한 기분이 들기 시작했다. 내 집에 있는데도 말이다.

"돌파구를 찾아냈어요, 하야세 씨한테서."

그런 말을 태연하게 잘도 한다, 묘하게 귀여운 말투로.

"찾아내는 건 자유지만 골치 아플 텐데……."

"하루가 한 번 선택했던 상대니까 문제없을 거예요."

"문제가 있었으니까 헤어졌죠."

"그렇네요. 문제투성이였죠!"

가스미는 종이풍선의 바람이 새어 나가듯 한참 웃었다.

'투성이'라니! 말이 너무 지나치지 않느냐고 반문하고 싶었지만 그만두었다. 그 얘기를 파고들면 내 쪽에 치명타가 될 것 같았기에.

이후, 신초샤의 영업 사원한테 받은 멜론이 생각나서 냉장고에서 꺼내 두 사람을 위해 잘라 담았다.

돌아보니 가스미의 모습이 보이지 않았다. 들여다보듯이 테이블 건너편을 보았더니 바닥에 엎드려 자고 있었다.

"이거 먹을래, 아야?"

딸아이는 고개를 끄덕였다. 다음 만화가 시작될 때까지 여전히 뚱한 표정이었지만, 멜론은 능숙하게 떠먹고 있었다. 침대에서 담요를 가져와 가스미에게 덮어주었다.

"나 같은 혹이 달렸으니까…… 정상적으로 해서는 남자를 못 붙잡아요."

이번에는 아야가 잠든 엄마를 내려다보며 잔망스럽게 말했다.

하마터면 멜론 덩어리가 목에 걸릴 뻔했다.

"너희 엄마, 뭐라고 해야 하나. 이렇듯 억지 춘향이식 행동, 자주 하니?"

억지 춘향이라는 말뜻도 알고 있을 것 같은 아이였기 때문에, 이를테면 '부인도 아니면서 밀고 들어와 억지로 부인 행세하려 드는 것'이라고 보충 설명을 하지도 않았다. 여섯 살짜리 유치원생과 이야기하고 있다는 느낌이 전혀 들지 않았다.

"이러는 건 처음이야."

"어떻게 생각해, 아야는?"

"명랑한 척하지만 사실은 아저씨가 싫어하지는 않을까, 조마조마해하고 있어요."

"그래?"

"어묵탕에 무 없었죠?"

"응, 없었어."

"엄마가 하루 선생님한테 전화로 물어봤어요. 아저씨가 싫어하는 음식이요. 그래서 무는 넣지 않았어요."

신경 썼구나.

"아야는 아저씨를 어떻게 생각해?"

"어떻게?"

"음, 잘난 척하는 건 아닌데, 엄마가 아무래도 아저씨를 좋아하는 것 같지 않니?"

"아무래도."

"아야 의견은 어때?"

"아저씨, 여자 때려본 적 있어요?"

"없지."

"한 번도?"

"한 번도 없어."

아야는 3초 동안 내 얼굴을 뚫어져라 보고 나서 이렇게 말했다.

"이거 다 볼 때까지 있어도 돼요?"

다음 만화가 시작되고 있었다.

"그래, 엄마도 잠들었으니까."

아야는 내 질문에 대답하지 않고 다시 텔레비전을 향해 앉았다. 아니, 어쩌면 그것이 대답이었을지도…….

만화영화가 끝나자 나는 가스미를 업고 집을 나섰다. 도로를 건너는데 마침 아파트 현관을 청소하고 있던 관리인이 우리를 유심히 쳐다보았다.

내가 업고 있는 여자와 옆에 꼭 붙어서 오는 여자아이가 나와 어떤 관계일지, 영감님은 노쇠해져 가는 뇌세포를 풀가동하여 생각하는 눈치였다.

가스미를 집 안으로 옮겨 침대 위에 눕혔다. 주위를 둘러보니 상자가 가득했다. 짐 정리도 덜 끝났으면서 나를 위해 어묵탕을 만들어 온 것이다. 그런 면에 확 감동받아 버리는 성격이다, 나란 남자는.

2

이러다 습관이 되면 어쩌나 걱정은 됐지만, 토요일 밤 10시 반, 나는 또 나가사키FM에 전화를 걸고 말았다.

통화 대기음이 한참 울리고 나서 드디어 나의 인생 상담 순서가 돌아왔다.

"그럼, 다음 분 말씀하세요."

아버지의 목소리가 약간 칼칼해진 느낌이었다. 감기에 걸리신 듯했다. 목이 쉬어도 일요 예배는 쉬지 않고 진행하던 무렵의 아버지가 생각났다.

"2주 전에 전화드렸던, 야간 업소에서 근무하는 C양이에요."

억지로 목소리 톤을 높여서 말했다.

"네, 기억하고 있습니다. 헤어졌지만 여전히 좋아하는 사람과 다시 시작할 수 있을까, 하고 고민하셨던 분이죠? 오늘은 네 번째 상담자이시니까 편의상 D양으로 불러도 될까요?"

"네, D컵의 D양입니다."

창피해서 견딜 수 없었지만, 그렇게까지 연기하지 않으면 정체가 탄로 날 것 같았다.

"아마 지난번에 무리해서 두 번째 사랑을 찾지 말고, 그 사람에게 엄마가 되어주라고 말씀드렸죠?"

"엄마는 엄마인데, 아들의 혼담을 주선하는 참견쟁이 엄마가 돼버렸어요."

"어떻게 했다는 건지?"

"친구를 소개했어요. 애 딸린 이혼녀인데, 질리지도 않는지 또 결혼하고 싶어 하는 그 친구를 그이한테."

"어째서 또 그런……."

"눈에는 눈이라는 심정도 있었고, 그때 분위기도 그랬고 ……. 모르겠어요. 제 마음 저도 잘 모르겠어요."

"그가 좋아하던가요?"

"처음에는 제 분풀이라고 생각한 모양이에요. 하지만 그 집 아이도 점점 그를 따르고, 그녀도 의외로 헌신적인 타입이고, 그래서 싫지만은 않은가 봐요."

"D양은 그래서 만족하나요?"

"그야, 복잡하죠."

"후회하는 마음과 현재 격투 중인 셈이군요."

"그렇죠, 뭐……. 그 사람이요, 한번 아빠가 될 뻔하다가 안 됐거든요. 그래서 빨리 가정을 꾸릴 수 있는 상대를 찾아주고 싶었나 봐요. 그 사람은 매사 귀찮아하는 타입이니까 이런저런 과정을 생략하고 어느 날 갑자기 3인 가족이 되면 기뻐할 것 같았어요."

"새삼스러운 결과론일지 모르겠지만, D양과 그 사람이 다시 한번 가족이 되는 건 불가능한가요?"

"가족이라는 말을 생각하는 것만으로도 앞날이 캄캄한걸요."

"D양."

새삼 호칭을 불렀다. 계시가 내려질 시간이었다.

"미래의 일은 생각하지 않아도 된답니다."

그 말의 의미는?

"미래는 반드시 찾아오기 마련이니까……. 당신에게 주님의 은총이 가득하길. 그럼 다음 분."

전화가 끊겼다.

어차피 찾아올 미래의 일은 생각하지 않아도 된다. 그보다 세상이 어떻게 변할지 몰라도 우선 한 발자국 내디뎌보라. 그 뜻인가?

리이치로에게 가는 길이 이미 통행금지가 되었다면, 내가 눈 딱 감고 내디딜 수 있는 길은 지금으로서는 하나밖에 없었다.

그것이 과연 내가 진심으로 걷고 싶은 길일까……. 전화를 끊고 나서 곰곰이 생각에 잠겼다.

사건이랄까, 새로운 전개라고 할까, 그 후에 일이 좀 있었다.

주 초 자유 수업 후에 나가토미 씨가 진지한 얼굴로 찾아와 말했다. 그래서 나는 클럽 안에 있는 카페테리아에서 이야기를 듣기로 했다.

"하루 씨한테 정중히 부탁드릴 말씀이 있는데……. 이런 부탁, 하루 씨한테 실례인 줄 알지만 달리 부탁할 사람이 없어서."

"무슨 일이죠?"

나가토미 씨는 말하기 힘들어하는 눈치였다.

"실은, 지금껏 매번 맞선 자리를 거절해왔는데, 더 이상 피할 수 없게 돼서."

의외였다. 혼담이 끊이지 않는 남자였던 것이다. 그동안 내가 나가토미 씨를 다소 과소평가했는지도 모른다.

"어머니가 계속 맞선 자리를 주선해오셨는데, 이번에도 거절할 생각이면 당신이 납득할 수 있는 이유를 대라고 완강하게 나오셔서……. 이 나이에 아직도 엄마에게 끌려다니는 아들이라고 하루 씨가 실망할지도 모르겠지만."

그것만으로 마마보이라고 판단하는 건 가여운 일이었다. 나가토미 씨 입에서 어머니라는 말이 나온 것도 그날이 처음이었고.

"요컨대 어머니 말씀은, 애인이 있으면 소개하라는 거예요."

어떤 부탁인지 그제야 알아차렸다.

"하루 씨와 아직 그런 관계가 아니라는 건 저도 잘 알고 있습니다만, 저를 도와주신다 생각하고, 이번 한 번만 어머니를 만나주실 수 없을까요?"

"말하자면 애인 역할을 해달라는 거군요."

"그런 여성이 있다는 걸 알리는 것만으로도 충분해요. 30분이든 한 시간이든 같이 차라도 마시면서 이런저런 가벼운 이야기를 나누는 것만으로……."

"하지만 가벼운 이야기라 해도……."

정말 그것만으로 끝날까? 혹시 그 자리에서 어머님의 마음에라도 들게 되면 우왕좌왕하는 사이에 이야기가 진행될지도 모르잖아. 자아도취는 아니지만.

"약속할게요. 이번 일로 우리 두 사람의 관계가 기정사실화되는 일은 없을 거라고……."

"다른 분 없어요? 이런 일 부탁할 만한 여성."

"없어요, 단 한 사람도."

"회사 동료라든가."

"금방 들통날 거예요. 내부 사람은 어머니가 전부 파악하고 계시거든요."

아들의 회사 사람 모두에 정통한 어머니……. 평범한 사람은 아니라는 느낌이 들었다.

"제 일생을 구제한다 생각하시고, 꼭 좀 부탁드립니다."

일생까지 거는 것은 좀 지나쳤다. 나한테 나가토미 씨를 도와야 할 의리가 있는 걸까? 생각하면 고개를 갸우뚱하게 되지만, 그렇게까지 머리 숙여 부탁하는데 싫다고 말할 수는 없었다.

"정말 한 시간쯤 이야기하는 걸로 충분하죠?"

"충분합니다. 거의 말 없이 그냥 앉아만 계셔도 되니까, 기모노를 입고."

"네? 기모노를 입어야 해요?"

"어머니 취향이에요. 일본식으로 차려입은 미인. 일단 기분만 맞춰드리면 어머니 쪽에서도 별다른 말씀 없으실 테니까. 하루 씨, 분명히 하쿠비(기모노 입는 법을 가르치는 유명 학원) 면허 갖고 있었죠?

피로연 때 주례 선생님이 소개한 하루 씨 약력, 저 안 보고도 말할 수 있거든요."

그게 나가토미 씨의 자랑거리다.

"그럼 기모노는 혼자서도 잘 입으실 것 아니에요? 이야, 기대되는데요. 하루 씨의 기모노 입은 모습."

조금 전까지 심각한 얼굴이었던 사람이 넋 나간 양 나의 변신한 모습을 상상하고 있었다. 기정사실화하지 않겠노라고 말은 했지만 정말일까…….

어쨌든 그날 밤, 동생을 불러서 기모노를 입기 위한 예행연습을 했다.

동생도 대학 입학 후, 하쿠비 기모노 학원 저녁반을 2년 동안 다녀서 나와 똑같이 '강사' 면허를 땄다.

두 딸이 도쿄로 간다고 했을 때, 그곳에 다녀야 한다는 것이 아버지의 조건이었다. 부모의 눈길이 미치지 않는 곳으로 가는 것이니 최소한 그런 학원에 다니면서 여성으로서의 몸가짐을 익혔으면 하는 바람이셨는지, 혹은 저녁반에 다니면 쓸데없이 놀러 다닐 시간이 없을 거라 생각하셨는지, 어쨌든 나와 동생은 시기는 달랐지만 같은 기모노 교실을 다녔다.

하지만 최근 몇 년 동안 통 입어본 적이 없었기에 시즈카의 힘을 빌려서 감을 되찾고 싶었다.

안개 무늬에 국화 수가 놓인 분홍색 나들이옷으로 할지, 강 무늬에 단풍잎이 그려진 연한 녹색 옷으로 할지, 우리는 다다미 위에 두 벌을 펼쳐놓고 곰곰이 따져보았다.

"역시 이게 좋겠어. 얌전하면서도 귀엽잖아."

시즈카는 분홍색 옷을 가리켰다.

"단풍잎 쪽은 너무 차분해."

의견이 일치했다. 국화 수가 놓인 분홍 옷을 선택했다.

우선 하다지유반(속속곳)을 입고, 타월로 보정하고, 나가지유반(긴 속옷)을 입은 후에, 다테지메(옷 모양이 흐트러지지 않도록 속옷을 감는 끈)를 한다. 계속해서 국화 문양의 기모노를 입고, 고시히모(허리에 묶는 끈)로 고정하고, 오비이타(띠를 묶을 때 형태를 잡기 위해 앞쪽 띠 사이에 끼는 도구)를 넣는다.

내가 전신 거울 앞에 서자 시즈카가 뒤에서 옷매무새를 잡아주었다. 다음은 오비(허리띠). 똑같은 국화 수가 센스 있어 보였다.

"그쪽 어머니를 만나는 거니까 무난한 게 좋을 거 같아."

시즈카는 후쿠로비(전대처럼 속이 비게 짠 띠)를 두 겹 다이코(일본 전통 북) 모양으로 만들었다. 오비 앞면은 오비 자체의 둥근 성질을 살려주면 몸이 날씬해 보였다. 나도 입는 동안 감을 되찾았다. 약속 당일에는 혼자서 입을 수 있을 것 같았다.

"나가토미 씨 어머님은 무슨 일을 하시는데?"

"회사를 경영하신다나 봐. 사장이었던 아버지가 돌아가신 후부터는 어머니가 경영 전반을 맡아 하신 것 같아."

"회사라고는 해도 자영업 같은 것 아니겠어?"

시즈카는 나가토미 씨의 평소 옷차림 등을 보아 그렇게 판단한 모양이었다. 유행에 처진 양복은 손수 다렸는지 주름이 가 있기도 했다. 시즈카가 오비를 바싹 조이자 몸도 정신도 다잡아지는 느낌이었다.

"기모노를 입고 오라니, 잘난 척이 좀 심하네."

나도 어느 정도는 동감했다. 장래를 약속한 사이도 아닌데, 남자 쪽 어머니에게 평가를 받아야 하다니, 생각할수록 굴욕적이었다.

"형부 쪽은 그러고 나서 어때?"

"바로 맞은편 아파트로 가스미가 이사 왔대."

"시작됐군."

가스미의 파상공격에 대해서는 시즈카도 나가사키에 살 때부터 익히 아는 바였다.

"가스미가 전화로 묻더라. 그 사람이 좋아하는 음식이며 싫어하는 음식이 뭔지, 어떤 색을 좋아하는지, 감기 올 때의 징후라든지."

"가스미 언니는 형부가 감기로 몸져누울 때까지 기다렸다가 계란술(따끈하게 데운 청주에 설탕과 계란을 풀어 넣은 것, 발한제로 쓰인다)을 만들어 가면 갔지, 감기 초기에 약사 들고 갈 사람은 아니지."

독신남을 차지하려면 병으로 몸져누웠을 때를 잘 노려야 한다. 나도 비슷한 경험이 있다.

리이치로가 스스로 프러포즈를 해놓고 마음이 흔들리기 시작하던 때였다. 나는 본능적으로 그가 달아나려 한다는 걸 감지하고, 감기로 열이 39도나 된다는 소리를 들었을 때, '기회는 이때다!' 하고 약국에 가서 한 병에 3000엔이나 하는 피로회복제를 구입했다.

그에게 먹이려는 게 아니었다. 다름 아닌 내가 그것을 꿀꺽 삼키고, 만반의 태세를 갖춰 리이치로의 아파트로 달려가 밤잠 안 자고 간호해주었다.

그가 한밤중에 몇 번씩 열이 올라 잠에서 깰 때마다 활력에 가득 찬 나는 반드시 깨어 있으면서 얼음주머니를 바꿔주기도 하고 체온계를 입에 넣어주기도 했다. 계란술은 물론이고, 죽과 따뜻한 레모네이드, 강판에 간 사과……. 그야말로 환자식의 풀코스였다.

리이치로는 무진장 감격했다. 이런 여자가 평생 곁에 있어 준다면 어떤 병에 걸려도 안심할 수 있겠다는 생각이 들 만큼 헌신적인 간호였으니까. 그렇게까지 하는데 함락되지 않을 남자가 어디 있으랴.

"형부는 억지 춘향 격으로 공격당하고, 언니는 나가토미 씨 어머니를 소개받고……. 드디어 각자의 길로 가는 느낌이군."

평소 같으면 좀 더 재미있어했을 텐데 시즈카는 약간 서운한 듯이 말했다.

"나는 그냥 연극이야, 학예회 같은 거."

"글쎄, 어떨지……."

전신 거울 속에 안개 무늬와 국화꽃으로 온몸을 장식한 내가 있었다. 만족스러웠다. 시즈카도 예쁘다고 말해주었다.

품위 있고 아리땁고. 이 정도라면 아무리 잘난 모친이라도 역시 우리 아들이 좋아할 만도 하네, 하고 납득할 것 같았다.

연극이든 뭐든 나의 매력을 조금 시험해보고 싶었는지도…….

3

여덟 시에 서점 문을 닫고, 어린 직원들이 서로 분담하여 바닥 청소며 책장 청소를 하는 동안 나는 신간 코너 앞에서 심사숙고했다.

신간 코너란 서점 직원으로서 미의식을 시험받는 장소였다. 사고 싶은 책을 얼마만큼 돋보이게 진열하여 손님들이 집어 들기 쉽게 하느냐, 이 작은 정원 만들기에 서점 경영의 성패가 달려 있다 해도 과언이 아니었다.

서점 문을 닫은 후, 나는 반드시 10분에서 15분간 신간 코너 앞에 팔짱을 끼고 서서 배치며 쌓을 높이에 대해 생각했다. 닷새 전에 스티븐 킹의 신작을 20권 정도 높다랗게 쌓아보았는데 좀처럼 줄어들지 않았다. 이대로 고집스럽게 쌓아두어도 괜찮지만, 단골손님들에게 '이번의 킹 작품은 잘 안 팔리나 보다'라는 인상을 주어 역효과가 날 수 있었다. 그럴 때는 산의 높이를 절반으로 깎아서 아주 잘 팔린다는 인상을 뿌리고, 나머지는 창고에 넣어두었다.

11월이 되어 슬슬 서평지《이 미스터리가 대단하다!》의 '베스트 10' 정보가 흘러나올 시기였다. 내가 예상하기로는 국내 작품은 여세를 몰아 심포 유이치의 2연패, 해외 작품은 소설 애호가들이 죽고 못 사는 존 더닝의《책 사냥꾼의 죽음》이 '베스트 1'에 오를 것 같았다.

게다가 정보가 새어 나올 무렵 주문하면 이미 늦다. 다른 서점이 주문을 시작할 때 우리 쪽에서는 책을 확보해둔 상태여야 한다. 그렇지 않으면 우리 같은 중형 서점은 경쟁에서 밀릴 수밖에 없었다. 베스트 1 작품이 각 서점에서 품절되었을 즈음 "시부야 분카도에는 있더라"라는 정보를 들은 손님이 나타난다면 성공인 셈이었다.

이런 도박은 나오키상 발표 시기 때 가장 기승을 부렸다.

경마에서 우승마를 점치듯 후보자 위에 표시를 해놓기도 했다. 지지난해였던가. 나는 부부 공동 수상에 걸고 고이케 마리코와 후지타 요시나가의 작품을 100권씩 주문했다. 들어맞기만 하면 대박이었다. 중쇄까지 2주가 걸리니까, 갈림길에서 책이 고갈되어가는 동안 우리 서점이 독점하는 상태가 되는 거였으므로.

그런데 결과는 한쪽은 대박이었는데 다른 한쪽이 빗나가고 말았다. 참으로 난감한 상황이었지만 빗나간 남편 쪽의 책을 어떻게 해서든지 팔아야 했기에 '내가 선택한 나오키상은 이것!'이라는 상당히 강인한 문구를 신간 코너에 화려하게 붙여놓고, 마리코 작품을 계산대로 가지고 온 손님에게 "남편분의 작품도 무척 재미있습니다"라고 선전해 상당량을 팔기도 했다.

책을 파는 사람으로서 반품할 때만큼 가슴 쓰라린 경우는 없을 것이다. 내가 고집 피우면서 쟁여두지 않았다면 일찌감치 다른 서점에서 팔렸을지도 모르는데. 물론 반품 전표를 동봉하여 박스에 넣어두었다가 운송실로 보내면 그만이지만, 알고 지내는 처지인 출판사 영업 사원에게는 정말로 미안한 마음이 들기 때문이다.

그렇더라도 책을 파는 일은 구조적으로 도박을 해야 할 경우가 종종 있었다. 보통 소설 신간은 초판이 1만 부였다. 그것을 전국 1만 5000여 개의 서점으로 나눠보면, 한 서점당 한 권도 돌아가지 않는다는 계산이 나오는 셈이었다. 따라서 스스로의 안목으로 '팔리겠다'고 판단하여 일정 수량을 주문하려 할 때 당연히 경쟁 서점과 쟁탈전을 벌일 수밖에 없는 상황이다.

나는 신간 코너를 바라보던 중 하늘의 계시와도 같은 것을 받아

'이주인 시즈카'와 '세토우치 자쿠초'의 양대 산맥 사이에 '하야시 마리코'의 작은 산을 만들어보았다. 그래도 뭔가 석연치 않았다. 무뢰파 작가(혼란, 퇴폐, 허탈을 표방하는 작가들) 주변을 둥그렇게 여류 작가로 감싸보았다.

이제 알겠지? 신간 코너는 나만의 캔버스라는 것을.

그때였다. 시야 한편에 무언가 검고 압도적인 물체가 다가오는 것이 느껴져 돌아보았다.

나보다 키는 작지만 거대한 존재감을 풍기며, 검은 코트에 선글라스를 낀 여자가 껌을 씹으면서 서 있었다. 아라마키 사유리였다. 나이키 로고가 들어간 검은 모자 밖으로 블랙과 갈색의 얼룩얼룩한 머리카락이 흘러넘쳤다. 부하 직원들이 일하던 손을 멈추고 이쪽을 주목했다. 점장이 험악한 손님에게 트집을 잡히고 있는 게 아닌가 하는 눈치였다. 나는 직원들에게 "아무 일 아니니까 일들 해" 하고는 쫓는 시늉을 했다.

"잔업하는 거야? 기특한걸."

갓 생긴 상처가 반창고 밑으로 삐져나와 눈썹 위를 가르고 있었다. 시합을 마치고 돌아가는 길인 모양이었다.

"이겼어?"

"질 턱이 없잖아, 애송이한테."

마침 도쿄 체육관에서 시합이 있어 그 김에 들렀다는 것이다.

"지난번엔 고마웠어. 시합 보러 와줘서."

그런 기특한 말도 하다니.

"그날 말도 마. 재수 더럽게 사나운 날이었어."

"여자 때문이지? 어쩐지 여자한테 시달린 얼굴이더라니."

"그렇지?"

"하루가 소개한 그 여자랑 정말 사귀는 거야?"

가스미는 사유리와 상극을 달리는 여자였다. 마음에 들 리가 없었다.

"사귀는 정도의 문제가 아니야. 이러다간 잠결에 혼인신고서에 사인하게 생겼다고. 잠깐 여기서 기다려줘."

후나도 요이치의 두터운 신작을 20권 가져오라고 시켰다. 그 사이에 모험소설 코너의 책 쌓는 위치를 바꿔보았다.

"너희, 두고 볼 수가 없어."

"너희? 나하고 누구?"

"당연히 너랑 하루지. 도무지 신경 쓰여서 두고 볼 수가 없다니까. 대관절 언제까지 〈헤어졌지만 좋은 사람〉 하고 있을 건데? 딱 너희 주제가잖아……. 언제까지 여자한테 무거운 짐을 지울 생각이냐고."

나는 빈 공간에 후나도 요이치의 책을 쌓아 올렸다.

"2주 전에만 귀띔해주었어도 뭔가 달라졌을지 모르지만 이제는 각자의 흐름에 몸을 맡긴 상태라서."

"머리 좀 식히고 잘 생각해봐. 애당초 둘이 왜 헤어졌는데. 첫아이가 그렇게 됐으면 둘째를 낳으면 되는 거였잖아."

"그렇게 단순한 이야기가 아니라니까! 몇 번을 설명해도 못 알아듣는가 본데."

"몰라. 알고 싶지도 않아."

"아이는 점토 공예처럼 간단히 만들어낼 수 있는 게 아니라고."

"아이가 태어나기까지의 수개월간 또다시 부부애가 시험대에 오르고…… 서로 그 일을 극복할 자신이 없었다는 거잖아?"

여성지 같은 데서 주워들은 얘기일까. 우리 두 사람의 일을 해명하고 싶어서 사유리 나름대로 공부를 한 모양이었다.

"단지 아이가 부부 사이를 이어주는 경우가 얼마나 많은데, 우리 사장님도 그렇고…… 부부애의 시험 기간을 그렇게 저렇게 이겨내다 보면 아기가 너희 둘을 이어준다고."

"아이를 낳아본 적도 없는 여자한테 그런 말 듣고 싶지 않아."

다소 흥분해 나는 가시 돋친 말을 뱉고 말았다. 말해놓고도, 사유리의 노여움을 샀을까 봐 나름대로 마음의 준비를 하고 있었는데 뜻밖에 사유리가 선선히 인정했다.

"그렇군…… 하지만 두 번 다시 아이를 낳을 수 없는 여자라면 말해도 되지 않을까?"

나는 사유리를 다시 보았다. 무슨 뜻인지 얼른 이해가 가지 않았다. 사유리도 자신의 입에서 흘러나온 말에 동요하고 있었다.

"무슨 뜻이야, 그게?"

"이만 갈게. 일도 여자도 확실하게 챙기라고."

온통 검은색으로 감싼 여자가 바람을 일으키며 돌아갔다. 바깥의 인파 속으로 모습은 사라졌지만 그녀의 검은 잔상이 주변에 자욱했다.

그날 밤 열한 시 조금 안 돼서 집에 도착했던가?

아파트 입구에서 올려다보니 가스미네 집에 불이 켜져 있었다.

나는 아이가 부부 사이를 이어주지 못한 가정도 저기 있지 않느냐고 중얼거렸다. 문제의 본질은 아니지만, 아이가 있어도 갈라설 부부는 갈라지게 돼 있었다.

집 안에 들어와 부엌을 보니 씻지 않은 냄비가 세 개. 나는 싱크대에 물을 받았다. 전부 가스미네 집에서 가져온 것들이었다. 처음에는 어묵, 다음에는 쇠고기 감자조림, 어젯밤에는 겐친지루(으깬 두부와 다진 야채를 기름에 볶고, 물을 부어 끓인 맑은 장국). 냄비가 죄다 우리 집에 와 있으니 음식을 제대로 해 먹겠나 싶어, 귀찮았지만 씻어서 가져다주기로 했다.

냄비 세 개를 안고 길을 건너 맞은편 아파트로 들어갔다. 엘리베이터를 타고 올라가 가스미네 집 벨을 눌렀다.

"하야세인데요, 밤늦게 미안합니다."

"왜요?"

인터폰으로 들리는 아야의 목소리.

"엄마 계시니? 냄비 돌려주러 왔는데."

"안 계셔요……. 잠깐만요."

문이 열렸다. 체인이 걸려 있었다. 역시 여자들만 사는 집답게 경계를 게을리하지 않았다. 치뜬 눈으로 나를 살피는 아야에게 나는 냄비를 보였다. 아야는 문을 일단 닫은 후 체인을 벗기고 다시 열었다.

"엄마는?"

"바에."

친구를 도울 겸 가스미는 일주일에 두 번 밤에 나가 일을 하는 눈치였다. 물장사에 물들 만큼은 아닌 것 같았지만, 어딘가에서 떠들

썩하게 사람들과 어울리지 않고서는 견딜 수 없는 모양이었다.

"겐친지루 맛있었다고 전해줘."

"다 못 먹었죠?"

여전히 뚱한 표정으로 물었다.

"남은 건 냉동실에 넣어뒀어."

"엄마한테 말할게요."

"많이 늦었는데, 유치원 가려면 자야지."

"숙제가 남았는걸."

"도와줄까?"

그런 다정한 말을 나도 모르게 해버렸다. 아야는 고개를 끄덕였다. 혼자서 엄마를 기다리자니 외로웠나 보았다.

안으로 들어가자 이삿짐은 이미 다 정리되어 있었고 식당에서 아이 방까지 디즈니 캐릭터로 꾸며져 있었다.

숙제는 공작이었다.

"아, 실 전화기! 옛날 생각 나는걸."

종이컵의 바닥을 오려내는 것까지는 해놓았는데, 얇은 종이를 붙이는 작업이 여섯 살짜리의 손놀림으로는 어려운 모양이었다.

나는 아야와 코를 맞대다시피 하고 앉아 식탁 위의 재료들을 집어 들었다.

"그거 아니? 이 종이가 사람 귓속의 고막에 해당하는 거야. 소리나 목소리는 공기의 진동이고. 이 종이가 떨리면서 그 떨림이 실을 타고 전달되어 반대편 종이를 떨게 만드는 거지. 그러면 소리가 들리는 거야."

아야는 한마디 한마디 순순하게 고개를 끄덕였다.

나는 정성스레 풀을 바르고 종이를 붙였다. 마지막으로 실을 연결하는 작업, 전화선에 해당하는 무명실이었다.

"자⋯⋯, 다 됐다. 시험해볼까?"

"창문이랑 창문 사이에서 하고 싶어."

아야의 요청에 따라 나는 우선 내 방으로 실 전화기 한 세트를 가지고 돌아가 종이컵 한쪽에 중량감 있는 물체를 단 다음 소리쳤다.

"멀찌감치 떨어져 있어, 던질 테니까!"

그러고 나서 아야가 서 있는 창문을 향해 힘껏 던졌다.

실을 당겨보니 딱 알맞은 길이였다.

"실에 아무것도 닿으면 안 돼. 소리가 다른 데로 달아나버리니까. 그리고 각자 말이 끝나면 '오버'라고 말하기다. 둘이 동시에 말할 수 없으니까."

"알았어요. 그럼 말할게요."

"좋아."

나는 귀에다 종이컵을 댔다.

"들려요? 들려요?"

실을 통해 아야의 목소리가 이쪽에 닿았다.

"들려요? 오버."

나는 종이컵을 입에 대고 대답했다.

"그래, 좋아. 오버."

"도와줘서 고마워요. 오버."

"너무 늦었으니까 어서 자라. 오버."

"한 세트 더 만들고 잘래. 선생님이 잘 못해도 좋으니까 자기 손으로 만든 걸 가져오라고 했어요. 오버."

"기특하네······. 그럼 이 전화기는 어떻게 할까? 오버."

"그냥 이대로 놔두면 안 돼요? 방해돼요? 오버."

"괜찮아. 그럼 이걸로 가끔 이야기할까? 진짜 전화가 편리할지도 모르지만. 오버."

"전화 같은 거 사용 안 해도 이렇게 가까운걸. 직접 이야기할 수도 있어요."

"그렇네."

실 전화기에서 입을 떼고 건너편의 아야에게 말했다.

아야가 웃고 있었다. 그건 틀림없이 내가 처음 보는 그 아이의 웃음이었다. 이 아이를 웃게 만들었다고, 누군가에게 막 자랑하고 싶은 기분이 들었다.

"그럼, 얼른 숙제 마치고 자렴."

"네."

"잘 자라."

"안녕히 주무세요."

나와 아야는 동시에 창문을 닫았다. 실은 창틀과 창살 사이에 끼워두었다. 살짝 닫았더니 끊어지지는 않았다.

그날 밤 한 시가 지나서였나?

스륵스륵, 다다미 위에 벌레 기어가는 듯한 소리가 옅은 잠결에 들려왔다. 나는 눈을 뜨고 소리의 출처를 찾았다. 창 밑으로 늘어뜨려 놓은 실 전화기가 바닥을 기고 있었다. 건너편에서 누군가가 신호를 보내듯 잡아당기고 있는 모양이었다.

나는 창문을 열었다. 건너편 창가에, 이제 막 돌아온 가스미가 실 전화기를 손에 쥐고 있었다.

"이제 들어왔어요? 아야 숙제를 좀 도와줬어요."

"깨워서 미안해요. 혹시 아직 안 자고 있나 싶어서."

"아야는 자요?"

"네."

그녀의 화장한 얼굴에 피곤함이 배어 있었다. 손님하고 노래를 얼마나 불렀는지 목이 다 쉬어 있었다.

"무리해서 일할 필요는 없지 않아요?"

"무리해서 일하고 싶어요."

"그럼 낮에 할 만한 일을 찾아보는 건 어때요?"

"그래요. 생각해볼게요."

도도로키 녹지에서 불어오는 밤바람 소리가 울음소리처럼 들렸다. 가스미는 쓸쓸하게 웃고 눈을 내리뜨며 말했다.

"평소 같았으면……."

다음 말을 하기가 부끄러웠는지 가스미는 실 전화기를 입에 가져갔다. 내가 이쪽 종이컵에 귀를 대자 실이 팽팽해졌다.

"평소 같았으면 아야도 자고 있으니 바로 그쪽으로 달려갔을 거예요."

나는 무슨 말을 해야 좋을지 몰랐다. 가스미에게 뭔가 할 말이 더 남아 있는 것 같아 종이컵을 귀에 댄 채 기다렸다.

"밀어붙이는 여자한테 약한 남자란 사실도 알았고……. 조금만 더 밀어붙이면 되는데."

나는 쓴웃음을 지었다.

"그런데 왜 그런지 잘 안 돼요. 자꾸 주저하게 돼요."

마음의 떨림까지도 가느다란 무명실을 타고 전해졌다.

"하야세 씨를 정말 좋아하기 때문에 대담한 짓을 못 하게 돼버렸어요."

나는 실 전화기를 입으로 가져왔다. 이번에는 가스미가 실 전화기를 귀에 댔다.

"지금도 충분히 대담해요."

"그렇죠?"

가스미가 웃었다. 그래서 나도 그렇다고 맞장구친 뒤 웃었다. 서로 실 전화기를 창가에 내려놓았다.

"안녕히 주무세요."

"그래요, 잘 자요."

내가 먼저 창문을 닫았다. 건너편 창문도 닫히는 소리가 났다.

무명실이 밤바람을 견뎌낼까? 내일 비가 와도 끊어지지 않고 그대로 있을까? 갑자기 걱정이 되었다.

그날 밤, 이상한 꿈을 꾸었다.

창문과 창문을 잇는 무명실에 만국기가 쭉 매달려 펄럭이고 있었다. 그런데 이상하게 국기마다 색이 없었다. 자세히 보니, 국기가 아니라 주민등록등본이라든지 호적등본이라든지 죄다 구청에서 사용하는 신고 용지들이었다. 꿈의 의도를 알 것 같았다.

예상대로 거기에는 혼인신고서와 이혼신고서도 매달려 있었다.

실없는 꿈이라고 코웃음 치는 순간, 잠이 깼다.

비가 내리는 아침이었다.

4

내가 서점에 들어섰을 때 그는 '저 예쁜 여자가 누구지?' 하고 놀라는 기색이었다.

연분홍 바탕에 국화 문양이 들어간 나들이옷. 머리는 무스를 발라 깔끔하게 뒤로 넘기고 양쪽 귀 윗부분에 핀을 꽂아 장식했다. 은사로 짠 니시진오리(교토의 전통 직조법으로 생산되는 직물의 이름) 가방을 들고 나는 분카도 서점 안으로 발을 들여놓았다.

신간 코너를 정리하고 있던 리이치로와 눈이 마주쳤을 때 묘한 눈짓을 보내고는 곧바로 실용 서적 코너로 걸어갔다. 사뿐사뿐이라는 효과음이 들릴 것 같은 자태였으리라.

나는 등 뒤로 느껴지는 시선을 즐기면서 예의범절 책장을 홀홀 넘기고 있었다. 리이치로가 뒤로 다가와서 책 내용을 들여다보는 기척이 느껴졌다. 다도의 기초 예법이 적힌 페이지. 내 목덜미에서 풍기는 은은한 향수가 그의 코를 자극했겠지.

"그냥 서서 보기만 해도 되지?"

내가 뒤돌아보며 말했다.

"어쩐 일이야……, 그 옷차림은?"

나는 바로 대답하지 않았다. 일부러 거드름을 피웠다.

"고작해야 나가사키 향우회 같은 거겠지. 지방 출신들은 왜 하나같이 허세를 부리고 싶어 하는지."

지방에서 올라온 사람들은 무조건 향우회를 통해서 뭉치는 줄 아는 사람이었다.

"나가토미 씨 어머님을 뵙기로 했어."

내 말에 그는 순간 말을 잇지 못했다. "아하!" 하며 아무렇지 않은 척했지만, 역시 적잖이 동요하는 눈치였다. 상대 측 어머니를 만나다니, 예상외로 빠른 진도라고 생각했겠지. 나가토미 씨의 기세는 진작 알았다 해도 그 기세에 편승해버린 내가 의외였을 것이다.

"이런 기모노까지 가지고 있는지 몰랐네. 함 들어갈 때 입은 후리소데(소매가 긴 미혼 여성용 기모노)랑 결혼식 때 입은 흰옷만 봐서."

"결혼하고 나서 입을 기회가 없었으니까."

"이 책이 일러스트가 나와 있어서 이해하기 쉬울 거야."

리이치로는 다른 예법집을 책장에서 꺼내주었다.

"고마워."

"예쁘네."

"그래?"

나는 예법집의 일러스트에만 시선을 주었다. 마음속으로는 '아싸! 예쁘다고 했어'라는 승리감에 휩싸여 있었지만.

"그러고 보니 요전 날 밤에 사유리가 여기 왔었어."

"무슨 일로?"

"알잖아, 늘 하는 설교……. 그날 이상한 말을 하더라. 자기가 두 번 다시 아이를 못 낳는 여자라고……."

나는 책에서 눈을 들었다. 어떤 이야기를 하다가 그런 고백이 나왔는지 바로 짐작이 갔다. 내 이야기를 하다가 그렇게 된 거다. 사유리 본인이 말했다면, 사실을 이야기해도 괜찮을 것 같았다.

"작년 이맘때쯤이었나…… 병이 나서 곧바로 수술을 하지 않으면 안 되었는데, 사유리한테 중요한 시합이 있었어. 그 탓에 시기를 놓쳐버려서, 종양이 생긴 자궁을 전부 들어내야 했어."

병실로 문병 갔을 때, 사유리는 동료 레슬러들에게 둘러싸여 활기차게 웃고 있었다. 이제 몸이 더 가벼워져서 드롭킥 자세도 제대로 나올 거라며 농담을 주고받았지만 모두 가고 나와 단둘이 남게 됐을 때 사유리는 이렇게 말했다.

"아이는 한 번쯤 낳아보고 싶었는데……."

그래서 둘째 아이를 가지려는 노력도 없이 헤어진 우리를 안타까워했던 것이다.

퇴원 후 재활 훈련 때도 거의 내가 곁에 붙어 있었다. 몸의 움직임이 원래대로 회복되었을 뿐 아니라 확실히 사유리는 몸이 가벼워졌다. 자신의 일부를 잘라내면서까지 성공을 거머쥐는 인생을 사유리는 언제까지 지속할 수 있을까. 생각할수록 안타까웠다.

사유리에 대해 리이치로가 알았으면 하는 일이 있었다. 언젠가는 말해줄 생각이었는데, 마침 좋은 기회였다.

"비록 아이는 낳을 수 없지만, 사유리야말로 당신한테 어울리는 가정적인 여자일지도 모르겠다고, 가스미를 소개하기 전에 생각했었어."

"그게 무슨 뜻이야?"

"사유리, 사실은 당신 좋아해."

"농담이지?"

리이치로는 웃으면서 말을 흘렸다.

"눈치 못 챘어?"

"그런 기색이 어디 있었는데? 만나기만 하면 괴롭히잖아."

"여자 마음의 굴절이란 것도 이제 알 때 됐잖아."

"굴절이 너무 심하잖아. 가스미하고 사귀는 걸 반대하는 건 이해
한다 해도, 좋아한다면 어째서 우리 둘의 재결합을 협박하듯이 권
하는데?"

애초에 리이치로를 향한 감정이 과연 사랑인지 뭔지 사유리 자
신도 몰랐던 듯싶다. 그 초조함이 힐 레슬러로서의 만행으로 분출
되고 있다고 생각하니 측은한 마음이 들었다.

내가 예법집을 덮어 서가에 돌려놓자 리이치로는 "뭐, 열심히 해
서 최소한 나가토미 어머니의 마음에 들어봐"라며 어깨를 툭 치는
느낌으로 나를 배웅해주었다.

사실은 그냥 연극일 뿐이라고 솔직하게 털어놓을 수도 있었지만,
나는 얼마간 마음을 졸이게 하고 싶었다. 뒤쪽 오비에 꽂히는 그의
시선을 느끼면서, 그런 심리전밖에 할 수 없는 우리도 사유리에 못
지않게 측은하다는 생각이 들었다.

가면서 선물용 화과자를 샀다. 오후 세 시, 파르코 백화점 1층 커
피숍에서 기다리고 있던 나를 나가토미 씨가 택시로 데리러 왔다.

"아름다우세요."

사르륵 옷자락 스치는 소리를 내는 나를 보며 나가토미 씨가 칭찬해주었다. 당연히 기분이 나쁘지 않았다.

나가토미 씨는 한눈에 봐도 일하다 나온 모습이었다. 아카사카 로열 호텔 재킷에 명찰이 달려 있었다. 자기 집에 가는 거라 특별히 신경을 쓰지 않아도 되는 모양이었다.

나가토미 씨는 여전히 나의 기모노 차림에 넋이 나가 있었다.

"너무 그렇게 쳐다보지 마세요. 너무 화려한가요?"

뺨이 붉어지는 것을 나 스스로도 느꼈다.

"잘 어울려요. 역시 강사 면허를 가지고 계신 분은 다르네요."

"동생 도움을 받으며 미리 연습했어요."

"감격했는걸요, 그렇게까지 신경 써주시고."

"신경…… 쓴 건 아닌데요."

너무 앞서가면 곤란해요, 학예회 출품작 같은 거니까, 라고 말해주고 싶었다.

"어머니가 저녁 식사를 준비해주신다네요. 꼭 드시고 가세요. 어차피 사람 시켜 만든 거겠지만……."

가정부를 둘 만큼 여유 있는 집이겠거니 생각했다. 사업가 부인이라 해도 사는 모습은 천차만별이니까. 그때까지만 해도 회사를 경영한다는 나가토미 씨 집안이 어느 정도 수준인지 전혀 예측하지 못했다.

목적지는 세이조였다. 세타가야 도로는 소시가야오쿠라 부근에서 조금 밀렸지만, 도호 스튜디오 앞에서 우회전하여 약속한 네 시 전에는 도착했다. 시야가 갑자기 넓어졌다 싶었더니, 그곳이 목적지였다.

"여, 여기가······?"

눈이 휘둥그레졌다. 부지가 400평 정도 되어 보이는 으리으리한 대문이 딸린 저택이었다. 옛날 무사 가문 같은 기와지붕 문. 최근 들어 개축한 듯 코끝에 전해지는 노송의 향기. 대문에서 현관에 이르기까지 굵은 자갈이 박힌 좁다란 길이 이어져 있었다. 집 앞에 택시가 도착하는 소리를 듣고 가정부 몇 명이 마중을 나왔다. 그중 한 사람이 안으로 뛰어 들어가며 소리쳤다.

"사모님, 도련님 오셨습니다······."

택시에서 내리기는 했지만 나는 걸음을 뗄 수가 없었다. 가정부의 정중한 인사에 나도 어색하게 고개를 숙였다.

나가토미 씨도 집에 오랜만에 들렀는지 현관 앞의 나무를 유심히 바라보며 중얼거렸다.

"아, 여기다 단풍나무를 심었네?"

나는 응접실로 안내되었다. 중년의 가정부가 홍차를 내오는 것을 보니 어머님이 등장할 때까지 조금 기다려야 될 모양이었다. 나는 준비해 간 화과자를 내밀었다.

나가토미 씨는 "이렇게까지 신경 안 쓰셔도 되는데"라고 말했지만, 어머님이 뭘 좋아하시는지 물어보고 세이부 백화점 지하에서 긴쓰바(팥소에 밀가루 반죽을 살짝 묻혀 구운 과자) 여섯 개를 포장해서 가져왔다.

"사모님이 아주 좋아하시는 거네요. 나중에 차랑 곁들여서 ······."

가정부가 물러나자 나가토미 씨가 내 표정을 읽었는지 미안한 얼굴을 했다.

"이런 집이라고 설명하면 꺼리고 안 오실 것 같아서⋯⋯. 미안해요, 미리 말했어야 하는데."

당연하지. 나는 이렇게 묻고 싶었다.

나가토미 씨의 정체가 뭐죠?

"나가토미 관광이라고 들어본 적 있죠?"

그야 알고말고. 아카사카 로열 호텔도 나가토미 관광 체인의 하나잖아⋯⋯. 응? 그럼, 나가토미 관광의 아들이면서 호텔 연회 담당? 뭐가 뭔지 알 수 없었다.

"사실대로 말하면, 경영 수업을 받고 있는 겁니다. 아버지께서 돌아가시고 뒤를 이을 형마저 사고로 죽게 되어 미국에서 한가롭게 유학 생활을 보내고 있던 중에 불려 들어오게 된 거죠. 회사 윗분들은 제가 장래 경영자라 해도 특별 대우 없이 일을 시킵니다. 하루씨 결혼식을 도왔던 때가 일을 막 배우기 시작할 무렵이었죠. 2년 넘도록 연회 담당직을 맡고 있는 이유는 저를 어딘가에 앉혀두고 좌지우지하려는 어머니에 대한 최소한의 반항입니다. 주변의 정략 결혼을 너무 많이 봐온 탓인지 젊은이들의 순수하고 한결같은 결혼에 도움을 주는 지금 일에 사는 보람마저 느낀답니다. 하지만 마냥 나 몰라라 할 수도 없고⋯⋯."

회사의 미래를 위해서도 결혼을 생각해야 할 시기에 접어들었다는 말이다.

역시 그런 거였나. 애인 역을 부탁할 만한 사람이 달리 없는지 물었을 때 나가토미 씨는 "내부 사람은 어머니가 전부 파악하고 계시거든요"라고 말했다. 아들의 직장 동료에 대해 숙지하고 있는 게 당연했다.

갑자기 응접실 벽이 사방에서 나를 압박해 들어오는 듯한 숨막힘을 느꼈다. 3대 전에 창립된 나가토미 관광의 영광의 역사가 각종 표창 메달 및 해외 명사들과의 기념사진에 담겨 한쪽 벽면을 가득 메우고 있었다. 아마도 로열 호텔 체인은 국내에만 열다섯 곳 이상, 하와이와 호주에도 기존의 호텔을 매수하여 관광 중심가에 위풍당당하게 들어서 있을 터였다. 신혼여행 패키지 상품으로도 인기 있는 호텔이었다.

그런 집에 학예회 연극이든 뭐든 간에 아들의 애인으로서 발을 들이고 만 것이다. 무릎에 힘이 들어가는가 싶더니 어느새 자리에서 일어나 있었다.

나가토미 씨가 불안한 듯이 나를 올려다보며 말했다.

"왜…… 그래요?"

"나가토미 씨…… 저, 역시 안 되겠어요."

"안 되다니, 뭐가요?"

"저, 어머님을 속일 수 없어요."

"그러니까 그냥 연극이라 생각하고."

문이 열렸다. 어머님의 등장이었다. 나도 모르게 자리에 앉았다가 다시 후닥닥 일어섰다.

"많이 기다리셨죠? 처음 뵙겠습니다. 쇼헤이 엄마예요."

니트로 된 고가의 실내복. 액세서리는 진주로 통일. 색이 들어간 안경이 눈에 떠오르는 감정을 덮어 감추고 있었다. 환갑이 다 된 나이인데도 정기적으로 온천욕을 하는지 피부도 윤기가 흘렀고 몸의 윤곽에 오로라와 같은 위압감이 감돌았다. 한마디로 야쿠르트 스왈로스 감독의 부인(노무라 가쓰야 감독의 부인 노무라 시치요는 배우 출신으로 신랄한 독설로 유명하다)과 비슷한 인상이었다.

나는 곧바로 인사말이 나오지 않아서 그저 머리만 깊이 숙일 뿐이었다.

"이쪽은 에토 하루 씨."

난기류와 같은 침묵 속에 나가토미 씨가 말을 메워주었다.

"바쁘신데 일부러 여기까지 오시라고 해서 미안합니다. 꼭 한 번 만나보고 싶었기에."

나가토미 씨의 어머니는 잠시도 내게서 시선을 떼지 않았다. 나가토미 씨는 지금껏 애인이 있다고 말은 해왔지만 단 한 번도 집에 소개한 적은 없었던 모양이다.

"남편과 큰애가 그렇게 되고 나서 내 손으로 그럭저럭 회사를 유지해왔습니다만, 거품경제 후유증이 예상 이상으로 기초 체력을 앗아간 듯하여 조만간 회사를 이 애한테 맡기고 일선에서 물러날까 합니다."

"임원으로 임명될 바에는 사표를 내겠다고, 일전에도 어머니에게 언성을 높이고 말았죠. 그런데 도깨비 눈에서도 눈물이 난다고 저도 어쩐지 마음이 약해져서……."

그래서 이번만은 애인을 데려오라는 명령을 평소처럼 거절하지 못했던 모양이다.

내가 어떤 연기를 했을 것 같아?

나는 이번 연극에서 시종일관 사랑스러운 며느리 후보로서 연기할 생각 같은 것은 처음부터 없었다. 나의 실패한 과거며 현재 생활 모두 거짓으로 포장하는 일은 딱 질색이었으니까. 뜻밖의 으리으리한 가풍에 주눅이 들어 말이 좀처럼 나오지는 않았지만 한껏 용기를 내어 나가토미 씨 어머니와 정면으로 마주했다.

"저, 이미 들으셨는지 모르겠지만……."

"무슨 말이죠?"

나가토미 씨도 내가 무슨 말을 꺼낼지 옆에서 주시하고 있었다.

"저…… 한 번 결혼한 적이 있습니다."

그 자리의 공기가 순식간에 조여들었다.

"이혼 경력이 있습니다."

내 자신을 비하한다는 생각 없이 그렇게 말하고 있었다.

긴 정적이라 느꼈지만, 어쩌면 1, 2초 정도였는지 모른다. 이윽고 어머니가 나를 향해 엷은 미소를 보이셨다.

"알고 있습니다. 아들한테 들었어요."

"언젠가 아시게 될 거란 생각에서 내가 미리 말씀드렸어요. 미안해요, 신경 쓰게 만들어서."

알고 있었단 말이지. 맥이 풀리는 동시에, 내 자신의 솔직함이 우스꽝스럽게 느껴졌다. 굳이 그런 일을 화제 삼지 않아도, 가식적으로 웃고 환담하면서 식사를 함께하고, 아무 과거 없는 여자로서 이 집을 나서면 그만이었다. 연극을 하겠다는 여자가, 자기 자신을 있는 그대로 다 내보일 필요가 뭐 있냐고.

그 후부터 어머님은 활기차게 말씀을 하셨다.

자신이 다니고 있는 스포츠클럽을 화제 삼아, 트레이닝 방식이 지금 자신의 연령에 적합한지 나의 의견을 묻기도 하셨다. 나는 신장과 체중과 혈압을 여쭤보고 지금의 트레이닝 방식대로라면 석 달 후에는 틀림없이 효과가 나타날 것이라고 장담했다.

그 후 조금 이른 저녁 식사 때도 음식이 목구멍으로 넘어가지 않는 등의 긴장감은 없었다. 교토에서 수련한 요리사가 직접 만든 정식 코스 요리라고 했다.

나는 요리 하나하나마다 "정말 맛있습니다"라며 정직하게 감상을 말하고 남김없이 다 비웠다. 어머니는 나와 나가토미 씨가 어떤 교제를 하고 있는지 핵심적인 사항에 대해서는 거의 언급하지 않으셨다.

그러나 분명 평가하는 눈빛이었다. 안경알의 색이 그녀의 눈빛을 가로막고 있었지만 무언가를 관찰하는 듯한 눈빛이 때때로 나를 향해 번뜩였으니까.

나의 자의식과잉 때문만은 아닐 것이다. 아무리 생각해도 이혼 경험 있는 여자한테는 과분할 정도의 혼처……

그렇게 생각하지 않아?

5

나도 놀랐다.

나가토미가 그 나가토미 관광의 아들이었다니.

던킨도너츠로 불려 나갔는데, 하루가 흥분하면서 말했다.

"내 말 좀 들어봐, 알고 있었어?"

그 말이 어쩐지 자랑하는 투로 들린 것은 내 기분 탓이었을까?

"나가토미 관광이라면, 그 나가토미?"

"맞아, 우리가 식을 올린 그 호텔 후계자란 얘기지. 얼마나 놀랐는지. 으리으리한 저택에 가정부도 다섯 명이나 되더라. 저녁은 일류 요리사가 직접 만들어 보내고. 나가토미 씨가 아무런 사전 정보도 주지 않아서 얼마나 당황했는지."

마치 최전선에서 전투하고 온 군인 같은 말투였다.

"그러고 보니 우리 결혼식 때도 나가토미를 대하는 동료 직원들의 말씨가 무척 정중했었어."

일을 막 배우기 시작해 실수가 많았던 나가토미에게 상사가 하나하나 주의를 주는 일은 있어도 결코 질책하는 말투는 아니었다.

"그래서 그 친구 어머님이 널 본 소감이 어떠셨대?"

"오늘 아침 전화로 나가토미 씨가 그러는데, 무슨 연유에선지 호감을 나타내셨대."

그 대답과 함께 그때까지 들떠 있던 하루의 목소리가 사라졌다.

"이혼녀로서는 생각지도 못할 최고의 혼처잖아. 기뻐해야지, 뭘 그래?"

"그러니까 말했잖아. 어머님을 뵙게 된 건 나가토미 씨가 정략결혼의 혼담을 거절하기 위해 꾸민 연극이라고."

"뭘 모르시네. 나가토미는 그런 구실로 너와의 거리를 점점 좁히고 있는 거야."

하루는 설마 그럴까 하는 표정을 지었다.

"노력하면 되잖아. 미래의 사장 사모님을 목표로."

나는 비꼬듯이 말하지는 않았다. 오늘은 어쩐지 응원해주고 싶은 기분이었다. 나와 하루가 각자 다른 레일 위를 달리기 시작한 것을 체념이랄지 숙명이랄지, 신기하게도 차분한 마음으로 받아들일 수 있게 되었다.

하루는 내 진의를 살피려는 듯한 눈빛이었지만 나는 아무런 사심 없이 웃으며 이렇게 말해주었다.

"되어보라고, 〈마이 페어 레이디〉(1964년 조지 큐커 감독, 오드리 헵번, 렉스 해리슨 주연의 영화. 방황하는 하층계급의 여인이 교수의 도움으로 세련된 귀부인이 된다)."

그래서 내 쪽은 어떤가 하면…… 비에도 바람에도 굴하지 않는 무명실로 이어진 방에서 그날 밤도 모녀가 우리 집으로 찾아왔단 말이지.

오랫동안 기름 튀는 소리가 나지 않던 부엌에서, 짚신짝만큼 커다란 돈가스가 튀겨졌다. 식탁에는 어느새 각자의 지정석이 정해졌고, 그중에서도 아야는 텔레비전 만화가 잘 보이는 위치였다.

나는 세상 돌아가는 이야기를 하는 척하며 나가토미가 대기업 후계자라는 말을 가스미에게 흘렸다. 만일 그 이야기를 들은 가스미가, 꽃가마를 타게 된 하루를 부러워하며, '거기에 비하면 나는……'이라는 표정을 조금이라도 내비친다면 가스미라는 여자의 본성을 확인할 수 있을 것이라고 생각했다. 나란 남자는 꽤 음험한 사람인지도 모르겠다.

그러나 가스미는 "음, 하루도 분발해야겠네요"라고 말했을 뿐 음식을 흘리며 먹는 아야에게 주의를 주느라 여념이 없었다. 생각해보니 가스미야말로 꽃가마 타는 고생을 누구보다 잘 알고 있을 터였다. 인테리어 디자이너라는 남자의 직책에 현혹당한 인생의 실패. 나름대로 인생의 쓴맛 단맛을 다 경험해본 여자였다. 친구 애인이 재력가라는 사실만으로 부러워할 만큼 어리석은 여자는 아니었다.

가스미가 설거지를 하는 동안 나는 아야의 공부를 도왔다. 일단 사립 초등학교를 지원할 모양이다. 편모 가정에, 특별한 연줄도 없고, 시험은 '밑져야 본전'이라는 마음으로 치를 생각이라고.

네모난 나무토막이 입체적으로 쌓인 그림 안에서, 보이지 않는 부분의 나무토막까지 포함하여 전부 몇 개가 있는지 계산하는 문제로, 어른인 나도 정신 차려 보지 않으면 틀리기 십상이었다.

"이 뒤에도 있을 거야. 아니면 쓰러져버리겠지? 그러니까 하나, 둘, 셋…… 이렇게 세어보니 모두 아홉 개구나."

아야는 정답란에 '9'라고 적어 넣었다.

"좋아, 이번엔 안 도와준다. 틀려도 좋으니까 세어보고 답을 적어보렴."

아야는 가려진 나무토막을 하나, 둘 세기 시작했다. 이 세상은 누군가 뒤에서 지탱해주는 사람이 없으면 무너져버리고 만다는 것을 은연중에 가르쳐주는 문제라는 생각이 들었다. 아니, 내가 너무 깊은 의미를 두었던 걸까. 단지 그때의 내 기분이 그랬다.

하루와 나가토미의 미래를 지탱하고 있는 것은 그 누구도 아닌 나라고…… 여기고 싶었다.

시험공부에 지친 아야가 소파에서 잠이 들어버리고, 나와 가스미는 칵테일 잔을 기울였다.

"이렇게까지 아야가 따르다니."

가스미는 핥듯이 술을 마셨다. 이제는 자멸하듯 술을 마실 필요가 없고, 취하지 않으면 말 못 할 사연도 더 이상 없다는 증거였다.

"몇몇 남자들이 아야와 놀아준 적이 있어요. 그 누구에게도 아야는 말 한마디 안 했죠."

"나한테도 처음에는 그랬지."

소파 위에서 웅크린 채 아야는 고른 숨소리를 내고 있었다.

"하지만 하야세 씨, 우리의 관계에 아야를 이유로 삼지는 말아주세요."

가스미는 술잔의 바닥을 들여다보는 듯한 얼굴을 하고 쓸쓸한 듯 중얼거렸다. 이어지는 말은 금방이라도 사라져버릴 듯 미약했다.

"저를 정말로 좋아하게 될 때까지 참을성 있게 기다리고 싶어요. 저 이외에는 누구도 이유로 삼지 말아 줘요. 아야도, 하루도."

하루의 존재가 우리 둘의 관계에 어떤 역할을 하는지 가스미는 잘 알고 있는 눈치였다. 내가 하루를 잊을 일념으로 무리하게 사랑의 감정을 일깨우려는 것도 가스미는 감지하고 있었다.

나는 애매한 표정으로 술만 홀짝였고 가스미는 더 이상 마시지 않고 열한 시가 되자 잠든 아야를 업고 건너편 아파트로 돌아갔다. 남은 돈가스는 양파와 달걀을 풀어서 돈가스덮밥 재료로 만들어놓고 갔다.

나는 베란다로 나가, 길을 건너는 엄마와 딸의 모습을 내려다보았다. 가스미는 내가 위에서 바라보는 줄 알면서도 올려다보려 하지 않았다. 아야를 업고 가는 데 온 힘을 쏟았는지도 모르지만.

실 전화기의 실은 변함없이 창문과 창문을 이어주는 다리로 남아 있었고, 당분간은 끊어지지 않았으면, 하는 생각이 들었다.

왜 그런지 가늘디가는 실이 사랑스러워 보였다.

6

부끄러움을 무릅쓰고 하는 말이지만, 대체 누구와 어떤 인생을 걸고 싶다는 건지……. 무엇 하나 분명한 의지도 없이 애매한 나란 말이지.

"어머니가 하루 씨한테 감사 표시를 하고 싶다기에 제가 대신 받아왔습니다."

나가토미 씨의 말에 감사는 무슨……이라며 사양했지만, 받지 않으면 안 될 만큼 그쪽 또한 진지했기에 우선 만나기로 했다.

데이코쿠 호텔 지하 찻집에서 그가 내민 것은 벨벳 보석함. 안에는 진주로 된 머리 장식품이 들어 있었다. 잠금 부분의 놋쇠는 이미 오래 사용하여 퇴색되어 있었지만 세월이 아무리 흘렀어도 열 알 진주의 영롱한 빛은 고스란히 살아 있었다. 나가토미 씨의 어머니가 결혼할 때 친정어머니에게 물려받은 것이란다. 어머니에서 딸에게로 이어져 내려온 역사, 내가 그것을 받을 수는 없었다.

정중하게 거절하자 나가토미 씨는 한 발 물러서주었다.

"하루 씨가 절대 받지 않을 줄 알았습니다. 그렇지만 어머니의 마음만은 전하고 싶었습니다. 그때 말씀드린 대로 저희 어머니를 만난 일로 인해 기정사실화된 건 아무것도 없습니다."

이 부분에서도 나는 애매하게 반응했을 뿐이다. 보석함을 양복 안주머니에 넣은 나가토미 씨에게 내가 먼저 제의했다.

"그럼, 위에 가서 점심이나 먹을까요?"

우리는 점심 한 끼에 5000엔 이상 드는 2층의 레스토랑이 아니라, 둘이 먹어도 4000엔 이내에서 해결할 수 있는 1층의 카페 레스토랑으로 갔다.

"만약 하루 씨가 저와 함께해주신다면……."

수프를 떠먹던 손이 그 자리에서 멈췄다.

"그렇게 긴장하실 것까지야. 만약을 얘기한 겁니다."

"미안해요, 제가 조금 신경과민이라."

"만약 함께해주신다면…… 저를 조종하려 드는 일당들 속에서도 굴하지 않을 것 같은 자신감이 듭니다."

나가토미 관광은 나가토미 씨 어머니 혼자 모든 결정권을 쥐고 있는 것이 아니었다. 회사의 요직에 올라 있는 혈족들이 호시탐탐 실권을 장악할 기회를 노리고 있는 모양이었다. 일개 연회 담당자 자리에 머무르는 한 폭풍에 휘말릴 일은 없겠지만, 일단 경영진의 일각에 들어서면 회사와 가족을 지키기 위해 나가토미 씨 스스로 권모술수를 써야 할 형편이었다.

그야말로 불 속에서 밤을 줍는 심경이리라.

"하루 씨를 고생시킬지도 모릅니다. 아마 그렇겠죠. 하루 씨가 이혼 경력이 있는 여성이라는 이유만으로 저의 약점이라도 잡은 양 기뻐 날뛸 무리도 있습니다. 좋아하는 여자를 그런 일에 끌어들이고 싶지는 않습니다. 하지만······."

음식이 나왔다. 우리 두 사람 다 흰 살 생선 뫼니에르. 나가토미 씨는 포크로 대충 잘라 입에 넣었다. 흰 살 생선을 삼키고도 잘게 썹 듯 말을 이었다.

"하지만 좋아하니까 어쩔 수 없어요."

"어떻게 대답해야 할지······."

"가족에 관한 일도, 저의 미래에 관한 일도 이제 모두 밝혔습니다. 더 이상 숨길 일은 없습니다. 다음은 하루 씨가 생각해서 결정해주셨으면 합니다. 얼마든지 기다릴 테니······."

아니, 나가토미 씨한테는 그럴 만한 시간적인 여유가 없었다. 1년이든 2년이든 기다리게 한다면 회사의 행방에도 영향을 미칠 게 분명했다. 나가토미 씨의 어머니도 아들에게 어서 회사를 물려주고 싶다고 하셨다. 하루라도 빨리 차기 사장으로서 결혼하고 아이를 낳아 나가토미 관광의 미래가 안전하다는 것을 일가친척들에게 인정받아야 한다.

나이프와 포크를 놀리는 손이 빨라졌다. 전에도 이야기했지만 심각한 고민거리가 생기면 입안에 음식을 꾸역꾸역 집어넣는 것이 버릇이었다. 나는 나가토미 씨보다 먼저 접시를 깨끗하게 비워버렸다.

사유리가 클럽에 찾아온 것은 그날 오후였다.

최근 한 달간 헬스클럽에는 나오지 않았지만 지금도 자유시간 수강료를 지불하고 있기 때문에 언제든 트레이닝은 가능했다.

내가 헬스클럽을 들여다보았을 때는 인클라인 벤치에 누워 덤벨을 들어 올리고 있었다. 대흉근 상부를 스트레칭하는 운동이다.

사유리가 무슨 연유로 하네다 뒷골목에서 히몬야 중심부까지 일부러 나왔는지 나는 짐작이 갔다.

나는 옆에 놓인 플랫 벤치에 앉아 사유리가 뭔가 말을 꺼낼 때까지 기다렸다. 그러나 트레이닝을 일단락 지을 때까지 규칙적으로 들어 올리기를 반복하고 있는 사유리를 기다리다 지친 내가 먼저 다른 회원들 귀에는 들리지 않을 정도의 목소리로 말하기 시작했다.

"아무래도 리이치로가 아직 망설이고 있는 것 같아. 가스미가 집에까지 찾아와서 챙겨주고 하니까 나름대로 마음이 움직이는 모양이지만, 그 뒤로 통 진전이 없어. 그 사람 혼자 망설여서 끝날 일이라면 그냥 놔둬도 상관없지만, 시간이 흐르면 흐를수록 가스미가 힘들어질 거야. 가스미한테는 아야라는 딸이 있는데, 그 애가 리이치로를 따르기 시작했대. 전부 내가 꾸민 일이니 나한테 책임이 있어. 내가 나가토미 씨와 어떻게든 되지 않으면 그 사람은 아무리 시간이 지나도 마음을 못 정할 거야."

사유리의 덤벨 드는 속도가 빨라지는 느낌이다. 동작도 숨도 거칠어졌다. 나와 리이치로에 대한 노여움 때문인지도 몰랐다.

"리이치로가 행복해졌으면 좋겠어. 가스미랑 아야랑 셋이서."

"누구를 위한 사랑인데?"

숨을 고르는 사이 날카로운 어조로 쏘아붙이고 덤벨을 바닥에 내려놓은 사유리가 솟는 땀을 타월로 닦으며 나를 노려보았다.

"리이치로를 위해서 나가토미 씨와 사랑을 한다는 거야? 그런 바보 같은 말이 어디 있어?"

"있어, 세상에는 그런 사랑 방식도. 나머지는 결과만 좋으면 되는 거야. 과정이야 어떻든 상관없어. 행복해지는 쪽이 이기는 거야."

"그건 잘못된 거야."

"뭐가 잘못인데?"

"과정이 잘못된 사랑은 아무리 시간이 흘러도 가식적일 수밖에 없어. 자식이 독립하고 부부가 노인이 되어 툇마루에 나란히 앉았을 때, 시작부터 마지막까지 잘못됨이 없었다고 둘이서 자랑스러워하는 사랑이어야 해."

"어디서 행복을 느끼는가는 사람마다 달라."

나도 어느새 흥분하고 있었다.

"아이여도 상관없고, 함께 내 집을 마련하는 것이어도 좋아. 과정이 좀 잘못되어 등 떠밀려 한 결혼일지라도 상관없어, 본인이 행복하다고 느낀다면. 설령 그것이 착각일지라도 주변 사람들에게 가식적으로 보인다 해도!"

"하루, 너 몇 살이야?"

"스물여섯."

"서른 넘어 진 빠진 커리어우먼 같은 소리 말아. 모든 게 최고라고 여겨질 만한 사랑, 지금 안 찾으면 어쩔 건데?"

나는 대꾸할 말이 없었다.

"이혼한 여자는 보통 사람보다 열 살쯤 늙어버린다는 소리야?"

이혼 경력은 정신연령을 높인다는 데이터가 어딘가에 있을지도 모를 일이었다.

"그렇게 리이치로가 행복해지길 빈다면 하루 네가 행복하게 해 주면 되는 거야. 내 말이 틀려?"

"그래서 내 손으로 이 일 저 일 마련해주고 있잖아."

구차한 항변. 입은 부루퉁해가지고, 내 귀에도 유치한 변명처럼 들렸다. 사유리는 입을 삐죽거리며 웃었다.

"맞선 상대 알선? 고작 그런 일밖에 못 해? 한심한 여자 같으니……. 또다시 실패할까 봐 두려운 거지? 실패하면 또 도전하면 되는 거야. 까짓 호적이야 좀 지저분해지면 어때. 그런 게 말년에 가서 무슨 흉이 되냐고. 가령 네 아이가 호적을 봤다고 쳐. 엄마는 아빠하고 무슨 연애를 이렇게 많이 반복했냐고 물으면 이게 내 노력의 흔적이란다, 이 수많은 X표시는 나의 훈장이란다, 이렇게 말해주면 되는 거라고."

두려운 건 X표시가 아니었다. 그 표시들이 생기기까지 내가 입을 상처, 리이치로가 입게 될 상처였다. 사유리는 상처를 입어도 다시 일어서면 되지 않느냐고 하지만, 나는 평온하게 살고 싶었다. 언제까지든 싸움만 하다 세월 보내는 인생, 그만하고 싶었다.

이제 그 이야기는 그 정도로 그치고 싶었다. 그래서 내가 종지부를 찍었다.

"걱정 끼쳐서 미안해."

사유리는 다시 덤벨을 들어 올리고, 약간의 휴식 후에도 세트 횟수를 계속했다.

"그런데 한 가지 물어봐도 돼?"

사유리는 눈짓으로만 '뭔데?'라고 했다.

"리이치로에게 가스미를 소개한 일 잘못된 거였어?"

'너는 괜찮아? 리이치로에게 너를 소개했어야 옳은 거야?' 실은 그렇게 묻고 싶었다. 그러자 사유리는 '상관없어 나'라는 눈짓을 보냈다. 쓸데없는 질문을 했나 보다.

나는 플랫 벤치에서 일어나 시간 되면 풀장도 사용하라는 말을 남기고 강사실로 돌아왔다. 스물여섯 살의 사랑에 대해 뜨겁게 논쟁을 벌였지만 왜 그런지 결국 선문답으로 끝나고 말았다.

시즈카한테 나중에 들으니, 내가 사유리와 선문답을 펼치던 그날 밤, 리이치로는 하나카고에서 가이에다 씨와 시즈카를 상대로 선언을 했다고.

"나, 가스미와의 관계, 진지하게 생각해보려고 해."

"제대로 반한 거야?"

가이에다 씨가 속을 떠보듯 물어봤다지.

"하루가 망설이고 있어, 나가토미와의 일을. 이혼녀에게는 과분할 정도의 혼처라 주저하는 마음은 알아. 하지만 하루의 본심은 나가토미의 생활환경 문제가 아니라 내가 걸리는 거야. 내가 가스미와 결혼하면 하루도 마음 놓고 나가토미 관광의 후계자 품에 뛰어들 수 있을 거야."

"그래서 하루 씨가 행복해질 거라 생각해?"

시즈카도 잠자코 있을 수 없었는지 거들었다.

"가스미 언니도 가엾잖아요. 하루 언니를 위해서 가스미 언니를 좋아하게 된들 가스미 언니는 조금도 기뻐하지 않을 거야."

"결과로 승부하면 되는 거야. 불순한 동기쯤이야 세월이 흐르는 동안 깨끗하게 여과된다고. 10년이 지나면 순도 80퍼센트, 은혼식 무렵에는 100퍼센트. 행복한 노후가 기다리고 있을걸?"

"이것 봐, 리이치로."

가이에다 씨도 평소와 달리 진지하게 말하려 했던 모양이다.

"연애라는 건 좀 이기적인 거야. 제삼자의 행복을 바라고 당장 눈앞의 상대와 올린 결혼이 10년이든 15년이든 행복하게 지속될 수 있다니, 그건 네가 연애를 너무 쉽게 보는 거 아냐? 다른 누군가를 위해서가 아니라 자기 자신과 눈앞의 상대를 위해 행복해지고 싶다는 이기적인 감정이 아니면 결혼은 오래 지속할 수 없어. 세월이 제아무리 여과시켜도 변하지 않을 한 점의 이기심을 관철시키는 일이 필요해. '너를 행복하게 해줄게'라는 말 뒤에 '내가 행복해지지 않으면 너도 행복해질 수 없다'라는 신념이 따르지 않으면 같은 상대와 반평생을 함께할 수 없는 일이라고. 그렇게 생각하지 않아?"

그날 밤 리이치로도 나처럼 애매한 태도로 이야기를 마무리 지은 모양이다. 시즈카가 나중에 나한테 이렇게 보고했다.

"내가 어려서 그런지, 왠지 알 것 같으면서도 알 수 없는 선문답이었어."

결의를 표명한 리이치로가 아무 일 없었다는 듯이 차가운 정종을 석 잔째 주문하고 있던 그 시간에 나는 히몬야의 아파트에서 내 동심을 마주하고 있었다.

책상 서랍 깊은 곳에서 초등학교 4학년 때의 문집을 꺼냈다. 왜 그런 기분이 들었을까?

연애에 대한 원체험이 어딘가에 기록돼 있을지도 모른다고 생각했던 것 같다.

작문에 특별히 힘을 기울였던 당시 담임은 학년이 끝날 무렵 학생 한 사람 한 사람에게 손수 만든 문집을 선물해주었다. 1년간 써 모은 자필 작문과 더불어 학우 전원의 작문도 복사하여 깔끔하게 묶어주셨다.

4학년 3반, 에토 하루.

제목은 '장래의 꿈'.

'저는 신부가 되고 싶습니다. 꼭 되고 싶습니다. 요리도 맛있게 만들 수 있고, 청소랑 빨래도 깨끗하게 할 수 있습니다.'

엄마가 돌아가신 이후 나는 주부나 다름없었다.

'집안일을 전부 할 수 있습니다'라는 게 어린 시절 나의 세일즈 포인트였다. 단, 적극적으로 세일즈한 상대는 리이치로뿐이었지만.

'문제는 상대 남자입니다. 이 점이 정말 큰 문제입니다. 저에게는 이상형이 있습니다. 백마 탄 왕자님입니다.'

예외 없이 백마 탄 왕자님의 등장이다. 그런 왕자를 발견한다면 아무리 짝사랑이라 해도, 아무리 시간이 걸린다 해도 꼭 붙잡아서 행복해져야지.

초등학교 4학년생이 그렇게까지 굳은 결의를 보였다니. 아마도 순정 만화의 영향이었던 것 같다.

'그 왕자님은 키가 큽니다. 머리도 좋습니다. 세상일을 뭐든지 알고 있습니다. 백마를 타고 세계 곳곳을 여행했기 때문입니다. 왕자님은 시간이 나면 학교 도서실에서 책을 읽고는 합니다. 저는 도서

위원이라서 방과 후에 청소를 해야 합니다. 왕자님에게 방해되니까 비켜달라고 말할 수 없습니다. 왜냐하면 저는 왕자님이 좋거든요. 그러면 가만히 서 있는 저에게 왕자님이 말을 겁니다. 너도 책을 읽고 싶니? 저는 도서실을 청소하러 왔다고 말할 기회를 놓쳐버리고 말았습니다. 왕자님은, 어떤 책이 좋니? 내가 찾아줄게, 라고 말합니다. 저는 왕자님의 호의를 받아들여, 예전부터 읽고 싶었던《걸리버 여행기》를 택했습니다. 하지만 어느 책장에 꽂혀 있는지 알 수 없었습니다. 그러자 왕자님은 저를 위해…….'

나는 그다음을 읽을 수가 없었다. 왜냐하면 다음 문장에 무슨 말이 적혀 있는지 뚜렷이 기억해내고 말았으니까.

5년 전의 나. 하야세 리이치로와 만났을 때의 나. 단 한 번도 자각 못 하고 가슴 깊은 곳에 맺혀 있던 심층 심리를 초등학교 4학년생의 작문에서 끄집어내고 말았다.

내가 어째서 리이치로한테 끌렸는지 그때 확실히 알았다.

이건 완전히 긁어 부스럼이 된 꼴이었다.

다음 날이었나, 부모자녀 수업이 끝난 후 가스미가 나를 불러 세웠다. 아야는 라커 룸에서 수영하다 젖은 머리를 혼자서 말리는 중이었다.

서쪽 창으로 쏟아져 들어오는 짙은 석양이 풀장 수면에 반사되어 한들한들거리는 오렌지빛을 우리에게 던지고 있었다.

가스미는 뭔가 할 말이 있는 눈치였으나 좀처럼 말을 못 꺼내고 있기에 내 쪽에서 먼저 꺼냈다.

"리이치로, 잘 지내지?"

던킨도너츠에서 나가토미 씨의 정체를 알려준 이후 리이치로와 만난 일이 없었다.

"아야가 그러는데, 숙제를 도와줄 때도 왜 그런지 정신이 딴 데 있는 사람처럼 멍해가지고 간단한 덧셈도 자주 틀린대."

"너는 요새 안 만나?"

가스미도 한창때처럼 아무 때나 냄비 들고 밀어닥치거나 하지는 않는 모양이었다.

"밀어붙여도 안 되니까 한 발 물러나 보는 그런 작전이 아니야. 하야세 씨가 울며 겨자 먹기 식으로 우리 관계를 결정지으려는 게 아닌지 좀 불안해."

가스미답지 않은 말이었다.

이미 시즈카를 통해 하나카고에서 리이치로가 어떤 결심을 했는지도 들었고, 나의 결단을 돕고자 가스미와의 미래를 향해 한 걸음 다가서려 하고 있을 터였다.

"전남편 때는 마치 거미여인이 거미줄로 옭아매듯 아이까지 무기 삼아 결혼에 골인했어. 하지만 남자가 울며 겨자 먹기 식으로 결혼하니까 결국 이런 꼴이잖아. 억지로 쌓아 올린 연애는 당장은 좋아도 언젠가 반드시 무너지고 말아. 내 체험에서 얻은 교훈이야."

나와 리이치로의 결혼 생활에서는 어떤 교훈이 남았을까?

"그런데 말이야, 어젯밤 조금 뿌듯한 일이 있었어."

가스미는 자랑하는 듯한 웃음을 입술에 띠며 말했다.

"아야가 좀처럼 잠이 안 오는지 하야세 씨한테 자장가를 불러달라고 하라며 조르는 거야. 건너편 창을 보니 불은 켜져 있었는데 이미 늦은 시간이고, 혹시 일하는 중이면 방해될 것 같아서……. 그런데 아야가 실 전화기를 당기면서 계속 건너편 방으로 신호를 보내는 거야. 그랬더니 하야세 씨가 알아채고…….”

건너편 창문이 열리더니 실 전화기를 입에 댄 리이치로가 서 있었다고.

아야와 가스미가 서로 귀를 맞대고 리이치로의 자장가를 기다리고 있자 “잘 자라 우리 아가, 앞뜰과 뒷동산에……”라며 약간의 바이브레이션 섞인 목소리가 들리고, 2절이 되어도 가사는 변함이 없었지만, 반복해서 듣는 사이 아야가 잠이 들었단다.

가스미가 “고마워요, 하야세 씨. 아야가 잠들었네요”라고 전하자 리이치로는 약간 취한 기색으로 실 전화기를 입에 붙인 채 말을 건넸다고 한다.

“가스미 씨, 잘 지내나요? 오버!”

“잘 지낸답니다. 오버.”

“낮에 할 만한 일은 찾았나요? 오버.”

“역 앞 슈퍼에 이력서를 냈어요. 오버.”

“그럼 일찍 자고 일찍 일어나는 습관을 들이는 게 좋을 겁니다. 오버.”

“그럼 다음엔 저를 위해 노래를 불러주세요. 오버.”

“누구 맘대로. 오버.”

그러더니 리이치로는 하품 섞인 목소리로 이렇게 말했다고 한다.

“이렇게 실로 연결되어 있으니까 6미터나 떨어져 있어도 어쩐지 셋이 나란히 누워 자는 것 같네."

잘 자요, 라며 서로 창을 닫고 건너편 불이 꺼지고, 리이치로는 바로 잠이 든 모양이었다.

"나, 그때 생각했어. 이제야 멋진 남자를 만났다고. 남자들의 친절함은 질릴 만큼 봐왔고, 결국에는 얄팍한 친절임을 깨닫고 배신도 당했지만 이 사람은 전혀 다르다는 것을. 그날 밤, 나도 셋이 나란히 누워 자고 있는 것 같은 느낌이 들었어. 아야 건너편에 하야세 씨가 누워 있는 듯한 편안한 기분, 덕분에 바로 잠들 수 있었어."

가스미의 이야기를 들으며 나는 충격과 같은, 하늘의 계시와 같은, 진리와 같은, 돌이키기 어려운 확신을 품게 되었다.

리이치로가 가스미에게 끌리는 이유는 무엇도 아닌 가스미 자신의 매력 때문이었다. 나를 위해 사랑하려는 게 아니다. 그것은 어디까지나 나의 자아도취였다. 리이치로는 가스미를 끌어안고 싶은 것이다. 가스미의 눈가에 흘러내리는 눈물이 있다면 자신의 입술로 닦아주고 싶은 것이다······.

여자인 내가 봐도 가스미는 끌어안아 주고 싶고, 지켜주고 싶고, 내 손으로 행복하게 만들어주고 싶을 정도로 매력적이니까.

그때 내 안에 싹튼 감정은 질투가 아닌 안도였다. 정말이다.

나는 더 이상 나가토미 씨와의 관계에 무리할 필요가 없었다. 리이치로를 위해서 사랑을 한다는 희생정신에는 더 이상 아무 의미가 없었다. 리이치로와 가스미는 그 누구의 도움도 빌리지 않고 미래를 향해 걷기 시작했으니까.

아야가 저쪽에서 가자고 부르고 있었다. 가스미는 내게 미소를 건네고 아야한테 돌아갔다.

풀장 수면에 반사된 석양은 황혼을 향해 급속도로 쓸쓸한 빛을 자아내고 있었다. 나는 막연하게나마 리이치로에게 전할 이별의 말을 고르기 시작했다.

그리고 나가토미 씨에게도…….

7

그날 밤은 내가 데이트를 신청했다.

가스미는 아야를 어린이집에 맡기고 나왔다. 분카무라에서 저녁 여섯 시에 만나, 근처 스페인 레스토랑에서 식사를 하기로 했다. 나는 평소의 출퇴근 복장 그대로였지만 가스미는 가슴 부분이 다소 대담하게 파인 갈색 원피스 차림이었다. 귀걸이도 조금 무거워 보였다.

가우디의 건축물을 종이 미니어처로 만들어 여기저기 빽빽하게 장식해놓은 가게 안은 식욕을 돋우는 향신료 냄새로 가득했다. 우리는 2층 자리로 안내를 받았다.

우선 홍합 전채 요리. 고기와 생선 메인 요리 외에 파에야와 스패니시 오믈렛을 주문했는데 둘이 먹기에는 양이 너무 많았다.

가스미가 "아야도 같이 와서 먹었으면 좋았을걸" 하고 말하기에, 웨이터에게 부탁해 남은 오믈렛을 싸가기로 했다.

에스프레소와 아이스크림으로 접어들었다. 시간은 여덟 시, 어린

이 집은 11시까지이므로 아직 데이트 시간은 남아 있었다.

"기뻤어요. 하야세 씨가 직접 전화해줘서."

"어묵탕과 쇠고기감자조림에 대한 답례를 언젠가 하려고 했거든요."

"답례치고는 너무 고급이네."

답례라는 것은 구실이었다.

어느 날인가, 가스미에게 아이를 이유 삼지 말아달라는 말을 듣고 난 이후, 한 번쯤 둘이서만 식사를 하고 싶었다. 아야가 옆에 있다 보면, 아무래도 한 여자로서 매력을 가늠하기 어려우니까. 아야와 상관없이 이 여자를 진심으로 사랑할 수 있을까? 나는 서서히 마음을 정해야 했다.

"장소 옮길까요?"

"나, 좋은 데 알고 있어요."

우타가와초의 뒷골목에 새로 생긴 시티 호텔에 즉석 피아노 연주를 들을 수 있는 차분한 분위기의 바가 있다고 했다.

"그럼 갈까?"

바로 그 순간이었다.

2층 마루를 내디디며 다가오는 한 남자가 시야에 들어왔다. 나는 처음 보는 얼굴이었지만 가스미 쪽을 보니 얼음덩어리를 삼킨 듯 표정이 차갑게 굳어 있었다.

"올려다보니 네가 있어서 깜짝 놀랐지."

남자는 묘하게 친근한 미소를 띠었다. 아래층에서 식사하고 있던 일행 중 한 명이었다. 나머지 세 사람은 어딘가의 광고대행사 사람들인 양 정장 차림이었지만 눈앞의 남자는 칼라 없는 셔츠에 진홍색 스웨터를 걸치고 있었다. 이마가 약간 벗겨지고 머리를 길게 하나로 묶고 있었다. 마피아를 고객으로 삼는 변호사처럼 보이기도 하고, 소호 부근에 서식하는 별 볼 일 없는 그래픽 아티스트처럼 보이기도 했다. 날카로운 눈빛이 주변 공기를 짓눌러 숨이 막힐 정도였다.

가스미의 전남편임을 직감으로 알아차렸다. 인테리어 디자이너라는 직업을 갖고 있다는데, 사물을 죄다 숫자로 환산할 것 같은 눈빛이었다. 게다가 눈언저리에 알코올 기운이 불타고 있었다.

"아야는 어디 두고, 남자 사냥인가?"

가식적으로 웃던 얼굴이 본래의 모습으로 돌아가던 중 그자가 던진 말이었다.

"가요."

가스미가 나와 함께 밖으로 나가려고 했지만 덩치 있는 남자의 몸이 계단을 가로막았다.

"어차피 네가 카드로 지불할 거잖아. 내가 준 골드카드. 매달 사용명세서를 보는 게 나의 즐거움이지."

이혼하고도 헤어진 남편의 은행 계좌에서 매달 쓰고 싶은 만큼 돈을 빼 쓴다는 말인가? 저자는 그런 식으로 먹이를 던지고 가스미의 이혼 후 인생을 시험하고 속박하고 있었다.

"비켜요."

"아무리 좋은 남자를 만나도 넌 재혼 같은 건 절대 못 해."

옆을 비집고 나가려는 가스미에게 남자는 뜨뜻미지근한 말을 속삭였다.

"그런 여자야, 넌. 아야의 양육비는 곧 너의 유흥비거든. 내 돈을 차마 뿌리치지 못하겠지?"

"비키라니까!"

"비켜요!"

나도 언성을 높였다. 하지만 남자는 나의 존재 같은 것은 아예 무시한 채 돌아볼 생각도 하지 않았다.

험한 꼴 당하기 전에 어서 이곳을 빠져나가고 싶다는 공포감이 가스미의 얼굴 위로 물결쳤다. 가스미는 힘껏 남자를 밀어내고 혼자 걷기 시작했다. 나도 뒤를 쫓았다. 웨이터에게 부탁한 스패니시 오믈렛도 잊은 채 나는 3만 엔을 지불하고 거스름돈도 받지 않고서 문밖으로 가스미를 데리고 나왔다. 등 뒤에서 끈적끈적한 남자의 목소리가 따라왔다.

"그 가방 안에는 뭐가 들었을까? 호텔 키겠지!"

순간 주먹을 휘두르고 싶을 만큼 분노가 치밀어 올랐다. 가스미의 손이 막무가내로 나를 잡아끌고, 제발 부탁이니 상대하지 말아 달라고 애원하기에, 남자를 노려보는 걸로 대신했다.

우타가와초의 골목을 빠져나와 불빛이 넘쳐흐르는 센터거리로 왔을 무렵에야 간신히 마음이 진정되었다.

"미안해요, 기분 상하게 만들어서."

웃어보려 해도 마음처럼 되지 않는지 가스미는 입술을 깨물었다.

"저도 바보예요. 방금 그 레스토랑, 그 사람 때문에 알게 됐어요."

"한잔 더 합시다. 아직 시간은 충분하니까."

"응."

"바로 저기네, 호텔 바."

그러나 가스미는 걸음을 떼려 하지 않았다. 몸의 중심이 땅속 깊이 박혀버린 것처럼.

"왜 그래요? 이제 괜찮아요, 더 이상 쫓아오지 않을 거야. 그자도 그렇게까지 한가하진 않을 테니."

"그게 아니라, 그 사람이 한 말 거의 사실이에요."

자기 자신에게 당혹감을 느끼는 듯한 목소리였다. 가스미는 가방 안에 손을 넣어 플라스틱이 달린 열쇠를 꺼내 보였다. 숫자와 호텔 이름이 새겨져 있었다. 이제부터 가려고 하는 바가 있는 호텔이었다.

자신을 비웃는 듯한 그 웃음은 끝내 본성을 숨기지 못한 빈틈투성이로, 남자가 마음만 먹으면 얼마든지 노릴 수 있을 만큼 무방비 상태였다.

"이혼하고 나서 몇 번쯤이었을까. 아야를 보모한테 맡기고, 데이트 전에 미리 방을 예약하고, 그 호텔 바로 데이트 상대를 유혹하고, 다음 날 아침 계산은 그 사람한테 받은 골드카드로…… 처음에는 그 사람에 대한 복수심 때문이었어요. 매달 명세서를 받아보고, 내가 호텔에서 남자와 놀아났다는 걸 알았을 때 그 사람의 표정…… 상상하는 것만으로도 통쾌했으니까. 나를 샌드백 두드리듯 때리던 것에 대해 복수라도 하는 심정이었어요."

'엄마는 외로우니까 아침에 들어와도 용서할 수 있어'라고 했던 아야의 말이 떠올랐다. 그러나 외로움만이 동기는 아니었다. 두 사람은 아직도 부부 싸움을 연출하고 있었다.

"억지 춘향 격으로 하야세 씨를 밀어붙이면서도 차츰 겁이 나기 시작했어요. 처음처럼 대담한 짓을 할 수 없게 되자 이것이 사랑이라는 생각이 들었고……. 나, 너무나 기뻤어요. 아직도 이런 사랑이 가능한 여자라는 걸 느끼고. 그래서 지금의 마음을 소중히 키워나가자고 다짐했어요. 하지만 본성은 어쩔 수 없나 봐요. 어젯밤 하야세 씨한테 데이트 신청을 받았을 때 어느새 평소의 나로 돌아와 있었어요. 약속 장소로 오기 전 미리 호텔에 가서 방을 잡아둔 거죠. 냄비를 들고 쳐들어가거나 호텔 키를 숨겨 가져오는, 이런 방법밖에 모르는 여자예요, 저는."

금방이라도 눈물을 흘릴 기색이었다. 흘러내릴 때까지 나를 바라볼 작정인 양 젖은 눈빛이 부디 경멸해달라고 말하고 있었다.

"외로웠겠지. 그뿐일 거야."

"그런가. 그런 걸까. 외로웠던 걸까?"

가스미는 몇 번이고 고개를 갸웃거렸다. 그때 나의 뇌리에 또 한 여자가 스쳤다.

"모두 그런 걸까……."

나의 중얼거림을 가스미가 들었는지는 알 수 없었다. 하루의 얼굴이 눈꺼풀 뒤쪽으로 어렴풋이 떠올랐다가는 사라졌다.

가스미는 땅이 꺼져라 한숨을 내쉬고 말했다.

"잠깐 기다려요. 이 키 반납하고 올 테니까."

호텔 방향을 확인하고 나를 남겨둔 채 걸으려는 순간 그녀의 팔을 붙들었다.

"같이 갑시다."

원피스 아래로 의외로 가는 가스미의 팔이 느껴졌다. 가스미는 나를 멍하니 바라보고 서 있었다.

"같이 갑시다. 방으로, 가요."

가스미는 두려워하는 기색으로 내 진의를 살피고 있었다. 이윽고 눈동자에 고여 있던 눈물이 눈가로 흘러내렸다.

나, 변명 따위는 하지 않는다. 가스미라는 여자를 무작정 안고 싶었다. 어떻게 말하면 될까? 우선 '사랑'이란 말로 충분하다. 사전을 펼치면 반드시 나오는 그 단어.

사랑.

사랑이 틀림없다. 아마도…….

"오늘 밤 일 너무 깊게 생각하진 말아요."

호텔 방에 들어온 지 한 시간 후였다.

그때까지의 한 시간, 서로에게 말은 필요치 않았다.

품에 안기는 것만으로는 뭔가 부족한, 스스로 끌어안지 않으면 만족하지 못하는 그런 여자였다.

한마디로 말해 대단했다.

"한 번 잤다고 해서 아야의 아빠가 되어달라고 강요하진 않을 테니까."

액면 그대로 받아들여도 되는 건지. 나도 모르게 곁눈질로 훔쳐보고 말았다. 가스미는 가슴께까지 시트를 끌어올리고, 아직 몸에 남아 있는 열기를 황홀하게 즐기고 있는 듯한 표정이었다.

"그 사람에게 가끔 감탄해요."

누구 얘기인가 했더니, 조금 전 재회한 전남편 얘기였다. 무슨 마음에 그런 말이 나왔을까?

"인테리어 디자이너라는 게 따지고 보면 거품경제의 타격을 정면으로 받는 직업이잖아요? 이벤트장에서 처음 만났던 그때가 그 사람의 최고 절정기였죠. 그리고 6년이 지난 지금도 처음 만났을 때와 거의 변함이 없어요. 몸이 좀 옆으로 퍼진 것 외에는."

"헤어진 아내에게 골드카드를 남겨준다는 건 남자의 허세만으론 안 되는 일이지."

이런 불경기에 재정 상태가 좋다는 것은 매우 실력 있다는 증거였다. 나에게는 그런 특출난 재주가 없었다. 본래 투기적인 직업이 적성에 맞지도 않았다. 팔릴 것 같은 책을 알아맞히는 정도의 도박이 고작이라고나 할까.

"하야세 씨는 하루와 어떻게 만났어요?"

내 이야기를 했으니 이번에는 당신 차례라며 요구하고 있었다. 시트 안에서 우리는 손을 맞잡고 있었다. 서로 맞닿아 있는 둔부는 아직 땀이 배어 있었다.

"하루한테 못 들었어요?"

정사 후에 지나간 여자와의 만남을 이야기한다는 것은 상당히 껄끄러운 일이었지만 나는 간추려서 이야기했다.

하루가 우리 서점에서 전문 서적을 찾고 있기에 내가 사다리 의자에 올라가서 꺼내주었다, 높은 곳에서 책을 건넸을 때 고맙다며 미소 짓는 하루의 모습을 보고 첫눈에 반했다 등등 그런 전말을 다소 신통치 않은 듯이 이야기했다.

그런데 이야기 도중 가스미의 눈동자가 허공의 한 점으로 빨려

들어가기 시작했다. 뭔가 옛일이 떠오르는 듯한 표정이었다.

　내가 "이를테면, 첫눈에 반했다고……나 할까?"라며 이야기를 마쳤을 때 곧바로 되물었다.

　"어느 쪽이?"

　"응?"

　"어느 쪽이 첫눈에 반한 거죠?"

　"그러니까 뭐, 나라고 할 수 있지."

　가스미는 나를 가까이에서 바라보고 있었으나 실은 멀리 있는 무언가를 응시하는 것 같았다.

　"당신이…… 그랬구나."

　"그랬다니, 뭐가?"

　"하루에게는 당신이…… 백마 탄 왕자님이었구나."

　음란하고 탐욕스러운 정사 후에 전혀 어울리지 않는 단어였다. 백마 탄 왕자님. 소녀들의 꿈.

　가스미는 몸을 휙 돌려 시트에서 일어나더니, 실오라기 하나 걸치지 않은 모습 따위에 개의치 않고 사이드 테이블에 놓여 있던 프라다 가방에 손을 뻗었다. 안에서 꺼낸 것은 녹색 표지에 '새잎'이라는 제목이 적힌 복사본의 작은 책자였다.

　"초등학교 때 문집이에요. 정말 희한한 우연이네. 이런 걸 집에서 갖고 나와 당신을 만난 날 밤, 하루의 작문 이야기를 하게 되다니."

　당황스럽다는 듯이 씁쓸하게 웃고 나서 가스미는 페이지를 넘기기 시작했다. 나도 몸을 반쯤 일으키고 앉아 들여다보았다.

　표지는 누렇게 퇴색되고 모서리도 틀어져 있었다. 가스미가 초등학교 4학년 때 쓴 자필 작문과 아이들의 작문을 인쇄한 것이 한데 묶여 있었다.

"이사하면서 발견했는데 그만 밤새 빠져들어서 읽고 말았죠. 하야세 씨한테 보여주려고 했어요. 내가 옛날에 쓴 작문이 술안주라도 될까 싶어서."

나에게도 이런 순진한 시절이 있었어요, 라고 바 카운터에 앉아 웃으면서 이야기하고 싶었던 걸까?

문제의 페이지가 드러났다. 복사본으로, 하루의 친필은 아니었다. 가스미가 읽어 내려갔다.

"4학년 3반, 에토 하루. 장래의 꿈. 저는 신부가 되고 싶습니다. 꼭 되고 싶습니다. 요리도 맛있게 만들 수 있고, 청소랑 빨래도 깨끗하게 할 수 있습니다."

맞는 말이었다.

"문제는 상대 남자입니다. 이 점이 정말 큰 문제입니다. 저에게는 이상형이 있습니다. 백마 탄 왕자님입니다."

백마 탄 왕자님은 학교 도서실에서 책을 읽고 있다. 도서위원인 하루는 방과 후가 되면 도서실 청소를 해야 한다. 실은 왕자님이 청소하는 데 방해가 되지만 차마 말하지 못한다. 그러자 왕자님이 먼저 알아차리고 책을 찾고 있다면 '내가 도와줄게'라고 말을 걸어준다……. 그런 이야기였다.

"저는 왕자님의 호의를 받아들여, 예전부터 읽고 싶었던《걸리버 여행기》를 택했습니다. 하지만 어느 책장에 꽂혀 있는지 알 수 없었습니다. 그러자 왕자님은 저를 위해……."

그 부분에서 가스미는 한 호흡 쉬고 자기 언어로 말했다.

"이 작문, 아직도 생생해요. 반 친구들의 반응이 좋았거든요. 상상 속의 왕자님하고 이런 식으로 사랑할 수 있는 하루가 부러웠죠."

"그다음은 뭐라고 적혀 있는데?"

들여다보려고 하는 나를 제지하고 가스미는 다시 낭독하기 시작했다.

"그러자 왕자님은 저를 위해 제 손이 닿지 않는 곳에 손을 뻗어 《걸리버 여행기》를 너무나 쉽게 꺼내주었습니다. 마치 처음부터 그곳에 있다는 걸 아는 것 같았습니다. 모르는 게 없는 사람 같아 저는 존경스러웠습니다. 게다가 책장 가장 높은 곳에 있던 책이어서 무척 깨끗했습니다. 저는 너무 기뻐서 '고마워요'라고 말했습니다. 그러자 왕자님은 '천만에요'라고 말했습니다. 저는 멋있고, 뭐든지 다 알고, 저를 위해 아무리 높은 곳이라도 손을 뻗는 왕자님 같은 사람과 언젠가 꼭 결혼할 겁니다."

다 읽고 나서 가스미는 문집을 탁 덮었다. 가까이에서 나의 표정을 살피고, '이제 알겠죠?'라는 눈빛을 보냈다.

어떻게 모르겠는가. 말하자면 이런 거였다. 분카도 서점에서, 높은 곳에 있던 스포츠 전문 서적을 내가 찾아서 꺼내주었다. 하루는 "고마워요"라고 말하며 환한 웃음을 띠었다. 그것이 하루가 어린 시절부터 꿈꾸던 이상형 남성과의 첫 만남이었다.

"첫눈에 반한 건 당신이 아니에요, 하루였지."

가스미는 수수께끼를 푼 탐정이라도 된 듯 득의양양한 표정이었다. 나로 말할 것 같으면 여우에게 홀린 듯한 표정.

그래서 뭐가 어쨌다고? 나는 그 환상에 초를 칠 수도 있었다. 부부의 만남에 관련된 비화가 밝혀졌다고 해서 뭐가 달라진단 말인가. 그렇잖아?

곧 죽어도 남자에게 약한 모습은 보이고 싶어 하지 않는 여자가 "내가 꿈꾸던 남성은 당신이었어요"라는 말도 못 꺼낸 채 결혼하고 헤어졌다. 그것뿐이다. 어차피 하나 마나 한 옛날이야기였다. 하지만 난 끝내 환상을 깨버리지 못했다.

소중한 이야기를 듣지 못한 채 돌이킬 수 없는 판단을 내렸다고 생각하는 것은 지나친 비약일까?

아홉 시 반이 지나고, 열한 시까지 무사시코스기로 돌아가 어린이집에서 아야를 데리고 나와야 했기에 가스미는 일어나 옷을 입기 시작했다. 그런데 어쩐지 내 마음에 이는 동요를 애써 모르는 척하는 기색이었다.

내가 말없이 바지를 꿰어 입고 있는데 가스미가 이렇게 중얼거렸다.

"이 이야기를 먼저 꺼냈더라면 우린 아무것도 못 했겠죠."

나는 "글쎄" 하면서 웃어넘기듯 대답했다.

호텔 요금을 지불하는 데 가스미의 카드를 쓰도록 내버려두지는 않았다. 그녀는 일단 지갑에서 꺼내 든 골드카드를 도로 집어넣으며 부탁한다는 말을 했다.

시부야 역까지 가는 길에 가스미가 내게 팔짱을 꼈다. 처음 품에 안은 후 바싹 붙어 있는데도 '이 여자는 내 사람이다!'라고 뻐길 수 없는 무언가가 있었다.

어린이집에서 이미 깊이 잠들어버린 아야를 내가 업고 아파트까지 데려다주었다. 나는 아야를 이부자리에 뉘고 나서 집으로 돌아가려 했다. 실제로 셋이 나란히 누워 자기에는 아직 시간이 조금 더 필요했다.

헤어질 때 가스미와 키스를 나누었다. 가스미는 나에게 달콤하게 빛나는 눈동자로 잘 자라는 말을 했다.

6미터 공용 도로를 건너 집으로 향했다. 머지않아 길 하나만큼의 거리도 없어지려니 생각하면서.

"내가 백마 탄 왕자님?"

집에 돌아와 겉옷을 벗고 샤워 후 맥주를 홀짝이면서, 나는 다시 한번 중얼거렸다. 되도록 그 이상 생각을 발전시키지 않으려고 잠옷으로 갈아입고 침대에 누웠다. 읽다 만 신간도 머릿속에 들어오지 않아 머리맡의 전기스탠드를 끈 직후였을 것이다.

다다미 위로 스륵스륵하는 소리가 나서 다시 전기스탠드를 켜고 보니, 종이컵이 당겨지고 있었다. 여느 때와 다름없는 신호.

가스미겠거니 생각하고 창문을 열어 맞은편을 바라보니, 웬걸 아야가 컵을 입에 대고 어둠 속에 서 있었다. 나도 컵을 입에 댔다.

"잠이 안 와?"

"우리 아빠가 되어주실래요?"

옆에서 자고 있는 엄마를 깨우지 않으려고 조심스럽게 속삭이는 목소리였다. 아직 잠에 취해 있는지도 모르겠다.

"만약 되어준다면 나, 착한 아이가 될게요."

여섯 살짜리 꼬마의 절실한 울림이었다. 레스토랑에서 마주친 아야 아버지의 얼굴이 떠올랐다. 폭행을 당한 것은 가스미뿐이었을까? 엄하다고 일컬어지는 친부의 폭력에 아야도 시달린 것은 아닐까? 그런데도 부모가 이혼했을 때 어린 마음에 "아빠랑 엄마가 이렇게 된 것은 내가 착하게 굴지 않았기 때문이야"라며 자신을 탓하지는 않았을까? 난 가슴이 미어졌다.

"꼭 착한 아이가 될 테니까."

"들리니? 들리면 귀에 바싹 대봐."

아야는 컵을 귀에 대고 들을 자세를 취했다.

"아저씨는 지금의 아야로도 충분해. 지금의 아야가 정말로 좋거든. 아무 걱정 안 해도 된단다. 그러니까…… 어서 자렴."

"안녕히 주무셔요."

대화가 깔끔하게 종결되었다. 역시 아야는 잠결이었던 모양이다. 더딘 동작으로 창문을 닫았다.

요컨대 이런 거다. 엄마와 딸, 양쪽 마음에 답해준 밤.

나는 내 가슴속을 휘저어보았다. 그때까지의 나라면 예의 그놈이 꿈틀거리기 시작할 시기였다.

현실도피벽. 모든 걸 던져버리고 도망치고 싶은 충동.

그런데 신기하게도 그 싹조차 발견되지 않았다. 나에게는 획기적인 일이었다.

8

나가토미 씨의 차를 타고 수도 고속도로의 시바우라 부근을 드라이브했다.

벤츠나 BMW가 아니라 국산 차, 그것도 차량 점검 만료일이 얼마 남지 않은 중고차로, 카스테레오는 이미 고장 나서 들을 수가 없었다.

부모의 재력과 상관없이 나가토미 씨는 아카사카 로열 호텔 연회 담당 계장으로서의 월급만으로 생활하고 있었다.

텐노즈에서 뮤지컬을 보고 돌아가는 길이었다. 뉴욕 재즈 맨의 영광과 좌절을 그린 뮤지컬이었는데, 토종 일본인 얼굴을 한 주연 배우가 '톰'이라 불리는 것이 일단 너무 낯설었고, 립싱크뿐 아니라 손 모양까지도 색소폰을 부는 시늉만 내는 게 하도 어이없어서 연극이 끝날 때까지 두 시간 반 동안 나는 딴 생각만 하고 있었다.

나가토미 씨는 언제까지라도 기다리겠다고 말은 했으나 역시 발등에 불이 떨어지기 시작했는지, 내 일정이 비는 때를 묻고는 "그날 시간 좀 내주실 수 있을까요?"라며 조심스럽지만 강인한 말투로 몇 가지 스케줄을 내 수첩에 적어 넣게 만들었다.

지금은 가쓰우라 호텔 지점장에 만족하고 있지만, 장차 권력 항쟁의 불씨가 될 큰아버지에게 나를 선보이고, 어머니의 지혜 주머니라 일컬어지는 고문 변호사에게 함께 인사하러 가자는 용건이었다. 어쩐지 영화 〈대부〉에 등장하는, 라스베이거스로 쫓겨온 마이클의 형과 로버트 듀발이 연기한 노령의 변호사가 연상되었다. 그럼 나는 마이클의 부인으로서 코를레오네 가에 들어가는 다이앤 키튼이 되는 셈인가?

나가토미 씨는 딱히 말은 하지 않지만, 아무래도 나와 결혼하기 위해서는 여러 방면으로 사전 공작이 필요한 것 같았다.

"하루 씨를 실제로 만나보면 모두 납득할 거라 생각합니다. 그 점에서는 자신 있습니다."

이 말을 나는 신중히 생각해보았다. 이혼이라는 마이너스 요소를 어떻게서든 메우고 싶은 모양이었다.

나도 "아직 아무것도 결정되지 않은 상태에서 그렇게 앞서가면 곤란합니다"라고 확실하게 말하면 좋았겠지만, "딱딱한 인사가 아닙니다. 가쓰우라에 놀러 가는 김에 잠깐 소개하는 정도니까"라며 앞서 말하는 데야, 완강히 거부할 수도 없는 노릇이었다.

나가토미 씨에게 있어서 나와의 사랑은 어쩌면 일가에 대한 치기 어린 반항이 아닐까 하는 생각도 들었다.

그런 것들을, 뮤지컬을 보는 가운데 곰곰이 생각했다. 옆에 앉은 나가토미 씨는 꾸벅꾸벅 졸고 있었다. 그래서 뮤지컬이 끝난 후 해안 도로를 가볍게 드라이브하고 돌아가기로 한 거였다.

수도 고속도로에서 레인보우 브리지로 접어들었을 즈음 나는 비로소 핵심에 가까운 이야기를 꺼내기로 마음먹었다.

자동차로 데이트를 즐기는 젊은이들이 우리 차를 앞질러 갔다. 그들이 결혼이라는 국면에 처해 있는지는 몰라도 앞 좌석에 나란히 앉아 마주 보며 웃고 있는 얼굴에는 부러울 정도로 희망이 넘쳐흘렀다. 나도 저런 얼굴로 연인 곁에 앉아 가고 싶었다. 스물여섯 살의 이혼녀답지 않게 어린애 같은 바람이었지만, 어쨌든 절실했다.

"저의 진심을 말해도 될까요?"

나가토미 씨는 갑작스럽다는 표정으로 나를 보았다.

나도 일단 말은 꺼냈지만 감정에 어울리는 단어가 좀처럼 떠오르지 않아 난감했다.

"말씀하세요. 하루 씨의 진심, 듣고 싶었습니다."

이미 내 표정을 읽고 자신에게 좋은 이야기만은 아니라는 걸 예감하면서, 내가 단어를 찾아내기를 기다렸다.

"저…… 나가토미 씨와의 교제를 위해 스스로 무리해왔어요. 나가토미 씨 눈에는 이도 저도 아닌 애매한 태도로밖에 보이지 않았을지 모르지만."

"하야세 씨와의 일도 있고, 모든 일이 신속하게 진행되리라고는 생각하지 않았습니다."

전남편의 존재를 지금까지도 주체 못 하는, 그렇기 때문에 인생이라는 것을 앞으로 진행시킬 수 없는…… 나에 대해서 그렇게 해석하고 있음이 분명했다.

"제가 리이치로에 대한 분풀이로 나가토미 씨와 교제를 시작한 것처럼 보였다면 사과드릴게요. 분명 처음에는 그랬는지도 모르죠. 하지만 지금은 달라요."

"다르다면, 그 말은."

나가토미 씨의 옆모습에 희망이 싹트기 시작했다. 그렇다면 지금은 사랑? 사랑이 된 걸까. 하지만 자신의 지레짐작을 경계하듯 레인보우 브리지를 지났을 즈음 물었다.

"어디 잠깐 세워도 될까요?"

차분하게 이야기할 장소를 찾는 눈치였다.

오다이바 해변 공원 도로에 차를 세우고 우리는 모래사장에 내렸다. 시바우라의 네온이 해수면을 단속적으로 물들이고 있었다. 야간 윈드서핑을 즐기는 젊은이들이 드문드문 눈에 띄고, 수면에 비치는 원색 빛을 좌우로 흔들어대고 있었다.

은은하게 불어오는 바닷바람. 밀려오는 파도는 시냇물처럼 잔잔했다.

파도가 이는 곳까지 걸어가서 나는 이야기를 이어갔다.

"저…… 다른 사람을 위해서 나가토미 씨와 사랑을 하려고 생각했어요. 누구를 위한 사랑인지 저 자신도 알 수 없게 돼버렸지만."

"다른 사람이란 누구죠?"

추궁하는 말투는 아니었다. 가여울 정도로 조심조심, 내 본심에 닿으려 하고 있었다. 나는 이 사람을 상처 입히고 마는구나, 그런 예감에 선뜻 다음 말을 잇기가 망설여졌다.

"하야세 씨를 말하는 거군요?"

나는 고개를 끄덕였다.

"그 사람을 위해서 나가토미 씨와 교제할 생각이었어요. 내가 다른 남자와 함께 미래를 향해 나아가는 모습을 본다면 그도 가스미와 새로운 인생을 시작할 수 있겠구나, 하는 생각에서요."

"그래서 하야세 씨 쪽은 어떻게 되어가는데요?"

"두 사람은 순조로운 것 같아요."

"그럼 의도대로 된 것 아닌가요? 이대로 저를 따라와 주신다면 하야세 씨도 당신에 대한 미련을 버리고 지금 사귀는 분과 행복해지지 않겠어요?"

순수한 연애 감정이 아니어도 좋다, 억지로라도 좋으니 날 좋아해달라, 내 마음을 받아달라, 그런 절실함이 나가토미 씨의 말 한 마디 한 마디를 격앙시키고 있었다.

"요전에 가스미를 만나서 리이치로와 지금 어떻게 지내고 있는지 들었어요. 안심했어요. 두 사람은 이제 걱정이 없어 보였어요. 내가 바라던 길을 걸어줄 거 같으니까요."

"결국 이런 건가요?"

나가토미 씨는 파이를 한 겹 한 겹 벗겨내듯 이야기의 핵심에 다가서고 있었다. 모래를 씹은 듯한 표정. 바다에 비치는 빛이 그의 눈동자 안에서 흔들리고 있었다. 눈물로 보인 것은 분노 탓이었는지도 모른다.

"결국, 저를 상대로 더 이상 무리할 필요가 없다."

"이혼 경력 있는 여자에게 과분할 정도의 혼처, 그렇게 결론짓고 계산적으로 결혼을 향해 질주할 만큼 저는 강하지 못해요."

"하루 씨."

나가토미 씨는 그제야 내 얼굴을 똑바로 바라보았다. 분노로 보였던 눈의 촉촉함은 아직 형태를 이루지 못하고, 눈동자를 살짝 덮고 있었다.

"이런 이야기를 할 때 필요한 말을 하루 씨는 잊고 있네요."

그럴지도 모른다고 나도 생각했다.

"저를 도저히 사랑할 수 없다고, 하루 씨는 왜 말하지 않는 거죠?

자기 탓만 하고 있군요. 저에 대해서는 한마디도 없잖아요."

이 또한 추궁하는 어조는 아니었다. 당신이 대답하기 힘들면 내가 대신 말해줄까요, 라고 나가토미 씨의 상냥함이 내게 전하고 있었다.

"아마도 저는 당신이 생각하는 그런 남자일 겁니다. 역풍 속을 걸어 나가는. 그것은 나가토미 관광의 후계자로 지목된 남자의 고집이었습니다. 저는 4년 전, 당신을 보고 첫눈에 반했습니다. 그건 사실이에요. 지금은 당신의 모든 것을 좋아하죠. 그것도 사실입니다. 그러면서도 당신에게 이혼 경력이라는 핸디캡이 있다는 점이 저를 더욱 분발하게 만들었습니다. 그런 당신을 일가의 무리 앞에 데리고 나가 '이 사람과 결혼한다, 딴소리 말아라!'라고 당당하게 선언할 날을 이제나저제나 하는 심정으로 꿈꿔왔습니다. 그들의 말을 빌리자면 당신은 분명 흠집 있는 여자입니다. 그럼에도 이겨낸다면 진정한 승리인 거죠."

말 한마디 한마디가 내 가슴을 콕콕 찔렀다. 핸디캡. 흠집. 내 입으로 말할 수는 있어도 남의 입에 오르내리는 것은 싫은 단어였다. 하지만 있는 그대로 마음을 표현하고자, 어떤 수식어로도 포장하지 않는 나가토미 씨의 태도에 나는 열의마저 느꼈다.

"집안 권력 싸움에 당신을 이용하려 했습니다. 나를 이런 환경으로 끌어들인 어머니에 대한 반항으로 당신을 세이조의 본가로 데려갔죠. 저는 그런 남자입니다. 그런 남자를 어째서 비난하지 않는 거죠?"

"비난할 자격 같은 것, 저한테는 없어요."

"왜 없어요? 당신은 자신의 과거를 핸디캡이라고도 흠집이라고도 생각하지 않아요. 자신을 중고품이라고 말한 적은 있지만 그것은 저를 시험하기 위한 자학이란 것 압니다. 당신은 고작 한 번의 실패로 자긍심을 버릴 만한 그런 사람이 아닙니다."

"그것도 과대평가예요."

"아니, 당신은 그래요. 그런 여성이 자신의 약점을 이용한 남자에게 어째서 대들지 않는 거죠?"

"왜냐하면 나가토미 씨는 좋은 사람이니까요."

"진심을 듣고 싶군요, 하루 씨의 진심을."

"그러니까 나가토미 씨를 비난할 자격이 저한테는 없어요."

"그러니까, 어째서!"

나가토미 씨는 '자격이 없다'는 나의 말 뒤에 숨겨진 진실을 확인하지 않고서는 견딜 수 없는 모양이었다.

"어째서인지 내가 말해볼까요?"

내가 가볍게 끄덕이자 그가 말했다.

"하루 씨는 지금도 하야세 씨를 사랑하기 때문이죠."

나가토미 씨의 눈동자를 살짝 덮고 있던 것이 형태를 이루려고 했다. 뺨으로 흘려보내서는 안 된다고 눈가가 필사적으로 저항하고 있었다.

"그건 헤어진 남편에 대한 미련 어쩌고 하는 간단한 문제가 아니죠. 그런 떳떳지 못한 마음이 자리하고 있으니까 저를 비난할 수 없는 겁니다. 내 말이 틀렸나요?"

"미안해요……."

이렇게까지 말하는데 사과하는 수밖에 없잖아?

누구를 위한 사랑이든, 나가토미 씨의 마음을 한 번쯤은 받아들여도 좋지 않을까 생각했으니까. 희망을 품게 한 책임, 세상을 어지럽힌 죄라는 것이 있다, 나에게는.

"그럼 한 가지만 더 묻죠. 이제 와서 하야세 씨를 사랑한들 뭐가 달라지나요? 당신이 말한 대로 하야세 씨는 가스미 씨와 함께 걷기 시작했잖아요? 그녀를 하야세 씨에게 소개한 내 탓이다, 자업자득이니 어쩔 수 없다며 돌아서 눈물을 삼키는 것 말고 지금 당신이 할 수 있는 일은 없어요. 그래서 만족하나요?"

"전…… 그 사람이 행복한 결혼 생활을 하기를 바라요. 그 사람의 행복을 지켜본 연후에 저 자신에 대해 생각하려고요. 지금은 그걸로 충분해요."

"놀랍군요."

천연기념물이라도 보듯 나가토미 씨가 나를 바라보았다.

"내 꿈과 희망에 대해서는 그를 보내고 나서 찾아보려고요."

"그건 너무 쓸쓸하잖아요."

"참을 수 있어요. 왜냐하면……."

이 말을 다른 사람 앞에서 꺼내긴 처음이었다. 다소 언성을 높이지 않으면 마지막까지 말을 다 할 수 없을 것 같았기에 원색도감처럼 네온을 비쳐내는 바다를 향해 외치듯 말했다.

"왜냐하면, 리이치로를 좋아하니까!"

한 번 더.

"좋아하는 사람을 위해서니까!"

나 자신도 이런 말까지 하게 될 줄은 몰랐다.

나가토미 씨의 눈에서 눈물 한 방울이 끝내 견디지 못하고 흘러내렸다. 뺨을 타고 내려온 그것이 입가의 주름 사이로 스며들었다. 미소를 지을 때 생기는 주름이었다. 나가토미 씨는 어느새 젖은 눈으로 미소 짓고 있었다.

말을 마친 나는 마치 첫사랑을 고백한 중학생처럼 온 얼굴이 빨갛게 달아올랐다.

"하루 씨와의 연애……, 다시 한번 처음부터 시작하고 싶은 기분입니다."

미소 저편에서 끄집어내듯 나가토미 씨가 말했다. 다시 한번 시작할 수 있다면 이번에야말로 리이치로를 이겨보겠다, 그런 기백을 농담에 실어 전하고 있었다.

"처음부터 실체를 털어놓고, 저도 하루 씨도 있는 그대로의 자신을 내보이며."

"그럼, 다음에는 첫 만남부터 다시 시작할까요?"

진심으로 받아들이든 농담으로 받아들이든 그건 나가토미 씨의 자유였다.

"하야세 씨가 당신의 의도대로 행복한 결혼을 마쳤을 때 다시 한번 당신 앞에 나타날 겁니다."

"너무 오래 기다리게 하지는 마세요."

"당신도 저를 기다리게 했으니까 서로 비긴 겁니다."

그날 밤 나는 오다이바에서 택시를 타고 돌아와야 한다고 생각했지만 나가토미 씨가 굳이 히몬야까지 바래다준다고 했다.

카스테레오 없는 차 안. 두 사람 사이에는 정적만이 흘렀다. 오히려 음악이 없어서 좋았다. 우리는 분위기에 방해받지 않으면서 자신들이 내뱉은 말의 의미에 대해 각자 속으로 되짚어볼 수 있었다. 히몬야에 도착하면 어떤 이별을 해야 할지 천천히 생각할 수도 있었고.

메구로 거리는 의외로 한산해서 30분도 채 안 걸려 집에 도착했다. 차에서 내린 나를 운전석에서 올려다보며 나가토미 씨가 이렇게 말했다.

"저 이제 풀장에는 안 갈 겁니다."

지극히 당연한 이야기지만 나는 '왜죠?'라는 표정을 지어보였다. 그렇게 하지 않으면 나가토미 씨가 다음 대사를 잇지 못할 것 같았기에.

"하루 씨한테 배우지 않아도 저 원래 수영 잘하거든요."

"그런 것 같았어요."

"클럽에 가입한 건 흑심이었죠."

"그렇지 않을까 짐작했어요."

서로 웃는 얼굴이 되었다. 나의 재량으로 특별히 자유반 수료증을 주기로 했다.

"안녕, 하루 씨."

"조심해서 가세요, 안녕."

나가토미 씨는 여운을 남기지 않으려는 듯이 차를 급히 출발시켜 히몬야 공원 앞길을 좌회전해서 사라졌다. 그 엔진 소리가 밤중의 소란에 뒤섞여 들리지 않게 되자 나는 금세 공허한 마음에 휩싸였다.

그건 너무 쓸쓸하잖아요.

조금 전에 나가토미 씨가 한 말이 되살아났다. 이제 와 쓸쓸해해서 어쩔 건데. 나는 내 자신을 격려하듯 일부러 발소리를 높여 아파트 입구로 들어섰다.

방에 불을 켜자 테이블 위에 어젯밤 읽었던 초등학교 때 문집이 펼쳐진 채 놓여 있었다.

백마 탄 왕자님.

원고용지의 칸을 올바르게 지킨, 오른쪽으로 약간 치우친 글자가 보면 볼수록 나의 공허함에 불을 지폈다. 나는 열 살짜리 아이의 꿈 이야기 앞에서 망연자실해져 서 있었다.

우선 내가 해야 할 일은 그 문집을 덮고 과거의 꿈을 봉인하는 것이었다.

그리고 실연을 위한 마음의 준비…….

4장

다시 만나는 날까지

1

분주한 하루였다.

출판사 창고에도 없다는 사이코 서스펜스계의 환상적인 명작, 리처드 닐리의 《찢긴 마음》이 요코하마 이시카와초의 서점에 잠자고 있다는 정보를 입수했을 때 얼마나 기뻤던지. 곧바로 전화해 확인한 나는 정말로 하늘을 날 것처럼 기뻤다.

미스터리물을 꿰고 있던 그곳 서점 주인은 '과연 어떤 골수팬이 이 책을 사러 오려나' 기대하는 말투였다.

단골손님이 꼭 구해달라고 신신당부한 책이었다. 간다 고서점 거리를 뒤지면 찾지 못할 것도 없었다. 하지만 아무도 손대지 않은 새 책이 아니면 내 자존심이 허락지 않았다.

페리스 여고생들이 오가는 모토마치 상점가에 자리한 작은 책방. 내가 찾는 책은 서가 한쪽 구석에 죽은 듯이 처박혀 있었다. 페이지 가장자리가 약간 누렇게 변색된 책, 하긴 16년 전에 발행된 책인 데다 그것도 초판이니 무리가 아니었다. 넥타이를 맨 백발의 주인은, '드디어 나타나셨군' 하는 표정으로 책에 커버를 씌워주었다. 나는 손님 부탁으로 사러 온 거라서 영수증을 받아 가야 하는데도 마지막까지 순수한 미스터리 마니아로 보이고 싶어 1000엔짜리 지폐 두 장을 건넸다.

요코하마에서 전철을 갈아타고 시부야로 돌아오는 내내 나는 책을 펼쳐보고 싶은 충동에 사로잡혔다. 하지만 내가 읽어버리면 헌책이 될 거라는 생각에 꾹꾹 참았다.

도립대학을 지나자 오른쪽 차창 너머로 스포츠클럽이 보였다.

자전거 보관소의 빨간 산악자전거. 아침에 출근할 때도 그 빨간색이 내 눈을 찔렀지. 이 책을 사러 갈 때도 그랬고. 하루에만 세 번째군.

정신을 차렸을 때 나는 이미 가쿠게이다이가쿠역에서 내리고 있었다. 나는 왔던 길을 거슬러 올라가 스포츠클럽으로 향했다. 용건이 있을 때는 밖에서 만나기로 한 하루와의 약속을 그날도 깨고 있었다.

로비에서 실내 풀장을 내려다보니, 하루는 기타지마 선생을 개인지도하는 중이었다. 선생은 보조 장비 없이 간신히 팔다리를 뻗고 물에 떠 있었다. 하루가 큰 소리로 다섯이란 숫자를 외쳤을 때에야 선생이 일어났다. 드디어 해냈다는 성취감에 만면에 미소. 하지만 곧바로 이어지는 하루의 따끔한 소리.

"이 정도로 너무 좋아하지 마세요."

내가 손을 휘휘 저어 신호를 보내자 하루는 오겠다는 눈짓을 한 뒤 방문 용건을 짐작이라도 한 듯 기타지마 선생을 후배 강사에게 부탁했다. 선생도 나를 알아보았는지 화살 같은 시선으로 쏘아보았다.

그런 눈으로 보지 말아 줘. 하루의 팬으로서 전남편에게 적개심을 갖는 심정이야 이해하지만.

하루가 트레이닝셔츠와 레깅스 차림으로 로비로 올라왔다. 우리는 말없이 카페테리아로 향했다. 자판기에 100엔짜리 동전을 넣고 나는 종이컵 커피를, 하루는 스포츠 음료를 얼음 없이 뽑아 들고 마주 앉았다. 하루는 나와 눈을 마주치려 하지 않았다.

내가 먼저 말하기를 기다리는 눈치였다.

"어젯밤……, 전화 왔었어. 나가토미한테."

"그래."

"하루 씨와는 당분간 냉각기입니다, 하고 묘하게 밝은 목소리로 말이야."

수화기 너머로 얼음 소리도 같이 들렸다. 위스키를 얼음에 쏟아부어 단숨에 들이켜는 듯한 소리. 냉각기를 갖는 이유는 말하지 않았지만, 말끝마다 당신이라면 짐작하겠지? 라고 들이대는 듯한 날선 목소리였다.

"그렇게 된 겁니다. 일단 보고는 드려야겠기에."

그리고 전화가 뚝 끊겼다.

"네가 찼지?"

"얘기가 그렇게 되나?"

"이유가 뭐야?"

"분수에 안 맞잖아, 미래의 사장 부인이라니."

"딱 제격일 것 같은데 뭘. 나가토미 관광의 남자들을 턱으로 부리는 여왕의 모습, 상상만으로도 황홀하네."

"아, 그래."

차가운 묵살.

"나 때문이지?"

"당신 때문이라고? 별 이상한 소리를 다 하네."

하루는 확실하게 못을 박았다. 정면에서 보니, 물에서 막 나온 얼굴인데도 눈가에 심하게 그늘이 져 있었다.

잠을 못 자서 그런가.

나 때문에 나가토미와 관계를 청산한 거지?

이렇게 묻고 싶었지만 용기가 없었다.

"버티는 것도 좋지만, 그렇게 비싸게는 안 팔릴걸."

"내 값이 떨어진 건 당신 때문이야."

"그야 동정은 가. 이혼 경력이 있다는 것만으로 어째서 여자만 불이익을 당해야 하는지. 정말 이놈의 사회, 맘에 안 들어."

"사회 탓이 아니라, 당신 탓이지."

나는 선선히 인정했다.

"그건 그렇고, 가스미랑은 잘돼가?"

예의상 묻는 말투였다. 그러나 그 말 속에는 왠지 확인하지 않고서는 견딜 수 없다는 듯한 절실함이 감돌았다. 나는 잠깐 얼버무릴까 하다가 정직하게 대답하는 편이 오히려 낫겠다 싶어 말해주었다.

"조만간 시모다에 계신 부모님께 인사시키려고. 가스미가 만나

뵙고 싶다고 하도 졸라대서 말이야."

"가스미와 교코 씨라면 마음이 잘 맞을 거야."

교코 씨란 내 어머니였다. 하루는 친근한 뜻으로 그렇게 불렀다.

"그분은 누구와도 잘 맞아. 너도 친딸처럼 여겼고."

그랬다. 고부간의 갈등 따위는 없었다. 한집에서 살았던 것도 아니고, 겨우 1년 남짓한 결혼 생활이었으니 갈등이 생길 기회가 없었다고나 할까. 아무튼 사이가 좋았다. 임신했다는 사실을 말하려고 시모다에 둘이 내려갔을 때도, 어머니는 순산에 좋다는 온천을 찾아 하루를 데리고 다녔다.

뭐, 효능은 없었지만.

"당신도 드디어 독수공방을 청산할 때가 왔군."

하루가 미소를 짓자 눈 밑의 그늘이 싹 사라졌다.

"두 번째 청산은 괴로워."

"그럴 만한 가치가 있는 여자잖아."

하긴 오가사와라 가스미라는 여자에 대해 나도 곰곰이 생각해보았다. 길을 사이에 두고 6미터 저편의 그녀를 느끼면서 내가 왜 끌리게 됐는지를.

"난 약한 여자한테 약하단 말이야."

같은 형용사가 연속되자, 하루는 무슨 뜻인지 모르겠다는 얼굴이었다.

나한테 데이트 신청을 받으면, 약속 시간 전에 호텔 방을 잡고 와버리는 성격. 식사가 끝나면 좋은 바가 있다고 하면서 호텔로 이끄는 치밀함. 음란한 잔꾀를 부리는 여자라고 바보 취급하진 않았다.

그렇게까지 하지 않으면 좋아하는 남자를 잡아둘 수 없다고 믿는 여자의 어리숙하고 나약한 면에 나는 왠지 끌리고 있었다.

"그게 말이야, 2년 전, 소중한 것을 잃고 실의에 빠져 있는 너를 내가 구하지 못했기 때문에."

별 뜻 없이 흘린 말이었는데, 말해놓고 보니 나의 속마음이 확연히 보였다. 그런가, 하루에 대한 속죄였나. 내가 가스미에게 끌린 이유가.

"나만 잃은 게 아니잖아. 남 일처럼 말하지 마."

그렇게 대꾸하는 하루의 눈빛이 흔들렸다. 내 입에서 갑자기 튀어나온 상냥한 말에, 어떻게 대처해야 좋을지 몰라 당황해하는 얼굴이었다.

"당신도 똑같이 잃은 거니까, 안 그래?"

"그렇지만, 난 남자잖아."

내가 배 아파서 나은 게 아니니까, 라고 말하고 싶었다.

"이제 됐어, 그런 얘기는. 어쨌든 축하해."

"축하는 아직 일러."

"기도해줄게. 곤란한 일이 생기면 사양하지 말고 말해. 내가 할 수 있는 일이면 뭐든지 할게."

부모처럼 그렇게 말해주었다. 나와 가스미의 행복을 진심으로 바라고 있는 거였다, 저 여자.

"그럼…… 난, 갈게."

대체 무엇 때문에 전철에서 내려 그곳에 들렀는지, 도무지 이해가 가지 않는 마무리였다.

건물 밖으로 나왔는데 마침 자전거 보관소의 산악자전거가 눈에 확 들어왔다. 나는 가까이 다가갔다. 매일 아침 전철 창문 너머로 보던 자전거가 바로 이거였구나. 나는 팔짱을 낀 채 유심히 바라보다 안장에 손을 얹어보았다. 이 모습을 하루가 보았다면 "엉큼한 손으로 어딜 만지는 거야!" 하면서 핀잔을 주었겠지.

나는 타이어의 공기압과 자물쇠를 확인한 뒤 중얼거렸다.

"하루의 무게를 견뎌주렴."

하루가 마침 현관 앞으로 나오기에 나는 자전거를 보고 있는 내 모습을 들키고 싶지 않아 도망치듯 살금살금 도로로 나섰다. 그때 누군가 하루를 불러 세우는 소리가 들렸다. 수영을 마치고 나온 산뜻한 얼굴의 기타지마 선생이었다.

50미터 이상 떨어져 있었는데도, 두 사람의 대화가 손에 잡힐 듯했다. 기타지마 선생, 나이는 어디로 먹었는지 있는 용기 없는 용기 다 짜낸 얼굴로 이렇게 말했을 거다.

"언제 식사라도 한번 같이 하고 싶은데……."

기타지마 선생이 비록 물에서는 통 맥을 추지 못한다 해도 물속에서만 나오면 핸섬한 중년 신사라서, 하루 역시 데이트 신청이 그다지 싫지만은 않을 것이다. 나가토미와 헤어진 직후이기도 하고, 선생의 호의적인 말이 마음의 빈자리를 교묘하게 파고들었을 것이다.

하루는 조금 망설이는가 싶더니 가방에서 다이어리를 꺼냈다. 하긴 졸업을 앞둔 여동생이 신세 지고 있는 교수님이니, 일언지하에 거절할 수도 없었을 테지.

"그럼, 이날 저녁이라면……."

하루가 그런 식으로 대답한 모양이다.

"그럼, 맛있는 집을 알아놓겠습니다."

기타지마 선생은 한여름의 소년처럼 환하게 웃었다. 저 얼굴이 여학생들에게 먹히는 거겠지.

나는 하루가 '이날이라면' 하고 정한 날이 언제일지 짐작이 갔다.

내기해도 좋다. 그건 이번 달 19일, 나와의 결혼기념일이 틀림없을 것이다.

다음 날은 서점 정기 휴일이었다. 나는 가스미를 따라 지유가오카에서 쇼핑을 했다. 아야의 유치원이 오후 1시에 끝나니까, 점심을 먹고 같이 데리러 갔다가 셋이 산리오 퓨로랜드에라도 놀러 가자는 계획이었다.

가스미는 인테리어 가게에 들러 카펫을 골랐다. 어느덧 마룻바닥이 차가워지는 계절이 되었으니 이참에 따뜻한 색 계열로 두툼한 카펫을 사고 싶다는 거였다. 그런데 가스미는 끊임없이 내게 물어왔다.

"당신이랑 아야 맘에 드는 걸로 하면 되지."

몇 번이나 그렇게 말했는데도 그녀는 얼굴을 들이대며 물었다.

"하야세 씨라면 어떤 색이 안정감 있어요?"

나는 하는 수 없이 샘플로 매달려 있는 것 가운데 한두 개를 가리켰다.

"그럼 그걸로 할까?"

아무래도 가스미는 지금 사는 아파트에서뿐만 아니라, 앞으로 나랑 같이 살면서도 계속 쓸 수 있는 물건을 원하는 눈치였다.

그런데 그 카펫의 가격이 만만치 않았다. 나는 예의 골드카드로 계산했는지 일부러 보지 않았다. 보면 안 될 것 같기도 했고.

인테리어 가게를 나와 이번에는 바로 맞은편의 아동복 매장에 들어가 아야의 더플코트를 샀다. 계산대에 내민 것은 분명 헤어진 남편한테 받은 골드카드였다. 어지간한 나도 가만히 보고만 있을 수 없어서 점원에게는 들리지 않게 살짝 말했다.

"그런 거, 사용하면 안 되지."

그때까지 신이 나서 쇼핑을 즐기던 가스미는 순간 표정이 굳어지는가 싶더니 후훗 하고 계면쩍은 미소를 던졌다.

나는 지갑을 꺼내 카드를 뽑아 들었다. 물론 골드의 반짝임은 없었지만 말이다.

"이러지 마요, 하야세 씨."

"내가 사주고 싶어서 그래."

"됐어요, 이건 됐어요."

"되긴 뭐가 돼."

전남편에 대한 비난과 부부 간의 분쟁에 아야를 휘말리게 하고 싶지는 않았지만 나는 금세 생각이 짧았음을 깨달았다. 가스미는 이렇게 말했다.

"아야의 물건만큼은 이 카드로 사주고 싶어요. 그 사람이 좋아하니까. 아야는 아빠와 헤어진 뒤 얼굴도 보려고 하지 않아요. 그러니까 그 사람은 하다못해 자신의 호주머니에서 아야의 옷값이라도 나가고 있다는 사실에 아버지로서 기쁨을 느낄 거예요."

내 자신이 부끄러웠다. 그녀는 단지 복수심만으로 그 카드를 사용해온 게 아니었다. 사용명세서의 금액만으로 연결되어 있는 옛 부부, 옛 가족…… 잘 생각해보면, 나도 매달 하루에게 위자료를 자동이체하고 있고, 통장에 기록되는 그 숫자의 나열이 하루와 나를 간신히 이어주는 연결 고리라고 생각할 때가 있으니까.

"미안해, 주제넘는 소릴 해서."

"마음에 두지 말아요."

가스미는 밝게 말한 뒤 점원에게 카드를 내밀었다. 그 카드를 빨리 버리게 하는 것이 과연 이 모녀에게 정말로 행복한 일인지 나는 곰곰이 생각하지 않을 수 없었다.

시부야의 스페인 레스토랑에서 마주친 전남편의 기름기 도는 얼굴이 떠올랐다. 폭력과 증오. 그것이 사실일지라도 애정의 불씨, 그리고 아야와 어쩔 수 없이 연결되어 있는 혈연의 고리가 내게는 넘기 힘든 벽처럼 느껴졌다.

하지만 그 점은 가스미도 마찬가지 아닌가. 나와 하루 사이에 놓인 연결 고리를 그녀 역시 겁내고 있을 것이다. 이혼 경력이 있는 사람들끼리 사귈 때 반드시 넘어서야 할 장애물이 아닌가.

"그래요, 이제 사치는 자제해야지."

그녀가 나를 배려하듯이 중얼거렸다. 내 마음 한구석에 자리하고 있는 것을 두려워하면서, 자신의 처지를 헤아려 전남편의 속박에서 벗어나 자립해야만 한다는 일념으로 스스로를 경계하고 있는 거다.

씩씩하네. 나는 약하다, 이런 여자한테.

그날이 나와 하루의 결혼기념일이라는 것을 아는지 모르는지, 시즈카가 인생 상담이 좀 필요하다며 만나자고 전화를 걸어왔다. 약속 장소는 니시아자부의 이탈리아 레스토랑.

팩스로 보내온 약도를 보고 찾아갔는데, 주택가 한 모퉁이에 자리한 도심 속의 은둔처 같은 레스토랑이었다.

필시 취직 얘기이겠거니 생각했다. 이번 여름, 일 관계로 연이 닿아 있는 대형 출판사의 영업부장에게 시즈카를 소개한 일이 있는데, 올해는 대졸 여직원을 뽑을 예정이 없지만 아르바이트라면 자리가 있다는 답변을 들었다. 하지만 당시 시즈카는 정직원이 아니면 싫다나 뭐라나 하면서 거절해버렸다.

2층으로 올라가니 시즈카가 먼저 와서 기다리고 있었다. 혼자 셰리 와인을 마시면서.

"여기예요, 형부."

그런데 테이블에 네 사람분의 식기가 놓여 있었다.

"누가 또 오는 거야?"

"언니요……. 이쪽으로 앉아요."

그녀는 나를 자기 옆자리에 앉혔다.

"또 한 사람은?"

시즈카는 대답 대신 헤헤헤 하고 의미를 알 수 없는 웃음을 흘렸다.

"가이에다?"

"땡!"

하루의 일행. 그가 남자라면, 지금 하루의 교우 관계를 볼 때 가능성이 있는 사람은…….

"설마, 기타지마 선생?"

"딩동댕!"

"뭐야, 이 모임은?"

"언니가 교수님이랑 식사하기로 한 모양인데, 단둘이 만나기가 조금 그렇다고 나를 불렀어요."

"그런데 뭐 하러 나까지 부른 거야?"

"두 사람 결혼기념일이기도 하잖아요."

"이것 봐, 시즈카."

나와 깊은 추억이 있는 날에, 하루가 굳이 기타지마 선생과 데이트 약속을 했다. 거기까지의 추리는 적중했다. 그러나 그런 자리에 나까지 부를 줄은 상상도 못 했다.

"교수님이 아무래도 언니를 좋아하는 것 같아요."

"알고 있어."

"언니의 상대로 어울릴지 어떨지 형부도 판단해주었으면 해서요."

"네가 판단해. 남자 보는 눈 하나는 확실하잖아."

"대학 은사이기도 해서 아무래도 판단이 흐려질 수 있으니까."

"다 알아. 두 사람이 나란히 있는 모습을 나한테 과시하려는 짓궂은 속셈일 테지."

시즈카는 눈을 동그랗게 뜨고 말했다.

"왜 그런 식으로 받아들일까? 형부는 가스미 언니랑 잘돼가는 줄 알고 있는데? 하루 언니가 새로운 애인 후보와 뭘 하든 신경 쓸 필요 없잖아요?"

할 말이 없었다. 남자의 모순을 잘도 짚어냈다.

"기타지마 교수님도 청렴결백한 몸은 아니어서, 나도 자신 있게 언니한테 추천하진 못해요."

현재 기타지마 선생은 재벌가의 따님인 부인과 별거 중이란다.

"나이 차이도 있고."

"그건 큰 문제가 아니야. 고작 20년이잖아. 언니도 청렴결백한 몸은 아니고."

형부가 흠집 낸 거잖아, 라고 말하고 싶어 하는 눈치였다.

"나가토미와 헤어지고, 누구라도 좋으니까 외로움을 달래줄 남자를 고르려는 것 같아서 나도 걱정하던 참이었어."

나는 미간을 찌푸리고 팔짱을 낀 채 하루의 보호자 같은 얼굴로 말했다.

"외로운 것치고는 제법 괜찮은 상품을 골라온 듯싶기도 하지만."

"뭐야, 형부 역시 쌍수 들어 찬성하고 있는 거잖아."

"그렇다면 날 이 자리에 불러낼 이유가 없잖아. 그야 두 사람이 눈앞에서 키스를 한대도 상관할 바 아니지만, 내가 없는 데서 했으면 하는 마음도 있잖겠어? 곧 있으면 너도 사회인이니까, 그 정도는 헤아릴 줄 알아야지."

듣고 있자니 점점 화가 치밀어서 잔소리를 늘어놓았다.

"형부를 만나고 싶다고 한 건 기타지마 교수님이에요."

그럼 그렇다고 진작 말했어야지.

"언니가 둘이서만 식사하기 뭐하니까 동생도 함께하면 어떻겠냐고 물었더니, 그럼 차라리 하야세 씨도 함께하면 어떻겠냐고, 교수님이 말을 꺼낸 것 같아요."

"차라리라니, 무슨 뜻이야?"

"두 사람의 예전 부부 관계를 알고 싶은 게 아니겠어요?"

"교수는 그래서 싫어. 부디 가족사회학의 연구 대상으로는 삼지 말아 줬으면 좋겠네."

"두 사람의 결혼기념일에 맞추자고 제안한 건 나지만."

"요즘 너한테 살의마저 느낀다."

시즈카는 내가 무슨 말을 하든 실실 웃기만 했다.

"하루는 괜찮으려나? 내가 같이 있어도."

"어차피 거절할 거라고 말하긴 하던데……."

"나도 이런 상황인 줄 알았으면 오지도 않았어."

그때 웨이터의 목소리가 들려왔다.

"어서 오십시오."

이윽고 계단을 오르는 두 사람의 발자국 소리가 들리고, 이탈리언 캐주얼로 차려입은 기타지마 선생과 감색 원피스에 골드 브로치로 악센트를 준 하루가 나타났다. 결혼기념일에 반드시 입고 나오는 옷이었다. 액세서리만 매년 늘어간다. 매년, 스스로의 빛에 자신이 없어지다 보니, 대신 몸 여기저기에 반짝이를 달아 눈가림하려는 속셈이겠지. 하여튼 여자들이란.

"오래 기다리시게 해서 죄송합니다."

기타지마 선생에게선 예의 적개심 같은 건 찾아볼 수 없었다. 그날따라 묘하게 우월감에 가득 찬 얼굴로 내 앞에 앉았다. 하루를 대동하고 내 앞에 나타난 것이 자신감의 원천인지도 모른다.

하루와 눈이 마주쳤다. 이 여자, 어쩐지 '오란다고, 나오냐?' 하는 듯한 말투로 한마디 내뱉었다.

"왔어?"

이것 봐, 난 어디까지나 속아서 나온 거라고. 이런 결혼기념일이 될 줄 알았다면 집에서 혼자 물두부나 먹고 있는 편이 나았어.

이 말이 목구멍까지 치밀어 올랐지만 나는 꾹 참았다.

2

아무리 시즈카 말에 속아서 나왔다 해도 나와 기타지마 씨가 동석한다는 말을 들으면 피해야 되지 않아. 그 사람들이랑 같이 식사할 수는 없다고 하고 말이야.

나와 기타지마 씨가 나란히 앉고, 맞은편에 리이치로와 시즈카가 나란히 앉은 4인용 테이블. 눈을 어디에 두어야 할지 고민해야 하는 이상한 분위기 속에서, 웃음이 끊이지 않는 즐거운 식사 시간을 기대하기란 어려울 것 같았다.

기타지마 씨는 우선 와인을 주문했다. 산뜻한 맛의 레드와인을 원하는 우리 세 사람의 의견을 받아들여, 와인 리스트를 펼치고 웨이터와 상의했다.

기타지마 씨가 우리를 향해 말했다.

"피에몬테는 명주의 보고이니만큼, 돌체 토종 포도로 만든 와인이라면 틀림없을 겁니다. 샹베르탱에도 버금가는 맛이지요."

우리들은 모두 "아, 네" 하며 고개를 끄덕이는 수밖에 없었다.

"바쁘신데 불러내서 죄송합니다."

기타지마 씨는 새삼 리이치로에게 가볍게 목례했다.

"아뇨, 한때 처제였던 사람이 인생 상담을 요청하면, 만사 제쳐두고 달려오는 남자라서요."

그런 비아냥거림에 기죽을 동생이 아니었다.

"저의 인덕이죠."

"처제 인덕은 시간이 지날수록 닳아 없어지고 있다는 걸 자각해야지."

리이치로가 옆에서 원망 섞인 눈빛을 던졌다.

"저를 봐서 시즈카 양을 용서해주시죠. 그렇게라도 말하지 않으면 하야세 씨가 나오시지 않을 것 같다기에."

"아, 아닙니다, 교수님 논문에 도움이 된다면야. 이번엔 어떤 테마입니까? 붕괴된 현대 부부 관계에 관한 고찰?"

"그만 좀 해요."

나는 다소 어이없다는 듯이 말했다.

기타지마 씨는 하하하, 하고 대범하게 웃어 보였다.

"붕괴된 부부 관계에 대해서라면, 제 경우를 연구하는 것만으로도 벅찹니다. 음식은 어떤 것으로 할까요? 특별히 가리시는 게 없다면 추천 코스로 하는 건 어떨지?"

나와 시즈카는 이의가 없었다. 리이치로만이 천천히 메뉴를 훑어보고 나서 대답했다.

"그럼, 저도 같은 걸로."

생선 이름도 제대로 모르면서, 처음부터 그렇게 말하면 될 것을.

와인이 나오자 우리는 건배를 한 뒤 전채 요리인 카르파초를 집어 먹으면서 기타지마 씨의 수영 실력이 나날이 좋아지는 것에 대해 칭찬했다.

"부끄럽습니다. 다섯 살 때 고향인 시만토강에서 익사할 뻔했지요. 마흔이 넘도록 아무리 노력해도 물속에 얼굴을 담그기가 쉽지 않더라고요."

"인간은 물에 빠지면 트라우마가 생기면서, 여자한테는 아무리 빠져도 질리는 법이 없으니, 그건 어떻게 설명해야 하죠? 인간의 정신세계란 꽤나 제멋대로인가 봅니다."

"정말 그렇네요."

리이치로의 말에 기타지마 씨는 웃으며 맞장구쳤다. 그 말에 나와 시즈카 역시 웃기는 했지만, 도대체 무엇을 가리켜 비꼰 말일까, 하고 생각해보았다.

"하야세 씨도 여자한테 빠졌던 시절이 있었습니까?"

"여자한테 빠져서 얼이 나가 있다는 의미는 아닙니다만, 지금도 세상 여자들에게 농락당하고 있죠, 여기저기서."

'여기'는 나를 가리키고, '저기'는 동생을 가리키는 거였다.

"형부는 얼른 졸업해야 해요, 우리들한테서."

시즈카가 왕성한 식욕을 드러내며 말했다.

"성적이 우수한데도 두 사람이 졸업을 안 시켜주잖아."

"딱 하나 학점이 모자라요."

"어떤 과목?"

"여심."

"그만 좀 해, 두 사람 다."

그게 누구의 마음을 가리키는 건지 화제가 내 쪽으로 옮겨질 것 같아 내가 얼른 끼어들었다.

리이치로는 "우리 30년 후에 다시 만나지. 그때쯤이면 친한 친구가 될 수 있을지도 모르잖아?"라며 가시 섞인 미소를 던지고, 철없는 여자애와의 응수에 마침표를 찍었다.

메인 요리로 배를 채웠을 무렵, 두 병째 와인이 비어가고 있었다. 속도가 빠른 쪽은 리이치로. 술고래로 소문난 우리 자매보다 앞서고 있었다. 불길한 징조였다. 술에 취하면 난폭해지지는 않았지만 배려나 세심함이 없어지는 인간이었다.

"교수님은 부인과 별거 중이라고 들었습니다만."

나는 테이블 밑으로 다리를 뻗어 리이치로의 정강이를 냅다 걸어찼다.

"아프잖아……. 오늘은 당신 보호자로서 동석한 거니까, 이 정도 물어보는 건 당연한 일 아닌가?"

"보호자? 미안하지만, 당신한테 보호받고 있다는 느낌, 전혀 없네요."

"형부는 첫 실패의 당사자이고, 언니에게 같은 실패를 겪게 하고 싶지 않은 남자로서 자신보다 더 심한 남자인지 아닌지 좀 더 빨리 판단할 수 있지 않을까? 생각나는 건 전부 다 물어보는 게 좋아요, 형부."

시즈카, 얘는 대체 누구 편이람.

그러자 기타지마 씨가 자세를 다잡으며 말했다.

"에토 선생님, 오늘 밤 전부 말씀드리겠습니다. 제가 어떤 남자인지, 에토 선생님뿐만 아니라 전남편 분께도 알려드리고 싶군요."

기타지마 씨는 물을 한 모금 마시고 재차 자세를 가다듬었다.

"음, 어디서부터 이야기를 시작할까요?"

접시가 거의 비어갈 무렵이었다. 이제 디저트를 조금씩 입으로 가져가고 에스프레소를 홀짝이면서 기타지마 씨의 이야기에 귀를 기울이기만 하면 됐다.

"집사람은 재벌가 딸입니다. 집안일은 할 줄 아는 게 전혀 없었지요. 외동딸이다 보니 자기 하고 싶은 대로 하면서 36년간을 살아온 여자입니다. 교제를 시작할 때 이미 모든 걸 알고 있었어요. 그러면서도 저는 여자의 배경이 아니라, 이 여자 자체를 사랑하는 거라고 스스로 합리화했어요. 연구차 미국 남부의 가정을 취재하러 갔을 때도 그녀가 경비를 모두 대주었습니다. 그래도 나는 돈에 눈이 어두운 게 아니야, 이 여자의 웃는 얼굴에 빠진 거야, 그래서 결혼하는 거야, 그렇게 스스로를 타일렀습니다. 그런 저를, 그녀의 부모님은 좋은 유전자를 가진 남자 정도로밖에 여기지 않았습니다. 마치 종마가 된 기분이었죠. 그 당시 저는 최연소로 정교수 후보에 올라 있었습니다. 결혼식은 화려했습니다. 그런데 결혼 생활이 시작되면서부터 제 손은 트고 갈라지고 성한 날이 하루도 없었습니다. 밥이고 빨래고 내 손으로 하지 않으면 어느 것 하나 제대로 돌아가지 않았거든요. 게다가 부모님한테 돈을 받아서 수입 그릇 가게를 낸 집사람은 저와 생활하는 시간이 엇갈릴 때가 많았습니다……."

기타지마 씨는 무거운 덩어리를 토해내듯 한숨을 쉬더니 피식 웃으며 말을 이었다.

"대망의 정교수 발표 날, 저는 보기 좋게 떨어지고 말았습니다. 정교수가 된 사람은 저와 동기였던 조교수였죠. 집사람과 처가 식구들은 낙담 정도가 아니라, 저를 흡사 희대의 사기꾼인 양 매도했습니다. 무능하다고 나무라는 집사람에게 저는 트고 갈라진 손을 들이대며, 난 무능하지 않다고, 적어도 손이 이 모양이 되도록 집안일을 해왔다고 반박했습니다. 그리고 다음 날 집을 나왔습니다. 그 집은 장인이 사준 아파트였거든요. 일주일쯤 지나서 남은 짐을 가지러 들어갔는데, 아니나 다를까, 집 안이 온통 엉망진창이었습니다. 저는 최후의 친절을 발휘하여 대청소를 하고, 산더미처럼 쌓여 있는 음식물 쓰레기를 버린 후 집을 나왔습니다. 그 후 이혼신고서를 다섯 통이나 보냈습니다. 그러나 매번 찢긴 채 반송되어 올 뿐 집사람은 이혼에 동의해주지 않았습니다. 집사람은 야마노테의 부유층 사모님들을 상대로 장사하고 있었기 때문에, 교수가 될 뻔한 남편을 내쫓은 여자라는 평판이 나도는 게 두려웠던 겁니다."

그는 에스프레소를 조금씩 홀짝였다. 추억 자체가 썼는지도 모른다. 그때 잠자코 듣고 있던 리이치로가 술이 좀 깬 기색으로 끼어들었다.

"부인은 그 이후로 안 만납니까?"

"별거한 지 넉 달째입니다만, 만난 적은 딱 한 번뿐입니다."

잠시 멈추었다가 이야기를 계속 이었다.

"제가 대학 강당에서 강의를 하고 있는데, 강의실 뒷문이 소리 없이 열리더니, 자리에 어울리지 않게 화려하게 차려입은 여자가 나

296

타났습니다. 집사람이었죠. 학생들은 마침 시험 전이라 열심히 필기를 하고 있어서 별거 중인 제 집사람이 설마 그곳에 와 있을 줄은 눈치채지 못했을 겁니다."

"그런 일이 있었어요?"

시즈카도 그 강의에 출석했던 모양이다.

"그래서 그날 무슨 일이 있었나요?"

나도 호기심이 발동했다.

"아무 일도……."

기타지마 씨는 먼 곳을 응시하는 듯한 눈빛이었다.

"그녀는 제 강의를 가만히 듣고 있었을 뿐입니다. 뒤에서 세 번째 줄 가운데 좌석. 저는 그녀를 마주하고 강의하면서 10여 년 전을 떠올렸습니다. 그곳은 그녀의 지정석이었거든요. 기타지마 다카코, 결혼 전의 히로카와 다카코는 제가 사회학 강사로 교단에 서기 시작했을 무렵의, 말하자면 제자였지요."

시즈카도 처음 듣는 이야기인 모양이었다. 나도 리이치로도 어느새 숨을 죽인 채 기타지마 씨의 이야기에 몰입했다.

"저는 순간 착각에 빠졌습니다. 그때와 복장도 다르고, 화장으로 나이를 감추고 있었지만, 스무 살짜리 다카코가 앉아 내 강의를 듣고 있는 듯한 기분이었습니다. 마침 그 장소에 오후의 석양이 비쳐 들었기 때문인지 몰라도 그녀의 눈동자가 반짝반짝 빛나 보였습니다. 당시 그녀는 강의가 끝나면 가장 먼저 달려 나왔죠. 노트는 내가 설명한 내용으로 깔끔하게 채워져 있었고……. 그러나 역시 착각이었습니다. 집사람은 강의가 끝나기 5분 전에 자리에서 일어나 강당을 나갔습니다. 그녀가 앉았던 자리에 종이 가방이 놓여 있었죠. 안에는 드라이를 맡겼던 제 와이셔츠가 들어 있었습니다. 주문 제작한 셔츠로 평소 아끼던 옷이었죠. 집사람과는 그날 이후 만난 적이 없습니다."

기타지마 씨는 우리를 차례로 둘러보았다.

"제가 얻은 교훈은 이렇습니다. 결혼 생활은 지나치게 이상을 내세우지 않는 편이 원만할지 모른다고. 하지만 이혼에 관한 한 확실하게 이상을 갖는 게 좋겠지요."

그 말이 내 가슴을 찔렀다. 나와 리이치로는 앞으로의 생활에 아무런 계획도 세우지 못한 채 이혼신고서에 도장을 찍고 말았다. 기타지마 씨 부부는 이혼신고서를 다섯 통이나 휴지 조각으로 만들면서까지 이혼 후의 인생을 시작하지 못하고 있었다. 그런데 우리는 이혼 후에도 확실하게 매듭짓지 못하고, 애매한 상태로 연애 시절과 결혼 시절의 연장전을 펼치고 있다고 봐야 하지 않을까?

"이번엔 제 쪽에서 물어봐도 되겠습니까?"

기타지마 씨가 리이치로를 향해 말했다.

"그러시죠."

"하야세 씨와 에토 선생님은 둘이서 어떻게 살아가고 싶었습니까? 함께 어떤 식으로 살려다 잘 안 되었던 겁니까?"

"우리의 신상 조사는 이제 필요 없지 않을까요?"

리이치로는 당혹스러운 듯 쓴웃음을 지었다.

"저와 함께 생활했던 때의 하루가 어떠했든 간에 상관없지 않을까요? 기타지마 교수님에겐 지금 곁에 있는 하루만으로 충분하지 않습니까?"

"하야세 씨가 몇 번인가 스포츠클럽에 왔었죠? 무슨 용건이었는지는 모르지만 하야세 씨가 로비에서 손을 흔들면, 저를 지도하고 있던 에토 선생님은 툴툴거리면서도 풀에서 나가곤 했어요. 그 일이 굉장히 신경 쓰였습니다."

"그때 저를 쏘아보셨죠. 갈라섰으면 더 이상 주위에 맴돌지 말라고, 매번 그렇게 말하는 듯한 느낌을 받았습니다."

"그건 질투였습니다."

"질투? 제게 말입니까?"

"하야세 씨와 에토 선생님 두 분에 대해서입니다. 이혼하고도 저렇게 만나면서 하고 싶은 말을 할 수 있는 두 사람의 관계를 질투한 거죠. 집을 나왔을 때 저나 집사람은 완전히 지친 상태였습니다. 3미터 이내로 다가설 용기조차 없었죠. 집사람이 대학 강당에 들어왔을 때도, 저는 행여 무슨 일이 일어날까 싶어 강의하는 내내 가슴을 졸일 정도였습니다."

나와 리이치로는 여지를 남겨놓은 채 헤어진 부부라고 기타지마 씨는 말하고 싶었던 거였다. 당신들 두 사람은 사실 이혼하지 않은 남녀나 다름없지 않은가, 라는 말까지는 할 수 없다 해도.

"우리는 밝고 즐겁게 살고 싶었습니다. 그게 불가능해졌기 때문에 헤어진 겁니다. 자세한 건 나중에 하루한테 물어보시죠. 가능하다면 묻지 않고 이해해주시면 고맙겠습니다만."

리이치로는 그 정도 설명으로 마무리했다.

"알겠습니다. 하야세 씨가 말한 그대로입니다. 저는 지금의 에토 선생님으로 충분합니다. 두 분의 교훈이 제게 들어맞을 리도 없고요. 그럼 이쯤에서 그만 과거의 뚜껑을 덮도록 하죠."

그것을 신호로 세 개의 뚜껑이 닫히는 소리가 들렸다.

"나 하나뿐인가? 과거가 투명한 인간은?"

잘난 척하는 시즈카의 이마에 가장 먼저 리이치로가, 다음엔 내가, 마지막으로 기타지마 씨가 꿀밤을 연속적으로 날렸다.

이후부터는 허물없는 분위기가 되었고, 우리는 장소를 옮겨 한잔하기로 했다. 기타지마 씨도 노래에는 자신이 있는 듯 시부야 백화점의 가라오케 바로 향했다.

여느 때처럼 나와 리이치로의 장기를 우선 선보였다. 애창곡인 〈헤어졌지만 좋은 사람〉이다. 후렴부의 "헤어졌지만~"에서 리이치로의 목에 마이크 줄을 걸고, "좋은 사람~"에서 두 손으로 줄을 졸라매는 장면이었다.

시즈카는 '질리지도 않는 모양이군' 하는 표정이었지만, 기타지마 씨는 손뼉을 치면서 좋아했다. 창피함을 무릅쓰고 한 보람이 있었다.

하지만 노래를 하면서도 리이치로와의 이런 듀엣이 앞으로 몇 번이나 가능할까, 하는 생각이 들었다. 별로 희망이 없는 이혼 후의 삶에 종지부를 찍기 위해서라도 이제 마이크를 내려놓을 때가 되었다.

기타지마 씨는 우리에게 대항이라도 하듯 시즈카를 불러내어 〈두 사람의 사랑랜드〉를 듀엣으로 불렀다. 자랑할 정도의 실력은 아니었지만, 노래에 빠져 "여름 여름 여름 여름 코코넛~" 하며 시즈카와 어깨를 나란히 한 채 노래를 불렀다. 그 모습이 러닝셔츠에 밀짚모자를 눌러 쓴 소년처럼 순박해 보였다.

"저 친구, 사람이 나쁘진 않네."

리이치로가 넌지시 옆에서 한마디 했다.

"응?"

리이치로는 은근히 애수 어린 눈빛으로 마이크를 움켜쥔 채 목청껏 노래 부르는 기타지마 씨를 바라보았다.

"당신이 부럽군. 좋은 남자들에게 사랑을 받으니."

"당신한테도……."

좋은 여자가 있잖아. 가스미도 불렀으면 좋았을 것을.

새끼 토끼처럼 당근을 오독오독 베어먹는 리이치로의 옆모습을 나는 한동안 훔쳐보았다. 좋은 남자들…… 그 첫 번째가 당신이야, 라고 속삭여주고 싶은 충동을 꾹 누르면서.

아직 마지막 전철이 끊기지 않았기에 시즈카는 야마노테선으로, 리이치로는 도요코선역 구내로 서둘러 들어갔다. 기타지마 씨 집은 조후라고 했다. 약간 돌아가는 셈이었지만, 히몬야까지 바래다준다고 하여 우리는 함께 택시에 올랐다.

기분 좋게 열창을 한 후여서 우리는 둘 다 지쳐 있었다.

"아직 이혼을 확실하게 매듭짓지 못한 남자입니다만, 수영장 밖에서 또 만나주시겠습니까?"

"저야 상관없지만……."

나는 주저하며 말끝을 흐렸다. 그러자 기타지마 씨가 내 쪽을 돌아보며 내 말이 계속되기를 기다렸다.

"제가 워낙 서툰 여자라서. 교수님이 지금 상태를 확실하게 정리하지 못하는 동안에는 교수님을 남자로 대하는 것에 제 스스로 제동을 걸지 않을까 싶네요. 저란 사람이 좀 그래요."

"당연하지요. 알겠습니다, 노력할게요. 이것도 저것도 아닌 지금 상태를 하루빨리 어떻게든 하겠습니다."

메구로 거리는 그날 밤도 공사로 인해 정체되었다. 택시 기사가 라디오를 켜자 기타지마 씨가 무릎을 탁 쳤다.

"아, 맞다. 깜빡했네. 얼마 전에, 나가사키에 계신 아버님 목소리를 들었습니다. 굉장히 위엄이 있으시고, 많은 것을 깨닫게 해주는 훌륭한 인생 상담을 하시던걸요."

"들으셨어요, 나가사키FM 방송?"

"시즈카 양한테 들어서 알고 있었습니다. 그쪽에 대학 조교수로 일하는 친구가 있어서 녹음한 테이프를 받아보았죠. 중후한 목소리에 푹 빠져들게 되더군요. 가족처럼 상담에 응해주시지만 마지막에 가서는 넌지시 수수께끼를 던져 마무리 짓는…… 대단한 화술이라고 생각했습니다."

"요즘 들어 갑자기 연예인처럼 구는 게 마음에 안 들지만."

"제가 들은 방송은 이혼 경력이 있는 업소 여성이 조금 전 노래 가사처럼 헤어졌지만 좋아하는 사람에 대한 굴절된 애정을 고민하는……."

어디선가 들어본 이야기였다.

"그 여성, 헤어진 남편한테 자기 친구를 소개해주었답니다. 솔직하게 '당신과 다시 시작하고 싶어'라고 말하면 될 것을, 도저히 그 말이 안 나와서 고민이라고⋯⋯."

내가 나이트클럽에서 일하는 C양을 연기했던 바로 그 이야기였다.

"그러자 아버님이 말씀하시더군요. 상당히 함축적인 말이었어요. 미래의 일은 생각하지 않아도 된다, 미래는 반드시 찾아오게 마련이니까⋯⋯. 저도 모르게 고개를 끄덕이고 말았죠. 아버님 말씀대로입니다. 미래에 대해 때로는 개의치 말고 그냥 발을 내딛는 편이 좋지요."

"고작 2, 3분 이야기한 상대한테 무책임한 말을 너무 쉽게 하는 것 아닌가요."

"그런가요? 상담자는 그다지 똑똑해 보이는 여성은 아니었지만, 그 후에 틀림없이 답을 찾았을 거라는 생각이 듭니다."

답 같은 건 전혀 찾지 못했죠. 초등학교 4학년 때의 문집을 봉인하고, 실연을 위한 마음의 준비를 시작했을 뿐이라고요.

공사 정체 구간을 빠져나와 매끄럽게 달리기 시작한 차 안에서 기타지마 씨는 나와 리이치로의 무대가 꽤나 인상 깊었는지 "헤어졌지만~, 좋은 사람~"이라며 콧노래를 불렀다.

별거 중인 부인이 그 가사에 해당하는지 아닌지 생각해보았는지도 모를 일이다.

한편 나는 그 가사에 해당하는 인간을 생각하지 않으려 애썼다.

3

출판사별로 주문 작업을 어느 정도 마치고 한가해질 즈음 책을 훔치는 어린 녀석이라도 잡게 되면, 그때부터는 기분 전환하기 딱 좋은 오후가 된다.

"어이 거기, 잠깐 이리 와볼래."

안쪽 사무실로 데려갈 때까지는 말투가 부드럽지만, 일단 문을 닫고 나면 무서운 아저씨로 돌변한다.

"감춘 거, 이리 내놔!"

얼굴에 여드름이 난 중학생 녀석이 아이돌 스타의 수영복 화보집을 가방에 몰래 집어넣은 것이다. 고작해야 5000엔 이내라서, 신고를 해도 훈방 조치감이었다. 어쨌든 경찰이 올 때까지 의자에 앉혀놓고 반 놀림조로 설교하기 시작했다.

"히나코가 그렇게 좋아? 좋아하면 스스로 돈을 모아서 사야지. 그게 히나코에 대한 사랑의 증거라고 생각 안 해? 네가 화보집을 도둑질한 걸 알면, 히나코도 슬퍼할 거라고."

체격은 큼지막했지만 아직 어린 녀석인지라 기특하게 내 이야기를 듣고 있었다. 서점으로 온 경찰에게 아이를 넘기고 한숨 돌리려는 찰나 엇갈리듯 문을 밀고 들어왔다. 온몸을 검은색으로 휘감은 여자가.

"어이!"

아라마키 사유리였다.

검은색 탄환열차 같은 모습으로 친한 척 말 좀 걸지 말라고! 서점에 나쁜 평판이 돌잖아!

"요요기 공원에서 화보 촬영이 있어서 겸사겸사 들렀어."

"어떤 화보? 옷은 제대로 입고 찍었겠지?"

"당연하지, 프로레슬링 잡지 특집에 실릴 사진인데. 카메라를 향해 포즈 좀 잡았지."

"안심이 되는군. 최근 여자 프로레슬러는 누드도 찍는다는 말이 있어서."

"보고 싶어? 내 누드 사진이?"

"돈이라도 준다면야 모르지. 저기 말이야, 겸사겸사 들르는 건 좋은데 눈요기만 하지 말고 가끔은 뭐라도 좀 사가지 그래."

"그럼, 그거 있어? 기리노 뭐라는 여자가 쓴, 파이어볼 어쩌고 하는 제목의 책."

기리노 나쓰오의 《파이어볼 블루스》였다. 여자 프로레슬러가 탐정으로 활약하는 하드보일드 소설.

"지금은 없고, 주문해야 하는데."

"그럼 해줘."

주문란에 주소와 이름을 적으라고 했다.

"이번에 고마자와 체육관에서 시합이 있어. 표 줄 테니까 보러 와."

"시간 되면."

"시간, 만들어."

언제나 이유 불문하고 명령조였다.

"네 애인도 데리고 와. 딸도 있다며? 함께 초대할게."

"애가 이상하게 감화돼서 여자 프로레슬러가 되겠다고 하면 곤란한데.”

“표 석 장, 하루한테도 보내놨으니까.”

“뭐야? 또 그쪽이랑 만나는 거야?”

“싸웠어?”

“언젠가는 말하려고 했는데, 나랑 하루는 이혼하고 이제 각자 새로운 사랑을 시작하려고 하니까, 되도록 안 만나는 편이 좋을 거 같아. 솔직히 자주 마주치는 것도 부담스러워.”

“어째서?”

“그러니까 말했다시피 지금과 같은 관계는 슬슬 졸업해야 한다고, 우리 두 사람.”

“왜?”

그것 참 말 안 통하는 여자네. 나는 순간 팔꿈치로 가격하고 싶어졌다.

“어쨌든, 난 안 가.”

선글라스 너머 사유리의 눈이 치켜 올라간 느낌이었다.

“링사이드에 만약 네가 없으면…….”

이리로 달려와서 한바탕 난리 치겠다는 말을 예상했는데.

“그날로 절교해버릴 거야.”

제법 진지하게 나왔다. 절교해준다면야 평온한 날들이 될 테니 고맙긴 해도 그렇게는 말할 수 없었다. 이게 우정인지는 생각해볼 문제지만, 가끔은 보고 싶어지는 인간이기도 하니까.

“그럼 가긴 가는데, 좀 전에 내가 한 말, 잘 생각해보라고.”

사유리는 무뚝뚝하게 대꾸도 없이 가버렸다.

주문서를 보니, 오오모리의 아파트 주소와 전화번호, 그리고 이름이, 얼굴에 어울리지 않게 귀엽고 동글동글한 글씨체로 적혀 있었다. 그 거칠고 투박한 손에서 어떻게 이런 글씨가 나올 수 있지?

결국 나는 또다시 여자 프로레슬링을 보러 가게 된 것이다.

하루는 나머지 티켓 두 장을 시즈카와 가이에다에게 넘겼다. 기타지마 선생을 여자 프로레슬링에 데려가는 건 시기상조라고 생각한 모양이다. 뭐, 이해할 것도 같다.

나는 가스미와 아야를 데려갔고, 여섯 명이 한 무리를 이루어 링사이드 자리에 앉았다. 가이에다와 오가사와라 모녀는 그날 처음 만났기 때문에 정식으로 인사를 했다. 아야는 고개를 꾸벅 숙이며 "안녕하세요"라고 인사했다. 대단한 발전이었다.

그날은 다른 단체와 교류 시합도 있어서, 사유리는 세계 여자 프로레슬링 쪽의 어린 레슬러와 팀을 이루어 나가요 치구사가 이끄는 가이아 재팬 팀과 싸웠다. 나가요의 거구와 테크닉에 초반에는 밀리는 것 같더니 공중전에 돌입하자 사유리가 우세를 보였다. 드롭킥이 나가요의 턱을 정확하게 가격한 뒤부터는 상대의 약점을 가차 없이 공격, 또 공격했다. 심판 몰래 반칙도 적당히 섞어가면서.

사유리는 20분이 넘는 장기전을 마침내 제압했다. 스태미나의 승리였는지도 몰랐다. 객석은 야유의 물결. 사유리가 흉기인 병따개를 숨겨가지고 있다가 나가요의 이마를 피로 물들였기 때문에 객석에서 욕설을 퍼붓는 것도 당연했다.

그 가운데 우리 여섯 명만이 환호성을 질러댔다.

"그렇지, 갓뎀!"

"네가 넘버원이야!"

"휘익~! 휘익~!"

어린 레슬러와 나란히 팔을 치켜들고 승리의 포즈를 취하고 있는 사유리가 땀범벅이 된 얼굴로 우리를 향해 미소를 날렸다.

승리했을 때의 사유리는 소름 돋을 만큼 아름다웠다.

시합 후 하나카고에 모여 한잔하기로 되어 있었기에, 사유리도 샤워를 마치고 달려왔다. 포렴을 젖히고 나타났을 때 우리는 박수로 맞아주었다.

하루와 시즈카 사이에 사유리가 앉고, 카운터의 코너를 끼고 나와 가스미, 아야, 가이에다가 앉았다.

"나도 크면 여자 프로레슬러가 될 거야."

예상한 대로 아야가 말을 꺼냈다.

가스미는 '그만둬, 그런 무시무시한 걸 하다니'라고 타이르고 싶었겠지만, 당사자인 레슬러 앞인지라 감히 말을 꺼내지 못하는 눈치였다. 그런데 사유리가 그럴싸하게 거들어주었다.

"에이, 삶은 당근을 안 먹는구나? 편식하면 몸이 자라지 않고 힘도 안 생겨서 여자 프로레슬러는 될 수 없어. 뭐든지 잘 먹어야 돼. 도장으로 놀러 오렴."

"네에."

아야가 순순히 대답했다. 그런 대화를 듣고 있자니 사유리와 아야가 어딘지 모르게 같은 부류의 여자라는 느낌이 들었다. 잘 웃지 않는 점이라든지 한번 웃으면 주변 사람들이 안심하는 점이라든지.

한동안 뿔뿔이 이야기하고, 술을 들이붓고, 안주를 집어 먹느라 시간이 지나갔다.

가스미는 술을 자제했다. 꽁치를 먹는 게 서툰 나를 위해 잔가시까지 발라주었다. 마누라 행세를 하고 있었다.

가이에다는 아야를 상대로 지금까지 받아낸 갓난아이의 수를 자랑했고, 하루는 주인아주머니한테 송이버섯밥을 맛있게 만드는 법을 물었다. 그리고 시즈카는 나를 사이에 두고 가스미와 나가사키 시절의 추억을 이야기했다. 그런 가운데 유독 사유리만 꿔다 놓은 보릿자루처럼 앉아 있었다. 불과 1, 2분 정도의 시간이었지만 사유리는 혼자서 술을 벌컥벌컥 들이켜며 각오를 다지는 듯한 표정을 지었다. 마치 시합 전 대기실에서 몸속에 기합을 불어넣고 있을 때의 표정 같았다.

나 혼자만 사유리의 이상한 낌새를 눈치채고 있었다. 링 위에서 승리를 자랑하며 빛나던 눈동자에는 어두운 정념이라고 할까, 아무튼 건드리는 순간 불타오를 것 같은 위험한 무언가가 감돌았다. 이 여자 뭔가 일내겠다, 라고 생각했을 때는 늦었다. 이미 시작된 것이다.

"나 말이야, 이 녀석을 좋아해."

가게 안쪽까지 울릴 정도로 굵직한 목소리. 카운터 건너편에 있던 다른 손님들도 음식을 먹던 손을 멈추고 이쪽을 주목했다.

우리도 모두 '이게 무슨 말이야?' 하는 표정이었다.

눈동자의 정념이 속눈썹 사이로 흘러내릴 듯이 타오르기 시작했다. 일단 모두의 관심은 '이 녀석'이라고 명시한 사람이 과연 누구인가라는 점이었다.

5초간의 정적이 흐른 후, 우리가 '이 녀석'의 정체를 알아차렸을 때였다. 사유리가 다시 한번 삿대질하듯 손가락을 나한테 들이댔다.

"좋아한다고, 이 녀석을."

나는 뾰족한 데 공포를 느끼는 선단공포증도 있고 해서, 나도 모르게 사유리의 손끝에서 얼굴을 돌렸다.

어안이 벙벙해진 모두의 시선이 내 쪽으로 집중되었다. 여주인도 요리사도 다른 손님들도 멀찌감치 지켜보는 가운데, 나는 어떤 반응을 보여야 할지 몰라 새파랗게 질려 있었다.

"에이, 무슨 소릴 하는 거야, 갑자기."

목소리가 요들처럼 떨려 나왔다.

"사유리, 왜 그래? 취했어?"

옆에 앉은 하루가 걱정스러운 듯이 쳐다보았다. 시즈카도 염려하는 눈빛이었다. 그러나 모두가 어떻게 생각하든 간에 사유리는 전혀 주눅 들지 않았다. 오히려 위풍당당하게 고백하기 시작했다.

"너를 생각하면 아침까지 잠을 이룰 수 없어."

엥? 그렇게까지 말하니까 거짓말 같잖아.

나도 모르게 웃고 말았다. 그러자 무시무시한 표정으로 나를 노려보았다.

"웃겨? 내가 너를 생각하면서 잠 못 드는 밤을 보내는 게, 그렇게 웃기냐고!"

물어 죽일 것 같은 기세였다.

"아니."

돌아오던 혈색이 다시 자취를 감췄다.

"네가 시합을 보러 와주면, 온몸의 피가 용솟음치는 것을 느껴.

나한테는 아주 특별한 날이야. 널 위해서 싸우는 날이라고. 덤벼드는 규티며 오자키며 데빌을 사랑의 적수라고 생각하면서 몰아붙였단 말이야."

사유리의 고백은 그칠 줄 몰랐다. 옆에서 조용히 듣고 있던 하루는 짐작이 간다는 듯한 표정을 지었다. 언젠가 하루가 일러준 말이 기억났다.

"사유리는 당신을 좋아해."

"내가 말이야, 너의 어떤 점에 반했는지 듣고 싶어?"

사유리는 노려보면서 말했다. 나는 듣고 싶으면서도 한편으로는 두려웠다.

옆에 있는 가스미가 마음에 걸렸다. 전혀 예상치 못한 곳에서 나타난 연적의 존재에 점차 눈빛이 사나워지고 있었다. 그 건너편에 앉은 아야는 어떤 얼굴을 하고 있을까. 멍하니 입을 반쯤 벌린 채 여섯 살짜리 꼬마는 무슨 일이 벌어지고 있는지 아직 모르는 눈치였다. 어쨌든 나는 생각했다. 이 일을 사유리와 가스미, 여자들끼리의 싸움으로 몰아가서는 안 된다고. 나와 사유리 둘이서 해결해야 한다고…….

"재밌겠는걸. 내 어디에 반했는지 한번 들어볼까?"

나는 가슴을 펴고 대꾸했다. 비록 허세에 불과했지만.

사유리는 건너편 손님들의 시선이 사라지기를 기다렸다가 말하기 시작했다. 조금 전보다는 목소리를 낮추었지만 그래도 여전히 나를 꿰뚫을 듯이 눈을 치떴다.

"병이 나서 두 번 다시 아이를 낳을 수 없게 되었을 때였지. 하루가 이런 말을 하며 날 위로해주었어."

옆에 있던 하루가 갑자기 불안해하며 끼어들었다.

"사유리……."

그러나 사유리는 이야기를 계속했다.

"하루가 이렇게 말했어. '나도 두 번 다시 엄마가 될 생각이 없으니까 사유리와 같은 처지라고…….' 그건 아니잖아. 자궁이 없어진 것도 아니고 앞으로 얼마든지 아이를 낳을 수 있는데, 어째서 스스로 자신의 미래에 뚜껑을 덮냔 말이야. 하루는 결단코 아이를 낳고 싶지 않다는 거야. 왜 그러는지 너 알아?"

"그만둬, 그런 얘기."

하루가 떨리는 음성으로 당황스러워하며 가로막았다. 나에게는 죽어도 들려주고 싶지 않은 이야기였던 거다.

"난 듣고 싶어."

내 옆에서 가스미가 언짢은 기색을 보이며 나와 하루의 일이라면 빠짐없이 들어두겠다는 태도로 나왔다.

나 역시 듣고 싶었다.

"그 이유를, 하루가 가르쳐줬어."

"제발 부탁이니, 그만해."

"나한테 분명히 이렇게 말했어."

"왜 이제 와서 그런 이야기를……."

"아이는 두 번 다시 갖지 않아. 하야세 리이치로의 아이를 다시 한번 낳을 수 있다면 몰라도, 라고 말이야."

이번에는 하루에게 시선이 집중되었다. 눈동자와 입술이 가늘게 떨리고 있었다. 그렇게까지 당황해하는 하루의 모습은 처음이었다. 당황스럽기는 나도 마찬가지여서, 옆을 쳐다보기 두려웠지만 고개를 돌려 가스미 쪽을 힐끔 보았다. 하루를 응시하는지 가스미의 눈이 뜨겁게 젖어 들기 시작했다. 바로 그 옆에서 아야가 입을 꾹 다문 채 굳어 있었다. 자신과 엄마의 미래를 위협하는 인간을 발견했다는 듯한 얼굴이었다.

안 되겠어. 더 이상 아야한테 보여서는 안 되겠다고 생각하는 찰나 가이에다와 눈이 마주쳤다. 내게 맡겨. 녀석이 그렇게 말하는 것 같았다.

"다 옛날 얘기야……."

하루는 무마하려고 안간힘을 쓰는 한편, 정신을 가다듬고 나를 쳐다보면서, 이런 이야기를 진심으로 받아들이지 말라는 강경한 표정을 보였다.

가이에다가 자리에서 일어났다.

"아야, 근처에 게임 센터 있던데, 아저씨랑 놀러 갈까?"

"아야, 갔다 오렴."

가스미가 강제로 떠밀었다.

어른들의 무거운 분위기에 눌려 대답도 못 한 채 아야는 의자에서 스르륵 내려와 가이에다를 따라 가게를 나갔다.

사유리도 아야가 가게 밖으로 나가자 안심했는지 마음 놓고 공격을 재개하겠다는 표정을 지었다.

"뭐가 옛날 얘기야? 바로 1년 전 이야기잖아……."

"너를 위로하려고 한 말이었어. 그대로 받아들이면 내가 곤란하잖아⋯⋯."

하지만 이미 그런 변명으로는 얼버무릴 수 없었다.

"넌 이런 말도 했잖아."

"이제 그만 좀 하라니까."

"듣고 싶어. 난 전부 듣고 싶어."

가스미, 사유리, 하루, 세 사람의 혼전이었다. 입을 다물고 있는 건 시즈카와 나. 나는 도움을 요청하듯 시즈카를 쳐다보았다. 그러나 시즈카는 '나는 모르는 일이야, 방관자니까'라는 표정이었다. 평소에는 온갖 어른 행세를 다 하지만, 정작 중요한 때는 아무런 도움이 되지 않았다.

"해 질 무렵이었어. 서쪽으로 난 방이었기 때문에, 핏빛 같은 석양이 병실 안으로 쏟아져 들어왔지. 블라인드 탓에 줄무늬가 된 하루가 침대 옆에서 이렇게 이야기했어. '리이치로의 아이를 다시 한 번 낳을 수 있다면 얼마나 좋을까. 하지만 리이치로와 다시 시작하는 건 현실적으로 무리야. 그런 걸 바라는 건 아니야. 그렇지만 나는 두 번 다시 엄마는 되지 않을 거야. 또다시 사랑은 하게 될지 모르지만, 결혼은 안 할 거라고.' 그래서 내가, 그럼 뭐야, 이혼한 상대에게 평생 절개를 지키면서 살 생각이냐고 물었지. 그랬더니 하루는 '그래, 리이치로가 새로운 사람을 찾아서 행복하게 결혼하고 아이가 태어난다면, 나는 먼발치에서 지켜봐 줄 거야. 그이의 행복을 마음으로 축복해줄 거야.' 그렇게 말했다고, 하루는. 이봐 리이치로, 넌 이 일을 어떻게 생각하냐? 너무 아름다운 이야기라 감격스러워? 요즘 세상에 그런 열녀가 어디 있냐고 코웃음 칠 건가? 하지만 그

때의 하루는 진심이었어. 하야세 리이치로는 에토 하루가 마음속에 간직해둔 보석이라고! 알아? 알아들었냐고! 뭐라고 말 좀 해봐, 이 자식아!"

사유리가 나를 향해 소리쳤다. 대체 무슨 말을 하라는 거야.

"하루가 그렇게까지 사랑하고 있는 네 녀석에게 나는 반했던 거야. 지금 내 눈앞에 있는 네가 아니야. 그 점 오해하지 말라고. 하루의 마음속에 보석으로 간직되어 있는 너에게 나는 반한 거야. 생각하면 밤에 잠도 안 와. 너를 좋아한다고. 웃기냐? 웃기면 웃어. 웃어보라고."

사유리의 눈시울이 붉어져 있었다. 그녀의 눈물만큼은 보고 싶지 않았다. 나는 웃지 않았다. 웃을 수 없었다.

가스미도 가만히 있지는 않았다.

"그래서? 그렇게 반했다면, 왜 지금껏 아무 짓도 안 한 거야? 누워 메치는 기술이 특기라면, 얼마든지 하야세 씨를⋯⋯."

"여태 무슨 소릴 들은 거야? 내가 반한 건 눈앞에 있는 이 멍청한 녀석이 아니라, 하루가 반한 하야세 리이치로라고 말했잖아."

"억지 쓰지 마. 핑계 대고 도망치지 말라고. 사실은 끌어안고 싶은 거잖아, 이 사람을!"

사유리가 할 말을 잃은 건 잠시뿐, 곧바로 강한 의지를 보였다.

"하루와 리이치로가 재결합할 수 없다고 해도 내가 끼어들어선 안 되는 거야. 이 둘의 연애 시절의 끝을 지켜보지 않으면 안 된다고. 그게 바로 진정한 친구의 역할이야. 그게 바로 짝사랑 하는 여자의 역할이라고. 진짜 사람 성가시게 하는 두 사람이야. 이런 남자, 좋아하지 말았어야 했어."

사유리는 분노와 자기 연민을 토해냈다.

더 이상 말하지 않았다. 승부는 났다. 가스미의 입술이 오열로 터져 버릴 것 같았다.

그제야 나는 사유리가 고백한 목적을 알아차렸다. 공격 상대는 가스미였다. 가스미를 철저하게 혼내주고 싶었던 거였다.

마침내 오열이 터져 나왔다. 고개를 숙인 채 조용히 눈물만 흘리고 있는 가스미를, 우리는 차마 쳐다볼 수 없었다.

"거짓말이야, 전부 거짓말이야……."

하루만이 덧없는 저항을 계속하고 있었다.

할 말을 다 쏟아낸 사유리는 격전을 치르고 난 레슬러처럼 지쳐 보였다. 자신이 내뱉은 말에 스스로 망연자실한 모습이었다.

나중에 가이에다한테 들은 이야기지만, 우리가 속수무책으로 가스미의 눈물을 지켜보고 있을 때, 가이에다는 아야를 데리고 다이칸야마 역 근처의 게임 센터에서 놀고 있었다고 한다. 진전 없는 인형뽑기를 하고 또 하면서 둘은 간간이 말을 주고받았다고.

"미안해, 어른들의 이상한 얘기 때문에."

"하루 선생님이 지금도 리이치로 아저씨를 좋아해요?"

"아저씨도 잘 몰라."

"좋아하면서 왜 아무 짓도 안 해요?"

"좋아하니까 그러는 거…… 아닐까?"

"좋아하면 무슨 짓이든 하는 엄마하고 하루 선생님 중 어느 쪽이 셀까요?"

"글쎄, 어느 쪽이 이길까?"

"엄마가 져줘야겠죠? 실연하더라도 엄마는 하룻밤 울고 나면 괜찮아져요. 내 이불 속으로 들어와서 울어요. 그러면 내가 등을 어루만져줘요. 아침까지 그러고 있어요. 그러면요, '잘 잤니?'라는 활기찬 목소리가 들리면서, 앞치마를 두른 엄마가 나를 깨우러 와요. 아침이 되면 확 바뀌어요……. 그러니까 괜찮아요. 엄마는 괜찮아요. 내가 옆에 있으니까 괜찮아요."

가이에다가 조작하는 크레인이 세일러문 인형을 잡으려는 찰나, 아야를 위해 목숨을 걸고 그 인형을 잡아야겠다고…… 가이에다는 생각했단다.

세일러문 인형을 소중한 듯 끌어안은 아야가 게임 센터에서 돌아오자 가스미는 아야의 손을 잡고 거리로 나가 택시를 잡으려고 했다. 열기의 잔해를 끌어안은 채 모두들 말없이 뿔뿔이 하나카고를 빠져나갔다. 하루가 달려가서 무슨 말인가를 하자 가스미는 고개를 끄덕였다. 여자들끼리만 해야 할 말이 아직 남아 있는 눈치였다.

가이에다는 시즈카와 함께 돌아갔다.

나와 사유리만 남게 되자 우리도 뒷정리를 해야 할 것 같은 기분이 들어 사이고야마 공원까지 터벅터벅 걸었다.

아오바다이 동네가 내려다보이는 공원은 연인들의 장소가 되어 있었다. 우리는 되도록 인기척이 없는 장소를 골라서, 누군가가 먼저 말을 꺼낼 때까지 서로 눈치를 보고 있었다.

"네 연애 사업을 방해하고 말았군."

"계획했던 거잖아, 우리를 시합에 초대했을 때부터."

"네 애인이라는 그 여자, 너를 포기해줄까?"

"가혹한 짓 하지 마."

"가혹한 짓을 하는 게 내 역할이잖아. 난 악역이니까."

듣고 보니 그 말에 납득이 갔다. 사유리는 단순한 악역이 아니었다. 뛰어난 악역이었다.

"가스미가 포기한다 해도, 내 감정은 어떻게 되는 거냐고."

"그 여자한테 진짜 빠진 거야?"

일단 고개를 끄덕여 보였다.

"미안하게 됐군. 나를 평생 원망해도 좋아."

"정말이야, 조금 전 이야기? 그러니까, 나한테 반했다는……."

나는 조심조심 물어보았다.

"인기도 많아, 너란 녀석은."

사유리는 웃어넘기듯 말하더니 곧바로 굳은 얼굴이 되었다.

"우쭐할 것 없어. 전부 너와 하루를 위한 거야. 네 애인이라는 여자를 물러나게 하려면 그렇게 말하는 수밖에 없었다고."

일단 그렇게 받아들이기로 했다.

"좋은 시합이었어."

나는 감동받은 듯 말했다.

"어떤 시합?"

"링 위에서 한 거 말이야."

사유리에게는 우리를 상대로 벌인 시합이 오늘의 메인 경기였던 모양이었다.

내 입가에 웃음이 맴돌았다.

"링 위에서 두 손 번쩍 들고 승리를 뽐내는 네 모습이 난 좋아."

그 정도는 말해줘도 상관없을 것 같았다. 그러자 사유리가 킥, 하고 웃음을 뱉으며 쑥스러워했다.

"너는 좋은 여자야."

"그만 됐어, 쑥스럽게."

"그러니까…… 힘내라고."

"너도."

사이고야마 공원의 가로등이 사유리의 도톰한 얼굴에 아름다운 음영을 만들어냈다. 그녀의 얼굴을 그런 식으로 오랫동안 바라본 건 처음이었다. 고등학교 교과서에 실려 있던 그리스 여신과 닮았네…… 하는 생각도 들었다.

그날 밤이 이를테면 나와 사유리의 처음이자 마지막 데이트였다.

그 후 사유리와 만나는 일은 없었다. 케이블방송의 프로레슬링 중계를 통해 몇 번인가 사유리의 시합 장면을 본 적은 있지만, 링사이드에 앉아서 응원하는 일은 두 번 다시 없었다. 그런 거리감도 피차 충분히 납득이 가는 일이 아니었나 싶다.

사유리는 여전히 링 위에서 난폭한 표범으로 관중들의 야유를 한 몸에 받고 있었다. 그런 시합에서 사유리를 볼 때마다 나는 자랑하고 싶은 기분이 들었다. 사이고야마 공원에서, '네 모습이 좋아…… 너는 좋은 여자야'라고 말했을 때, 아라마키 사유리의 표정에 떠오른 여신과 같은 미소를 나는 지금껏 잊지 않고 있다.

그것은 내가 가진 몇 안 되는 보석 중 하나였다.

4

너무나 많은 일이 일어난 밤이었기에 아야도 피곤했는지 차 안에서 잠이 들어버렸다.

가스미가 집에 들렀다 가지 않겠냐고 묻기에 무사시코스기까지 함께 가기로 했다.

낯익은 동네였다. 잊으려 해도 잊히지 않는 동네. 나와 리이치로가 1년 3개월간 함께 살았던 아파트가 뭔가를 말하려는 듯이 어둠 속에 우뚝 솟아 있었다.

그는 아직 돌아오지 않은 모양이었다. 그쪽을 돌아보지 않으려고 애쓰며 가스미의 아파트로 발을 들여놓았다.

잠옷으로 갈아입힌 아야를 이부자리에 눕히고 나서 가스미가 물을 끓여 홍차를 준비했다.

김이 나는 찻잔이 테이블 위에 나란히 놓일 때까지 우리는 한 마디도 하지 않았다.

"어느 쪽이 진짜 적인지 알아차리기까지 힘들었어."

가스미는 우스운 이야기라도 되는 양 그렇게 말했다.

리이치로를 좋아한다고 느닷없이 고백한 사유리는 꾸며낸 악역에 지나지 않았다. 가스미가 싸워야 할 상대는 바로 나였던 것이다.

"거짓말이야. 아까도 말했지만 전부 진실이 아니야. 리이치로 때문에 두 번 다시 엄마가 되지 않겠다니, 말도 안 돼. 이해하지? 자궁 수술을 하고 상심해 있는 사유리를 위로하려는 마음에……."

내가 생각해도 거짓말을 덧칠하는 것처럼 들렸다.

"더구나 난 지금 사귀는 사람이 있는걸."

"하야세 씨한테 들었어. 시즈카네 대학 교수라며?"

"응."

나는 가슴을 폈다. 어디까지 거짓말로 덧칠해야 하는지…….

"수영은 서툴지만 물 밖으로 나오면 멋진 남자야. 부인과는 별거 중이고, 아직 이혼 문제가 깨끗하게 정리되진 않았지만, 나 또한 이혼녀니까 크게 욕심부릴 처지도 아니잖아. 요즘 들어 적당한 상대가 아닐까 하고 생각해."

정말? 정말로 그렇게 생각해? 자문자답해보았다.

"리이치로도 나쁜 사람은 아닌 것 같다며 찬성했어. 나도 그렇게 생각해. 다음에 소개해줄 테니까 만나봐. 우리 더블데이트하자."

"그렇게 애쓰지 않아도 돼."

가스미는 내 속을 훤히 들여다보고 있었다. 난 왜 이렇게 연기가 서툴까?

"나 말이야, 안 그래도 고민했어. 이대로 하야세 씨를 내 방식대로 끌어들여도 되나 하고."

"그 사람이 너한테 끌려가는 게 아냐. 널 진심으로 좋아하는 거야. 난 알 수 있어. 너도 알잖아?"

"나는 말이야, 좀 더 내 자신이 떳떳해질 수 있으면 좋겠어. 지금 상태로는 안 돼. 솔직히 나는 좋아하는 남자에게 일편단심 모든 것을 바칠 만한 열정이 있어. 몸매도…… 그다지 나쁘진 않잖아, 남자들이 보았을 때."

가스미는 많은 이야기를 하지는 않았지만, 분명 리이치로와 한

번 정도는 잤을 것이다.

"혹이 딸리긴 했지만 아야도 이전보다는 잘 따르고, 하야세 씨도 친딸처럼 귀여워해주거든."

아야는 우리에게 등을 돌린 채 자고 있었다. 쌔근쌔근 자는 숨소리가 들렸다.

"실은 나의 이런저런 여건에 하야세 씨가 말려들고 있다는 생각이 들어."

"그거면 충분하잖아. 가스미는 일편단심인 여자, 부드러운 여자, 멋진 몸매를 가진 여자, 아야는 천사 같은 미소……. 뭐가 더 필요해?"

"내 스스로 떳떳한 마음이 들지 않아. 하야세 씨를 사랑할 자격이 없는 게 아닐까란 생각이 자꾸만 들어. 나는 헤어진 남편 돈으로 살아가는 뻔뻔한 여자인걸."

"그런 돈이야 지금부터라도 받지 않으면 끝나는 얘기잖아."

"받지 않는다고 해결될 문제는 아니야. 내가 생각하는 연애는 그런 거야. 전남편이라는 우산에서 다른 우산으로 옮겨 가는 거. 그래 가지고는 아무리 시간이 흘러도 달라지는 게 없을 거야. 우산을 받치지 않고 한 번쯤은 흠뻑 젖어서 추위든 불안함이든 그런 걸 겪어봐야 하지 않을까."

이 우산에서 저 우산으로……. 나도 예외는 아니었다. 나가토미 씨도 우산이었던 걸까. 기타지마 씨도? 내 경우는 리이치로라는 우산을 아직도 종종 빌려 쓰곤 한다.

"남편에게 받은 골드카드를 버리고 새로운 아파트에서 하야세 씨와 셋이 살기 시작한다고 해. 물론 그렇게 되면 나의 겉모습이야 어느 정도 바뀌겠지. 하지만 얼마 안 가 하야세 씨한테 불만의 목소리를 높일 거야. 어째서 이렇게 벌이가 시원치 않아? 어째서 아야를 좀 더 챙겨주지 않는데? 역시 친아빠가 아니라서 그런 거야? 나는 생활의 빈곤이 곧장 마음의 빈곤으로 이어지는 여자야. 이래서는 하야세 씨를 행복하게 해줄 수 없어."

다 말라버린 줄 알았던 눈물이 가스미의 뺨을 적시고 있었다. 훌쩍거리다가는 헤헤 웃고, 양 손바닥으로 얼굴을 씻어내듯 눈물을 닦더니 무언가를 힘껏 뿌리치는 듯한 표정으로 말했다.

"이제 곧 친정아버지가 정년이 되시는데, 나가사키에서 노년을 보내고 싶다고 늘 말씀하셨나 봐. 구라바엔 공원 옆에서 옛날처럼 살고 싶으시다고. 엄마도 건강이 그다지 좋은 편은 아니라서…… 이번 기회에 지금껏 불효한 빚을 갚아야겠다는 마음에……."

나가사키의 미쓰비시 중공업에 다니셨던 가스미의 아버지는 조선업계의 불황으로 히로시마에 있는 관련 회사로 이직했었다. 아무튼 가스미는 부모님을 위해 도쿄에 이별을 고한다. 그건 구실이었다. 나한테 리이치로를 돌려보낼 생각인 거다. 나는 돌려받을 문제가 아니라는 생각이 들었다.

"너희 아버지 교회에도 종종 예배드리러 갈게, 아야 데리고."

"정말 결정한 거야?"

"응, 지금 결정했어!"

가스미는 일어서더니 창문을 열었다. 실 전화기가 늘어뜨려져 있었다. 밤인데도 건너편의 리이치로 방까지 창문과 창문을 잇고 있는 가느다란 실이 보였다.

가스미는 서랍에서 가위를 꺼냈다. 그러고는 자고 있는 아야에게 용서를 구하듯이 "미안해……"라고 속삭였다.

아마도 의식이었을까? 실을 툭 잘랐다. 창문과 창문 사이에 팽팽하게 당겨져 있던 실은 갑자기 생기를 잃고 어둠 속에 녹아내리듯 사라져버렸다.

가스미는 한동안 리이치로가 없는 창문을 바라보았다. 정적 틈으로 가스미가 훌쩍이는 소리가 귀울림처럼 들렸다. 나는 무슨 말을 해야 할지 몰랐다.

뒤척이는 소리가 나며 아야의 잠든 얼굴이 내 쪽을 향했다. 눈꼬리에서 관자놀이까지 눈물 자국이 있는 걸 보니 슬픈 꿈이라도 꾼 모양이다. 꿈속에서 리이치로와의 이별 연습이라도 한 걸까.

"미안하구나, 아야……."

가스미가 다시 중얼거렸다.

일주일 후 가스미는 이사를 갔다.

리이치로와 가이에다 씨가 도우러 간다기에 나는 빠지기로 했다. 나와 리이치로가 나란히 배웅하는 것도 가스미에게 못 할 짓인 것 같았기에.

그날의 상황을 나중에 가이에다 씨를 통해 들었다.

남자 둘이서 트럭에 짐을 실어주었다고 한다. 짐은 이틀 후에 나가사키에 도착하는 모양이었다.

이사를 일주일 앞두고 가스미는 두 차례나 나가사키를 오가며 부모님과 함께 살 단독주택을 구하고 자신의 일자리도 마련했다. 낮 시간에는 지역의 모델 회사에서 슈퍼마켓 광고지 모델 일을 하고, 밤에는 바에서 일할 예정이라고 했다.

"좋은 추억을 만들어주어서 고마워요."

이삿짐을 나르며 구슬 같은 땀방울을 흘리는 리이치로에게 가스미가 웃는 얼굴로 말했단다. 칙칙한 이별 장면은 연출하고 싶지 않았을 테지.

"나야말로……."

리이치로는 끝내 웃는 얼굴을 보이지 못했던 모양이다. 하네다로 향하는 택시 안에는 테디 베어를 품에 안은 아야가 미리 타고 있었다. 아침부터 내내 아야는 리이치로를 피했다고 한다. 리이치로가 자신과 엄마를 배신했다고 생각한 걸까?

가스미는 여행에 어울리는 옷차림이었다고 한다. 건재함을 과시하듯 몸에 착 달라붙는 보디콘셔스 스타일로. 싸움에 밀려 낙향하는 게 아님을 스스로에게 각인시키고 싶었을 것이다.

"그런데…… 솔직히 말하면 지난 일주일간 나가사키를 오가며 하루를 많이 원망했어요. 당신에 대한 분풀이인지 감정이 바뀐 건지 모르지만 당신을 여전히 좋아하고 있으면서 나한테 소개한 거잖아요. 너무했다는 생각이 들어서 눈물까지 났어요."

리이치로는 미안한 듯이 말했다.

"하루 대신 내가 사과할게. 하지만 나와 하루는 사유리나 당신이 말하는 것 같은 관계는 아니야. 좀 더 복잡 미묘하고 모순투성이에……."

리이치로가 제대로 설명을 못하자 가스미가 뒷말을 받았다.

"하지만 이것만은 확실해요. 내가 하루보다 좋은 여자가 되지 않는 한 당신을 붙잡을 수 없다는 것."

그렇게 말하고 발길을 돌렸다고 한다. 가이에다 씨의 말에 따르면 "안녕!"이라는 말을 애써 입 밖에 내지 않으려는 듯한 이별 장면이었다고.

가스미가 올라탄 택시가 멀어져 가는 것을 리이치로와 가이에다 씨가 나란히 서서 지켜보았다. 그런데 택시가 코너를 돌기 직전에 급정거하더니 문이 열리고 누군가가 튀어나왔다. 아야였다. 달려왔다. 쏜살같이 달려오더니 풀이 죽어 일그러진 얼굴로 리이치로의 품에 뛰어들었다.

땀에 젖어 있던 리이치로의 셔츠가 아야의 눈물로 인해 더욱 젖어 들었다. 울음이 그칠 때까지 기다렸다가 리이치로는 상처를 어루만지는 심정으로 신중하게 말해주었다고.

"미안하구나, 아빠가 되어주지 못해서……."

"우리 친구죠? 나랑 아저씨, 앞으로 쭉 친구할 거죠?"

"그래, 앞으로도 쭉. 나가사키에 놀러 가면 여기저기 안내해줄 거지?"

"응, 여러 군데 알아놓을게요."

"잘 지내렴."

"아저씨도."

"안녕."

"안녕."

그러고 나서 아야는 달려왔을 때와 똑같은 속도로 엄마가 기다리는 택시로 돌아갔다고 한다. 차는 작은 몸을 삼키더니 리이치로의 시야에서 사라져갔다.

"좋은 여자였는데……."

가이에다 씨가 한숨 쉬듯 중얼거렸다.

"그래, 좋은 여자였어."

리이치로도 진심으로 애석하게 여겼던 모양이다.

"네 녀석 주위에는 좋은 여자들뿐이군."

"행복한 남자인지도 모르지."

"여자들도 행복해지면 좋을 텐데."

남자를 행복하게 해준다고 해서 모두 행복한 여자라고는 할 수 없으니까.

"이런 게…… 실연인가?"

리이치로는 아직 실감이 나지 않았다.

그로부터 이틀 후였다, 리이치로가 나를 불러낸 것은.

사유리의 고백으로 엉망이 된 이후 처음 가는 하나카고여서 얌전히 굴었다. 작은 탁상용 화로에 둘이 조촐하게 송이버섯을 구워 먹었다.

"왜 그런지 날이 갈수록 더한 거야, 실연의 아픔이란 녀석이……."

"그래?"

상심을 치유해줄 상대로 나를 불러낸 눈치였다. 그런 남자의 응석에는 엄한 태도로 대해야 했다.

"우리 둘의 어정쩡한 관계 때문에 여러 사람이 불행해졌다고 생각 안 해?"

생각은 한다. 하지만 어정쩡한 관계에 있는 당사자끼리 만나 서로 위로하고 싶지는 않다.

"새삼스럽긴 한데, 가스미랑 아야랑 셋이서 함께 생활한다는 것은 환상이었나 봐."

리이치로는 알아듣기 어려울 만큼 작은 소리로 중얼거렸다.

"그렇게 되어도 좋겠구나, 라고 생각은 하면서도 느닷없이 세 식구가 된다는 게 아무래도 현실성이 없었거든. 진정한 내가 아닌 것 같기도 하고. 가스미는 그 점을 나에게 일깨워주고 간 거야. 그렇게 생각하니까 가스미가 너무나 가엾게 느껴져."

기대와 달리 내가 반응을 보이지 않자 섭섭했는지 리이치로는 벌컥벌컥 술잔을 비웠다.

그대로 내버려 두면 술 취해서 이상한 짓을 하니까 조금은 상냥한 말을 건네기로 마음먹었다.

"가스미는 더 좋은 여자가 돼서 당신 앞에 나타날 거야."

"기다리는 남자가 되라는 건가⋯⋯."

"그럼, 나가사키까지 놀러 가지 그래."

"당신 친정 근처잖아? 가스미와 만나고 있는 장면을 제러미 아이언스 닮은 당신 아버지가 보시기라도 하면, 이러쿵저러쿵 설교하실 거야. 그러고 보니 우린 사람들한테 계속 설교만 듣네."

이 남자, 쓸데없는 걱정을 다 한다.

"같이 묶지 마."

"때때로 다 귀찮아져서 이제 그만 리이치로와 다시 한번 시작해볼까라는 생각, 안 들어?"

"당신은 드나 보지?"

"들지. 정말 지칠 대로 지쳤으니까. 그렇게 된다면, 시즈카랑 가이에다랑 사유리랑 가스미랑 나가토미까지 모두 안심할 테지? 우리 일을 걱정해주는 친구들을 안심시켜주고 싶어. 무엇보다 우리 두 사람을 다시 맺어주기 위해 가스미가 물러난 셈이잖아. 기대에 부응하듯 다시 한번 결혼해버릴까?"

"진심으로 하는 소리야?"

"용기를 내서 내가 다시 한번 프러포즈할 테니까."

"정말 진심으로 하는 소리야?"

"그렇게 무서운 얼굴 하지 마."

"될 대로 되라는 심정으로 재결합할 수 없다는 것쯤은 당신도 잘 알지?"

"내가 싫어?"

"집에 갈 때가 됐군."

내가 일어서려고 하자 리이치로가 내 팔을 잡아 눌러 앉혔다.

"확인해두고 싶다고. 날 여전히 좋아하는지, 싫어하는지."

"싫어. 신물이 나. 몸서리가 쳐져."

"그렇게까지 말하는 걸 보니 거짓말이네. 그렇군, 난 역시 사랑받고 있는 건가."

"남의 마음 갖고 소설 쓰지 마!"

"제발 주변을 좀 둘러보면서 생각해봐.《그리고 아무도 없었다》
는 아니지만, 정신을 차려보니 우리 두 사람밖에 안 남았잖아."

"당신이야말로 주변을 좀 둘러보시지. 잊지 말라고, 나에게는 어
엿한……."

"맥주병 조교수? 흥!"

그가 코웃음을 쳤다.

"그 사람은 안 돼. 우선 지금 부인과 이혼 문제를 결말짓긴 글렀
어. 돈에 눈이 어두워 결혼한 남자가 한두 번 정도 능력 없단 소리
를 들었다고 그렇게 쉽게 변하진 않아. 어차피 말 끝나기 무섭게 부
인한테 연구비를 타낼 거야."

"나쁜 남자가 아니라고 당신도 말했잖아."

"그 후에 곰곰이 생각해보았거든. 아무튼 그 남자는 그만둬. 나를
택해, 나를."

"몇 번이나 물은 것 같은데, 그거 진심으로 하는 말이야?"

"정말 진심이야."

"가스미랑 헤어져서 외로우니까 괜히 기타지마 씨 트집을 잡으
려는 거잖아."

"헉."

마음의 소리가 입 밖으로 나왔다. 역시 장난이었다.

"분명히 말해두지만 나, 기타지마 씨와의 관계를 진지하게 고려
해볼 생각이야."

이야기의 흐름상 그렇게 말할 수밖에 없었다.

"그럼 나는 어떻게 되는데?"

"알게 뭐야!"

"차갑긴."

나는 그가 안길 것처럼 기대오기에 요란스럽게 피했다. 마음 같아선 후려 패주고 싶었다.

"난 어느 누구의 설교도 듣지 않을 거야. 물론 당신 도움도 빌리지 않을 거고. 나는 내 손으로 행복해질 거야. 당신보다 먼저 행복해질 거라고……."

지난번 사유리 때보다 훨씬 큰 목소리로 단언했다. 가게 구석구석까지 울려 퍼지는 연애 선언이었다.

리이치로의 얼굴에 올랐던 붉은 술기운이 썰물처럼 사라졌다.

"기어이 기타지마 씨랑 행복해지겠단 말이지……."

그가 애처로운 목소리로 말했다.

"그럴 거야."

"그럼 나도 기쁘지."

"조금 전까지 반대하지 않았어?"

"네 마음을 시험해본 것뿐이야."

거짓말쟁이. 그렇게라도 말하지 않으면 남자답게 물러날 수가 없었던 것이다.

"힘내라고. 응원할 테니."

"필요 없어, 당신 응원 따윈……."

"잘 어울려, 두 사람."

"더 이상 아무 말도 하지 마."

리이치로는 더 이상 아무 말도 하지 않았다.

송이버섯이 석쇠 위에서 타고 있었다. 리이치로는 개의치 않고 양념에 찍어 연달아 입속에 넣었다. 타서 쓴 것도 모를 만큼 충격이 었나 보다.

리이치로를 걱정할 상황이 아니었다. 그보다 내가 더 문제였다. 기타지마 씨와 사귀겠다고 선언한 이상 나는 그에 상응하는 결과 를 보여주어야만 했다.

나는 내 입술을 꼬집어보았다. 재앙만 불러오는 입.

아니, 재앙의 원흉은 입이 아니라, 마음이었다.

문제의 핵심은 언제나 마음이었다.

그로부터 이틀쯤 지나 시즈카를 따라 대학교에 가보았다.

강당에서는 마침 기타지마 교수가 1학년을 대상으로 사회학개 론을 강의하고 있었다. 300명 정도 수용 가능한 대강당은 인원이 반쯤 차 있었다. 그래도 상당히 인기 있는 수업인지 학생들은 좌석 앞쪽에 몰려 앉아 강의 내용을 받아 적고 있었다. 졸고 있는 여학생 은 거의 찾아볼 수 없었다. 한마디로 기타지마 교수가 얼마나 인기 있는지 말해주는 수업 풍경이었다.

나와 시즈카는 막자사발 모양처럼 생긴 강당을 내려가, 몰려 앉 은 학생들 뒤편에 자리를 잡았다. 기타지마 씨의 부인이 느닷없이 나타나서 앉았다는 자리도 이 근처 어디쯤이었을까.

기타지마 씨는 스웨터와 청바지의 캐주얼한 차림이었다. 강의 중 자주 머리를 쓸어 올리는 버릇이 있었다. 그 탓에 스프레이로 고정 한 머리카락이 방금 자다 일어난 듯 삐죽삐죽 솟아 있었다. 거대한 화이트보드에 구렁이가 기어간 듯한 글자들이 적혀 있었다. 나는 판독이 불가능했지만 기타지마 씨의 팬인 학생들에게는 수월히 읽히는 모양이었다.

"사회현상은 기능에 따라 분석할 수 있으며, 사회를 이루고 있는 시스템에는 반드시 무언가의 목적 같은 것이 깔려 있다. 미국의 사회학자 탤컷 파슨스는 이렇게 주장한다. 그는 뭐든지 시스템이라고 생각하는 거지. 예를 들면 개개의 인간, 개인의 목적은 오래 사는 것, 행복해지는 것이다. 다음으로 사회집단은……"

다시 관찰해보니 기타지마 씨는 중년이면서도 나이와의 싸움에서 선전하고 있는 것 같았다. 화이트보드 앞을 왔다 갔다 하면서 선을 긋기도 하고 커다랗게 동그라미를 치기도 하는 강의 풍경에는, 확실히 푹 빠져들 만한 남성적인 매력이 물씬 묻어나고 있었다.

바로 그때 기타지마 씨의 눈이 자석에 빨려 들어가듯 나의 시선과 마주쳤다.

"봤다, 봤어. 저것 봐, 허둥대고 있잖아."

옆에서 시즈카가 장난스럽게 웃었다. 나는 기타지마 씨가 놀림받는다는 생각이 들지 않게끔 진지한 얼굴을 하고 강의를 듣기로 했다.

"집단은…… 음, 그러니까, 집단에도 집단의 목적이 있다."

기타지마 씨는 가여울 정도로 당황스러워했다. 머리를 쓸어 올리는 동작이 잦아졌다.

"주식회사라면 이익을 올려서 성장하는 것이고, 가족이라면 아이를 낳아 기르고 안전한 가정생활과 미래까지 이어질 행복을 보장하는 것. 물론 그 목적이 도중에 좌절된다 해도 그 남자와 여자가 사회집단의 시스템으로부터 일탈했다고는 말할 수 없다. 오해하지 않도록."

이혼 경력이 있는 여자를 향해 덧붙이는 말이었을까? 아니면 자기 자신에 대한 변명이었을까?

강의 종료 벨이 울렸다. 단상에 모여들어 질문 공세를 퍼붓던 학생들이 사라질 때까지 나와 시즈카는 참을성 있게 기다렸다.

"오신다고 미리 말씀해주시지 않고."

우리를 맞자마자 꺼낸 첫마디가 웃음 섞인 불평이었다.

시즈카가 대신 대답해주었다.

"교수님이 어떤 식으로 학생들을 가르치시는지 언니가 보고 싶어 하기에 오라고 했어요."

"역시 풀장 안에서의 교수님과는 사뭇 다르시네요."

나의 솔직한 생각이었다.

"놀리지 마세요."

시즈카는 학생과에 볼일이 있다고 했다. 일부러 자리를 피해주었는지도 모른다. 나와 기타지마 씨는 되도록 여학생들 눈에 띄지 않게 교문을 나섰다. 오후 1시가 넘은 시각이었다. 스포츠클럽에는 유아반이 시작되는 3시까지만 들어가면 되었다. 점심이라도 같이 하자는 기타지마 씨의 요청에 나는 흔쾌히 응했다.

이틀 전 하나카고에서, 기타지마 씨와의 연애 선언을 해버린 터여서 나름대로 내 자신을 몰아가야 했다. 설령 그것이 리이치로의 응석을 뿌리치기 위한 허풍에 불과할지라도. 나는 가끔 내 자신의 이런 엄격함에 질려버리곤 한다.

그렇지만 말은 이렇게 해도 기타지마 씨에게 아무런 매력을 느끼지 못한다면 거짓말일 것이다. 예리한 조교수로서의 모습. 게다가 웃으면 해맑은 소년 같은 분위기가 난다. 물속에서의 꼴사나운 모습을 감안하더라도, 기타지마 씨는 나의 진전 없는 생활에 빛을 비추어줄 것 같았다.

부인과의 이혼 문제가 해결되지 않았다는 점이 오히려 나에게는 잘된 일이었다. 문제가 해결되지 않는 이상 우리의 교제는 진전되지 않을 것이라는 암묵적인 양해가 이루어지는 거니까.

리이치로가 하나카고에서 말했었지. 기타지마 씨는 여간해서 부인과 헤어지지 못할 거라고. 그게 사실이라면 나와 기타지마 씨의 교제에는 적당히 제동장치가 걸려 있는 셈이었다.

학생들이 다니는 거리에서 조금 벗어난 곳에 장어 요리를 하는 음식점이 있었다.

"에토 선생님은 아마 기억하지 못하실 겁니다. 4년 전에 우리 한번 만난 적이 있습니다."

기타지마 씨는 나의 기억력을 시험하려고 했다.

"4년 전이라고요?"

아무리 생각해도 기억나지 않았다.

"시즈카 양의 입학식 때 말인데요. 나가사키에 계신 아버님은 일 때문에 못 오셨던 겁니까?"

"네, 그래서 제가 대신."

학부형 석의 끝자리에 나도 앉아 있었다. 가장 수수한 정장을 입고 하품을 참아가면서 학장의 연설을 듣고 있었다. 식이 끝나고 시즈카와 기념사진을 찍기 위해 벚나무 앞에 서서 근처를 지나가던 어떤 학부형에게…….

"아, 혹시…….."

"맞습니다. 제가 카메라 셔터를 눌러드렸죠."

"교수님이셨군요. 실례를 범했네요. 당연히 학부형이라고 생각해서…….."

선명하게 떠올랐다. 그저 누르기만 하면 되는 카메라였는데 셔터를 누르기까지 시간이 한참 걸렸던 이유는 구도를 세로로 했다가 가로로 했다가 앉아도 보고 멀찌감치 물러나 보기도 하는 등 상당히 공을 들였기 때문이다. 그런데도 완성된 사진은 다소 흔들려 있었다. 나중에 시즈카랑 둘이서 "뭐야 이 사진, 그 아저씨 정말 너무하네"라고 투덜댔었다.

"파인더 안의 여성에게 빠져들었던 거죠. 최고의 사진을 찍어주고 싶었습니다. 완성된 사진은 못 보았지만, 저의 혼신을 다한 작품입니다."

"물론 소중히 간직하고 있어요."

실은 앨범에서 빼버렸다.

"그때 에토 선생님은 결혼하셨던 겁니까?"

"약혼 무렵이었을 거예요."

"그럼, 한창 행복했을 때였겠군요. 음, 확실히 웃는 얼굴에 그런 느낌이 있었어요."

그리운 듯이 떠올리며 지금의 내 모습과 비교하고 있는 것 같았다. 웃을 때의 환한 빛은 그 무렵에 비해 덜하지 않을까?

"저는 집사람과 완전히 틀어져 있을 때였죠."

교수 자리를 동기에게 추월당하고, 부인과의 냉전에 완전히 지쳐 있었던 시기.

지금의 기타지마 씨를 보고 있으니, 그때가 더 나이 들어 보이지 않았나 하는 생각이 들었다.

점심 코스 요리는 장어 간을 젤라틴으로 감싼 전채 요리부터 시작되었다.

"별거 중이라는 것이 자유로운 남녀 교제를 가능하게 만드는 걸까요?"

나는 소박한 의문을 던졌다. 내가 예민한 건지도 모르겠지만, 이혼 조정 중에는 다른 사람과의 교제가 아무래도 마이너스 요인이 되지 않을까 생각되었다.

"저희는 아직 법정 소송으로까지 번지진 않았으니까……. 하지만 제게 애인이 생긴 걸 집사람이 알게 된다면 오기로라도 저를 묶어둘지 모릅니다. 워낙 그런 성격이니까요."

"그것도 애정이 남아 있을 때의 얘기가 아닌가요?"

"생각하지 않으려고 합니다. 먼 곳의 감정을 살피는 것만큼 피곤한 일도 없거든요."

기타지마 씨는 한숨 섞인 소리를 했다.

여자의 배경에 끌려 결혼한 남자는 그렇게 간단히 변하지 않는다고, 리이치로가 말했던가. 과연 기타지마 씨도 그런 부류의 남자일까 추측해보았다.

"며칠 전 집사람에게 전화를 걸어 할 얘기가 있으니 시간을 좀 내

달라고 했습니다. 둘 다 그리 젊은 나이도 아니고, 그 사람 또한 더이상의 시간 낭비는 그만하고 싶을 겁니다. 가능한 한 빨리 정리하겠습니다."

이것도 지레짐작일지 모르지만 확실하게 말해두고 싶었다.

"저 때문이라면 서두르지 않으셨으면 해요. 부인의 마음이 다치지 않도록 끈기 있게 대화하셨으면 좋겠네요."

"서두를 겁니다. 무슨 계기인지 몰라도 에토 선생님이 이제 겨우저를 돌아봐주시기 시작했습니다. 이번 기회를 놓치면 두 번 다시기회가 찾아오지 않을지도 모르니까요."

무슨 계기. 리이치로에 대한 반동. 기타지마 씨는 사람을 꿰뚫어보는 능력이 있는 것 같았다.

장어덮밥이 나왔다. 소스가 의외로 적다고 생각했는데 밥 사이에장어가 또 한 겹 들어 있었다.

"맛있네요."

밥을 먹는 동안에는 기타지마 씨의 이야기를 외면할 수 있어서다행이었다.

5

요즘의 나로 말할 것 같으면 하나카고에서 늘 소란만 피우다 보니 여주인을 대하자마자 "오늘은 별일 없을 거예요"라며 안심시키기 바빴다.

가이에다와 시즈카가 나를 불러냈다. 내 실연을 위로해주는 모임인 것 같아 나는 아침에 일부러 면도를 하지 않았다. 가능한 한 초췌한 모습으로 나가야 잘해줄 것 같아서였다.

"어쩐지 형부, 몸의 중심을 잃은 것 같은 느낌이에요."

시즈카가 나를 관찰하며 말했다. 상당히 정확한 표현이었다.

"그렇지? 걸을 때도 사람들과 자주 부딪치고 마치 평형감각이 사라진 것 같아."

사실 그 정도까지는 아니었다. 하지만 시즈카가 안쓰럽다는 표정을 짓기에 무거운 한숨을 두세 차례 쉬었다.

"여기서 하루 씨한테 매달렸다가 차였다며?"

가이에다가 어떻게 알고 있는 거지? 건너편에서 여주인이 혀를 날름 내밀었다. 의외로 입이 가볍군.

"그래? 난 처음 듣는 이야기야. 언니는 아무 말 없던데. 그래서 어떻게 밀어붙였는데요?"

시즈카가 눈빛을 빛내며 물어왔다. 그래서 나는 좀 즐겁게 해줄까 싶어 완벽한 비련의 남자 주인공을 연기해 보았다.

"다시 한번 프러포즈할 테니까 다시 시작하자고 울면서 호소했는데…… 치가 떨리고 신물이 난다더군."

"세상에, 어떻게 그런 심한 말을."

"나를 질타하고 격려하려는 의미에서 그런 말을 했을 거라 짐작은 하지만."

"언니는 질타하고 격려한다는 생각에서 하는 말이겠지만, 어느샌가 상대방은 묵사발이 돼버리는 경향이 좀 있거든요."

"마지막에는 마음에도 없으면서 기타지마 씨와 연애를 하겠다고 선언하지 않나."

"괜한 소리는 아닐걸요. 오늘도 대학 근처에서 데이트를 하는 것 같던데."

뭐야? 그렇다면 실행에 옮긴 거잖아.

"교수님 이혼 문제가 해결될 쯤에는 언니 마음도 확고해질 거 같아요."

어쩐지 정말로 평형감각을 잃게 될 것 같아 내가 입을 꾹 다물자 시즈카가 한마디 덧붙였다.

"어머, 내가 상처에 소금을 뿌렸나?"

상처받기 쉬운 시기인 만큼 말 좀 골라가면서 해달라고, 이 아가 씨야.

"아, 맞다. 너한테도 왔지? 중학교 동창회 통지."

가이에다가 은근슬쩍 화제를 돌렸다.

"왔나? 요즘 통 우편함을 들여다보지 않아서."

"이번 일요일이야. 졸업하고 20년 만에 처음 열리는 동창회라고. 재미있을 것 같은데, 안 가볼래?"

"혹시 너, 이거 기대하는 거야?"

나는 새끼손가락을 세워 보이며 말했다.

"어차피 여자들도 우리와 마찬가지로 서른을 넘겼다고. 독신녀 가 있다 해도 마음이 상처투성이인 이혼녀든지 애교 없고 무뚝뚝 한 노처녀일 게 뻔해."

"동창회에서의 재회를 꿈꿔보는 것도 재미있잖아. 적어도 일요일까지는 즐겁게 살 수 있어."

"그런 말로 날 위로하지 마."

"가보자, 시험 삼아."

"나가봐요, 형부. 집에 있어 봤자 어차피 혼자 물두부 찍어 먹는 일밖에 없잖아요?"

내 고독한 생활을 꿰뚫고 있었다. 혹시 베란다에서 훔쳐보는 것 아냐?

"일요일엔 재고 정리를 해야 하는데."

"그럼 2차 때라도 와. 널 위해 여자들을 적당히 선별해서 데려갈 테니까."

"만일 괜찮은 여자가 있더라도 네 녀석이 가로채는 거 아냐? 아무리 생각해도 이혼과 실연으로 상처 입은 남자보다는 독신에다 돈 잘 버는 산부인과 의사에게 몰릴 것 같단 말씀이야."

"이번엔 널 띄워줄게."

"형부는 주변에 좋은 친구가 많아서 행복하겠어요."

너는 거기에 포함되지 않는다고 말해주고 싶었다.

이윽고 일요일이었다. 나는 재고 정리를 마치고 2차 모임 장소로 향했다.

1차 모임 장소인 아사쿠사 뷰 호텔의 홀에는 150명 정도가 모였는데 30명 정도가 우에노에 있는 호프집으로 옮겨 앉았다고 한다. 물론 가이에다가 앞장섰다고.

"내 인기가 식지 않았는지 여자가 스무 명이나 돼. 지금은 긴 얘기 할 수 없지만, 어쨌든 기대하라고."

서점을 나서려고 할 때쯤 녀석이 전화를 걸어와 궁금증을 자아내는 바람에 그곳으로 가는 내내 잔뜩 기대에 부풀어 있었다.

실은 어젯밤 중학교 졸업 앨범을 펼쳐놓고, 같은 반 여자애들의 얼굴과 이름 정도는 외워두었다.

"하야세, 오랜만이야!"

"음, 누구더라?"

고개를 갸웃거린다면 실례잖아?

중학교 3학년 때 우리 반에는 제법 괜찮은 애들이 많았다. 그 시절 눈부셨던 세일러복의 탱탱함이 지금은 어떻게 변했을지, 상상해보았다. 좀 더 풍만해졌을까? 아니면 형체도 그림자도 없이 시들어버렸을까? 이 순진무구한 여중생들의 얼굴에 20년 치의 지방과 주름과 인생의 무게를 더하면 어떤 얼굴이 될까? 앨범 속 단체 사진에 확대경을 들이대고 나는 혼자서 상상의 날개를 펼쳤다.

가이에다의 말대로 동창회가 열린다는 소식을 들은 날부터 오늘까지 한 가닥 희망의 싹이 나의 황폐해진 마음을 위로해주었다.

실은 꼭 한 번 만나보고 싶은 여자 동창생이 한 명 있었다.

우에노의 호프집에 도착했을 때 현란한 네온사인 거리를 지나온 탓인지 내부가 어두컴컴하게 느껴져 눈이 좀처럼 적응되지 않았다. 어차피 가게는 거의 우리가 전세 낸 거나 다름없어 보였다.

"어이 잘 지냈어, 리이치로?"

입구 근처에 있던 메밀국숫집 테루가 가장 먼저 알아보고, 나는 무작정 따라주는 맥주를 달아오른 몸속에 흘려 넣었다.

"지난번에 너희 가게에 갔었는데."

"아버지한테 들었어. 여자 데리고 왔다며?"

"전처야."

"난 또."

그 밖에도 반가운 얼굴들이 많았다. 교장 아들이라는 이유만으로 집단 따돌림을 당했던 수재 가이노는 그때의 경험을 살리고 있는 건지 문부성에서 공무원으로 일하고 있다고 한다. 흑백 에로 사진을 한 장에 1000엔씩 받고 팔다가 정학 처분을 당했던 모치즈키는 누드 화보집의 원조인 하가 서점에서 영업 사원으로 일하고 있는 터라 나하고는 일 때문에 몇 번 만난 적이 있었다.

어젯밤 확대경으로 얼굴을 확인하고 온 여학생들은 예상대로 풍만해진 사람도 있고 야윈 사람도 있었다. 명품으로 치장하긴 했지만 장식물을 떼어내면 영락없는 동네 아줌마들이었다.

뭘 기대하라는 건지, 나 원.

내 안에서 풍선의 바람이 빠져나갔다. 기대하게끔 만든 장본인인 가이에다는 건장한 여자 네 명에게 둘러싸여 박스 석 중앙에서 제왕절개수술에 대해 열심히 설명하고 있었다. 에워싼 여자들 중 한 명은 당시 베이 시티 롤러스의 열광적인 팬으로, 학교 축제 때 베이 시티 롤러스를 흉내내던 남자애와 함께 가출했다는 소문이 나돈 가네코 마리코였다. 그녀가 옷을 걷어 올린 채 배를 내밀고 있질 않나, 가이에다 녀석은 신이 나서 메스 넣는 법을 설명하고 있질 않나 당최 너무 외설적인 장면이라 다가갈 수가 없었다.

"리이치로, 여기야 여기!"

가이에다가 손짓하자 다른 여자들이 일제히 소리쳤다.

"어머, 하야세다."

"어쩜, 하나도 안 변했네."

"이쪽으로 와."

하지만 나는 우선 자리를 피하기로 했다.

"나, 잠깐 화장실 좀."

걸음아 날 살려라, 하는 심정이었다.

가이에다가 자리에서 일어나 쫓아왔고, 나는 뒤돌아보자마자 말했다.

"덕분에 꿈 한번 잘 꿨다."

"어디 가는 거야?"

"오줌 싸고 돌아갈 거야."

"하여간 너도 성질 한번 급하다."

"공기가 왜 이래? 온갖 향수 냄새가 뒤범벅이 되어서는. 너 비위한번 좋다."

"그러게. 어느새 유흥업소 분위기가 돼버렸네."

"얼른 가보라고, 가네코 마리코가 배 내밀고 기다리잖아."

"너 오기만을 기다리는 사람이 있다니까."

가이에다가 묘하게 자신만만한 표정을 지었지만 나는 전혀 기대하지 않았다.

"누구?"

"뒤에."

"뭐?"

"뒤에 있다고."

뒤를 돌아보니 아직 눈이 적응 안된 탓에 가게 안은 어둠침침했지만 희미한 발광체 같은 인물이 내 시야에 들어왔다.

선이 고운 어깨를 쑥색 재킷이 단정하게 감싸고 있었다. 하얀 블라우스의 첫 단추가 끌러져 있고, 장식성을 억제한 은빛 목걸이가 목덜미에서 빛나고 있었다. 지나치게 풍만하지도 처지지도 않은 허리의 능선을 재킷과 같은 색상의 쑥색 스커트가 돋보이게 했다. 옅은 화장이 서른넷이라는 나이를 4년 정도 젊어 보이게 했다. 자신의 특징을 잘 살린 화장이었다. 머리는 부드러운 어깨에 닿을 정도. 여전히 동안인 동그스름한 얼굴 중에서도 가장 먼저 눈길을 끈 건 오른쪽 눈 밑의 점이었다. 관상학에서 눈물이 많다고 하여 '눈물점'이라고도 부르는 점이었다. 20년 전 반에서 처음 만났을 때도 그 눈물점 때문에 상당히 어른스러워 보였다. 언제나 눈가에 슬픔이 감도는 여자아이……. 사춘기 소년의 눈에는 성숙한 여인으로 느껴졌다.

이 외잡스러운 분위기 속에 피어난 한 송이 꽃. 나를 향해 한 발, 두 발 다가오는 발걸음에도 조신한 성품이 느껴졌다.

이름은 오다 다미코. 아직 독신이었으면 하는 마음이었지만.

그녀가 바로, 내가 재회를 꿈꿔 온 오다 다미코였다.

"그대로네, 하야세."

난 곧바로 입이 떨어지지 않았다.

"너야말로…… 변한 게 없네."

"너무 변해서 원래대로 돌아갔는지도 모르지."

뭐가 어떻게 변해서 원래대로 돌아간 걸까? 20년 동안 어떤 변화가 있었는지 한시라도 빨리 알고 싶어졌다.

"안 앉아?"

지금까지 앉아 있던 안쪽 박스 석으로 나를 안내했다. 내가 오기 전까지 다미코의 말동무였던 시모타니 경찰서의 부장 경찰인 야마다는 가이에다의 '자식, 눈치 없기는' 하는 시선을 받고 맥없이 물러났다. 그날 밤 가이에다는 경찰도 제멋대로 부릴 만큼 완벽한 조력자였다.

"자, 즐거운 시간 보내라고."

가이에다는 내 어깨를 툭 치더니 출렁거리는 배를 내밀고 있는 가네코 마리코에게 자리로 돌아갔다.

"얼음 넣니?"

다미코가 위스키를 타주었다. 희고 가느다란 손가락에는 반창고가 감겨 있었다.

"지금, 무슨 일 하고 있어?"

"요리 학교에서 강사로 일해. 예비 신부 등을 대상으로. 오늘 잠시 다른 생각을 하다가 칼에 베였지 뭐야."

다미코는 민망스러운 듯 반창고를 어루만졌다.

"아, 요리 선생님이구나."

가사실습 시간에 하얀 앞치마가 잘 어울렸던 모습이 선하게 떠올랐다. 앞머리가 눈 위까지 내려와 있어서 고개를 숙이면 표정의 절반이 머리카락에 가려졌다. 눈물점 탓도 있고, 교실에선 결코 밝은 존재는 아니었다. 중간고사며 기말고사 때, 상위 10등 안에 드는 사람 이름이 게시판에 나붙었는데, 다미코의 이름은 한 번도 오른

적이 없었다. 참고로 나와 가이에다는 가끔 그 안에 오르고는 했다.

그러나 오다 다미코라는 소녀는 오후의 운동장에서만큼은 빛을 발했다. 육상부 허들 선수였던 다미코. 짧은 체육복 바지 아래로 뻗은 용수철 같은 다리가 차례차례 허들을 뛰어넘어갔다. 마치 들판을 달리는 하얀 토끼 같았다.

영화연구부라는 어설픈 특활부에 속해 있던 나는 방과 후면 6배 줌 8밀리 카메라를 들고 옥상에 올라가 운동장을 질주하는 다미코의 모습을 쫓고는 했다.

편지를 쓴 적도 있었다. 내용은 잊어버렸지만, 이를테면 러브레터인 셈이었다. 신발장을 열고 다미코의 실내화 위에 얹어 놓으려고 했지만, 항상 막판에 가서 용기가 꺾여버렸다. 결국 어영부영하는 사이에 야구부의 에이스가 다미코를 채가고 말았다.

운동 연습 후 다미코와 야구부의 주전 투수인 다카기가 교문에서 만나 같이 하교하는 모습을 목격했다. 나는 충격을 받아 그 자리에 얼어붙고 말았다. 그 당시 자학적인 성격이었던 나는 두 사람의 뒷모습을 6배줌으로 뒤쫓으며 파인더 안을 눈물로 적시기도 했다.

중학교를 졸업한 후에는 각기 다른 길을 갔다. 나는 도립고등학교로, 다미코는 아버지의 일 때문에 지방으로 이사를 갔다.

그랬다. 그런 추억이 있었던 오다 다미코는 내 첫사랑이었다.

"하야세, 항상 옥상에서 날 찍고 있었지?"

"이런, 알고 있었어?"

"마치 텔레비전 중계를 하는 가운데 달리는 느낌이었어. 그때 필름, 혹시 가지고 있어?"

"전부 없어졌어."

네가 야구부의 그 녀석과 함께 하교하던 날 전부 태워버렸어. 하지만 그 말은 차마 하지 못했다.

"한번 물어봐야지 하고 생각했던 게 있는데, 혹시 나한테 편지 쓴 적 있어?"

"그런 일까지 알고 있었어?"

"나를 좋아해서 하야세가 러브레터를 보내려 한다고 누가 그러길래 언제쯤 오나 궁금해 했거든."

가이에다 녀석이었다. 내가 다미코 일로 상담한 사람은 가이에다 밖에 없었다.

"매번 보내기 직전에 자신이 없어져서……. 게다가 너는 야구부의 다카기하고 사귀었잖아."

"졸업할 때까지 석 달 정도, 집에 같이 간 것뿐이야."

"내 편지, 기다렸니?"

"쉬는 시간에 보면 항상 어른스러운 소설을 읽고 있길래, 편지는 어떤 문장일까 기대했었어."

교실에서 읽던 것은 윌리엄 아이리시의 《환상의 여인》이나 세바스티앙 자프리조의 《신데렐라의 함정》 같은 미스터리물이었다. 제목에서 성인용 연애소설을 연상한 모양이었다.

"졸업 후에는 아마 센다이로 이사 갔지?"

"잘 아네."

"누구한테 들었더라……."

그것도 가이에다한테서였다. 졸업생 명부를 책임지고 있던 녀석한테 다미코의 소식을 들은 적이 있었다. 건너편 자리를 보니, 가이에다는 다른 여자를 진찰하기 시작했다. 여자들이 죄다 배를 내밀고 기다리고 있었다.

"센다이 상업 고등학교를 졸업하고 그곳에서 전문대를 나와 식품회사에서 3년간 모니터 일을 했어. 그러다가 마침 회사에서 전국에 요리 학교를 낸 것이 계기가 되어 지금의 일을 하게 됐어."

"결혼은?"

그런 일은 가급적 빨리 알아놔야 했다.

"한 번도."

다미코는 어깨를 움츠리며 대답했다.

"나는, 한 번."

한 번 했지만 실패했다는 의미였다.

"알고 있어. 아까 가이에다한테 들었어."

어디까지 이야기한 걸까? 우선은 그 녀석의 양심을 믿어보기로 했다. 가이에다 쪽을 보니 마치 하렘에라도 온 듯 원숙한 여인들에게 둘러싸여 있었다. 여자들이 흥분하도록 묘약이라도 먹인 게 아닐까 의심이 들 정도였다.

나와 다미코는 서로 사생활에 대해 꼬치꼬치 물어볼 단계는 아직 아니었다. 하지만 요리 강사의 일에 대해 묻자 선선히 대답했다.

"만드는 요리는 항상 나와 학생들을 위한 거였어."

그러고는 요리 학교에서 그날 만든 버터케이크를 가방에서 살며시 꺼내며 먹어보라고 했다. 은박지로 싼 그것을, 나는 다른 사람들 몰래 입안에 넣었다. 어느 누구와도 나눠먹고 싶지 않았다.

맛있었다. 달콤하게 입안 가득 퍼지는 맛. 시타마치의 케이크 장인이 만든 맛이었다. 우리들이 자란 동네가 공통된 미각을 길러준 것이다.

2차 모임도 슬슬 접어야 할 시간이었다. 가이에다와 여자 친구들은 광란의 3차 모임으로 몰려나갈 분위기였지만, 나와 다미코는 무리에서 살짝 빠져나왔다. 무리에 어울려 시끌벅적하게 놀 기분도 아니었고, 다음 날 아침 일찍 출근해야 한다는 다미코를 위해 차를 잡아주고 싶었다.

다미코는 신코이와에 산다고 했다. 우리는 집과 직장 전화번호를 교환했다. 나도 꽤 치밀한 구석이 있는 녀석이지.

"잘 가"

"만나서 반가웠어."

"나도⋯⋯."

다미코를 태운 택시가 우에노의 현란한 네온사인 거리에서 사라질 때까지 나는 지켜보았다.

사랑의 거리, 우에노.

그런 노래는 우리 가요사에 존재하지 않지만, 즉흥적으로 만들어 흥얼거리기까지 했다.

6

하루가 사흘 전에 주문한 벤 호건의 《모던골프》가 들어왔기에 전화로 알려줬다.

"골프는 언제부터 시작한 거야? 아, 알았다. 기타지마 씨한테 배우는 거로군. 거 좋겠네. 이 책도 기타지마 씨가 추천했겠지? 어쨌든 골프 지도서의 바이블로 일컬어지는 책이니까."

"웬일이야? 기분 좋아 보이네."

촐랑대듯 들뜬 내 목소리에 하루는 실소를 머금었다.

"시부야까지 가지러 올래, 아니면 내가 스포츠클럽으로 가져다줄까?"

"됐어. 여긴 오지 마."

"사양할 것 없어. 지금 갈 테니까. 그럼 좀 이따 봐."

20분 뒤 나는 책 꾸러미를 겨드랑이에 끼고 짐 캐리처럼 걸으며 스포츠클럽 현관에 들어섰다. 마침 한 부인이 조그만 강아지를 데리고 나오려고 해서 문을 열어주었다. 수업을 마치고 나오는 초등학생의 머리를 쓰다듬어 주기도 했다. 만나는 사람 모두에게 친절히 대해주고 싶은 심경이었다.

하루는 여느 때처럼 트레이닝복 차림으로 로비에 나와 팔짱을 낀 채 나를 기다리고 있었다.

"여기엔 오지 말라고 몇 번을 말해야 알아들어? 얼마 전, 주부반에서도 당신 얘기가 화제가 됐단 말이야."

"그렇게까지 화제가 됐다면 말이야, 가끔 네가 나를 퇴짜 놓고 내가 '부탁이니 제발 날 버리지 마' 하고 매달리는, 그런 류의 퍼포먼스라도 한번 보여줄까?"

"자, 책값."

나의 장황한 농담은 아랑곳하지 않은 채 책 꾸러미를 낚아채며 2000엔을 내 손에 쥐어주었다. 거스름돈 150엔은 전철 요금이라며 주기에 사양하지 않고 챙겼다.

용건은 그것으로 끝났지만, 나는 "커피 마시자, 커피" 하고 카페 테리아 쪽으로 하루를 끌고 가 커피를 사주었다. 전철 요금만으로 살 수 있는 자판기 커피였지만.

"나 예전보다 밝아진 것 같지 않아?"

"척하면 삼천리지. 목소리로 이미 알아챘어."

"아침부터 얼굴에서 웃음이 떠나질 않아. 나 한 사람의 미소로 인해 서점 분위기가 완전히 달라졌어. 유쾌한 서점이 됐다고. 쌓아놓은 신간을 살까 말까 망설이는 손님이 있으면, 슬쩍 옆으로 다가가서 추천하는 거야. '저도 이 책 읽었습니다. 손님도 꼭 한 번 읽어보세요. 저처럼 인생이 장밋빛으로 변한답니다' 하고."

"그다지 가고 싶지 않네요, 그런 서점."

"바로 얼마 전까지 실연으로 풀죽어 있던 나를, 뭐가 이렇게까지 바꿔놓았는지 맞춰 봐. 하나, 둘, 셋……."

초를 세며 하루의 대답을 기다리고 있는데, 간단하게 대답하는 거였다.

"동창회에서 첫사랑과 재회했지?"

"뭐야, 알고 있었어?"

"그래, 시즈카한테 들었어."

"어떤 여잔지 알고 싶지? 이야기가 좀 길어지는데 듣고 싶어?"

"지금 바빠."

"그렇게 듣고 싶다면 뭐 알려주지."

"별로 듣고 싶지 않거든."

"육상부 허들 선수였어. 앞을 향해 낮게 숙인 자세로 허들을 휙 뛰어넘는 모습은 마치 하얀 토끼가 억새풀 위를 곡선을 그리며 나는 듯한 멋진 장면이었지. 난 늘 학교 옥상에서 8밀리 카메라를 들고 그녀를 쫓았고 그것만으로도 장편영화 한 편이 만들어졌어."

"러브레터를 보내려고 했는데, 야구부의 에이스한테 가로채였다는 얘기지?"

"그래 맞아. 이야, 거기까지 알고 있었다니!"

가이에다가 시시콜콜 시즈카에게 이야기하고, 그것을 다시 시즈카가 재잘거리며 하루한테 전한 거로군. 모두 나를 화제로 삼아주다니, 어쩐지 인기 탤런트라도 된 듯한 기분이었다.

"뭐가 긴 이야기야? 좋아했지만 손도 못 써보고 실연당했다. 30초 안에 끝나는 얘기잖아."

"다음에 같이 한번 봐도 좋아."

"뭐 하러?"

"자신하고 비교하고 싶은 거 알아."

"비교하면 나한테 뭐 좋은 일이라도 생겨?"

"나의 첫사랑 상대에게 이기고 싶은 마음, 없다고 하면 거짓말이잖아?"

"없어."

"다미코를 만나서 내 칭찬 좀 해주면 안 돼? 같이 있으면 정말 즐겁고 행복한 기분이 든다고."

"이혼한 전처가 말한들 전혀 설득력이 없을 것 같은데."

"저는 리이치로 씨를 행복하게 해주지 못했지만, 당신이라면 할 수 있을 거예요. 기꺼이 당신에게 양보하겠습니다, 라고 말해준다면, 정말로 도움이 될 텐데."

"헤어진 부인한테 그런 부탁하는 거, 부끄럽지 않아?"

"부끄럽지 않아. 나도 기타지마 씨한테 지금 같은 말을 해주고 싶거든. 내가 못해준 몫까지 하루를 행복하게 해주십시오. 이렇게 말이야."

"나나 당신이나 나이 먹을 만큼 먹은 어른이니까, 자기 일은 스스로 알아서 하자고. 상대방 일에 끼어들어 봤자 항상 복잡해지기만 하니까."

"나도 때론 힘이 된다니까. 기타지마 씨는 확실하게 이혼 문제 해결한 거지?"

"몰라."

"모른다니……. 우리들 앞에서 그렇게까지 자신의 결혼 생활을 폭로했다는 건 당장이라도 부인에게 이혼 도장을 받아오겠다는 공식 선언 아니었어?"

"부인이 좀처럼 만나주질 않는대."

"뭐야, 그게."

들뜬 기분이 확 날아가 버렸다. 기타지마라는 남자, 겉만 번드르르한 것 아냐? 부인의 경제력에 매달리고 싶은 마음이 아직 남아 있는 것 아냐?

"뭐 하는 거야, 그 사람……."

"상관하지 마, 복잡해지니까. 게다가 우선……."

"우선, 뭐?"

"기타지마 씨와는 천천히 가는 게 좋아. 기타지마 씨를 재촉하고 싶지 않아."

"그 남자가 만일 널 속이려 드는 거라면 내가 절대로 용서 못 해, 보호자로서."

"날 보호할 생각 말아. 당신은 첫사랑 여인과 다시 시작하든지 하라고."

내뱉듯이 하는 말에, 조금 전까지 첫사랑 이야기로 좋아 죽던 내 자신이 부끄러워졌다.

하루는 《모던골프》의 첫 장을 넘기며 서문을 읽기 시작했다.

나도 오는 동안 전철 안에서 시간도 때울 겸 대충 훑어보았는데, 그중 재미있는 문장이 있었다.

골퍼는 골프와의 기나긴 약혼을 믿는다. 고혹적이고 바람기 많은 그녀, 즉 골프에게 끊임없이 구애한다. 하지만 그녀는 친구가 보고 있는 앞에서조차 그를 모욕하며 절망으로 밀어 넣는다. 이윽고 그는 절망의 늪에서 기어 나와, 마침내 그녀를 다룰 수 있는 요령을 터득한다. 그러나 자신감이 가장 높아졌을 때, 그녀는 그를 호되게 몰아세운다. 벙커에 밀어 넣고, 그린에서는 포 퍼트. 그는 만신창이가 된 채 또다시 멸시당하는 몸이 된다.

광대한 홀에서 작은 공을 조그만 구멍에 넣기 위해 격투하는 모습을 사랑에 비유한 것은 빼어난 혜안이었다.

우리들의 현실에 비추어 보면, 내 공은 한때 오비인 적도 있었지만, 지금은 파를 노리는 위치까지 회복되었다고 할 수 있지 않을까? 하루의 공은 어디쯤 있을까? 러프에 빠진 채 헤어나지 못하고 있는 건 아닐까…….

여하튼 첫 데이트의 전말은 이랬다.

서점 정기 휴일이 마침 다미코의 휴강일과 겹쳐서 우리는 고향을 산책하기로 했다.

나는 가급적 신노스케가 잠들어 있는 야나카 공원묘지와 떨어진 길을 택하여 중학교로 이어지는 나무 담장 길을 걸었다. 늦가을 햇살이 내리쬐고 바람도 없어서 두 달 전의 살짝 땀이 배던 날씨로 돌아간 것 같았다.

나는 점퍼를 벗어 손에 걸치고, 다미코는 옅은 분홍색 스웨터를 입고 있었다. 옷깃 언저리는 역시 흰색. 목덜미를 언제나 청결한 색으로 감싸고 있었다. 이런 비유는 어떨까? 존 포드의 서부극에 나옴 직한 청초한 초등학교 선생님. 주인공인 총잡이가 매번 마음을 빼앗겨버리는 히로인. 오 마이 달링 클레멘타인이다. 이 정도면 대충 이해되려나?

지나치던 베이커리에서 다미코가 아마쇼쿠(단맛을 낸 원뿔형 빵)를 두 개 샀다. 가게 앞에서 입안 가득 넣자 정겨운 맛이 느껴졌다. 시험 삼아 쭈그리고 앉아서 그 당시의 눈높이가 되어보았더니, 맛뿐만 아니라 옛 향수가 부풀어 올라 온몸을 따뜻하게 감쌌다. 아마쇼쿠는 치아 안쪽에 들러붙는 게 흠이었지만 음미하면서 전부 먹었다.

"하야세도 초등학교 때, 여기서 사 먹었어?"

"응, 지금 생각났어."

나와 다미코는 학군이 달라서 초등학교는 같은 곳을 나오지 않았다. 좀 더 일찍 이 가게에서 만났더라면 30초 만에 끝나버리는 첫사랑 이야기가 아니라 '작은 사랑의 멜로디' 같은 드라마를 만들어냈을지도 모른다.

우리가 다니던 중학교가 보이기 시작했다. 오후 첫 수업인 듯 교실 창문 너머로 교복을 입은 소년 소녀들이 줄지어 앉아 있는 게 보였다. 운동장에서는 체육 수업 중이었다. 예나 지금이나 변함이 없었다. 다미코가 몇백 번도 넘게 뛰어넘은 허들도 줄지어 세워져 있었다.

교문에 들어서서 교정 한쪽에 있는 철봉으로 다가가는데, 어쩐지 낯익은 흙냄새가 나서 회상에 잠기고 말았다.

"딱 여기부터였어. 너랑 야구부의 다카기가 집으로 가는 모습을 나는 카메라로 들여다보고 있었지."

"그런 것까지 찍었어?"

"필름은 안 들어 있었어. 육안으로 보는 게 두려웠을 뿐이야."

나는 그때 파인더로 두 사람의 뒷모습을 잡으면서 '이건 분명 꿈일 거야, 아니면 영화의 한 장면일 거야' 하고 내 자신을 타일렀다. 하지만 다음 날도, 그다음 날도, 하교 시간에 똑같은 광경이 되풀이되었다.

"어젯밤에 문득 생각났는데, 우리 같이 보건위원 했던 것 기억나?"

명칭과 달리 왜 그런 일을 했는지 아직까지도 알 수 없지만, 보건

위원이 하는 일은 반 아이들 전원에게 점심용 빵을 주문받는 일이었다.

"그때 주문을 잘못 받아서 햄샐러드빵이 네 개나 남았잖아. 넌 네가 실수한 거니까 돈을 내겠다면서 고집을 피웠어."

나도 생생하게 기억났다.

"넌 반씩 부담하자고 했지. 그러고는 아깝다면서 남은 빵을 둘이 다 먹어 치웠고. 도시락까지 먹은 뒤여서 배가 빵빵했지만 난 네가 너무 열심히 먹는 바람에 뒤따라 무리해서 먹었어."

"그다음이 아마 체육 수업, 마라톤이었지……."

"그래 맞아. 우리 둘 다 달리던 도중에 속이 울렁거려서 선생님한테 말하고 양호실에서 쉬었던……."

빵을 너무 많이 먹어서 소화불량을 일으킨 우리는 친구들이 놀리는 소리를 들으며 옆구리를 부여잡고 운동장을 떠났다. 양호 선생님한테 약을 받아먹고, 수업 끝나는 종이 울릴 때까지 양호실에 함께 누워 있었다. 무슨 이야기를 했는지 기억나지 않지만 보나마나 둘 다 입 다물고 아무 말도 안 했을 것이다. 중학교 3학년 무렵의 소년 소녀가 대개 그렇듯.

운동장을 보자 그 무렵의 우리보다 월등하게 체격이 좋은 중학생들이 힘차게 뛰어다니고 있었다.

교정을 빠져나와 양쪽 건물 사이를 걸어가는데, 음악실에서 나는 합창 소리며 아이들이 손 들며 저요, 저요, 하는 정겨운 소리가 들려왔다.

"우리 때 신축한 건물이 그대로네."

"선생님들은 모두 바뀐 것 같아."

교실 안에 있는 선생님들을 봐도 아는 얼굴은 없었다.

"그때 학생주임 선생님이 지금 교장 선생님이 된 것 같더라."

"너무 싫어. 굉장히 무서웠잖아. 어깨까지 닿았던 머리카락을 가위로 잘린 적도 있어."

우리는 반대쪽 후문으로 빠져나와, 일본 의과대학 앞길에서 네즈 신사로 들어갔다. 높고 무성한 나무들에 햇볕이 가려져, 11월의 마지막 주라는 계절감이 느껴질 만큼 신사 경내는 횅하니 서늘했다.

"요리 학교에선 무서운 선생님이야?"

"글쎄…… 결혼도 안 해봤으면서 행복한 가정을 위한 요리를 가르친다는 게 어쩐지 낯간지러워."

"요리로 행복해지는 건 식탁에 앉아 있는 30분뿐이었어."

나는 결혼에 지친 사람처럼 말했다.

"어떤 사람일까? 하야세의 부인이었던 사람."

"언제든 소개할 수 있어."

이혼하고도 편안한 관계를 유지하고 있다고 이미 말해두었다.

"식탁에서 행복해지는 요리를 만드는 데는 일가견이 있었지. 문제는 그 30분을 제외한 나머지 23시간 30분이었어."

"자주 싸웠나 봐?"

"한 방의 공기를 둘이 나눠 마셨으니 갑갑해지는 건 당연한 일이었겠지……"

언젠가 하루가 한 말이었다.

"결혼 후에도 염치없이 독신 기분으로 지내고 싶어 하는 남자를 어떻게 다뤄야 할지 몰랐던 것 같아. 혼자 소파에 누워 책 읽을 때 말 시키는 걸 귀찮아했고, 답답해지면 혼자 자전거를 타고 비디오나 빌리러 가고, 잘 자라는 말도 없이 어느 결에 침실로 사라지는…… 난 그런 남편이었어. 누구의 눈치도 보지 않고 자유롭게 행동할 수 있는 곳이 가정이라고 생각했거든."

"부부는 서로에게 공기와 같은 존재가 되어야 좋다던데, 너희 부부는 그런 시기가 너무 일찍 찾아왔구나."

"결혼하고 싶은 생각은 전혀 없었어?"

"드디어 시작이군, 신상 조사."

다미코는 웃으며 대답할 태세를 갖추었다.

내가 알지 못하는 20년을 아주 조금이라도 좋으니 털어놔 주기를 바랐다.

"결혼을 생각한 남자가 두 명 있었어. 첫 번째 남자는 요리 강사가 된 지 얼마 안 되었을 때, 수강생이었던 무역회사 직원."

"아, 남자들도 요리를 배우러 오는구나."

"요즘은 유행이야. 그때가 붐이 일려는 시초였지. 런던으로 발령이 났는데 함께 가지 않겠냐고 했어."

"영국은 음식이 별 볼 일 없는 나라잖아."

"맞아, 그 점을 이유로 거절했어."

다미코는 과거를 떠올리며 웃었다.

"두 번째는 이탈리안 셰프. 텔레비전 요리 프로그램에 초청돼서 우리나라에 왔던 사람이야. 내가 보조로 일했거든. 매일 장미꽃을 보내왔어. 이 사람과 피렌체에 간다면 나도 유명 레스토랑에서 실력을 뽐낼 수 있지 않을까라는 계산도 했었고……

이탈리아인의 프러포즈 공세에 다미코는 어느 정도나 흔들렸던 걸까? 나는 불경스럽게도 줄리아노 젬마 같은 남자에게 안겨 있는 다미코를 상상하고 말았다.

"이탈리아 항공이 태풍으로 이륙하지 못하게 돼서, 그대로 탑승을 취소하고 나리타에서 돌아왔어. 태풍 12호가 사납게 불어대는 활주로를 보면서 나는 냉정하게 자신을 돌아볼 수 있었어. 이해타산에 서툰 여자거든. 옛날부터 수학에 약했고."

반에서 중위권에 속했던 다미코. 총점이 낮았던 이유는 수학이 평균 점수를 깎아먹었기 때문이었는지도 모르겠다. 하지만 나는 계산이 빠른 여자에게는 정이 가지 않았다. 태풍이 불어닥치는 창밖을 바라보는 사이 본래의 모습으로 돌아갈 수 있는 여자야말로 얼마나 매력적인가.

해가 저물기 시작해 나는 손목시계를 들여다보았다.

"자, 어떻게 할까? 유라쿠초까지 가서 뭔가 재미있는 영화라도 볼까?"

"액션 영화 보고 싶다. 기관총으로 나쁜 사람을 막 쏴 죽이는 거."

"장클로드 반담의 신작은 어때?"

"그게 누군데?"

나는 아널드 슈워제네거와 실베스터 스탤론을 도저히 뛰어넘을 수 없는 액션 스타라고 가르쳐주었다.

"그럼, 그 사람을 응원하러 가자."

나와 다미코는 나란히 지하철역으로 향했다.

맑고 파란 하늘은 아직 군데군데 엷은 실구름을 늘이고 있었다. 황혼까지는 아직 시간이 남아 있었다. 나는 이렇듯 다미코와 함께 고향 동네를 걷는다는 것이 내 인생에 찾아온 뜻밖의 행운인 양 느껴졌다.

하지만 과거를 그리워하는 건 이제 충분했다. 향수의 도움을 빌리지 않고, 현재 내 손으로 키워내야만 하는 사랑인 것이다. 그런데 그렇게 정했으면서도, 왠지 목에 가시가 걸린 것 같은 이 기분은 도대체 뭘까.

하루였다.

러프에 빠진 공을 어느 아이언으로 치면 좋을지, 잡초 한가운데서 생각에 잠겨 있는 하루의 모습이 내 목에 가시처럼 걸려 있었던 것이다.

그래서 다음 날, 대학에 전화를 걸어 기타지마를 찾았다. 기타지마. 더 이상 존칭을 안 붙여도 될 것 같다.

저녁에 시간이 빈다고 해서, 서점 일을 끝내고 이쿠라에서 보기로 했다.

기타지마는 자주 가는 룸살롱으로 나를 안내했다. 빌딩 지하였지만 도쿄에서는 꽤 이름이 난 술집인 듯싶었다. 거품경제 붕괴 후, 긴자에서 흘러들어온 듯한 품위 있는 호스티스가 손님들의 대화에 끼어들지 않고 조용히 동석하는 분위기였다. 간접조명이 적당한 어둠 속에서, 한 줄기 스포트라이트가 중앙 테이블에 장식된 장미꽃을 내리쏘아 강렬하게 부각시키고 있었다. 나는 문득 다미코가 이탈리아인 셰프한테 매일 받아서 마음이 움직였다는 빨간 장미를 떠올렸다.

낮에는 일류 기업의 비서로 일할 것 같은 호스티스가 술을 따랐다. 그러자 기타지마가 잠깐 자리 좀 피해달라고 말했고, 여자는 "네"라고 대답한 뒤 고급 향수 냄새를 남기고 사라졌다. 동창회에서 예의 동네 아줌마들이 풍기던 향수와는 차원이 달랐다.

"집사람이 대학 시절, 여기서 아르바이트를 했습니다."

"재벌가의 따님이, 이런 곳에서?"

"부모에 대한 반항이었겠죠. 롯폰기를 걷다가 우연히 길에서 그녀와 마주쳤습니다. 가게 안까지 쫓아와 그녀를 옆에 앉히고, 아르바이트를 그만두라고 설득했죠. 그녀가 고집을 꺾을 때까지 여기서 계속 술을 마셨습니다."

한때의 열정. 강사와 제자가 사랑에 빠지는 에피소드로서 모자람이 없었다.

"할 얘기란 하루에 관한 겁니다."

내 말에 15년 전 기억을 쓸쓸하게 곱씹고 있던 기타지마는 현실 문제로 돌아오는 기색이었다.

"헤어진 남편의 쓸데없는 참견이라는 것 저도 잘 압니다. 하지만 교수님은 하루와의 데이트에 저를 불렀던 사람입니다. 우리의 실패한 부부 관계에 관심을 보인다면, 저 또한 교수님과 하루의 현재 상태에 관여할 생각입니다."

나는 애써 평상심을 유지하며 이야기를 끌어가려 했다.

"부인과는 이야기가 어떻게 되어가고 있습니까?"

"그 사람이 만나주지 않아요."

"만나주지 않는다면, 교수님 쪽에서 밀어붙이면 되지 않습니까? 여기서 아르바이트를 하던 부인을 설득했던 것처럼."

"서둘러서 소란을 피우면, 이쪽 사정을 알아챌 겁니다. 분명 결혼을 전제로 한 애인이 있어서 이혼을 서두르는 것이라고 말입니다."

"내버려 둬서 결론이 나지 않는다면, 이참에 그런 애인이 생겼으니 헤어져달라고 정면 돌파해야 하는 것 아닌가요?"

"그건 안 됩니다. 저의 약점이라도 잡는 날엔 새로운 오락거리를 찾아낸 것 같은 얼굴로 저를 옴짝달싹 못하게 옭아맬 여자입니다."

"기다린다고 정말 길이 열릴까요?"

"모르겠습니다."

"모른다는 건 말이 안 되죠. 하루와의 관계를 진지하게 생각하고 있기는 한 겁니까?"

내 목소리가 점점 날카로워지기 시작했다.

"어차피 한 번 이혼한 여자니까 잠시 기다리게 해도 괜찮다, 그겁니까? 어차피 이혼도 했고 상처투성이인 여자니까, 다시 상처 좀 입는다 해도 상관없다는 말입니까?"

"그런 생각은 해본 적 없습니다."

기타지마도 두꺼운 방패를 쳐들어 나의 칼을 막아냈다.

"하루 씨는 아직 젊습니다. 이제 겨우 스물여섯이잖습니까. 저의 이혼 문제가 정리될 때까지 기다려줄 수 있다고 봅니다. 1, 2년씩 기다리게 할 생각은 저도 없습니다. 게다가 하루 씨 본인이 완만한 교제를 원하고 있습니다. 헤어지고도 미묘하게 연결되어 있는 두 사람의 관계는 저도 이해합니다. 그런 남녀 관계도 괜찮다고 보니까요."

"우유부단한 하루를 내버려 두다간 아무리 시간이 흘러도 결론이 안 날 겁니다. 온 정열을 기울여 하루의 마음을 붙드세요."

"하야세 씨, 새로운 사랑을 하고 계시는군요."

기타지마는 방어만 할 뿐 아니라 나의 허를 찔렀다.

"하루 씨와 저의 관계가 신경 쓰여서 지금의 사랑에 몰두하기 어려운가요?"

그가 급소를 찔렀다. 다미코와의 관계를 진전시키려고 하면 할수록 일종의 가책이 마음을 파고들었으니까.

'나는 보다시피 행복하니까, 당신도 행복해져.'

이렇게 하루가 웃는 얼굴로 배웅해주지 않으면, 나는 아무것도 시작할 수가 없었다. 그래서 나는 기타지마의 엉덩이에 채찍질을 하려고 했던 것이다.

내가 말문이 막혀 난감해하고 있는데, 요란한 교성과 함께 가게 문이 열리고, 스포트라이트를 받고 있는 장미꽃 너머로 한 여자가 양옆에 남자 둘을 거느리고 나타났다. 가게 마담이 깜짝 놀란 기색으로 호들갑스럽게 반겼다.

"어머, 오랜만이네."

그러더니 이쪽을 힐끔 돌아본 후 여자에게 귀엣말을 했다. 여자의 얼굴에서 순간 웃음이 사라졌다.

몸의 윤곽을 강조하는 우아한 검정 드레스. 파티에서 돌아오는 길인지 검정과 골드 계열의 액세서리가 천박함과 종이 한 장 차이의 고귀함을 자아내고 있었다. 뒤로 넘긴 숱이 풍성한 머리카락은 화려하게 구불거렸다. 그녀가 이쪽을 쳐다보았다. 정갈한 턱선과 불을 토하는 듯한 새빨간 입술, 가식적인 입매. 끊임없이 상대를 시험하려는 듯한 도전적인 화려함은 40년대 탐정 영화에 나오는 팜므 파탈을 떠올리기에 충분했다.

여자는 나를 힐끔 쳐다보더니 줄곧 기타지마를 바라보았다. 기타지마는 그 자리에 얼어붙은 듯 꼼짝도 하지 않았다. 다시 여자 쪽을 보았다. 흥, 하고 비아냥거리는 듯한 웃음을 흘렸다. 기타지마는 심호흡하듯 숨을 내쉬고 각오를 다지는 듯한 표정을 지었다. 두 사람의 표정 변화로 나는 모든 것을 알아차렸다. 문제의 인물이 나타난 것이다.

기타지마 다카코가 데리고 온 일행은 흐트러진 턱시도 차림의 두 남자. 좌우대칭으로 보인 것은 둘이 쌍둥이였기 때문이다. 북유럽 쪽 피가 섞인 모델 같은 용모인 데다 두 형제가 손을 맞잡고 기타지마 다카코 뒤에 착 달라붙은 모습에서 양성애자 분위기마저 감돌았다.

기타지마 다카코가 다가오자 어깨를 나란히 한 쌍둥이가 마치 여왕의 시종이라도 되는 양 그 뒤를 따랐다. 기타지마는 일어나서 맞았다. 멀리서 지켜보는 가게 마담도, 다른 호스티스들도 두 사람의 관계를 잘 알고 있는 눈치였다.

"여기, 자주 오나 보지?"

"이쿠라에서 아는 데라곤 여기뿐이니까. 앉아도 돼?"

여자는 아무런 거리낌 없이 우리가 앉은 소파 끝에 앉았다. 쌍둥이 시종들은 한 사람씩 호스티스를 골라 약간 떨어진 자리에 앉았다. 똑같은 얼굴로 소리 죽인 웃음을 흘리면서 가끔씩 우리 쪽을 쳐다보는 모습이 소름끼쳤다.

기타지마 다카코는 갈색 모어 담배에 불을 붙이고, 남편과의 사이에 연막을 쳤다.

"소개하지, 친구인 하야세 씨."

"안녕하세요."

검정 드레스의 여자는 나와 눈도 마주치지 않은 채 첫인사를 던졌다.

나는 가볍게 목례만 했다. 나 같은 건 신경 쓰지 말고 어서 부부간의 대화나 시작하시지. 차분히 지켜봐 줄 테니까, 하는 심정이었다.

"이렇게 만나는 게, 몇 달 만이지?"

"글쎄, 대학에서 강의를 들은 이후 처음 아닌가."

"조금 야위었네."

"운동을 좀 했지."

기타지마는 고개를 끄덕이면서 본론으로 넘어갈 실마리를 찾고 있었다.

"당신 소식은 듣고 있어. 왜 그런지 당신 얘기는 자연스럽게 귀에 들어오더라고. 가게 손님이 당신을 메구로에 있는 스포츠클럽에서 봤다더라. 꽤 멀리까지 다니나 봐?"

기타지마 다카코의 폭넓은 정보망에 나는 어쩐지 불안해졌다.

"겨우 혼자서 물에 뜰 수 있게 됐어."

"한번 보고 싶네."

기타지마는 서둘러 본론으로 들어갔다.

"이런 우연한 만남에 감사해야겠군. 차분히 이야기하고 싶었어."

"친구는 상관없어?"

기타지마 다카코의 물음에 나는 괜찮다고 말했다. 두 사람의 이야기를 진전시킬 수 있다면 나서서 사회라도 보고픈 심정이었다.

"사업은 잘돼가나 보던데. 노기자카에 지점을 낸다는 말 들었어."

"이제야 조금 경기가 살아나는 것 같아. 로열 코펜하겐 접시가 없어도 식사할 수 있다고 여기던 때와 비교하면, 지갑도 조금씩 열리기 시작했고."

"수입 그릇 가게 사장으로서 세간에도 알려지기 시작했겠다, 실패한 결혼에 집착할 이유가 어디 있어?"

"당신이 없으니까 집 안이 지저분해 죽겠어."

"가정부를 쓰면 되잖아."

"당신 말이 맞더라. 수돗물이 나쁜지 요즘엔 나도 살이 심하게 갈라져서."

"괜찮은 피부과 알려줄게."

"아참,《주간 아사히》에서 부부가 함께하는 식탁 풍경을 찍고 싶다는 제의가 들어왔는데, 어떻게 할까?"

"거절하면 되잖아. 이제 그만 좀 하지? 이만큼 괴롭혔으면 충분하잖아."

기타지마가 짜증을 내는 순간 여자는 효과 만점의 결정타를 날렸다. 남편의 약점을 관통한 그것은 나의 뺨까지 스치고 지나쳤을 정도였다.

"수영 강사랑 사귄다며?"

'사귀고 있어, 그게 뭐 어쨌다고!'라며 받아치면 될 것을, 기타지마는 침묵으로 일관했다. 여자는 그 틈을 놓치지 않고 가시 돋친 말들을 쏟아냈다.

"스포츠클럽 현관에서 젊고 예쁜 강사한테 같이 식사하자고 꼬셨다며? 그래서 데이트는 잘했고? 나에 관해선 분명히 말해뒀어? 불륜을 견뎌낼 만한 여자야?"

"진지하게 사귀고 있어. 당신과의 이혼 문제가 지체되고 있다는 것도 말했는데, 그녀가 기다려주겠다고 했어."

"언제까지? 얼마나 기다릴까?"

기간을 들으면 오기로라도 더 물고 늘어질 것 같은 여자였다.

"지난번 여자는 3개월도 못 기다리고 가버렸잖아? 그때 헤어지길 잘했다고 당신도 생각하지? 기다릴 테면 기다리라고 해봐. 사랑의 깊이를 시험해보면 되겠네."

'지난번 여자'라니, 나도 처음 듣는 소리였다. 하루도 모르는 게 아닐까? 기타지마가 나를 의식했다.

"대학원생이던 그 여자애 아직도 학교에 남아 있어? 당신, 색정에만 몰두하다간 동기인 히라야마 씨뿐만 아니라 그 여자애한테도 추월당하고 말걸."

이 여자가 고집스럽게 이혼신고서에 사인하지 않는 이유를 이제야 알았다. 부부 관계의 걸림돌은 기타지마의 바람기였다. 그래서 부인이 쉽게 용서를 못 하는 거였다. 기타지마는 하루가 생각하는 것만큼 깨끗한 남자가 아니었다. 젊은 육체에 탐닉하는 중년 남자에 지나지 않았다. 이혼 문제를 법정으로 가져가지 못하는 것도 당연했다. 이 여자의 성격상 기타지마와 대학원생의 밀회를 철저하게 조사했으리라. 정세는 기타지마에게 불리했다. 그저 부인에게 머리 숙여 "사인해주세요"라고 애원하는 것밖에는 방법이 없었다.

"맥주병이던 당신을 구제해준 수영 강사란 말이지. 모성 본능이라도 자극받은 모양이지? 물속에서 키운 사랑이라면, 물에 흘려버리는 것도 간단하지 않나? 당신도 그냥 즐기라고. 운동하는 여자들은 뒤끝이 없으니까. 자신이 놀이 상대에 지나지 않았단 걸 알게 돼도 손목을 긋거나 하진 않을 거야."

"그럴 리 없어요. 그 사람은 그렇게 나약한 여자가 아닙니다."

참다못해 내가 끼어들고 말았다. 기타지마 다카코는 내 존재가 생각났다는 듯 돌아보았다. 정면에서 보니, 여자의 까만 눈동자는 그 어떤 빛도 닿지 않을 것처럼 깊었다.

"그 여자 이름은 하루입니다. 그냥 히라가나로 하루입니다. 2년 전까지 저의 아내였고요."

"흐음."

기타지마 다카코는 새로운 오락거리를 발견한 듯한 표정을 지었다.

"하야세 씨, 어떤 말을 해도 소용없습니다. 남이 있는 자리에서는 절대 패배를 인정하지 않는 여자예요. 둘이 이야기해서 반드시 해결하겠습니다. 오늘은 이쯤에서 일어나죠."

그러나 나는 기타지마 다카코의 까만 눈동자에 초점을 맞추고 입을 열었다.

"제가 장담합니다. 하루와 함께라면 기타지마 씨는 수영을 잘하게 되는 것은 물론, 새롭게 태어난 사람처럼 좋은 남편이 될 수 있습니다. 하루는 요즘 보기 드문 아내감입니다."

기타지마 다카코는 오감을 총동원해 내 말을 들으려고 했다.

"저녁 식사 때부터 잠들 때까지, 그날 하루 동안 있었던 일을 순서대로 이야기하지 않으면 직성이 안 풀리는 여자입니다. 피곤할 때는 귀찮은 여자라는 생각도 들지만, 편히 쉴 때는 더할 나위 없는 이야기 상대지요. 스포츠클럽에 어떤 호색한이 있었는지, 아줌마들 사이에서 어떤 트러블이 있었는지, 유아반의 지도 방법에 대해 트집 잡는 학부모와 어떤 언쟁을 벌였는지 전부 이야기해줍니다. 클럽 일을 마치고, 저녁 장을 보면서 무 값을 어떻게 깎았는지도 손짓 발짓 섞어가며 설명해주지요. 하루 일과를 전부 이야기해야만 직성이 풀린다는 건, 다시 말해 저에게 말 못 할 일이 하나도 없다는 것일 수도 있고, 부부니까 되도록 인생을 공유하고 싶다는 바람이었을 수도 있습니다. 같이 사는 남자는, 그저 '응, 응' 하고 듣기만 하면 되는 거죠. 그러면 하루는 이야기하다 지쳐서 '그럼, 먼저 잘게' 하고 잠옷으로 갈아입고 잠자리에 듭니다. 저는 하루보다 늦게까지 깨어 있으면서, 하루의 잠자는 모습을 보는 게 낙이었죠. 초등학생이 행진하듯 발밑을 야무지게 디디며 하루하루 활기차게 걸어가는 여자였습니다. 그에 걸맞은 남자를 만나서 하루빨리 행복해지지 않으면 안 되는 여자입니다. 기타지마 씨라면 저도 안심하고 맡길 수 있습니다. 저보다 훨씬 아량이 넓은 사람이라고 생각합니다. 피곤하더라도 하루의 이야기에 그때그때 맞장구를 쳐줄 사람이라고 믿습니다. 하루를 상대로 허세를 부릴 필요도 없습니다. 추한 모습도 이미 보인 상태니까…… 기타지마 씨의 허우적대는 모습은 지켜보는 사람이 한심해질 정도로 심각했지요. 그걸 고쳐준 여자입니다. 지금도 기타지마 씨는 하루의 이름을 부르지 않고 에토 선생님이라고 부릅니다. 남편과 아내가 서로 존경하는 가정은 어딘가 어색하다고 여겼지만, 하루와 기타지마 씨라면 가능할지도 모릅니다. 저와 다미코의 모범이 될 수도 있어요."

북유럽계 혼혈 쌍둥이들도 멍한 얼굴로 나의 장황한 연설을 듣고 있었다. 또한 마담과 호스티스들 역시 신기한 동물이라도 구경하는 듯한 표정이었다. 기타지마는 고개를 숙인 채 이를 악무는 듯한 표정이었지만, 기타지마 다카코는 미동조차 하지 않은 채 내게서 시선을 떼지 않았다. 금방이라도 그래서 뭐가 어쨌다는 건데, 라는 소리가 들려올 것 같았다.

"그러니…… 부탁드립니다. 기타지마 씨를 그만 자유롭게 놔주십시오. 제 아내였던 하루와 기분 좋게 가정을 꾸릴 수 있도록 해주십시오. 이상입니다."

나 자신도 놀랐다. 어느새 나는 소파에서 내려와 카펫 바닥에 무릎을 꿇고 머리를 조아리고 있었다. 그러자 기타지마도 내 옆에 나란히 무릎을 꿇었다.

"다카코, 부탁이야, 허락해줘."

남자 둘이 나란히 머리를 조아리자 가게 안은 찬물을 끼얹은 듯 조용해졌다.

나는 옷 스치는 소리에 고개를 들었다. 벌떡 일어난 기타지마 다카코의 드레스에서 뻗어 나온 발이 당장이라도 우리 둘의 턱을 걸어차는 게 아닐까 싶을 정도로 힘줄이 불거져 있었다. 쓸데없는 지방이라곤 한 군데도 붙어 있지 않은 그 여자가 왠지 가엾게 느껴졌다. 행복에 겨워 살이 찌는 나날과는 인연이 없는 여자라는 생각이 들었다.

기타지마 다카코는 바닥에 꿇어앉아 있는 우리 둘을 싸늘하게 바라보더니 차갑게 내뱉었다.

"웬 신파."

그러고는 쌍둥이들을 데리고 밖으로 나갔다.

"그런 짓까지 시키고, 면목이 없군요."

나중에 택시가 한 대도 잡히지 않아 롯폰기까지 걸어가는 동안 기타지마가 내게 사과했다.

"반드시, 반드시 집사람을 설득하겠습니다. 믿어주세요."

나는 아무 말도 하지 않았다.

뭘 믿어야 하는데? 다양한 벽들이 가로막고 있잖아. 허풍 떨지 마. 너무 쉽게 약속하지 마. 확실히 당신이 말한 대로였어. 눈이 녹을 때까지 참을성 있게 기다리는 수밖에 없을지도 몰라. 서두른 내가 바보였어. 당신 마누라가 무슨 변덕이라도 부려서 이혼신고서에 도장을 찍을 때까지, 하루하고는 중학생 같은 남녀 교제로 만족해 달라고…….

기타지마에게 그렇게 말해주고 싶었다. 그리고 하루에게는 이렇게 말해주고 싶었다.

하루, 네 문제가 정리될 때까지 나도 기다릴게. 다미코와의 일, 당분간 미뤄도 괜찮아.

스포츠클럽에 생각지도 못한 손님이 찾아왔다.

사무실 접수창구에서 나를 찾은 한 여성이 자신을 오다 다미코라고 소개했다. 유아반을 등록하러 온 엄마도 아닌 것 같고, 그러고 보니 다미코라는 이름을 리이치로한테 들은 기억이 났다. 그래, 리이치로가 동창회에서 재회했다는 여성이군.

"처음 뵙겠습니다. 가이에다한테 근무처를 물어서 왔어요. 꼭 한번 만나고 싶어서. 죄송해요, 바쁘신 것 아닌가요?"

"아니요, 다음 수업까지 15분 정도 시간이 있어요."

나는 카페테리아로 안내했다.

"상상했던 그대로네요, 발랄한 인어 같은 분."

다미코 씨는 내게 사심 없는 미소를 건넸다.

풀에서 지도하고 있는 나를 로비에서 지켜본 모양이었다.

"하야세의 부인은 어떤 사람이었을까 궁금하다고 했더니, 가이에다가 그럼 한번 만나보라기에."

"가이에다 씨한테 무슨 예비지식이라도 받으셨나요?"

"노래방에서 종종 〈헤어졌지만 좋은 사람〉을 부르고, 얼굴만 마주치면 부부 싸움의 연장선, 하지만 서로의 행복을 진심으로 바라고 있다. 이 세 가지예요."

다미코 씨는 손가락을 꼽았다.

어쨌든 요점을 정확하게 간추려주었다. 요점만 보면, 지극히 한심한 남녀 관계라는 생각이 드네.

리이치로와 같은 서른네 살이라면, 다미코 씨는 나보다 여덟 살이 많다는 이야기다. 과연 8년 후의 나도 이 여자처럼 모든 면에서 자리 잡은 느낌을 주는 성숙한 여인이 될 수 있을까. 눈 밑의 점 때문인지 몰라도 눈빛에 절제된 우수가 어려 있었다. 그러나 사물을 온통 비관적으로 바라본다거나 외로운 나날을 보내고 있는 것 같지는 않았다. 서른을 넘긴 독신 여성치고 처음 만나는 사람에게 그 정도의 안정감을 주는 사람은 드물지 않을까. 여성으로서 지나치게 완벽하다는 느낌도 없지 않아 있지만, 나는 금세 호감을 갖게 되었다.

"여기 오는 동안 내가 대체 무슨 말을 하려는 건지, 계속 자문자답해보았어요. 하루 씨에게 리이치로와의 교제를 허락받으려고 하는 건지, 아니면 두 사람의 진정한 관계를 파악하고 싶은 건지……. 어느 쪽이든 간에 겁을 내는 내 자신이 싫어졌어요."

향후 사랑을 하게 된다면 순풍에 몸을 맡기고 무사히 결혼이라는 골까지 도달하고 싶다는……. 그 나이 때 여성의 당연한 바람인지도 몰랐다. 사랑을 위해 불꽃 튀는 쟁탈전 따위 하고 싶지 않다고, 엷은 미소 뒤에서 속삭이는 것 같았다.

나는 부드럽게 웃어 보였다.

"굳이 제 허락이 필요할 것 같진 않은데요. 우리의 진정한 관계에 대해서라면, 조금 전에 말씀하신 세 가지 요점으로 충분해요. 말싸움과 노래방에서의 듀엣과 약간의 배려……."

"자세한 얘기는 하지 않았지만 리이치로는 동창회에서 만났을 때 마침 실연한 직후라고 했어요. 내심 그 상대가 하루 씨가 아닐까, 라고 생각했는지도 몰라요."

"이혼이 실연의 한 종류라면 분명 2년 전에는 그랬겠죠. 최근 일은 잘 몰라요. 여러 가지 일이 있었겠죠, 그 사람한테도."

오가사와라 가스미에 대해서는 굳이 나서서 설명할 일이 아니라고 생각했다.

"고향 동네를 함께 걷기도 하고 영화를 보고 식사도 함께 하면서 저도 즐거웠고 리이치로도 즐거워하는 것 같았어요. 하지만 문득 돌아보면, 리이치로의 얼굴에 괴로워하는 듯한 표정이 어려 있곤 했어요. 즐거워하는 자신을 한편으론 죄인처럼 여기고 있는 게 아닌지……."

요컨대, 내가 리이치로의 목에 걸린 가시라고 다미코 씨는 말하고 싶은 거다. 그래서 나를 만나러 온 것이다. 자신의 손으로 그 가시를 빼낼 수 있다면 빼내고 싶다, 이건가.

나는 술에 취한 리이치로한테 부탁받은 일을 실행에 옮겼다.

"그 사람, 잘 부탁드려요. 함께 있으면 즐거운 남자예요. 가능하면 자유롭게 풀어주는 편이 그 사람한테는 잘 맞을지 몰라요. 제가 어렸던 탓도 있지만, 집 안에서는 아무래도 속박하게 되었으니까요. 다미코 씨처럼 성숙한 여성이 그 사람한테는 잘 어울릴 것 같아요. 자유롭게 풀어주면 어느덧 외로워져서 이름에 짱(친근한 사이에 붙이는 애칭)을 붙여가며 응석을 부릴 거예요. 전형적인 외아들 타입이죠."

"아, 그러고 보니……."

다미코 씨도 뭔가 짚이는 데가 있다는 표정이었고, 우리는 동시에 마주 보고 웃었다.

한바탕 마음속의 불안을 털어놓으니 안심이 되었는지, 다미코 씨는 더 이상 리이치로 얘기를 화제 삼지 않았다. 이후부터는 웨이트 트레이닝이 건강과 미용에 얼마나 좋은지 등 이것저것 물어보아 대답해주었다.

다미코 씨는 몸매로 보아 표준 체중이니 특별히 다이어트를 할 필요는 없을 듯싶다, 하지만 트레이닝은 단지 체력 유지나 살을 빼는 목적뿐 아니라 자신의 한계를 넘어선 중량이나 바벨 횟수에 도전함으로써 강인한 정신을 기를 수 있기 때문에 필요하다 등등에 관해서.

자택은 신코이와이고 직장은 니혼바시라서 여기까지 다닐 수는 없지만, 근처에 비슷한 스포츠클럽을 찾아볼 생각이라고 다미코는 말했다.

나는 다음 수업이 있어서 먼저 일어났다. 그러나 어린이반 수업을 하면서 로비를 올려다보니 다미코 씨가 여전히 나를 내려다보고 있었다. 그 순간 나는 그녀가 나에 대한 경계를 늦추지 않고 있는지도 모르겠다는 생각이 들었다.

시부야 세이부 백화점 스포츠 코너에 새로운 디자인의 수영복이 나와 있다기에 저녁 수업을 마치고 보러 갔다.

하지만 특별히 눈에 띄는 수영복이 없어서 그냥 가볍게 저녁이나 먹고 돌아가야겠다고 마음먹었다. 그런데 센터거리의 인파를 헤치듯 걷다 보니 발걸음이 자연스레 도겐자카로 향하고 말았다.

폐점 시간이 다 된 분카도 서점의 문을 열고 들어가자 리이치로는 신간 코너 앞에 팔짱을 끼고 서서 여느 때처럼 예술가가 되어 있었다. 색색의 매직으로 그려 넣은 광고 문구가 신간 서적 사이에 꽂혀 있었다.

"크리스마스 선물로 강력 추천! 이 시대를 대표하는 연애소설!"

나는 이 문구가 적힌 신간을 집어 들고 넘겨보았다.

광고 문구의 효과가 바로 나타났다며 책의 행방을 눈으로 쫓던 리이치로가 나를 알아보고는 뜽한 표정이 되었다.

"뭐야, 구경만 하는 손님이잖아."

"이게 인기 상품이야?"

"가벼운 거 좋아하는 여자들이 순애보에 목메어 울지 않을까?"

크리스마스 시즌에 맞춰 순애보 소설 전시회를 독자적으로 펼칠 모양이었다. 신간 코너에는 신작과 기존의 연애소설들이 죽 나열되어 있었다.

프랑수아즈 사강의 《어떤 미소》, 피트 해밀의 《내가 사랑한 여자들》, 하라다 야스코의 《만가》…… 거기에 잭 피니의 《게일즈버그의 봄을 사랑한다》를 섞어 배치하는 것이 나의 미의식이라고 할 수 있지, 라며 리이치로는 자신감에 차 있었다.

그중 한 가지도 읽은 책이 없어서 난 아무 말도 못 했다.

"너도 기타지마 씨와 데이트가 없는 밤에는 연애소설이라도 읽으면서 스스로를 갈고 닦으라고."

"뭐가 좋은데? 추천 좀 해줘."

"글쎄……."

그는 엔도 슈사쿠의 소설 《내가 버린 여자》를 손에 들었다. 이제 나를 놀린단 말이지?

"이런 이야기지. 요시오카라는 대학생이 어떻게 해서든 여자와 관계를 가져야겠다는 일념으로 시골 처녀와 하룻밤을 보내게 돼. 하지만 냉정하게 버리는데 버림받은 미쓰라는 여자는 결코 요시오카를 원망하지 않아. 요시오카는 취직한 후에도 사창가에 가느니 미쓰와 자면 된다고 생각해서 자기 편할 대로 여자를 이용해. 요시오카는 그 후 사회적으로 성공하지만, 어느 날 미쓰가 사고로 죽었다는 소식을 듣게 돼. 그런 여자가 죽든 말든 상관없다고 스스로 자위하는데, 왠지 마음에 쓸쓸한 바람이 분다는 걸 깨닫게 된다는 이야기야. 앗, 미안, 전부 말해버렸네."

"내용이 너무 슬프잖아."

"주제는 한결같은 사랑에 관한 거야. 네가 이해할 수 있을까? 미쓰에게 소중했던 것은 요시오카가 무얼 해주느냐가 아니라, 요시오카를 위해 무엇을 할 수 있느냐였지. 하지만 요시오카는 제멋대로인 데다 오만한 생활 방식을 바꾸려 하지 않았고, 미쓰의 사랑에 보답하는 일도 없었어. 그래도 미쓰는 그를 원망하지 않아. 사랑에 답해주지 않는 요시오카가 나쁘다고 미쓰가 생각한다면, 그 시점에서 한결같은 사랑은 제빛을 잃게 되는 거야. 중요한 건 어떻게 사랑을 받았느냐가 아니라, 어떻게 사랑했느냐지. 음, 역시 당신이 읽어야겠군. 돈은 됐으니까, 가지고 가."

"됐어, 살게."

리이치로가 어떤 속셈으로 이 책을 추천했는지 모르지만, 사랑받는 것보다 사랑하는 것, 그런 것을 과연 끝까지 내가 지켜낼 수 있을까, 라고 매일같이 생각하던 터라 관심이 갔다.

"기타지마 부인 말이야……."

신간 코너에 연애소설을 쌓아올리면서 리이치로가 애써 아무렇지 않은 듯이 말했다.

"끝까지 이혼신고서에 사인을 해주지 않으면, 난 상관없으니까 둘이 도망쳐버려."

"무슨 말도 안 되는 소리."

나도 모르게 웃음이 나오고 말았다.

도망치라는 발상이 대체 어디서 나온 건지. 나와 기타지마 씨는 아직 손 한 번 잡지 않은 사이인데, 리이치로는 왜 혼자 앞서가는 걸까.

나는 그때까지만 해도 리이치로가 나를 위해 기타지마 씨 부인 앞에 무릎을 꿇어가며 이혼해달라고 사정했을 줄은 몰랐다.

"사랑의 도피라면, 역시 밤 기차 타고 교토로 가는 게 최고지."

농담처럼 말하는 리이치로.

"그런가? 밤 기차 타고 홋카이도 쪽으로 가야 하는 거 아냐?"

"홋카이도는 실연당한 여자들의 단골 여행 코스잖아."

"아, 그런가? 그런데 밤 기차가 요즘도 있어?"

"있어. 분명히 있을 텐데……."

리이치로가 건너편 책장에서 열차시각표를 꺼내 왔다.

"여기, 여기, 23시 도쿄발 급행, 이튿날 아침 6시 반에 교토 도착. 침대차도 있네? 그래도 역시 밤 기차하면 완행열차지. 나란히 의자에 앉아 둘이 몸을 기대며 가는 게 분위기 있잖아? 도쿄에 남겨두고 온 생활에 미련을 가지면서도 내 미래에는 오직 이 사람뿐이라며 손을 맞잡고, 오가는 눈과 눈에 눈물이 글썽이고……."

점점 눈물 없이는 들을 수 없는 〈쇼와의 마른 억새풀〉(사쿠라&이
치로가 부른 노래이자 동명의 영화 제목) 분위기로 몰고 갔으나, 내가 '적
당히 좀 하지?' 하고 말리기도 전에, 리이치로는 귀찮은 듯 한숨을
내쉬며 스스로 농담을 접었다.

"이렇게 많은 연애소설을 읽어도 현실에는 뭐 하나 도움이 안 되
는군."

"에? 당신, 이걸 전부 읽은 거야?"

동서고금을 망라한 연애소설이 신간 코너를 가득 메우고 있었다.
이걸 다 읽었다면 여자 다루는 솜씨가 좀 더 능숙해야 하지 않을까.

"뭐랄까, 우리 지난 두 달간 연애를 위한 단기 집중 강좌를 들은
것 같은 느낌 안 들어?"

던킨도너츠 가게에서 눈에는 눈이라는 식으로, "너한테 괜찮은
남자를 소개해주지", "나야말로 당신한테 괜찮은 여자 소개할게"
하며 서로 언성을 높였던 게 애초의 계기였다.

그 후 나는 냉정을 되찾고 없는 용기를 내어 "혹시 우리가 재결합
할 수 있다면……" 하고 리이치로에게 마음을 전하려고 했다. 그러
나 한 발 앞서 리이치로는 나한테 나가토미 씨를 소개했다. 나는 답
례로 가스미를 소개했다. 그리고 나서 가이에다 씨, 시즈카, 사유리
까지 뒤섞인 한 편의 광란극이 펼쳐졌다. 어느샌가 나가토미 씨와
가스미가 퇴장하고, 대신 기타지마 씨와 다미코 씨가 새로운 캐릭
터로 등장했다.

집중 강좌라기보다는 복선이고 줄거리고 뭣도 없는 롤플레잉 게

임의 한가운데 서 있는 기분이었다.

"지쳐버렸어."

내가 속내를 드러냈다.

"일전에 하나카고에서 나도 그랬잖아."

지쳤으니까, 귀찮으니까, 우리 다시 시작해보지 않겠냐고 리이치로가 말을 꺼냈었다.

"사람을 좋아하는데 어째서 이토록 지쳐야만 하지?"

나는 파우더 룸에서 혼잣말을 하는 여사원처럼 말했다.

"파란만장한 연애는 이제 그만하고 싶어."

의견이 일치되었다.

"그렇다면 안정적인 상대로는 다미코 씨가 최고잖아."

"어느새 이름까지 다 외었네?"

리이치로는 쓴웃음을 지으며 감탄했다.

"오늘 만났거든."

"어디서?"

깜짝 놀라는 그에게, 다미코 씨가 오늘 오후 스포츠클럽에 찾아왔었다고 말해주었다.

"당신 잘 부탁한다고 말해놨어."

리이치로는 고맙다는 표정이 아니었다. 쓸데없는 짓 하지 말라고 말하고 싶었겠지만, 애당초 자기가 한 말이 떠올랐는지 하려던 말을 삼켰다. 그는 전에 내게 이렇게 부탁했었다.

"다미코를 만나서 내 칭찬 좀 해줘."

"이때다 싶으면 밀고 나가면 되는 거야. 돌진하라고. 시간 끌다

보면 당신의 고질병이 고개를 들 테니까, 올해 안에 결론을 내."

"다미코의 감정도 생각해야지."

"그쪽은 받아들일 준비가 된 것 같던데."

"20년이란 공백도 있으니까."

"다미코 씨는 나를 만나서 공백의 대부분을 메운 것 같던데. 나머지는 당신 하기 나름이지."

"너는 괜찮아?"

"뭐가?"

"이제 되돌리지 못할 거야."

자기 자신에게 말하는 건지 내게 말하는 건지 다짐을 했다. 현실과 타협하기 위해 고군분투하고 있는 리이치로를 질타하고 격려할 생각이었으나, 나는 또다시 시비조의 말로 상처를 냈다.

"얼른 가버려. 정말 눈에 거슬린다고."

나는 애써 얼굴을 외면하고 《내가 버린 여자》의 문고본을 계산대로 가져갔다.

토요일 밤, 집에서 신치식 쟁반우동에 도전해보았다.

요리는 맛있게 잘되었는데, 너무 많이 먹은 탓에 나도 시즈카도 설거지할 엄두를 내지 못한 채 바닥에 드러누워 있었다.

시즈카는 임산부마냥 양손으로 배를 쓰다듬고 있었다.

"아, 잘 먹었다, 잘 먹었어."

스모 선수 같은 목소리를 내고는 나와 리이치로를 화제에 올렸다.

"지금이 언니랑 형부한테 가장 행복한 시기일지도 몰라."

시즈카가 제법 심각하게 말을 꺼냈다.

"뭐가 행복해 보이는데?"

"그러니까, 지금만큼 서로의 행복을 바랐던 적은 없잖아? 결혼해서 같이 살던 때를 떠올려봐도, 이렇게까지 상대방을 생각해준 때가 있었어?"

하긴 기껏해야 내 행복에만 매달렸는지 모른다. 괴로울 때나 슬플 때는 나 하나 추스르기에 급급했으니까.

"친구로 지내게 되면서 비로소 언니는 형부의 행복에 대해 생각할 수 있게 된 거잖아?"

"그래, 네 말이 맞는지도 몰라."

나도 빵빵한 배를 쓸어내리면서 천장을 향해 나지막이 지친 듯이 중얼거렸다.

"인간이란 어째서 스스로 상처 입을 만큼 실패하지 않으면, 상대방에 대해 너그러워지지 못하는 걸까? 인간은 정작 너그러워져야될 시기를 항상 놓치고 만다니까."

"헤어지고 나서 비로소 서로를 너그럽게 배려하는 게 두 사람의 운명이었나 보지."

백마 탄 왕자님을 마음속에 그리던 그 시절, 붉은 실의 전설에 대해서도 꿈을 꿨던가.

붉은 실이 진작부터 한 쌍의 남녀를 이어주고 있다잖아. 나는 어떤 남자와 붉은 실로 이어져 있으며, 언제쯤 그 상대를 끌어당길 수 있을까? 리이치로와 결혼했을 때는 이 사람의 새끼손가락에 나의 실이 연결되어 있었다고 믿었다. 이혼신고서를 주고받았을 때도, 헤어진 후 그의 주변에 여자들이 맴돌았을 때도, 최근의 예를 들면 가스미가 나타났을 때도 우리 두 사람 사이의 실은 끊어진 게 아니라 여전히 손가락과 손가락을 잇고 있다고 생각했으니 신기한 노릇이다.

그것은 사실 함께 살기 위한 실이 아니라, 멀리서 서로를 지켜보기 위한 실이었을 텐데. 결국 붉은 색인 줄 알았는데, 그게 아니었다는 얘기였다.

그렇다면 너그러움의 실은 어떤 색일까? 나와 리이치로는 그런 실로 평생 이어지는 걸까?

시즈카는 포만감 탓인지 졸업논문 준비로 계속 밤을 샌 탓인지 어느새 꾸벅꾸벅 졸고 있었다. 나는 무거운 몸을 일으켜 건넌방에서 담요를 가져다 덮어주었다.

설거지를 끝낸 나는 읽다 만 《내가 버린 여자》를 펼쳐 들고 동생이 잠에서 깨기 전까지 읽어 내려갔다.

사흘 정도 지난 뒤, 기타지마 씨를 만났다.

기타지마 씨는 소년 같은 미소를 띠고 있었다. 뭔가 좋은 일이 있나 보다, 생각은 했지만 음식점에 도착할 때까지 가르쳐주지 않았다.

문풍지가 발린 창문으로 롯폰기 교차로가 내려다보이는 건물 6층에 자리한 일식집이었다.

맥주잔으로 건배를 한 후에, 기타지마 씨가 입을 열었다.

"집사람이 드디어 협상 자리에 나와주기로 했습니다."

오늘 대학 연구실로 전화가 온 모양이었다. 생각지도 못한 해빙 무드에 기타지마 씨도 당황한 기색이었다.

"내일, 이이쿠라의 클럽에서 만나고 싶다면서, 결단을 내린 듯 어쩐지 후련해하는 듯한 말투였어요. 하야세 씨 덕분입니다."

"그 사람이요? 그 사람이 뭘……."

이이쿠라의 룸살롱에서 기타지마 씨의 부인을 우연히 만났고, 그 사람이 이혼신고서에 사인을 해달라고 무릎을 꿇으면서까지 머리를 조아려 부탁했다는 얘기를 들은 나는 온몸의 핏기가 가실 만큼 놀랐다.

나와 기타지마 씨가 부부가 된다면, 자신과 다미코 씨의 모범이 될지도 모른다는 말까지 한 모양이었다.

서점에서 만났을 때도, 그는 그런 일을 내색하지 않았다. 기타지마 다카코라는 난적을 알고 난 후였기 때문에, 도망치라고 농담 섞인 말을 했던 걸까?

"하야세 씨를 위해서라도, 하루 씨를 행복하게 해야……."

처음으로 성이 아닌 이름으로 나를 불렀다. '에토 선생님'에서 '하루 씨'로 바꿀 만한 적절한 시기를 줄곧 살펴왔던 것처럼 기타지마 씨는 약간의 술기운을 빌려 말했다.

"그 사람을 위해서라고 말씀하신다면 저는 곤란해요."

누구를 위한 사랑인가? 사랑이긴 한가? 그것이 나의 주제였다.

겨우 전채 요리가 나왔을 뿐인데, 대화 내용은 내 마음을 사뭇 무겁게 만들었다. 기타지마 씨가 어깨의 힘을 빼고 말했다.

"그럼, 드실까요?"

나는 분주히 젓가락질을 하면서 리이치로의 모습을 떠올렸다.

"하루와 기타지마 씨가 합칠 수 있도록 도와주십시오."

기타지마 씨의 부인 앞에서 이렇게 외쳐댔다는 말이지!

기타지마 씨는 단순히 식욕 때문이라고 여겼을까? 뭔가 골똘히 생각할 때, 나는 입안에 음식을 꾸역꾸역 집어넣는 버릇이 있었다.

무릎까지 꿇으며 리이치로는 나를 기타지마 씨에게 양보하려고 했다. 너그러움의 실이 리이치로 자신을 칭칭 옭아매고 있는 거였다. 더 이상 나 때문에 괴로워하지 않았으면, 나를 내팽개쳐 두었으면, 모르는 척 내버려 두고 뒤도 돌아보지 말고 다미코 씨와 같은 길을 걸었으면…….

나는 가슴이 메어 음식이 목구멍으로 넘어가지 않았다. 그렇지만 눈물을 흘리지는 않았다.

그때였다. 기타지마 씨의 휴대폰이 경적처럼 울렸다.

"미안합니다, 잠깐만요…….'

기타지마 씨는 서류 가방에서 손바닥만 한 전화기를 꺼내 통화 버튼을 눌렀다.

"여보세요."

그러나 기타지마 씨는 말을 잇지 못했다.

상대방의 일방적인 이야기를 그저 듣기만 하면서 시선은 테이블 위를 헤매고 있었다. 내 귀에도 상대방의 목소리가 들렸다. 웬 남자가 무슨 일인지 몰라도 무척 화를 내고 있는 것 같았다.

"알겠습니다……. 나중에 찾아뵙겠습니다. 장소는 알고 있습니다. 그럼 이만."

휴대폰을 가방에 넣은 그는 마음의 동요를 드러내지 않으려고 곧바로 젓가락을 쥐며 식기 뚜껑을 열고는 단호박찜을 보면서 감탄했다.

"이거 맛있겠는데요."

하지만 나쁜 예감이 나의 등줄기를 타고 내렸다.

"방금 전화, 누구예요?"

"아무것도 아닙니다. 내일 회의 일정을 통보받은 것뿐이에요."

"거짓말이죠?"

"서두를 일은 아닙니다. 제가 지금 서두른다고 해서 달라지는 것도 아니고……."

"말씀해주세요. 무슨 일인데요?"

"음식 식어요."

"기타지마 씨……."

그는 그제야 젓가락을 내려놓았다.

"수면제 과다 복용으로 병원에…… 자살 미수라네요."

"누가? 누가 약을?"

기타지마 씨는 말이 없었다.

나는 참을 수가 없었다.

"부인이신가요? 부인이 약을 먹었군요?"

"이번이 세 번째입니다. 제게 시위하는 거예요."

나는 할 말을 잃었다.

기타지마 씨는 착 가라앉은 소리로 투덜거렸다.

"이야기하고 싶다고 낮에 말해놓고, 이게 무슨 꼴이람. 장인한테 전화하고 나서 먹었겠지. 대체 어디까지 주변을 휘저어야 직성이 풀리는지……."

"어서 가보세요."

기타지마 씨는 꿈쩍도 하지 않았다.

"어서요, 기타지마 씨, 어서!"

그는 고개 숙인 채 입술을 깨물고 있었다. 그러다가 내가 눈에서 불을 뿜어대자 간신히 몸을 일으켰다. 그는 먹다 만 음식 값을 지불한 후 휘청거리며 문을 빠져나갔다. 꼭 전화하겠다는 말을 남기고.

나는 털썩 주저앉아 버렸다. 아직 나오지 않은 음식은 됐다며 거절했다. 그리고 음식점을 나와 나카메구로에서 도요코선으로 갈아타기 위해 기다리고 있었다. 그런데 정신을 차려보니 계단을 내려가고 있었다.

나는 개찰구를 빠져나와 신발 바닥을 질질 끌다시피 하며 사루가쿠초를 향해 걸었다. 이 기분으로 집에 가고 싶지는 않았다. 방 안에서 기타지마 씨의 연락만 기다린다는 건 용납되지 않았다. 하나카고에서 가게 문을 닫을 때까지 마실 작정이었다.

길 위의 마른 낙엽이 초겨울 찬바람에 사락사락 흩날렸다. 올 가을은 은행이며 단풍을 제대로 느껴볼 새 없이 지나가 버렸다.

그동안 나는 무엇을 보았던 걸까?

연애를 빙자한 광란 상태에 빠져 있어서 계절이 오고 가는 것을 느낄 여유가 없었다.

신경전과 소모전의 날들이었다.

20분쯤 걸었을까, 힐사이드 테라스가 눈에 들어왔다. 한 구역 더 들어가서 꺾어지면 하나카고였다. 마침 그 골목으로 들어섰을 때, 한 커플이 웃으면서 음식점을 나오고 있었다.

난 재빨리 몸을 숨겼다. 리이치로와 다미코 씨였다. 길가의 자동판매기 뒤에 숨어, 가까이 지나가는 두 사람을 못 본 척했다.

"맛내는 비결, 끝내 안 가르쳐주네."

다미코 씨의 상기된 목소리가 들려왔다. 요리 학교의 메뉴에 포함시키려고 했던 걸까?

리이치로가 새로운 애인을 단골집에 데리고 온 밤이었다.

서로의 어깨를 기대기에는 아직 두 사람 사이에 거리가 있어 보였다. 얼마 안 되는 내 연애 경험으로 미루어보았을 때, 하룻밤을 함께 지낸 연인 사이는 아닌 것 같았다.

어쩌면 오늘 밤이 될지도 모르겠다는 생각이 들었다.

두 사람의 경쾌한 뒷모습이 시야에서 사라져도, 나는 자동판매기 뒤에 한동안 멈춰 서 있을 수밖에 없었다.

곧바로 나오면 택시를 기다리는 두 사람에게 들킬 것 같았기 때문이다. 게다가 가게에 들어가면 어차피 두 사람의 연애담이 귀에 들어올 테고, 여주인이 나를 배려해서 잠자코 있어준다 해도 술맛이 날 것 같지는 않았다.

이럴 줄 알았으면 곧장 집으로 가서 기타지마 씨 전화를 기다리는 편이 나을 뻔했다며 후회했다.

골목에는 사람의 왕래가 끊기고, 자동판매기만이 어둠 속에서 번쩍번쩍한 빛을 뿜어냈다.

마치 뭐랄까. 밤바다에 내던져진 인간이 반짝이는 부표를 붙잡고 구조를 기다리고 있는 듯한…… 그런 고독감이 밀려들었다.

5장

나, 기도하고 있어요

1

나는 기타지마 씨 부인이 자살을 시도했다는 얘기를 리이치로에게 말해버렸다. 사실 리이치로가 이쿠라의 룸살롱에서 만났을 때, 그런 짓을 저지를 만큼 위험한 징조가 있었는지 묻고 싶었기 때문이다.

도전적이고 전투적인 인상이었던 그녀와, 수면제로 세 차례나 자살을 꾀한 여자를 도무지 연관 지어 생각할 수 없다고 리이치로는 말했다.

그리고 며칠쯤 지나 스포츠클럽에 찾아온 리이치로가 물었다.

"그래서 그 후 어떻게 됐어?"

"역시 자작극이었대. 다음 날 퇴원은 했는데, 기타지마 씨는 처가 쪽 사람들한테 곤욕을 치른 모양이야."

"린치를 당했습니다."

기타지마 씨는 전화기 너머에서 쓴웃음을 짓고 있었다. 웃으면서 말하는 걸 보면, 아수라장은 아니었을지도 모르지만 혹시 맞아서 퍼렇게 부은 얼굴로 무리해서 웃고 있던 건 아닐까?

"그 여자의 수법이야. 양보하는 척하면서 예기치 못한 행동으로 상대를 압도하는."

"그것도…… 사랑일까?"

"남편을 쥐고 흔드는 것밖에 사는 낙이 없는 여자인 거야."

"불쌍해."

"그런 여자가 끈질기게 따라다니는 기타지마 씨 쪽이 훨씬 불쌍하지."

나는 그 부인을, 리이치로는 기타지마 씨를 동정하는 이상한 구도가 되어버렸다.

"부인, 예뻤어?"

문득 궁금해졌다.

"그날 내가 만났을 때는 표범처럼 보였지만, 예전에는 한없이 자유분방한 여대생이었겠지."

일개 강사가 그런 제자에게 아찔함을 느끼는 것도 무리는 아니라고 말하고 싶었던 것 같다.

"서로 엇갈리는 원인이 뭘까?"

바람을 피웠다든지 폭력, 낭비벽 같은 이유도 없이 부부가 이혼할 수 있는 걸까? 하긴 그런 이유 없이 헤어진 부부가 여기도 있지. 그래서 나는 억지로 화제를 바꿨다.

"당신이랑 다미코 씨는 어때?"

교제는 어디까지 진전되었는지, 하나카고에서 만났던 그날 밤 두 사람의 행선지는 어디였는지 나는 슬쩍 떠보려고 했다.

"매일 밤, 만나는 거야?"

"그쪽도 바빠. 야간 수업도 맡고 있다니까."

"멍하니 있다간 누군가가 채갈지도 몰라."

"내일 시모다에서 부모님이 올라오셔……."

다미코 씨를 소개하기 위해서. 요컨대 만사 순조롭다는 얘기였다. 가스미 때는 부모님께 소개하기 전에 일이 그렇게 돼버려서, 이번에는 신중하게 추진하려는 것 같았다.

"만난 지 열흘 만에 부모님께 소개하는 건 너무 빠른가?"

"원래는 20년 전부터 알았잖아?"

리이치로는 말을 얼버무렸다.

"그야 그렇지만……. 언젠가 요코하마의 중국집에서 나가토미였는지, 가스미였는지 누군가 말했잖아. 두 커플 동시에 결혼식을 올리자고. 파트너는 바뀌었지만, 우리 쪽과 너희 쪽이 합동으로 올려도 괜찮겠다는 생각이 들어."

"싫어, 사양하겠어."

구경거리만 될 게 뻔했다.

"같은 장소에 네 사람이 나란히 서지 않더라도…… 두 커플이 동시에 출발할 수 있으면 좋겠다는 거지."

"나중에 뒤쫓아갈 테니까, 먼저 출발해."

"나중이 걱정된단 말이야."

"면사포 쓴 내 모습, 당신한테만은 두 번 다시 보이고 싶지 않아서 그래."

"자랑스럽게 내보여봐. 이런 예쁜 여자와 헤어져서 후회하지? 라고, 당당하게 말이야."

리이치로의 가벼운 말속에 보풀이 이는 듯 가시가 박혀 있어서 나는 일부러 무심한 척했다.

풀장을 내려다보니 자유회원들이 물보라를 일으키며 헤엄치는 가운데 회사 임원이라는 사람의 올챙이배가 물 위에 떠 있었다. 평소 같으면 기타지마 씨의 모습도 보일 시간이지만, 아직은 수영할 상황이 아닌가 보았다.

리이치로는 남은 커피를 천천히 마시며 화제를 찾고 있었다. 할 말은 더 이상 남아 있지 않았다.

과거 부부였던 사람들은 마침내 대화하는 것에 지쳤는지도 모른다. 우리는 이렇게 조금씩 멀어지겠지.

다음 날 오후, 실버 커플의 등장에 깜짝 놀랐다.

모리이치 씨와 교코 씨. 리이치로의 부모님이었다. 임산부 수업을 지도하고 있던 나는, 머리 위로 따갑게 쏟아지는 시선을 느끼고 로비를 올려다보았다. 유리 너머로 나를 향해 두 분이 손을 흔들고 계셨다.

일흔두 살인 모리이치 씨는 틈만 나면 책에 파묻혀 논문을 쓰는 학구적인 전직 대장성 관료였고, 지금은 시모다 앞바다에서 낚시를 즐기며 사신다. 덕분에 주름 구석구석까지 햇볕에 그을려 건강하게 보였다. 머리는 아름다운 백발. 은색 갈기를 휘날리는 아프리카 사자 같은 인상으로 지팡이를 짚고 있지만, 사실 다리가 아픈 것은 아니었다. 검도 5단의 소유자로, 지팡이는 사랑하는 아내와 멀리 출타할 때의 호신용 무기라고 언젠가 일러주었다.

부인인 교코 씨 쪽이 키가 약간 컸다. 고지식한 남편과 함께 다니는 그녀의 모습에는 화류계 출신의 언행이 은근히 감돌았다. 일단 상대에게 틈을 비쳐 본심을 끌어낸 뒤 확실하게 조여 붙인다는, 그 세계의 처세술을 66세가 된 지금도 발휘하고 있었다.

그녀는 황족의 일원인 양 사람들 눈에 번쩍 띌 만한 블루 원피스 차림으로 홀쭉한 얼굴에 지적인 분위기가 나는 메탈 프레임 안경을 쓰고 있었다. 역시 화장에는 정성을 들였다. 나와 처음 만났을 때도 그랬다. 오늘은 다미코 씨를 처음 만나는 날이기도 해서 평소보다 볼선을 한결 강조한 화장을 하고 있었다.

나는 손을 흔들면서 곧 가겠다고 눈짓으로 대답한 뒤 풀에서 나왔다. 그리고 서둘러 옷을 갈아입은 뒤 머리를 말리고, 두 분이 기다리는 로비로 향했다.

"오랜만에 뵙네요."

"네가 알아볼 때까지 15분 정도 여기서 보고 있었어. 여전히 건강해 보여서 다행이다."

"저렇게 배가 부른 임산부가 수영을 해도 괜찮은 거냐?"

"아기를 위해서죠, 저런 체조가. 그렇지 하루?"

모리이치 씨는 고래 같은 배를 수면에 내놓고 있는 임산부의 모습을 이상한 광경이라도 되는 것처럼 바라보았다.

나는 두 분을 카페테리아로 안내했다. 리이치로와 만날 때는 자동판매기의 커피지만, 손님일 때는 카운터에서 주문을 했다. 한잔에 300엔인 킬리만자로 원두가 블렌딩된 향기로운 커피였다.

"시모다에서 오늘 올라오셨어요?"

"응, 오도리코호를 타고 왔어. 도쿄는 2년 만이죠, 여보?"

"벌써 그렇게 됐나?"

나와 리이치로가 이혼한 뒤 나중에 말씀드렸을 때도 두 분이 시골에서 쫓아 올라왔다. 남자가 속이 좁다며 리이치로를 호되게 나무랐던 것 같다.

그리고 그 후 딱 한 번, 시모다에 사시는 두 분을 뵙고 온 적이 있었다. 시즈카와 둘이서 이나토리 온천에 갔을 때 들렀던 것이다. 모리이치 씨는 갓 잡은 생선으로 회를 떠서 환대해주었고 교코 씨는 이로자키 등대까지 안내해주었다. 비록 두 분과 끊긴 인연이었지만 즐겁게 휴일을 보냈다.

"시모다로 돌아가기 전에 하루를 한번 만나보고 싶어서."

모리이치 씨가 커피를 마시며 자애로운 할아버지처럼 말했다.

"와주셔서 기뻐요."

"조금 전에 만나고 왔어, 다미코 씨."

교코 씨가 웃음을 참았다. 아들의 별난 취향을 제대로 감상하고 온 듯한 표정이었다.

"저도 한 번 만난 적이 있는데, 리이치로 씨한테 어울리는 여성이라고 생각했어요."

그러자 모리이치 씨와 교코 씨가 애매하게 대답했다.

"그렇지."

"그래."

나를 배려해서 하는 답변이었다.

"어디선가 본 적이 있는 아가씨 같았어. 그러고 보니 리이치로가 3학년 때, 좋아하는 여자 친구 없냐고 내가 자꾸 물었더니, 학급 단체 사진을 가져와서는 '이 아이야'라며 손가락으로 가리키더라고. 어쩐지 수수하고 쓸쓸해 보이는 여자애였는데……."

눈 밑의 점 탓일 거다.

교코 씨는 아들의 첫사랑을 물어보고, 화류계 법칙에 따라 연애의 길을 전수하려고 했던 걸까? 리이치로가 그때 제대로 어머니의 조언을 들었다면 야구부 에이스에게 가로채이는 사태는 없었을지도 모르겠다.

"그래도 운동회를 보러 갔을 때, 그 아이가 장애물 경주인가 뭔가로 1등상을 받았어. 사슴처럼 시원스러운 모습에 감동했었지."

그런 추억 이야기로 식사 자리가 무르익었겠지.

"그 애랑 같은 나이에, 나름대로 차분한 여성 같은데……. 하루는 어떻게 생각해? 리이치로가 그 아가씨를 행복하게 해줄 수 있을 것 같아?"

아들의 행복보다 상대를 걱정했다. 이혼 경력이 있는 아들을 가진 부모의 심정일 것이다. 두 번 다시 결혼할 여성을 불행하게 만들어서는 안 된다고, 교코 씨는 시간 날 때마다 리이치로를 타이르는 눈치였다. 나한테는 그렇게 마음 쓰지 않아도 괜찮은데. 교코 씨가 가엾게 느껴졌다.

"믿어주세요, 리이치로 씨를."

나는 힘주어 말했다.

"하루가 그렇게 얘기한다면…… 축복해줘야겠지요, 여보?"

팔짱을 끼고 심사숙고 중이던 모리이치 씨가 갑자기 내게 초점을 맞췄다. 아버님이 정면에서 쳐다보니까 달밤의 바다에 빨려 들어가는 듯한 느낌이었다. 오늘날 경제정책의 실패를 냉철하게 꿰뚫어보는 눈으로, 내 마음속 깊은 곳까지 들여다보는 듯했다. 그러고는 맥없이 중얼거렸다……

"리이치로와 하루, 이제 정말로 안 되는 걸까?"

교코 씨가 '그래, 나도 그 소리를 하고 싶었어'라는 표정으로 나를 보았다. 우리의 재결합을 바란다는 것을 전부터 짐작했지만, 이렇게 대놓고 말씀하신 건 처음이었다.

"저도 지금 사귀는 사람이 있는걸요!"

나는 있는 힘껏 꿈꾸듯이 말해보았다.

"리이치로 씨도 찬성했어요. 두 사람 다 각자의 파트너와 2인 3각으로, 같은 스타트라인에서 출발하려고요. 하지만 다미코 씨는 장애물경주의 명수라서 우리 쪽이 이길 일은 없겠지요."

모리이치 씨는 다시 눈을 감았다.

기분 탓인지 몰라도, 교코 씨의 눈가에도 나를 애처롭게 여기는 표정이 어려 있었다.

이 두 분만은 속일 수가 없었다.

2

부모님과는 점심때 게이오플라자 호텔에서 점심을 먹은 후 택시

승강장에서 헤어졌다. 스테이션 호텔에 방을 잡아두었다지만, 남은 시간을 어디서 보낼지 대충 짐작은 갔다.

하루를 보러 가는 거다. 내기해도 좋다.

그날 나와 다미코는 휴가를 얻어서 저녁때까지 느긋하게 보낼 수 있었다. 다미코가 내 방을 보고 싶어 하기에 야마노테선에서 도요코선으로 갈아타고 무사시코스기까지 함께 왔다.

우선 역 앞 쇼핑센터에서 장을 보았다. 요리 학교 선생님이 손수 저녁을 만들어준다고 생각하니 기대감으로 가슴이 부풀어 올랐다.

건더기를 듬뿍 넣어 파이 반죽을 덧씌운 크림수프를 만들어주겠다고 했다. 신중한 눈빛으로 어패류를 골랐다. 주류 코너에서 돔 페리뇽을 싸게 팔기에 그것도 한 병 사 왔다.

"어머님이 날 기억해주셔서 감격했어."

"중학생이 되어서야 제법 좋아하는 여자 친구가 생겼다는 게 기쁘셨겠지. 사진으로 보여드렸으니까. 운동회 때 눈에 불을 켜고 찾으시더라."

"아버님은 과묵하신 분이지?"

"걱정할 것 없어. 항상 그러시니까."

"웃는 얼굴이 리이치로랑 닮았어."

만담가처럼 혼자서 수다스럽게 이야기하는 엄마, 과묵한 아버지는 웃는 역이라는 것이 옛날부터 우리 집안의 정해진 역할이었다.

쇼핑백을 양손에 들고 역에서부터 도보로 10분 정도 걸리는 길을 나란히 걸었다.

아파트에 도착하자 다미코는 감탄사를 내뱉었다.

"어머, 의외로 깨끗하게 해놓고 사네?"

그러더니 팔을 걷어붙이고 파이 반죽부터 하기 시작했다.

실은 어젯밤 청소를 해두었다. 우리 부모님과 식사를 마치면 다미코를 집으로 초대할 생각이었다. 내 생활을 보여주기에 좋은 기회라고 생각했으니까. 그런데 그녀 쪽에서 먼저 집에 가보고 싶다고 말해주어서 권하는 수고를 덜었다.

나는 어젯밤 청소할 때, 혹시라도 하루와의 예전 생활을 상상하게 만드는 물건이 있을까 봐 총 점검을 했다. 아무래도 식기류에는 하루의 취향이 조금씩 남아 있었기 때문에 일단 구석으로 몰아놓았다.

"요리 도구, 다 갖춰져 있네?"

다미코는 주방 서랍에서 밀대를 찾아냈다. 주방에 다미코를 들인 이상 하루와 생활한 흔적을 전부 없애려는 것은 부질없는 노력이었다.

강력분과 박력분에 버터와 쇼트닝을 넣어서 잘 섞어준다. 냉수를 부어 반죽을 하나로 합친 다음 냉장고에서 잠시 식혔다가 밀가루를 뿌린 도마 위에 놓고 밀대를 사용하여 반죽을 얇게 펴나간다.

손이 많이 가는 공정을 다미코는 익숙한 솜씨로 소화하고 있었다. 한 가지 일에 몰두하는 표정을 보는 것만으로도 즐거웠다. 나는 식탁 의자에 앉아 우아하게 구경만 하면 됐다.

지금까지 쭉 자신과 학생들을 위해서 만들어온 요리라고 내게 말했다. 그 말의 절반만 믿는다 해도 다미코가 남자를 위해서 솜씨를 발휘한 것은 오랜만임에 틀림없었다.

수프 냄비에 잘게 썬 야채를 넣자 향긋한 크림 냄새가 실내에 가득 찼다. 정겨웠다. 그것이 바로 여자가 있는 집 안의 냄새였다.

파이 반죽을 얹은 수프 접시를 오븐에 넣었다. 하루와 헤어진 이후로 사용하지 않은 오븐이어서 조금 걱정이 되어 나도 옆에서 안의 모양을 확인했다. 괜찮았다. 제대로 불이 들어왔다.

다미코는 식탁 의자에 앉아 잠시 휴식을 취했다. 돔 페리뇽을 따고 요리가 완성되기를 기다리는 동안 우리는 건배를 했다.

"오늘 고마워."

"나야말로 즐거웠어."

샴페인이 목줄기를 따라 달콤하게 넘어갔다. 세일 품목이었어도 역시 맛은 고급이었다.

"우리 아버지도 리이치로를 빨리 만나고 싶다고 하셨어."

"낫토의 본고장 맛이 기대되는걸."

다미코의 아버지는 미토 생명보험회사에 근무하신다. 이건 최근에 알게 된 사실인데, 어머니는 다미코가 성인이 되었을 때 집을 나가셨다고 한다. 자식들을 위해서 결혼 생활을 유지해온 부모님은 장남과 다미코가 자립할 수 있게 되었을 즈음 팽팽하던 실이 끊기듯 이혼하셨다고. 오빠는 가루이자와에서 펜션을 경영하고 있으며, 남매끼리도 최근 몇 년간 만나지 못했다고 한다.

두 잔째 샴페인을 따를 때쯤 요리가 완성되었다.

"자, 드시죠."

파이를 쫙 가르고, 속의 수프와 섞어 입으로 가져갔다.

"앗, 뜨거워."

성급하게 입에 넣었지만 첫술은 찬찬히 음미했다.

"어때?"

"맛있어."

"정말?"

"혀에서 녹아내리는 맛이란 게 이런 거구나."

다미코의 표정이 환하게 피어났다. 요리를 만드는 자에게만 주어지는 행복감을 다미코는 꿈을 꾸듯 누리고 있었다.

이윽고 다미코도 맛을 보더니 자랑하듯 말했다.

"정말, 내가 했지만 잘 만들었네."

우리는 그때부터 요리를 다 먹어 치울 때까지 한마디도 하지 않았다. 다 먹어갈 즈음에는 몸도 따뜻해져서 난방이 필요 없을 정도였다.

"휴, 맛있게 먹었다."

수프와 마늘빵과 샐러드만의 심플한 저녁이었지만, 하나도 남기지 않고 만끽했다.

다미코는 설거지까지 해주었다. 싱크대 옆에 반짝반짝한 그릇들이 가지런히 놓였다.

"조금 더 마실 수 있으면, 이거 개봉할까?"

돔 페리뇽도 얼마 남지 않아서 나는 시바스 리갈 병을 식탁 위에 올려놓았다.

"레몬 넣을까?"

온더록 글라스에 레몬 한 조각을 떨어뜨려 주었다. 식후에는 소파에서 쉬었다. 둘이 앉으니 어깨가 딱 닿았다. 하루랑 같이 살 때는 지금보다 큰 소파였지만, 혼자 살게 되자 공간만 차지할 뿐이어서 독신 생활자에게 어울리는 것으로 바꿨다. 나는 서재에서 의자를 가져와 다미코를 약간 내려다보는 각도에서 마주 앉았다.

텔레비전을 켜자 명화극장이 방영되고 있었다. 몇십 번도 넘게 재방된 〈더티 해리〉 1편이었다. 클린트 이스트우드의 목소리 더빙은 지금은 작고한 야마다 야스오 씨가 맡았다.

"원래 이 역할로 프랭크 시나트라와 존 웨인한테 출연 의뢰가 있었다는데, 못 믿겠지?"

"그럼 〈마이 웨이〉가 주제가가 됐을지도 모르겠네."

"그럴지도 모르지. 프랭크 시나트라는 마침 다리를 다친 상태였고, 존 웨인은 현대물을 할 자신이 없어서 거절했대. 그리고 나중에 많이 후회했대. 그때 출연했으면 좋았을 걸 하고."

존 웨인은 나중에 〈형사 맥큐〉라는 영화에서 한 마리의 늑대 같은 형사 역에 도전했는데, 신형 기관총을 쏘아대는 장면이 화제가 되었을 뿐 썰렁한 내용이었다.

광신적인 악역 연기로 주역을 맡은 앤드루 로빈슨은 〈더티 해리〉의 매그넘 탄에 맞아 어이없이 강물로 고꾸라지고, 텔레비전 편집 영화는 엔딩 크레디트도 없이 뚝 잘려 끝나버렸다.

텔레비전을 끄고 술잔의 얼음 소리만 간간이 들리는 정적 속에서 다미코를 보니 허공의 한 점을 바라보며 예감하는 듯한 표정을 띠고 있었다.

내가 어떤 이야기로 다음 대화를 이어가야 할까 생각하는데, 다미코가 까칠한 목소리로 말을 건넸다.

"자고 가도 돼?"

남자가 해야 할 말을 여자 쪽에서 해주었기에 나는 좀 더 대담해져도 되는데, 잠시 주저하고 말았다.

"자고 가."

나는 다미코의 입술을 바라보는 동안 빨려들 것 같은 욕망을 느꼈다.

그녀 옆으로 옮겨 앉기 위해 의자에서 일어날 때 다미코가 한숨처럼 웃으며 말했다.

"역시, 그냥 갈래."

나는 다시 의자에 앉는 수밖에 없었다.

"하루 씨와의 추억이 남아 있는 곳이잖아."

"아무것도 남아 있지 않아."

얼른 다미코를 안고 싶어서 한 말이 아니었다. 정말로 추억 같은 건 남아 있지 않았다.

하루가 욕실에서 타월을 몸에 두르고 나왔다, 하루가 바로 그 자리에서 목욕 후의 맥주를 맛있게 마시고 있었다, 베란다에서 어깨를 나란히 하고 보름달을 바라보았다⋯⋯. 그런 기억 때문에 괴로웠던 시기가, 이혼 후에 있긴 있었지만.

"헤어지고 2년이나 지나면, 기억도 다 닳아 없어지거든."

나는 자상하고 정중하게 설명했다.

"2년간 쭉 만나지 않았다면, 기억이란 녀석도 미화되어 이 집에 지겹도록 눌러앉아 있었을지 몰라. 하지만 오히려 헤어지고 만나는 일이 많으니까, 하루에 대한 기억이 터무니없이 폭주하지는 않아.

그래, 아까처럼 밀대를 꺼냈을 때 정도밖에 떠오르지 않게 됐어."

"왜 이사할 생각은 안 했어?"

그녀에게는 소박한 의문이었을 테지.

"이 집이 맘에 들었으니까. 단지 그것뿐이야. 하루의 짐이 없어졌을 때, 정말로 넓고 쾌적한 집이라는 생각이 들더라고. 지금은 책 창고가 되어버렸지만 말이야."

당시 부부 침실로 사용하던 방은 책으로 흘러넘치고 있었다. 둘이서 사용했던 더블 침대는 당연히 처분해버렸다.

"전철 끊기기 전에 돌아갈게."

처음부터 그렇게 할 생각이었던 것처럼 다미코는 미련 없이 일어섰다. 그녀가 자고 가고 싶다고 말한 후 내가 보인 2초간의 망설임에서 아직 무르익지 않은 분위기를 감지했는지도 모른다.

나는 역까지 바래다주기로 했다. 가로등 불빛이 비치는 듬성듬성한 그림자 속을 우리는 서로의 심장소리가 들릴 만큼 침묵하며 걸었다. 이윽고 어둠을 가르며 다미코의 목소리가 날아들었다.

"좋아해, 리이치로를."

갑자기 사람 놀라게 하는 것이 다미코의 취미인지도 모르겠다. 나는 걸어가면서 또 2초 정도 숨을 쉬지 못하고 말았다.

"재회하고 이렇게 짧은 기간에 서로의 마음을 확인할 수 있다니, 나한테는 기적 같은걸."

나 또한 그래.

"동창회 통지를 받고 반 친구들의 얼굴을 떠올리는데, 왠지 리이치로의 얼굴만 생각나는 거야. 졸업 앨범은 여러 차례 이사하는 동안 없어져버려서, 기억을 더듬는 수밖에 없었어. 열다섯 살 때 나를 좋아해준 것 같은 리이치로. 학교 옥상에서 언제나 8밀리 카메라로 나를 지켜봐주었던 리이치로. 보건 위원을 맡는 바람에 양호실에서 함께 배를 거머쥐고 진땀을 흘리던 리이치로…… 정말이지 리이치로의 말처럼 만날 수 없었던 사람에 대한 기억은 머릿속에서 자꾸자꾸 부풀어가나 봐. 동창회 2차 모임에서 리이치로가 나를 돌아보았을 때 나는 이렇게 추억의 사람과 재회하기 위해 20년을 소비해온 것이 아닐까 생각했어."

장황하게 말한 뒤 다미코는 부끄러운 듯 후훗 웃었다.

"조금 오버지? 이렇다 할 드라마도 없었던 20년을 핑계 삼고 싶었는지도 모르겠네."

쓴웃음을 짓는 다미코를 나는 멈춰 서서 바라보았다. 나를 앞서 가던 다미코가 발을 멈추고 뒤돌아보았다. 왜 그래? 의문스러운 표정을 본 것과 동시에 나는 그녀의 팔을 잡아당겼다. 다미코는 내 가슴팍에 쏙 들어왔다. 안아보니 의외로 부드러워 조금 더 세게 끌어안아야 실감이 날 것 같았다.

바로 눈앞에 얼굴이 있고, 눈동자에 나의 한 토막이 비치고 있었다. 우선 눈 밑의 점에 입술을 댔다. 다미코는 눈을 감고 내 감촉에 도취되어 있었다. 손을 그녀의 턱에 대고 살짝 밀어 올려 입술을 찾았다. 입술이 빈틈없이 포개졌다. 그녀 쪽에서도 원하고 있음을 알 수 있었다. 몸을 떼고, 나는 나지막이 중얼거렸다.

"정말, 돌아갈 거야?"

"응. 돌아가서 지금 둘이서 한 일을 생각해보고 싶어."

키스의 기억은 그날 밤 혼자 자는 이불 속에서 날뛰었다.

역 개찰구에서 그녀를 배웅하고 두 시간쯤 지나 집 전화가 울렸다. 다미코였다.

"지금 집에 들어왔어."

약간 숨이 가빠 보였다. 아직 전기도 켜지 않은 어두운 방에서 코트도 벗지 않고 전화부터 한 건 아닐까?

"뭐 하고 있었어?"

"잠이 안 와서 뒤척이고 있어."

"내가 뭔가 해줄 수 있는 게 없을까?"

"다시 한번 말해주지 않겠어? 나를 좋아한다고."

응석 부려보고 싶어졌단 말이지.

"좋아해. 네 키스도 아주 좋아해."

부끄러운 듯이 웃는 소리가 들리는가 싶더니 "잘 자요" 하고 일방적으로 전화를 끊었다.

그때 막연히 이 여자와는 절대로 헤어지고 싶지 않다는 생각이 들었다. 작별의 말도 그저 던져놓기만 할 뿐 이쪽에서는 말할 틈도 주지 않을 것 같은 여자.

런던으로 떠난 무역 회사 직원도, 본국에서 기다리다 허탕 친 이탈리아인 셰프도 상당한 타격을 입었을 것 같은 예감이 들었다.

이런 여자에게 두 번째 실연을 당했다간 후유증으로 시달릴 것 같은 느낌이 들어서 말이지.

3

마지막 수업은 9시에 끝났지만, 월말이 되면 늘 기다리고 있는 잔업이 있었다. 그날 중에 장부를 회계사에게 넘겨야 하기 때문에 일이 만만치 않았다.

"먼저 들어가 보겠습니다."

젊은 애들이 풀의 조명을 끄고 나간 후, 나는 장부에서 얼굴을 들고 편의점에서 사 온 주먹밥을 묵묵히 먹었다. 15분쯤 쉬려고 텔레비전을 켜자, 외화극장에서 클린트 이스트우드가 커다란 권총을 쏘아대며 은행 강도를 퇴치하고 있었다. 리이치로가 너무나 좋아할 것 같은 영화였다.

그때 사무실 옆 로비에서 발자국 소리가 들렸다.

조심스럽게 밖을 내다보니 어둠에도 녹아들지 않는 긴 그림자와 같은 기타지마 씨의 모습이 있었다.

"무슨 일, 있으세요?"

롯폰기의 일식집에서 헤어진 이후 처음이었다. 부인의 상황이나 부인의 가족에게 당한 얘기는 전화로 들었다. 그 목소리에서 얼마나 초췌해 있을지 상상은 갔지만, 어두운 로비에 나타난 기타지마 씨는 상상했던 대로 피곤해 보였다.

"역시 여기 계셨어요?"

넥타이를 매지 않은 와이셔츠의 깃은 구겨져 있었고, 코트에도 거리의 먼지가 배어 있었다. 수염도 깎지 않아 텁수룩했다. 웃는 얼굴이지만 눈가의 피곤함은 감출 수 없었다.

나는 문을 열고 안으로 맞았다.

"아직 일하시는 중이었어요?"

"이제 30분 정도면 끝날 거예요. 근처 패밀리 레스토랑에서 기다려주시면, 바로 달려갈게요. 천천히 얘기하고 싶거든요."

"아뇨, 지금 연구실로 돌아가서 학생들의 답안지를 체크해야 해요. 한마디만 말씀드리고 갈게요."

초췌한 가운데 한 점 눈동자만이 빛이 났다. 절망 중에 쟁취한 희망의 상징인 양.

"다카코가 드디어 이혼신고서에 사인을 해준답니다."

나는 놀란 나머지 어떤 얼굴을 해야 좋을지 몰랐다. 그것을 기쁜 소식으로 받아들여 웃어야 하겠지만.

"집사람 아파트에 계속 찾아갔어요. 몸조리 중인 그녀 곁에 부모님이 꼭 붙어 계셨지만, 한 번만 만나달라고 인터폰 너머로 부탁한 지 사흘 만에…… 겨우 문이 열렸습니다."

장인 내외가 자리를 비켜주어 둘만의 대화가 이루어졌다고 한다. 부인은 창백한 얼굴로 아무 말없이 기타지마 씨의 사죄와 애원을 저녁이 다 되도록 가만히 듣고만 있었다. 그리고 해 질 무렵, 더 이상 할 말이 없어진 기타지마 씨에게 말했다.

"사인한 서류 가져와요. 내가 구청에 갖다 낼게."

그래서 오늘 이혼신고서를 부인에게 전해주고 오는 길이라고 했다.

"어차피 찢어진 채 되돌아오지 않을까, 하고 집사람에게 건네주기 직전까지 의심했습니다. 그러나 받아드는 그녀의 표정을 보니 확신이 생겼습니다. 그녀는 피곤에 지친 얼굴로 웃으면서 '아무것도 남은 게 없네, 우리' 이렇게 말하더군요. 제로가 되었으니까 다시 한번 무언가를 시작할 수 있다는 걸 그제야 깨달은 겁니다."

기타지마 씨의 표정에는 감추려 해도 감출 수 없는 해방감과 승리감이 피어올랐다. 내가 상상하는 것 이상으로 고통의 시간을 지나온 사람이니까, 그 정도의 기쁨은 이해해야지 싶었다.

하지만 난 기뻐할 수 없었다.

그것이 포기이든 허무감에서 동의한 것이든 부인의 슬픔을 발판 삼아 무언가를 얻으려고 하는 것에 지나지 않으니까.

나의 심경을 눈치채기라도 한 듯 기타지마 씨가 웃음을 삼키고 절실한 얼굴이 되었다.

"그래도 아직 결심이 안 서나요?"

자신은 여기까지 도달했다, 순전히 당신 때문이었다, 그래도 여전히 하야세 리이치로를 버릴 수 없느냐는 외침이었다.

"생각해주시는 거죠, 진지하게?"

나는 고개를 끄덕이고 말았다. 흘러가는 대로 끄덕인 대가를 반드시 치를 것 같은 예감과 함께. 기타지마 씨는 더 이상 내가 망설이는 것을 보고 싶지 않았을 것이다.

"곧 연락드리겠습니다."

희망의 바람을 날리는 듯한 표정으로 그는 서둘러 돌아갔다.

그리고 나는 잔업은커녕 텔레비전도 끄고 퍽퍽한 주먹밥을 입으로 가져가고 있었다.

내 자신의 감정을 정확하게 되짚어볼 생각이었으나 어느새 길을 잃고 만 것이다.

사건이 일어난 것은 다음 날이었다.

그녀가 스포츠클럽에 나타났을 때, 풀에서 젖은 머리가 급속도로 얼어붙는 듯한 감각에 휩싸였다.

누구인지 한눈에 알았으니까.

병색을 감추려는 듯이 에르메스 정장을 화려하게 차려 입고 있었다. 로비에 들어선 순간 그녀의 시선은 내게 고정되었다. 신기하게도 그녀의 표정에서 분노나 질투는 찾아볼 수 없었다. 공허한 눈 속엔 아무에게도 알리고 싶지 않은 고통이 담겨 있었다.

"에토 선생님이시죠? 기타지마의 아내입니다."

"네. 처음 뵙겠습니다."

초면에 어떤 인사를 해야 할지 몰라 다카코 씨의 말을 앵무새처럼 그대로 따라 했다.

카페테리아로 안내했다. 마실 것은 필요 없다고 말했다. 침묵도 없이 별반 인사치레도 없이 곧바로 본론으로 들어갔다.

"그 사람이 안심하게 해줘요. 이혼신고서에는 확실히 사인했으니까."

"그러셨군요."

양심에 거리낄 일이 없는데도 나는 어쩐지 주눅이 들었다.

"복수였다고 생각하세요?"

"네?"

"지금까지 별거하면서 남편을 속박해온 일."

어떤 대답을 해도 다카코 씨의 페이스대로 이야기가 전개될 터였다. 무언의 맞장구만으로 용서되는 일이라면 그렇게 하고 싶었다.

"취향이…… 아닐까, 생각했습니다."

물론 악질적인 취향을 가진 여자라고는 생각지 않았다. 그냥 내가 할 수 있는 최선의 블랙 유머였다. 다카코 씨는 피곤한 한숨과도 같은 미소를 지으며 말했다.

"사랑이에요."

갑자기 그런 단어가 나오다니, 나는 솔직히 당황했다. 기타지마 씨나 리이치로에게 들은 다카코 씨와는 달랐다. 사랑이라는 단어를 그런 식으로 깔끔하게 말할 수 있는 여성이 과연 얼마나 될까. 남자들이 간과해온 면이라기보다는 요즘의 그녀에게 덮친 잔혹한 변화 탓인 듯한 느낌을 받았다.

"사랑이…… 뭐라고 생각해요?"

거듭 말했을 때는 자신감이 흔들리고 있었다.

복수가 아니라 사랑. 사랑이란 때로는 본인조차 위협할 수 있는 왜곡된 형태로 상대방에게 가해지는 것이다.

다카코 씨는 천천히 가방에서 서류를 꺼내 테이블에 펼치고 있었다. 그 용지의 질감은 나도 알고 있었다. 펼쳐 보니 역시 이혼신고서. 뭘 하려는 건지 궁금했다.

두 사람의 서명과 날인이 정연하게 기재되어 있었다. 두 명의 증인란은 우리 때 그랬던 것처럼 기타지마 씨와 다카코 씨 각자의 친구가 맡아준 것 같았다.

사인했다는 증거를 보여주고 싶었던 걸까? 이것을 밟고 넘어설 각오가 되어 있는지, 나에게 협박하고 싶었던 걸까? 그런데 뜻밖에도 내 예상을 훨씬 빗나간 말을 했다.

"이걸 그쪽 손으로 구청에 내주었으면 해요."

되물었다. 사고 회로가 토막토막 잘려나간 것처럼 다카코의 말을 금방 이해할 수가 없었다.

"당사자가 아니라도 처리해줄 거예요. 구청의 무관심한 태도, 그쪽도 잘 알잖아요?"

나에게 경험은 없었다. 이혼신고서를 갖다 낸 사람은 리이치로였으니까.

"그다지 번거로운 일은 없어요. 갖다 내고 오기만 하면 되니까."

"어째서, 제게 그런……."

"마지막으로 이 정도의 심술은 받아주었으면 해요."

심술이라고 하기에는 말투가 꼬여 있지 않았다. 오히려 자조적이었다.

다카코 씨는 용지를 테이블에 남겨둔 채 일어섰다.

"이러시면 곤란합니다."

그 정도의 거절로 다카코 씨의 마음을 움직일 수는 없었다.

"그걸 구청 창구에 내미는 순간이 나에게도 당신에게도 새로운 인생을 향한 출발이 되겠네요."

엄청난 감정을 마지막 방파제로 막아내고 있었다. 고개를 들었을 때는 이미 다카코 씨가 세 걸음 정도 앞서가고 있었다. 나도 일어서서 쫓아가려고 했지만, 다카코 씨의 뒷모습을 보자 꿈쩍도 하지 않을 것 같은 강렬한 의지가 있었다. 양팔로 배를 감싸듯이 걸어가는 모습에는 자기 자신을 끝내 비호할 수 없을 것 같은 위태로움이 보였고, 걸음은 묘하게 평형감각을 잃은 듯 휘청거렸다.

나는 생판 남의 이혼신고서를 다시 한번 내려다보았다.

이 일을 기타지마 씨에게 말하면 안 될 것 같은 느낌이 들었다. 내가 내 자신의 의지로 완결시키지 않으면 안 되었다.

맞은편 자리에 잔향처럼 감도는 다카코 씨의 기운을 느끼며 나는 몸서리쳤다.

취업 재수를 각오한 시즈카를 스포츠클럽 오너에게 소개해, 우선 1년간 계약직으로 일할 수 있도록 부탁했다.

대개는 일을 배우는 데만 1년이 걸리지만, 언니인 내가 책임지고 한 달 안에 일을 전부 가르치겠노라 공약해 내년 4월부터 일하기로 결정되었다.

"이로써 아버지한테 끌려가지 않아도 돼."

정장을 갖춰 입은 시즈카가 안도의 숨을 내쉬었다. 도쿄에서 취직이 안 되면 나가사키에 돌아와서 선교 활동을 도와달라고 끈질기게 권유받은 모양이었다. 선교 활동이란 매스컴 출연이 잦아진 아버지의 매니저 일을 말했다.

"정말이지 딱 질색이야. 늘 남들 앞에서 자애로운 미소를 지어야 한다니."

동생은 투덜거렸다.

히몬야 다이에 마트에서 장을 보고, 우리 집에서 히로시마풍 오코노미야키를 핫플레이트에 구워가며 한잔하기로 했다.

"교수님이 드디어 학교에 나타나셨어. 집안일로 휴가를 낸 것 같았는데, 언니 뭐, 들은 얘기 없어?"

"난 신이 아니야."

동생에게는 기타지마 씨 부인의 자살 소동 이야기는 하지 않았다.

오코노미야키를 얇게 구워서 소스 맛이 나는 야키소바를 사이에 끼워 넣었다. 철판의 남은 공간에 새우와 오징어를 구워 주식이 다 익을 때까지 맥주 안주로 삼았다.

"교수님은 나한테 왠지 모르게 엄격해. 졸업논문 수정, 이번이 벌써 몇 번째인지. 역시 그건가? 장래 처제가 될 테니까, 일부러 더 엄격하게 하는 건가?"

시즈카가 내 눈치를 살폈다.

"네가 부족한 탓이겠지."

오늘 밤도 포만감을 못 이겨 큰 대자로 누워 있었다. 그러다가 나 혼자 해결해야 할 사항이긴 하지만 동생에게만큼은 상담하고 싶어져서 다카코 씨에게 받은 이혼신고서를 보여줬다.

"저기, 이거 어떻게 생각해?"

"뭐야……, 이게?"

역시 시즈카의 눈이 휘둥그레졌다.

"어째서 이런 걸 언니가 가지고 있어?"

험상궂은 표정으로 묻기에 나는 다카코 씨가 클럽에 찾아오게 된 경위를 이야기해주었다.

"이런 건 본인이 직접 구청에 내야 하는 것 아냐?"

"깨진 부부 관계의 무게를 내게 얹어주고 싶었던 게 아닐까?"

"언니가 그런 짓을 당해야 할 이유가 없잖아. 언니는 기타지마 교수님과 불륜을 저지른 게 아니야. 애당초 교수님과 부인의 별거 문제에 언니는 아무 책임도 없잖아."

"그를 사랑한다면 구청 창구에 가볍게 내는 것쯤 문제도 아니라는 거겠지."

나는 마치 남의 일처럼 말했다.

"언제 받았어?"

"어제."

"가볍게 내서 되는 거면, 왜 아직 여기에 있는데?"

미나토 구청에 가기는 갔었다. 구청 현관의 자동문이 열렸지만, 나는 발이 떨어지지 않았다. 내가 지금 이걸 내면 기타지마 씨와의 미래를 내 의지로 정하게 되는 것이라고 생각하니, 선 채로 꼼짝할 수가 없었다.

기타지마 씨는 나를 위해 부인과의 이혼 문제를 해결했다. 설사 세 번째 자살 소동이라고는 해도, 부인은 자신의 생명을 내던질 만큼 괴로웠을 게 분명했다. 따라서 구청에 내는 이 일은 나에게 주어진 책임이었다. 리이치로에 대한 반동으로 기타지마 씨와 교제하려고 했으니 그런 우유부단함이야 충분히 비난받아 마땅하다고 생각했으니까.

하지만 나는 결국 그냥 돌아오고 말았다.

"바보야, 이런 걸 왜 받았어?"

시즈카는 처치 곤란이라는 표정을 지었다.

"교수님한테 돌려주면 되잖아. 부인이 나한테 이걸 맡기다니, 뭔가 크게 생각했나보네요, 하면서."

"다카코 씨와 약속했거든."

"싸구려 흥정이라도 한 거야? 제 쪽에서 이걸 넣을게요, 라고."

"……."

"기세에 눌려 단지 그 자리에서 뿌리칠 수 없었던 것 아냐? 그런 건 약속이라고 말하지 않아, 대개는."

"……."

"어디까지 사람이 좋은 거야, 언니는?"

시즈카는 분하고 안타까운 듯 언성을 높였다.

"교수님과 부인이 이혼하고 싶으면 하면 되는 거야. 하지만 언니는 두 사람의 분쟁에 말려들면 안 돼. 이런 걸 이틀씩이나 가지고 끙끙대다니, 내가 생각해도 한심하네. 좀 꿋꿋해져봐."

동생의 한 마디 한 마디가 내 가슴을 도려냈다.

시즈카는 연신 고개를 끄덕이며 말했다.

"굳이 따지자면 근원은 형부지만. 그렇지 언니? 이미 여기까지 왔으니까, 우리 좀 솔직하게 살자. 형부랑 다시 합치지 그래. 아직 안 늦었어. 동창회에서 만난 첫사랑 같은 건 쫓아버리면 돼. 빼앗아버리자고, 형부를."

"그런 일이 가능할 리 없잖아."

나는 고개를 돌렸다.

"추억해봐, 응? 언니."

시즈카가 내 앞으로 와 앉았다.

"형부랑 어떤 생활을 했는지, 같이 아침 먹었던 일, 같이 전철을 타고 출근했던 일, 시부야에서 만나 외식했던 일……. 싸우거나 서로 안아주었던 일 말고, 평범하게 대화하고 평범하게 지내던 때를 떠올려봐. 이 사람은 나의 일부고, 이 사람이 없는 생활이란 생각할 수도 없었던 시절의 자신을 곰곰이 떠올려보라고."

기억은 안개로 덮여 있었다. 눈 안쪽이 촉촉해지기 시작한 탓일까.

"실패한 것만 떠올리며 겁내지 말라고. 까짓, 이혼이 대단한 실패는 아니잖아. 이거 봐봐, 이 종이를."

시즈카는 기타지마 부부의 이혼신고서를 내리쳤다.

"이런 종잇조각 따위는 상관없는 거잖아. 지금 언니랑 형부는 상대방의 행복을 진심으로 기도하고 있어. 그 어떤 부부도 따라올 수 없는 두 사람인지 몰라. 난 요즘 그런 생각이 들더라. 틀림없이 괜찮을 거야. 겁낼 필요 없어. 형부면 되는 거야. 언니한테는 형부가 이세상 최고의 남자라고!"

안쪽을 적시고 있던 것이 눈 표면까지 덮기 시작했다. 눈물이 멎지 않았다.

"형부면 돼. 그럼 되는 거야."

시즈카의 눈에도 반짝이는 것을 보았을 때, 나 다음으로 리이치로를 사랑하는 사람은, 어쩌면 동생일지도 모르겠다는 생각이 들었다. 나 이상으로 리이치로를 싫어하고 욕해온 시즈카의 마음 깊은 곳을, 그날 밤 처음으로 들여다본 것 같은 느낌이었다.

시즈카는 그날 우리 집에서 자지 않고, 히가시나카노로 돌아갔다. 나는 밤길에 막차를 타고 가는 게 안돼 보여 택시를 아파트 앞에까지 불러 5000엔을 쥐여줬다.

"잘 자."

"잘 가."

우리는 힘없이 손을 흔들며 헤어졌다. 두 사람 다 정말 지쳐 있었다.

이 세상 최고의 남자.

시즈카는 리이치로를 그렇게 말했다.

"그건 과대평가야."

나는 밤하늘을 올려다보며 쓸쓸하게 중얼거렸다.

집에 돌아오니, 테이블 위에 기타지마 부부의 이혼신고서가 여전히 자기 자리인 양 눌러앉아 있었다. 나는 접어서 가방에 넣었다. 아주 정중하게. 그때 가방 바닥에서 소리가 났다. 열쇠 세 개가 달린 키홀더 소리였다. 이 집 열쇠, 스포츠클럽의 직원 통용문 열쇠 그리고 나머지 한 개는……

그것이야말로 리이치로와 지극히 평범하게 대화하고 지극히 평범한 나날을 보냈던 시절의 기억의 문을, 어렵지 않게 열 수 있는 열쇠였다.

4

무사시코스기에서 10분 정도 걸리는 길을, 그날 밤은 편의점 봉지를 어깨에 둘러메고, 구두 밑창이 금세 닳아 없어질 것 같은 발걸음으로 터벅터벅 걷고 있었다.

골목에 들어서는데 나도 모르게 걸음을 멈췄다. 사흘 전에 다미코와 키스했던 장소인 것이다. 갑자기 입술의 화끈거림을 떠올렸다. 한 침대에 드는 것도 시간문제이건만, 사흘이 지나도록 아무런 진전이 없었다.

실은 오후에 다미코가 나를 불러냈다. 공원길에 있다기에 나는 신간 보충 주문을 끝내고, 우다가와초를 가로질러 스페인 언덕(시부야에 있는 유명한 거리)을 뛰어 올라갔다.

솔직히 말해 나는 오후의 정사를 기대했다.

다미코는 스크램블 교차로가 내려다보이는 찻집에서 기다리고 있었다. 가슴 선이 확연히 드러나는 검정 스웨터 차림이었다. 찻집에 들어온 나를 보자마자 자리에서 일어나며 맞아주었다. 나는 그날따라 다미코의 보디라인이 무척 신경 쓰였다.

"일하는 중에 미안해."

"마침 한가한 시간이야. 할 얘기라니?"

"어제도, 그제도, 시간이 안 맞아서 못 만났잖아. 사실은 만나서 천천히 이야기하고 싶었는데 마냥 내버려 두기도 싫고."

다미코의 이야기는 자신의 진로에 대한 것이었다. 요리 학교 학장이 해외로 전근을 권유했다고.

샌프란시스코에 본격적인 일본 요리 전문학교를 개설하는데, 그곳의 주임 강사를 맡아주지 않겠느냐는 권유였다.

"좋은 기회잖아?"

나는 일단 기뻐하는 척했다.

"가게 되면 내년 1년 동안은 못 들어올 거야. 학생을 확보하기 위해 여러 가지 캠페인도 해야 하고, 그렇게 되면 요리를 가르치는 강사 일뿐만 아니라 경영도 처음부터 배워야 하니까, 1년 정도로 끝나지 않을지도 몰라. 일이 재미있어지면 내 성격으로 보아 2, 3년이 될 수도 있어."

결국 양자택일, 내가 미국까지 따라갈 건지 그 일을 포기하게 할 건지 택하라는 것이었다. 포기시킨다면 거기에 따르는 책임이 있으 니까.

"그 일, 네가 바라던 거야?"

"갑자기 떨어진 일이야. 나 말고도 다른 적임자가 있을 거라 생각 해. 경영 책임까지 져야 한다니, 짐이 너무 무거워."

내가 프러포즈를 하면 마음 놓고 거절하겠다는 얘기였다. 인생의 갈림길에 서 있음을 밝히고, 내 결단을 끌어내려 하고 있었다.

"재회하고 아직 2주도 안 됐는데 장래의 일을 결정해야 하다니, 너무 빠르지? 하지만 교장한테는 얼른 대답해줘야 하거든. 솔직히 난감해."

"생각할 수 있는 시간은 어느 정도나 돼?"

"하루나 이틀."

"내 한마디에…… 달려 있다는 거군."

"그래. 이런 식으로 대답을 강요하고 싶진 않았지만, 이 일만큼은 나 혼자서 결정할 수 있는 문제가 아니라서."

"생각할게. 가능한 한 빨리 대답할게."

다미코와 헤어진 이후 나는 그 문제를 끊임없이 생각했다. 미국 에 간다는 건 꾸며낸 핑곗거리고, 깊은 관계가 될 게 뻔한 이때 다 미코가 쐐기를 박으려는 게 아닐까, 라는 생각까지 들었다.

'나를 안고 싶으면 결혼을 약속해'라니, 30대 중반의 여자치고 결 벽증이 심한 것도 같지만, 두 번 다시 연애로 상처 입고 싶지 않다는 신중함은 나이하고는 관계없을지도 모르겠다. 런던으로 떠난 무역회사 직원도, 이탈리아인 셰프도, 다미코의 말에 의하면 그녀 쪽에서 퇴짜를 놓은 셈이지만, 실제로는 그 반대일지 모른다. 남자들이 한껏 헤집고 간 상처가 아직까지 마음에 남아 있는지도……

다미코라는 여자를 나는 아직 잘 몰랐다. 역시 재회하고 2주라는 시간은 너무 짧았다.

이윽고 아파트에 도착하여, 바지 주머니에서 열쇠를 꺼내 문을 열었다. 여느 때와 다름없는 어둠 속에서 전기 스위치를 누른 순간, 나는 으악! 소리를 질렀다.

거실 바닥에 체조부 학생 같은 모습으로 무릎을 감싼 채 여자가 쭈그리고 앉아 있었다. 총살당한 것처럼 고개를 앞으로 툭 떨구고 있어서 머리카락이 온 얼굴을 가린 상태였다.

하루였다.

하루는 불빛이 들어오자 나를 올려다봤다.

"아, 왔어?"

나는 2년 전으로 시간 이동을 한 느낌이었다.

"뭐, 뭐 하는 거야. 너, 이런 데서……."

"깜박 잠이 들어버렸어."

"언제부터 있었어?"

"6시에 일 끝나고 왔으니까, 7시부터였나?"

하루는 한껏 기지개를 켜더니 일어나 거실 의자에 앉았다. 테이블 위에는 하루가 마시던 캔 커피가 놓여 있었다.

"어떻게 들어왔어?"

"열쇠, 갖고 있었거든. 이거 돌려줄게."

열쇠가 세 개 달린 키홀더에서 한 개를 빼내어 테이블 위에 놓았다. 이런 물건을 이혼하고 2년이 지나도록 들고 다니는 여자의 심리가 이해되지 않았다.

"너 혹시, 지금까지 이런 식으로 드나들었던 것 아냐?"

"처음이야."

하루는 무척 난감하다는 표정을 지었다.

"잊은 물건이 생각나서 가지러 온 것뿐이야."

"잊은 물건이라니, 이 집을 나간 지가 벌써 몇 년인데."

"오랜만에 〈피가로의 결혼〉이 듣고 싶어졌거든. 아무리 찾아도 CD가 없어서, 여기 두고 온 게 생각났어."

"그러고 보니 본 것 같아, 오페라 CD."

책 더미에 뒤섞여 있는 것을 책장에서 찾아와 건네주었다.

"고마워. 이것으로 용건은 끝."

"너 말이야, 기다리는 건 좋은데, 캄캄한데 불도 안 켜고 바닥에 쭈그리고 앉아 있는 건 좀 참아줄래? 섬뜩하잖아."

"방에 불이 켜져 있으면 놀랄 것 같아서 그랬지."

"아니, 불을 켰을 때 갑자기 나타나면 더 놀라지."

그것도 그렇다며 하루는 맥없이 웃었다.

"그럼, 이만 가볼게."

내 얼굴을 제대로 보려고도 하지 않고, 서둘러 옆을 지나쳐 현관에서 구두를 신었다.

"잠깐만."

"멋대로 열고 들어오다니, 비상식적이지? 정말 미안해."

"잠깐 있어 봐. 차라도 마시고 가, 차."

"나, 그거 마셨어."

"내가 마실 거니까, 같이 마셔."

하루는 마지못한 듯 돌아와 의자에 앉았다.

"홍차 괜찮아?"

"떫은 녹차가 좋은데."

필요 없다고 말한 주제에 가리기는. 나는 우선 물을 끓였다.

마주 보고 앉아 있자니, 일찍이 이런 구도로 같이 밥 먹었던 기억이 제멋대로 밀려들었다. 다만 앉는 의자가 달랐다. 하루가 앉아 있는 쪽이 내 지정석이었다.

"CD 정도야, 전화하면 내가 스포츠클럽으로 가져다줬을 텐데."

"겸사겸사, 도도로키 경기장도 보고 싶었고…… 지저분하게 해 놓고 사는 건 아닌가 싶어서 말이야."

"청소해준 거야?"

"안 했는데."

"너 확실히 이상해. 캄캄한 방에 쭈그리고 앉아 있질 않나, 어떻게 된 거 아냐?"

"이상해. 어떻게 된 거 맞아. 나도 알아."

스스로도 자신이 이해가 되지 않아 짜증 내고 있는 것 같아 나는 더 이상 캐묻지 않았다.

"저기…… 자리 바꾸지 않을래? 뭔가 편하지 않아서."

"나도."

자리를 바꾸자 부부로 지내던 시절과 똑같은 위치가 되었다. 커피 포트에서 소리가 나고, 하루가 주방으로 향했다. 찻잔 있는 장소도 몸이 기억하고 있어서, 하루는 두 사람분의 차를 만들어 가져왔다.

하루는 차를 마시면서 근처의 벽을 올려다보고 있었다. 나도 그 시선을 따라가 보았다. 벽에는 아무것도 없었다. 자세히 보니 압정 구멍이 몇 개 있었다. 예전에 거기 달력이 걸려 있었다. 임신 주기를 적어놓고, 출산 예정일에는 꽃을 그려놓았던가? 하루는 벽에서 눈을 돌려 다시 방을 둘러보고는 물었다.

"다미코 씨, 청소 안 해줘?"

"사흘 전에 처음 왔는걸. 뻔뻔하게 거기까지 바랄 순 없잖아."

"하지만 밥은 얻어먹었잖아."

"잘 아네."

"요리 학교 선생을 데려와서, 그 일을 안 시킬 사람이 아니지. 그래서 그다음은? 같이 잤어?"

하루는 음담패설을 좋아하는 여고생처럼 물었다.

"그럴 기분은 안 들더라, 이 집에서는. 너의 존재감이 방해해서 말이야. 밀대 같은 게 나온 날이라."

"그럼 얼른 이사해버려."

"생각하고 있어."

"그녀와의 신혼집?"

나는 노코멘트했다.

"식탁은 조금 더 넓은 게 좋을 거야. 다미코 씨가 요리를 죽 늘어놓을 테니까."

2인용 식탁은 신혼부부용이었다.

"상상하니까 꿈같은 풍경이네. 튀김에, 돈가스에, 그라탱에, 양배추롤……"

다미코가 만들어줬으면 하는 것들을 나는 자랑하듯 말해보았다.

"중학교 시절을 추억하며 식탁에서 활기차게 대화하는 건 부러울 것 같기도 해."

"그렇지? 첫사랑을 성취한 남자라니, 흔치 않잖아. 그 시절의 짝사랑이 지금의 사랑으로 이어진 인생의 불가사의를 둘이서 차분히 이야기하겠지."

"멀리 돌아왔네."

"이제야 미로에서 빠져나온 거지."

"기타지마 씨는 말이야……"

하루도 지지 않고 자신의 꿈을 피력했다.

"그만큼 인기 있는 교수님이니, 제자들이 가끔 놀러 오지 않겠어? 홈 파티라도 해줘야겠지. 학생들의 연애 상담도 내가 해주고, 이거야말로 내조의 공 아니겠어? 덩달아 남편의 주가도 올라가고."

"홈 파티는 요리만 해도 보통 일이 아니잖아. 우리 다미코에게 도와주라고 할게."

나도 잘난 척을 했다.

"나 혼자 할 수 있습니다."

입을 삐죽이는 하루.

이내 침묵이 찾아왔다.

"춥네……"

나는 그제야 깨닫고 난방을 넣었다.

"추웠지? 바닥에 앉은 채로 졸고."

"나 때문에 전기세 나가면 미안하니까."

아주 세밀한 데까지 정확하게 챙기는 여자였다.

다시 침묵이 찾아오고.

"신노스케가 태어났더라면……."

건드리지 말아야 할 화제를 나도 모르게 언급하고 말았다. 말을
뱉은 이상 마저 해야 했다.

"태어났더라면 좀 더 넓은 집으로 이사했겠지."

"갓난아이면 여기도 충분해."

하루는 이 화제에 동요하는 기색은 아니었다. 나는 거기 어디쯤
기어 다니는 신노스케를 상상해보았다. 열심히 기다가 얼굴을 들
고, 우리를 번갈아 쳐다보는 신노스케…….

하루 역시 아무도 없는 바닥을 내려다보고 있었다. 같은 상상을
하고 있었던 걸까.

내가 억지로 화제를 바꿨다.

"너, 말한 적 있지? 내 결혼식 때 주례를 봐주겠다고. 그거, 아직도
진심이야?"

오가사와라 가스미와 사귀던 시절, 하루는 묘하게 사려 깊은 얼
굴로 그런 제안을 했다.

"다미코 씨가 싫어하는 거 아냐?"

"글쎄, 어떨까?"

"그래, 해주고 싶기도 해."

"그럼, 그때 가서 다미코랑 의논해볼게."

화제가 바닥나고 찻잔의 녹차도 다 마시고 없었다. 하루는 두 잔째 차를 사양하고, CD를 가방에 찔러 넣은 후 구두를 신었다.

"요 앞까지 데려다줄게."

"괜찮아."

끝내 도망치듯이 내 앞에서 사라졌다. 베란다에 나와 길을 내려다보니, 하루는 구두 소리를 꽤나 울리면서 멀어져 가고 있었다.

그런데 도중에 문득 멈춰 서서 이쪽을 올려다보았다. 내 모습을 발견했는지 잠깐 멈칫하더니 바이바이하고 손을 흔들었다. 표정까지는 알 수 없었지만 나도 손을 흔들어 답했다.

하루의 모습이 어둠 속으로 사라진 이후에도 구두 소리만은 한동안 들려왔다.

그렇게 가지러 올 만큼 듣고 싶었던 〈피가로의 결혼〉은 과연 어떤 곡일까? 2년씩이나 내 방에 있었는데 나는 한 번도 들은 적이 없었다.

우리의 지나온 생활을 확인해보고 싶었던 게 하루의 진심이고, CD는 단지 구실이었다 할지라도 그 음악에는 뭔가 의미가 담겨 있을 것만 같았다.

마지막 잊은 물건을 찾아감으로써 하루의 존재감도 내 방에서 완전히 사라지고 말았다.

다음 날, 나는 눈을 뜨는 순간 마음을 정했다.

아침 8시.

전화해보니 다미코는 마침 출근 준비를 마친 참이었다.

"오늘 밤 만나지 않을래?"

이윽고 그날 밤, 다미코가 정한 니혼바시의 찻집에 먼저 나가 기다리고 있었다. 잠시 후 일을 마친 다미코가 들어왔다. 손톱에 밀가루가 묻어 있는 것으로 보아 손도 씻는 둥 마는 둥 서둘러 온 것 같았다.

"미국행 이야기는 거절해주지 않겠어? 함께 있고 싶어."

그렇게 말했다. 망설임은 없었다.

다미코는 빛을 한 점에 모아놓은 것 같은 눈빛으로 나를 바라보았다.

"나와 결혼해줘."

다미코는 고개를 끄덕였다.

"네, 받아들이겠어요."

모범생 같은 대답이었다.

이어지는 표정에 떠오른 것은 천사였다. 천사의 미소였다.

5

심야에 저지른 충동이었다.

몇 번째인가 듣고 있던 〈피가로의 결혼〉을 도중에 멈추고 전화했을 때, 시계는 3시를 넘어서고 있었다.

남편의 사랑이 자신에게서 떠나가 버렸음을 알게 된 백작 부인이 혼자서 외로움을 노래하고 있었다.

'사랑의 신이시여, 저의 괴로움과 한숨을 부디 위로해주세요. 저에게 보물을 돌려주시든지, 아니면 차라리 죽여주세요……'

CD 케이스에 든 책자에는 그런 가사가 적혀 있었다. 왜 그런지 백작 부인의 나약한 소리를 더 이상 듣고 있을 수가 없어서 음악을 홱 꺼버렸다. 나는 내 자신의 미래에 대해 곰곰이 생각해보고 싶었다.

그래서 전화를 걸었다.

"여보세요?"

기타지마 씨는 막 잠이 들려다 깬 듯한 목소리였다.

"하루예요."

"어쩐 일이세요, 이 시간에?"

"내일…… 물어보고 싶은 말이 있어요."

그래서 만난 것은 다음 날 오후 다섯 시. 장소는 서쪽 하늘을 저녁해가 물들이는 풍경을 파노라마처럼 볼 수 있는 요쓰야의 가로수 길이었다.

"말씀해주실 수 있으세요, 저와 어떻게 하고 싶으신지?"

기타지마 씨는 갑작스레 대놓고 묻는 말에 당황해하는 기색이었으나, 이윽고 입을 열었다.

"하루 씨는 이미 알고 있을 텐데요."

"말해주세요. 어린아이라도 알아들을 수 있도록……."

내가 간절히 바란 것은 뜀틀 앞에 놓인 디딤판이었다.

기타지마 씨는 마음속에 오랫동안 담아두었던 말을 뚜렷하고 명료한 목소리로 말했다.

"함께해요. 나와 결혼해줘요."

"네."

나는 그저 한마디로 대답한 뒤 다시 서쪽 하늘을 바라보았다.

너무 쌀쌀맞았나?

나란히 서서 지는 해를 바라보고 있는 기타지마 씨를 딱 한 번 훔쳐보았다. 세상의 오렌지색이 두 눈동자를 가득 덮은 채 서서히 흔들리며 형체가 되려 하고 있었다.

뺨 위로 흘러내릴 때까지는 지켜보지 않았다. 스무 살이나 차이나는 어린 여자에게 눈물은 보이고 싶지 않을지도 모른다는 생각에 나는 외면해주었다.

그것이 나의 결심이자 선택이었다.

일찍이 결혼 생활을 보냈던 집에서 그때처럼 거실 테이블에 리이치로와 앉아 잃어버린 것의 크기를 확인하고, 남은 것이 얼마 없음을 실감하고, 손을 흔들며 그 사람한테서 멀어져 혼자 방 안에 앉아 〈피가로의 결혼〉을 듣고 또 들은 끝에 간신히 도달한 결론이었다.

기타지마 씨가 내 손을 꽉 잡았다. 나와 그의 체온이 그 안에서 맺어졌다. 미세한 온도 차이를 기타지마 씨는 아마 눈치채지 못했으리라.

결심과는 반대로 도무지 처리할 수 없는 짐을 나는 껴안고 있었다. 기타지마 부부의 이혼신고서가 아직 내 방에 버티고 있었다.

6

이후부터는 일이 순조롭게 전개되었고, 나와 다미코의 결혼식을 손수 꾸며보자는 이야기가 나왔다. 날짜는 12월 20일, 그때까지 열흘도 채 남지 않았기 때문에 말도 못 하게 바빴다.

따지고 보면, 다미코와 동창회에서 재회한 지 한 달도 되지 않았지만, 결정한 이상 나와 다미코는 올해 안에 식을 올려버리기로 했다. 나는 현실도피벽이라는 벌레에게 꿈틀거릴 틈조차 주지 않고 일을 진행하고 싶었다. 여하튼 기네스북에 오를 만한 초스피드 결혼이었다.

결혼식 진행은 가이에다와 시즈카가 맡았다. 우선 파티 하우스를 빌렸다. 장소는 미나미 아오야마. 크리스마스 시즌인데도 기적적으로 예약을 할 수 있었다.

그날 밤, 하나카고의 카운터 한구석에서 가이에다와 시즈카, 하루까지 와서 결혼식 당일 진행에 대해 의논했다고 한다.

나중에 가이에다한테 그날 이야기를 들었다.

파티 하우스의 배치도를 펼쳐놓고, 안내 위치, 테이블 배치, 신랑 신부 대기실을 어디로 할 것인지…… 등에 대한 의견이 오갔다고.

"친척과 초대 손님이 100명 규모란 말이지. 형부 쪽은 친척이 적을지도 몰라. 두 번째라는 이유도 있고."

"당일 아침에 홀을 교회풍으로 장식하고, 점심 지나고부터 식을 시작해서 날씨가 좋으면 오후 2시쯤부터 야외에서 입식 파티로 진행할까?"

문제의 주례 역할에 관한 얘기도 나온 모양이었다.

"나랑 리이치로가 결혼할 때 주례를 봐주신 목사님한테 어제부터 특별 교육을 받고 있어. 성서 읽는 법이라든지 혼인 서약 같은 거……. 식순은 대충 이렇대."

하루는 교회식 진행표를 다이어리에 적어 왔다. 오르간 연주에 맞춰 신부 입장, 두 사람이 목사님 앞에 나란히 서면 찬송가 합창이 있고, 목사님이 성서 한 구절을 낭독한 뒤 혼인 서약을 하고, 요령 있게 진행하면 30분 이내에 끝난다고.

"그럼 파티는 조금 더 일찍 시작해도 될까?"

"하지만 시즈카도 예식 보고 싶잖아. 그런데 예식 끝나고 파티를 준비하자면, 한 시간 이상은 족히 걸릴 거야."

"준비라면 내 후배들한테 도와달라고 할게."

하루가 복어숯불구이를 입안 가득 넣고 말했다. 스포츠클럽 강사들이 안내며 파티 준비를 도맡아 해줄 거라고.

"아무리 그래도…… 신랑의 전 부인이 목사 역할을 맡다니, 전대미문이야."

가이에다는 무척 재미있어한 모양이다. 재미있어하는 것이 오히려 하루에게는 나을 거라고 가이에다는 생각했겠지.

"그 녀석, 다미코 씨한테 양해는 확실히 구했나 모르겠네."

"다미코 씨도 대찬성했나 보던데?"

"배짱이 두둑하다고 해야 하나, 유머가 있다고 해야 하나."

시즈카는 다 큰 여자가 생각해낸 일에 혀를 내둘렀다.

가이에다의 말에 따르면, 그날 밤 하루는 여느 때처럼 식욕도 왕성하고, 마치 사촌이 결혼하니까 팔 걷고 도와준다는 양 스스럼없이 식장 의자 배치며 비품 조달에 대해 시즈카와 가이에다 두 사람에게 상세히 지시했다고.

이변의 징조 같은 건 조금도 없었던 모양이다.

그래서 결혼식 준비는 친구들에게 맡기고, 나와 다미코는 신혼집을 구하느라 동분서주했다. 세타가야구의 기타미에 겨우 적당한 집을 찾아내어 결혼식 사흘 전에 이사하기로 했다.

가나가와현과 인접해 있고, 2층 베란다에서 다마강의 하천 부지가 내다보이는 단독주택이었다. 지은 지 5년 된 건물로 지금까지 입주자가 세 차례 바뀐 모양인데, 사람들이 오래 붙어 있지 못한 건 교통이 불편해서인 것 같았다.

다미코의 선정 기준은 거의 주방뿐이었다. 일단 요리하기 편하면 오케이. 다음은 근처에 신선한 식료품 마켓이 있느냐는 것. 다만 오다큐선 역까지 걸어나가려면 멀다는 게 흠이지만, 그만한 평수에 그 정도 집세라면 약간의 불편은 감수해야 했다.

계약을 마치고 부동산에서 열쇠를 받아서 가보았다. 맞은편의 몇몇 이웃집에 선물을 들고 가 인사도 빈틈없이 마쳤다.

"다음 주에 이사 올 예정인데, 잘 부탁드립니다."

휑한 거실에 둘이 서서 가구 배치를 생각했다. 소파도 테이블도 전부 새로 장만할 생각이었다.

"이쯤에 나지막하고 넓은 원형 테이블을 놓을까? 매일 식사며, 가벼운 파티며, 둘이 각자 일할 때도 전부 여기서 할 수 있잖아."

"괜찮네."

"그리고 있잖아, 마당에서 바비큐도 할 수 있을까?"

손바닥만 했지만 4인용 테이블 정도는 놓을 수 있었다. 남향의 작은 마당은 초여름이 되면 잔디빛으로 물들겠지.

2층으로 올라가 침실을 돌아보았다.

"침대는 어떡하는 게 좋겠어?"

남자를 떠보는 듯한 말투였다.

"트윈으로 하는 게 낫지 않아? 부부 싸움이라도 하면 떨어져서 등 돌리고 자고 싶어질 테니까."

"경험자라 잘 아네. 그럼 그렇게 하자. 중간에 사이드 테이블을 놓고."

침대를 두 개 들여놓으면 여유 공간이 거의 없어진다. 하지만 2층에 부부가 각자 쓸 수 있는 3평 넓이의 방이 있었다. 내 방은 에도가와 란포(일본 추리소설의 대가)의 작업실처럼 책으로 둘러싸인 움막이 되겠지.

베란다에 서보니 전망이 꽤 좋았다. 다마강 수면의 반짝임도 보였다.

"매년 열리는 불꽃놀이 축제가 저쪽 방향이구나."

"사람들 많은데 안 나가도 여기에서 구경할 수 있겠다."

"다마강에…… 불꽃놀이에……."

파란 겨울 하늘을 보며 내년 여름을 꿈꿔보았다.

우리는 커플 잠옷 차림으로 이곳에서 시원하게 술도 마시면서 하늘을 아름답게 수놓는 불꽃을 바라보겠지. 어쩌면 그때는 다미코의 배가 불러 있을지도 모르겠다. 내후년 여름에는 한 살 안팎의 아기가 화려한 밤하늘을 보며 까르르 소리를 질러댈지도.

가족이 생기는 거다, 나한테도. 그때쯤에는 과거에 사랑한 여자와의 사이에서 태어나지 못한 생명에 관한 기억은 깨끗하게 잊혀 있을까?

"아버지, 기분 좋으셔서 미토로 내려가셨어."

다미코의 아버님을 소개받았다. 내 쪽에서 미토로 인사하러 가는 게 도리겠지만, 아버님은 애가 타셨는지 열차를 타고 올라오셨다.

니혼바시 근처의 스키야키집에서 만났다. 중견 생명보험회사 미토지점 지점장으로 계신 아버님은, 미토에 10년 넘게 살다 보니 말끝이 올라가는 사투리가 몸에 밴 모양이어서 말씨에 시원한 유머가 감돌았다. 연세가 쉰일곱이라는 소리에, 무심코 다미코의 나이를 빼보았다. 학생 때 결혼하셨다고. 다미코의 오빠는 릿쿄대학 시절에 생긴 아이라고 했다. 동급생이었던 부인과는 다미코가 성인이 되자 이혼했다고 한다.

그래서 이혼 경력이 있는 내게도 관대하셨는지 모른다.

"딸아이한테 교회식이라고 들어서 벌써부터 긴장하고 있어요. 웨딩 로드라는 것을 같이 걷는 거죠?"

쑥스러운 듯이 말씀하셔서 내가 안심시켜드렸다.

"가까운 사람들만 참석하니까, 딱딱하진 않을 겁니다."

"주례는 훌륭한 목사님이 봐주시나요?"

그 질문에는 애매하게 대답하는 수밖에 없었다. 헤어진 아내가 맡기로 했다는 말은 역시 할 수 없었다. 나와 주례자의 관계에 대해서는 나중에 다미코가 설명해드린 모양이다.

"플랫폼에서 타고 가실 열차를 기다리는 동안 얘기했어. 아버지는 순간 황당하셨지만, 그런 장소에서 하야세 씨의 전 부인을 보게 되리라곤 생각 못 했다고 하시며 웃으셨어."

"우리 부모님은 기막혀하시더라."

엄마는 그런 유별난 짓을 이해해주실 만한 사람이지만, 아버지는 한숨을 쉬셨다고.

"하루 얼굴을 아는 친척은 부를 수 없겠네."

하긴 설명하시기 곤란하겠지. 죄송할 뿐이었다.

"하루가 주례를 맡는 거……, 싫으면 거절해도 돼."

"하루 씨가 해줬으면 좋겠어."

다미코가 단호하게 말했다.

하루가 우리 결혼식에 주례를 맡아준다는 제안에, 다미코도 처음에는 깜짝 놀랐지만 곰곰이 생각하더니 나중에는 흔쾌히 승낙해주었다.

역시 속이 깊은 여자였다. 하루가 우리 결혼식에 그런 역할로 참석한다는 것은 세 사람 모두에게 필요한 일이라고 다미코는 이해해주었다.

"하루 씨가 '이 여성을 평생의 반려자로 삼을 것을 맹세합니까?'라고 묻고, 당신이 '맹세합니다'라고 대답하는…… 그런 결혼식을 나도 하고 싶어."

이 여성을 평생의 반려자로 삼고 나와 헤어질 것을 맹세합니까? 하루의 말에는 그런 의미가 담겨 있을까? 나와 다미코의 결혼식에는 나와 하루의 결별식이라는 의미가 멋지게 포함돼 있었다.

하지만 나나 다미코는 신랑의 전 부인이 주례를 맡는다는 전대미문의 결혼식이 과연 순조롭게 끝날지 일말의 불안감 또한 갖고

있었다. 막연하지만 무언가 일어날 것 같다는 실체를 모를 불안감
이 내 손이 닿지 않는 등쪽 어딘가를 간질이고 있었다.

8일 후, 그 예감은 멋지게 적중했다.

7

당일 예식 순서에 대해서는 리이치로한테도 직접 말해놓는 편이
좋을 것 같았다. 그래서 던킨도너츠 안쪽 테이블에서 점심을 먹는
김에 예식 룸의 배치도를 펴놓고 자세하게 설명해주었다.

"홀 크기가 10평쯤 되려나? 이쪽에 신랑 측 참석자가 20명, 이쪽
에 신부 측이 20명, 사적인 관계자로는 시즈카와 기타지마 씨가 오
기로 했으니까 얘기 좀 잘해주고. 그래서 이 문 쪽에서부터 붉은 융
단이 깔린 길이 단상까지 이어지고, 다미코 씨랑 아버님이 입장하
는 거야. 당신은 여기서 기다리면 돼. 나는 여기. 큰 십자가를 내 뒤
쪽에 놓을까 생각해보았는데, 텔레비전 시트콤 같아 보일까 봐 관
뒀어. 하얀 레이스로 덮인 단상이 있고, 성경을 옆에 낀 내가 여기
서고, 교회 분위기는 그 정도로만 내려고 해. 심플하고 좋지?"

리이치로도 이의는 없었다.

"결혼반지는 제대로 준비했지?"

"어제 히비야에서 사 왔어."

"혹시 그 집?"

우리 때도 거기서 샀다.

440

"바보, 다른 데서 샀어야지. 재수 없잖아."

"20퍼센트 할인이라고 써 있어서 나도 모르게……. 그때 그 점원이었는데 얼굴을 말끄러미 보더라고."

"다미코 씨가 가엾다."

자기 얼굴에 뭐가 묻어 있었나 하고 나중에 의아한 얼굴을 했다고 한다. 아무리 리이치로라도 '이전에도 그집에서 결혼반지를 샀으니 두번째 부인에게 관심이 갔나 보지'라고는 말 못 했으리라.

"반지 두 개는 예식 전에 나한테 맡겨."

"나, 네가 혼인 서약시키면 웃어버릴지도 몰라."

"날 모독하면 가만 안 둘 거야."

예식 순서에 관한 설명을 마치자 리이치로가 슬쩍 물어왔다.

"그래서 너는 어때? 기타지마 씨랑."

결혼 합의에 도달한 일은 시즈카를 통해서 전달했다.

"언니가 먼저 자기랑 결혼할 맘이 있는지 없는지 물어본 것 같아"라는 말도 한 모양이다.

"아파트 모델하우스도 같이 보러 갔어."

"너도 기타지마 씨도 우리 못지않게 성격이 급하구나."

이 사람과 다미코 씨의 결혼을 지켜보고 나서, 천천히 내 문제를 돌아볼 생각이었지만, 세월아 네월아 하며 있다 보면 내 마음도 뿔뿔이 흩어질 것 같아서 기타지마 씨를 따라 유원지를 돌 듯 모델하우스를 보고 다녔다.

"어디서 살 거야?"

"어제 보러 간 데는 시모기타자와에 있는 신축 아파트."

"너도 오다큐선이야? 전철에서 만나겠네."

리이치로는 별로 보고 싶지 않다는 듯이 말했다. 하지만 가끔 우연히 마주치는 것도 나쁘진 않다고 생각했을 게 틀림없었다.

"시모기타자와는 학생도 많고, 역 앞이 복작거려서 미래의 대학 교수 부부가 살기엔 좀……."

"네가 교수 부인이 된다고? 샤넬이니 뭐니 머리에서 발끝까지 명품으로 치장한 졸부는 안 어울리니까, 티 내지 말아줘. 역시 하루도 그런 여자들과 똑같다며 기타지마 씨가 실망하게 만들지 말라고."

"당신이야말로 다미코 씨가 정떨어지지 않도록 조심해. 젓가락질 지적당하지 않았어?"

"어젯밤에 특별 교육받았지."

"내가 욕먹으니까 잘해."

"너야말로 욕실 타월 길이를 맞춰놔야 직성이 풀리는 그 성격, 바꾸는 게 좋을 거야. 벗어놓은 바지가 뒤집어져 있어도 네가 다시 뒤집어서 옷걸이에 걸어주면 되는 거니까."

"기타지마 씨는 당신처럼 흐리터분한 남자가 아니거든. 와이셔츠에 풀 먹이는 것도 다림질도 스스로 할 줄 아는 사람이야."

"그런 일 시키면 안 된다니까, 남편한테."

리이치로는 마치 시집보내는 딸한테 잔소리하는 아버지 같았다.

"제러미 아이언스한테는 말씀드렸어? 기타지마 씨 얘기."

"동생한테 맡겼어."

시즈카를 통해 '아무래도 만나는 사람이 있나 봐요' 하며 가벼운 선에서, 고향에 계신 아버지께 조금씩 정보를 드리고 있었다. 최근 라디오 프로그램 덕에 연예인처럼 돼버렸다고는 하지만, 강직한 목사임에는 변함이 없기 때문에 신중할 필요가 있었다. 딸의 결혼 상대가 자신과 크게 나이 차가 나지 않는 남자라는 데 대해 아버지는 어떤 기분이실까.

"둘 다 두 번째 결혼이니까, 노력해야겠지."

"어처구니없는 실수는 하지 않도록 조심해. 셔츠에 립스틱을 묻혀 온다든지, 상의 어깨 쪽에 기다란 갈색 머리카락이 붙어 있다든지 하는 것 말이야."

"그런 건 네가 걱정 안 해도 돼."

"맞벌이하는 아내는 그날 하루 있었던 일을 남편한테 자세히 설명하고 싶어지는 거야. 부부만의 단란한 시간에 책만 읽지 말고 귀담아들어주라고."

"알고 있다니까."

나도 어리숙한 아들을 장가보내는 엄마의 심정이었다.

결혼식 날까지 이제 일주일, 리이치로의 표정은 석고상처럼 굳어 있었다.

"많이 부담되는 모양이네?"

"이번엔 실패하면 안 된다는 긴박감, 너도 조만간 맛볼 거야."

이혼 경력이 한 번이면 '상대한테도 문제가 있겠지.' 하고 이해해주지만, 두 번씩이나 되면, '역시 본인한테 인간적인 결함이 있는 것 아냐?'라고 평가받게 마련이다.

"그럼 난 이만 가볼게. 아카사카의 목사님한테 오늘도 특별훈련을 받아야 하거든."

나는 성경책이 들어 있는 가방에 예식장의 배치도를 집어넣고 자리에서 일어났다.

"수고가 많네."

기특한 음성으로 배웅하는 그 사람.

리이치로와 다미코 씨를 결혼 생활로 내보내는 데 어울리는 성경 구절을 배우는 날이었다. 특훈 사흘째. 아무리 유아세례를 받았다 해도 신성한 결혼식에서 목사 역을 맡는 데는 하나님의 허락이 필요했다.

거리 모퉁이에는 시부야 109가 있었다. 방울을 단 순록이 하늘을 달리는 그림으로 벽면이 장식된 시부야 109를 등지고, 나는 재빠르게 지하철역 구내로 뛰어 내려갔다.

결혼식 당일에는 외워서 말하는 편이 멋있겠지. 그래서 목사님께서 가르쳐주신 〈로마서〉 구절을 밤에 집에서 암송해보았다.

"아무에게도 악을 악으로 갚지 말고 모든 사람 앞에서 선한 일을 도모하라. 할 수 있거든 너희는 모든 사람과 더불어 화목하라. 내 사랑하는 자들아, 너희가 친히 원수를 갚지 말고 하나님의 진노하심에 맡기라……."

원수를 갚는다는 부분에서 눈에 들어온 것은, 제집인 양 책상 위에 눌러살고 있는 그 종이였다.

기타지마 부부의 이혼신고서를 나는 아직 처리하지 못했다.

동생이 핀잔을 놓았다.

"이런 걸 옆에 두고, 어쩌지 못해 고민만 하고 있다니, 한심해. 잘 생각해봐. 형부가 원인이라면 상관없으니까 형부를 다미코 씨한테서 빼앗아 오면 돼."

리이치로가 다미코 씨와의 결혼을 순조롭게 결정하고 내가 주례까지 맡게 되었으니 이혼신고서를 미나토 구청에 제출하지 못하는 원인은 대부분 해소된 셈이었다. 그러니 지금 당장이라도 창구에 내고 오면 되는 일인데…… 그게 좀처럼 되지 않았다. 어째서일까?

토요일 10시 30분쯤 나는 또다시 구원을 요청하려 했다.

첫 번째 상담이 끝날 시간에 나가사키FM에 전화를 걸었는데, 별로 기다리지도 않았는데 내 순서가 됐다.

"그럼, 다음 분 말씀하세요."

20대 직장 여성들의 마음을 녹이기로 평판이 난 목소리가 나가사키에서 도쿄의 밤하늘까지 날아오자, 나는 언제나처럼 최대한 목소리를 띄우고 정신연령을 낮추어 말했다.

"저, 기억하세요? 벌써 한 달 전 일인데 헤어지고도 좋아하는 남편에게 여자 친구를 소개한 D양이에요."

"잘 지내셨나요, D양? 미안하지만 오늘 밤은 편의상 B양이라 불러도 되겠죠?"

"네에."

"잊을 수 없는 그에게 엄마가 되어주라고, 미래는 반드시 오는 거니까 걱정하지 않아도 된다고…… 말씀드렸던 분이죠?"

"정말 감동이에요, 기억해주시다니……. 실은 저, 새로운 애인이 생겼어요!"

"전남편에게는 이제 확실히 마음을 접으신 건가요?"

"간신히 인연이 끊겼어요, 선생님 덕분에……. 그런데 지금 애인 쪽에 문제가 더 많아요. 저는 남자 운이 없는 여잔가 봐요. 부인이 있는 남자를 고른 제가 바보인 거죠? 그 부인이요, 겨우 이혼을 승낙하고 그 사람을 저한테 양보해주었는데……."

"일단 축하드린다는 말씀부터 전합니다."

"그런데 그 부인이 갑자기 저를 찾아와서 남편과 나란히 서명한 이혼신고서를 맡겼어요. 믿어지세요? 저 보고 내달라는 거예요, 이 여자가. 제가 사람이 좋아서 받아두긴 했지만 아무래도 구청에는 못 내겠어요."

"B양 손에 타인의 인생이 달려 있다, 그 중압감에 하루하루가 괴롭다는 말씀이신가요?"

"맞아요. 어떻게 하면 좋을까요, 저……."

"그 사람 부인이 B양에게 부여한 시련이 아닐까, 라는 생각이 들진 않나요?"

"뭐, 그런 거죠."

"결국 부인은 B양에게 자신의 주검을 넘어서면서까지도 그를 사랑할 수 있는지 대답을 강요하는 거라고……."

심리 분석은 그 정도로 됐으니까 구원의 말을 내려주세요.

"어떤가요? B양의 대답은?"

"모르겠어요."

"자기 자신을 바라보세요."

"모르겠어요, 정말."

짜증이 나면 원래 목소리가 나와버리기 때문에 정체가 들통나지 않도록 조심했다.

"모를 리가 없죠. B양은 그 종이를 앞에 두고 이미 충분히 괴로워하지 않았나요?"

"괴로워해도 답이 안 나오니까 전화한 거잖아요!"

나도 모르게 고함이 터져 나왔다.

"언제나 마지막에 던지는 수수께끼 같은 말 말고, 한 번쯤은 제대로 된 조언을 해주세요. 답을 모르겠으니까 가르쳐달라고요. 제가 어떻게 하면 되는데요!"

남 일처럼 보지 말고, 한 번쯤은 고민하는 딸에게 가야 할 길을 열어줘봐요. 내 마음이 소리치고 있었다.

"그럼, 이렇게 하세요."

산에서 길을 잃은 연약한 어린양에게 아버지는 아주 침착하게 손을 내밀고 계셨다.

"부인에게 그 종이를 돌려주세요. 그리고 이렇게 말씀하세요. 당신이 사랑하는 남편과 이제부터 교제하려고 합니다. 식사도 같이 하고, 침대도 같이 쓰고, 미래도 같이 꿈꾸고……. 당신이 그것을 견딜 수 있다면 언제까지라도 이 종이를 가지고 계시면 돼요."

나는 귀담아듣고 있었다. 아버지는 나에게 그런 경우 여자가 취해야 할 의연한 태도를 가르쳐주었다.

"자신의 인생을 소중히 가꿔갈 마음이 있는 여성이라면, 결국 그 종이를 자기 손으로 구청에 갖다 내겠지요. 그 종이를 갖고 있는 한 그녀는 남편과 남편의 애인에게 상처 입고 좌절하는 가련한 아내일 수밖에 없을 테니까……."

그래서 나는 실행에 옮기기로 했다.

이튿날, 다카코 씨가 경영한다는 수입 그릇 가게를 향해 가고 있었다. 발걸음에 망설임은 없었다. 가방에는 그녀가 내게 맡겼던 이혼신고서가 들어 있었다.

히로오역에 내려 아리스가와 기념 공원으로 이어지는 비탈길 중턱에 그 가게가 있었다. 나무를 깎아 만든 아치형 현관 안, 넉넉한 공간에 다양한 디자인의 찻잔이며 접시들이 진열되어 있었다. 내가 들어갔을 때는 외국인 손님이 두 사람 정도 있었다. 내가 기타지마 다카코 씨를 찾자 늘 점심때가 지나야 가게에 나온다고 점원이 알려주었다.

시각은 11시 반, 근처에서 30분 정도 시간을 때우고 다시 오기로 했다.

되도록 아무 생각도 하지 않는 가운데 맥도날드에서 가장 저렴한 햄버거 세트를 먹고 난 후 다시 그 가게로 향했다. 그런데 마침 가게 문이 열리면서 한 쌍의 남녀가 밖으로 나왔다. 누구겠어? 기타지마 씨와 다카코 씨였다.

나는 가까스로 들키지 않았다. 두 사람은 여고생들이 모여 있는 가게 앞을 지나 비탈길을 내려갔다. 나는 가게에서 조심스럽게 얼굴을 내밀고, 두 사람의 30미터쯤 뒤에서 걷기 시작했다. 완전히 미행하는 꼴이었다. 갖고 간 종이 쪼가리야 어쨌든 간에 이혼을 결심한 부부가 새삼 무슨 용무로 만나는지 확인하지 않고는 견딜 수가 없었다.

부창부수 격으로 부인은 두 걸음쯤 처져 기타지마 씨의 뒤를 따라가고 있었다. 기타지마 씨는 어쩐지 화가 난 기색이었다.

　두 사람은 가이엔니시 거리로 나와 신호를 건너 커피 한 잔에 800엔이나 하는 유명한 찻집으로 들어갔다.

　나는 속으로 30초를 세고 나서, 찻집의 계단을 올라가 벨이 달린 문을 가능한 한 조용히 열고 내부를 살폈다. 기타지마 부부는 창가 자리에 앉아 있었다. 마침 칸막이가 쳐진 옆자리가 비어 있어서 발소리를 죽이고 몸을 웅크리다시피 하여 그 자리에 재빨리 앉았다. 그곳은 두 사람의 눈을 피할 수 있는 사각지대 같았다. 나는 점원에게 작은 목소리로 커피를 주문했다.

　다행히도 등나무로 만들어진 칸막이 틈으로 두 사람의 표정을 살필 수 있었다. 기타지마 씨는 밖을 보고 있고, 다카코 씨는 고개를 숙이고 있었다. 두 사람 모두 허탈한 상태인 듯 초점 없는 눈빛이었다. 아직 말소리는 들리지 않았다.

　두 사람이 주문한 커피가 나왔다.

　손도 대지 않은 채 2, 3분가량 지났을 때, 기타지마 씨가 깊은 한숨과도 같은 목소리로 말했다.

　"임신했다며?"

　등나무 틈을 통해 내 귀에 닿은 그 말, 무거운 충격이 내 가슴에 퍼졌다. 다카코 씨의 배 속에 아이가 있다는 거였다.

　"당신 어머니가 전화로 울며 애원하더라. 아이를 위해서라도 다시 시작했으면 좋겠다고."

　"말하지 말라고, 그렇게 신신당부했는데……."

"당신 어머니는 내 애라고 생각하는 모양이야. 당신은 아무렇지도 않게 그렇게 말했단 말이야?"

"누구 아이인지 모르겠다는 말은 엄마한테 차마 할 수 없었어. 미안해요."

내 안에 응어리처럼 남아 있던 수수께끼가 순식간에 풀렸다. 다카코 씨가 왜 갑자기 기타지마 씨의 이혼 요구에 응하게 됐을까? 나에게 이혼신고서를 맡기고 돌아서던 그녀가 양손으로 배를 잡고 있던 것이 생각났다. 새로운 생명이 깃들기 시작한 부위를 소중하게 감싸고 있었던 것이다.

"이제 잊어버려요. 이혼신고서에 사인한 다음 날, 병원에서 처리하고 왔으니까."

애처로움이 내 가슴을 압박했다.

내게 그걸 맡기고 그 길로 병원에 갔었다는 얘기다.

"이 나이에 미혼모는 좀 괴로우니까."

희미한 웃음소리가 들려왔다.

"전신마취였는데도 난 계속 아프단 소리만 했던 것 같아. 나중에 간호사가 꼭 초등학생처럼 울더라고 말해주더라. 정말로 아팠어. 마취라는 건 아파도 저항하지 못하도록 인간을 속박하기 위해서 있는 거야. 수술이 끝나고 수술대에서 간이침대로 옮겨져 병실로 가는데, 마치 봉지에 싸인 시체가 된 것처럼 감각 없는 몸을 양쪽에서 간호사가 들어 올리는 거야."

부인은 담담하게 말을 이었다. 누구에게도 털어놓지 못했던 일을 겨우 말할 수 있는 상대를 만나 은근히 기쁜 것 같기도 했다.

"아침부터 물 한 모금도 마시지 말라고 해서 끝난 후에 굉장히 식욕이 당겼어. 세븐일레븐에서 팥빵을 손에 잡히는 대로 사서, 양손에 들고 정신없이 먹었지. 희한하지 뭐야. 어제까지 머리는 어질어질하지, 똑바로 걷지도 못하고 밥 냄새만 맡아도 토할 것 같았는데, 배 속에서 작은 세포 덩어리 하나 꺼냈다고 이렇게 달라지다니 말이야. 처음 진찰실에서 초음파 화면을 보여줬을 때, 꼬물꼬물 건강하게 움직이고 있었거든……. 3개월밖에 안 된 그 작은 생명도 엄마를 괴롭힐 만큼 강했던 거야."

기타지마 씨는 아무 말도 하지 못했다. 자신의 아이도 아니었다. 다카코 씨가 자기 멋대로 선택한 인생에서 멋대로 상처 입었을 뿐 기타지마 씨가 책임을 느낄 필요는 없었다.

그러나 목소리는 고통스럽기 짝이 없었다.

"상의는 안 한 거야?"

애 아버지와 의논하지 않았느냐고 묻고 있었다.

부인은 고개를 저었다.

"혼자서 결정한 거야?"

"미안해요. 동의서에는 당신 이름을 적었어."

"누구야, 애 아빠는?"

"용서해줘. 그것만은……."

한동안 침묵이 이어졌다. 두 사람 다 커피에는 아직 손도 대지 않고 있었다. 기타지마 씨의 한숨이 무척 또렷하게 들렸다. 안으로 안으로 향하는 분노를 조금씩 토해내는 듯한 숨결이었다. 다카코 씨에 대한 분노가 아니라 기타지마 씨 자신에 대한 분노 같았다.

"얼른 회복되길 바랄게."

기타지마 씨가 계산서를 쥐고 일어나 내 등 뒤를 지나쳐 카운터로 향하더니 거스름돈도 받지 않고 나가버렸다.

이제 남은 건 칸막이를 사이에 두고 나란히 앉아 있는 두 여자, 나와 다카코 씨였다.

조심조심 칸막이 너머로 옆을 보았다. 다카코 씨는 창 쪽으로 몸을 내밀고, 내려다보이는 길을 눈으로 쫓고 있었다. 가게를 나간 기타지마 씨가 지하철역으로 사라질 때까지 눈동자째 흘러내릴 것 같은 젖은 눈으로 바라보고 있었다.

나는 열 달 만에 잃은 생명, 다카코 씨는 석 달 만에 잃은 생명, 몸속이 텅 비어버린 허무한 기분은 마찬가지였다.

나도 자리에서 일어나 기타지마 씨처럼 가게를 뛰쳐나가고 싶었다. 하지만 일어서면 다카코 씨의 시야에 들어갈 것이다.

나는 현실에서 도망치지 못하고 냉엄한 현실에 눌린 채 다카코 씨 곁에서 숨죽이고 있는 수밖에 없었다.

그리고 사흘 후, 나는 성의를 몸에 걸쳤다.

8

구름 한 점 없이 수채화 물감으로 칠해놓은 듯한 파란 하늘 아래, 나와 다미코를 위해 단장한 사람들이 모여 있었다. 100평쯤 되는

452

정원은 겨울 햇살이 가득하여 따뜻하고, 과연 손 없는 날이라 칭하기에 부족함이 없었다.

회비는 7000엔. 하객으로는 화려한 드레스로 멋을 낸 여성이며 턱시도 차림의 남성들이 눈에 띄었고, 모두 마음 편히 결혼 피로연 파티에 왔다는 느낌이었다. 검은색 더블 버튼 정장에 하얀 넥타이를 맨 딱딱한 분위기의 친척들은 다미코 쪽은 몰라도 내 쪽은 적었다.

파티 하우스 주방에서는 다미코네 요리 학교 학생들이 음식을 준비하느라 분주했다. 요리 학교 졸업생으로, 현재 시내 레스토랑에서 일하는 몇몇 셰프가 가든파티 때 솜씨를 발휘하기로 되어 있었다. 정문 쪽 안내 코너에는 우리 서점 직원들이 서고, 하루의 스포츠클럽 강사들이 테이블 설치 등 힘쓰는 일에 동원되었다.

가이에다와 시즈카가 진행표를 들고 열심히 뛰어다니고 있었다. 예식이 시작되면 양가 친척과 친구들이 단상이 있는 방으로 모여들고, 방 안에 들어오지 못한 나머지 하객들이 창밖에서 신랑 신부 모습을 지켜보는 그 30분 동안, 요리 학교 학생들이 정원에 뷔페 음식을 내가기로 되어 있었다.

나는 하얀 턱시도를 입고 정원의 하객들에게 인사를 하며 돌아다녔다. 동창회 때 만난 친구 녀석들이 너스레를 떨었다.

"동창회에서 재회한 인연으로 결혼까지 하다니, 우리가 사랑의 큐피드였던 거야."

국수집 테루, 문부성의 가이노, 하가 서점의 모치즈키, 부장 경찰인 야마다. 그리고 가네코 마리코를 비롯한 예의 아줌마들이 모여 있는 부근은 갖가지 향수 냄새가 뒤섞인 상태였다. 아무리 술에 취해도 오늘 같은 날 임신선(임산부의 배벽이나 유방 피부에 생기는 가느다란 적색 선)을 보이는 짓만은 하지 말아달라고 부탁하고 싶었다.

나는 하늘을 우러러 새롭게 선언하고 싶은 기분이었다.

제2의 인생을 시작하는 날이다!

이미 신혼 생활을 위한 준비는 끝났다. 이틀 전, 기타미의 신혼집으로 이사하면서 나는 드디어 무사시코스기의 집과 결별할 수 있었다.

짐을 다 빼고 텅 빈 방 안에 들어서자 4년 전에 부동산 업자를 따라 약혼 중이던 하루와 함께 방을 보러 왔던 기억이 새록새록 떠올랐다. 이제는 그리운, 아직은 모든 것이 제로였던 나날. 우리는 무엇을 쌓아 올리고 무엇을 잃었을까……. 청소를 끝내고 빈집을 나서며 씁쓰레한 감회에 빠져버렸다.

다미코는 미토에서 오신 아버지와 가루이자와에서 상경한 오빠와 함께 신주쿠 호텔에서 식구끼리 오붓한 밤을 보냈다고 한다.

절을 올리며 "아버지, 그동안 키워주셔서 고맙습니다"라고 말했을까?

나도 듣고 싶었다.

이사하고 나서도 정신없이 바빴기 때문에 우리는 아직 새집에서 함께 살지는 않았다. 결혼식 날 밤이 진정한 신혼 첫날밤이 된다고 생각하니, 가슴이 두근거렸다.

하객들이 잇달아 정원으로 들어왔다.

나와 다미코의 중학교 시절 은사님이 파티의 첫인사를 맡아주기로 되어 있었다. 내가 근무하는 분카도 서점의 사장은 이미 나의 첫 번째 결혼식 때 원 없이 연설한 바 있으니, 이번에는 딱딱한 인사는 되도록 생략하고, 나와 다미코의 20년 전을 알고 있는 사람 가운데 한 분만 이야기하면 충분했다.

"잘 부탁드립니다."

은사님께 인사드리고 있는데 시즈카가 분주히 다가와서 귀엣말을 했다.

"형부, 아직 한 시간 가까이 남았으니까 대기실에서 가만히 기다리고 있어요."

주인공은 미리 나와 돌아다니지 말고, 본무대가 시작되면 씩씩하게 등장해달라는 주문이었다.

대기실용 방으로 돌아와 거울을 보며 머리를 매만졌다.

축하 메시지가 여러 통 와 있었다.

오가사와라 가스미와 아야가 보내준 것도 있었다.

"축하드립니다. 행복하시길 빌게요."

정해진 문구였지만, 무언가가 내 가슴을 찔렀다.

내 스스로 자랑스러워졌을 때 다시 당신 앞에 나타날게요.

그렇게 말하고 떠난 여자였다. 그 후 한 달도 지나지 않아 올리게 된 결혼식을 배신이라고 느끼지는 않았을까? 아야는 울지 않았을까? 상대가 하루가 아니라는 것이 그나마 위안이 됐는지도 모르겠다.

아라마키 사유리한테서도 와 있었다.

"어떤 여자야? 다음에 같이 시합 보러 와."

짧은 메시지 속에도 사유리 특유의 말투가 살아 있었다. 링사이드에 앉았다간 결국 또 의도적인 장외 난투극에 휘말릴 것 같았다.

그녀에게는 사이고야마 공원에서 "너를 좋아해"라고 눈앞에서 고백했다. 그리고 며칠 지나지 않아 같은 대사를 딴 여자에게 한 것이다. 사유리에게 느닷없이 드롭킥을 당한대도 할 말이 없었다.

나가토미는 옻칠을 한 고급스러운 축전.

"일 때문에 가볍지 못해서 죄송합니다. 신부가 제가 모르는 여성이라서 안심했습니다."

그 친구, 꽤나 솔직했다.

"당신이 하야세 씨를 완전히 잊는다면, 다시 한번 당신 앞에 나타나겠습니다."

이런 말을 남기고 하루 앞에서 사라졌다니까, 어쩌면 다시 나타날지도 모르겠다.

모두들 내 마지막 '연애시대'를 화려하게 장식해준 소중한 친구들이었다. 지난 두 달간은 말하자면, 연애도의 수련 기간이었다고나 할까. 나는 검은 띠 유단자가 됐을지도 모른다.

문이 열리고 기모노 차림의 어머니와 모닝코트를 입은 아버지가 나타나셨다.

"다미코가 드레스 입은 모습이 정말 아름답더구나!"

어머니는 근심 걱정 없이 웃으셨다.

"그쪽 아버지가 눈물을 글썽이시더라. 신부 아버지도 오늘은 주인공이 되는 날이니까."

딸이 없는 아버지도 부러운 듯이 말씀하셨다.

"오늘부터는 진짜 마음 놓아도 되는 거지?"

어머니는 아직 믿지 못하고 계셨다. 하루와의 첫 결혼식 때 현실도피벽이 발동한 나머지 아카사카 로열 호텔 창문에 발을 얹는 현장을 들켜버렸었다.

"무슨 짓이니?"

"아무것도 아니에요."

나는 창틀에 다리를 걸친 채 체조를 하는 척하면서 간신히 얼버무렸다. 나한테는 그런 전과가 있었다.

"그때야 어려서 그랬죠. 오늘처럼 즐겁고 상쾌한 기분은 처음인걸요. 안심하세요. 얼른 손자 안겨드릴 테니."

"내 손자라……."

아버지는 은근히 기대하시는 눈치였지만, 어머니는 역시 화류계의 거친 파도에 시달렸던 여자로서 여전히 긴장을 늦추지 않았다.

"오오쓰카 삼촌보고 밖에서 지키라고 했다."

"그렇게 못 믿다니, 정말 싫다."

"하루도 멋진 목사님 같던걸."

두 분이 살짝 만나고 온 모양이었다.

"나도 잠깐 가서 들여다보고 올까?"

"그냥 있어."

두 분이 동시에 말렸다.

"혼자 있게 좀 놔둬라. 그렇게 여자 마음을 몰라서 어떡하니."

어머니한테 야단맞았다.

내 결혼식에서 주례를 봐주며 나를 떠나보내는 여자의 마음…….

지금쯤 하루는 '떠나는 여자의 미학'이란 것을 나에게 보여주기 위해 솟구치는 여심에 뚜껑을 닫아걸고, 예수그리스도를 능가하는 늠름한 모습을 거울에 비춰보고 있을지도 모르겠군.

신부 대기실에는 미토에서 오신 아버님과 스키로 피부를 그을린 가루이자와의 오빠 부부가 웨딩드레스를 입은 다미코를 따뜻한 눈빛으로 지켜보고 있었다.

"지금 잠깐 괜찮아요?"

나는 몸을 낮춰 인사하며 안으로 들어갔다. 아버님은 '내 딸 어때?' 하고 자랑스럽게 웃는 얼굴로 나를 맞아주었다.

목선이 깊게 파인 가쓰라 유미(일본의 웨딩드레스 디자이너)의 신작 드레스로 몸을 감싼 다미코는 애쓰지 않아도 서른네 살 신부의 아름다움이 머리끝에서 발끝까지 흐르고 있었다.

솔직히 말해야겠지. 그때 내 머릿속에는 또 한 명의 신부 모습이 떠올라 있었다. 4년 전의 하루는 강렬한 석양을 등지고 내 앞에 나타났다. 그때도 압권이었다.

다미코의 모습은 백조가 날개를 펴고 나를 감싸려는 듯한 우아함으로 넘쳐났다. 기품 있고, 성스럽고, 당장이라도 그 가슴에 안겨 잠들고 싶었다.

새하얀 드레스로 몸을 감싸니 뺨에 살포시 감도는 핏기마저도 선명하게 보였다.

"예쁘다……."

최대의 찬사였다.

"고마워."

우아하게 미소 짓는 다미코.

"긴장돼?"

"신기해. 정말 즐거워. 지금의 내 모습도, 만나는 사람마다 예쁘다고 말해주는 것도, 축하의 말도, 나 너무 좋은 거 있지."

"나도 정말 좋아."

"세타가야 구청의 창구 직원도 불러서 그대로 혼인신고서를 받아 가라고 할걸. 내일 청바지에 스웨터 차림으로 혼인신고서를 내러 가다니, 일생일대의 모습이 오늘 하루뿐이라는 게 너무 아쉽잖아?"

"내일 이 모습으로 내려 가면 되잖아."

내 말에 다미코가 명랑하게 웃었다. 신부는 시간이 지나는 게 아쉬운 듯 지금의 행복을 음미하고 있었다.

혼인신고서에는 내가 먼저 서명해서 다미코에게 넘겨주었다. 서른을 넘긴 신랑 신부인 데다 나는 두 번째다 보니, 둘이 나란히 내러 가기도 쑥스러웠다. 그래서 빠른 시일 안에 다미코가 갖다 내기로 했다.

그 신고서는 기타미의 새집 테이블 아래 있었는데, 결혼식 전에 제출해버렸어야 했는지도 모른다. 하지만 신성한 예식도 올리기 전에 부부 관계를 맺으면 안 될 것 같았다. 고작해야 종이 쪼가리 한 장이라고 가볍게 생각했는지도.

나와 다미코의 혼인신고서가 설마 그런 결과를 가져올 줄은 생각지도 못했다.

9

옷깃에 레이스를 둘렀을 뿐인 심플하고 청결한 성의였으나 거울에 비춰보니 한물간 성가대의 지휘자처럼 보였다. 목사로서의 위엄은 무엇으로 표현해야 좋을지 생각해보았다.

내 딴에는 최대한 신경을 쓴 자연스러운 화장에, 목에는 엄마의 유품인 동으로 만든 십자가 목걸이를 하고, 손에는 어릴 적부터 읽던 성경책을 들고.

이렇게 된 이상 〈로마서〉를 낭랑한 목소리로 멋지게 암송하여 모두를 압도시키는 수밖에 없다고 마음먹었다.

누군가 문을 노크했다. 턱시도를 입은 가이에다 씨가 얼굴을 내밀며, 이제 30분 남았다고 알려주었다.

나를 배려해서인지, 아니면 일이 바빠서인지 내가 있는 대기실에는 아무도 오지 않아 외로웠다. 리이치로의 부모님과 5분 정도 이야기했지만, 두 분 모두 계속 내 눈치를 살펴서 오히려 미안할 지경이었다.

"이런 상황도 이해해줄 만한 관대한 친척들밖에 안 불렀으니까, 하루는 주위 사람들 눈은 신경 쓰지 않아도 돼."

모리이치 씨도 한껏 마음을 써주었다.

"손님은 많이 왔어요?"

가이에다 씨에게 물어보았다.

"많이 와줬어요. 회비뿐 아니라 축의금까지 대부분 내주고. 신부인덕인가? 덕분에 적자는 면할 듯싶네."

"아침부터 계속 뛰어다녔죠? 앉아서 한숨 돌려요."

"고마워요."

가이에다 씨는 내가 권하는 자리에 앉아서 담배를 꺼냈다.

"제법 멋진데요."

"그렇죠?"

칭찬에 나는 가슴을 폈다.

"내 결혼식 때도 하루 씨한테 부탁할까?"

"그러게, 언제 하냐구요."

"기타지마 씨도 왔어요. 이따 얼굴 보러 온다고."

훔쳐보고 말았던 기타지마 씨와 다카코 씨의 밀회. 나는 그날 이후 기타지마 씨를 피해왔다. 하지만 이제 "주례 연습 때문에 바빠서요"라는 핑계도 댈 수 없게 됐다. 다카코가 내게 맡긴 이혼신고서는 그날 결국 다카코 씨에게 돌려주지 못 했고 여전히 내 수중에 있었다.

"점점 하나님처럼 보이는데요. 옆에만 있어도 엄숙한 기분이 드네요."

"정말요?"

"자신을 가져요. 틀림없이 잘 해낼 테니까요."

"응, 열심히 할게요."

"하나님처럼 보이는 하루 씨 앞에서는 숨기지도 못하겠다."

가이에다 씨가 별안간 아리송한 이야기를 흘렸다.

"숨기다뇨?"

"아니, 아무것도 아니에요."

"뭐예요, 궁금하잖아, 지금 얘기."

가이에다 씨는 실수했다는 표정을 했다. 수습하려 했지만 이미 늦었다.

"뭔데요, 응? 뭐냐구요."

나는 끈질기게 물어보았다.

"언젠가는 말하려고 했는데. 지금 하루 씨를 보니까, 오늘을 놓치면 평생 말하지 못할 것 같다는 생각이 들어서요."

"나한테 뭘 숨기고 있다는 거예요?"

뚫어져라 바라보며 재촉했다.

"오랫동안 리이치로가 입도 벙긋 못 하게 해서 말하지 못했어요."

하나님처럼 무슨 말이라도 다 받아줄 것 같은 내 모습에, 가이에다 씨는 마치 참회하는 듯한 얼굴로 털어놓으려 했다. 어떤 말로 시작해야 좋을지 모르겠다는 듯 좀처럼 입술을 떼지 못했다. 가이에다 씨가 그렇게까지 약한 모습을 보이는 건 처음이었다.

"하루 씨가 의연하게 리이치로의 출발을 지켜봐주는 거니까 이 일 역시 말해야 할 것 같아요."

"그래요, 말해야 해요."

무슨 말이 나올지도 모르면서 재촉했다.

"리이치로에 대한 모든 것을 알고 나서 리이치로의 행복을 빌어줘야겠죠?"

"그래요, 난 목사잖아요. 그 사람의 모든 것을 알고 있어야 해요. 무슨 말을 해도 놀라지 않을 테니까."

"아마 놀랄 거예요."

가이에다 씨는 말할 각오를, 나는 들을 각오를 했다.

"두 달쯤 전에 리이치로랑 둘이서 서로 애인을 소개해준다기에 고집부리지 말라고 충고한 적 있죠?"

리이치로와 다시 시작할 마음이 있다면 내 쪽에서 먼저 말을 꺼내야 한다고, 하나카고에서 가이에다 씨가 그때 말했었다.

"그때, 하루 씨가 나한테 뭐라고 대답했는지 기억나요?"

실패한 상대와 다시 시작하려면, 그 사람과 결혼하고 싶었던 때의 마음을 능가할 무언가가 필요하다, 하야세 리이치로가 실은 이런 사람이었구나, 왜 지금껏 몰랐을까? 그와 같은 새로운 발견이 없으면 다시 반한다는 건 절대 무리라고⋯⋯. 나는 차가운 정종으로 목을 축이며 또박또박 대답했다.

"그랬더니 가이에다 씨가 뭔가 말하려고 했었죠. 하지만 바로 입을 다물어버렸고⋯⋯."

그때 입안에서 삼킨 그 말을 가이에다 씨는 지금 밝히려 하고 있었다.

"리이치로 얘기군요."

"으응."

"내가 지금까지 몰랐던 리이치로에 관한 거군요."

"그래요."

"가르쳐줘요."

나는 적극적으로 나섰다.

"하루 씨가⋯⋯ 사산하던 날 밤의 일이에요."

"그날 밤⋯⋯ 무슨 일 있었어요?"

리이치로는 나를 병실에 혼자 남겨두고 모든 것을 잊으려 일하러 나가버렸다. 그날 밤 혼자서 느꼈던 외로움과 괴로움, 그것이 내가 이혼을 결정한 이유였다.

"나도 수술이 끝난 후 혼자 있고 싶은 마음에 병실 침대에 누워 천장만 바라보고 있었죠."

내 사산에 가이에다 씨의 책임은 없었다. 내 몸의 구조 탓이며 운명 탓이었다.

"간호사에게 내가 있는 곳을 들었는지 문을 노크하는 사람이 있었어요. 아무도 만나고 싶지 않은 기분이었기 때문에 무시하고 있었는데, 문이 열렸고…… 리이치로였어요. 축 처진 얼굴로 뭐 하고 있느냐고 나한테 묻더군요. 너야말로 뭐 하고 있는 거냐, 하루 씨 곁에 있어 주라고 했더니, 나한테 부탁이 있다면서……."

가슴이 두근거리기 시작했다. 내가 모르는 어떤 리이치로를 알게 되는 걸까.

"그 녀석은 일하러 나간 게 아니었어요. 그날 밤, 리이치로는 병원에 있었어요."

"그럴 리가……. 분명히 시즈카가 올 때까지 난 쭉 혼자서……."

"병원에 있었어요. 나도 줄곧 같이 있었으니까. 알리바이는 증명할 수 있어요. 그 녀석은 그 안에, 나는 바깥 복도였지만."

"그 안이라니?"

"신노스케가 잠들어 있는 영안실."

"네?"

나는 멍한 얼굴로 가이에다 씨를 바라볼 뿐이었다. 그 상자에서 다음에는 뭐가 튀어나올지……. 나는 준비하고 기다렸다.

"내가 문을 열어주고 아이와 아침까지 함께 있게 해줬어요."

리이치로는 밤새도록 신노스케의 작은 유해 앞에 앉아 있었다고 한다. 어째서 지금까지 내게 말하지 못했던 걸까?

가이에다 씨는 빠짐없이 말해주었다.

"영안실 문을 열어주자, 리이치로는 신노스케의 작은 유해로 다가가서, 얼굴에 덮여 있는 천을 살며시 끌어내렸어요. 다음 날 하루씨도 보았듯이, 아기의 하얗고 반들거리는 얼굴이며 이목구비가 리이치로를 꼭 닮았었잖아요. 그 녀석은 아이를 가만히 내려다보며 뒤에 있던 내게 말했어요. 잠시 여기 있어도 되냐고. 나는 있고 싶은 만큼 있으라고 했어요. 그러고는 복도로 나와 문을 닫고, 소파에 걸터앉아 가려진 벽 너머 방 안의 기척을 살폈어요. 그 녀석의 목소리가 들리기 시작했죠. 콘크리트의 울림이 문틈으로 새어 나왔어요. 아팠니? 녀석이 신노스케에게 말을 걸더군요. 왜 살아서 나오지 못했을까? 엄마 배 속에서 헤엄치느라 지쳐버린 거니? 아니면 거기가 너무 편해서 나오기가 싫어졌던 거야? 이쪽에는 즐거운 일들이 얼마나 많은데. 아빠랑 엄마가 있고, 거기에 너도 껴서 매일같이 실컷 놀 수 있는데. 겨울에는 눈사람, 봄에는 조개잡이, 여름에는 해수욕, 가을에는 군고구마……. 네가 빠지면 서운하잖아. 너는 왜 이렇게 차가운 거니? 베 속에서는 힘차게 엄마를 건어찼으면서. 어쩌다 이렇게 됐을까……. 하지만 너는 아무 잘못도 없어. 아빠랑 엄마가 잘못한 거야. 미안하다 신노스케. 너도 울어보고 싶었지? 손을 바둥거려보고 싶었을 거야. 네게 태어날 힘을 주지 못해서 미안하다. 아빠랑 엄마를 용서해주렴……."

'안 돼, 중요한 식을 앞두고 울어선 안 돼.'

하지만 아무 효과가 없었다.

굵은 눈물방울이 눈물샘을 타고 올라왔다.

가이에다 씨는 나를 울리면 안 된다고 생각했는지 얼른 이야기를 끝내려고 했다.

"리이치로는 그런 얘기를 아침이 될 때까지 신노스케에게 들려줬어요. 나도 복도를 떠날 수가 없었죠. 창밖이 희미하게 밝아올 무렵, 녀석은 영안실에서 나와 내게 고맙다는 말 한마디를 하더군요."

"하지만 이상하잖아요."

난 떠오른 눈물을 다져 없애려는 듯이 오열을 참으며 말했다.

"왜 그 사람은 지금껏 내게 비밀로 해둔 거죠? 신노스케와 그런 이별을 했다는 거, 내가 알아서는 안 되나요? 나한테 말 못 할 이유가 뭔데요?"

"남자는 말이죠, 자신의 슬픔이 아무리 커도 여자에게 내색하기는 쉽지 않아요. 자신보다 훨씬 상처받은 여자 앞에서는 더더욱……. 그날 밤, 리이치로가 왜 하루 씨 곁에 없었는지 이제 이해되죠?"

바보 같은 나도 알아들을 수 있게 설명해주길 바랐다.

"말하자면 하루 씨보다 어쩌면 더 괴롭고 슬픈 사람 곁에 리이치로는 있어 주고 싶었을 거예요. 이 세상에 태어나고 싶었지만, 그 힘을 얻지 못해 홀로 어두운 영안실에 갇혀 있던 신노스케 옆에……."

눈물이 솟구쳤다.

맞아, 나는 낳고 싶었어. 하지만 그 이상으로 신노스케도 태어나고 싶었을 거야. 나는 아들의 괴로움에 대해 리이치로만큼 생각한 적이 있었을까.

"하루 씨가 이혼하고 싶단 말을 꺼내고, 사산하던 날 밤의 외로움을 이유로 헤어지자고 했을 때도 리이치로는 그날 밤 일을 말하지 않았어요. 털어놓을 기회를 놓쳤겠죠. 새삼 '그날 밤 사실 신노스케 옆에 있었어'라고 말할 수 없었던 거예요. 사산이라는 상처를 계속 안고 가는 결혼 생활 속에서, 리이치로는 하루 씨를 행복하게 해줄 자신도 없었고, 그 상태로 어떻게 밝고 즐겁게 살아야 할지 몰랐던 거죠. 시간이 해결해줄 거라는 생각도 못 했고…… 어쩔 수 없이 약한 녀석이라고 생각해요. 현실을 받아들이지 못하고 껍질에 갇혀 버리고 만 남자. 녀석은 하루 씨가 헤어지고 싶다면 원하는 대로 해줄 생각이었던 거예요. 그러기 위해선 '사산으로 힘들었을 때 자신이 곁에 있어 주지 않았다'라는 알기 쉬운 이유가 하루 씨에게 필요하다고, 녀석은 생각한 거죠."

퇴원한 후, 나와 리이치로는 부부 관계를 회복하기 위해 걷기 시작했다. 자신의 무기력함을 얼버무리면서, 상대방에게 신경 쓰는 날들이 계속되었다. 그러는 사이 모든 것이 허무한 일로 여겨지기 시작했고, 나는 하루빨리 수렁에서 탈출하고 싶었다. 눈물을 닦고, 땅에 발을 딛고, 가볍게 걷고 싶었다. 리이치로와 함께하는 경쾌한 2인 3각 놀이는 더 이상 불가능하다는 생각이 들었다.

서로 등을 돌린 채 자고, 쌓아둔 설거짓감 때문에 짜증 섞인 말투로 소리를 높여가며 다퉜다. 텔레비전 광고에 갓난아이가 나올 때면 서로의 안색을 살피고…… 그런 가슴 답답한 생활이 영원히 계속된다고 생각하니 소름이 끼쳤다. 20대 중반인 나이에 왜 이렇게 늙어버려야 하는지. 리이치로와의 생활을 저주하면서 보냈다.

사산하던 날 밤의 사건을 이유로 삼은 나. 변명도 하지 않고 그것을 인정해버린 리이치로.

역시 나와 리이치로는 운명의 붉은 실이 아닌 상냥함의 실만이 뒤얽혀 있었나 보다.

"안 하는 게 나았을까? 이런 이야기……."

가이에다 씨는 깊이 후회하고 있었다.

"아니, 듣게 돼서 다행이에요."

나는 눈물을 닦고 부은 눈 주위를 물티슈로 눌러 가라앉혔다.

"이제야 그 사람을 마음 편히 떠나보낼 수 있을 것 같아요. 고마워요, 가이에다 씨."

결혼식까지는 이제 15분밖에 남지 않았다.

정원에 있던 하객들이 이동하기 시작했다.

식장에 들어가지 못한 사람들도 유리창으로 들여다보기 위해 자리를 잡고 있었다.

가이에다 씨가 떠나고, 나는 다시 혼자만의 공간에서 자신과 마주했다. 마음 편히 떠나보낼 수 있는 상태와는 거리가 좀 멀었다.

리이치로에게 다미코 씨와 사랑의 서약을 하게 만드는 역할이 돌이킬 수 없는 바보짓이라는 생각이 들었다. 그러나 내가 주례를 맡든 맡지 않든 두 사람은 이미 새로운 인생을 향해 발을 내딛기 시작하고 있었다. 다른 사람에게 맡길 바에야 내가 직접 하자, 그렇게 생각하며 내 자신을 다독이는 수밖에 없었다.

그때 등 뒤의 문이 살짝 열렸다.

나타난 것은 기타지마 씨였다.

"이제 곧 시작하려나 봅니다. 내가 동행할게요."

아마도 시즈카가 나를 불러내달라고 부탁한 모양이었다.

"잘 어울리네, 그런 모습. 역시 목사님 딸이야."

나는 어색한 웃음을 지어 보였다. 그때였다. 나는 하늘의 계시라도 받은 양 지금이 바로 기타지마 씨와의 관계를 매듭지어야 할 때라고 생각했다.

"마침 잘됐네요. 저, 할 얘기가 있어요."

"나야 괜찮지만…… 이제 곧 시작할 텐데."

"잠깐이면 돼요."

나는 갈아입을 옷이 들어 있는 가방의 사이드포켓에서, 내 방에 오랫동안 머물러온 서류를 꺼냈다.

내가 내민 종이를 기타지마 씨는 받아서 펼쳐보았다. 깜짝 놀라 나를 한 번 보고는 그게 자신의 이혼신고서라는 것을 확인했다.

"왜 이게 당신한테?"

나는 간략하게 설명해주었다. 스포츠클럽에 다카코 씨가 가져와서 내게 맡긴 일. 나더러 구청에 내달라며 부탁한 일. 내가 상상하는 다카코 씨의 심경에 대해선 언급하지 않고, 실제로 있었던 일만 이야기했다.

"역시 전 낼 수 없었어요."

"당연하죠. 우리 이혼에 아무 책임도 없으니까. 시위하는 데도 정도가 있지. 미안해요. 이런 걸 떠안고 많이 힘들지 않았어요?"

"저한테 책임이 없어서 갖다 내지 못했다는 게 아니에요."

나는 내 마음을 남김없이 털어내려 했다.

"다카코 씨가 절 시험한 거라고 생각해요. 그 신고서는 시험문제였어요. 저는 매일 밤 문제와 씨름했지만, 아무 해답도 찾아내지 못했어요. 시험엔 불합격입니다. 그래서 이젠 돌려드리고 싶어요."

기타지마 씨는 애써 냉정한 척했지만 당황해하는 기색을 숨기지는 못했다.

"죄송해요. 제 마음이 애매했던 탓에 지금까지 힘드셨을 거예요. 이 시험문제로 많이 고민하고 괴로웠던 걸 봐서 저를 용서해주세요."

"그게 하루 씨의 진심인가요?"

"다카코 씨에게 돌아가주세요."

"저와 다카코 문제가 진짜 이유는 아니겠죠? 이를테면 하야세 씨 때문이죠?"

기타지마 씨의 목소리는 참고 참았던 격정 탓에 떨려 나왔다. 히로오의 찻집에서 엿들었던 두 사람의 대화. 그것을 이유로 내세울 수도 있었다. 찻집을 나가는 그를 눈물 젖은 눈으로 쫓고 있던 다카코 씨의 표정에는 사랑이 배어 있었다. 그녀의 사랑을 짓밟을 수는 없었다.

기타지마 씨는 거친 말투로 몰아붙였다.

"하야세 씨는 이제 결혼해. 당신이 목사로서 보내주는 거라고. 하야세 씨는 두 번 다시 당신한테 돌아오지 않아. 그래도 기다리겠다는 거야? 목사의 모습으로 두 사람의 행복을 빌어주면서 속으로는 두 사람의 불행을 기대하고 있다는 건가?"

"아니에요."

나는 단호하게 말했다.

"그럼, 뭘 기다리는데?"

"아무것도 기다리지 않아요."

"그럼 어떻게 되는 거야, 이제 당신은?"

"남들처럼 실연에 우는 날이…… 계속되겠죠. 하지만 난 내 삶을 후회하진 않을 거예요."

기타지마 씨는 어린 여자의 풋내 나는 연애론에 잠자코 귀를 기울여주었다.

"어떤 상대와 결혼하든 나를 두 번 다시 돌아봐 주지 않든 그 사람을 사랑하는 건 변하지 않아요."

"변할 거야. 인간은 변하게 되어 있어."

기타지마 씨는 내 말을 가로막았다.

"그런 고독은 당신을 망가뜨릴 거야. 하야세 씨를 미워하고, 그와 행복해하는 여성까지도 미워하게 될 거야. 모르겠어? 애정에서 미움까지는 지극히 짧은 거리라고. 그런 감정으로 인생을 망치지 말란 말이야."

나는 틈을 주지 않고 되받았다.

"미움에서 우정까지도 아주 짧은 거리였죠. 내게도 경험이 있어요. 기복이 심하다거나 어느 순간 뒤집어지는 감정이라면 경험할 만큼 경험했어요. 특히 지난 두 달간은 파란만장했죠. 어쩌면 외로움일지도 모르지만 난 그런 기분과 평생 사이좋게 지내보려고요."

"당신을 사랑해, 누구보다도……."

기타지마 씨에게는 이제 그것 말고는 반박할 말이 남아 있지 않았다.

"전 다카코 씨만큼 기타지마 씨를 사랑할 수 없어요."

나는 망설이지 않고 되받아쳤다. 잔혹해져야 한다고 스스로를 타일렀다.

기타지마 씨가 갑자기 위축되어 보였다. 몸을 웅크리고 눈을 깜박이면서, 자신들의 이혼신고서가 우여곡절 끝에 자기 손에 돌아왔다는 엄연한 사실을 받아들이고 있었다.

고개 들어 다시 나를 보았을 때, 기타지마 씨는 내 눈가의 흔적을 알아차린 것 같았다.

"울었어요?"

아직 부어 있었다.

"실컷요, 조금 전에."

"누구 때문에 흘린 눈물이에요?"

그에 대한 대답은 하지 않았다.

"눈에 띄나요?"

"눈을 크게 뜨고, 뺨에 힘을 주고 끝날 때까지 의연하게 있으면 아무도 모를 거예요."

따뜻하게 충고해주었다.

"내가 할 수 있을까요?"

"성공을 빌어요."

"저와 리이치로의 장한 모습을 안 보고 가실 생각이군요."

"나한테는 지금 바로 해야 할 일이 있을 것 같아서. 하야세 씨에게 행복하라고…… 전해줘요."

그는 이혼신고서를 접어 안주머니에 넣었다.

"네."

기타지마 씨는 마지막 이별에 어울리는 말을 생각하고 있었다. 하지만 여느 이별과 마찬가지로, 이 말밖에 떠오르지 않았던 모양이다.

"안녕."

여러 의미가 담긴 안녕이었다.

기타지마 씨는 나에게서 고개를 홱 돌려 문을 빠져나갔다. 그리고 거의 스치다시피 시즈카가 얼굴을 내밀었다.

"언니, 슬슬 나가야 해. 교수님한테 무슨 일 있나?"

식장과 정반대로 걸어가는 기타지마 씨를 시즈카가 걱정스럽게 바라보았다.

나는 일어나서 다시 한번 거울로 전신을 확인하고 대기실을 나섰다.

식장 안은 자리해준 마흔 명의 온기 덕분에 따뜻했다. 두 개의 창문 밖에도 사람들이 겹겹이 둘러서 있었는데, 대부분의 시선이 제단을 사이에 두고 서 있는 나와 리이치로를 향하고 있었다. 예전의 부부가 연기하는, 진기한 쇼이기도 하니까.

신랑 측 맨 앞줄에는 모리이치 씨와 교코 씨가 있었다. 나를 향해 '힘내거라' 하고 응원하는 눈빛이었다. 나는 조심스럽게 미소로 대답했다.

다미코 씨는 아버지와 팔짱을 끼고 아까부터 문밖에서 대기하고 있었다.

입장 음악이 흐르기까지 시간이 걸렸다. 오르간 연주자의 손이 당황하고 있었다. 아무리 건반을 눌러도 소리가 나지 않았다. 아무나 사용했던 전자오르간의 여기저기 스위치를 틀어보고 있었다.

리이치로가 새삼 내 모습을 보았다.

"제법 어울리네."

"고마워."

"나도 봐줄 만하지?"

"하도 봐서 지겨워."

두세 마디 농담 삼아 응수했더니 마음이 진정되었다. 리이치로의 시선이 창밖 저편에 머물렀다.

"어떻게 된 거야, 저 선생?"

나도 발돋움하여 창밖 울타리를 이룬 사람들 너머 그 사람을 보았다. 기타지마 씨의 뒷모습이 겨울의 쓸쓸한 나무숲 저편으로 사라지려는 순간이었다.

"급한 일이 생겨서. 당신한테 축하한다고 전해달래."

"네 결혼식 때는 내가 간사 역할 맡아줄게."

"평범하게 할 거야."

"아니, 시끌벅적하게 배웅해줄게, 신부가 된 네 모습만큼은."

전자오르간은 전기 코드가 빠져 있었을 뿐이었다. 모두 긴장하고 있었다. 문 앞에 있는 시즈카가, 이제 아무 때나 시작하면 돼, 라는 사인을 보냈다.

"그럼 시작하겠습니다."

반주자가 이마의 땀을 닦으며 나를 돌아보았다.

웅장하고도 아름다운 결혼행진곡이 시작되었다. 오르간 음색으로 방 안 분위기가 한순간에 긴장되었다. 양쪽 여닫이문이 시즈카의 손에 의해 열리고 모두가 뒤를 돌아보았다. 새하얀 드레스로 몸을 감싼 다미코 씨가 아버지의 팔을 잡고 빨간 융단 위를 걸어오고 있었다. 리이치로는 다가오는 다미코 씨를 눈이 부시다는 듯 바라보고 있었다.

예쁘다, 어쩜 저렇게 아름다울까? 나도 마음속으로 소리 높여 감탄했다.

아버지와 딸은 천천히 걸어 들어왔다. 아버지가 리이치로에게 딸을 맡겼다.

두 사람이 내 앞에 섰다. 다미코 씨가 얇은 베일 속에서 나를 살짝 보았다. '하루 씨만 믿어요, 잘 부탁드려요' 그런 목소리가 들리는 것 같았다.

"다 같이 찬송가 487장 〈죄 짐 맡은 우리 구주〉를 부르겠습니다."

내 목소리에 참석한 손님들이 손에 들고 있던 가사가 적힌 결혼식 팸플릿으로 눈을 돌렸다. 오르간 연주에 맞춰 40명의 합창이 시작되었다.

"죄 짐 맡은 우리 구주 어찌 좋은 친군지
걱정 근심 무거운 짐 우리 주께 맡기세
주께 고함 없는 고로 복을 얻지 못하네

사람들이 어찌하여 아뢸 줄을 모를까……"

3절까지 다 부르고 오르간의 여운이 사라지고 나서 나는 성서를 펼쳤다.

"신약성서 〈로마서〉 제12장을 낭독하겠습니다."

암송할 자신은 있지만, 막상 그 자리에 서니 시선을 어디에 두어야 할지 몰랐다. 리이치로도 다미코 씨도 하나님의 목소리를 듣는 듯한 엄숙한 얼굴로 나를 바라보고 있었다. 나는 성서에 시선을 주거나 혹은 눈을 감기도 하면서 그들의 시선을 피하는 수밖에 없었다.

"사랑엔 거짓이 없나니 악을 미워하고 선에 속하라. 형제를 사랑하여 우애하고 존경하기를 서로 먼저 하며, 부지런하여 게으르지 말고 열심히 주를 섬기라. 소망을 가지고 즐거워하며 환난 중에 참으며 기도에 항상 힘쓰며, 성도들의 딱한 사정을 돌봐주고 나그네를 후하게 대접하라. 너희를 핍박하는 자를 축복하라. 축복하고 저주하지 말라. 즐거워하는 자들과 함께 즐거워하고 우는 자들과 함께 울라……"

나는 눈을 감고 암송했다. 그러자 눈꺼풀 속 스크린에 영상이 떠올랐다.

배가 남산만 한 내가 자전거 짐받이에 뒤돌아 앉아 있었다. 리이치로의 등에 기댄 채 손을 뒤로 돌려 그의 허리를 붙잡고 있었다. 한여름을 넘긴 도도로키 녹지대를 빠져나가자 이윽고 시원한 강바람이 불어왔다. 다마강 강변에 피크닉 시트를 펼쳤다. 바람이 세게 불었기 때문에 시트가 날아가지 않도록 각 모퉁이에 무거운 것을 올려놓아야 했다. 배낭을 내려놓고, 물통을 내려놓고, 카세트 라디오를 내려놓고, 리이치로가 가져온 사전처럼 두꺼운 호러 소설도 꺼내놓았다. 우리는 주먹밥을 먹고 있었다. 빨간 소시지는 문어 모양으로 구워져 있었다. 사과는 토끼 모양. 배 속의 신노스케에게 먹일 요량으로 만들어왔다. 내 식욕은 2인분이었다. 그 무렵 나는 포동포동 살이 쪄 있었다. 리이치로는 내 이중턱을 곧잘 잡아당겼다. 그 시절 내 몸을 감싸고 있던 지방은 어디로 사라져버렸을까…….

"서로 마음을 같이하며 높은 데 마음을 두지 말고 도리어 낮은 데 처하며 스스로 지혜 있는 체 말라. 아무에게도 악을 악으로 갚지 말고 모든 사람 앞에서 선한 일을 도모하라. 할 수 있거든 너희는 모든 사람과 더불어 화목하게 지내라."

'안 돼.'

그러나 이미 목소리가 떨리고 있었다. 내 몸 깊은 곳에 잠들어 있던 오열 덩어리가 내 가슴을, 목을, 입언저리를 순식간에 물결치게 했다. 당황스럽기 이를 데 없었다. 눈을 뜨고 주위를 둘러보니 내 말에 귀를 기울이고 있던 사람들이 하나둘 심상치 않은 내 변화를 눈치채기 시작했다.

리이치로는 '왜 그래?'라고 따져 묻듯이 나를 보고 있었다. 다미코 씨도 나를 주시했다. 나의 오열이 점점 형태를 이루려 하고 있었다. 마음에 이는 반란을 어떻게 진정시켜야 좋을지 패닉 상태에 빠져들기 시작했다.

"내 사랑하는 자들아, 너희가 친히 원수를 갚지 말고 하나님의 진노하심에 맡기라……."

눈을 질끈 감고 암송에 집중하려고 했지만, 감은 눈꺼풀에 한층 더 선명한 영상이 어른거리고 말았다. 조금 전에 가이에다 씨가 알려준, 리이치로와 신노스케에 대한 일…….

영안실의 신노스케 앞에 꿇어앉아, 네게 태어날 힘을 주지 못해서 미안해, 라며 말해준 리이치로. 그때 나는 텅 빈 배를 양손으로 감싸 안고 병원 침대에 웅크린 채 운명과 리이치로를 저주하느라 나중에는 지쳐서 눈물조차 나오지 않았다. 리이치로는 신노스케에게 자장가를 불러주었을까, 동화책을 읽어주었을까. 나는 떠오르는 상상을 죽을힘을 다해 억누른 뒤 말을 이었다.

"성서에도 '원수 갚는 것이 내가 할 일이니 내가 갚아주겠다'고 주께서 말씀하시니라……."

말문이 막혔다. 그다음 구절을 잊어버린 것이 아니었다. 그 이상 말하면 울먹일 것 같아서였다.

어떡하면 좋지? 누가 날 좀 도와주지 않으려나. 나는 마음속으로 도움을 구하고 있었다.

그때 리이치로가 작은 소리로 속삭였다.

"어이, 정신 차려."

나는 열심히 고개를 끄덕였다. 다미코 씨가 손끝으로 눈가를 닦고 있었다. 그녀의 그 눈물은 단순한 눈물이 아닐 것이다. 나는 마지막 힘을 다했다.

"네 원수가 배고파하면 먹을 것을 주고 목말라하면 마실 것을 주라. 그렇게 하면……."

또다시 봇물이 터지듯 영상이 흘러넘쳤다.

이혼 후 첫 결혼기념일. 나는 발찌로 멋을 내고 리이치로와 식사를 했다. 던킨도너츠에서 만나 책과 책값을 교환했다. 하나카고에서는 부부 싸움의 연장선. 오는 말이 고와야 가는 말도 곱다고, 좋은 남자 소개해줄게, 좋은 여자 소개해줄게, 그런 말을 하지 말걸. 엄마가 되어주면 되는 거라고 아버지가 계시해주었다. 다시 시작해보자고 리이치로에게 말했어야 했는데, 이제는 늦었다.

리이치로가 그녀와 행복해지는 것을 지켜보고 난 후, 내 행복에 대해서도 생각하자. 리이치로가 그녀와 행복해지는 일에 주저하고 있다면, 행복한 내 모습을 보여주자. 그러면 미련을 버릴 수 있을 거야. 언제든 상대를 위해 나 자신을 몰아붙이고 있었다. 그런 상태를 지켜보며, 지금이 우리 두 사람에게 가장 행복한 때가 아니겠냐고, 시즈카가 말했다.

리이치로가 결혼한다. 내 곁을 떠나가버린다. 나는 어쩌다 이런 곳에서 이런 말을 외치게 되었을까.

나는 생각하고, 생각하고, 생각하다…… 급기야 눈물샘이 터지고 말았다. 눈물이 하염없이 뺨을 적셨다. 꽉 깨문 입술 사이로 새어 나오는 오열. 식장 안이 웅성거리기 시작했다. 문 가까이에 있던 시즈카는 이 사태를 대체 어찌해야 좋을지 몰라 멍하니 서 있었다. 신랑 측 맨 앞자리에 앉은 모리이치 씨와 교코 씨가 애처로운 나머지 손수건으로 눈물을 찍어내고 있었다. 신부 측 하객 대부분은 내가 리이치로의 전처라는 사실을 모르고 있었기 때문에, 그저 어리둥절할 뿐이었다. 다미코 씨의 아버지는 기도하는 눈빛으로 나를 바라보고 있었다.

"어떡할 거야, 이 분위기."

리이치로는 속삭이는 목소리가 아니라 모두에게 들려도 상관없다는 듯이 화를 냈다.

"미안……."

나는 흠칫거리며 사과했다.

"미안이 아니잖아. 여기 있는 사람 다 울릴 작정이야?"

"어떡하지."

"어쩐지 내가 널 괴롭히는 것 같잖아."

"그렇네."

"어떤 목사가 이런 데서 우냐?"

다미코 씨가 리이치로의 팔을 붙들었다. 화내지 말라고 부탁하고 있었다.

리이치로는 화를 내는 것이 아니었다. 오히려 나에게 다가오고 싶은 충동과 싸우고 있을 것이었다.

"네가 좋아서 벌인 일이잖아. 당신이 결혼할 때는 내가 주례 서줄게, 라고. 나를 끝까지 확실하게 지켜봐 주는 거 아니었어? 뭐야, 그 꼴이. 목사님한테 사흘씩이나 훈련받은 결과가 겨우 이거야? 하루야, 정신 차려. 네 충고를 듣고 싶어. 로마인에게 보내는 편지잖아. 네가 나한테 보내는 편지잖아. 마지막 문구가 뭐냐고!"

리이치로도 울먹이기 시작했다.

"울지 마, 바보야. 제대로 좀 해봐!"

리이치로의 눈앞에도 어떤 영상이 떠올랐을까. 나의 웃는 얼굴이었으면 좋겠다고 생각했다. 내 미소가 자신에게 용기를 주었던 것, 자신의 마음을 편안하게 해주었던 것, 때로는 자신에게 위로가 되었던 기억을 떠올려주기를 바랐다.

나는 숨을 크게 들이쉬며 오열 덩어리를 배 속 깊숙이 가라앉혔다. 어디까지 암송했는지 잊어버렸다. 어쨌든 맺음말에 전력을 기울이기로 했다.

"악에게 굴복하지 말고 선으로써 악을 이겨내십시오……."

나는 이 말씀을 무척 좋아했다.

리이치로가 미간을 떨면서 고개를 크게 끄덕였다. 다미코 씨도 흐르던 눈물에 종지부를 찍었다. 저편에 서 있던 시즈카도 입가에 안도의 빛을 띠며 고개를 끄덕였다. 나는 성경을 덮고 다음 순서로 넘어갔다.

"그럼 이어서, 혼인 서약이 있겠습니다."

우선 다미코 씨에게.

"그대 오다 다미코 씨는 기쁠 때나 슬플 때나 건강할 때나 아플 때나 평생 이 남자를 사랑할 것을 맹세합니까?"

"맹세합니다."

다미코 씨와 나의 눈길이 교차했다. 나는 '리이치로를 잘 부탁드립니다'라고, 다미코 씨는 '반드시 그를 행복하게 해줄게요'라고 선언하는 듯한 눈빛이 우리 사이를 오갔다.

"그대 하야세 리이치로는……."

나는 그 사람을 마주 보았다. 리이치로는 '어디 시작해봐'라는 듯한 표정으로 맞아들일 자세를 취했다.

"기쁠 때나 슬플 때나 건강할 때나 아플 때나 평생 이 여자를 사랑할 것을 맹세합니까?"

"맹세합니다."

나와 당신은 이것으로 이별이군요. 나를 잊고, 이 여성과 미래가 다할 때까지 함께 걸어나갈 것을 맹세하는군요. 충혈된 내 눈이 다짐을 하고 있었다.

리이치로는 다시 한번 말없이 고개를 끄덕였다.

자랑해도 되겠지?

나는 남은 순서를, 처음의 실패와는 비교도 안 될 만큼 늠름하게 마쳤다. 두 사람이 부부의 인연을 맺었음을 선언하고, 반지 교환, 두 사람의 키스, 찬송가 496장 제창, 신랑 신부 퇴장까지, 완벽하게 마쳤다.

정원으로 나온 커플을 참석한 손님들이 양쪽에서 라이스 샤워(결혼식에서 새 출발을 축하하여 신랑 신부에게 쌀을 뿌리는 것)로 축복했다.

드레스의 흰색과 턱시도의 흰색이 겨울 햇빛을 반사하며 아름답게 빛나고 있었다.

임무를 마치고 중압감에서 해방된 나는 시즈카, 가이에다 씨와 나란히 조금 떨어진 곳에서 신랑 신부를 지켜보았다.

"수고했어."

시즈카가 위로해주었다.

"어떻게 될지 걱정했는데…… 훌륭했어요, 하루 씨."

가이에다 씨도 칭찬해주었다.

리이치로는 다미코 씨를 가까이 끌어당겨 카메라를 향해 터질 듯한 미소를 던지고 있었다. 저 남자와 예전에 부부였다는 사실이 왠지 무척 자랑스러웠다.

"축하해."

나는 기분 좋은 탈진 상태에서 축복의 말을 중얼거렸다.

축하해, 내 사랑…….

6장

종착역

1

그 사람의 결혼식이 끝난 다음 날도 또 그다음 날도 나는 피로가 풀리지 않았다. 수영 강습 때도 몸의 움직임이 눈에 띄게 둔해졌다.

온몸 마디마디가 아픈 게 감기 초기일지도 모른다는 생각에 시간 맞춰 약 먹는 걸 잊지 않았다. 그런데 식욕이 없는데도 오후 네 시나 새벽 두 시 같은 말도 안 되는 시간에 배에서 신호를 보내와 먹을거리를 꾸역꾸역 먹어 치우고 있는 것이다. 이게 무슨 조화람?

아무리 음식으로 배 속을 채워도 텅 비어버린 느낌, 그 공허함 때문에 오슬오슬 떨었다.

밤에는 특히 더했다.

바깥바람이 강해서 새시를 덜덜덜 흔드는 소리가 나를 쫓아오는 것 같았다. 전기담요의 눈금을 5에 맞췄는데도 얼음 바닥에 등을 대고 있는 것처럼 냉기가 돌았다. 얕은 잠결에 꾼 허무맹랑한 꿈이 깨고 나서도 머리에서 떠나지 않았다.

이런 꿈이었다.

리이치로가 2층에 있는 나를 깨우러 온다. 식당으로 내려가자, 먼저 일어난 다미코 씨가 잘 잤냐고 인사한다. 그곳에는 두 아내의 자리가 마련되어 있다. 앞치마 차림의 리이치로가 커피가 떨어졌으니 오늘은 밀크티로 참아달라며 내게 말한다.

이런 일부다처 생활도 즐거울지 모르겠다고 생각하는 찰나, 장면이 바뀌어 이번에는 SM(사디즘과 마조히즘)의 여왕 모습을 한 나와 시즈카가 팬츠 한 장 차림의 리이치로를 묶어놓고 입을 벌려 빵이며 밥을 잔뜩 집어넣고 있다. 괴로워하는 리이치로를 바라보면서 자매가 속삭인다.

"맛있는 푸아그라가 먹고 싶지?"

식욕과 성욕이 합쳐진 도착적인 꿈이었다.

눈을 뜨자 상당히 느끼한 꿈 탓인지 속이 거북했다. 그런데 생각해보니까, 그건 꿈 때문이 아니라 새벽 두 시에 먹은 야키소바빵 때문이었다.

스포츠클럽에서 유아반을 가르치는 날이었다.

작년부터 좀처럼 윗반으로 올라가지 못하는 다섯 살 난 사내아이가 오늘도 보빙(물속에서 수평 자세를 유지하며 숨을 쉬기 위해 수면 위로 올라오고 잠수하는 것을 반복하는 행동)을 하며 눈을 감아버려서, 나도 같이 잠수해서 마주 보았다.

"물속에서 선생님은 어떤 얼굴을 하고 있을까?"

발판에 도착한 사내아이가 대답했다.

"울고 있었어요!"

내 딴에는 헬로키티가 만면에 미소를 띤 것 같은 표정을 지었는데, 어째서 우는 얼굴로 보였을까?

머리 위를 올려다보니 유리 너머 로비에 시즈카와 가이에다 씨가 있었다.

시즈카는 클럽 일을 빨리 익히기 위해서 사무실에 다니고 있지만, 오늘은 가이에다 씨까지 데리고 왔다. 둘이서 나의 무엇을 걱정하고 있었던 걸까?

수업을 마치고 로비로 올라가니 가이에다 씨는 잠깐 들렀을 뿐이라고 하면서 서둘러 돌아가버렸다.

사무실에 있던 시즈카는 내가 나타나자 당황스러워하며 가까이 있던 책을 펼쳐 들고, 방긋 억지웃음을 웃었다. 모두가 나를 먼발치에서 걱정하면서도 막상 다가가면 겁을 먹는 느낌이었다. 내가 사람들을 공포에 빠뜨리는 오로라라도 내뿜고 있는 걸까.

"잘 지내, 언니?"

"뭘 맨날 물어봐."

"가이에다 씨가 사다 준 과일 젤리야."

"전부 먹어도 돼? 배가 꼬르륵거리는데."

"머, 먹어⋯⋯."

시즈카는 겁먹은 듯이 젤리 열다섯 개가 든 상자를 내밀었다.

"농담이야. 다른 사람들도 불러, 간식 먹을 시간이라고."

시즈카가 돌아간 후였다.

머리를 말리지 않아 젖은 채로 놔둔 머리카락이 순식간에 얼어붙는 것 같았다. 기타지마 다카코 씨가 현관문으로 들어선 것이다.

나를 발견하자마자 뜻 모를 미소를 띠고서. 안색 자체는 아직 핼쑥했다. 그런 유의 수술을 하고 나면 일주일에서 열흘은 안정을 취해야 할 테니, 병상에서 일어난 지 얼마 안 된 상태일 것이다.

"남편이 돌아와주었어요."

다카코 씨는 독이 씻겨 내려간 듯한 표정으로 내게 말했다. 전에 이곳에 와서 이혼신고서를 나에게 맡겼을 때는 낙태 수술을 결심하긴 했지만 마음이 흔들리고 있었다. 그리고 나를 만나고 나서 힘을 내려는 절실함 같은 것이 있었는데, 두 번째 만난 이날은 지옥 같은 격전장을 빠져나온 듯한 온화한 얼굴이었다.

"내 눈앞에서 이혼신고서를 찢었어요."

"미안해요. 부인과 약속했는데 기타지마 씨에게 돌려드려서요."

"그 후에 남편한테 심하게 야단맞았어요. 미안해요, 힘들게 해서. 틀림없이 그날 안에 구청 창구에 던져 넣겠거니 생각했는데, 일주일 이상이나 집에 두고 고민했다니 뜻밖이었어요."

"저, 다카코 씨한테 그 자리에서 돌려줄까도 생각했어요. 난 기타지마 씨와 교제할 겁니다, 불륜의 애인에게 잠자리를 빼앗기면서까지 아내로 있고 싶다면 이 이혼신고서를 가져가세요, 라고 소리치면서……."

나는 쓴웃음 지으며 말했다. 그건 아버지의 조언이었다. 그렇지만 실행하지 않은 걸 잘했다고 생각했다.

"남편은 하루 씨를 잊기 위해서 찢어버렸을 거예요. 우리 두 사람, 앞으로 어떤 식으로 서로에게 다가가야 할지 아직 하나도 모르겠어요."

한 점 희망을 얻기는 했지만 둘의 미래는 여전히 불안정한 모양이었다.

"실은 저, 아이를 지웠어요. 물론 그 사람 아이는 아니에요. 그이한테도 정직하게 털어놓았어요."

"그래요? 그런 일이 있으셨군요."

나는 처음 듣는 척했다.

"나이는 많지만, 그이가 내 아이를 갖고 싶다고 말해줄 때까지 열심히 노력해볼 생각이에요. 어제부터 그이 집에 가서 조금씩 아내처럼 행세하고 있어요."

그녀가 웃으며 말했다.

"그런데 남자 방은 왜 그렇게 지저분할까요."

동감이었다. 리이치로의 아파트에 잠입했던 밤, 내가 주저앉아 있던 마루도 먼지투성이였다.

"하야세 씨 결혼하셨다면서요."

"네, 제가 주례를 봐줬어요."

나는 자랑스러운 듯이 말했다.

"남편이 그러더군요. 하루 씨가 내게 이혼신고서를 돌려준 것은 하야세 씨를 언제까지나 계속 사랑할 거라는 연애 선언이라고……. 나로선 믿기 어려운 일이었어요."

"다카코 씨가 저에게 이혼신고서를 맡긴 것도 비슷한 감정 아니었나요?"

"나는 빨리 편해지고 싶었을 뿐이에요."

"그리고 저에 대한 복수……."

"그렇군요. 그게 맞네요."

편해지고 싶다면 자기 손으로 얼른 내고 오면 된다. 나에게 복수하려고 한 것. 그것은 수술대로 향하기 위한 계기에 지나지 않았다.

"뺏어버리면 돼……."

다카코 씨가 불쑥 중얼거렸다.

"네?"

내가 되묻자 웃으며 말했다.

"멋모르는 사람이 떠드는 거라 생각하고 그냥 흘려버리세요."

리이치로를 뺏어오기 위해 다미코 씨와 맞서다니, 생각만으로도 몹시 피곤해졌다. 나는 편해지고 싶었다. 다른 사람의 기분을 속속들이 헤아리고, 속마음이 어떨지 생각하며 세월을 보내는 건 이제 지긋지긋했다.

요컨대 '연애시대'와는 이제 인연을 끊고 싶었다.

하야세 리이치로의 재혼 인생은 시작되었다.

도중에 어울리지도 않게 흐트러진 모습을 보이기는 했지만, 다른 사람도 아닌 내가 그 사람을 보내줄 수 있어서 자랑스러운 기분이었다. 정말.

2

연말이라 서로 바빠서 신혼여행은 미뤄두었다.

신년이 되어 어느 정도 안정된 다음에 사계절 내내 여름인 나라라도 갈까, 하며 서로 이야기하는 중이었다.

다미코의 요리 수업이 끝나면 긴자에서 만나 영화라도 보자고 약속했다.

크리스마스이브까지 앞으로 이틀. 거리는 온통 빨강과 초록 장식으로 들떠 있었다. 나의 들뜬 기분과는 비교도 안 되지만 말이다.

날 좀 봐. 나에겐 사랑하는 아내가 있단 말이다. 부럽지? 저기 봐, 긴자선 출구에서 이쪽을 향해 종종걸음으로 오고 있는 빨간 머플러를 한 여자. 저 사람이 이틀 전에 결혼한 나의 아내야. 나와 같은 서른네 살이라고. 그렇게 안 보이지? 옷을 입으면 오히려 야위어 보이는 스타일이야. 하지만 몸은 의외로 풍만해. 나도 이틀 전날 밤에 알게 된 거지만 말이야. 그래 맞아, 쑥스럽네. 혼전 관계 없이 결혼했거든, 우리. 천연기념물 같은 부부지…….

마리온의 커다란 시계 아래 서 있던 나는 똑같이 누군가를 기다리고 있는 남자들에게 닥치는 대로 자랑하고 싶었다.

"미안해, 오븐이 고장 나서 케이크 굽는 데 시간이 많이 걸렸지 뭐야."

지각한 변명. 손에 들고 있는 종이 꾸러미는 요리 학교에서 만들어 온 시폰 케이크였다.

우리는 할리우드의 컴퓨터 그래픽 기술의 틀을 총망라하여 만들었다는 SF 대작을 관람하고, 육교 밑에 있는 가게에서 양념솥밥을 먹었다.

"오늘 본 영화의 감독이 미국판 〈고질라〉를 만든다던데."

그러자 다미코가 불안한 듯 말했다.

"잘 만들 수 있을까?"

식사가 끝나면 집으로 직행이었다. 긴자의 바에서 몇천 엔을 쓰는 것보다 집에서 아름다운 여인과 함께 마시는 편이 좋으니까. 오다큐선에서 이어지는 치요다선을 타고 기타미로 돌아왔다.

전철 안에 나란히 앉아 서로 손을 맞잡기도 하면서. 삼십 대 중반의 나이이지만 신혼부부니까, 괜찮겠지 손 정도 잡는 건.

"요리 학교에선 이브 날 밤은 매년 대청소야. 이튿날부터 방학이니까 조금이라도 인건비를 절약하고 싶은 건지 종업식 날 밤에 직원이 모두 동원되어 청소하는 거야. 작년까지는 혼자 살아서 별로 부담될 것 없는 행사였지만…… 올해는 당신한테 너무 미안하네."

"밤에는 끝날 거잖아. 어딘가 커다란 트리 아래서 만나기로 할까? 영화의 라스트 장면처럼 달려와서 서로 껴안게 말이야."

다미코는 머플러 속에서 쿡쿡 웃었다.

"그런데 미국에는 결국 누가 가기로 됐어?"

결혼식 준비로 이것저것 바빴기에 그동안 잊고 있던 일을 물어보았다.

"누군가 후배한테 이야기가 가겠지만, 아직 사람을 못 골라서 고민하는 모양이야."

다미코는 말끝을 흐렸다. 고생이 많은 일인 것은 틀림없지만, 명예로운 샌프란시스코 학교의 주임 강사 자리를 후배에게 빼앗겨 창피한 생각이 들었는지도 모르겠다.

"혼인신고는 어땠어?"

"어땠냐니?"

다미코는 약간 당황스러워하며 되물었다.

"창구에 있는 사람이 고맙게 받아줬어?"

"사무적이지. 뭘 기대하겠어."

"그랬을 거야. 멋대가리도 없지. 축하한다는 말 한마디 정도는 해도 좋잖아."

다미코는 그날, 출근 전에 신고서를 내고 온다며 집을 나갔다. 출근 시간은 다미코가 빨랐다. 내가 일어나는 시간에 딱 맞춰서 다미코가 뜨거운 된장국을 식탁 위에 차려주었다.

그날 아침에도 나가면서 내게 키스해주었다. 출근하는 다미코를 현관까지 배웅했더니, 뒤돌아서며 뽀뽀를 해주는 거였다. 놀랍기도 하고 쑥스럽기도 하고. 다미코도 수줍음을 감추며 뛰어나갔다.

행복이란 쑥스러워하면 안 되는 것 같다. 정신연령을 열다섯 살 정도 낮춰 즐기지 않으면 손해인 거다.

12월 23일이었다. 내가 히트 상품으로 점찍은 연애소설이 날개 돋친 듯 팔리고 있었다. 다른 서점은 당황해서 추가 주문을 낸 모양이지만, 우리는 일찌감치 물량을 확보해두었기 때문에 아무런 걱정이 없었다.

점심때가 조금 지나자 시즈카가 찾아왔다.

"밥 사줘요, 형부."

'이 아가씨, 언제까지 나를 그렇게 부를 작정이지? 그래, 형부든 오빠든 못난 여동생 하나 있는 셈 치고 상대해주지 뭐.'

시부야 109의 카레 요리점은 그 시간에는 1000엔만 내면 얼마든지 먹을 수 있었다.

"이브날 밤에 같이 보낼 상대가 없으면 가이에다라도 불러내지 그래."

"웬 참견이람."

시즈카가 노려보았다.

"좋아하는 남자 없어?"

"있는데."

"누구? 누구누구?"

나는 몸을 들이밀며 캐내려 했다.

"안 가르쳐줘."

"오빠로서 걱정하는 거야."

"그쪽 여동생이 된 기억은 없네요."

시즈카는 내 말을 무시하고 한 그릇 더 먹으려고 일어나, 야채 카레와 난을 산더미처럼 담아가지고 왔다.

"그건 그렇고, 하루와 기타지마 씨의 결혼은 언제쯤이 되려나? 내가 진행을 맡기로 약속해버려서, 미리 일정을 알려주지 않으면 곤란하거든."

시즈카는 고개를 숙이고 우물우물 난만 먹고 있었다.

"안 듣고 있는 거야, 너?"

시즈카는 난을 씹다 말고 나를 빤히 쳐다보았다.

"오늘, 형부를 만나러 온 건 분명히 그 일을 모르고 있을 것 같아서, 그 일을 전할 수 있는 사람은 나밖에 없을 거란 생각에."

"그 일? 그 일이라니, 대체 무슨 일인데?"

"언니랑 교수님, 헤어졌어요."

"뭐라고?"

목소리가 뒤집어졌다.

내 결혼식 날, 하루에게 이별 드라마가 있었다는 것을 나는 그때 처음 알게 되었다.

"그럼, 그날의 눈물은……."

성서 낭독 도중의 추태. 기타지마를 잃은 슬픔 때문에 흘린 눈물이었을까?

"그건 아니지 않을까? 아무래도 찬 건 언니 쪽인 것 같고……. 교수님과의 이별은 각오하고 있었던 것 같던데. 하지만 막상 형부를 제2의 인생으로 보내주려니, 고독이 폭풍처럼 밀려온 게 아닐까?"

시즈카의 추측이 맞는 것 같기도 했지만, 뭔가 중요한 얘기가 빠져 있는 듯한 느낌도 들었다.

"그래서, 하루는 지금 어떤 상태야?"

"앞머리에서 흰 머리카락 세 가닥 발견했어요."

신경 쓰이잖아, 그런 식으로 말하면.

"게다가 스트레스에 의한 과식증. 어중간한 시간에 비정상적으로 식욕이 당기는 거죠. 어제도 네 시경에 주문을 외우듯 말하던 걸요. 던킨도너츠의 바나나머핀을 토할 때까지 먹고 싶다고."

상당히 나쁜 징조였다.

"그럼, 내가 어떻게 해야 될까?"

"스스로 생각해봐요. 형부는 자기 힘으로 아무것도 할 수 없다는 괴로움을 곱씹는 수밖에 없지 않아요?"

"구박 좀 하지 마."

시즈카는 물을 한 모금 마시고 잘 먹었다고 인사한 뒤 일어섰다. 어느새 수북이 담겨 있던 카레를 다 먹어 치웠다.

"가지 마. 조금 더 얘기하자."

"아무래도 모르는 게 나았겠죠? 행복한 신혼 생활에 그림자를 드리울 만한 소릴 해서 미안해요. 그렇지만 형부한테도 약간의 책임은 있다고 생각돼서."

"이런, 오늘 밤은 신경 쓰여서 잠도 못 잘 거야."

"하지만 곁에 다미코 씨가 있잖아요. 언니는 차가운 바닥에서 혼자 외롭게 자겠지."

"내가 어떻게 해야 되는 거야?"

"내일은 이브."

"응."

"곧 설날."

"그래."

"술집 여자나 이혼 경력이 있는 여자가 혼자이기까지 하면, 이제부터 살을 에는 듯한 날들이 계속되겠죠. 차라리 죽어서 편해지고 싶다는 생각을 한대도 이상하진 않을 거야."

"겁주지 말라니까."

난 완전히 식욕을 잃고 말았다.

"불쌍하니까, 오늘은 내가 살게요."

시즈카는 계산서를 들고 계산대로 갔다. 1000엔 지폐 두 장을 놓고, 날 향해 헛웃음을 지어 보이고는 바이바이 말하면서 창밖을 지나갔다.

하루의 눈물을 기억 속에서 반추해보았다. 나와의 결별 때문에 흘린 눈물이라고, 그때는 자만하고 있었다. 하지만 그런 단순한 문제가 아니었다. 바보였다, 나는.

하루의 마음속 깊은 곳에는 무엇이 있을까? 내 결혼식 직전에 조급하게 기타지마 씨와 결말을 지은 까닭은 무엇일까? 기타지마 씨에게 어떤 말로 이별을 고했을까? 나는 손목시계를 보았다.

그녀에게 비정상적인 식욕이 덮친다는 시간을 노려 숨어서 지켜보려고 마음먹었다.

3

스포츠클럽 사람들이 모두 식사하러 나가버릴 때쯤 배꼽시계가 미쳐 있는 나는 밥 생각이 전혀 나지 않아 사무실에서 멍하니 잡지를 보고 있었다. 젊은 강사가 놓고 간《도쿄 워커》에 둘이서 2만 엔으로 즐길 수 있는 크리스마스 데이트 코스 특집이 실려 있었다. 나는 누구랑 같이 갈 것도 아니면서 쇼난 해안 도로를 지도에서 손가락으로 더듬고 있었다.

어젯밤 시즈카가 티켓 한 장을 갖고 왔다.

"언니, 이번 크리스마스이브는 여기서 보내자."

실연한 여자가 상심을 달래기에 딱 좋은 장소였다.

"뭐야, 도착하려면 몇 시간이나 걸리잖아."

그렇게 말은 했지만 어차피 약속도 없는 터라 동생의 별난 계획에 동행하기로 했다.

가는 데가 어디냐고? 비밀이야. 다른 사람에게 말하면 비참한 기분만 들 뿐인걸. 그러니까 일단 모르는 척해줘.

유리창을 똑똑 노크하는 소리가 나서 뒤돌아보니, 로비에 다미코 씨가 서 있었다.

"아, 안녕하세요."

나는 퉁기듯 일어섰다.

"지금, 괜찮으세요?

다미코 씨가 조심조심 내 표정을 살폈다.

나는 사무실로 맞아들이고 의자를 권했다.

"피로연 때 너무 소란스럽고 정신이 없어서 하루 씨에게 고맙다고 인사드릴 여유도 없었네요."

결혼식 후 피로연 파티에서는 리이치로와 다미코 씨의 동창들이 주도권을 잡고, 화창한 겨울 하늘 아래서 법석을 떨고 난리도 아니었다. 두 사람의 중학교 시절 일화가 워낙 재미있어서 동창이 아닌 사람들도 많이 웃었다.

체육 수업 중에 나란히 배가 아파 양호실에 갔던 두 사람에게 양호실에서 한 침대에 누워 있지 않았냐는 의혹을 던지자, 리이치로가 엉겹결에 소리를 질렀다.

"20년 전이나 지금이나 나는 아직 손가락 하나 안 건드렸다니까!"

옆에 있던 다미코 씨의 얼굴이 새빨개졌다.

한마디로 아사쿠사 연예인의 만담 쇼 같은 파티였지만, 리이치로와 나에 대해선 어느 누구도 언급하지 않았다. 묘하게 절도가 있는 동창들이었다.

"그이, 이번에는 하루 씨 결혼식에서 진행을 하겠다고 신이 나 있어요."

"그래요?"

애매한 미소를 짓는 나.

거북한 침묵이 이어졌다. 다미코 씨는 단지 결혼식을 도와주어서 감사하다는 인사를 하기 위해 찾아온 게 아니었다. 뭔가 중요한 용건이 있는 듯했다.

"하루 씨에게 부탁이 있어서 왔어요."

"네."

다미코 씨는 용기를 쥐어짜는 듯한 표정으로 가방 안에서 반으로 접혀 있는 종이를 꺼냈다. 최근 그런 종류의 용지를 본 기억이 있다. 다미코 씨가 그 종이를 펼쳐서 내게 보여주었다.

농담이겠지 싶었다.

리이치로와 다미코 씨의 혼인신고서……. 무척 좋지 않은 예감이 들었다.

"결혼식 때, 하루 씨의 눈물을 보며 생각했어요. 하루 씨는 눈물로 성서의 구절을 읽으면서 분명 그이에게 이렇게 말하고 있었어요. 나는 당신을 평생 사랑하겠어요, 누구도 상처 주지 않고 마음으로만 당신을 계속 사랑하고 싶어요."

"잠깐만요."

"그래도 상관없어요. 설사 그렇다 해도 정말 상관없어요."

다미코 씨는 내 변명을 잘라버리듯 말했다.

"말도 안 되는 오해예요. 그 눈물은 단지……."

나는 제대로 설명할 수가 없었다.

"그 사람과 함께 생활했던 때가 갑자기 떠올라서……. 하지만 그건 남아 있는 추억과 작별하기 위한 눈물이었어요. 부부의 행복을 기원하는 목사가 신랑에게 사랑한다고 이야기하려 들다니요. 그건 하나님에 대한 모독이에요. 저는 경건한 크리스천이니까."

내가 생각해도 설득력이 없는 변명이었다.

"그래도 괜찮아요."

"그러니까 말이에요, 다미코 씨."

계속해서 변명의 말을 늘어놓으려는 내 앞에 다미코 씨가 혼인신고서를 내려놓았다.

"하루 씨 손으로 직접 이걸 구청 창구에 내주기만 한다면……."

내 예감이 적중하고 말았다.

"거기까지 우리를 도와주셨으면 해요. 그렇지 않으면 저와 리이치로 씨, 행복해지지 못할지도 몰라요."

다미코 씨의 무서움과 강인함을 처음 보았다. 결혼식에서 내가 흘린 눈물은 다미코 씨에게 엄청난 충격이자 상처였음이 틀림없었다. 이건 보복인 거다. 내가 흘린 눈물에 대한 뒷정리가 남아 있다는 얘기였다.

그렇다 하더라도 기타지마 부부의 이혼신고서에 이어 이번에는

502

혼인신고서까지.

정말이지 걸핏하면 남의 인생을 떠맡아버리는 운명이었다.

"어때요, 하루 씨?"

나를 바라보는 다미코 씨는 절박해 보였다. 무서움이나 강인함과는 정반대로, 불쌍하리만치 나를 두려워하고 있었다.

"알겠습니다. 결혼식 날 그런 추태를 보인 것에 대한 사죄의 의미로, 제가 구청에 내고 올게요."

나는 사무적으로 말했다. 이런 일쯤 아무것도 아니라는 듯이.

"미안해요. 바보 같은 일을 부탁드려서……."

다미코 씨는 자조적인 웃음을 띠었지만, 마음을 바꿔 혼인신고서를 돌려받으려는 기색은 아니었다. 철저히 나에게 시킬 작정이었다.

"크리스마스 지나고 내도 괜찮겠어요?"

"괜찮아요."

"만약에, 만약에 내가 지금 눈앞에서 이걸 찢어버린다면 다미코 씨는 어떻게 하시겠어요?"

나도 다미코 씨를 시험해보고 싶었다. 무서움과 강인함은 나한테도 있으니까.

다미코 씨는 그 '만약에'에 어떤 의미가 담겨 있는지 이해하려는 듯 나를 정면으로 바라보았다. 나 역시 시선을 피하지 않고 마주 보았다.

"나는 분명…… 리이치로를 당신에게 남겨두고 도망쳐버리겠죠."

그런 나약한 소리가 굳게 다문 입술 사이로 흘러나왔다.

이제 그만하자는 생각이 들었다.

"염려 마세요. 그런 짓 안 할 테니까. 확실하게 처리할게요."

그러나 그녀의 표정에 그다지 안도의 빛은 떠오르지 않았다.

내게 그 이상의 동요를 보이고 싶지는 않았는지 다미코 씨는 차에 입도 대지 않고 돌아갔다.

나는 무거운 짐을 넣듯 반으로 접힌 혼인신고서를 가방에 집어넣었다. 점심시간이 지났는데도 전혀 식욕이 생기지 않았다.

세 시가 지났을 때쯤 바나나머핀을 먹지 않으면 금방이라도 죽을 것 같았다. 나는 무작정 클럽을 뛰쳐나와 도요코선을 탔다.

던킨도너츠에 가면 항상 앉는 자리에 진을 치고 앉아 정신없이 입에 집어넣었다. 망가진 식생활의 대가를 반드시 치를 거라고 각오하면서 두 개째 머핀을 맛있게 먹는 중이었다.

"그렇게 먹다가는 다 토하겠다."

별안간 눈앞에 리이치로가 나타나는 바람에 목이 턱 막히고 말았다.

"어이, 괜찮아? 토하겠다, 진짜."

그러고는 등을 탁탁 두드려주는 게 아닌가.

나는 그 사람 손에 들려 있던 오렌지주스를 빼앗듯 낚아채 들이켰다.

"휴우, 죽는 줄 알았네."

"뭘 그렇게 놀라."

"우연히 들른 거야?"

"아사히야 서점을 둘러보고 가는 길에 네가 사거리에서 건너오는 걸 봤거든."

때맞춰 나타난 것도 그렇고, 혹시 숨어서 지켜보고 있었던 게 아닐까 의심될 정도였다.

리이치로는 맞은편에 앉아 나한테서 주스를 다시 가져다 후루룩 마셨다.

"신혼 생활은 어때?"

나는 반은 조롱하는 투로 물어보았다.

"상상에 맡길게."

결혼이란 인생의 무덤이라는 듯이 교묘하게 질문을 피해 가려는 태도였다. 매일 좋아 죽을 지경이라는 걸 한눈에 알 수 있었다.

"앗, 아내의 키스 자국!"

"어디? 어디 어디?"

당황스러워하며 입 주위를 닦는 이 인간 역시 "다녀오세요" 뽀뽀를 했다는 거네.

"지워졌어?"

"응, 없어졌어."

그딴 거 처음부터 없었지만.

"역시 직업병인지 밥 먹는 거 가지고 말이 많은 여자였어. 좀 더 맛을 음미하면서 요리를 먹어달라는 잔소리 들었어."

"내 교육이 소용없었던 거잖아."

"게다가 말이야…… 들어줄 거지?"

"싫어."

어차피 아내 자랑일 게 뻔했다.

"부탁이니까 들어줘."

"웃긴 얘기라면 들어줄게."

"여자는 말이야, 결혼하면 다 뻔뻔스러워지나 봐. 결국 그 사람 미국 요리 학교 얘기, 딱 잘라 거절하지 못했던 거야. 어젯밤 자기 전에 그 얘기를 하더라고. 결혼을 이유로 거절하기로 했었는데, 아무래도 내년 1년간은 우리 따로 떨어져 지내야 할 것 같다고."

"당신 같은 남자, 풀어놓으면 안 되는데."

"그러니까 내년에도 잘 부탁합니다."

이 사람, 연하장 문구처럼 말했다.

"별거하는 동안 우리 데이트할까?"

"싫다, 정말."

"내가 또 발 벗고 나서서 너한테 좋은 남자 소개해줄 테니까."

나는 눈살을 찌푸리며 쳐다보았다.

리이치로는 아차 실수했구나, 라는 표정을 지었다.

"시즈카한테 들었어. 기타지마 선생이랑 끝났다며?"

"입도 가볍지."

"나한테도 일부 책임이 있다고 하더라."

"신경 쓰지 마."

"신경 안 써, 전혀."

"그러시겠지."

리이치로는 헉, 하는 표정.

"싸게는 안 넘길 거야. 아직 스물여섯이니까."

"과연 그럴까. 요즘 너 보면, 폐점 30분 전에 반값 세일하는 스테이크용 고기 같아."

"말 진짜 심하게 하네."

"실은 어제부터 싸게 팔아보고 싶었는데, 빨간 조명으로 눈속임 하면 그럭저럭 하루는 더 가겠더라고."

듣다못해 주먹을 날렸다. 이 인간, 자신의 농담에 아주 재미를 붙인 모양이었다.

"어쩐지 우리……, 영원히 이런 식일지도 몰라."

그가 안심하는 듯이 말하는 거였다.

마주할 때마다 빈정대고 농담하는 인생?

"곤란해, 그런 건."

"왜?"

"지난 두 달을 헛되게 하고 싶진 않으니까."

단순한 소동에 불과한 '연애시대'였다는 식으로 매듭짓고 싶지는 않았다. 그 시간만큼의 교훈을 제대로 얻고 싶었다.

리이치로는 이상하게 우물쭈물하면서 뭔가 켕기는 듯한 표정으로 나를 보았다.

"내일 이브는 어떻게 보낼 거야?"

"쓸데없는 참견도 다 하네."

시즈카와 어떤 곳에서 보내기로 한 일은 말하지 않았다.

"이브날 밤에는 다미코가 잔업이 있대서 밤늦게 만나서 부부 데이트할 거야. 설에는 다미코랑 시모다에 갈 예정이고."

"일일이 알려줄 거 없어."

"너한테 전화해줄까?"

"자동 응답기가 상대해줄 거야."

"밤거리에 뛰쳐나오는 건 좋은데 주위에는 커플들뿐일 거야. 각오해둬, 자포자기하지 말고."

성가실 정도로 나를 걱정하고 있었다. 동정 따위는 받고 싶지 않아서, 다미코 씨가 맡긴 혼인신고서를 들이대 버릴까, 생각했지만 아내의 해외 전근 문제로 결혼 후 첫 부부 싸움을 하고 있는 것 같아 불쌍하기도 해서 그만두었다.

나는 먹다 남은 바나나머핀 다섯 개는 리이치로에게 주고, 인사도 하지 않은 채 재빨리 가게를 나왔다.

그래, 그 사람 말처럼 고독한 생활이었다.

해 질 녘 창가에 우두커니 서서 하야세 부부의 혼인신고서나 쳐다보면서 말이지.

주례를 보면서 눈물을 흘린 책임이라고 해도, 이런 것까지 맡을 의무는 없지 않나?

"여자들이란⋯⋯."

나는 석양으로 물들어가는 쓸쓸한 겨울의 히몬야 공원을 향해 욕을 퍼부었다. 기타지마 다카코는 이혼신고서로 나를 시험했고, 오다 다미코는 혼인신고서로 나를 시험하고 있다.

나이 많은 여자들의 괴롭힘이다, 이건.

점점 화가 치밀어 올라서 혼인신고서를 마루에 펼쳐놓고, 종이비행기로 접어 4층 창문에서 바람에 날려버렸다. 공중에서 빙빙 돌다가 길에 떨어졌다.

"꼴좋다."

길에 떨어진 혼인신고서 종이비행기는 마른 낙엽과 함께 바람에 날아가고 있었다.

괜찮을까, 이런 식으로 던져버려도? 그때 아이들 한 무리가 지나갔다. 학원의 겨울방학 특강을 받으러 가는 것 같았다. 종이비행기를 발견하고는 자전거를 멈추고 주워 들었다.

"앗, 안 돼!"

내가 소리를 지르자 소년 세 명이 이쪽을 올려다보았다.

"그거 안 돼!"

황급히 방을 나가 현관에서 샌들을 대충 신고 엘리베이터를 기다릴 새도 없이 계단을 뛰어 내려갔다. 그리고 숨을 몰아쉬면서 소년들의 앞을 가로막고 비행기를 낚아챘다.

"이상한 아줌마야."

아줌마는 아니지. 발랄한 스물여섯 살의 여자야, 나는.

울고 싶었다⋯⋯.

나는 종이비행기 모양으로 접은 혼인신고서를 손에 쥔 채 붉은 그림물감에 묽은 먹을 조금씩 흘려 넣고 있는 듯한 황혼의 하늘에 대고 혼잣말을 하며 터벅터벅 아파트 입구로 들어섰다.

12월 23일, 너무 힘든 하루였다.

4

일기예보대로 크리스마스이브에는 보슬비가 내렸다. 시부야 109 거리의 크리스마스 장식은 시즌의 피날레를 맞아 거리의 주인공인 양 현란하게 솟아 있었다.

크리스마스이브라 해도 서점은 평소대로 8시까지 문을 열었다. 선반에 잔뜩 쌓아놓은 연애소설 무더기도 크리스마스 포장지에 싸여 손님 손에 들려가며 순식간에 줄어들었다.

다미코와는 밤 열한 시, 오모테산도의 후지은행 앞에서 만나기로 약속해서, 나는 퇴근하고 두 시간 정도를 어딘가에서 보내야 했다.

《노르웨이의 숲》이 고맙게도 다 팔린, 여섯 시가 조금 지났을 때였다.

사건이다, 사건.

시즈카가 안색이 변해 가게로 뛰어 들어왔다.

"형부, 큰일 났어!"

"무슨 일이야, 그렇게 허둥대고."

롱패딩 점퍼가 젖어 있었다. 시즈카는 우산도 쓰지 않은 채 달려온 모양이었다.

"언니가 이런 글을 남겨두고 사라져버렸어요!"

나에게 보여준 것은 크리스마스트리가 불길에 싸여 있는 불길한 그림의 크리스마스카드였다. 안을 보니 워드프로세서로 작성한 글귀가 이렇게 적혀 있었다.

'우에노에서 출발하는 야간열차를 타고 여행을 떠납니다. 다시는 돌아오지 않을지도 모릅니다.'

나는 소리 내어 두 번을 읽었다.

"뭐야, 이게. 여행이라니. 다시 돌아오지 않는다니, 그게 무슨 뜻이야?"

시즈카는 아무 말도 하고 싶지 않으니까 형부가 생각해보라는 듯이 고개를 저으며 부들부들 떨고 있었다.

"둘이서 케이크를 먹자고 약속했는데. 벨을 눌러도 아무 기척이 없기에 항상 가스미터기에 숨겨놓는 여벌 열쇠로 문을 열고 안으로 들어갔더니 카드랑, 이게 책상 위에 있더라구."

포켓용 열차 시간표를 내밀며 접혀 있는 페이지를 내게 들이댔다. 우에노에서 출발하는 열차에 빨간색으로 밑줄이 그어져 있었다.

19시 03분 출발, 삿포로행 북두성 5호.

"나, 굉장히 불길한 예감이 들어."

"어떤 예감인데?"

"말해도 돼요?"

"하지 마, 그만둬."

"어떡하지, 응? 어떡해요?"

시즈카가 내 어깨에 매달려왔다.

시계를 보았다. 지금 가면 열차 출발 전에 도착할 수 있었다. 계산대에 있던 마쓰이에게 "급한 일이 생겼으니까, 뒷정리 좀 부탁해" 하고 말한 뒤 외출 준비를 했다.

사무실에서 웃옷과 코트를 들고 나오자 시즈카가 기다렸다는 듯이 한 장의 티켓을 내밀었다.

"자, 이거. 아까 녹색 창구에서 사 왔어요. 북두성 5호 티켓."

"준비 한번 빠르네."

"빨리 가봐요, 형부. 언니를 구해줘요!"

결국은 연극처럼 묘하게 과장된 몸짓으로 시즈카는 내 등을 떠밀어 밤거리로 내보냈다.

어느새 눈에 비가 섞여 내리고 있었다.

긴자선 안에서 나쁜 상상이 꼬리에 꼬리를 물고 솟구쳤다.

여자 혼자 떠나는 홋카이도 여행, 두말할 것도 없이 실연의 상처를 안고 가는 여행이었다. 다시 돌아오지 않겠다는 건, 즉 혹한의 땅에서 스스로 목숨을……

그렇게 나약한 여자였던가? 어제 던킨도너츠에서 만난 하루에게 그런 징조가 있었나? 나는 곰곰이 생각해보았다.

일부러 오버해서 행동했던 것일까? 그런 여자에게 나는 "폐점 30분 전에 반값 세일하는 스테이크용 고기 같아"라고 말해버렸다. 집에 돌아가 생각해보니, 자신의 처지가 팔다 남은 싸구려 신세인 것 같아 절망했는지도 모른다. 전국 지도를 펼쳐놓고 자신에게 어울리는 죽음의 여행지를 선택했는지도……

"홋카이도는 실연당한 여자들의 단골 여행 코스잖아."

언젠가 하루와 그런 얘기를 했던 것이 생각났다. 내 말을 성실하게 지킨 걸까? 잠깐 기다리라고. 너 정말로 그렇게 약해빠진 여자였어?

나는 곰곰이 생각하면서 시즈카에게 받은 열차표를 들여다보았다. 자세히 보니 침대 칸의 지정석. 긴급 상황이니 그냥 보통 승차권으로 충분할 텐데 말이다.

뭔가 석연치 않은 느낌이 들기 시작했을 때, 지하철은 우에노 역에 도착했다. 시간은 6시 54분. 나는 JR선의 연결 통로를 향해 뛰기 시작했다.

계단을 뛰어 올라가 북두성 5호의 가장 가까운 문으로 들어갔을 때, 출발을 알리는 벨이 울렸다. 간신히 시간에 맞췄다. 나는 숨을 고르고 나서 차량을 옮겨가며 하루의 모습을 찾기 시작했다. 문을 몇 개 지나자 통로와 직각으로 침대가 놓인 차량이 나왔다. 열차는 이미 달리기 시작했다. 귀성 시즌이라기에는 아직 이르고, 크리스마스이브에 야간열차 여행을 하는 사람도 별로 없어서 침대 칸은 텅텅 비어 있었다.

내 표에 적혀 있는 자리에 도착했다. 아래위로 침대 네 개가 놓인 공간 안으로 들어가자, 아래쪽 침대에 누워 빼빼로를 안주 삼아 맥주를 마시고 있던 하루가 어이없다는 듯이 나를 올려다보고 있었다.

"어떻게 된 거야?"

옆에는 너무나 간소한 짐.

"그건 내가 하고 싶은 말이야. 뭐야, 이건!"

주머니에서 예의 크리스마스카드를 꺼내 눈앞에 들이밀었다.

하루가 낚아채서 읽기 시작했다.

"뭐야, 이거."

"네가 써놓고 간 거잖아!"

"누가 그래?"

"시즈카."

그제야 석연치 않았던 느낌의 형태가 잡히기 시작했다. 나도 하루도 입을 꾹 다물고 생각했다. 각자 짐작 가는 구석이 있었던 거다.

"시즈카한테 속은 거네."

하루가 결론을 내렸다.

"그저께인가 혼자서 쓸쓸하게 이브를 보낼 거면 같이 기차 여행이라도 하자고 시즈카가 나한테 표를 줬거든."

"그럼 나한테 준 이건……."

내가 표를 보여줬다.

"시즈카 표야. 그쪽 자리."

통로를 사이에 둔 맞은편 침대였다.

"그러더니 오늘 아침에 세미나가 있어 못 가게 됐다기에 환불할까도 생각했는데, 여행 가이드북을 보다가 삿포로 라면이 먹고 싶어져서. 그렇게 혼자 하는 여행도 운치 있고 괜찮을 것 같아서……."

운치란 게 그렇게 간단하게 느껴지나? 그러니까 자학하며 상심한 건 아니란 말이지?

어쨌거나 범인은 시즈카였다.

"도대체 무슨 꿍꿍이인 거야, 그 녀석."

바로 그때 코트 주머니에서 휴대폰이 울렸다. 꺼내서 통화 버튼을 누르자, 촐랑거리는 시즈카의 목소리가 들려왔다.

"열차 탔어요?"

"탔어. 어디 한번 설명해보시지?"

"시즈카? 나 좀 바꿔줘."

하루가 휴대폰을 받아들더니 소리를 질렀다.

"너 대체 어쩔 셈이야? 돌아가면 각오해!"

전화를 다시 빼앗아 나도 소리를 질렀다.

"나 일하는 중이었잖아! 다미코랑 데이트 약속도 있다고! 어떡할 거야!"

"30분 후에 오오미야 역에 서니까, 그렇게 아내와의 데이트가 중요하면 그때 내리면 되잖아요. 언니는 혼자 내버려 둬요. 펑펑 눈 내리는 삿포로에서 혼자 여행하는 언니가 어떻게 되든 난 알 바 아니니까."

나는 흘끗 하루를 훔쳐보았다.

"그 녀석이 뭐래?"

하루가 나를 올려다보고 있었다.

"잘 봐요, 언니 얼굴을. 실연 여행으로 눈물이 다 말라 없어질 때까지 울 것 같은 얼굴이죠?"

"삐삐로 먹고 있었거든?"

"무슨 얘기야, 바꿔줘 봐."

나는 바꿔주지 않았다.

"목적이 뭐야? 나보고 여기서 뭘 어쩌라는 거야?"

"하룻밤 언니를 맡긴 거예요."

"뭘 맡겨, 사람 난처하게."

"실연 여행이 하고 싶은 또 한 사람이 그랬어요."

"누구야? 그게."

"기타지마 교수님. 하야세 씨와 하루 씨는 둘이 차분하게 마주할 시간이 필요하다고. 대체 어떤 인생을 살고 싶은 건지 두 사람의 인생이 언젠가 교차할 날이 올지, 아니면 언제까지나 평행선인 채 살게 될지. 아무것도 방해하지 않는 곳에서, 시간을 두고 솔직하게 마음을 털어놓을 필요가 있다고……. 그 후에 형부가 다미코 씨한테 돌아간다면, 두 사람의 관계는 뒤탈 없이 끝나는 거고, 모두가 행복해진다. 그렇지 않고 둘이서 사랑의 도피라도 한다면, 그건 그것대로 솔직한 삶이라고."

"무슨 얘기를 하는 거야, 나 좀 바꿔줘."

옆에서 하루가 성화였다.

"나도 그때 이런 생각을 했어요. 차라리 두 사람을 밀실에 가둬놓고, 마지막 부부 싸움을 시키는 게 낫겠다고."

"그래서 야간열차야? 이러니까 붕어 머리지. 아까 네가 말한 것처럼 난 언제라도 내릴 수 있잖아."

"그래요. 오오미야 다음 역은 한 시간 뒤에 우쓰노미야. 도쿄에 오늘 밤 안으로 돌아가고 싶으면 형부에게는 내릴 기회가 두 번 있어요. 앞으로 한 시간 반 안에 부부 싸움이 끝난다면 말이에요."

"나는 다미코랑 결혼했어. 하루가 주례까지 서면서 보내줬다고. 뭐가 마지막 부부 싸움이야? 우리 인생을 자기들 멋대로 주무르지 마. 나는 지금 이대로가 좋다고."

"바꿔줘. 나도 할 말 있어."

"입 다물고 앉아 있어!"

나는 다소 난폭한 어조로 하루를 제지했다. 전화기 너머에서도 고함 소리가 들려왔다.

"지금 이대로 좋다니, 무슨 말이 그래요! 언니의 인생을 가볍게 보지 말라구요!"

귀청이 떨어져라 소리치는 바람에 나는 그만 말문이 막혀버렸다. 시즈카의 고함이 하루에게까지 들린 모양이었다.

"지금까지처럼 던킨도너츠에서 만나거나, 하나카고에서 술을 마시거나, 옛날 일을 끄집어내서 결혼 시절의 연장전을 벌이거나, 심한 말을 하고 나중에 사과하거나……. 그런 일이 언제까지나 허용되는 건 아니잖아요. 형부는 사랑스러운 아내가 곁에 있으니까, 언니와의 그런 관계가 기분 전환에는 좋을지 모르지만, 언니는 집에 돌아오면 혼자예요. 혼자서 앨범을 넘기고 있다고요. 그때쯤 형부는 뭘 하겠어요? 다미코 씨랑 자기 전에 술이라도 한잔하면서, 아기가 생기면 어디로 이사할까라든지, 아들이면 우주 비행사를 시키고 싶다든지, 딸이면 어릴 때부터 요리를 가르치고 싶다든지 하면서 미래에 대해 이야기하지 않겠어요? 그렇지만 언니는 과거밖에 없으니까. 언제까지나 돌아보는 것밖에 할 수 없으니까!"

"내가 바보인 줄 알아? 그렇게 외롭게만 생활하고 있는 건 아니라니까."

하루가 화난 듯이 소리쳤다.

"괜찮죠? 하룻밤 언니를 맡길 테니까."

난 더 이상 거부할 수가 없었다.

"그럼 의미 있는 둘만의 여행이 되길 바랄게요."

이야기를 끝내려던 시즈카가 아직 못다 한 말이 있는지, 조그만 소리로 물었다.

"언니, 옆에서 듣고 있어요?"

"아니."

"언니한테 안 들리게 하고 싶은 말이 있는데."

"뭔데? 말해, 괜찮으니까."

나는 하루한테서 조금 떨어져서 귀에 수화기를 바싹 붙였다.

"있잖아요, 형부는 지금까지 전혀 눈치를 못 챈 것 같은데, 나 말이죠."

시즈카는 좀 전의 고함이 거짓이었다는 양 웅얼거리듯 약하게 속삭였다.

"나 오래전부터, 형부를, 하야세 리이치로를…… 좋아했어요."

"뭐라고?"

"두 번 말하게 하지 마요."

부끄러워서 뾰로통해져 있었다.

"빈정거리고 싫은 소리하고 괴롭히기만 했잖아. 나한테 한 짓을 읊어줘?"

"서른네 살이나 돼서, 여자의 속마음을 그렇게 못 읽어요?"

"금방 딴소리할 거지? 거짓말이라고. 어른 놀리는 것도 적당히 좀 해라."

"둔감한 남자, 너무 싫어."

시즈카는 일방적으로 전화를 끊어버렸다.

"방금 뭐래?"

하루가 물었다.

"시즈카가 날 좋아한대."

"맞아. 눈치 못 챘어?"

둔감하긴. 하루에게도 바보 취급을 당했다.

머리가 혼란스러워서 먼저 어디부터 손을 대야 할지 몰랐다. 우선 코트를 벗고 내 침대에 앉았다.

"그거, 마셔도 돼?"

따지 않은 맥주가 있어서 건네받았다.

"이것도 먹을래?"

하루도 침대에 앉아 빼빼로 상자를 내밀었다.

"됐어."

"마른오징어도 있어. 과자도 있고…… 특이한 걸 찾는다면, 조개 관자 말린 거라든지."

봉지에 가지가지 잔뜩 들어 있었다. 뭐가 실연 여행이야. 제법 즐기고 있잖아.

나는 고개를 저었다.

"아무것도 필요 없어."

"이제 어떻게 할 거야?"

"앞으로 15분 후면 오오미야지? 8시 반에는 우쓰노미야. 우선 거기까지 타고 갈까 해."

우쓰노미야에서 내려 돌아가도 11시에 오모테산도에서 만나기로 한 약속은 지킬 수 있을 것 같아서 나는 침대에 벌렁 드러누웠다. 하루는 빼빼로를 똑똑 잘라먹으면서 내 안색을 가만히 살피고 있었다.

생각 끝에 나는 다미코에게 전화하기로 했다.

우쓰노미야에 도착하기 30분 전쯤에 하루에게는 잠깐 화장실 좀 다녀오겠다며 자리에서 일어나 열차 문 쪽에 가서 휴대폰을 꺼냈다.

"아, 난데."

"어디 있는 거야? 통화감이 머네?"

"전철 안. 있잖아, 오늘 밤 말인데, 책 들어오는 게 좀 착오가 생겨서, 지금부터 간다에 갔다 와야 할 것 같아. 시간을 못 맞출 거 같네, 11시."

"그래, 아쉽네. 그럼 집에서 뭐라도 만들어놓고 기다릴게."

"많이 늦을지도 몰라."

"그래도 기다리고 있을게. 크리스마스이브잖아."

죄책감이 가슴을 파고들었다.

"지금 막 잔업이 끝났거든. 모두 수고했다고 건배하고 있는데, 데이트 약속 있는 사람들이 하나둘씩 가버리네."

"마지막에 혼자 남겠네. 미안해."

"마음 쓰지 마. 나도 약속을 깨버렸잖아."

미국행 얘기였다. 크리스마스가 끝나면 올해 안에 샌프란시스코에 한번 다녀와야 한다고 했다. 그걸 신혼여행으로 하자고 다미코가 제안했지만, 나는 순순히 따를 수가 없었다. 그 문제에 대해서는 좀 더 차분하게 이야기해야 할 필요가 있었다.

"그럼 일 마치는 대로 날아갈게."

다미코에게 하는 첫 번째 거짓말이었다.

나와 하루는 시즈카가 계획한 대로 달아날 곳도 없이 각자 침대에서 뒹굴며 열차의 진동을 등으로 느끼고 있었다.

차창 너머로 보이는 풍경은 어두웠다. 민가의 등불이 몇 개 뒤로 흘러 갈 뿐이었다. 경적 소리가 왼쪽 귀에서 오른쪽 귀로 달려나갔다.

네 개 있던 캔 맥주는 이제 다 마시고 없었다. 열차 내 손수레도 오지 않았다. 취해야 정상인데 눈은 아주 말똥말똥해져 버렸다.

"지난번에 말이야."

할 말이 없던 차에 하루가 불쑥 말을 꺼내줘서 다행이었다.

"비디오 가게에서 〈어비스〉라는 영화를 빌려 봤어."

"캐머런 감독 영화지?"

"본 적 있어?"

"보고 싶었는데 못 봤어."

"주인공인 두 사람은 별거 중인 부부야. 아내는 해저 기지의 설계사이고, 남편은 엔지니어. 두 사람 모두 기가 세서 걸핏하면 다투는 거야. 그런데 허리케인 때문에 해저 기지가 고립돼버리고, 게다가 머리가 이상한 군인이 핵탄두를 바다 속으로 떨어뜨려버려. 그래서 기지 내의 모든 사람이 힘을 합쳐 위기를 헤쳐나가야 하는 상황이 되는데……. 두 주인공이 고장 난 소형 잠수정에 갇히고 말아. 산소통은 한 사람분만 있고, 물은 점점 들어오고, 기지에는 오직 한 사람만 돌아갈 수 있는 위기 상황이 된 거야."

난 고개를 돌려 하루를 보았다. 하루는 침대의 천장을 올려다보면서 영화의 장면을 해설하는 데 몰두해 있었다.

"그때 아내가 그러는 거야. '당신이 이 산소호흡기를 써. 내가 물에 빠질게. 그나마 수온이 낮아서 빠져도 가사 상태가 될 뿐, 10분 내지 15분 이내면 다시 살아날 수 있을 거야. 당신 손으로 나를 다시 살려줘.' 그러자 남편은 '그렇게는 못 해. 둘 중 한 사람이 빠져야 한다면 내가 빠질 거야'라고 말했지만, 아내의 결심은 변하지 않았어. 그러는 사이에 어느덧 물이 목 근처까지 차오르고, 남편은 아내의 말에 따라 잠수 마스크를 썼어. 그런데 조금 전까지 강한 척하던 아내가 마지막 순간에 '무서워, 무서워, 여보 살려줘' 하며 패닉 상태에 빠졌고, 결국 머리까지 물이 차올라 남편 눈앞에서 아내는 물에 잠기고 만 거야. 남편은 축 처진 아내를 안고 서둘러 기지로 헤엄쳐서 돌아갔어. 동료들도 구명 도구를 준비하고 있었고, 바로 전기쇼크와 인공호흡으로 다시 살리려고 했지만 아내는 묵묵부답. 수차례 전기쇼크로 몸이 펄떡펄떡 튀어 올랐지만, 동공이 열려 있고 입술은 보라색. 다시 살아나주지 않는 거야. 동료들은 그만 포기하자고 말했지만 남편은 포기하지 않았어. 심장마사지와 인공호흡을 계속해서 하는 거야. 그렇지만 뭘 해도 소용이 없었어. 그러자 남편이 부인을 향해 소리쳤어. '싸워! 넌 싸우는 여자잖아. 포기하지 마!'라며 부인의 뺨을 몇 차례나 세게 때렸어. '마지막까지 싸워! 이런 일로 꺾이지 마. 빨리 다시 살아나, 이 바보야'라고 울면서. 그러자 기적이 일어났어. 아내가 쿨럭하고 물을 토해내면서 살아난 거야."

하루의 눈이 살짝 젖어 들었다.

"감동적인 장면이었어. 눈물이 나더라."

"나도 한번 볼까?"

"봐두는 게 좋을 거야. 내가 추천하는 영화야."

그 화제는 그걸로 끝이 났다. 영화의 테마가 지금 우리의 상황에 들어맞는 것도 아니었다.

다시 침묵이 찾아왔다. 선로 연결 부분을 지날 때마다 규칙적으로 등에 진동이 느껴질 뿐.

"영안실에 쭉 있었다며?"

하루가 갑자기 정적을 깨뜨렸다.

"그날 밤부터 아침까지……. 일하러 갔다는 거 거짓말이었지?"

"가이에다가 그래?"

"응."

"언제 알았어?"

"아주 최근에……."

"내가 어디에 있었든, 너한테서 도망쳤다는 건 변하지 않잖아."

도망쳤었다, 나는. '내가 가장 힘들 때 옆에 있어 주지 않았다'라던 하루의 말은 틀리지 않았다.

"신노스케, 귀여웠지?"

"응."

"하지만 차가웠어."

"응."

"그대로 집으로 데리고 가서 따뜻하게 해주고 싶었어."

"……."

신노스케 얘기는 거기서 그만두고 싶었다. 그래서 화제를 억지로 돌려서 다른 이야기를 하나 꺼내보았다.

"너 나한테 첫눈에 반했었다던데, 진짜야?"

"가스미가 말했지?"

"도서실에서 높은 곳에 있는 책을 꺼내준 백마 탄 왕자님……. 처음 만났을 때, 내가 바로 백마 탄 왕자님이었다고 하더라."

"맞아. 그렇지 않았다면 내 쪽에서 먼저 호텔 가자고는 못 하지."

"일곱 명째라서 익숙한가 보다 했지."

"첫 번째야. 두 번째 사람조차 아직 없고……."

연애 경험 많은 여자라는 건 다 거짓말이라고, 처음으로 자기 입으로 밝혔다.

"20대 전반을 나랑 허비해버리다니, 아까운 짓 했네."

하루는 후훗 하고 웃었을 뿐 아무런 대답도 하지 않았다. 평소 같았으면 "그래 맞아, 돌려줘 내 청춘을" 하며 손을 내밀었을 텐데.

열차의 속도가 점점 느려지는 게 느껴졌다. 고리야마 역에 들어서고 있었다.

내가 자리에서 일어나려고 하지 않자 하루가 신경이 쓰이는 듯 말했다.

"괜찮아?"

"다음은 어디였더라?"

"후쿠시마, 아마 30분 정도 걸릴걸."

이제 될 대로 되라는 심정이었다.

역에 정차하자 한 무리가 열린 문으로 들어와 통로를 우르르 지나갔다.

고리야마에서 탑승한 젊은이들이었다. 기타며 드럼 스틱을 들고 있는 걸 보니, 잘 안 팔리는 록 밴드인지도 모르겠다. 같은 차량의 네다섯 자리 정도 떨어진 곳에 진을 쳤다.

열차는 다시 덜컹거리며 달리기 시작했다. 야간열차는 들판 한가

운데를 칠흑 같은 어둠을 뚫고 북쪽으로, 북쪽으로…… 힘차게 질
주했다.

이윽고 들려오기 시작했다.

젊은이들의 아카펠라였다. 앰프를 연결하지 않은 기타, 침대를
두들기는 스틱 소리도 들려왔다. 웸의 히트곡 〈라스트 크리스마스〉
였다.

"라스트 크리스마스, 아이 게이브 유 마이 하트……."

하루도 따라서 흥얼거리고 있었다.

"우리 말이야."

가사를 몰라서 허밍으로 부르게 됐을 때쯤 하루가 말했다.

"관계의 거리라는 걸 잘 모르는 남자와 여자였나 봐."

"관계의 거리?"

"항상 강한 남자와 강한 여자로 있고 싶었으니까, 서로가 정말 힘
들거나 슬플 때 어떻게 다가가야 할지 몰랐어. 상처 입은 사자가 서
로 상처 부위를 핥아주는 것처럼 우린 왜 못 했을까."

"자존심이었겠지."

"저런 바보 같은 여자에게는 위로받고 싶지 않다는 자존심?"

"바보 같은 여자 아니야, 너는. 너무 완벽한 아내였어."

"그래서 더 자신의 약점은 보여주고 싶지 않았던 것 아냐?"

"시비 걸지 마."

"시비 거는 거 아니야. 알고 싶을 뿐이야."

고개를 돌려서 하루를 보았다. 화가 난 눈은 아니었다. 진실을 알
고 싶어 하는 눈이었다.

"자존심이 아니라면 신뢰였겠지. 하루는 힘들겠지만 반드시 자신의 힘으로 다시 일어나줄 거야, 라는 신뢰. 나는 나대로 괴로움이 있었으니까. 내 일만으로도 벅찼는지 몰라……."

"당신이 힘든 건 내가 해결해주고, 내가 힘들면 당신이 해결해줄 수도 있었을 텐데 말이야."

그럴지도 모른다고 생각했다.

"거기까지는 머리가 안 돌아갔네."

"나도 그날 밤 같이 데려가 주지 그랬어, 신노스케 곁에."

대화가 자꾸 그 이야기로 돌아가 버렸다.

"그래도 싸울 때가 가장 즐거웠지?"

"즐거웠어."

하루가 상기된 목소리로 대답했다.

"나한테 두 번 다시 너 같은 여자는 나타나지 않겠지."

"나타나지 않아도 돼. 이런 여자는 한 명으로 충분하잖아. 계속 있어 줄 테니까."

"어디에?"

"당신이 보이는 곳. 하지만 당신은 날 볼 수 없는 곳에."

둘도 없는 여자가, 나를 평생 계속 지켜봐 주겠노라 약속한다. 어떡하면 좋지? 정말 어떻게 해야 하냐고!

이건 나중에 가이에다한테 들은 이야기다.

그날 밤 시즈카의 계획에는 가이에다도 동참하고 있었다. 요리학교의 잔업이 끝날 즈음, 가이에다는 직원용 출입문 앞에서 조금씩 내리는 눈을 머리에 맞으며 다미코를 기다렸다.

"가이에다."

일을 마치고 나온 다미코가 놀라 걸음을 멈추었다.

"메리 크리스마스."

가이에다의 미소는 꽁꽁 얼어 있었다.

두 사람은 근처의 선술집에 들어갔다. 가이에다는 데운 술로 입술을 녹이고 나서 다미코에게 말한 모양이었다.

"오늘 밤, 리이치로는 돌아오지 않을지도 몰라."

다미코는 그다지 놀라는 기색을 보이지 않았다고 한다.

"하루 씨랑 같이 있어. 하룻밤 동안 둘이 이야기할 거야. 어떤 결과가 나와도 리이치로를 용서해주면 좋겠어."

"그래. 그럼 모든 게 하루 씨한테 달린 건가? 나도 하루 씨한테 어떤 물건을 맡겨놓았으니."

다미코의 얼굴에 엷은 미소가 감돌았다.

"어떤 물건?"

"하루 씨는 분명 갖고 있을 거야. 그게 오늘 밤 두 사람에게 히든 카드가 되려나."

다미코의 눈동자에는 희망과 체념의 빛이 반반씩 흔들리고 있었다고 한다. 데운 술을 한 병 비우고 나서 다미코는 가이에다를 남겨두고 술집을 나와 지하철역으로 향한 모양이었다.

집에 돌아가기 위해, 돌아오는 나를 기다리기 위해서였겠지.

열 시 반, 시간표대로 북두성 5호는 후쿠시마에 도착했다. 정차 시간은 3분.

하루는 정말 안 내려도 괜찮겠냐는 눈으로 나를 바라보았다.

난 침대에 등이 달라붙은 것처럼 움직일 수가 없었다. 거기서 내려보았자 도쿄로 돌아가는 기차를 타려면 아침까지 기다려야 했으니까.

"휴대폰 빌려줄래?"

열차가 문을 닫고 다시 달리기 시작했을 때, 하루가 침대에서 일어나 손을 내밀었다.

"그래."

"나가사키에 걸 건데, 연결될까?"

성탄 전야라서 갑자기 목사님인 아버지와 이야기하고 싶어진 걸까? 나에게서 휴대폰을 건네받은 하루는 구두를 대충 신고 침대 차량에서 나갔다.

나는 열차와 한 몸이 되어 기나긴 철로를 따라 북쪽으로 달렸다. 정차 역을 하나씩 지나갈 때마다 다미코에 대한 배신도 하나씩 늘어가고 있는 듯한 기분이었다.

5

침대 차량을 나왔다. 창 너머로 어둠이 달리고 있었다. 나는 휴대전화의 번호를 눌렀다.

나가사키FM에서 아버지가 진행하는 방송은 원래 토요일이 정규

방송이었지만, 크리스마스이브에는 특별방송을 편성한다고 했다.

시즈카가 알려주었다. 내가 익명으로 아버지 프로그램에 전화하고 있는 것을 동생도 알고 있었다. 내가 이브 날 밤에 틀림없이 전화할 거라고 예측하는 듯한 말투였다. 어쨌든 특별방송은 혼자 외롭게 크리스마스이브를 보내고 있는 여성에게 구원의 손길을 내밀기 위해 기획된 거니까.

전화가 연결됐다. 이렇게 작은 전화기가 어떻게 나가사키까지 목소리를 오고 가게 할 수 있는지 나로서는 정말 신기했다.

"잠시만 기다려주세요."

항상 전화를 받는 여성 스태프의 목소리였다.

대기 음악이 흘러나오기 전에 바로 연결된 것을 보니, 아마도 내가 오늘 밤 첫 번째 상담자인 모양이었다.

"그럼 처음 분 말씀하세요."

교회에서 성탄 전야 예배도 안 드리고 이 프로그램에 전념하고 있는 아버지의 목소리였다.

"지난번에 전화드린 B양이에요. 애인의 부인한테 이혼신고서를 받고 어떡하면 좋을지 몰라 상담했던……."

"네, 기억하고 있습니다. 저의 조언이 도움이 되었나요, B양? 오늘 밤은 편의상 A양으로 하겠습니다."

"네에."

"그 문제는 해결됐습니까?"

"목사님의 조언 덕분인지 몰라도 어쨌든 그 남자와는 깨끗하게 끝났어요."

"그럼 오늘 밤의 고민은 다른 남자에 대한 건가요?"

"다시 돌아가서요, 전남편이요. 얼마 전에 그 사람이 재혼했는데, 실은 지금 그 사람이랑 야간열차에 타고 있어요. 아까부터 결혼 시절 얘기를 이것저것 같이 회상하고 있어요."

"그의 부인에게서 그를 빼앗을 생각인 겁니까?"

"설마요! 그런 건 아닌데 얘기가 어쩐지 점점 진지한 방향으로 흘러가고 있고, 게다가 크리스마스이브에 함께 야간열차를 타고 있어서 내일 아침까지 저도 어떻게 될는지 자신이 없어요."

"될 대로 되는 것뿐입니다."

"그렇게 간단히 말씀하시지만 그 사람 부인이 가엾잖아요. 다음 역에서 내려야 할까요? 역시 그래야겠죠?"

"그 사람 옆에서 자는 건 이혼 후 처음입니까?"

"네. 제가 이래 봬도 도덕과 윤리에는 철저한 여자거든요."

"A양은 다음 역에서 혼자 내려, 하룻밤을 어떻게 보낼 작정이신가요?"

"열차는 아침까지 없으니 역에서 노숙을 해야 하나."

"그런 당신을 상상하는 것만으로도 저는 괴로워 견딜 수 없는 심정입니다."

타인의 인생 상담에 그렇게까지 감정이입을 할 줄은 몰랐다. 몇 차례나 전화 상담을 해온 상대라서 정이 들어서일까?

"그 사람과 종착역까지 가면 되는 겁니다."

"무책임하게 말씀하시네요. 목사님이시잖아요. 그렇게 부도덕한 일을 권하셔도 괜찮아요?"

"저는 꼭 당신이 행복해지길 바랍니다."

"우리가 다시 불붙는다 해도 그래서 우리가 행복해질지 어떨지는 모르는 거잖아요. 같은 잘못을 반복하게 될지도 몰라요."

"인간은 학습하는 동물입니다. 당신과 그가 지내온 세월은 결코 헛되지 않습니다."

"그럴까요."

"그를 사랑하고 있습니까?"

"아마도."

"제 앞에서 사랑을 맹세할 수 있습니까?"

"목사님 앞이라 무섭긴 하지만, 맹세할 수 있을 것 같아요."

"혹시 괜찮으시다면 A양을 위해 《신약성서》 한 구절을 읽어드리고 싶은데요."

"어쩐지 얘기가 너무 비약되고 있네요."

"〈고린도전서〉 13장 10절 말씀입니다."

눈앞에 성경 책을 펼쳐놓은 모양이었다.

"온전한 것이 올 때는 부분적인 것은 사라질 것이니라. 내가 어렸을 때는 말하는 것이 어린아이 같고, 깨닫는 것이 어린아이 같고, 생각하는 것이 어린아이 같았으나, 어른이 되어서는 어렸을 때의 것을 버렸노라. 지금은 우리가 거울로 영상을 보듯 희미하게 보지만, 그때 가서는 얼굴과 얼굴을 마주하고 볼 것이요, 지금은 내가 부분밖에 알지 못하지만, 그때는 주께서 나를 아신 것과 같이 나도 온전히 알게 되리라……."

나는 그 뒤에 연결되는 문구를 알고 있었다. 결혼식에 어울리는 말로서 아카사카의 목사님이 알려주신 것 중 하나였으니까.

"그런즉 믿음, 소망, 사랑, 이 세 가지는 항상 있을 것인데 그중에 제일은 사랑이라."

아버지는 성경 책을 덮은 것 같았다. 자애로운 눈빛으로 얼굴이 보이지 않는 나를 바라보고 있는 듯 잠깐의 시간이 흐르고, 이윽고 간절히 기도하는 듯한 목소리로 이렇게 말씀하셨다.

나는 깜짝 놀랐다.

"평안한 행복을 네 손으로 붙들기 바란다. 알았지, 하루?"

내 이름을 불렀다. 너무 놀라 아무 말도 나오지 않았다. 전화 상담자가 딸이라는 사실을 알고 계셨다. 언제부터였을까?

"어떻게⋯⋯."

"오늘 밤, 네 전화를 기다리고 있었다."

"자, 잠깐만, 아버지, 지금 방송 중이잖아요."

내 고민이 익명이 아니라 실명으로 전파를 타게 된 것이다. 당황 스러워하는 나에게 아버지는 웃으며 말씀하셨다.

"아까 전화를 바꿔준 방송국 여직원도 크리스마스이브의 데이트를 위해 이미 퇴근하고 없어. 방송실에는 나밖에 없단다. 너와 전화가 끝나면 서둘러서 교회로 돌아가야지. 성탄 전야 예배를 기다리는 사람들이 교회에 가득 와 있거든."

특별방송이란 건 거짓말이었다. 시즈카의 계획에 아버지도 동참한 것이다. 분명 내가 이브 날 밤에 인생 상담을 해올 거라고 예상하고, 아버지는 일부러 라디오국 전화기 앞에서 기다리셨던 것이다.

"네가 하려는 것이 예수님께 모독이 되는 일이니?"

"그럴지도 몰라요."

"외롭지 못한 일이니?"

"아마도……."

나는 울고 싶어졌다.

"괜찮다, 하루. 예수님께는 내가 같이 용서를 구할게."

"정말요?"

목소리가 어린아이처럼 떨렸다.

"이제야 내가 나설 차례가 되었구나. 그동안 아버지다운 일을 해주지 못했는데, 힘내거라, 하루. 힘내서, 너에게 어울리는 행복을 잡으렴."

내 눈에서 뜨거운 눈물이 솟구쳤다.

"자, 이제 전화 끊고 그가 있는 곳으로 돌아가야지. 머뭇거리다가는 곧 아침이 될 거야. 얘기하지 않으면 안 될 것들이 많이 있잖아?"

"네."

"아버지가 밤새 네 이름을 마음속으로 부르며 기도해줄 테니까."

"고마워요, 아버지."

"메리 크리스마스."

나도 같은 말을 띄엄띄엄 말했다.

전화는 저쪽에서 먼저 끊었다.

곧이어 열차가 달리는 소리뿐인 정적이 찾아오고, 처음으로 열차 안에 흐르는 음악이 귀에 들어왔다. 크리스마스이브의 야간열차라서 분위기를 내준 걸까? 추억의 히트곡 〈화이트 크리스마스〉가 흘러나오고 있었다.

나는 세면대에서 코를 풀고, 눈물의 흔적을 닦고, 눈가에 붉은 기가 가라앉을 때까지 기다렸다가 침대 칸으로 돌아왔다.

"고마워."

누워 있는 리이치로에게 휴대폰을 돌려줬다.

"아버님, 예배 때문에 바쁘시지?"

"응, 한창 예배 중이신 거 같아. 통화 못 했어."

리이치로는 하품을 참고 있었다.

"눈 좀 붙이지 그래?"

리이치로는 고행하는 사람처럼 졸음을 쫓아버리려 했다.

"한 시간만 자자. 나도 졸려. 자명종 가져왔으니까, 깨워줄게."

"그럼, 그럴까."

우리는 각자 침대 커튼을 쳤다. 자명종 같은 건 처음부터 가져오지 않았다. 전혀 졸리지도 않았다.

아버지의 말을 떠올리자 또다시 눈물이 쏟아질 것만 같았다. 엄마가 돌아가신 후, 나와 아버지 사이에 놓여 있던 미묘한 벽이 성스러운 이 밤에 해소되었다는 생각이 들었다.

긴시초 주변의 여자인 척하며 전화했던 나를, 처음부터 눈치채고 계셨는지도 모르겠다. 혈육이란 정말 대단하다. 전부 알아버리니 말이다.

그건 그렇고, 아버지가 말하는 나에게 어울리는 평안한 행복이란, 대체 어떤 모양을 하고 있을까.

"하루, 자?"

커튼 너머로 리이치로의 목소리가 들렸다.

나는 일부러 대답하지 않았다. 눈과 코 사이를 아직 떠돌고 있는 눈물의 덩어리가 입을 여는 순간 쏟아져 버릴 것만 같아서.

"자는 거야, 하루?"

자는 척했다.

리이치로는 혼잣말처럼 말을 걸어왔다.

"우리 다시 시작해보지 않을래?"

코끝이 찡해졌다. 큰일이다 싶어 입을 베개로 틀어막았다.

"다미코한테는 내가 진심으로 사과할게."

열한 시가 지났다. 밤은 아직 길었다. 눈물을 흘리기에는 너무 일렀다. 그렇게 간단히 결론을 내릴 수는 없었다.

"자는 거야? 어이, 하루."

대답하면 안 돼. 이 위험한 밤을 넘기자. 이대로 아침을 맞으면 돼. 나는 스스로를 타일렀다.

내 가방 안에 다미코 씨가 맡긴 혼인신고서가 있었으니까.

6

자명종으로 깨워주겠다고 약속했으면서 내가 눈을 떴을 때는 이미 창밖이 밝아 있었다.

커튼을 젖혀보니 하루의 침대 커튼도 열려 있었고 사람은 없었다. 하루는 통로에 나와 한숨도 못 잔 것 같은 멍한 시선으로 아침 햇살이 비치는 대지를 바라보고 있었다.

"잘 잤어?"

나를 보지도 않고 말했다.

"메리 크리스마스."

나는 암호처럼 말했다.

한동안 나란히 선 채로 혼슈 땅끝 풍경을 우두커니 바라보았다.

산꼭대기의 구름이 갈라져 베일에 덮여 있던 새벽빛이 새하얀 대지를 물들이고 있었다. 선로 변의 논밭은 설탕 과자처럼 하얀 눈이 뿌려져 있었다.

열차는 이윽고 터널로 돌입했다. 길고 긴 세이칸 해저터널(일본 혼슈와 홋카이도를 잇는 해저터널)이었다.

종착역에 도착했다.

삿포로에 내려선 우리는 우선 라면 거리에서 허기진 배를 채우기로 했다.

연예인의 사인이 벽면을 빼곡하게 메운 가게에서 맛이 진한 미소라면을 후루룩 먹었다.

나는 다미코에게 전화 한 통 하지 않았다. 도쿄로 돌아가서 하룻밤 사이 있었던 일을 순서대로 이야기할 작정이었다. 무엇보다 하루와의 여행이 아직 끝나지 않았다. 결말을 맞이할 때까지는 다미코에게 해줄 이야기가 없었다.

배가 부르고 몸속까지 따뜻해진 우리는 지하철을 타고 마루야마 공원을 찾았다. 높은 곳에 올라 삿포로 거리의 풍경을 내려다 보고 싶었다.

온통 눈으로 화장한 거리가 청명한 하늘 아래 반짝반짝 빛나고 있었다.

어느 소설에서 읽었던 것 같다. 인간의 보잘것없음을 깨닫고 자연 앞에서 겸허해지고 싶다면, 겨울의 홋카이도를 여행하라. 그곳은 인간의 감성을 시험한다.

고개를 돌려가며 바라보다가 5미터쯤 떨어져 서 있는 하루의 옆얼굴에 내 시선이 머물렀다. 하루는 자외선이 눈부신 듯 먼 경치를 외면하고 있었다.

하루도 나를 보았다. 수면 부족으로 충혈된 눈만 간신히 혈색을 나타낼 뿐 해쓱한 얼굴이었다.

"멀리까지, 와버렸네……."

나는 어색하게 미소를 지었다.

하루는 무표정이었다. 내 얼굴에서 시선을 돌려 내려다보이는 거리보다 훨씬 먼 무언가를 보고 있는 것 같았다.

"무슨 말이든 해봐."

하루는 허공을 보고 있었다.

"그러고 있지 말고 무슨 말이라도……."

"아무 말도 못 하겠어, 이것 때문에."

분명치 않은 말소리와 함께 자신의 가슴을 눌렀다. 마음 탓이라는 뜻인가 싶었더니, 하루는 외투 안에서 묘한 모양으로 접힌 종이를 꺼냈다. 종이비행기였다.

"뭐야 그게?"

"한번 날려보았지만, 아무리 해도 손안에 돌아오고 말아."

무슨 뜻인지 통 알아들을 수가 없었다.

"당신한테 맡겨도 될까?"

하루가 5미터 정도 떨어져 있는 내게 종이비행기를 날렸다. 그것은 곧장 날아와 내 가슴에 맞고 떨어졌다. 몸을 숙여 주워들었는데 어쩐지 종이의 질감이 낯이 익었다. 날개를 펼쳐보았다.

깜짝 놀랐다. 나와 다미코의 혼인신고서가 아닌가.

"결혼식 다음다음 날 다미코 씨가 찾아와 구청에 대신 내달라고 부탁했어. 난 차마 거절할 수가 없었고."

"다미코가 너한테?"

여자들끼리 그런 드라마가 있었을 줄은 몰랐다.

다미코의 기분을 생각해보았다. 결혼식장에서 뜻하지 않게 눈물을 흘린 하루에 대한 복수였는지도 모르겠다. 하루의 손에 혼인신고서를 맡기지 않으면 결혼 후의 인생을 시작할 수 없다며, 강요했는지도 모른다.

"그런 다미코 씨를, 당신은 배신할 수 있어?"

하루가 나에게 따지듯 다가섰다. 거리가 4미터로 좁혀졌다.

"사과할게. 진심으로 사과할게."

"사랑을 맹세했잖아. 내가 당신들에게 서약을 시켰잖아!"

4미터 거리에서 내게 쏘아붙였다.

내가 다미코를 위해서 할 수 있는 일은 구겨진 혼인신고서를 정성껏 펴는 것뿐이었다. 다미코의 붉은 날인 자국이 그녀의 몸에 소용돌이치는 핏빛처럼 보였다. 다시 두 번 접어서 상의 주머니에 넣었다. 너무나 가슴이 아파왔다. 하루에게 이제부터 하려는 말은 혼인신고서를 담아두었던 가슴에 어떻게 들릴까?

"무리라고 생각했어, 지금까지."

어떤 실마리를 더듬듯이 첫마디를 던졌다. 리이치로의 음성은 홋카이도의 차가운 공기 속을 뻗어나가지 못하고 떨리는 채로 하루의 귀에 닿았으리라.

"너를 행복하게 하는 거, 다시 한번 시작하는 거…… 한 번 실패한 우리라서 겁쟁이가 되어 있었어. 또 실패할지도 몰라. 아니, 우리니까 분명 실패투성이에다 너를 또다시 상처 입히고 말 거야."

소심하게도 말끝이 잦아들고 말았다. 나의 솔직한 마음이었기 때문이다. 스스로 용기를 북돋기 위해 하늘을 올려다보고, 다시 한번 하루를 바라보았다.

"하지만 이것만은 약속할 수 있을 것 같아. 나, 너에게 두 번 다시 등 돌리지 않아. 네가 울 때 옆에 있어 줄게. 네가 원한다면 손을 뻗어서 머리를 쓰다듬어줄게. 손을 잡아주길 바란다면 두 손으로 감싸줄게. 혼자서 슬퍼하게 하지 않을 거야. 그 대신 네가 즐거울 때는 기쁨을 나눠줘. 행복을 독차지하게 놔두지 않을 거야. 나는 너랑 같이 웃고 싶고 같이 울고 싶고 화내고 싶고 같이 잠들고 싶어. 어떻게 하면 좋을까? 사랑해, 하루. 사랑하니까 어쩔 수 없잖아. 이젠 헤어지고 싶지 않아. 너를 행복하게 해줄 때까지 평생이 걸릴지도 모르지만, 나 노력해보고 싶어."

하루는 거리를 좁혀주지 않았다. 충혈된 눈으로 쏘아보고 있었다. 그래서 내 쪽에서 좁혀주었다. 거리가 3미터가 되었다. 하지만 하루가 한 발, 두 발 뒤로 물러나는 바람에 거리는 다시 벌어지고 말았다.

"노력해보고 싶어, 하루!"

그녀는 감정의 마지막 방어선을 지키려는 듯 입술을 꽉 다문 채 뒷걸음질 쳤다.

"부탁이야, 대답해줘. 달아나지 마, 하루!"

그녀의 입술이 살짝 벌어졌다. 하얀 흐느낌이 비어져 나왔다. 눈에도 굵은 눈물방울이 맺혔지만, 발끝만은 뒤로 도망치고 있었다.

"포기하지 마. 넌 싸우는 여자잖아!"

어젯밤 가르쳐준 영화 대사였다. 하루의 다리가 멈췄다. 다시 도망가게 놔둘 줄 알아? 나는 그 순간 달려가 그녀의 몸을 양팔로 붙잡았다. 정말이지, 몇 년만의 포옹이었던가.

이 여자가 이렇게 딱딱한 몸이었던가. 코트 위로도 어깨뼈가 느껴졌다. 왠지 처음 하루를 안았을 때의 기억이 머리를 스쳤다. 많은 남자를 거치며 연륜이 다져진 여자도 있지만, 하루는 오직 한 남자밖에 모르는 채 스물여섯 살의 육체를 만들어왔겠구나, 라는 생각이 들었다.

우리 주위에서 살을 에는 듯한 차가운 바람이 소리를 내며 춤추고 있었다.

"나, 노력할 수 있을까?"

내 어깨에 얼굴을 묻고, 하루는 힘겹게 신음하고 있었다.

"안 될 것 같으면 내가 심장을 마사지해줄게. 내가 키스해서 숨을 불어넣어 줄게. 네가 다시 살아날 때까지, 몇 번이든, 몇 번이든."

나는 낯간지러운 말을 해버리고 말았다.

어깨에서 하루를 떼고 코가 닿을 거리에서 조심조심 얼굴을 들여다보았다. 울어서 부은 하루의 얼굴에는, 나와 함께 이 운명을 따르려는 굳은 각오가 어려 있었다.

그것이 도쿄에서부터 장장 730킬로미터를 달려온 끝에 나온 답이었다.

가랑눈이 춤추고 있었다. 홋카이도를 얼리는 가혹한 한파가 곧바로 떨어져 우리들의 거리에 내려온다.

그것은 눈을 뿌리고 길 위에 얼음 덫을 깔아, 한데 엉켜 미끄러지는 우리를 비웃을지도 모른다. 하루가 다치지 않도록 재빨리 내가 밑에 깔려도, 누구 한 사람 칭찬해주지 않을지도 모른다.

하지만 너에게 작은 상처 하나 나지 않게 한 걸, 난 자랑스럽게 말할 수 있을 것 같다.

그러니까 살아나가자, 하루.

살다가, 살다가, 어느 한쪽이 먼저 세상을 떠날 때까지, 이별의 말은 소중히 담아두기로 하자.

7

하야세 리이치로 님,

아침 해가 창문을 물들일 즈음 짐을 꾸리기 시작했습니다.

설 명절은 미토에 계신 아버지 곁에서 지낼 거예요.

조만간 미국으로 떠납니다.

그 혼인신고서는 지금 당신 손에 돌아와 있겠지요?

당신만 괜찮다면, 소중히 간직해줄래요?

하루 씨에게는 "찢어버렸어"라고 해도 상관없어요.

그건 내가 당신에게 보낸 러브레터라고 생각해줘요.

처음이자 마지막으로 보내는 러브레터입니다.

그러니까 부탁할게요.

우리들 첫사랑의 추억처럼 하루 씨가 모르는 곳에 살짝 숨겨놔 줘요.

당신에게 짐이 되지 않는다면, 영원히.

약속, 해줄래요?

12월 25일 오다 다미코

종장

딸아

네 아빠는 손으로 모래성을 높이높이 쌓아 올리고, 주변을 단단히 다지면서 터널을 파려 하고 있어.

모래성 이쪽에서 네 손이 꼼지락꼼지락 흙을 파내고 있구나. 모래성 한가운데서 아빠의 손과 만나는 걸 기대하고 있겠지?

봐봐 유카리, 네 무릎이 진흙투성이잖아. 똑딱 핀을 꽂은 머리카락도 죄다 풀려서 모래성으로 흘러내리고 있잖니. 오늘 목욕 당번은 아빠니까, 깨끗이 잘 씻어달라고 해.

이 뜨개질, 다 끝내버리려고. 파란 실로 사내아이용 목도리를 만들고 있는 거야. 출산 예정일이 한겨울이니까 요긴하게 쓰이겠지?

내가 말해줬지? 이미 가이에다 씨 병원에서 둘째는 사내아이라고 확인했거든. 너한텐 남동생이야.

"이게 고추예요"라고, 가이에다 씨가 초음파 영상을 가리키며 알려줬어. 벌써 그런 물건을 다리 사이에 달고 있던걸. 엄마는 감동했단다.

이렇게 그늘진 벤치에서 단순 작업을 하고 있으려니까 기분 좋은 졸음이 몰려오네.

"엄마, 또 잠들었어"라는 네 목소리가 어렴풋이 들려왔어. 아빠가 뭐라고 말한 것 같은데, 두꺼운 커튼 같은 졸음에 가려서 엄마 귀에는 닿지 않아.

분명 내 흉을 보는 거겠지? 먹고 자니까 저렇게 뚱뚱해지는 거라는 둥 그런 말을 하고 있지?

두고 봐, 이번에야말로 산후 다이어트에 성공해 보일 테니까.

서점 정기 휴일이 되면, 네 아빠는 이렇게 공원에서 너랑 놀아주잖아. 유카리, 너도 좋지?

엄마는 조금 떨어진 곳에서 너랑 아빠가 영차영차 정답게 노는 모습을 바라보면서 뜨개바늘을 움직일 뿐이야.

"아직도 완성 못 한 거야, 그거?"

아빠한테는 매주 바보 취급당해. 진전이 없는 건 나무 그늘에서 느긋하게 하고 있으면 반드시 덮쳐오는 졸음 때문이야.

엄마는 있지, 행복이라는 건 계속 졸린 게 아닐까 하고 요즘 와서 생각해. 평범한 슬픔이며 괴로움을 담고 살아가는 특별할 것 없는 생활.

솔직히 말하면, 이런 정도의 행복을 갖고 싶어서 아빠와 엄마는 그렇게 멀리 돌아온 건가 하고 기막힐 때도 있어. 연애 시절이 멀리 가버렸다는 것에 한숨이 절로 나올 때도 있고. 그래도 말이지, 졸립다는 건 엄마의 지금 인생에서 무척 소중한 것이라고 느껴진단다.

"이것 봐, 뚫렸다!"

아! 아빠 목소리와 너의 높은 웃음소리가 들려오는구나. 양쪽에서 터널을 파고 있던 손이 모래성 안에서 딱 만났겠지?

엄마는 늦여름 미풍에 입가가 차가워 숨을 훅 들이마셨어.

"지금 보았니, 유카리? 엄마가 침 흘리며 자고 있어."

아빠가 이쪽을 손가락질하면서 웃고 있네.

흐리멍덩한 눈을 비비며 손목시계를 보니 어머나, 벌써 시간이? 서둘러 뜨개질감을 정리하고, 어이차 소리를 내며 일어났어.

"수영 시간이야. 둘 다 손 씻어."

"네에!"

아빠와 네가 한목소리로 대답하고 있어. 아빠와 너는 지금부터 부모자녀 수업에서 수영 실력을 겨루겠지.

공원 출구 쪽으로 걷기 시작한 나를 수돗가에서 손을 씻고 온 두 사람이 쫓아왔어. 손수건이 없는 너와 아빠는 내 옷에 손을 닦는데, 그러면 안 되지.

키가 1미터도 안 되는 너를 사이에 두고 셋이서 손을 잡았어.

엄마는 아무리 노력해도 임산부 걸음걸이야. 발은 팔자에, 굽 낮은 신발은 터벅터벅 소리를 내고. 웃지 말라니까.

있지, 큰 소리로는 말 못 하지만 너로 인해 엄마와 아빠가 연결되고 있을 뿐일지도 모른다는 생각에 쓸쓸해질 때가 있어. 아빠의 따스함을 공연히 확인하고 싶어질 때는 내 쪽에서 보채서 안겨. 그래야 엄마는 겨우 안심이 돼.

같이 울자, 웃자, 화내자. 아빠는 그 약속만큼은 지금까지 잘 지켜 주고 있어.

살다가, 살다가, 어느 한쪽이 먼저 세상을 떠날 때까지 함께 살아가자. 그 약속도 확실하게 지켜줄까?

아, 지금 들렸니?

푸른 숲속에서 들리는 방울벌레 소리.

다음 계절이 벌써 찾아온 걸까? 엄마도 너도 아빠도 동시에 소리 나는 쪽을 돌아보았는데, 심술궂은 벌레 같으니, 하필이면 그때 뚝 그칠 게 뭐람.

불어오는 바람, 흔들리는 나뭇잎, 제철이 지나 탄식하는 듯한 매미 울음소리.

우리 세 식구는 마치 조각상처럼 그 자리에 멈춰 서 있어.

잠시만 똑같은 표정으로 귀를 기울이고 있어 보자.

분명 들릴 거야.

틀림없이 곧 들릴 거니까.

연애가 사랑이 되기까지

갑자기 퍼붓는 소나기와 따가운 햇살을 겪어내고 더위가 한풀 꺾인 편안한 오후를 보내노라니, 여름 날씨가 만들어냈던 모든 소동이 마치 하루와 리이치로의 '연애시대'였던 것만 같아 나도 모르게 고개를 끄덕이게 됩니다. 연애의 끝은 결혼일까요? 헤어지고 나면 사랑은 끝나는 걸까요? 사랑을 경험해본 사람이라면 한 번쯤 마주했을 질문이 이들에게도 찾아옵니다.

밉살스러운 말로 티격태격하면서도 무의식중에 서로가 만날 구실을 찾는 헤어진 부부가 있습니다. '함께 즐겁게 살자'는 슬로건으로 시작한 결혼 생활이었기에 하루와 리이치로는 갑작스레 맞닥뜨린 상실의 무게와 타협하는 방법을 몰랐을 겁니다. 둘은 말 그대로 '헤어지고 나서 새롭게 시작된 이상한(!) 연애'를 거치며 진정한 동반자가 되고 부모가 되어갑니다.

당초 '헤어지고 나서 새롭게 시작된 연애'라는 독특한 주제로 주목을 끌었던 이 작품은 2006년에 출간(원작은 그보다 훨씬 앞선 96년에 발표)되어 그간 꽤 긴 시간이 흘렀음에도 세월의 간극이 거의 느껴지지 않을 정도로 현대적이고 신선합니다. 하루와 리이치로를 중심에 두고 등장인물들이 끊임없이 쏘아 올리는 연애와 사랑의 본질에 대한 질문들은 오늘날 청춘들 역시 전부 공감할 만큼 시대적 거리감이 느껴지지 않습니다. 그러면서 사랑을 향해 돌진하는 듯싶으면서도 순정파인 가스미, 친구의 사랑을 위해 싸우는 프로레슬러 사유리, 친구에게 넌지시 조언하는 가이에다와 언니와 형부에게 요리조리 직설을 날리는 시즈카까지 캐릭터 하나하나가 생생하게 살아 있어《연애시대》라는 소설만이 가진 매력으로 살아납니다. 처음부터 끝까지 꾸준히 교차하며 전개되는 남녀 주인공의 모놀로그도 독특한 데다 어느 한쪽으로도 치우침 없이 코믹하게 때로는 진지하게 끌고 나가는 저자의 필력은 가히 천재적입니다. 또한 이혼과 재혼 가정뿐 아니라 독신 가구가 급증하면서 가족의 형태도 연애의 양상도 그만큼 다양해지고 있어서일까요. 여러 등장인물들의 인생과 다채로운 연애상도 거부감 없이 읽힙니다.

제4회 시마세 연애문학상 수상작인《연애시대》는《파선의 맬리스》로 에도가와 란포상을,《심홍》으로 요시카와 에이지 문학 신인상을 수상한 노자와 히사시의 대표적인 유작입니다. 소설뿐 아니라, 〈잠자는 숲〉〈얼음의 세계〉 등 TV드라마와 영화 작가로도 활약한 그는 사실 일본 내에서는 미스터리, 서스펜스 작가로 널리 알려져 있습니다. 치밀한 플롯과 서늘한 추리, 특히 내면의 어둠을 바닥까지 파고들어 '직시하고 싶지 않은 인간 심리'를 다루는 솜씨가 탁월하다고 정평이 나 있지요. 그렇기에 코믹하면서도 경쾌한 연애 이야기를 다룬 이 작품은 더더욱 귀한 유작이라 할 수 있습니다. 그런 만큼 새롭게 단장된 모습으로 다시 만날 수 있게 되어 독자의 한 사람으로서 반가운 마음이 큽니다.

《연애시대》가 처음 한국에 소개될 당시 거의 같은 시기에 TV 드라마로 제작되어 두 배의 재미와 감동을 주었던 이들의 이야기가 지금을 사는 독자 여러분에게는 어떤 느낌으로 다가갈지 자못 궁금합니다. 출간에 앞서 애쓴 모든 분들께도 깊이 감사드립니다. 역자로서 마주해야만 했던 민망함과 아쉬움을 감히 잊을 만큼 즐겁고 행복한 시간이었습니다. "평안한 행복을 네 손으로 붙들기 바란다"라는 하루 아버지의 말처럼 다시 한 번 용기를 내어 힘껏 연애하고 진실한 사랑을 찾기를!

2021년 여름을 보내며
신유희

연애시대

초판 1쇄 발행   2021년 9월 8일
초판 6쇄 발행   2021년 10월 19일

지은이   노자와 히사시
옮긴이   신유희

편집인   이기웅
책임편집   김혜영
편집   안희주, 양수인, 주소림, 한의진
디자인   MALLYBOOK 최윤선, 정효진
책임마케팅   정재훈, 김서연, 김예진, 김지원, 박시온, 류지현
마케팅   유인철
경영지원   김희애, 최선화
제작   제이오

펴낸이   유귀선
펴낸곳   ㈜바이포엠
출판등록   제2020-000145호(2020년 6월 10일)
주소   서울시 강남구 테헤란로 332, 에이치제이타워 20층
이메일   odr@studioodr.com

ISBN   979-11-91043-36-5 (03830)

모모는 ㈜바이포엠의 출판브랜드입니다.